目录

第一七二章刘德胜来了 ……………………………………………………… 8

第一七三章万全之策 ………………………………………………………… 10

第一七四章云琅的见面礼 …………………………………………………… 12

第一七五章悲伤是一种感觉 ………………………………………………… 17

第一七六章跟风押宝 ………………………………………………………… 21

第一七七章做大事惜身 ……………………………………………………… 25

第一七八章世上没有白占的便宜 …………………………………………… 29

第一七九章《艳戏群芳图》 ………………………………………………… 33

第一八零章消息是有时效性的 ……………………………………………… 37

第一八一章不愿牺牲 ………………………………………………………… 41

第一八二章全军出击 ………………………………………………………… 45

第一八三章焰火时效 ………………………………………………………… 49

第一八四章干渴的鱼！ ……………………………………………………… 53

第一八六章皇帝的光芒当然要有一万丈 …………………………………… 61

第一八七章全是表演啊 ……………………………………………………… 65

第一八八章分道扬镳 ………………………………………………………… 69

第一八九章失意之时一醉休 ………………………………………………… 73

第一九零章死里逃生之后的安慰 …………………………………………… 77

第一九一章令人满意的北狩 ………………………………………………… 81

第一章东方朔守节 …………………………………………………………… 85

第二章云氏子的作用 ………………………………………………………… 89

第三章云琅的新谎言 91

第四章沛人的危机 95

第五章阴毒的试探 99

第六章狗急跳墙 103

第七章上升途径 107

第八章 有花折时堪需折 109

第九章新生活,新体验 113

第十章挂印求去 117

第十一章最糟糕的做官时代 121

第十二章雷声大,雨点小 125

第十三章多管闲事的人 129

第十四章云琅的育儿经 133

第十五章干草地上说丰年 137

第十六章此一时,彼一时 141

第十七章兄弟?那是自然! 145

第十八章野性的回归 149

第十九章末位淘汰制 153

第二十章向鬼神开战 157

第二十一章喜欢骑马的刘彻 161

第二十一章敬鬼神而远之 165

第二十二章有用的就不要浪费了 169

第二十三章门阀的起源 173

第二十四章何愁有说始皇陵 ………………………………………… 177

第二十五章刘彻的谋略 ……………………………………………… 181

第二十六章魔窟 ……………………………………………………… 185

第二十七章河马的嘴巴 ……………………………………………… 189

第二十八章危险的东篱子 …………………………………………… 193

第二十九章时代的局限性 …………………………………………… 197

第三十章云门夜宴 …………………………………………………… 201

第三十一章名校入住上林苑 ………………………………………… 205

第三十二章过河拆桥 ………………………………………………… 209

第三十三章空手套白狼的刘彻 ……………………………………… 213

第三十四章名利场 …………………………………………………… 217

第三十五章穿衣封侯 ………………………………………………… 221

第三十六章白日奏对 ………………………………………………… 225

第三十七章少年得意马蹄急 ………………………………………… 229

第三十八章最富贵的时候想到了死 ………………………………… 233

第三十九章冬日里的闲事 …………………………………………… 237

第四十章章烦躁的根源 ……………………………………………… 238

第四十一章何愁有的奸计 …………………………………………… 242

第四十二章 无差别生气法 ………………………………………… 247

第四十三章小小的变化 ……………………………………………… 251

第四十四章换汤不换药 ……………………………………………… 255

第四十五章喜欢生病的侯爷 ………………………………………… 259

第四十六章老情人 263

第四十七章果真大丈夫? 267

第四十八章六万亩!! 271

第四十九章会被爱死的皇太后 276

第五十章旁敲侧击 280

第五十一章群狼环伺 284

第五十二章侯爵可以为所欲为 288

第五十三章优伶的建议 292

第五十四章家贼难防 296

第五十五章云氏的家法 300

第五十六章臧僖伯谏观鱼 304

第五十七章千古留名的机会要不要 308

第五十八章不好,也不坏 312

第五十九章没有那么糟糕 316

第六十章敌人?友人?爪子? 320

第六十一章自以为是 325

第六十二章天不罚,我罚! 329

第六十三章两个家园 333

第六十四章赔我肠痈! 338

第六十五章受尽委屈的东方朔 343

第六十六章铁打的营盘流水的师兄 348

第六十七章温柔地春天 353

（第二章求票！）……………………………………………………354

第六十八章疾风骤雨…………………………………………359

（第三章求票）………………………………………………360

第六十九章没事？有事！（万字更新第一章求票）……………365

第七十章刘安完蛋了（万字更新第二章求票）…………………368

第七十一章消失的八胡校尉 （万字更新完成，继续求票）……373

第七十二章皇帝的心思很难猜 （万字更新第一章求票）………376

第七十三章 见微知著 （万字更新第二章求票）………………381

第七十四章溯本追源 （万字更新第三章求票）………………386

第七十五章都是抄袭惹得祸……………………………………388

第七十六章千古风流第一家（万字更新第二弹求票）…………393

第七十七章痛定思痛……………………………………………398

第七十八章冷热知多少…………………………………………402

第七十九章螳螂的婚礼…………………………………………406

第八十章人生初见霍骠骑………………………………………410

第八十二章大汉技术最先进的工坊……………………………415

第八十三章大胆的陈铜…………………………………………418

第八十四章莫名其妙的上进心…………………………………421

第八十五章论古代妇女的追求…………………………………425

第八十六章办法总比困难多……………………………………429

第八十六章这才是真正的成就…………………………………433

第八十七章一战胜，万民庆……………………………………436

第八十八章利益者鄙 440

第八十九章天知道地狱有几层 444

第九十章世上最执着的感情是仇恨 446

第九十一章心甘情愿被利用的人 451

第九十二章于无声处听惊雷 455

第九十三章必须是为了染料 456

第九十四章贪婪？不一定吧！ 460

第九十五章勋贵不好当 461

第九十六章世界是兼容的 465

第九十七章勒索 469

第九十八章你就是一个垃圾 471

第九十九章最真诚的谎言 475

第一百章深潭 477

第一零一章多智近乎妖 481

第一零二章傻孩子天照顾 485

第一零三章第二次邂逅 489

第一零四章河东狮吼？ 493

第一零五章相处之道 495

第一零六章痴人的爱情 500

第一零七章一直在一起 504

第一零八章浊浪滔滔 508

第一零九章人比人得死 509

第一一零章 货比货就该丢 513

第一一一章 缘分，妙不可言 517

第一一二章 故人相见尽余欢 521

第一七二章刘德胜来了

第一次听霍去病分析政治，这让云琅对这个一向在此道上粗枝大叶的家伙刮目相看。 其实想想也就明白了，这家伙在史书上从来就不是一个善茬，虽然云琅武断的认为霍去病的大脑袋里没有政治细胞，实际上，他只要肯拿出分析军阵的精力分出一点来研究，基本上就是一个很厉害的人。 "人人都说右贤王会经过白登山，白狼口，受降城，实际上，直到现在，大部分都是猜测之词。 匈奴右贤王不是苏建的儿子，未必肯听他的话，从白登山，白狼口经过固然会缩短时间，却会遭遇大汉军队的狙击，就这一点，右贤王不可能想不到。 多走路与激战之间人家右贤王其实是有的选择的。 荒原上到处都是路，哪怕是沙漠，那里面也应该有路，只要绕过白登山，白狼口，与受降城，就能避开战争，保存实力。 我不知道苏建凭什么认为右贤王一定会走他希望走的这条路，如果右贤王离开，我不奇怪，如果右贤王执着的走白登山一线，这中间一定有我们不知道的事情。 这才是我一直追问所有细节的原因。" 霍去病笑道："勾结匈奴这样的事情，给苏建一千个胆子他也不敢。" 云琅笑道："这就是我疑惑的原因，我现在只希望这场雨下的足够大，足够久！" 霍去病笑道："暴雨一日，道路阻隔，暴雨两日，大军不前，暴雨三日，高处安营立寨，暴雨五日，莫知其可！ 你希望暴雨几日？" "三天就足够了，那时候草原上必定变成了一座泥潭，可以阻碍匈奴大军十五日行程。 到了那个时候，我们应该接到了撤离文书，受降城的事情，就再也与我们无关。" "你想跳出这个泥潭？" "难道你喜欢跳进泥潭不成？" 霍去病笑道："老天不会让你如意的，这场雨下的又急又大，所谓刚不可久就是这个道理，最多到今晚，这场雨就会停。" 事情果真如同霍去病所言，大雨并没有持续多久，没有等到天黑，夕阳就露出来了……也就是说，这片雨云不是很大，笼罩范围连百里都不到。 或许在这个时候，右贤王的大军正在浩浩荡荡的向白登山挺近。 山洪，草原上的溪水，汇进大河之后，大河终于开始咆哮了，浑浊的河水翻滚着向下游奔涌，如同一条黄色的巨龙。 何愁有的脸色非常的难看，犹豫良久之后才对云琅道："右贤王的目标本来就是我们受降城，而非白登山。" 云琅笑吟吟的道："为什么呢？" "右贤王想要拔掉受降城，掳走受降城民众，抢走降城所积物资以立威，如此，他才能名正言顺的回到河西跟浑邪王，日逐王讨要自己被侵占的牧场以及部族。" "既然如此，我们在受降城作战好了，为何要去白狼口？" "朱买臣他们会提前到来，骑都尉将作为受降城的第一道防线，迟滞，消耗匈奴大军。" "第一道防线难道不该是白登山么？" "据说，右贤王准备绕过白登山。" "白登山这就没事了？"云琅目瞪口呆。 "伊秩斜的大军去了右北平，白登山要派兵支援李广，没有多余的兵力来支应白狼口战事。 而白狼口一战，我们不得不打，同时也不能把右贤王的大军逼回白登山，要死死的咬在白狼口……" 云琅的脸色变得煞白，颤声问道："有军令了？" 何愁有摇头道："没有，但是啊，到时候会有一个人来白狼口一带。" 云琅一屁股坐在地上不敢置信的指着天空道："他要来？" 何愁有冷笑道："想到了？" "我大汉有多少年，没有御驾亲征的例子？" 何愁有想了一下道："自从自从太祖高皇帝白登山被围之后，我大汉皇帝轻易不出长安。" "统兵的不会是陛下吧？" 何愁有大笑道："朱买臣你们都能打听得到，还有什么是你不知道的？" 云琅缓缓地从地上爬起来，拍拍屁股上的土，笑吟吟的道："既然如此，这场仗就可以打了。" 何愁有笑道："不担心了？" 云琅大笑道："陛下来了，我有什么好担心的，这一次细柳营的大军该是空巢出动了吧？" 何愁有摇头道："陛下是私自出宫的，身边只有一万两千亲军，护卫陛下的将军是卫青，公孙敖，丞相公孙弘也来了。" 云琅点点头道："这就合理多了，看样子陛下准备在白狼口把右贤王一口吞掉是不是？" 何愁有点头道："是这样谋划的，不过呢，我骑都尉依旧是引诱右贤王前来的诱饵，等右贤王被我们黏住了，陛下的大军就会一拥而上……""为什么前几天不说呢？""陛下只准老夫这个时候告诉你，可没有准许老夫早早透漏。""记住了，陛下的化名叫做刘德胜！"云琅吧嗒吧嗒嘴巴，有些忧愁的道："不管怎么说，我们这一仗是打定了，可怜我那些以为自己将要回到长安享福的部下啊。""不准告诉霍去病！朝中有人对我骑都尉短短两年就立下了盖世奇功，觉得不可思议，陛下就带着一群人来白狼口看看骑都尉是不是如同传说中那般骁勇善战！""好吧，我谁都不说，一个字也不会说！"从筷子上下来，云琅心中所有的疑惑都迎刃而解，明白了白登山为什么会下那样一道不合情理的军令，明白了白登山为何敢让白狼口烽燧一干人做好战死的准备了，也明白了，为何以阿娇，长平的身份都搞不清楚是谁在领兵。皇帝来了，他脑子抽了要御驾亲征……这一战，骑都尉就算是拼光了，也没有人会在意，白狼口烽燧上的守军即便是全部死光了，也不会有人质疑。只要皇帝指挥的战斗能够胜利，哪怕他带来的一万两千人全部战死也无关紧要。此战必胜！这一战，所有参战的将士会发疯，所有参战的将军们会发疯，所有出现在战场上的人也会发疯，哪怕他只是一个小小的军中胥吏，或者文官。云琅相信，只要能拿的住武器的人都会上战场的，而且无所畏惧。他们想在皇帝面前表现自己的勇武，他们想让皇帝看见他们的勇猛，这一刻获得的一分功劳，足足顶得上平日里的十分功劳。吃饭的时候，听说有好吃的，霍去病，曹襄，李敢全部来到了云琅的房间。结果，曹襄奇怪的发现，云琅学着他的样子正孤独的啃着大饼。"美味佳肴在那里？"曹襄翻腾一下装大饼的篮子不耐烦的问道。"就在篮子里！"霍去病抓了一张大饼咬了一口道："有什么事？"云琅瞅着曹襄道："这次去白狼口作战，你也要上场。"曹襄楞了一下，用食指指着自己的鼻子难以置信的问道："我？"云琅点点头道："没错，还要在军阵的最前面，不过啊，你放心，我会乘坐战车，守在你边上的。"曹襄无奈的坐下，默默地拿起一张大饼啃。云琅又对李敢道："这一战就拿出你所有本事作战吧，把你的武勇彻底的展现出来，表现的越是生猛越好。"李敢咧着嘴笑道："这是自然。"霍去病皱眉道："你跟阿襄就不上了吧！"曹襄听霍去病这样说，连忙抬起头一脸期盼的瞅着云琅。云琅摇摇头道："不光我们要上，卫伉，谢宁也要上！"这一次连李敢都不闭嘴了，奇怪的道："卫伉上了战阵就是给人家送人头，谢宁的腿伤刚刚痊愈，这时候也不适宜骑马作战啊！"云琅的眼睛直勾勾的瞅着窗户有气无力的道："全上，全上，这一次要是不让你们上阵杀敌，你们一定会恨我一辈子的。"

第一七三章 万全之策

曹襄很想躺在地上打滚……可是云琅的话说的斩钉截铁毫无回旋的余地，只好放弃，有这时间不如想想怎么往身上多套一层铠甲比这有用。 "出了什么变故？" 霍去病连忙问道，云琅此时的决定跟他昨日的想法大相径庭，没有半点相似的地方。 "有一个叫做刘德胜的人要来了。" "刘德胜？" 霍去病皱起了眉头。 "庐陵刺史刘德胜还是广平王刘德胜？亦或是中大夫刘德胜？" 曹襄一口气爆出三个叫做刘德胜的人。 "我也是刚刚知道这个名字，以前他不叫这名字的。" "这是什么狗屁名字……"曹襄把话说了半截之后，就疯狂的用饼子堵住了嘴巴，看样子不噎死是不准备罢休了。 霍去病腾的一下站起身，两个拳头握的紧紧的，颤声问道："果真？" 云琅点点头道："当然！" 李敢看看曹襄，又看看霍去病发急道："我比较笨，你们能不能把话说清楚？" 霍去病阴着脸道："说那么清楚做什么，你只要记着在战场上奋勇搏杀就好，即便是战死了，也不要退缩一步，否则你李氏将门会倒霉一辈子。" 话说到这个地步，李敢就算再笨也明白过来了，张大了嘴巴"啊，啊"的叫了两声，然后就死死的捂住嘴巴。 曹襄艰难的把干饼吞下去，瞅着云琅道："我们两个是压阵的是吧？" 云琅木木的道："那要看什么时候发起全军冲锋了，我们是他娘的诱饵，怎么也要等大鱼把鱼饵全部吞进去之后才好钓鱼。 到时候你也藏在战车里吧，我们尽量在烽燧边上的平地上冲锋。" "把卫伉，谢宁带上。"霍去病低声道。 "卫伉可以，谢宁不成，他宁死都不会龟缩在后面的。" "你不准备用郭解？" "这时候郭解就不要出来了吧，估计他也不喜欢上战阵。" 霍去病瞅瞅窗外的阳光，低声道："阳光猛烈，三日后地面就会变干，我们三天后出发，这一次，全军出动吧。" 云琅点点头道："我估计朱买臣明后日就会抵达，否则何愁有不会跟我交底，交接过后，我们即刻出发，早早地去布置阵地比较好。" "你的漂流运货计划怎么办？" "那是一个半月后的事情。" "那你干嘛把金银早早就全部装进木头里？" "是为了不让醒来的城守眼红，尤其是要防备朱买臣这种穷人乍富的家伙，这些东西是我们兄弟费尽心力才筹集到的，怎么能轻易便宜别人？" "看样子你已经做好了所有准备是吗？" "是的，早就做好了，包括郭解弄来的奴隶，这对我们很重要，受降城是一个入口，富贵城将是一个出口，我想用这个通道来沟通长安与西域，如果顺利，富贵城一定会成为关中商贾云集之地。" 曹襄插话道："我们要贩奴？" 云琅怒道："是郭解要贩奴，不是我们要贩奴，这一点一定要分清楚，我们只买奴隶，不贩奴。 我们希望上林苑这个地方能够大量的产出，人手是一个非常大的麻烦。 大汉人我们不能聚集过多，会招来官府干预的，只有奴隶才是我们可以利用的人手。 "所以你就让何愁有守着金银，让郭解将捉来的野人放置在城外？" "这是没法子的事情，我们如果想要富贵城迅速的崛起，有时候就要用一些脏办法。" 云琅很讨厌别人把他的心思戳穿，霍去病，曹襄这两个家伙却对戳穿他心思这种事乐此不疲。 还是李敢好，这家伙总喜欢躲在一边看他们三个人斗嘴，傻乎乎的光享受好处，一句废话都不说。 "你又要上战场？" 云琅才把自己的安排给苏稚说完，苏稚就像是一只被踩到尾巴的猫立刻就跳起来了。 "这一次逃不脱，而且也没人能逃脱，皇帝都到了白狼口，你以为我们这些皇帝的臣子那个可以不上战场？" 这些话跟苏稚说了，只会波及到苏稚一人，跟霍去病他们说了就波及全军，那样的话，何愁有真的会翻脸。 "皇帝会来？"苏稚的声音一下就变小了。 "是啊，还改了一个假名字。" "听说这一次来的匈奴人足足有两万人，还全是骑兵，你们只有两千五百人多一点，怎么跟人家打啊。 想想办法，还是别去了，你本来就不是战将，不上战场也没人笑话。" "连卫伉都要去，你觉得我能逃掉，但愿，皇帝的大军能及时杀过来，这样我在战场上走一遭就是了。" "你不准死！我要看着你！" "胡扯，你一个女子上战场干什么？" "我是军医

10

官，这在骑都尉里面不是什么秘密，我大汉有女将军，也就该有女医官。" "胡说，你在骑都尉还好说，不论是去病也好，曹襄也罢，一个个都把你捧在手心里，要是去了别的军队，你要是能活过三天算你命大，你没看见白登山那些老兵想女人想的都没有下限了，你在那样的军队里能活？光是砍头可拦不住那些精虫上脑的家伙。" "我就想跟在你身边，你以为我在乎别人的死活？我不管，这一次去白狼口，我一定要去，你想想啊，一场大战下来，该有多少死伤啊！ 不管别的军队，光是我骑都尉死伤就不会少，你总说要把这些人尽可能多的带回家，我不去，你又忙不过来，只能眼睁睁的看着那些同伴死掉，到时候你又该伤心了。" "这么说，你准备带那些羌妇一起去？" "何止，我不仅要带着那些羌妇一起去白狼口，也准备带她们去长安，汉家女子干不来照顾人的粗重脏活，这些羌妇可不在乎，哪怕是光着身子的男子她们也不在乎。 我训练了她们这么久，可舍不得随意丢掉！" 云琅转了几个圈子，想了好久，最终点点头道："也好，让皇帝见识一下你的医术，这对你以后建立璇玑城很有好处。" 苏稚微笑着靠在云琅的怀里道："我不在乎什么璇玑城不璇玑城的，我就想守在你身边，哪怕每天只看你一眼都是好的，这让我心里快活。" 云琅抚摸着苏稚的脸庞道："回家就成亲吧，不管以后好不好，目前看来这是最好的法子。" 或许是在战场上见惯了生离死别，苏稚并没有像以前那样痴缠云琅，她知道现在不是墨迹的时候，云琅还有太多的事情要做，没时间卿卿我我。 她的伤兵营里也有无数的事情要筹备，那些至今还没有康复的伤兵要照顾，这些天倒换来的药材要分门别类的整理，还要训练胆子大的羌妇跟她一起给伤病看病，包括帮她锯断伤兵溃烂的手或者腿。 云琅加固了战车，这一次，他乘坐的战车变得更加宽大，模样也越发的狰狞，车轮上的铰刀被证明是斩断马腿的好东西，自然不能少，云琅甚至在战车的四周添加了四柄铡刀一样的东西，只要在战场上展开，所到之处应该是没有什么敌手的。 战马的身体上也裹了厚厚的皮甲，就匈奴人的狼牙箭来说，对挽马造不成太大的伤害。 大地刚刚没了水渍，霍去病的骑兵就出发了。 云琅站在城门口等待见识一下这位新来的城守朱买臣，也是准备做最后的交接。 远远地一队马车迤逦而行，在草原上形成了一道异常美丽的风景。 过了很久，那一队人马才来到城池边上，一个面白如玉，留着三缕长须的青衣男子扶着敞开的车厢笑吟吟的对站在路边的云琅道："云家子？"

第一七四章云琅的见面礼

当年孔子过鲁地，停车问童子："汝为何家子？"

童子曰："家住南山坡，家父张连子，子何为？"

孔子笑而遣之。

当年老子骑青牛出函谷关，路遇樵夫问道："檀檀而伐，可得饱呼？"

樵夫曰："一日两食，伐薪三担。"

老子曰："悲夫……"

如今朱买臣过受降城，见云家子甚为可爱，遂停车问道："云家子？"

云家子大怒，撕扯朱买臣胡须下车，顷刻间在道左殴打成团！

"这就是云家子？脾气甚大！"

一个面白无须的胖大男子轻声问何愁有。

何愁有面无表情的道："受老夫压制太久，事事掣肘，有志难申，满腹怒火不得发，他人稍有忤逆，就会拔拳相向。"

胖大男子瞅瞅暴怒如虎的云琅笑道："孺子可教！"

说罢，肃手邀请何愁有一同进城，居然对云琅殴打朱买臣一事视而不见。

风仪素来无可挑剔的朱买臣冠冕全无，头发散乱且鼻血长流，怒视云琅道："少上造何故如此无礼？"

云琅笑道："胸中郁郁不得志，见不得人小觑某家！"

朱买臣瞅瞅摊开腿毫无形象的坐在泥地里的云琅又道："有什么章程是老夫不知道的吗？"

云琅从脑袋上抓下一根草芥怒道："你来受降城，某家一半欢喜一半忧愁。

欢喜的是终于又有一个废材来代替某家充当门面，忧愁的是，派遣你来充任受降城太守，有大材小用之嫌。"

朱买臣用袍袖擦一把鼻血怒道："即便如此，你也不该如此对待某家，你可听闻过还未上任就被人殴打的太守吗？"

云琅忧愁的道："这一场架必须打，我把这称之为杀威架，想我初来受降城，何尝不是满怀壮志，两年过后，几次经历生死，方知无为即是平安。

早就听闻太守乃是人中之龙，忧心太守看不惯受降城杂乱无章的模样下死力整治，如此就大错特错了，还有性命之忧。

太守初来，某家囊中羞涩，拿不出大礼迎接太守，思前想后，觉得报以老拳最为恰当，一来可以消除太守的骄娇二气，二来可以告诉太守受降城不是我们这些城守说了算，三来，希望太守能把这个传统传递给下任太守。

如此礼物最是恰当不过了，区区薄礼谨为太守贺。"

朱买臣听得云遮雾绕，云琅说的每一个字他都理解，可是这些字合成话语之后他就听不明白了。

等他从震惊中清醒过来，就见云琅已经翻身上马，马后背着沉重的马包，看样子要走远路。

连忙伸手道："云郎且慢！"

云琅大笑道："但愿你我后会无期！"

说完话，就拍一下游春马的马脖子，就一路狂奔了下去，在他身后，骑都尉的大队辎重，也开始前行。

白面无须的胖子进城之后，第一个去的地方就是粮库，仔细查验了粮库，搜检了粮食之后，才松了一口气道："果然是膏腴之地。"

何愁有笑道："太中大夫不必过于担心，陛下来白狼口所需粮秣，受降城一力供应毫无问题。"

太中大夫黄朗闻言，有些歉疚的朝何愁有施礼道："黄某岂敢不信何侯，只是太祖高皇帝被困白登山殷鉴不远，下官实在是不敢大意。"

何愁有皱眉道："小心些自然没有错，亲自点检粮秣也是应有之事，老夫很想问问你们，既然身为陛下身畔的言官，为何不劝阻一下陛下呢？"

黄朗叹息一声道："陛下龙虎之姿，行动坐卧自有章程，岂是我等左右所能劝阻得了的！

说起陛下此次出行，长安城中知晓者寥寥无几，都以为陛下是去了龙首原狩猎。"

何愁有怒道："难道说陛下北游，竟然是临时起意不成？"

黄朗又叹息一声道："正是啊，头一日某家还陪着陛下在龙首原狩猎作赋，第二日就已经踏上了临晋道。

此时，我等还以为是陛下游兴大发要去观河，等我们到了大河边，陛下竟然下令渡河，我等匆忙觐见，方知陛下本意。"

何愁有恨恨的道："起因是什么？"

"白登山军报，伊秩斜去了右北平！"

"这么说，是白登山的求援军报让陛下动了北游的心思？"

"陛下以为，白登山救援右北平刻不容缓，我大汉又不能放任右贤王轻易地肆虐受降城，边地兵力不足，陛下认为他的一万两千亲军，正当其时啊。"

"所以你们就来了？你们就这样顺从了陛下？"

黄朗见何愁有的脸色越发的难看，声音也越发的尖利，不由得低下头小声道："徒呼荷荷啊……"

何愁有冷笑道："一群媚上的无用之徒！明日去河道看守巨木中的金银，老夫要亲自走一遭白狼口！"

黄朗连连答应，一张白胖的脸却早就抽成了包子。

朱买臣来到城主府，重新梳洗之后，就开始巡视受降城。

霍去病带走了受降城里的所有军卒，云琅带走了受降城里的所有民夫辎重。何愁有守着受降城里的库房，以及河边的水寨，不让他进去。

因此，朱买臣这个城主就只好先巡视一下这座边城。

阴暗的巷子里秽气冲天，很多木头笼子已经长满了青苔，笼子里的囚犯，有的变成了尸骸，有的变成了白骨，还有一些早就没了人形，正在苦熬不多的岁月。

朱买臣平定过东越的叛乱，对着一幕并没有感到有多奇怪，一座繁荣的城市角落里，总会有一些不为人知的腌臜事情。

他只是很奇怪，这些人明明都是羌人，也只是被锁在笼子里，却看不到守卫，如果有人想要救助这些人，只需要帮着砸开锁头就可以了。

可是，这里的木笼子空的不多，更多的木笼里面都有尸骸或者白骨。

有些羌妇跟喂狗一样的丢给那些半死的人一点食物跟水，然后就转身离去。

那些被关在笼子里的人也不求救，只会木然的享用自己难得的餐饭。

朱买臣啧啧称奇，汉人虐待这些羌人，朱买臣丝毫不奇怪，问题是连羌人都不可怜这些本族人，这就很奇怪了。

"军司马说过，这些人能不能活命要看城主您的意思。"一个陪同的胥吏见朱买臣对这些人很好奇，就连忙上来禀报。

"这些人犯了什么罪？"

"回城主的话，这些羌人都是当初配合匈奴浑邪王攻城的罪人，手上沾满了我大汉将士的血，不值得怜悯。"

"羌人也不喜欢这些罪囚吗？"

胥吏连忙道："自从军司马来到了受降城，一心致力于繁荣受降城，从而让一座死城变成了如今人人有饭吃，人人有衣穿的富庶之城。

这些罪囚却一心想着要赶走我们，让那些羌人头目重新执掌受降城，城里的羌人自然是把他们当做寇仇对待。"

朱买臣回想起刚刚看过的热闹的集市，以及人头涌涌的胡商，不由得叹口气道："吾不如少上造多矣！"

准备离开的时候，又停下脚步，对胥吏道："示威，示众之效已经过去了，就把这些人统统放掉，任其自生自灭。"

胥吏迟疑了一下道："这些人恐不能见谅于城中羌人。"

朱买臣笑道："那就更应该放掉。"

说完话就离开了那条被受降城中人称之为"死巷"的后街。

站在人潮汹涌的大街上，朱买臣笑眯眯的听着南腔北调混杂成的叫卖声，叫买声，兴致满满的从街道这头走到尽头，每一个摊子上的货物他都要仔细的看一看，问一问，有时候甚至还下手购买一些。

等他回到城主府的时候，已是黄昏。

何愁有的那张脸在烛光下显得极为阴森，那颗蛋头却熠熠生辉，两者形成剧烈的反差，让朱买臣不知道这个老贼到底是光明的，还是黑暗的。

"萧规曹随！受降城里的典章制度不得有丝毫的更改，以前的城主全力支持羌妇，特意打压羌人男子，这一点尤为重要，更不得更改丝毫！"

15

何愁有的话刚出口，朱买臣立刻觉得自己被云琅揍了一顿并不算是冤枉。

就在这一瞬间，他心中已经起了打人的心思！

推荐都市大神老施新书：

第一七五章悲伤是一种感觉

朱买臣依旧笑眯眯的，话语却说的很硬。

"本官是陛下钦命牧守的受降城城主，该怎么做，该如何做，是我这个城主的事情。

何侯虽然与陛下亲厚，也不能越厨代庖吧？"何愁有站起身俯身瞅着朱买臣冷笑道："你以为老夫在代替谁说话？"

朱买臣涩声道："既然如此，陛下只需从长安选一胥吏就能治理好受降城，缘何将本官从天南调来北地？"

何愁有背着手走了两步道："尔身为陛下鹰犬，命你牵马坠蹬是荣耀，命你俯身为上马石也是荣耀，陛下也就是看见你还有三分才干，这才受降城如此重地托付于你，缘何胸中会有如许多的怨愤？"

朱买臣长叹一声道："云琅的这份见面礼给的好啊，一下子就把某家满腔的热血给弄得冰冰凉。

何侯这一番话更是说的妙到毫巅，想我朱买臣昔日只是一介土农，受先帝简拔于粪土之中，皇家洪恩此生虽粉身碎骨也难以报答，莫说如今只是有志难申，即便是更加糟糕的境遇，朱买臣也当甘之如饴才对。"

何愁有冷笑道："莫要说气话，更不要怀恨于心，老夫说话历来如此，与其用模棱两可的话语让人误会，不如把事情的本质说出来。

陛下仁慈，会顾虑你们这些人的颜面，老夫不同，老夫就是一介阉人，乃是陛下的奴仆，我只要求你们把事情办好，至于颜面，那是陛下才会考虑的事情，老夫不管！"

朱买臣悲愤的抬起头咆哮道："治理地方，萧规曹随虽然重要，可是，也要趁势而动，从来没有一个人的策略可以沿用百年。

受降城现在施行的策略可能非常适合受降城，可是当受降城繁荣到了一定程度，整个城池就会发生很大的变化，这时候如果再死抱着旧有的一套不丢掉，那才是真正的对不起陛下！"何愁有冷笑一声道："云琅说他的那一套可以用三十年不止，你就先用着吧！"

"三十年？"朱买臣的眼珠子都红了。

何愁有笑道："没错，三十年，你坚持三十年之后自然会有别人来继续接替你。"

朱买臣被三十年这个数字吓坏了，咬着牙让自己安静下来涩声道："某家可能活不过三十年。"

何愁有非常随意的道："干着看吧，对了，还要告诉你一件事，受降城与其余城池不同，这里的赋税都是要进入少府宝库的，并非送入国库！"

朱买臣惨笑一声道："如此说来，本官如今也算是天子家臣？"

何愁有非常认真地点头道："自然是，否则我如何会用如此苛刻的话语跟你说话？"

说完话，何愁有就扬长而去，朱买臣扶着受降城特有的高高的桌案不断地喘着粗气，猛然间怒吼一声道："气煞我也！"

然后就挥动双臂，将桌案上的竹简，笔墨，文书，全部扫落在地，犹不解恨，又拿脚将几根秃笔尽数踩断，这才泱泱的坐在椅子上，瞅着天花板发愣。

在荒原上赶路，骑马比坐车舒服多了，因此，云琅跟曹襄两个人在荒原上会和之后就并辔而行。

"你为什么要殴打朱买臣啊？你打的又不重，鼻子流点血人家回去擦洗一下又跟没事人一样，起不到殴打的作用，我想帮你你有不肯，到底是什么原因啊。"

此时的阳光不是很猛烈，曹襄掀开斗笠问云琅。

"主要是我跟何愁有提了很多的条件，这些条件会把朱买臣的手脚绑缚的死死的，一点缝隙都不给朱买臣，我怕他被活活气死，所以就先期让他感受一下，后面再接受何愁有的话，就能忍耐的住了。"

云琅同样把斗笠掀开，很认真的回答了曹襄的话。

"我母亲评价朱买臣这个人的时候说他是难得的干练之人，被你这么糟蹋，他会甘心吗？"

云琅笑道："怎么就不甘心了，他朱买臣出身贫寒，这么些年来也算是享受了足够多的荣华富贵。

现在，他已经习惯了过富贵且有权柄的日子，这样的人，你让他很有骨气的放弃目前的财富地位去为志向张目，这是不可能的。

所以啊，最后他一定会接受何愁有安排的。

你也知道，何愁有在我们面前可能还有几分仁慈，对待别人，哼哼，他能把人活活的折磨死。"

曹襄朝四周瞅瞅，没看见何愁有这次大声笑道："那个老贼活在世上的唯一目的就是恶心人。

不过啊，话说回来了，他对你算是真的不错了。"

云琅抓抓头发叹口气道："我这一半的头皮就是因为何愁有才产生的，有时候，我真的很想弄死这个老贼，这个想法无数次的在我脑里出现，又被我生生的给压下去了。"

曹襄嘿嘿笑道："在我的心里，何愁有早就死了，还是经历了一百八十中最残酷的刑罚之后才死掉的。

你看看现在，这老贼不在，连天空都格外的蓝一些。"

云琅摇头道："别高兴的太早，陛下要来白狼口，何愁有一定会赶去白狼口护驾的，最晚明天，他就会追上我们。"

曹襄点点头，情绪有点失落。

卫伉的情绪更加低落，他一直想要跟云琅，曹襄一起骑马的，却被苏稚硬是给拉着上了牛车，理由是担心他从马上摔下来给摔死。

卫伉打死都不跟苏稚待在一辆牛车上，而是选择了一辆装载了最多草料的牛车，爬到最顶上，然后就躺在上面看蓝天白云，不论苏稚在别的牛车上怎么呼唤，他也不为所动。

这半年多的时间里，他跟随霍去病一起出征，一起围剿马贼，一起驱赶追杀不受大汉约束的异族人，算是真正经历了战阵。

这半年时间里，卫伉还是有些斩获的，斩首三级，这都是实实在在的军功，已经被何愁有勘验之后，被云琅记录在案。

就这一点，云琅不得不承认，卫青最没用的儿子，上了战场之后也能凭借自己的箭术获得战功。

云琅不敢想，如果卫青对卫伉的要求如果跟霍去病一样的严苛，这小子的前途应该不会太差。

大汉人都相信，一旦家族中出现了一个出类拔萃的人物，就会消耗掉家族中的大部分气运。

卫青认为自己能达到位极人臣的地步，那么，这个时候他就不该有一个比他还要厉害的儿子。

也不可能出现一个这样的妖孽。

当然，这种认为是站在皇帝立场上看法。

卫伉已经计算过了无数遍，半年时间才斩首三级，按照这个速度，他想要斩首三百级，就要在这里待一百五十年……杀过人的卫伉对苏稚就不是非常害怕了。

因此，当苏稚从另外一辆牛车上给他丢过来一块甜瓜，他就非常自然的接住了。

"子玉，到了白狼口，你想见你耶耶吗？"

苏稚很想知道卫伉现在的心情。

卫伉吃了一口甜瓜道："除死无大难！"

19

"要不，我帮你裹上伤巾，涂点血，就说你在跟异族人作战的时候负伤了，那样一来，你耶耶会不会少打你两下？"

卫伉忧郁的从牛车顶上探出头来，冲着苏稚苦笑道："我耶耶想要打我，我就算是快要死了，他一样会动手的。"

"那可如何是好，你现在只斩首三级，还差两百九十七个人头呢，这没办法交差啊。"

卫伉悲伤地哀嚎一声，又在脑袋上用力的捶打两下，扯着嗓子对苏稚道："苏稚姐姐，我在白狼口一定会拼死作战的，如果我战死了，就劳烦你把我的尸体拼凑齐全了，给我娘送回去，就说我对不起她！"

推荐都市大神老施新书：

第一七六章 跟风押宝

（卫伉杀奴一百年才能凑够人头，这不是错误啊，我开始写一百五十年的，换一种意境读书啊，五十年，一百年，一百五十年对卫伉没区别啊！！！！！）当幕烟再一次见到马老六的时候，几乎要认不出来了。

那个彪悍的如同豹子一般的家伙，刚刚走进烽燧就一头栽倒在地上。

幕烟大吃一惊，向外面瞅瞅，看不见另外两个人，连忙问道："可是遇见匈奴了？"

马老六呵呵笑道："他们在三十里外，派人去接吧。"

幕烟瞅着马老六深陷的眼窝道："你都干了些什么？"

马老六笑道："在受降城就没有合过眼……"

恼怒的幕烟哪里会猜不到是怎么回事，愤怒的将马老六丢在地上吼道："别告诉我你在受降城的五天都在胡作非为！"

马老六努力从桌子上取过水罐，猛猛的喝了一罐子水，放下水罐道："有今日没明天的，放肆也就这一次，不过，真的很过瘾啊。

知道不，耶耶把军司马赏赐的一锭金子花的干干净净才回来的。"

幕烟抬腿在马老六的屁股上踢了一脚道："你干脆死在青楼里算了！"

马老六笑道："死在里面其实也不错，要不是想着你整日里担惊受怕的没个定数，我真没打算这么早回来。"

幕烟见马老六开始说正事了，就板着脸道："受降城怎么说？"

马老六笑道："开始的时候，军司马云琅希望我们去点燃草原，他们趁机寻找战机捞军功。

你也知道，我们白狼口是没有什么资格跟人家谈条件的，都要死的人了，谁还在乎背负什么恶名，所以我就答应了。

后来不知怎么的，受降城里的大军，开始全军出动了，而军司马云琅也没有再说点燃草原的事情。

我觉得事情不对，就赶紧回来了，你知道不，我走的时候啊，霍将军也开始向咱们白狼口出发了。"

幕烟皱眉道："出了什么事情？"

马老六摇头道："不知道，不过呢，这个变化对我烽燧是很有好处的，我们只要多等几天就会知道。

现在，就让某家大睡一阵，匈奴人不来莫要唤我！"

马老六说着话就艰难的爬起来，努力爬上了烽燧，来到自己狗窝一般的床铺跟前，轰然倒在上面，转瞬间就鼾声如雷。

刘彻扶着长剑从战马上跳下来，长长的红色披风拖在地上，拂过地上的碎石，杂草。

卫青瞪了一眼那个想要帮皇帝把披风拉起来的宦官，走到刘彻身边道："陛下，今日还有三十里路没有走，不宜在此地逗留。"

刘彻瞅瞅依旧在行军的大军，微微摇摇头，就从草丛里捡起一颗骷髅头拿在手上道："这是我汉人，还是匈奴人？"

卫青打量了一下那颗干枯的骷髅道："是匈奴人！"

刘彻听卫青说的如此干脆，流露出很感兴趣的样子继续问道："何以见得？"

卫青笑道："陛下，请看这颗骷髅颅骨上的三角孔，人的颅骨极为坚硬，匈奴人的狼牙箭不能射穿颅骨，能造成如此伤口的只有我大汉的破甲利器破甲锥！

这样的羽箭普通将士并没有配备，能配备破甲锥的，大多是我大汉军中的善射者。"

卫青说着话，就从背后的箭壶里取出一枝破甲锥，轻轻地塞进骷髅颅骨上的破洞，结果，破甲锥的三角形孔洞正好容纳半只箭头进去。

卫青笑道："破甲锥深入颅骨寸半，这人死定了。"

刘彻满意的点点头，随手丢掉颅骨笑道："既然不是我大汉子民，曝尸荒野也是应有之意。

小黄门匆匆的端来铜盆，伺候刘彻洗手，用白绢擦干手之后，刘彻就瞅着荒草中时隐时现的白骨道："这里该是一个战场吧！"

一身黑色铁铠的公孙敖瓮声瓮气的道："回陛下的话，这场战争距离现在并不算远，甚至不超过四十年，此地属于云中郡所辖缘胡山，文皇帝后元二年，匈奴左屠耆王与宰相申屠嘉大战于此。

家祖参与战事，据说，杀的天昏地暗，日月无光……"

刘彻看了一眼公孙弘道："将门世家，可敬可叹！

只是这一场大战之后，我祖文皇帝就颁诏曰：长城以北，引弓之国，受命单于；长城以内，冠带之室，朕亦制之。

诸位爱卿，你们以为我祖文皇帝所命如何？"

刘彻问的这句话明显就不指望这些人来回答，谁都知道吗，面前的这位皇帝有什么样的雄心，是个什么样的性子，只有傻瓜才会去评论文皇帝，不论对错，如何评论都是大不敬！

刘彻自言自语道："当时国力衰弱，大汉支应不起连绵不断的战争，所以，不论有什么样的羞辱都只好忍下来。

希望能通过和亲，焐热这群禽兽之心……"

刘彻说到这里已经愤怒的不能自己，恨恨的抽出长剑，一剑砍碎那颗骷髅冲着卫青，公孙弘，公孙敖咆哮道："朕要所有的奴贼都去死！"

卫青等人单膝跪地拱手道："臣等遵命，定不让一个奴贼活命！"

刘彻踩着一个小黄门的后背上了战马，冷冷的对卫青道："加快速度，朕的心在燃烧，已经等不及要去看看奴贼到底是何等的张狂！"

卫青与公孙弘对视一眼，然后点头道："微臣遵命！中军，吹号，我们今晚要在安陶扎营！"

中军听命，重复一遍军令之后，就迅速的将将令传达到了屯将，很快，低沉的号角声响起，正在缓缓行军的大军，速度明显加快，一万两千大军铺天盖地一般向北方涌去。

霍去病从来不是一个喜欢防守的将军，他的骑兵大军，在来到白狼口之后就丢下辎重，然后就马不停蹄的向东方杀了过去。

迟滞敌军，不能被动的防守，边战边退才是正理。

幕烟眼瞅着霍去病带两千五百骑兵进了荒原就感慨万千，他对骑都尉的装备武械羡慕到了极点。

马老六咬着甜瓜伸脖子朝外看了一眼道："两千五百人的铁铠，每匹战马身上都裹着皮甲，一水的破甲锥弩箭，弩弓，再看看人家背上的短矛都比我们的长矛锋利，我仕受降城还看到了大量的投石车，弹丸都是特意琢磨过的，鹅卵石，弩车这东西长安城守军估计都没有他们多。

屯将，你就别眼红了，什么人什么命，强求不得。

我现在就盼着军司马云琅来的时候能把投石机跟弩车都带上，这样一来，我们活命的希望会更大。"

23

幕烟目送霍去病的大军进了荒原最终消失，这才回过头看着马老六道："骑都尉这算不算是空群而出？"

马老六丢掉薄薄的瓜皮擦一把胡须上的汁水道："这必然是空群而出啊，这一次骑都尉赌的很大。

屯将，这就让我老马看不明白了，以骑都尉军司马的性子，要他做出这么大的牺牲可能性不大啊。"

幕烟右拳捶在左手心急躁的道："一定有我们不知道的事情发生了，否则，骑都尉不可能如此的不要命！"

马老六笑道："屯将，我们最好也做好准备，我总觉得能让骑都尉这些娇贵的子弟不惜性命的去作战，后面的好处一定会大的吓人！"

幕烟看着马老六重重的点点头道："说的在理啊，我们这些贱命即便是陪着那些膏粱子弟拼掉了也不亏。

老马，这几天你一定要辛苦些，带着斥候走远一些，好好地把事情弄明白，我要给弟兄们一个明确的交代！"

推荐都市大神老施新书：

第一七七章 做大事惜身

战马奔跑起来，霍去病就显得非常惬意，虽然前方有可能会出现两万匈奴大军，等待战斗的日子，是他最幸福的时候，一旦开始战斗，他的生命就会攀上最浓烈的巅峰。

这里不是浅草才能没马蹄的长安，而是风吹草低见牛羊的边地草原。

乌骓马从草丛里窜出来的时候，即便是远处的饿狼也哀鸣一声向更远处逃遁。

骑都尉的斥候在更远处四处奔驰，在更加遥远的地方，有一座不大的山峦站立在那里，而右贤王那双鹰隼一般的眼睛，真默默地看着脚下的大地。

他看见了骑都尉，也看见了霍去病，毕竟，霍去病身后那张巨大的红色旗帜，足矣表明他的身份。

"赫尔度，这就是那支去了河西的汉军吗？"

右贤王轻声问道，他似乎在担心声音稍微大一些就把那群刚刚进入埋伏圈的小老鼠吓跑。

右贤王麾下大当户赫尔度回答道："是这样的，这一次，就让我们在这里把他们都埋葬掉吧。"

右贤王摇头道："不埋葬，我要他们的尸体被野狼吞掉，我要让他们的灵魂永远不得升天，只能没日没夜的在这片荒原上哀嚎。"

大当户赫尔度对右贤王说出这样的话并不感到奇怪，在他小的时候，他的父亲就告诉他，匈奴人是狼，汉人是羊，狼吃羊天经地义。

如今，雄壮的饿狼被带角的山羊狠狠地顶了一下，只要是一只有尊严的饿狼都会报复回去的，更何况，右贤王这样的英雄！

霍去病停住了马蹄……

右贤王万分的失望，只要骑都尉再前进一里地，就能完美的进入埋伏圈。

赵破奴撕扯了一口干羊肉，费力的吞咽下去，喝了一口水就对身边的亲兵道："试试看，能不能把匈奴人引出来。"

亲兵苦笑道："斥候已经进入人家的圈子半里地了，要是再前进，就会被人家乱箭射死的。"

赵破奴笑道：;这一次耶耶去，你们看着点。"

赵破奴正要打马离开，战马缰绳却被李敢一把拉住。

"不能冒险，也不能现在就把右贤王引出来，我们比匈奴人更需要时间。"

赵破奴悻悻的道："狼都跑到五里地以外了，他们为什么，凭什么，认为我们不会发现他们？"

李敢笑道："我父亲说过，匈奴人总以为草原是他们的，认为我们不可能懂这些。"

霍去病怒道："刚才是谁说前面的山包飞鸟投林，应该没有什么危险的？"

李敢的黑脸看不出半点不好意思的模样，倒是赵破奴钦佩的看着霍去病道："将军，还是你心细如发。"

霍去病停下马蹄瞅着远处的山包道："是何愁有这个老贼告诉我的。"

李敢左右瞅瞅没看见何愁有。

霍去病冷哼一声道："老贼说了，那个山包就是一个狼山，他的八匹狼就是在那里捉到的，还说他第二次再想去捉狼，结果还没靠近，就被山上此起彼伏的狼嚎声给吓得退回来了。

这座狼山丢了八匹狼，所以对人非常的敏感，只要有人靠近，狼群就会嚎叫警告群狼注意。

我们都靠近五里之内了，狼山上还没有出现狼嚎，这是非常不对劲的。"

赵破奴道："既然我们知道了匈奴人就在狼山，我们该怎么办呢？

他们不出来，难道我们也不上前？"

霍去病冷笑道："那就继续等等，我们需要时间。"

一声令下之后，骑都尉不但没有继续向前，反而在缓缓地后退。

右贤王有些失望……

大当户赫尔度一拳砸在石头上，然后就对右贤王道："他们不进来，我们就出去吧。"

右贤王缓缓地摇摇头道："你有没有发现，这两年来，汉军越来越难以对付了，他们的骑术更好，战马更加强壮，就连草原走马的功夫也在突飞猛进。

左贤王就是在草原上与汉军野战，最后落得了一个全军覆没的下场，他自己也被汉人捉走……"

赫尔度怒道："他为何不自杀？"

右贤王笑道："赫尔度，我如果不小心战败了，又没有什么机会自杀，你一定要记着，到时候一定要杀死我！

我不想去长安陪着左贤王一起跳舞来取悦大汉的君王。"

赫尔度奇怪的看着右贤王道："我们还没有开始战斗呢，大王怎么说这样的丧气话。"

右贤王轻轻地拍着山石道："我们此行目的在于劫掠，不在生死鏖战，赫尔度，我们想要带着丰厚的财物回到祁连山，而不是带着一点残兵回到祁连山。

攻伐受降城，只是我们回家的一个理由！

我带着五万将士离开了河曲，什么都没有得到，却白白的消耗了两年的时间，五万名将士也变成了两万人……如果没有一个拿得出手的礼物，河曲之地就不会接纳我们了。"赫尔度丢掉手里的石块，恨恨的道："伊秩斜才是草原上最无情的饿狼。

当初如果没有大王支持，他凭什么当上大单于！如今，他的地位稳固了，就开始对我们下手了。"

右贤王笑道："我支持伊秩斜，是因为他比左贤王更适合当大单于，如今看来，我的选择没有错，给汉家皇帝跳舞的左贤王成了我大匈奴最大的耻辱。

我没有恨伊秩斜，他目前的做法才是一个大单于该做的，都是栾提氏子弟，大单于的位置落在谁的手里结果都一样。

我们都是狼……只要是狼，为了王位就该拼命，伊秩斜拼了，左贤王於单却没有，他如果当时不顾一切的向伊秩斜发起进攻，我最多会两不相帮，可是啊，於单选择了逃命。

我身为右贤王就必须为自己的部族考虑，如今，虽然损失了三万人马，河曲地却获得了难得的安宁。

只要给我们时间，河曲匈奴一定会变成主宰草原以及西域的霸主。"

赫尔度没心情听右贤王絮絮叨叨，他指着快要离开视线的骑都尉军对右贤王道："伊秩斜如约去攻伐右北平了，白登山的大军也如您所愿的被调走了。

我们既然要劫掠受降城，那就不该在这里过多的浪费时间，万一汉人从国内调兵过来，那就糟糕了。"

右贤王大笑道："我费尽了周折，才搞出目前的局面，岂能让受降城逃过这一劫。

既然伏击不成，我们就堂堂正正的向白狼口进军吧，两万大军目前是这片土地上最强大的存在，我不相信，两千多汉军能够阻拦住我的马蹄！"

赫尔度对自家大王的性子琢磨的很清楚，这人有时候精明的可怕，谨慎的让人无法描述。

可是，有时候他的胆子又非常的大，大的让所有人吃惊。

骑都尉刚刚出现在视野里的时候，按照赫尔度的做法，埋伏起来的匈奴大军就该合围，包抄，一旦将这支汉军堵截住，今日的战果就出来了。

而右贤王却选择等待……

刚才那一番废话，赫尔度可以非常确定的说，那是右贤王在给她自己的失策，强词辩解！

敌人来的时候不作战，非要等敌人走远了，才派出大军追击，赫尔度没办法解释大王这样的行为，只能暗自叹息一声，就下令埋伏起来的大军，从各处隐蔽地点出来，缓缓地向白狼口逼近。

如今情况又变了，现在，该轮到匈奴的大军担心，骑都尉在前面会不会有什么埋伏。

赫尔度认为大匈奴骑兵，强大之处就在于奋勇作战，而不是学汉人那样弄什么谋略。

只要匈奴骑兵足够强大，再精妙的计谋也会被骑兵这只坚硬的铁锤砸碎！

推荐都市大神老施新书：

第一七八章世上没有白占的便宜

马老六疯了一样在荒原上奔驰，此时的马老六似乎早就忘了胯下战马是他最好的兄弟这回事。

马屁股上已经血迹斑斑，即便如此，他依旧拼命地将鞭子抽在他昔日的好兄弟身上。

"天皇耶耶啊，天皇耶耶啊，不得了了……"

枣红色的战马脖子伸的老长，他虽然不明白昔日的老兄弟今天为什么会如此残暴，为了少挨两鞭子，他努力的将四蹄腾空，用自己最快的速度在荒原上奔跑。

"天皇耶耶啊，天皇耶耶啊，怪不得骑都尉不要命了。天皇耶耶啊，耶耶也不要命了……"

自从发现皇帝的龙旗出现在白狼口一百里以外，马老六就留下两个斥候在路边跪迎皇帝，负责给皇帝开路，听候使唤，他自己骑上马，一刻不停的向白狼口狂奔。

这个消息一定要禀报屯将知道。

大汉皇帝已经来到了边地，这就说明大汉边地的军队在皇帝眼中全都是废物，要不然皇帝也不会御驾亲征！

马老六虽然不识字，却是一等一的聪明人，在军中混了这么多年，他明白一个道理——皇帝都来督战了，边军？如果不能战死估计也会被皇帝斩首！

这个时候还说什么功业，说什么战功，说什么得失，如果不能干净彻底地把右贤王的两万人杀光，等皇帝亲自动手之后，边军只有羞愧的自杀这一条路好走了。

怪不得骑都尉那个猥琐的军司马前脚还在跟他这个大老粗讨论谁来背黑锅好些的话题。

下一刻，霍去病就带着受降城里的所有军卒就来到了白狼口，到了白狼口，连休息一下的意思都没有，就一头扎进了荒原。

皇帝来了，再说谁背黑锅的话，那就很没意思了，到了这时候，谁的花花肠子多，谁在砍头的时候会被多砍几刀！

任何花招都是在皇帝看不见的情况下才有效，在皇帝亲临战场的时候，边军的战争就彻底的回归了本质，军队也自然而然的会变得纯粹。

厮杀，勇猛的厮杀才是将士们唯一的作用，至少，在皇帝眼中留下一抹强悍的身影，这道身影就会在皇帝的心里留下永久的印痕，且不可更改。

当马老六再一次摔倒在烽燧前面的时候，嘶哑着嗓子吼道："屯将，陛下来了！"却没有听见幕烟回答。

忽然听见头顶有人轻声道："怎么？发现皇帝来了？"

马老六刚刚答应一声，就猛地从地上窜起来想跑，一双粗糙的大手却捂住了他的嘴巴，很快他就被人捆的结结实实，嘴里绑上牛皮绳子塞进了一辆装满了草料的牛车。

云琅笑眯眯的瞅着远处正在忙碌的搬运东西的幕烟，朝曹襄挥挥手就进了烽燧。

红泥堆砌成的烽燧，在这片平坦的旷野里显得格外高大。

云琅穿过肮脏的边军居住地，来到了烽燧的顶部，这里依旧不够高，看不见霍去病他们的影子。

幕烟愉快的将两架床弩安置在烽燧顶上，笑呵呵的对似乎在看风景的云琅道："多谢军司马，有了这东西，匈奴人想要拿下烽燧不多留下两百具尸体可不成！"

云琅笑道："我特意给床弩配备了磷火箭，一旦战事不利，你还能用床弩发射火箭点燃草原。

虽然这里距离草原远了一些，点燃近处的草原，还是能让匈奴后退一些的。"

幕烟笑道："那是自然，一旦烽燧不保，某家定会做好与奴贼同归于尽的准备。"

云琅笑道："那也不一定，我的战车会留在烽燧下面，帮助你作战，只有我们已经倾尽全力了，依旧不能改变战事，你才能做最坏的打算。"

幕烟认真的看看云琅抱拳道："这是自然，军司马都不惜身，幕烟一条贱命，就陪着军司马留在这里又如何？"

云琅哈哈大笑一声，拍拍幕烟的手就下了烽燧，现在，他需要立刻开始准备战车来回奔驰的坚硬路面了。

烽燧下，刘二捏开了马老六的嘴巴，一身女子盛装的苏稚很快就把一碗药给马老六灌下去了。

虽然马老六不断地向外喷气不愿意喝这碗不知名的药汤，到底他的中气有限，吹了一些恶心的泡泡之后，那一碗药的一大半就被马老六喝了一个干净。

苏稚在边上点了一枝时香笑眯眯的对惊恐不安的马老六道："再等一刻，药效发作了，就会放你走，你放心这不是毒药，只是让你暂时说不了话，三天后药效过了你就能说话了。"

马老六觉得嗓子干涩的厉害，涩声道："为何？"

苏稚摇摇头道："我也不知道。"

马老六也不知道想到了什么，他的眼睛越睁越大，又开始剧烈的挣扎，还想要大声的说话。

刘二在旁边开始敲锣，并且开始大声的申斥军卒们必须加快进度，一定要在日落之前把所有的战车组装完毕。

马老六明显的觉得自己的嗓子越来越涩，越来越干，等到那枝时香完全燃尽之后，他一张嘴就只能发出嘶嘶的喘气声。

苏稚微微一笑，就转身离开。

马老六被两个军卒夹着离开了草料车，丢在烽燧口子上，然后就被他的两个大呼小叫的同伴接手扶着走进了烽燧。

幕烟听说马老六回来了，急忙从烽燧顶上下来急急地问道："可有什么发现？"

马老六悲愤至极，张大了嘴巴吼道："嘶嘶！"

幕烟大怒，抓着马老六的肩膀摇晃着道："现在不是玩笑的时候，快说，到底发现了什么？"

马老六努力的大叫道："嘶嘶嘶……"

幕烟恼怒的把马老六丢在一边道："马虎子跟潘亮呢？你不至于把他们丢在外面，自己回来吧？"

"他的嗓子坏了，这几天要好好地喝水，三两天之后，嗓子就会恢复，这是肾水不足的缘故。"

云琅从门外走进来，捏开发傻的马老六的嘴巴，朝里面看了一眼，就对幕烟如此说道。

幕烟嫌弃的瞅瞅马老六道："这家伙去受降城来回跑了八百里地，仅仅休养了两天，就被我派去当斥候，最重要的是这家伙在受降城里没什么出息，这才把身子弄出毛病来了。"

云琅似笑非笑的看着马老六道："我说呢，原来被受降城青楼称之为"种人"的好汉，就是这位啊，难得，难得。

只是事事都需要有节制，美人窝就是英雄冢，这个道理身为好汉的还必须要明白啊。"

幕烟狠狠的瞪了马老六一眼，就朝云琅拱手道："不知军司马今夜住宿在何处？"

云琅瞅瞅外面的天光，叹口气道："你依旧按照你的章程做事，我们今晚会结成车阵，作为烽燧的外围。"

幕烟拱手道："如此辛苦军司马了！"

云琅瞅瞅马老六又道：“火攻是马老六给我们出的主意，我思前想后觉得这个主意确实不错，只是，我骑都尉对周边的地理不熟悉，想请屯将借几个人给我，好去勘察一下放火点。”

幕烟点头道：“敌强我弱，只好如此了，我手头的人手也不足，马老六是我白狼口的好汉，虽然此次荒唐了一些，比起别人我还是更加相信他。

这两天这家伙的嗓子坏了，不能聒噪，应该是最好的带路人选，不如，就派他去可否？”

云琅点头笑道：“自然是妙极，人中之龙马老六，肋生双翅就上天，这句话虽是戏言，我也是闻名好久了。”

马老六的眼珠红彤彤的，抱着幕烟的胳膊嘶嘶大叫，幕烟擦试一把脸上的口水，恼怒的吼道：“这是军令！”

吼完了就再一次上了烽燧，这个关键时刻，幕烟准备吃住都在烽燧顶上，不敢有丝毫的大意。

等烽燧的军卒都散去之后，云琅瞅着马老六笑道：“我的那锭金子可还好用？”

第一七九章 《艳戏群芳图》

马老六愤怒的看了云琅一眼，就继续低着头，想着用什么法子告诉傻了吧唧的幕烟，皇帝来了这件事。

不识字这是马老六最大的悲哀。

就因为这个弱点，他成不了高级军官，成不了人上人，同时也限制了他有更多发展的可能。

不识字，就是一个睁眼瞎，以前的时候，马老六觉得认识不认识字算不得什么大毛病。

只要自己不想着升官发财，不想着离开白狼口，这就不是一个什么弱点。

话说不通顺的时候，马老六会唱山歌，他甚至还会在红砂岩上用简单的线条勾勒出一幅幅不算太差的画像。

云琅想要他闭嘴，甚至暂时把他弄成了哑巴，在马老六看来，都是徒劳。

因此，他开始满世界的找一块尖锐的好石头，一块没有被他平日里污染的平整干净的墙壁，他想通过绘画告诉幕烟，皇帝就要到来了。

云琅就站在马老六身后，论身手，他打不过马老六，在众目睽睽之下，也不好找人来揍马老六，拿回激起烽燧上那些军卒的怒火的。

因此，他就很悠闲的站在那里看马老六绘画。

还不错，马老六学的就是古风绘画技巧，一个奇形怪状的大个人首先出现在墙壁上，为了让幕烟明白来的人就是皇帝，他还特意给人像上添加了冠冕。

然后呢，他就在墙壁上画了一个大大的烽燧，烽燧就画在皇帝身边，两者距离非常近，预示皇帝距离烽燧很近。

马老六警惕的回头看一眼云琅，见云琅没有阻止他绘画的意思，又挖空心思的画了很多奇怪的战马，以及骑兵，为了让幕烟更加的清楚明白，他还特意把皇帝依仗给描绘了上去。

最后，马老六还画了一幅一个女子往他嘴里灌药的场景，不得不说，马老六的眼光是非常敏锐的，他居然将苏稚的着装描绘的有五六分像。

在刻画这些作品的时候，马老六几乎是用尽了全力，每一勾画都苍劲有力，云琅想要在一眨眼的时间弄坏这些画，完全没有那个可能。

云琅探出一根手指扒拉一下壁画上的线条摇着头道："没想到你还有这手，傻子看到你的画都应该知道陛下已经快要抵达白狼口了。

另外啊，我老婆往你嘴里灌药的场面没有那么惨烈吧？你至于把她画的那么丑？"

云琅说着话，也捡起一块石头，轻微的修饰了一下苏稚的形象，对死死盯着他的马老六道："你看看，我给她添加了一袭披风，这样看起来是不是就更加生动了？

另外，你画的这些屁股一样的东西是什么意思，我到现在都没有搞清楚？"

马老六张嘴蛇一样的嘶嘶两声，就飞快的钻进了烽燧，去找幕烟去了。

云琅拿着石块，继续对这幅画修修改改，他总觉得马老六画的画不好，没有多少美感。

只要把壁画上的皇帝披的披风延长一些，再往上翘一点，一对美丽的妇人就活灵活现的出现了，再添加几笔，一个裸体美人就娇媚的伏在皇帝身后。

如果再把那个皇帝人像加粗一些，重新在上面添加一颗蛋头，脸上胡乱弄一些胡须，要说这人不是马老六都没人信啊。

至于高大的烽燧随便勾勒两笔就成了一张高大的桌子，云琅很自然的在上面又添加了两个简笔像，这手艺自从大学毕业之后就再也没有施展过，现在故技重施，云琅不由得有些心痒难熬。

说起简笔画，云琅的手艺其实很不错，最开始学来教弟弟妹妹们画个简笔狗狗，简笔小猫，简笔小猪，简笔大象一类的东西。

后来熟能生巧了，再加上大学时期是荷尔蒙爆发时期，很明显，简笔才是他的最爱，以至于画到高深处，不论是小猫，小狗，还是小猪，小象……他都能利用那些特有的线条把他们改造成一幅幅千娇百媚的像。

马老六的画工不好，线条不流畅，这让云琅修改的画像有那么一些失色。

不过还好，等马老六拖着幕烟从烽燧出来的时候，马老六初创，云琅再加工的《马老六艳戏群芳图》就活灵活现的出现在烽燧的墙壁上。

至于马老六画的那副《皇帝巡幸边地图》早就找不到半点印记了。

马老六远远地见云琅站在壁画一丈开外，不由得松了一口气，至少，云琅没有下作的用宝剑把他的画作给毁掉。

见幕烟出来了，云琅快步迎接上去，抓着幕烟的手道："倪慧霞竟然有这样的绘画奇才，没去宫中当画师实在是可惜了。"

幕烟正要客套两句，瞅了一眼墙上的壁画，顿时就羞臊的满脸通红，原以为云琅那句话是客套话，看到满强的之后，他才明白云琅是在羞辱他。

幕烟转过身，一把捏住马老六的脖子咆哮道："耶耶可怜你从没近过女人，给了你一个机会，你就是这样来报答耶耶的是吗？"

马老六刚才担心云琅发飙，特意躲在幕烟的身后，他没有看清楚墙上的画像变成了什么样子，如今被幕烟猛地一把捏住脖子，更是觉得莫名其妙，这么简单的一副图画，幕烟是怎么看的？怎么就跟女人联系到一起了？"

与此同时，跟随幕烟马老六一起从烽燧里的出来的伙伴，在看到那幅《马老六艳戏群芳图》之后，立刻就疯狂了……这是他们所有人第一次见到这样的图画。

"马老大，不愧是弟弟的好兄长，就你这份好心，做弟弟的的记下了，以后水里，火里只要你喊一声，定不推辞。"

"哇呀呀，马老六这娘贼太快活了，屯将，什么时候也让我走一遭受降城啊？"

幕烟松开马老六咆哮着道："刮掉，刮掉，有碍观瞻，张牛儿，快些刮掉！"

雄壮如牛的张牛儿抱着双臂站在最佳观看位置上，听屯将这样说，头都不会的回答道："干嘛要刮掉，这可是我们白狼口唯一能拿的出手的东西，木匠，木匠，快点去锯木头，做一个框子把这幅图画遮起来，屯将说得对，不能便宜了外人，只准我们自己兄弟看！"

等马老六终于看清楚了墙上的壁画之后，几乎不敢相信自己的眼睛，嘶嘶嚎叫两声，就向壁画扑了上去……很快，他这个意图破坏壁画的家伙就被一群昔日的兄弟给丢了出来，而壁画下面，围观的人群却越来越多，越来越密集……马老六瞅一眼要把他生吞活剥的幕烟，来到看热闹的云琅身边，很有礼貌的肃手邀请云琅与他同行。

"幕烟提前知道陛下要来白狼口的消息其实没有什么好处，刻意做出来的东西，与自然而然的表现，完全是两回事。

你们是边军，这些年以来绝对算得上是苦心孤诣，让陛下看到这一幕不好么？"

马老六愤怒的盯着云琅。

云琅无奈的笑道："我知道这话不好听，可是啊，我真的需要让白狼口的人去负责放火。

你别乱叫，骑都尉真的不能直接去放火，一旦放火了，就会有一大群人指责我们，还会说我骑都尉为了保存实力，畏敌如虎，不敢与匈奴人决战，只会放一把火把匈奴人赶走了之。

你放心，这一次事情过后呢，只要你闭上嘴巴，我就把你调入骑都尉，以你的功劳，当一个曲长绰绰有余。"

马老六奇怪的看着云琅，狠狠的吐了一口唾沫就大步流星的向骑都尉军中走去，看的出来，他对云琅的提议，极为不屑。

云琅似乎并不生气，依旧笑眯眯的跟在马老六后面，发现一个真正的好汉，怎么也比发现一个怂包强！

第一八零章消息是有时效性的

别人看到皇帝来到边城，一下子就会想到右贤王，云琅听说皇帝来到边城之后，一下子就觉得皇帝这是看上了肥美的河套之地。

区区一个右贤王还不值得皇帝亲自奔波劳顿。

刘彻是高傲的，甚至称得上是这片苍穹下最骄傲的一个人，莫说右贤王他看不起，即便是有着枭雄本质的伊秩斜在他眼中也毫无地位。

他的目光在于天下，不在于某一个点，受降城是他手里的一柄刀子，他想用这柄刀子来活生生的把匈奴切成两段。

毫无疑问，霍去病会成为这柄利刃的锋刃，而且是最靠前的锋刃。

大汉帝国名臣勇将无数，真正能做到千里奔袭达到目的的将领却不多。

目前来看，除了卫青之外，恐怕也只有霍去病做到了这一点。

其余众人，比如李广，苏建，公孙敖等人都有过失期的记录。

失期是一个很可怕的事情，找不到敌人迷路也就罢了，如果在迷路的同时又被敌人找到，那就是大事件了。

赵破奴在骑都尉军中算是一个很好地活地图，即便是这样，赵破奴在前次出征中也差点把骑都尉带进沙漠里去。

马老六就不一样了，这家伙就是一个土生土长的本地人，再加上这个家伙在边军中担任了这么长时间的斥候，如果说赵破奴知道大部分的道路该怎么走，那么，马老六的双脚，曾经踏遍过河套，西域之地。

很早以前，云琅就问过霍去病该如何在荒原上辨别方向，。霍去病说依靠识途的老马。

现在，云琅就给霍去病找了 ·匹识途的老马。

带路的人很重要，尤其是给军队带路的人更加需要谨慎辨别，如果弄了一个坏的带路人，在西北边地这块神奇的土地上，他一个人就能把大军带入绝境。

在受降城的时候，云琅就想跟马老六说这个意思，结果马老六听出云琅话里话外的意思，宁愿拿着金子跑路，也不愿意接云琅的话茬。

看的出来，这家伙对自己的兄弟非常的忠贞。

这或许是大汉人一个普遍的特点，背叛对这个时代的人来说是人生中最大的污点，会坏了名声。

尽管云琅知道，这些人的名声其实不值几个钱，但是这些家伙却死守着自己的节操不肯拿去换钱。

这就让云琅又是佩服，又是心酸，他一边庆幸在大汉像他这样的坏蛋很少，一边为这些好人往往得不到好报感到伤感。

马老六辛苦一生，如果想获得更进一步的机会，他只能离开白狼口，在这个地方，他已经被打上了不可用的标签，如果不离开白狼口，他最终的下场要嘛战死，要嘛年老力衰之后被踢出军队。

眼看着马老六气鼓鼓的走在前面，云琅摇着头不住地叹息，这些家伙啊，为他们好他们还不领情。

至于在为马老六好的过程中出现的一点其余的事情，他是为是小事，很小的事情。

关于右贤王的消息不断地从前方传来，云琅把这些战报一个不落的给了幕烟。

霍去病的大军不断的出现在右贤王大军的左右，虽然能起到迟滞匈奴大军前进的目的，形势却变得越发危急了。

一连两天，马老六都带着骑都尉斥候在荒原上找最好的放火地点，也在放火点安置了放火物质，引火的东西很多，什么之还有大量的硫磺跟牛油，云琅力争让大火一旦开始燃烧，就要形成燎原之势。

只可惜，现在的草原还不够干，虽然草叶都已经枯黄了，里面还是有很多水分。

想要草原彻底变干，秋日里的寒风还要努力一些才好。

北风刮起来的时候，白狼口这地方的空气里就连一丝水汽都没有了，这个该死的地方，白天能把人热死，到了晚上又会把人冻的瑟瑟发抖。

幕烟终于开窍了，他觉得不好把云琅，曹襄，何愁有这些大佬放在烽燧外面挨冻，于是，他们全体搬迁了出来，让云琅他们带着卫士住进了烽燧。

在这个时候，云琅自然而然的将放火的责任丢给了幕烟，马老六想要凑过去找幕烟，却被幕烟一脚踹到了一边。

两天的时间过去了，马老六的嗓子已经好了很多，简单的你我这样的字还是能说的。

只是他的名声已经坏掉了，至少在幕烟的眼中已经坏掉了，因为那幅壁画，白狼口的所有军卒此生最大的梦想就是能去受降城快活一番。

这让幕烟这个偏将衔屯将的日子很难过，幸好，现在是战时，如果是平日里，幕烟都怀疑会不会有人偷偷的去受降城。

自从何愁有来到了白狼口，他就安静的让人有毛骨悚然的感觉，至少，他的那张丑脸上连续两天没有见到过一丝一毫的笑容。

皇帝的大军消失了，云琅派出去的游骑向南跑了六十里还是没有见到皇帝的军队。

何愁有应该跟皇帝是有联系的，只可惜，这个老家伙一句话都不说。

云琅跟曹襄面对地图猜测皇帝去了哪里的时候，云琅很明显的感受到了何愁有流露出来的不屑之意。

按理说，只要是何愁有表示不屑之意的猜测，就该被云琅跟曹襄给剔除，云琅却不是这样，他依旧没有放弃任何一个可疑的地方，天知道何愁有给的暗示是真是假！

白狼口之所以被称为白狼口，就是因为此地的地形很复杂，原本平整的大地，被风，或者水流侵蚀的如同狼牙一般。

很多地方都具有隐藏一支大军的条件。

想要从那么多的地方确定准确的位置，这非常的考验人的智慧。

不用说，皇帝安营扎寨的地方应该是卫青选择的，而卫青这个人最喜欢干的事情就是出其不意，攻其不备！

皇帝到来的消息目前依旧被云琅控制在一个很小的范围内，对这一点何愁有很满意，他唯一不满意云琅的一点就在于，留下了马老六这个活口。

云琅认为何愁有这个人做事最是简单粗暴，能砍掉脑袋就能解决事情的，就绝对不会用别的法子。

以至于马老六不幸碰见了何愁有，在何愁有阴冷的眼神注视下，他全身的血液都几乎要冻僵了。

"胡人？有趣！"何愁有看到马老六之后立刻就对他产生了浓厚的兴趣。

云琅有意无意的站在马老六跟何愁有之间笑道："已经为我大汉守护边寨二十余年了，且战功累累。"

何愁有笑道："你是要为他作保？"

云琅摇头道："一个斩首三十七级的好汉，还用不着不相干的人给他作保，他的军功就是最好的保证。"

"既然是有功之臣，为何至今还是一个什长？"

云琅嘿嘿笑道："这就要问，考功司的那些官员了，也不瞒你，等我见到陛下，就会提起这事。"

何愁有冷冷的看了云琅一眼道："你不会提的，你也休想要老夫帮你说话。"

云琅连忙道："你就不怕寒了功臣的心？"

"功臣？等到他的棺材板子盖上了，再说他是功臣也不迟！"

或许是听到马老六斩首三十七级的事情，何愁有就显得有了些人味，看马老六的眼神也没有之前那么冰冷了。

何愁有上了烽燧，云琅瞅着马老六道："现在知道本官是好人了吧？"

马老六艰难的摇头道："官……没……好的。"

云琅点头道："这是大实话，你现在能说话了，就可以去告诉幕烟陛下到来的消息了。"

马老六摇摇头，这个时候再告诉幕烟皇帝来了，不但不会帮到他，甚至会是害了他。

在倾轧严重的情况下，小兵，小将的还是当一个无知者最幸福。

推荐都市大神老施新书：

第一八一章不愿牺牲

霍去病出去的时候麾下有兵马两千五百人，当他风尘仆仆的从荒原里回来的时候，只剩下不足两千人。

所有的将士都已经没有了人形，刚刚来到云琅预设的战场跟前，就下饺子一般的噗通，噗通的从马上掉下来。

霍去病咣的一声就从战马上跳下来，取过云琅的水壶就痛饮起来。

李敢，赵破奴好歹也活着回来了，只是看他们的样子似乎已经距离死亡不太远了。

马背上还捆着很多的尸体，他们垂着头的样子，让云琅还以为他们是睡着了，触碰一下才发现，早就死透了，肌肤冰冰凉凉的没点温度。

"人手战损了三成！"

霍去病双手搓一下脸，就有大片干透的血痂子变成粉末掉了下来。

云琅点点头，出征之前就预料到的结果，现在不过是变成真的而已，没什么好奇怪的。

带回来的尸体只有不到四百具，也就是说，没找回来的尸体还有四百……"时间太短，我没有时间建立一个坚固的堡垒。"云琅指着围绕着烽燧钉下的木桩子有些愧疚。

霍去病回头看看密密麻麻的木头桩子道："够了，至少能支撑三个回合。"

"就在你出现在地平线上的时候，荒原里的引火点的时香已经点燃了，我把时间定在三个时辰之后，那时候天也该黑了，匈奴人应该也非常的疲惫，该扎营了。"

霍去病摇摇头道："匈奴人就在三十里外，一个时辰之后必定会到白狼口，我不确定匈奴人会不会立刻发起攻击。

匈奴大当户赫尔度用兵非常的稳健，一路上没有给我任何偷袭的机会，硬碰了三次，我们没有占到多少便宜，右贤王的工帐亲兵很难对付，且死战不退，一路上与我们纠缠的就是这支王帐亲兵，右贤王的大军，没有参战，即便我们把一千人的王帐亲兵拼光了，他们的大军主阵也没有参与我们的战斗，非常坚决的向白狼口挺近。

这样的状况下，我想多迟滞敌人几天都做不到。"

云琅笑道："本来就不是什么偷袭之类的战事，而是堂堂正正的在野战，这已经难能可贵了。

41

你现在好好地洗漱一下，休息一会，等匈奴人来了之后再做打算。"霍去病点点头，拍拍云琅的肩膀就进了烽燧，准备好好的歇息一下，不眠不休的战斗了五天时间，他真的很累了。

接过苏稚递上来的人参汤，一口喝光，也不管是谁的床铺，穿着铠甲倒在上面就呼呼大睡。

至于李敢跟赵破奴，已经喝过参汤，睡得不省人事。

云琅没有走进烽燧，虽然幕烟不停地在烽燧上报告匈奴人的方位，距离，云琅却从口袋里抓了一把豆子，慢慢的嚼着就站在烽燧下面，瞅着不断逼近的匈奴大军。

投石机已经准备好了，弩车也早就上了弦，五百人的射声营已经躺在了地上，双脚蹬着弩弓，就等一声令下之后，就扣动弩机。

匈奴人终于来到了一里地之外，他们停在了那里，似乎在眺望眼前的这座与他们印象中孑然不同的烽燧，犹豫着要不要继续前进。

云琅终于吃完了手里的最后一颗豆子，就跳上了一辆战车，此时的战车与云琅在受降城时使用的战车又有了很大的不同，车厢变小了，变得更加坚固，轮子也更加的高大，装在车轴上的四柄铰刀也特意加长了。

这一次云琅没有用那柄害事的长矛，而是拿着一架弩弓，在他的脚下，还有两柄同样上好弓弦的弩弓。

"把这件甲胄套在外面。"霍去病的声音从身后传来，云琅转过头去，才发现，霍去病正站在卫伉的战车边上，一边帮卫伉穿上一套染血的甲胄，一边小声的叮嘱他战场上的注意事项。

卫伉难得的没有哭泣，只是把一柄长矛抓的很紧，霍去病拍拍卫伉的盔甲笑道："活着回来。"

卫伉咬着牙点点头，好半晌才道："记着把我的尸体带回去。"

"别说这些不吉利的话，你会活着回来的。"

"我父亲在那里？"卫伉又问道，这是一场属于他的生死鏖战，他很想让他那个无情的父亲看清楚他是怎么战死的。

"我不知道，舅舅或许会来，或许不会来，毕竟，陛下的安危重于泰山。

记住我的话，跟紧云琅！"

云琅笑着回过头，这时候，霍去病是不会来到他这里的，就像云琅不会去干涉霍去病的军阵一样。

42

等到远程攻击武器全部奏效之后，就该这三百辆战车出发了，此时，战车上的军卒大部分由民夫与亲军组成，云琅不知道这样的战士到底能不能有胆子向匈奴发起进攻，不过呢，他相信谢宁，他会留在最后让所有战车都杀进敌军营地的。

苏稚就站在烽燧顶上愣愣的看着云琅，云琅冲着小丫头挥挥手，尽量让自己笑的自然一些。

曹襄明显是背对着云琅他们坐在烽燧顶上，这种场面他非常的不喜欢，他总觉得云琅就像是一头被剥洗干净的猪，还自己主动跑到浪群里去了。

本来说好的，匈奴人一来就放火，结果，万恶的何愁有表示，如果白狼口没有一战，战后，所有人都会被问罪。

因此，云琅就决定出战一次……然后生死有命富贵在天！

白狼口这边一马平川，除过萋萋的荒草连大一点的石块都找不到。

白狼口的后面，就是沟壑纵横的伤心之地。

云琅的战车上也有一束粗大的时香，时香已经燃烧了三成，等这支香彻底燃烧干净之后，草原大火就会突然爆发。

匈奴人果然没有多少耐性等候，他们想要在天黑之前发动一次进攻，汹涌的骑兵队伍开始缓缓地逼近烽燧，战马在逐渐加速……烽燧上的锣鼓声，一刻都不停歇，曹襄也不再躲起来了，而是抱着一杆旗帜，随时准备挥动。

霍去病离开了战车，他是倒退着离开的，此时此刻，他们需要尽快的恢复体力，好迎接最后降临的苦战。

何愁有尖利的声音在烽燧上响起："此战，有我无敌，此战，死不旋踵，此战，当为我等最后的荣耀！"

马老六就站在云琅身边，手里抓着一杆长戈，等何愁有呼喝完毕就对云琅道："这个宦官的胆子很大，马上就要打仗了他都不跑。"

云琅笑道："死在他手里的匈奴人，恐怕比死在你手里的匈奴人多的太多了。"

马老六笑道："真的吗？"

云琅笑道："比真金还真！"

一队军卒从云琅的战车旁边走过，刘二忽然在云琅的耳边道："狗子说，西南十五里！"

云琅想要在那队军卒中找到狗子的身影，却怎么也找不到，直到这支军队马上就要拐去烽燧右边的时候，云琅才看见一身铠甲的狗子正冲着他笑。

西南十五里！

云琅不用向西南看，就知道那里的地势，如果沿着那个方向再走四百里，就会抵达受降城！

也就是说，皇帝，卫青，公孙敖这些人全部都在他们的后方，似乎想要等到白狼口的大军全部战死之后，再轻易地出兵，击杀右贤王！

云琅把牙齿咬得咯吱咯吱作响，用旁人难以听清楚的声音自言自语道："不是所有的人都可以为你牺牲，也不是所有的人都愿意为你牺牲！"

云琅的拳头握住了，匈奴人的马蹄踩踏在大地上，大地开始颤抖。

烽燧上也响起了低沉的号角声，而后就是刺耳的金锣，曹襄手里的红色旗子挥动之后，投石机的重锤开始滑落，巨大的皮兜子转了一圈之后，就把兜子里面的石头丢了出去…… 推荐都市大神老施新书：

第一八二章全军出击

"白狼口的战事开始了吗？"

刘彻放下手里的奏章，看了一眼正襟危坐的卫青问道。

"其实，五天前就已经开始了，霍去病统领两千五百甲兵在荒原与右贤王麾下的大当户赫尔度鏖战，偷袭四次，野战三次，麾下战损八百余。"

刘彻点点头又问道："赫尔度统领的也是甲兵吗？损伤几何？"

卫青拱手道："赫尔度麾下的匈奴骑兵也是甲士，而且是右贤王最精锐的王帐军，三次激战之后，匈奴王帐军一千余人已经全军覆没。

霍去病不眠不休的与匈奴甲士鏖战五天，已经无力再战，特意绕过右贤王主力大军，回到了白狼口修整。"

刘彻喝了一杯茶水，幽幽的道："这么说，此时与匈奴作战的人应该是云琅跟曹襄两人是吧？"

坐在卫青下首的公孙敖拱手道："估计一个时辰之后，匈奴大军将突破白狼口，并且会在白狼口休息，末将请命夜半突袭匈奴！"

刘彻笑着点点头算是回应了公孙敖的请战，待公孙敖志得意满的坐下之后又问卫青："公孙卿以为白狼口必破，卫卿以为如何？"

卫青拱手道："未必！"

公孙敖在一边发出很大的嗤笑声道："霍去病为将种，末将没有二话，李敢，赵破奴皆为悍将，末将也没有什么意见，说到云琅跟曹襄，末将以为此二人的本领在文治，而非武功，战事到了这一步，右贤王避开了纷扰，只求突破，白狼口汉军除过硬拼之外别无他途。

云琅，曹襄二人在治理地方上功勋卓著，论到冲阵，破敌，他们差的太远。"

卫青看了公孙敖一眼，而公孙敖也毫无畏惧的对视。

卫青再次拱手道："云琅的投石机已经发动，弩车，床弩也开始发威，射声营的弩箭会形成箭雨，末将以为，坚持到天黑应该没有什么难度。"

刘彻敏锐的发现了卫青话里的漏洞追问道："大将军为何一定要强调天黑？

难道说到了天黑，就会有什么变故不成？"

卫青笑道："每到秋日之时，长安城中漏夜人，总要高呼：天干物燥，小心火烛！

如果没有人这样提醒右贤王的话，会有变故发生！"

刘彻皱眉道："野火虽然威猛，而匈奴人乃是全骑兵军队，只要火焰烧起，他们就能离开火场，达不到火烧匈奴的目的，只会把匈奴驱赶去了白登山，如此不妥。"

卫青笑道："前日里，微臣跟陛下讨要了五百游骑……"

刘彻大笑道："原来如此，莫非爱卿准备等云琅的大火烧起来之后，在匈奴人的后路也点上一场火不成？"

卫青笑道："云琅在白狼口唯一缺少的就是人手，缺少真正可以以一当百的猛士，如今，陛下的五百游骑正好可以从匈奴人的军阵空挡中穿插到匈奴背后，一旦云琅点燃了草原，五百游骑正好趁势发难，在匈奴人的逃遁路上再点一把火。"

刘彻瞅着卫青噗嗤一声笑了出来，拍着矮几道："这就是你让大军白日修整的原因所在？"

卫青躬身道："火起，真是大军突袭的好机会，正好公孙将军请命夜袭，少不得要走一趟了。"

公孙敖怒道："但愿末将能等到火起之时。"

公孙弘见皇帝脸上闪过一丝不易察觉的怒意，连忙拱手道："既然陛下与大将军预备趁乱破敌，为何不加强一下白狼口守军的实力？"

据微臣所知，骑都尉主力与右贤王鏖战了五天，早就精疲力竭，不堪再战，云琅手中只有不多的一些民壮，亲兵，以及白狼口烽燧不到百人的守军，如何能阻挡的住右贤王两万铁骑，最让微臣忧虑者，乃是白狼口之地一马平川，无险可守，真是匈奴骑兵发威的好地方啊！"

听公孙弘这样说，卫青低下了脑袋不再言语，刘彻瞅了一眼卫青淡淡的道："挡住了公侯万代，挡不住也无所谓……"

公孙敖的脸上浮现一丝笑意。

算上这一次，云琅已经面对面的跟匈奴人打过至少十几次招呼了，即便是大战，也参与了两次，这让他对匈奴的铁骑已经没有多少畏惧之心了。

站在战车上冷冷的瞅着对面排山倒海一般扑过来的匈奴人，把最后一颗豆子丢嘴里用力的嚼碎，就拿起弩弓，做好了战斗准备。

曲长，屯将的呼喝声杂乱的响起，眼瞅着石头，弩箭向那些被木桩子阻拦住的匈奴骑兵砸过去，云琅也挑了一个顺眼的匈奴人，扣动了弩机。

弩箭越过厚达十丈的木头桩子准确的击中一个被石弹砸没了脑袋的匈奴人，这让云琅有些失望。

倒是卫伉平静的射出了一箭又一箭，每一箭都准确的贯穿了匈奴人的脑袋，斩获丰富。

用弩箭杀人的高手是何愁有，他站在烽燧顶上，操弄着从云琅那里拿来的铁壁弩箭无虚发。

匈奴人的战马撞在木桩上发出巨大的轰响，一根根人腿粗细的木桩有的被战马撞倒，有的被战马拖走，几乎是一瞬间的事情，匈奴人把十丈厚的木桩林子弄垮了三成。

他们付出得代价也是大的惊人，在骑都尉这些最先进的杀人机器的屠杀下，木桩子外围已经被死人，死马给挡住了，形成了一圈不算高的围墙。

匈奴人的号角声响起，继续发起冲击的匈奴骑兵停下了脚步，他们冒着石弹与弩箭形成的暴雨，甩出绳子很快就把周边的死人，死马拖离了战场。

马老六兴奋地拍着战车大叫道："多来点石弹，砸死这些奴贼！！"

卫伉也被眼前的胜利刺激的双目通红，好几次都想驱赶着战车前进，只是见云琅依旧不动如山，这看看眼前的木桩子，这才放弃了想要杀进敌阵的想法。

这孩子现在一心求死，天知道他这种想法是从哪来的，一个富家子，被现实生生的给折磨成了一个疯子。

战车上的民夫损失很大，他们没法子跟云琅，卫伉一样身披重铠，麻布衣裳，加上皮甲还是挡不住匈奴人的羽箭的。

就在云琅担忧很多战车没有驭手的时候，他看见霍去病跳上了一辆战车，手里握着一柄巨大无比的长戈。

有将军做榜样，刚刚修整了两个时辰的骑都尉悍卒虽然还不足以上马冲阵，上舒适的多的战车还是没有问题的。

何愁有，李敢，赵破奴，谢宁，幕烟，甚至还有曹襄，都选择了一辆合适的战车，准备出击。

云琅没有阻拦曹襄，就现在的局面，烽燧里不一定有战车上安全。

何愁有的战车就在云琅的战车边上，见云琅在看西南方，就叹口气道："陛下不会来！"

云琅摇头道："陛下会来，只是在我们全部战死，匈奴人志得意满，也疲惫不堪的时候突然出现。"

何愁有笑道："事有不谐，就跑吧！"

云琅点点头道："是要跑啊，只是不能向后跑，一定要凿穿敌阵之后再跑，那时候可以跟陛下说我们杀透了敌阵，依旧在作战……"

"你小妾呢？"

云琅擦擦鼻子道："这时候带着伤兵应该已经向西南跑了二十里地了。"

"你不准备让她陪着你死？"

云琅怒道："那是我的女人，救治伤病已经让我丢了大脸，岂能再披甲上阵？"

何愁有回头看看那些骑着战马，或者骑着骡子的民夫道："你准备带着他们全军出击？"

云琅苦笑道："你以为全军出击是什么意思？"

何愁有不再说话，因为匈奴人又来了，这一次，来的不是骑兵，而是尾巴上着火的牛群！

第一八三章焰火时效

火牛阵这种事云琅早就想对匈奴人使唤了……没想到，还没有轮到他来用，匈奴人就先对他用了。

这些牛其实都是匈奴人的军粮，现在，一下子变成了杀人的利器。

眼看着牛群在木桩阵里横冲直闯，它们可不是脆弱的战马，一个个皮糙肉厚的，撞，挤，拱……十八般武艺下来之后，云琅的木桩阵就荡然无存了。

好在匈奴人不知道火牛阵在使用的时候首先就需要一个相对狭窄的空间，像这样在空旷的草原上使用，结果就是牛群在肆虐了一番之后，就纷纷夺路而逃，向着其它没有阻拦物存在的旷野狂奔而去。

匈奴人或许没有指望火牛阵能给汉军带来多大的杀伤力，只要能破除这些阻碍战马奔驰的木桩阵，对他们来说就是胜利。

这因此，在牛群将木桩阵撕开一个巨大的裂口之后，右贤王想的跟云琅一样，也选择了全军突击。

早在牛群刚刚离开的时候，烽燧上的弩车就开始用最高的标高向天空漫射。

粗大的弩枪飞到高空之后，就掉头下落，此时，粗大的弩枪已经变成了一柄柄熊熊燃烧的火炬，落到地上之后，粗大的弩枪还会爆裂，储存在弩枪杆里面的火油就四处飞溅，很快，每一枝弩枪的落点都会形成一大片火场，而后，这些不相连的火场在北风的吹拂下就连成了一片。

匈奴人的战马刚刚跑起，就被火海给隔绝在烽燧的另一侧，眼看着匈奴人再一次乱作一团。

汉军将最后的石弹，弩枪全部投掷进了匈奴军阵中……霍去病看看不远处的云琅，见这家伙依旧没有动弹的意思，只好耐着性子等云琅发出最后的全军出击的军令。

云琅遗憾的瞅瞅战车上的时香，见匈奴人将要从混乱中解脱出来，见一群蓬头垢面的军卒跳上战马之后，他就第一个策动挽马，于此同时，三百余辆战车依次开始动弹，在战车后面，是骑都尉的混合骑兵紧紧跟着战车。

何愁有惊奇的发现，云琅前进的方向并不是匈奴人冲过来的地方，而是东边的白登山方向……也是唯一一处没有被着火的地方。

"这是要跑啊……"何愁有目眦欲裂，他万万没有想到，云琅竟然真的敢不战而逃！

他很想跳到云琅的战车上去，把云琅活活的撕碎，却惊奇的发现，云琅跑的比任何人都快，直到此时，何愁有才看清楚，别的战车都是由两匹挽马拖拽的，只有云琅的战车是四匹最强壮的战马拖拽的。

因此，当他的战车跑动之后，就如同一头狂暴的巨兽无可阻挡！

战车上那面红色的战旗在混乱的战场中非常的醒目，不用号令，剩下的战车就知道该往哪个方向跑。

云琅的战车所到之处枯草低伏，快速旋转的铰刀将高出车轴的灌木，杂草全部斩断，在荒草萋萋的荒原上留下了一道极为明显的道路。

何愁有站在颠簸的战车上，单手抓着铁壁弩，死死的盯着云琅的后背，他准备再给云琅十个数的时间，如果他还没有拨转马头从侧翼向匈奴大军发起冲锋，他就会果断的扣动弩机，将云琅当场射杀。

三十个数过去了，云琅依旧没有转头的意思，何愁有咬着牙正要扣动弩机的时候，猛地听到了一声巨响，他骇然回顾，只见刚刚还矗立在荒原上的烽燧，在一刹那间就炸开了……黑色的浓烟翻滚着向上翻腾，不仅仅如此，浓烟中不断有大蓬的火星子四处飞溅，仅仅是一瞬间，烽燧附近就成了一片火海。

何愁有眼看着一群刚刚冲到烽燧边上的匈奴骑兵顷刻间就被火焰吞没。

"这是什么？"何愁有的眼珠子都要从眼眶中掉出来了，他相信，这绝非人力所能为。

仅仅是一瞬间，一座坚固的烽燧就化作了飞烟。

何愁有骇然看向云琅，只见这家伙的跑的似乎更加起劲了，即便身后有这么大的动静，他也没有回头看一眼。

何愁有很想停下战车想把这一幕看的更仔细一些，然而，被后面狂奔的战车簇拥着，不得不继续一路向前。

烽燧炸开之后，一条火线迅速的出现在草原上，并且在草原上快速的蔓延，在北风的作用下，何愁有眼看着火线变成了一片，然后就快速的向匈奴人席卷了过去。

见识过草原大火厉害的匈奴人，拨转马头向东方狂奔……何愁有瞅着缀在自己屁股后面的匈奴人，终于明白了云琅为什么会跑的那么快了，如果再慢一点，不是被大火追上，就是被匈奴人追上。

火头不断地在草原上冒起，云琅策马狂奔，这时候没人多说一句话，就连霍去病对逐渐靠近的大火也心存畏惧，不再想着怎么破敌了，只想着先离开火场再说。

马老六现在只想抱着云琅的脚丫子狂吻，他万万没有想到，当初云琅随意指定的那些放火点，会酿出如此威势。

他甚至觉得云琅就是神人，只要是战车奔驰过的地方，很快就会有新的火头冒出来，逐渐在压缩匈奴人的活动区域。

刚想说几句夸赞的话，就被迎面吹来的浓烟呛咳的差点背过气去。

两刻时间转眼即过，当云琅勒住缰绳，让战车停下来的时候，一条粗粗的火线已经把骑都尉跟匈奴人完美的分割开来。

现在，只需要看着匈奴人逃命就好，骑都尉一干人可以待在上风位看匈奴人跟野火比赛速度。

这场大火改变了骑都尉所有人对野火的认知，以前的时候，他们认为野火燃烧的速度不会很快，现在他们终于看到了，在北风的催动下，野火推进的速度并不比战马狂奔慢多少，尤其是那些随风飘拂的火星，更是落在哪里，那里就会迅速的燃烧，一眨眼的功夫就会改变人们早先设计好的逃跑路线。

想要在这样的天灾下活命，唯一能够依仗的就是速度。

全军停下来了，所有人的都后怕的看着自己刚刚跑过的地方，两刻时间，足够骑都尉全军跑出去十五里地。

骑都尉跑的足够快，实际上匈奴人跑的也不慢，也就比骑都尉慢了一瞬间而已，因此，当骑都尉完美的避开火焰之后，经验丰富的匈奴人也只是被火焰轻微的骚扰了一下，上万骑兵从刚刚燃起的火头上踩踏而过，竟然生生的在火线上撕开了一道半里宽的生路，匈奴大军居然还能保持阵势从先头猛士踩踏出来的活路上一涌而出。

何愁有在云琅耳边阴森森的道："匈奴人去了白登山，你将如何面对近在咫尺的陛下？"

云琅摊摊手道："我尽力了。"

何愁有冷笑道："你放走了两万匈奴人，你认为陛下会听你的辩解？"

云琅叹息一声道："我做了我该做的事情。"

何愁有跟着叹口气道："这么做你或许对得起自己，对得起你的那些生死兄弟，你就没有想过，这样做对得起陛下吗？

陛下要的是全歼右贤王，现在，右贤王跑了，你该如何交代。

听我的话，自缚双臂，去陛下面前请罪吧，也不知道我现在的话在陛下面前管不管用，总之，我会为你求情的。"

云琅沉默不语，只是瞅着夕阳，不知道在想什么。

草原大火燃烧产生的烟雾笼罩了大地，将要落山的太阳在烟雾面前显得软弱无力，只能若隐若现的挂在山头，再有半个时辰，太阳就会完全落山。

而这场战争也终于告一段落了。

至少云琅是这样认为。

就在云琅准备躺在战车里小睡一会的时候，他又听见了熟悉的匈奴人的马蹄声……

第一八四章干渴的鱼！

"匈奴人又回来了？"曹襄不确定的问道。

"不可能，回来被火烧啊？"李敢不置可否。

霍去病的眉头皱的很紧，一道悬针纹已经明显的出现了，他非常的不安。

云琅一把抓住何愁有的胸膛怒吼道："快说，到底还有什么是我不知道的？"

何愁有身子轻轻地一扭就挣脱了，冷笑道："如果不是某家心软，你早就被我用弩箭射杀了，还是用你赠送给我的弩弓！"

云琅探手从铠甲后面抽出一块铁板丢在战车上咆哮道："你以为我对你没防备吗？不用你跟我讲交情！

快说，到底有什么是我不知道的？我现在的感觉非常糟糕，快说啊！"

何愁有摇摇头道："我知道的都说了，没有隐瞒。"

云琅看了何愁有一眼，然后就对霍去病叫道："去病，不管如何，我们都要离开，我现在的感觉好差，总有一种大祸临头的感觉。"

论到战场上的嗅觉，霍去病无疑是最灵敏的，他想都不想的就指着还没有起火的西边道："走那边！"

云琅二话不说，抖动缰绳，又开始了新一轮的亡命狂奔。

这一次就没有之前那么顺利了，云琅事先修筑好的战车专用道路没了，战车奔跑起来就再也没有先前的顺畅感觉了。

对这片满是灌木跟荒草的草原来说，战车并不是一个很好的运输工具。

当云琅带着大军磕磕绊绊的向前奔逃了两里地之后，就绝望的发现，一道火墙正从正西正北两个方向滚滚的向东燃烧前进。

如果说云琅先前放的那把火只是电影烟雾的话，那么，从这两个方向席卷而来的大火，绝对是一场真正的生态灾难。

无数的野兽在拼命地奔逃，一些母兽甚至丢弃了幼崽夺路狂奔。

狼群与黄羊，麋鹿狐狸，一起奔逃，在这时候，饿狼只要张张嘴就能捕获猎物，此时此地，它明显没有狩猎的欲望，只想快点逃离这片倒霉的地方。

南边的火是云琅自己放的，北边的火也明显是云琅放的，西边是云琅给骑都尉留的逃命地，东边明显是留给匈奴人的逃命地。

现在，云琅就很想知道到底是谁又在西边跟东边放了两把大火，而且波及的范围是如此的之大，几乎让他没有逃生的可能。

"点燃下风位的荒草，全体下车，清理上风位的杂草灌木，一定要快！"

云琅有些绝望。

西边地势高，云琅明显的看到了一张由火焰组成的太极图，这张图他只描绘了半边，是用来困住匈奴人的，现在，有人帮他补上了另半边，连他也困在其中。

这就是一个大火组成的炼狱，一半锻炼匈奴人，一半锻炼锻炼骑都尉。

云琅此时没心思再去考虑这是谁放的火，他只想抓紧时间为所有的兄弟求一个活命的契机。

"范围要大，一定要大，否则大火燃烧的时候会把一小片地方的空气抽干的！！"

云琅一边疯狂的用价值连城的宝剑割草，砍灌木，一边声嘶力竭的大叫。

连同民夫在内的三千人，立刻开始跟随云琅霍去病等人跟马上就要到来的大火抢时间。

太阳落山之后，草原就该变得寒冷起来，八月底的草原夜晚早就该结霜了……今天不一样，今夜的草原如同烘炉。

黑色的灰尘如同雪花一般落下，却没有人去理睬，被汗水湿透的衣衫转瞬间就被野火烤干。

所有的液体都浇在身上，依旧无法抵御烈火的炙烤……在大火面前，骑都尉节节败退，直到退进了刚刚燃烧过的土地，这才不得不停下来。

牲畜被放在最外围，眼看着他们一匹匹的倒下，众人心痛如同刀割。

云琅把衣衫脱下来包在游春马的脑袋上，它们的鼻孔比较大，很容易把灰尘吸进肺里。

云琅所在的地方是一个不大的土坑，游春马卧进来他就只好坐着。

一匹从不叫唤的骡子，被大火炙烤的忽然叫唤了起来，那声音之凄惨，之怪异，让人不忍卒听。

四面都是大火，这块被军卒们仓促整理出来的空地并不算大，三千多人马牲畜拥挤在一起齐齐的张大了嘴巴努力呼吸。

草原上的大火形成了火龙卷，有的像龙，有的像凤凰，更多的如同一条条火鞭正在抽打天空。

一头驴子忍受不了大火的炙烤，一头冲进了火场，只是挣扎了两下就倒在地上，随后，它的尸体也跟着燃烧起来。

虽然呼吸艰难，云琅总能呼吸到可以维持生命的氧气，这说明如果大家熬过烈火炙烤，有八成的可能活下来。

看到霍去病把卫伉放在自己身下，云琅忽然想明白了，有卫青这样的军略大家在，这场火只可能是他放的……云琅忽然发现，自己决定绕过匈奴人来到他们的后背处，等皇帝跟右贤王大战之后再跑出来捡便宜的想法是错误的。

卫青从来都是捡别人的便宜，哪有多余的便宜让别人捡。

放置在最外围的巨盾，纷纷开始燃烧，皮革制成的内衬很快就燃烧殆尽，用铁板打造的巨盾，开始逐渐泛红，最后变成了一道红色的铁墙。

何愁有给光头上包了厚厚的一匹麻布，看起来像一个印度人，即便在这样艰苦的环境里，何愁有还从自己的土坑里爬出来，满怀希望的瞅着云琅低声道："烽燧毁于雷法？"

云琅有气无力的道："现在，大家都快成烤鸭子了，就不要再说这些废话了。"

何愁有摇头道："死不了，火头已经过去了。"

云琅摇头道："浓烟更加可怕，包好口鼻，莫要说话了。"

何愁有摇头道："不问清楚我心难安！"

云琅有气无力的道："你如果在一个密封的屋子里用力的扬面粉，等到整个屋子都变成白茫茫一片之后，你再试着点火，然后你也就学会雷法了。

如果在皇宫里试验，效果会更好！"

"面粉？"

"就是麦子面，越细越好。"

"能造成这么大的威势？把一座坚固的烽燧都炸没了。"

"哦，我这是给烽燧里存放了好多火油……"

云琅没心情跟一个汉代宦官讨论粉尘爆炸的事情，游春马已经快要把蒙在头上的衣衫吸进鼻孔里去了，它的身形庞大，需要的氧气也就更多，给它拿掉包在鼻子上的麻布才是正经事。

三千人马坐在一个很小的区域里，齐齐的仰着头努力呼吸的样子深深地镌刻在了云琅的脑海里，成了他日后噩梦不可或缺的大场面。

火焰逐渐远去，火场青烟袅袅，冷风吹来，灰烬中尚有明灭不定的火星。

直到此刻，众人才有一种死里逃生的感觉。

头顶上的月亮细的如同弯钩，也没有留下多少光华，草原上除了依旧在呼呼吹拂的北风，就什么动静都没有了。

一只灰色的肥大兔子从云琅跟游春马之间的缝隙里钻了出来，在依旧发烫的地上蹦跶两下，就选了一个很好的方向跑的不见了踪影。

"匈奴人会怎么样？"霍去病擦试一把黑乎乎的脸，越擦拭越脏。

"如果匈奴人不会我这一招，他们这会应该被烤成熟肉了，怎么，你想吃？"

霍去病露出一个难看的微笑对云琅道："应该算是我们赢了吧？"

何愁有接话道："自然是我们的一场大胜，陛下万胜！"

何愁有已经把云琅这个军司马的活计给干了，云琅只好跟着兴奋地如同一头发情公驴的何愁有有气无力的呐喊了两句，就一头栽倒在土坑里，这里非常的暖和，他准备今晚就睡这了。

第一八五狮子大张嘴

黑色的草原还在冒烟，云琅想在这片温暖的土地上睡个觉的愿望也遗憾的落空了。

一队队彪悍的骑兵从他们的身边掠过，追逐着远去的野火。

快被大火烤焦的骑都尉众人只能站在漆黑的土地上，借助明暗不定的火星看着那些着装整齐的骑兵去了草原深处。

这支骑兵是如此的彪悍，假如不是因为骑都尉残破的战旗依旧在火光中飘荡，他们就会毫不留情的从骑都尉众人的脑袋上踩踏过去。

李敢恨恨的吐了一口黑痰道："早干什么去了，这时候才来！"

被烟熏的如同黑人一般的曹襄瞅瞅天边出现的一丝鱼肚白道："你以后要习惯！"

"难道说我们是后娘养的？"

赵破奴呲着一嘴的白牙笑道："在陛下面前，说我们是小妾养的都是抬举了。"

李敢冲着所在土坑里呼呼大睡的云琅道："你看看那位，气的都睡着了。"

谢宁一瘸一拐的走过来感慨的道："这一次算是把功劳捞足了，回家之后对谁都有交代了。"

霍去病笑嘻嘻的看着一干兄弟发牢骚，没有任何不高兴的意思，比起云琅他更加具有军人之风。

他从心底里就不认为这一次是被皇帝算计了，即便是算计他也认为很值得，毕竟，以骑都尉上下三千人的性命去换两万精锐匈奴骑兵是一件很值的事情。

从战略战术上来说，没有任何问题。

见卫伉依旧低着头，就拍拍他的肩膀道："不错，不错，这段时间很有长进，即便是舅舅来了，也只会夸奖你。"

"真的？"卫伉抬起头瞅着表哥。

"当然是真的。"

"可我说过要斩首三百级的。"

"少年人的豪言壮语有什么错？我还跟陛下说过要带着十万铁骑踏平匈奴呢。

重要的不是你说了什么，而是你是不是正在向你说的那些目标前进。

斩首三百级？

今天斩首一级，明日斩首一级，总有一天你会完成你的诺言的，那时候，你卫伉回到长安，可以向中军府的人拍着胸膛说：我卫伉做到了，感谢他们给你出战的机会！

如此，方为大丈夫！"

"呸！"

云琅慢悠悠的从土坑里爬出来，吐掉一口黑痰道："别教坏了小的，你喜欢被人当棋子用来用去的，就不要推己及人，不是每个人都喜欢被人放在绝地的。"

霍去病大笑道："兵者，知胜而不骄，遇败而不乱，闻鼓即忘死，遇强则愈强，临绝地不惊，知必死而不辱。

如此方为大汉军卒，有此血勇方能一鼓斩将，二鼓夺旗，三鼓覆王。

吾辈汉将当以此为铭，我霍去病只愿此生老死沙场，匈奴不灭，我不离战场！"

云琅还想争辩一下，全身乌漆嘛黑的何愁有悄悄凑过来，冲着站在黑灰中的霍去病拱手道："为汉将军贺！"

天知道同样黑的看不清眉眼的霍去病心里想的是什么，居然举着黑啦吧唧的爪子抱拳回礼。

两人施礼完毕，还一起仰着头哈哈大笑一下，模样恶心！

云琅极目四望，这群昨晚差点被烤成烤猪的人，一个个都变得喜气洋洋，他们完全忘记了昨晚那危险的处境，完全忘记了是他们的王让他们深陷死地……或者说，他们根本就不在乎，只在乎杀死了多少匈奴！

这让云琅对刘彻的妒忌之心如同昨夜的野火一般熊熊燃烧，为了浇灭这股野火，云琅一连喝了三壶水。

不管是谁来到这片被火烧焦的土地上都会变成黑人的，历来喜欢身着黑衣的传令宦官在烧焦的土地上骑马狂奔了四十里以后，也变成了黑脸无常。

如此辛苦的跑了四十里地，就说了四个字："陛下召见！"

话说完就向回跑，他还有四十里路要跑……黑乎乎的骑都尉全军在第一时间就沿着宦官离开的方向蹒跚行军，说起来奇怪，所有活下来的战马，牲畜跟云琅一样无精打采的，只有那些军卒跟霍去病一样满心欢喜。

"司马，您先前说的话还算数吧？"

马老六凑到云琅身边谄媚的道。

云琅转过头瞅着马老六道："我说过什么？"

马老六立刻摆出一副痛不欲生的模样嚎叫道："您是贵人，不能说话不算数啊！"

云琅一巴掌抽在马老六黑的发亮的脑袋上怒吼道："耶耶找你的时候你给耶耶装好汉。

现在见风向变了，就跟耶耶装可怜，我抽死你！"

云琅的巴掌噼里啪啦的抽在马老六的光头上，这个号称人中之龙的家伙宁愿被云琅抽的龇牙咧嘴。也不肯躲避一下。

云琅抽累了，就擦擦手上的黑色油泥淡淡的道："这时候来骑都尉你可没有多少好果子吃。

你这人虽然不识字，却是难得的聪明人，应该知道骑都尉经历白狼口一战之后，会被委以重任。

这时候的重任是什么？

就是死的最快的军务！你确定要来？"

"要是不死能升官不？"马老六含羞带怯的小声问了一句。

云琅长吸一口气道："可以！"

马老六就笑道："某家就是喜欢重任！"

云琅看着一脸期待之色的马老六忽然明白了一件事，这里的人，这里的每一个人，除过霍去病之外，其实都没有好好地生活过，他们单纯的以为只要升官发财了，生活就会变得美好。

而霍去病认为，美好的生活就是一直奋战到死！

四十里的路骑都尉上下走了足足一天，直到傍晚的时候才走出草原，在一条小河边上停下了脚步。

战马以及牲畜的气管，或者肺部，都有轻微灼伤的迹象，人也好不到那里去。

见到了清澈的河水，战马牲畜们就把长嘴埋在水里不愿意抬起来。

而骑都尉的将士以及民夫，一起哀怨的瞅着云琅。

"必须喝开水！"

云琅并没有给这些人破例。

于是，不大功夫，就看到那些军卒们将滚烫的开水装在肮脏的头盔里在冰水里浸泡，这个时候没人愿意喝热水。

秋日的河水已经冰凉刺骨，云琅脱得就剩下一条短裤，就那样站在冰水里沐浴。

直到此时，那些傻瓜们才想起，骑都尉并没有不准许用冰水沐浴的军令。

三千多人一起下了一丈宽的小河沐浴，这条小河很快就变成了黑色。

肥皂打在身上连沫子都不起，只有用头盔装上满满一头盔的水从头淋下来，才能感受到自己在洗澡。

用力的搓过肮脏的身体，一阵针扎一样的疼痛，让云琅忽然意识到自己把皮肤搓下来了。

传说中有一种热传递方式就做热辐射传播，这种辐射最妙的地方就在于，火焰不用直接接触皮肤就能让他受伤。

当云琅想清楚这个原因之后，小河里就响起此起彼伏的惨叫声。

见皇帝之前自然是要沐浴净身的，等所有人把自己洗干净，再把心爱的战马洗干净，不用云琅下令，这群刚刚死里逃生的人，就铺上干净毯子呼呼大睡。

没人想要吃饭，即便是平日里最喜欢吃饭的人，也没有提出这个要求，簇拥着同样疲惫不堪的火头军呼呼大睡。

军官这时候自然没有权力睡觉，而是簇拥在一起，宁可被北风吹得瑟瑟发抖，也不愿意点上一堆火。

"军功该怎么报？"霍去病瞅了瞅云琅低声道。

"军功？我们还是先请罪吧，知道不，我们能活下来就是原罪！"

"我们毕竟完成了诱敌的军务，可以报功。"何愁有说的非常肯定。

云琅摸摸自己好一块，烂一块的脸道："既然如此，我们就上报，骑都尉全军涉险引诱匈奴人进入草原，然后用火攻之计，击杀匈奴六千五百人如何？"

第一八六章皇帝的光芒当然要有一万丈

"要点脸面啊，我们跟匈奴人就没有正面交锋过啊，你只发动了投石机床弩，车弩，以及射声营。

你凭什么说你依靠这些东西就斩杀了六千五百匈奴？"

何愁有虽然认为这场大战是属于骑都尉的一场大胜，却不认为骑都尉能杀死六千五百匈奴。

"再说了，你说斩获这事的时候，能不能等战果报上来之后再说？

万一匈奴人没被烧死，你却说斩杀了这么多人，数量到时候对不上，你怎么跟陛下交代？"

云琅冷笑一声道："我们守规矩，我就怕有些人不守规矩，你难道没有发现半夜从我们身边跑过去的是公孙敖的部众吗？那就是一个不怎么要脸的人，我们要是敢谦虚一下，你信不信，人家一定会得寸进尺。

我们冒着被烧死的危险才才弄出这么大的局面，我不想让不相干的人占任何便宜。"

幕烟已经追下去了，我现在就等他的消息，一旦消息传来，我们就立刻拟定奏章，先把功劳报上去再说。"

当所有人还沉浸在干掉匈奴人的欢乐中的时候，云琅却更加在意将要到手的利益。

在他的心中，战争其实也是一种利益交换，这在他的时代里并不是很难让人理解，但是，在大汉，他这样做立刻就把自己归类到小人中间去了。

即便是最了解他的霍去病此时此刻也保持了一定的沉默，倒是曹襄认为云琅说的没错，骑都尉将士用命换来的功绩不能被抹杀掉。

会议不欢而散……

天亮之后，云琅重新来到小河边洗漱，霍去病跟过来道："右贤王逃了！"

"怎么可能！"云琅霍然站起身。

"你没听错，右贤王逃走了，他杀马淋血再以战马的尸体在火场中铺出一条路，然后命令骑兵将他护卫在中间，硬生生的踩着火焰逃离了。"

"逃走了多少人？"

"不足六千人……说起来这右贤王也是一世之雄，再不可能活命的状况下，硬是逃出生天。"

云琅赶着感慨一下，然后迅速从怀里掏出一封文书，用手指蘸着河水把文书上的几个字涂抹掉，然后又添加了几个字，然后递给霍去病道："快用印！"

霍去病掏出印信，烧软了火漆，迅速的用了印信，他很想看云琅改动的那几个字，文书却被云琅抽走了，看他离去的方向，应该是去找何愁有了。

"什么？一万余人？这不可能，你这是不给别人半点空子钻，公孙敖会发疯的。"

"你放心，我们多要些，陛下才会舒心，如果不是大将军那一关不好过，我早就写斩首一万五千人了。

至于公孙敖，我们本来就是仇人，这时候对他好一点他也不会领情，反而会认为我们软弱可欺！

快点，用印，用印，马上就给陛下送过去。"

何愁有极为不情愿的用了印信，就亲自捧着文书过河去了皇帝的营地。

皇帝的营帐就在河对岸，昨日傍晚的时候没心情看，如今仔细看了皇帝驻跸所在，云琅非常的羡慕。

这哪里是什么营寨啊，应该说这是一座城池才对。云琅就想不明白，皇帝是怎么在短短的时间里就营建出来了如此大的一座营寨。

仅仅是用来制造营寨外墙的木头，就多的足以让云琅瞠目结舌。

仔细观察了良久，云琅才确定，这座城池的原身应该是一片占地极为广阔的松林才对。

如今，松林不见了影子，突兀的出现了一座宽大的城寨。

应该是随军的民夫以及工匠们把松林里面的松树全部砍断，弄出好大一片空地，然后再把松林周围的树木拦腰锯断，只要把那些植根于大地中的树桩子连接起来，一座坚固的围墙就出现了。

按照大汉军律，皇帝来到战场，统兵的主将是不能离开军队的，将军的副手必须跟在皇帝身边伺候，类似人质一般的作用。

何愁有穿上宽大的宦官袍服，戴上高高的宦官帽子，法度森严，让人心中生畏。

一身铠甲加上红一块，白一块的烂脸，云琅想要努力的保持一下百战骁将的气度，最终还是失败了。

"你这一身衣衫，没有出奇之处，如何表明您是宦官中的王者？"

何愁有看了云琅一眼道："你越发的放肆了！"

"我真的是出于好奇才问的，没有别的隐喻！"

何愁有摇摇头，指指袖子上的三道金边道："这就是差别，被你当耶耶一样伺候的大长秋只有两道。"

被人当孙子看了，云琅也不好反驳，他刚刚才说话里面没有隐喻，人家何愁有的话里面也自然没有什么隐喻。

来的太早了，这座破城寨虽然在荒原上，遵从的规矩确实皇宫大内的规矩，就是不到时间不开门，不确定安全之前不开门。

太阳逐渐升起，只是没有往日那么明亮，毕竟，草原上的大火还在燃烧，浓烟遮蔽了日光。

在十几架床弩的注视下，云琅跟在何愁有的身后走进了大寨，第一眼就看到了卫青。

卫青依旧笑眯眯的看着云琅，眼中的慈爱之意孕育的满满，让云琅非常的感动，不敢想这家伙前天在大草原上放火准备烧死他的事情。

"我就知道你们会安然无恙的！"

卫青来到云琅身边，绕着他转了一圈，发现他除了掉了几块皮之外没有什么特别严重的伤残，才重重的在云琅肩膀上拍了拍。

云琅相信卫青说的话是真诚的，毕竟，他的亲儿子，亲外甥，假儿子，都在被他放火烧的行列，这就让人没办法怀疑他放火还有别的目的。

"快去觐见陛下吧，已经等你们很长时间了。"

卫青眼中似乎有泪光闪动，这让何愁有大为不满，却又不好打断卫青，只好将双手塞在袖子里等。

"他们都非常的好，没有受伤。"

云琅轻轻地对卫青说了一句话，就沿着一条用胳膊粗的树干铺成的道路前进。

"火是卫青放的，你不生他的气？"

"怎么生气？"

何愁有愣了一下道："确实没法生气，他两个儿子一个外甥都在军中呢。"

皇帝是世界上最会造势的人，哪怕是在荒原里，他也能给自己轻易营造出一种君临天下的气质。

一座高大的木屋，就在道路的尽头，在这座木屋周围十丈以内，没有任何建筑，也看不到任何人。

才来到木屋前面，云琅一眼就看到了端坐在城寨中轴线上的刘彻。

他穿的很是随意，头发甚至是披散着的，只是在矮几上，放着一柄长剑，身后的架子上挂着一袭铠甲，头盔就那么随意的放在他身边，两撇小胡须骄傲的上翘着，右手抓着一枝朱笔，正在竹简上写着什么。

可能感觉到云琅在看他，头都不抬的朝外面道："何愁有进来！"

何愁有双手抱在胸前，一步一步的走进了木屋，就在何愁有走进木屋的一瞬间，两个披着铠甲的宦官，就迅速的关上了木屋的大门，割断了云琅窥伺的目光。

木屋里不断地传来刘彻快意至极的大笑声，看样子皇帝的心情很好，何愁有这个负责暖场的人，把自己的活干的不错。

云琅还想竖起耳朵仔细听听木屋里的话，守在他身边的一个披甲宦官就轻咳一声，云琅只好站的直直的，不敢胡乱动弹。

不论是何愁有还是大长秋，都改变了云琅对宦官的看法，以前总以为宦官是一群手无缚鸡之力的废物，结果，他遇到的宦官没有一个是好惹的，他们似乎比云琅遇到的好多将军都要强大的多。

比如眼前这位，他的后背上就背着两柄长刀，这东西在大汉并不是主流武器，可是，从破旧的刀鞘，以及毫无挂饰修饰的黄铜刀柄上，云琅就知道这两柄长刀绝不是用来装点门面的，而是真正的杀人利器！

推荐都市大神老施新书：

第一八七章全是表演啊

另外一个宦官居然胖大的如同一座肉山，估计他的铠甲都是特制的，窄小的头盔将他的胖脸已经挤压变形了，一条半尺宽的牛皮带勒在腰间堪堪托住那个硕大如鼓的肚皮。

这家伙的手里握着一杆巨大的斩马刀，云琅比划了一下，刀刃子足足有三尺长，加上手柄，长度超过了丈二。

走起路来地动山摇可能有些夸张，可是他在木桥上走动两步，云琅就会被颤动的木桥抖的跳起来。

靠山妇是云琅见过最胖大的人类，可是，靠山妇跟这个胖宦官比起来那就毫无可比性。

云琅被靠山妇骑在身上还能活命，要是被这个胖子压在身上，估计早就一命呜呼了。

刘彻见何愁有的时间远比云琅预料的要长，为了抢时间报功，云琅早饭都没有吃，等到肚子咕咕响了，他才想起来自己昨天的晚饭也没有吃就睡了。

想吃东西自然是要找胖子的，因此，当云琅把乞讨的目光落在胖子的身上的时候，胖子就很自然的从革囊拿出一块肉递给云琅。

云琅邀请瘦子一起进食，瘦子完全无视，云琅吃了一口肉，就惊奇的冲着胖子翘起了拇指。

这块肉很明显是驴肉，却与云琅吃过的驴肉有很大的不同，至少肌肉纤维要比驴肉粗大的多，不过呢，味道是驴肉的味道，这一点不会错的。

耳听得刘彻的大笑声更加的爽朗，云琅知道皇帝与何愁有的谈话将要结束了。

狼吞虎咽的把那块驴肉吃了下去，哄骗了一下肚皮，这才继续将双手抱在胸前，等候皇帝召唤。

大门又被打开了，何愁有倒退着出了木屋，来到云琅身边道："进去吧，陛下心情很好。"

瘦宦官奇怪的看了云琅一眼，他没想到何愁有竟然会关照这个少年人。

而那个胖子已经非常懂事的献上了他全部的驴肉，并且努力的低下脑袋，好让何愁有拍打一下。

看不起这些人的谄媚模样，云琅目不斜视的双手抱拳走进了皇帝的行在。

"受降城的事情办得不错，记功一次，如果能把物资通过大河运送到关中，封侯可期！"

云琅才见完礼，刘彻就急不可耐的开始夸奖云琅，并且许诺封侯。

云琅本来有一肚子的不明白想要问皇帝，却不知为什么一句话都说不出来，只能谦卑的表示以后将会做的更好。

这句话刚刚出口，他的一张脸就涨的通红……刘彻似笑非笑的瞅着云琅看了良久，这才从矮几上取过一小卷子竹简丢给云琅道："重新去阳陵邑把户籍上了。"

云琅拿过竹简，打开看了之后眉头一下子就皱在了一起，这张竹简本身就是他当初胡乱写的，是为了上阳陵邑的户籍，之后没听说有什么问题，怎么会在刘彻这里。

他重新看了一眼竹简，发现有几个字是被改动过的……"国人云琅，久居骊山下……"

云琅轻轻地念叨了出来。

刘彻笑道："从此，你为我大汉子民，前事不论！"

云琅心头的怒火一下子就窜了起来，将那卷竹简放在地上大声道："微臣虽然是野民，然，大汉国人身份乃是微臣天生就有的，何须陛下备注！"

"嗯？"刘彻很奇怪，云琅的表现与他预料之中的感激涕零不一样。

"微臣的祖先生在大汉这片土地上，微臣也是生活在这片土地上，在有大汉之前，我云氏可为中山国人，可为秦人，现在太祖高皇帝登基之后，我云氏自然也就是大汉国人，微臣不明白因何会劳动陛下重新为我备注！"

刘彻笑道："还真的生气了，难得啊，一个油光水滑的家伙原来也有逆鳞可批！

发怒就对了，你要是不发怒，朕还怀疑你的出处，现在没有了，看样子你真的是我大汉人，既然如此，朕此番作为倒有画蛇添足的嫌疑了。

既然如此，隋越，把这份户籍烧掉吧。"

云琅连忙将户籍抓在手里道："陛下字迹难得，微臣还是小心收起来比较好。"

刘彻大笑道："好啊，既然是我大汉子民，那么，为这个国家的君王，百姓战死你应该没有什么怨愤吧？"

云琅的身子抖了一下，连忙把竹简交给宦官隋越连声道："快烧，快烧！"

隋越捧着竹简却没有动作，很明显，在这个地方，他只会听皇帝的话，别人说的话对他来说连放屁都不如。

刘彻挥挥手，隋越就出去了。

刘彻一只胳膊支撑在矮几上，往前凑凑瞅着云琅道："很早以前呢，朕就发现你对汉人这个身份很看重，开始的时候，给自己弄了一个莫名其妙的身份，想糊弄阳陵邑的胥吏，想把自己的身份给坐实了。

这时候朕还算是理解，你一个野人想要干一番大事，没一个大汉的身份不好办。

可是，你后来的举动朕就有些看不明白了，得知有女儿之后，你第一时间做的事情居然是给闺女上户口，成亲之后，你也是在第一时间给老婆上户口。

这样的事情，原本派你的揭者去办就足够了，你却不辞辛劳的去了阳陵邑两次，亲眼看着闺女，老婆的名字出现在你家的户籍上才放心，这是何故？"

云琅愣了一下，然后苦笑着道："如果微臣说这是习惯，不知陛下信不信？"

刘彻想了片刻点点头道："朕还是选择相信，据绣衣使者回报说，你在给妻儿上完户籍之后还一个人感慨了良久，说说，那时候都嘀咕了些什么？"

第一次被刘彻这样温柔地对待，云琅有些手足无措，他知道刘彻这是在调侃他，而天子问话，不回答就会被砍头，云琅只好抱拳道："微臣当时在说：终于有一个家了。"

"就说了这些？"刘彻进一步追问。

"就这些。"云琅坚定的回答，虽然他知道自己当时说的不是这样的话，可是，又有谁能证明呢？

"但愿如此！"刘彻意味深长的道。

云琅意气风发的进去，却浑浑噩噩的出来，站在木屋外面，他才想起没有说骑都尉战功的事情。

想要再进去，那扇门已经关上了，那两个武装宦官站在门外不允许任何人进去。

云琅甚至记不得自己到底进去了多长时间，不过呢，从何愁有手上那块驴肉的大小来判断，自己跟皇帝谈话的时间很短。甚至来不及让何愁有把整块驴肉吃完。

"没有说战功的事情，这下子麻烦了。"云琅抱着一丝侥幸的心理，希望皇帝能跟何愁有谈起。

"陛下说：一万就一万，多少都无所谓，死过一次的人，多报点花头他也认。"

云琅听了何愁有的话，终于长出了一口气，身为骑都尉军司马，如果不能给自己那些可怜的部下争取到一些战功，这将是最大的失职。

"你准备离开还是继续留在这里？"

何愁有的屁股一抬，一个年轻的充当凳子的宦官，就迅速爬走了，何愁有环顾四周，指着行在大门道："还是回骑都尉大营，这里太闷！"

云琅连连点头，很多时候宦官跟家里的女人一样，一旦放出去时间太长了，他们就不愿意回家了。

离开行在的时候，云琅没有看见卫青，在路过一座木屋的时候，看到了坐在窗口的公孙弘，很明显，他在这里等了云琅好一阵子，估计有什么话要说。

云琅准备上前问安的时候，公孙弘却挥挥宽大的袍袖，示意云琅自行离去。

做完这件事，仆役就帮他合上了窗户，跟他的主人配合的毫无瑕疵。

发错了，改过来

第一八八章 分道扬镳

皇帝没有跟云琅谈及前天的战斗，是因为他觉得没有任何必要再提起这件事。

这两年，大汉的将士们总是在杀死匈奴，总是在胜利，而且一次胜利比一次胜利大，这就让皇帝觉得战胜匈奴是一件理所当然的事情，身为皇帝，没有必要总是把这点事情挂在嘴上，那样会显得不稳重。

至于云琅霍去病他们几乎要被坑死的事情，皇帝更加觉得不值一提。

为君王社稷战死，难道不是武士的最高荣耀或者归宿吗？

不仅仅是皇帝这样看，卫青，公孙弘，乃至霍去病，李敢，赵破奴，谢宁这些被坑的人，也咧着大嘴傻笑，觉得皇帝说的很对！

因此，云琅就成了绝对少数，或许还有那些跟随他一起死里逃生的牲畜们还记得那场恐怖的大火。

有了功劳之后，云琅决定忘记那场战争，既然皇帝已经准许骑都尉所部回到受降城修整半月，他就只想带着剩下的三千残兵回到受降城好好地睡几天，然后就顺流而下回到长安，最好永远都不离开骊山。

卫青不是一个好父亲，他对霍去病表现出了极大的情义，却对自己的儿子卫伉看都懒得看一眼，即便是跟他没多少关系的曹襄卫青都询问了伤情，唯独卫伉，被华丽丽的无视了。

云琅笑而不语，搂着卫伉一起看他爹鼓励李敢。

"小子，告诉你一件事，咱们大汉的好汉，一般都不会当别的耶耶。

他们大多会把更多的温情给了别人家孩子，对自家的孩子一般都会横眉冷对的，而且总有些恨铁不成钢的意思在里面。

他们总想着通过对别人家的孩子好来刺激自己的孩子上进，却不知道这是一种非常愚蠢的行为。"

卫伉眼睛红红的看看云琅道："别在我面前说我耶耶的不是！"

云琅抬手抽了卫伉一巴掌道："帮你说话呢，分不清好坏人是吧？"

"那也不能在我跟前说我耶耶的坏话。"

这孩子已经傻掉了，还属于基本上没救的那种，眼看着卫青就要来到自己跟前了，云琅推着卫伉来到卫青面前笑道："看清楚，就是这个少年，在白狼口一战中，斩首六级！"

卫青笑吟吟的脸，在看到卫伉的那一瞬间一下子就变得阴沉了，恶狠狠地道："既然在军中，我就不好管束你，等回到长安，我们父子再好好地说道一下你私自从军的事情。"

卫伉快要把脑袋藏裤裆里了，云琅恨铁不成钢的在他后背上拍了一巴掌道："没点机灵劲，我要是你，现在就抱着耶耶的腿大哭，我就不信不能把回家挨揍的后患给解决掉。"

卫伉有些心动，却被卫青一脚踹到一边去了，神奇的换上了一张笑脸道："能把一个草包，生生的给培育成一个可以斩首十余级的合格将士，卫青在这里谢过了。"

云琅过了片刻才叹息一声道："这一次好险，骑都尉差点全军覆没。"

卫青摇头道："再来一次，我还是会如此布置，此时的卫青可不是骊山脚下的卫长卿，这两者之间的区别你一定要弄明白，否则，将来怎么死的你都不会知道。"

云琅点头道："慈不掌兵这个道理我还是明白的，所以啊，此次回去，我就不打算再出征了。"

卫青点点头道："你的杂念太多，虽然依靠一些小手段可以获得一时的胜利，终究不能长久，不作战其实也好，你的才智应该用在别的地方。"

云琅幽幽的道："此次作战，我只是告诉所有怀疑我来历的人，我云琅是可以为大汉作战的，我想弄一些军功来堵住那些人的嘴巴。

如今目的达到了，再勉强自己作战，就很没有意思了，也不会让我快活。"

卫青大笑道："这也证明，你不是什么神人，也会受伤，也会被杀死。"

云琅拍拍胸膛道："这里刺一刀立刻就死了。"

卫青左右看一下，见距离他们最近的卫伉都在三丈以外，就压低了嗓门道："我们都出征了，家里没有一个明白人我不放心。"

云琅奇怪的道："长公主……"

卫青叹了一口气道："你要记住，长平首先是大汉的长公主，然后才是卫氏女主人。"

难听的话说完，卫青就用双手按着云琅的肩膀道："既然你已经开始教导卫伉了，那就好好的教导，他应该会很听你的话是吧？"

云琅回头看看傻不拉几的卫伉点头道："应该不是很难。"

卫青大笑道："那就好，那就好……"

自古以来不论是救火时产生的焦头烂额，还是从战场上下来的焦头烂额都会被人家尊为上宾的。

骑都尉何能例外？

因此，皇帝赏赐下来了无数的物品，虽然云琅不明白为什么在这里就赏赐了将士们大批的绸缎，五百坛好酒，他还是一样不落的全部接收了。

最让云琅欢喜的是皇帝居然还赏赐下来两头肥猪，听何愁有说这本来是为陛下准备的膳食材料，陛下不是很喜欢，就直接送给了骑都尉。

这两头好东西来到了骑都尉，不光是云琅看着他们流口水，曹襄，李敢这些吃惯了云氏美食的人，也忍不住食指大动。

"红烧肉，扣肉，一样一半如何？排骨留下来粉蒸，猪头肉蒸煮的酥烂一些，再用木板子压了，下酒最好。"

霍去病听了笑道："给我两个肘子，我想好好地吃一顿肉！"

何愁有笑道："那就给我也留两个。"

骑都尉大军离开了那条小河，直到大军离开，皇帝也没有收回霍去病手里面的那半块虎符。

这就是说，霍去病可以统领这支大军回到长安之后，这支军队依旧不会解散，依旧属于骑都尉。

霍去病非常的兴奋，李敢，赵破奴，谢宁，也是一样，只有云琅跟曹襄两个人就像局外人一样看着一群傻子傻乐。

"我这次回去之后，你觉得我去那个地方为官比较好？"曹襄跟云琅两人并辔而行，他也很高兴，只是跟霍去病他们高兴地方向不同。

"司农寺！"

"啊？我以为你会让我进卫尉府呢。"

"你可拉倒吧，三十年之内，卫尉府这个地方就不是你这种人该进去的。

好好地在大司农老薛头的麾下混几年，然后争取接他的班，最后掌管这个部门二十年，你就能直接去问一下宰相的位置了。"

"二十年？"

"没错，至少二十年，你还要努力的把不属于大司农该管的事情全力往外推，一门心思的种庄稼，而种庄稼这种事绝对不是一两年就能有成效的，一旦有了成效，这个功劳就会比军功还大。

你的位置也将无人可以撼动。

这些年你也看见了，咱们大汉的宰相以及高官，一直在走马灯一样的轮换，如果仅仅是轮换也就罢了，你看看，哪一个被轮换下去的人有好结果了？

最轻的是罢官夺爵，稍微重一些的会被砍头，最倒霉的就是那些被满门抄斩的家伙，一人死了，全家陪葬。"

"可是我觉得卫尉府很威风啊。"

"是很威风，你看张汤，王温舒这些人的名字都能止儿啼就觉得他们很威风。

却不知这些人无一不是心狠手辣之辈，三木之下何罪不成？敲骨吸髓，罔顾天良说的就是这些人。

阿襄，你出身高贵，最不缺的其实就是权势，权势对你来说就是一剂毒药，拿的越多将来死的越惨。

你曹氏需要的是真正可以流传千古的功绩，不说别的，只要你能培育出几种新粮食，就足够你让你曹氏风光好几百年！"

第一八九章失意之时一醉休

曹襄家族早就过了用命去博地位的时候了，他的祖先已经为大汉流过血，卖过命，该有的荣耀已经有了，该有的地位也已经有了，现在他该考虑如何将家族的传承继续下去，而不是要更进一步。

事实上，在刘彻的跟前，想要获得更高的权力很难，同时，刘彻对高级勋贵们的这种行为也深恶痛绝。

只要看看大汉朝中的那些被重用的人就该知道，皇帝正在积极地培植新的勋贵阶层。

因此，云琅以为曹襄现在基本上拿到了混吃等死的资格，那么，不妨将脚步放慢。

当别人都在争权夺利的时候，耶耶选一个好位置老老实实的待着，花长时间来做一个长期项目，将来一旦成功了，也没有人去忌恨他，毕竟，种田种出来的功劳，还碍不着谁的路。

皇帝可能会怀疑统兵的将领，会怀疑手绾重权的官员，至于种地的……粮食出产越多，他越是开心。

云琅必须承认，刘彻带给他的压力实在是太大了，不论是历史书上那个煌煌大帝，还是电视剧，电影里的各种形象，都能让云琅对这个人产生莫名其妙的敬畏感，很多时候，喜欢看历史书的云琅执着的认为，这个家伙可能天生就该是皇帝！

在他的身上可能真的隐隐有一些天命之子的影子，否则你没法子描述一个如此暴戾，又如此好战的皇帝能安稳的在皇位上坐了五十四年，还受到自家国民爱戴，这说不通的……只要一想到今后要在这位帝王的统治下过一辈子，云琅就有些痛不欲生。

就前几天被刘彻弄进草原烧烤的事情，就足矣让云琅产生想要弄死刘彻的念头。

只是——他不敢！！！

他真的不敢，他很怕弄死了刘彻之后，他熟悉的历史就会沿着另外一条岔道狂奔下去……刘彻治理下的大汉——足足让这个民族骄傲了好几千年！

也不知道是谁说的，说长官的意志决定着一支军队或者一个地方的气质，那么，刘彻的气质影响了这片大地很多，很多年，给后人装上了一条暴戾，强横的脊梁。

你敢打我，我就杀你全家……你敢羞辱我，我就把你踩进泥土里，这就是刘彻的土匪本性。

很无礼，却非常的痛快，至少，跟这个土匪站在同一个战壕里的时候，不管是谁一定会有一种酣畅淋漓的感觉。

73

云琅不敢想象，如果把大汉民族的这根脊梁骨给抽掉了，会是一个怎样的模样……"你回去之后打算干什么？"曹襄沉默了很久，也想了很久，算是认同了云琅的看法，同时，他也很好奇云琅准备干什么。

"种地，养鸡，养猪，养蚕，织丝绸，生孩子，陪老婆，给我家大闺女当马骑！"

这些话云琅说的很溜。

事实上，这也是他最渴望的一种生活方式。

"去病他们不管了？"

"他们本来就用不着我们管，说起来，我们两个才是人家的累赘，是跟着自家兄弟来这边混功劳的，没有我们两个，他们会干的更好。"

曹襄摸摸自己的脸，顺手撕下一块爆起的死皮，虽然疼的要死，却有一种奇怪的畅快感觉。

撕下来一块铜钱大小的死皮，得意的朝云琅晃晃，然后就丢进了风里。

这样的感觉云琅比他来的深刻的多，至少，曹襄没有被烧成焦炭过，没有一块块掰干痂子让自己重生的过程。

人只要想通了，很快就会变得幸福起来。

苏稚从她的战马上跳到云琅怀里的时候，这种幸福感就弥漫了他的全身。

如果不是因为在众目睽睽之下，云琅很想趁着这股子重逢的热乎劲干点别的。

看着苏稚八爪鱼一样的缠在云琅的身上，即便是不苟言笑的霍去病也摩挲着自己颌下的绒毛，突然想起自己好像也是一个有老婆的人……何愁有冷哼一声就扭过头去，假装自己没看见。

云琅回头就看见马老六那双羡慕的眼睛，抬腿就把这个恶心的家伙踹出去老远……即便是古板如何愁有看到这一幕也不由得笑了起来。

重新来到了受降城，大军就驻扎在城外，从交接的那一刻起，骑都尉对于受降城来说就成了客军。

霍去病一干人自然是不能进城的，这是大汉军律所不允许的事情。

而云琅跟曹襄两个事务性官员，自然能够进城走一趟。

来到城主府的时候，朱买臣正在享受他的悠闲时光，两个长相还算看的过去的胡姬，正在他的大堂里跳舞，这家伙则依靠在一张锦榻上，一边小口的喝着酒，一边观赏舞蹈。

秋日里是受降城最美好的时光，他的桌案上摆满了各色果子跟点心，还有很多云琅都认不出来的西域食物。

看到云琅跟曹襄来了，朱买臣连起身的意思都没有，用玉如意随意的指指边上的锦榻，就继续观赏他的歌舞。

西域最有名的自然是甜瓜跟葡萄，只是葡萄的籽实在是太多了，咬一口经常塞牙。

甜瓜自然是不错的，云琅跟曹襄两个刚刚从荒原上回来的烧烤人，吃相自然不会怎么好，不一会，就把桌案上的各色果子吃的干干净净。

曹襄把最后一块瓜皮往桌子上一丢道："请人吃饭，就该有请人吃饭的自觉，这点东西糊弄谁呢？"

朱买臣懒懒的道："你们进门的时候我就告诉揭者，就说我不在，是你们自己硬闯进来的，你还指望我能有多好客？"

云琅笑道："城守这一个多月过的如何？"

朱买臣坐起身瞅着曹襄道："无非干着平阳懿侯的旧事，能有什么难度，只是你们摆在城外渡口的东西倒是让我食不知味，睡不安寝，快些拿走才好。"

曹襄笑道："跟我家祖宗学着点，没什么坏处，这世上的聪明人多了，干成大事的可不多。"

朱买臣挥手斥退胡姬，聪明的揭者早就开始重新布宴了，不大功夫，三人就进入了胡吃海塞的状态。

酒过八巡之后，朱买臣按着酒壶道："陛下来了？"

云琅点点头道："来了！"

"目标可是受降城？"

云琅摇摇头道："不是受降城，是白登山，冒顿的坟墓挖了一年多，听说有发现了。"

朱买臣皱眉道："冒顿已经死了很多年了，用不着把他挖出来吧？

有匈奴左贤王在建章宫跳舞，已经不错了。"

云琅大笑道："不知左贤王的舞蹈跳的如何？"

朱买臣仔细的回忆了一下道："胡乱舞动罢了，就是模样滑稽，尤其是跟侏儒优伶一起舞蹈，经常让人捧腹大笑。"

曹襄笑道："有人给陛下出主意，起出冒顿尸骸之后，就塑造成像，逼迫匈奴人与我们决战。"

朱买臣摇头道："匈奴人无父无母，不会在乎一个死人的。"

云琅丢下手里的羊骨头道："不对，这样做能打击伊秩斜的威望，如果运用的好，说不定可以逼迫伊秩斜在我们选定的战场作战。"

朱买臣举起酒碗道："来来来，我们饮酒，那些事情自然有人操心，且让我们借这秋风共饮一碗，谋一醉，也好有好梦入怀。"

云琅端着酒碗道："城主莫要萎靡，受降城已经变得繁华了，如果城主想要功绩，还是该从受降城上做文章。"

朱买臣怒道："有一个宦官告诉我，不得改动受降城现有的章程分毫，我能如何？"

云琅一口喝完碗里的酒笑道："这是陛下认可的章程，自然不能动，然而，以城主的智慧，难道就没有发现，城外的那片渡口，可以重新安置一座瓮城吗？"

第一九零章死里逃生之后的安慰

云琅虽然不愿意再去参加大汉这些非常残酷的战斗，却不愿意自己开拓出来的东西逐渐消亡掉。

受降城是孤独的，所谓独木难成林，一座受降城即便是发展的再大，一样没有太大的意义，只有在受降城的周边形成一片新的城市群，他的发展才会迅猛起来，即便是到了没落时期，也能多支撑好久。

朱买臣绝对是一个人才，只要看他在对付东越的事情上就能看的出来，这个出身贫寒的家伙，绝对是一个非常有想法的人。

既然如此，让他萧规曹随的去治理受降城那就是对人才极大的浪费。

与其如此，不如让他在维持受降城现有的章程的同时，再去开拓另外一座新城，一座完全由他说了算的新城，应该能让这个家伙快速的勤快起来。

如此作为还有一个最大的好处，那就是每一任官员，都会想方设法的弄一座新城出来，如此一来，每一座城市的出现，都将代表当时最先进的治理理念，这样的城池只会常用常新，永远都不会没落。

告别大醉的朱买臣，云琅跟曹襄两个踉踉跄跄的爬上了城墙，俯视着脚下的大河。

"知道不，这条大河出现在这里实在是太妙了，河水滚滚东流，会连续不断的把受降城一带的产出运送到关中，而因为逆流的原因，关中的财富很难流淌到受降城来。

如此几十数百年以后，边地就会成为供养长安的沃土，且永无止境。"

曹襄坐在箭楼的台阶上笑道："如此说来，你赞成以地方供养关中的政策？"

云琅笑道："必须如此，只有中央强大了，才能有效地威慑地方俯首帖耳，否则，一鸡死一鸡鸣的让人厌烦。"

"如果皇帝贪婪无度呢？"

云琅笑道："那就是你们这些做臣子的责任了！"

"什么意思？"

"你以后就会明白，现在多说无益。

你看啊，大河的河面已经回落了很多，冬季的枯水期就要来临了，我们做好准备之后，就要顺流而下了。"

"你看起来非常的兴奋啊！"

云琅看着曹襄大笑道："我喜欢所有未知的东西，喜欢探究我以前不知道的事情，喜欢把这个世界的所有秘密都装在我的书本里，然后弘扬天下，让世人知晓，世界的本质，知晓世界的本源，知晓这个世界是可以通过改造，让世界向我们低头，完全为我们汉人服务！"

曹襄背靠在台阶上大笑道："你的愿望可能比去病的愿望还要难以实现。"

云琅笑道："不难，不难的话我来到这个世界做什么？"

"你来晚了，如果你生在文皇帝时期，该有一番大作为，我们的陛下喜欢打仗，喜欢扬眉吐气。"

"不晚啊，任何时候都不晚，只要我来了，世界就会不一样！！"

米酒虽然爽口，后劲却大，两人也不知道喝了多少酒，被城头上的寒风吹拂一下，很快就醉倒了。

刘二背着云琅，曹寿背着曹襄，虽然他们不知道自己的主人为什么会这么兴奋，总觉得这该是好事，高兴总比愁眉苦脸的强一百倍。

第二天云琅醒来的时候，发现苏稚正坐在窗前梳头，长长的黑发从肩头撒落下来，最后在她丰盈的臀部形成一道美丽的弯，让人遐思无限。

"你醒了？"苏稚转过头，眉目如画！

云琅掀开被子瞅瞅自己的身体，咆哮道："你这个臭女人，昨晚那么重要的时刻我竟然没有感觉！"

苏稚来到云琅身边，在他额头亲吻一下道："您不是没有感觉，而是太有感觉了，让妾身一刻不得闲。"

"我不管，你要赔我！"

苏稚轻笑道："真拿你没办法，是你昨晚强迫妾身的，妾身见您力大如牛，只好从了，现在却来责怪妾身！"

云琅的手非常的灵活，三两下就把苏稚身上的衣衫剥掉，拖进被子里咆哮道："要赔我，一定要赔我，两次！不，三次……"

苏稚一双白玉般的胳膊搂着云琅的脖子轻声道："你喜欢怎样就怎样把，只是你要记住，我们现在可是在军营里，妾身投入进去之后，基本上没有什么意识的……"

"谁耐烦管那些！"

……

下午的时候云琅从帐篷里出来的时候，正在干活的所有人都停下了手里的活计，不管是站的近的，还是站的远的，都愣愣的看着云琅，只有马老六活泛一些，还知道挑挑大拇指！

隔壁的曹襄从帐篷里探出头看着云琅道："回长安之后我们兄弟联手杀遍青楼，也好名扬天下！"

云琅笑道："我喝醉了。"

曹襄笑道："喝醉了还如此骁勇，做兄弟的只能说一句佩服！"

"这么说，都知道了？"

曹襄点点头道："你小妾叫的那么大声，我们想不知道都难，好在，何愁有去了木排，估计这会也该知道了。"

云琅大笑道："无所谓！"

"有所谓啊！"

朱买臣从曹襄的帐篷里钻出来大笑道："少上造之豪迈，朱买臣已经领教，如果少上造已经志得意满，我们不妨现在就勘察一下渡口地势，也好弄一个章程出来。"云琅摇摇头道："腹中饥饿，双腿发软，此时只适宜安坐饮酒吃饭，不耐操劳。"

朱买臣大笑道："既然少上造的锐气已挫，这座新城自然就该某家来操持！"

云琅笑道："正该如此！"

朱买臣等的就是云琅的这句话，过来说起瓮城的事情，也不过是客套一下。

如今得到了准确的回话，自然不愿意跟云琅这个寡廉鲜耻之徒在一起。

苏稚表现的远比云琅要好，除过初为人妇有少许的不便，驱使那些羌妇们给伤兵治疗依旧有条不紊。

虽然那些羌妇们总喜欢在苏稚的耳边说一些悄悄话，然后就快快的跑开，苏稚也只是付之一笑，该干什么就干什么，没有表现出任何不好意思的模样。

娶医生当老婆就是这样的，人体对她来说没有任何秘密可言，一些过分的行为，在她眼中也是有医学依据可以解释的，因此，夫妇敦伦不过是一种再普通寻常不过的一件事，没有什么好害羞或者不能为外人知的。

大战过后，而且是刚刚经历了一场生离死别之后，如果云琅没有表现出这样的热情才是怪事情。

要知道在野外，如果鹿群或者某一种兽群，在遭受了重大创伤之后，群体中的母兽就会自然而然的进入一个生育高发期，以弥补种群数量，繁衍壮大种群。

回家的喜悦在骑都尉军中蔓延，一般到了这个时候，军律就不太严厉了。

何愁有也放弃了自己的那张死人脸，也开始整天笑着面对世界。

泡在河水里的木筏已经非常的稳定了，木头里面装着的金银依旧严丝合缝，没有任何损失，为此，何愁有可是检查了不下十遍之多。

堆放在受降城外的物资开始往木排上堆积，放在最底下的是骑都尉自己的货物，放在上面的全是分派给周边军队的物资。

经过绣衣使者不懈的探查，从受降城到云中这一段的河道已经被完全探明，这一段河道水流平缓，河道通畅，想要行舟没有任何问题。

即便如此，在何愁有的监视下，两批六座木筏依次离开了渡口顺流而下。

每个木筏上都坐着六个敢死之士，在何愁有一声令下之后那些死士踏上了一条未知的道路。

第一九一章令人满意的北狩

云琅坐着一个很大的羊皮筏子在大河上晃荡了一圈子之后，重新来到岸边。

试过一次之后，云琅对羊皮筏子这种东西喜欢到了骨子里去了。

首先，这东西很轻，诺大的一个羊皮筏子一个汉子就能扛着到处跑。

其二，这东西的载货量很大，只要控制的好，一个巨型羊皮筏子载重一两千斤不在话下。

其三，如果有必要，这东西还可以结成船队，前后呼应照顾，要比木筏子来得更加轻便，易于掌控。

一条大河九十九道弯，这句话可不是什么形容词，而是实实在在的描述，而且把大河的弯道还少说了很多。

当汹涌的河水簇拥着沉重的木筏冲向弯道岸边的时候，云琅希望自己的部下能够驾驭好这些木筏。

霍去病从来不肯把自己的命运拴在老天的裤裆里，他只愿意把自己的性命葬送在自己的判断里。

因此，要他带着骑兵上木筏，是一件根本不可能的事情，他认为世上能带着他跑的最快的东西就是战马，尤其是他的那匹命运多舛的乌骓马。

因此，在收拾好了金银细软之后，骑都尉的骑兵就骄傲的沿着老路回京城了。

白狼口烽燧被云琅给炸掉了，事后又没有人提起白狼口烽燧的守卫者，幕烟自然就带着一干部下，继续跟着霍去病走了，现在，他是霍去病的部将了。

马老六遗憾的看着幕烟以及同伴们骑着马离开了，泱泱的跟着云琅上了木筏，如果有的选择，他当初一定不会选择跟着云琅跟曹襄的。

曹襄的胆子跟别人的长的不太一样，如果只有他一个人，即便是草原上的狼嚎也能让他尿裤子，如果他身边有一个自家兄弟，即便是刀山火海，他也敢走两趟，前提是，他的兄弟得走在前面！

上了木头筏子也一样，他不顾苏稚的白眼，硬是挤到了云琅所在的木筏上，再也不肯下去。

何愁有如同大将军一样骑坐在一根巨大的木料上，喊一声"出发！"就松开了缆绳率先顺流而下。

曹襄抱着自己的救生衣对云琅道："你可没给何愁有穿这种即可以救命的衣服。"

云琅仔细的帮苏稚系好软木救生衣的带子道："我说了，也给了，何愁有说不成功就成仁，我有什么办法。"

"老何这人最近不错，弄好了，将来会是我们的奥援，别把他得罪死了。"

云琅笑道："你我可能是天下唯二说何愁有是好人的人。"

曹襄道："不是这样的，我依旧怕何愁有，可是我发现，何愁有是这个世上不多的可以讲道理的人。

说实话，讲道理的人不可怕，可怕的是不讲道理的人，比如，我陛下，比如我亚父，比如我母亲。

跟他们相比，我宁愿跟何愁有打交道。"

云琅松开缆绳，让民夫用长杆子撑着木筏离开河岸，眼看着木筏顺利的进入了河流中心，才看着曹襄笑道："怎么，也被那场大火吓坏了？"

木筏最前边只有云琅苏稚曹襄三人，曹襄轻轻的叹口气道："虽然我亚父做的没错，那时候我们活该被牺牲，可是，我的心还是有些隐隐发冷！"

"如果是公孙敖把我们逼到绝境呢？"

"我只要不死，就会与他死拼到底！"

云琅拍拍曹襄的肩膀道："我也是这么想的，来自亲人的伤害最让人无可奈何，所以啊，很多时候，敌人可能都要比与你志向不同的亲人还要可爱一些。

至少，敌人伤害你是应该的，亲人唉，亲人啊……"

曹襄淡淡的笑道："我有母亲，你狗屁都没有……少离间我们母子，我死了，最伤心的就是我母亲。"

云琅搂着苏稚的腰笑道："我有老婆！两个！"

曹襄眼皮子都不抬一下就到："我要是愿意，可以有一百个老婆，这不算事！"

苏稚抱着云琅挂帆的柱子不满的对曹襄道："你要是敢带坏云郎，我跟你没完。"

曹襄翻翻眼皮道："我都是被你的云郎给带坏的。"

云琅没工夫参与苏稚与曹襄的吵架，前边的何愁有已经被水流冲出去了百十丈远，后面还有木筏还在准备依次出发，朱买臣就站在码头的尽头，目送云琅他们快些滚蛋。

与朱买臣挥手作别之后，云琅就有些感慨，不知道下一次再见这个人，会是什么时候。

进入晚秋，大河的水就变得清澈无比，如同一条青色的玉龙在山峦草原之间蜿蜒盘旋。

这里水流平缓，如果眼力好一些，甚至能看到河里那些暗青色的鲤鱼，正在溯流而上，大河下游并不是一个很高的过冬地点，它们已经习惯了河曲这片鱼饵丰富的地方。

到了明年，这些鲤鱼的鳞甲就会变红，当夏日的雷暴过后，它们就会迎着夕阳再一次跃出水面，再次挑战那座可能存在，可能并不存在的龙门，希望能够化龙腾飞。

刘彻来到了白登山，他第一次登上了钩子山，此时的钩子山因为水脉被截断，山上尽是一些枯死的灌木。

有半座山峰已经被三万民夫挖掉了，昔日那座深邃的洞窟，如今变成了一座大坑。

民夫们驱赶着牛车，马车，驴车，沿着那条盘旋的土路，一点点的把深坑里面的泥土运送到外面去。

负责挖掘冒顿陵墓的绣衣使者士师闫长春就跪倒在尘埃里，卑微的将头埋在手背上，皇帝没有发话，他一动都不敢动。

"棺椁呢？"刘彻查看完毕了这个大坑，轻声问道。

闫长春连忙回答道："在第二道坑道里面，想要完全起出来，还需要三天。"

刘彻笑道："不用那么费事，在底下打开棺椁，确定里面的尸骸就是冒顿之后，就装在袋子里运回长安，这里的事情就算作罢了。"

闫长春恭敬地道："奴婢这就派人开棺。"

刘彻并没有在钩子山逗留太久，吩咐完毕之后，就走上了云琅建造的那条铁索桥。

瞅着桥下缓缓流淌的瞎子河水对公孙弘道："谢长川一生给朕上了十六道奏折，其中四次，提到了这条河，两次说两军交战之后，尸体都会堵塞这条瞎子河。如今看来，这条河这么小，即便是堵塞了，也没有多少尸体嘛。"

公孙弘笑道："陛下有所不知，这条瞎子河来自草原，尽头是一些不大的泉眼，到了这个时候正是草黄水枯的时候，瞎子河自然不会太大，一旦到了春夏，这条河河水就会猛涨，到时候将会是另外一番景象。

谢长川给陛下上奏的两道军报说尸体堵塞了河道，恰恰都是在夏日，那时候的瞎子河如果还会被淤塞，则说明谢长川的战报中禀报的战事确实惨烈。"

刘彻笑道："就是有了白登山，才能不断地让匈奴人在这里流血。

如今，这一幕终将成了往事，十年之内，白登山将再无战事，下一次，就要看受降城的了。"

卫青笑道："受降城将战线又向西推进了四百里，向北推进了两百里，以前只有白登山的孤军在前，如今，受降城取代了白登山，我大汉也将要图谋河西了。"

刘彻纵声长笑。

笑声还没有停下来，就看见闫长春背着一个大口袋急匆匆的跑过来。

刘彻停下脚步，闫长春匆匆的扑倒在地，连声道："恭喜陛下，贺喜陛下，冒顿的尸骸已经找到。"

"有何凭证？"

刘彻远远地看了一眼被宦官隋越打开的布袋子，里面确实装着一具骸骨。

闫长春颤声道："冒顿的大弓，宝刀全部找到了，棺椁里面还有记录冒顿功绩的石板。"

刘彻松了一口气，对卫青道："我们回宫吧，此次北狩，朕非常的满意！"

第一章东方朔守节

阳光从窗棂外照射在了残破的床铺上，东方朔伸手遮挡一下阳光，哼哼了两声之后，就从铺满麦草的床铺上爬了起来。

顺手从床铺边上的麦草堆里掏出一个酒葫芦，仰头喝了大大的一口，这才将两条腿垂在床沿上喃喃自语道："这酒太酸了……"

说罢揉揉沾满柴草的脑袋，趿拉着鞋子熟练的打开牢房的大门，跟跟跄跄的来到牢房外的院子里，手搭凉棚瞅着天空白亮亮的太阳道："这么亮做什么……"

一个正在给驴子刷毛的狱卒笑道："已经到晌午时分了，太阳再不亮，我们要他作甚？"

东方朔笑道："说的对，贼老天！记吃不记打！"

狱卒笑道："记吃不记打的是你，但凡你肯低一下头，也不至于常住我阳陵邑监牢了。"

东方朔等眼睛适应了外面强烈的阳光这才放下手道："不是不能低头，而是不敢低头，这一次低了头，下一次膝盖就会发软，再下一次就要把头杵进泥土里才能满足人家，这样就太无趣了，还不如从一开始就不要低头。"

说着话从腰上解下酒葫芦又喝了一口，把酒葫芦递给狱卒道："喝一口？"

狱卒摆摆手道："正伺候这畜生呢，你喝你的，可是要出去？"

东方朔把酒葫芦系在腰带上笑道："如果你阳陵邑大牢肯管饭的话，我也不想出去。"

狱卒摆摆手道："快去吧，快去吧，你家婆娘可能要等的发急了。"

东方朔出了阳陵邑大牢，外边就是热闹的集市，他把软帽往下拉一下，遮住了额头上的那块乌青，这是昨晚喝醉之后不小心撞伤的，不能让良姬看见，要不然她又会哭一天。

昨夜喝酒喝得太多，今天整个脑袋都是昏昏沉沉的，东方朔走路自然就东倒西歪的，一件长衣松松垮垮的挂在身上，让他瘦而高的身体显得越发的单薄。

路上的商家，行人对东方朔的邋遢模样早就见怪不怪了，皮匠小心的把挂在门口的割皮刀收起来，免得东方朔一不小心撞在上面把小命丢掉。

即便如此，东方朔依旧跟一个小童撞在了一起，他想俯身去搀扶那个摔倒的孩子，一个彪悍的妇人斜刺里杀出，重重的推了东方朔一把，重心不稳的东方朔一下子就摔倒在地上。

妇人在东方朔的身上吐了一口唾沫，叫骂了两声，就拖着自家的孩子匆匆的走了。

欺负东方朔不算什么，如果被良姬看见，那就麻烦了。

既然摔倒了，东方朔也就不忙着站起来，坐在地上稳稳心神，好走的稳稳地去良姬开的食肆里吃饭。

一辆朱红色的四轮马车停在路边，马车帘子掀起来露出一个身着锦缎袍服的女子，她怔怔的看着垂着头坐在地上的东方朔。

过了片刻，女子在侍女的搀扶下来到东方朔的身边低声道："朔郎，一向可好？"

东方朔撩起头发瞅了一眼美丽的女子笑道："昔日一舞动长安的美人儿，今日还是这般明艳，可喜，可贺。"

妇人莞尔一笑，蹲在地上帮东方朔穿好鞋子道："郎君当初休妾身之时可不是这么说的。"

东方朔大笑道：'我当初是怎么说的？不记得了。"

"您说不能与妾身长久的在一起，否则等妾身年老色衰了，您会发疯！"

东方朔抚掌大笑道："此言大善呐，你看看今日，容光依旧美的不可方物，见到你安好，是我今日遇见的最好的一件事，足矣让我痛饮三杯啊。"

女子一样展颜大笑，细心地将东方朔头上的草芥一一拿掉，熟练地将披散的长发绾了一个发髻，从头上抽下一枚玉簪固定好东方朔的头发道："妾身这些年置办了一些产业，阳陵城西就有一座宅院，虽然不大却也雅静，郎君不如与妾身同去，看看妾身的舞技有没有失色。"

东方朔将脑袋摇的如同拨浪鼓一般道："不好，看了你跳舞，我就会兽性打发，而你又不会拒绝我，这样不好，某家要守节！"

女子有些气急败坏的拍了东方朔一巴掌道："你堂堂男子汉守得哪门子的节，为谁守节？"

东方朔抓抓头发道："如今我吃的，用的，喝的都是良姬供应，自然要为她守节。"

女子娇笑道："这好办，妾身这里有十万钱，拿给良姬，夫郎与美美一起去城西的宅院，以后，夫郎的吃用，由美美来供应如何？"

东方朔抓住女子的手笑道："不用了，看到你过的如此惬意，我就不要去添乱了，扶我起来，腹中饥饿，要去良姬那里吃饭了。

昨日，良姬说她从云氏菜园弄了一些秋韭，要给我做韭菜盒子吃，如此美味断然不可错过！"

女子微微叹了一口气，搀扶东方朔起来，却见东方朔从旁边的树枝上折下一段柳枝插在头上，褪下青玉簪子放在女子手里道："万万不可让良姬看见！"

说罢，依旧踩着软绵绵的步伐，向集市深处走去。

女子满怀失望。

目送东方朔离去，这才怏怏的上了马车，放下车帘，再也没有看热闹的心思。

东方朔气喘吁吁地向良姬开的食肆走，从昨日中午到今日中午，他一口饭食都没有吃，即便是被良姬喂了一些粥饭，也吐得一干二净，来到良姬食肆，他已经气喘吁吁。

守候在门口的良姬赶紧把东方朔搀扶到店里埋怨道："就不能少喝一点酒吗？监牢里不许我过夜，睡死过去可怎么好。"

东方朔气喘吁吁地道："我要是醉死了，你就把我随便找个地方埋掉，带着孩子好好地过日子，千万莫要多想，该嫁人就嫁人，把孩子养大我在地府之中也感激你。"

良姬用湿布擦拭了东方朔的手脸笑道："其实这样也不错，以前你忙公务的时候也是整日里不着家，只有晚上才能看见你，现在也不错，白日里你总在我眼前晃荡，晚上虽然不在，妾身却知道你睡在那里，这很好。"

东方朔抽抽鼻子，闻着韭菜盒子发出的奇香拍着肚皮怒道："快快端上来！"

良姬连忙端着一盘子刚刚煎好的韭菜盒子放在东方朔面前道："等一下，现在吃会烫嘴，先喝点白粥！"

东方朔那里忍耐的住，提着一个韭菜盒子的角就狠狠咬了一口……嘴巴已经被烫出燎泡了，他依旧不愿意放弃美味的韭菜盒子。

一盘子韭菜盒子吃完，东方朔才忍着疼痛，喝了几口温热的粥，直到疼痛减缓才道："这东西奇香无比，如果拿去售卖，你会有一个好生意。"

东方朔吃韭菜盒子的时候，小店边上已经围满了馋涎欲滴的食客，纷纷嚷着要吃这种被菜油煎炸的两面焦黄的东西。

良姬一边说没有，一边又给东方朔端出来一盘子。

如此一来，食客们就叫骂着离开了，很快，小小的食肆里就剩下夫妻二人。

东方朔把最后一个韭菜盒子吃掉擦擦嘴道："这可不是做生意的方式啊。"

良姬撇撇嘴道："谁耐烦给他们做吃食，妾身这家食肆就是给你一个人开的。"

"怎么，阳陵邑的官员还是不准你长住这里？"

良姬笑道："没有的事。"

东方朔皱眉道："我做过县令，你如果不事生产，仅仅做生意的话，超过半年会被编入商户的。"

良姬笑道："还有一月才会到期，那时候夫郎早就出来了，我们一起回上林苑就是了。"

东方朔惊讶的道："我怎么不知道，你不要安慰我了，我得罪的人太多，虽然陛下不见怪，别人可没有陛下那么大度，三五年的大牢是一定逃不掉的。"

良姬笑道："妾身去云氏割韭菜的时候，听云氏大妇说，骑都尉大军已经在回京的路上了……"

东方朔捧在手里的粥碗顿时落地摔得粉碎，抓着良姬的手道："你听清楚了？"

良姬笑道："听得很清楚，他们全回来了。"

推荐都市大神老施新书：

第二章云氏子的作用

"云琅走到哪里了？" 阿娇站在荷塘边上瞅着快要枯萎的荷叶问道。 大长秋躬身道："八日前的军报说已经到了上郡，正在分派军粮，如今过去这么长的时间，此时应该受阻于壶口。 过了壶口，就有两条路，一条路是沿着渭水溯流而上直抵上林苑。 另一条就是继续沿着大河顺流而下进入弘农郡，就不知道云琅准备怎么走。" 阿娇将手里的一枝干莲蓬丢进荷塘道："他为何不早日回来，在大河上晃荡什么？" 大长秋惊愕的道："要开辟一条受降城到京师的水路啊，这是很重要的一件事啊。" 阿娇淡淡的道："有什么重要的，无非是给朝廷多开一条财路而已，他当初就想把生意做到西域去，那时候我觉得他是在异想天开，谁知道短短两三年就被他做成了。" 大长秋连忙道："论到产出，天下那里比得上我上林苑，商道开了，收益最多的依旧是我长门宫，贵人的天下药铺才开始铺设，需要的钱财多的几乎不可计数，这条商道开拓之后我们才有足够的财力支应。" 阿娇哼了一声道："我现在改主意了，不想弄得全天下都是药铺，家里就一个小女子，要那么大的权势做什么。" 大长秋笑道："我家公主可不同于外人。" 阿娇忍不住笑了，背着手在荷塘边上走了一圈，伸伸腰肢道："都不知道是在为谁们碌！" 大长秋苦着脸道："陛下是去了北地，那些地方并不适合您去，您不能因为这点事情就开始埋怨陛下。" 阿娇怒道："我也想去北地走走不成吗？我又不是皇后，不需要帮他盯着后宫，天下之大，我哪里去不得？ 非要禁我的足！" 大长秋连忙拱手道："您不是皇后，谁是皇后？难道是那个躲在皇宫里面如同小鸡一样的卫氏？ 据老奴所知，她们母子如今在食不知味的过日子，唯恐有一天您会拿着刀子进皇宫呢。" 阿娇冷笑道："我会那么干吗？" 大长秋抬头看着天小声道："小公主满月那一天，您把铠甲都穿好了……" 阿娇叹息一声道："总是不甘心呐，算了，算了，想起来都烦心，给云琅八百里加急，让他快些回来，我要跟他打麻将！" 大长秋小心的问道："您可是对云氏这两年没有任何新的东西出来感到烦闷了？ 其实云氏这两年并没有停下来，仅仅是桑蚕一道，我们就已经完成了当初的计划，现在，全长安的丝绸都出自我上林苑，蜀地的丝绸已经在长安没了立足之地。 另外啊，渭水上跑的平底船源源不断的将产出送去了长安，阳陵等地，现在的长安在冬日里吃两口青菜已经不算什么稀奇事情了。 更不要禽蛋了，就算是中户之家，如今饭盘里也开始出现鸡子了，基本上没人把这东西当命一样的看待了。 这些变化都是这两年才出现的，长安，关中已经有了繁荣的模样，只要再过几年等富贵城完全起来了，长安将比往年富庶几倍不止！" 阿娇烦躁的道："都说了不准再提，只是让你快点让云琅回来，怎么就这么多的废话！" 大长秋不说话了，最近一段时间以来，阿娇又开始变得暴躁了，能看的出来，她在努力的克制自己，可惜，本性使然，她快要故态萌发了。 云琅是该早些回来，大长秋早就发现了，云琅身上有一种让人宁静下来的气质。 面对这个少年人，不管心中有多少疑惑都能从他那里得到解答，不论心中有多少怒火，在见到云琅之后多少都会慢慢的消散。 这大概就是出尘之气吧……大长秋刚刚想到这里，云琅那张贼兮兮的面容就浮现在他的脑海中，这张脸无论如何都跟出尘之气联系不到一起，大长秋想了好久，却没有找到一个更加合适的词汇来表述。 云琅就是云家的灵魂，云家的精气神。 没了云琅的云氏就变得让人面目可憎。 与大汉其余家族没有什么区别，仆妇们死板板的干活，主人死板板的生活，如果不是还有老虎跟云氏大女以及的存在，大长秋根本就没兴致去云氏。 而阿娇贵人，已经一年多没有踏进云氏的大门了。 那条连接云氏与长门宫的小路上，也满是落叶，一些藤蔓已经占据了大半个小路，如果云琅继续在外面多待一年，那条小路就会完全消失。 云琅当然不会认为自己有这种人见人爱的特质，他如今站在河边上，瞅着咆哮的大河一头栽进壶口。 "果然是万里长河一壶收啊！" 曹襄背着手站在一块巨石上大发感慨。　在他背后的小路上，无数的车马正在繁忙的转运着货物，何愁有坐在一辆马车上，手里抓着铁臂弩目光炯炯的盯着那些属于皇帝的金银。　"很可惜啊，大河从这里断掉了，否则我们可以一路进入关中。"　曹襄撇撇嘴道："掉进河里的两千担粮食要从你的俸禄里扣除，还有泡水的三千多张羊皮价值少了一半，这也要从你的收益里扣除……还有，我掉进河里两次，你一次都没有理睬我，光顾着救你小老婆了，这件事我也给你记着。"　云琅呵呵笑道："总的来说，这一路还算顺利。"　曹襄笑道："一日夜在河道里跑了六百里，尤其是那个月圆之夜，坐在快逾奔马的木筏上确实痛快，那一路上的景致也美的让人窒息。　哈哈，不知去病他们如今在那里？"　云琅大笑道："大河的河道其实就是最近的一条路，走陆路不但要翻山还要越岭，遇到不能走马的地方还要绕道，他这时候要是能走出朔方郡就算他走的够快了。"　"接下来我们该怎么走？走渭水还是直接走大河？你要知道走渭水是最近的，走大河可就跑去左内史属地了，看样子你打算在朝邑这地方上岸是不是？"　"走大河，如你所说，我们将在朝邑上岸，从哪里到骊山不过两百里之遥，我们只要跟少府监交割完毕，事情也就完了，就可以回家了。"　两人正说着话，忽然看见一座巨大的木筏从瀑布上面突然冒头，在最高处稍微停顿了一下，然后倒竖起来顺着湍急的河水重重的砸在壶口半腰处的平台上，诺大的木筏轰然散开，原本捆绑整齐的木料，翻滚出平台再一次砸在另一个平台上，发出比瀑布轰鸣还要大的巨响，最后跌落在深不可测的瀑布深潭里，盘旋几周之后，就被水流抛出水潭，再一次顺着水流去了下游。　第一个木筏跌落成功，紧跟着就有更多的木筏从瀑布上游跌落，重复刚才发生的那一幕。　等到木头飘落到了下游水流平缓处，就有驾着羊皮筏子的民夫负责在河里捞木头，绑上绳子之后，自然就有人把一根根的巨大木料拖到河边，最后用巨大的骑马钉子钉起来用绳子绑缚结实，又一个木筏就很快出现了。　"还坐木筏？"曹襄指指刚刚成型的木筏问道。　"不用了，木筏继续走大河，我们走陆路，粮食已经没有了，现在有的只是皮张，药材，金银铜，以及各色宝石，走官道其实就不错。"　曹襄用力的踩踏一下坚实的大地笑道："我也不想坐木筏了，这东西看着威风，实际上太辛苦，也太冷了。"　云琅摇头道："我们此次探路成功，以后不知道还有多少人要靠这条水道谋生呢。　慢慢会好起来。"　云琅看着围在河边看热闹的鹑衣百结的百姓不由得叹口气，这里距离世上最富足的城市长安不足两百里，百姓就已经困顿成了这个模样。

　　　　　: 。 :

第三章云琅的新谎言

天下承平已久，人口开始大量的**繁衍**，从文皇帝到现在的陛下不过区区几十年的时间，大汉的人口就增长了一倍。

人口增长速度最快的阶段，却是去年春日里，皇帝颁布了《劝民归田令》到去年年末这一段时间。

在这一段时间里，只要不是人家有契约在手的奴仆，野民，先秦遗民都可以去官府登记户籍，而后可以从官府手里领取自己的土地跟种子。

在这一段时间里，即便是啸聚山林打家劫舍的盗贼，只要愿意下山入籍，官府也是既往不咎的。

因此，在这个难得的可以洗白身份的时间段内，大汉全国人口一下子多出来了一百三十七万户。

与此同时，各地的州府辖区内，也多了很多无家可归的流民，他们大多刚刚从山里出来，全身上下连衣衫都穿不整齐，齐齐的在等待官府对他们做出最后的安排。

所以说，去年一年，是刘彻最难熬的一年，北边的草原上大军在打仗，南边山里的蛮族又在造反，国内的百姓眼看着天下太平了，纷纷出山投奔官府。

一下子就让刚刚恢复了一点元气的大汉国库变得空空如也。

在这样的背景下，何愁有看重这匹财宝就可以理解了，毕竟他家的主子已经穷的快要卖身了。

离开了上郡，车队立刻就进入了关中。

自从双脚踏上关中的土地之后，所有人都松了一口气，从今日起，再也不用彻夜担心胡人，或者什么奇怪的人来打这支队伍的主意了。

从受降城离开的时候是深秋时节，回到长安之后，依旧是深秋时节，两千多里的距离，让季节凝固住了。

眼前的太华山云遮雾绕的让人看不清楚它的本来面目。

站在山脚下，瞅着满山遍野的红叶，云琅一点攀爬太华山的心思都没有。

看着太华山，云琅的感觉很怪，他很久很久以后会攀爬这座山八次之多。

想到这里云琅努力的摇摇头，把这个怪念头从脑海里驱除，他不认为自己会在两千多年之后还会有力气爬华山。

此时的太华山充满了原始的意味，山上松林草木茂盛，山涧清水潺潺，莲花峰还没有被人发现，大半隐没在云雾中。

"你说，这上面有没有住着神仙？"

同样仰望山峦的曹襄突然问云琅，他觉得这里的山势陡峭，非人力所能降服。

听曹襄问起神怪之事，何愁有看似无意，却也竖起耳朵倾听，他知道，现在，全大汉最神秘的神棍就是眼前这个弄死仙师李少师的家伙。

"这座山共有五座山峰，为东南西北中，五座山峰耸峙状如莲花，云海起伏，宛如神仙境。

其中南峰最高，登上南峰绝顶，顿感天近咫尺，星斗可摘。举目环视，但见群山起伏，苍苍莽莽，大河，渭水如丝如缕，漠漠平原如帛如绵，尽收眼底，颇有天人合一之神韵。

你说的神仙我没有见过，不过啊，在东峰有一道巨灵掌印，在山上看不清楚，在我们站立的地方如果没有云雾的时候应该看的很清楚，整只手掌为左掌，不但五指清楚分明，就连掌纹都清晰可辨。（只能在华阴火车站看见.）以前我也以为山上有神仙，毕竟在传说中，秦穆公的女儿弄玉姿容绝世，通晓音律，一夜在梦中与华山隐士萧史笙箫和鸣，互为知音，后结为夫妻，由于厌倦咸阳的日子，两人就乘龙跨凤来到华山……我被师兄们背上了山，也就是靠东边的那座小山峰，师兄们把它称作玉女峰。

我在师兄们的背上睡醒之后，就来到了那座山，山上出了野兽，禽鸟，树木，再什么都没有，我的腿还在那里磕破了，流了很多血……没看见弄玉，也没有碰见喜欢用乐器勾引女人的萧史隐士。"

曹襄听的一脸神往，何愁有的两只眼珠子却在滴溜溜的转，恰好，一阵天风吹过，遮蔽了山峰的云彩缓缓褪去，何愁有，曹襄赫然看见一只巨大的左掌矗立在蓝天下。

曹襄钦佩的看着云琅道："真的唉！"

云琅笑道："造物之神奇无法言说，那就不说也罢，收拾收拾我们继续赶路，我实在是想回家了。"

何愁有沉思了良久对云琅道："一路上舟车劳顿，我们就在这里休憩两日如何？"

云琅笑道："太华山就在这里，跑不掉也塌不了，你想攀爬太华山，一来太危险，二来，没有必要，不是跟你说了吗，山上除过石头，野兽，草木之外什么都没有，你上去了也是白上，莫要耽搁时间，今日夺走一些路，三天后我们就能到家了。"

何愁有摇摇头道："必须要去看看，这很重要，你既然上去过能不能给我画一张图，好让我按图索骥。"

云琅见何愁有一力坚持就摇着头轻笑一声，找过一张绢帛，稍微想了一下，就把熟悉无比的华山旅游图给画在了绢帛上。

这张图上，自然不会有什么玉泉院，莎萝坪，回心石，千尺幢，百尺峡，天门，一类的名称，只有一条细线跟大概的位置标注。

何愁有对这张地图极为重视，用油布包裹了，唤来随行的绣衣使者，吩咐他们看好货物，自己带着四个善于攀爬的绣衣使者，背着绳索，勾爪就匆匆的按照云琅指的大概方位进了山。

何愁有走了，曹襄明显松弛了下来，小声问道："你真的上去过，跟我说说，你是怎么上去的？"

"怎么上去的？一言难尽啊。"

"说说，说说，听着呢。"

想听这故事的人可不只有曹襄一个，苏稚也凑过来，摇着云琅的胳膊要他讲清楚。

故事的主要听众既然已经上了山，云琅讲故事的兴致就减少了很多，随意敷衍道："爬一座山而已，有什么好问的，那时候我年纪小，开始的时候自己爬，后来走不动了，就被师兄们装在背篓里背上去的。"

"为什么要爬这座山啊？"苏稚看看重新被云雾遮盖的山风有些不解。

"为了吃！"

"啊？为了吃？"

"没错，太华山所产细辛为天下最，拿这味药物的细根熬汤，就能熬出一锅麻辣味道的汤来，那滋味极为美妙……"

苏稚摇头道："不成，细辛这味药有微毒，食之伤肾。"

云琅不屑的道："你知道什么，就因为有毒，吃起来才好吃，就像河豚鱼一般，只要处理好了，都是人间美味。

这世间还有什么是比吃还要重要的事情吗？"

"不准吃！"苏稚的声音变得尖利。

曹襄冲着云琅挤挤眼睛，意思是等苏稚不在了，大家再吃！

有苏稚捣乱，故事会自然就开不下去了，连续十余天的奔波，云琅确实如何愁有所说的那样，有些舟车劳顿了。

在这里停留两天也不错。

只是在走进帐篷的时候，云琅眯缝着眼睛重新瞅了一眼这座太华山。

回到了关中，又要开始一场无休止的暗中争斗，云琅知道自己是避不开的，想要在未来的时光中，把日子过好，必须增加一些筹码。

刘彻认为云琅说的西北理工是一个天大的谎言，是云琅为了遮盖另外一个谎言而放出来。

何愁有虽然知晓云琅出自太宰门下，却以为他出身于陇西督造，想要通过大秦"物勒工名"这个习惯来证明云琅的过往。

这太可怕了，云琅为了增加自己的神秘性，必须弄出好多新的可以探查的神秘事件，好让这些人有事情做。

这样左查查，右查查的，一辈子的时光也就过去了。

推荐都市大神老施新书：

第四章沛人的危机

长安对于云琅来说是一个巨大的斗兽场，而这个斗兽场中间还蹲着刘彻这头龙。..

环顾四周，老虎，狮子，饿狼，暴熊，毒蛇，鳄鱼，鲨鱼一个都不少，而他只穿着一件堪堪遮羞的裤衩，手里握着一柄根刚刚从树上掰下来，还带着绿叶的木棒。

这种情况下，木棒绝对不是一个用来进攻的东西，而是一个用来挖掘土坑把自己藏起来的工具。

他唯一领先于这些猛兽的优势就是知道事情会向哪一个方向发展，并先期躲开争斗最激烈的地方，挖一个土坑悄悄地把自己藏起来，然后露出一双眼睛，小心的打量这个世界。

只要给他时间，他一定能够制造出坚硬锋利的刀剑，能够制造出坚不可摧的铠甲，等他把坦克弄出来的时候，他就不想在土坑里躲避了，而是想站在斗兽场的最中心，用坦克的炮筒顶着龙的脑袋问他——这个世界到底谁才是主宰！

至于现在，不论是撒谎也好，装可怜也罢，先活下来才能有以后的辉煌。

从很久很久以前开始，人们就发现力气大的人比较占便宜，他们不但能捕获野兽，也能从同类手中获得食物。

到了后来，人们又发现，从同类的手中夺取食物，要比从野兽嘴里的夺食要容易的多。

自从这个发现大行于世之后，人类的世界就发生了很大的变化……力量真很重要，有时候它是决定世界前进方向的主要动力。

华山脚下有一片梨园，也不知道他的主人家是谁，反正看守梨园的老汉，任由云琅跟曹襄在院子里祸害，也从不阻拦，甚至弄来了柳条筐，希望他们能多摘一些。

一般来说，蹲在梨树上吃梨子才是最幸福的时候，晚秋的时候，梨园里的梨子大部分都被摘走了，剩下的梨子是主人家抱着美好的猎杀不绝的愿望特意留下来的。

这些梨子成熟的最好，尤其是树梢上的几颗原本应该是青色的梨子被太阳晒成了红色，狠狠地咬一口，这些成熟到了极点的梨子，甘甜如蜜，没有丝毫的酸涩味道，这是供奉祖宗的好东西。

梨树边上就是柿子树，上面挂满了红彤彤的柿子，对这东西云琅连看一眼的想法都没有，没有经过霜的柿子吃起来完全是在虐待自己的肠胃。

曹襄跟云琅是不一样的，他总喜欢刨根问底，短短两句话就从看守梨园的老苍头那里知道了这个梨园的主人。

这些梨子跟柿子，其实都是一个叫做周勃的人亲手种下的。

这人就是一个典型的有力量的人，太祖高皇帝在位的时候，周勃一生谨慎，吕后在位的时候，周勃小心伺候，唯恐惹怒这位伟大的女性。

等到吕后死了之后，他出于好心，就跟阴险的陈平一起把姓吕的人全部送去陪伴吕后了。

等他发现陈平对他担任右丞相极为不满之后，就立刻心的请辞，从此，大汉进入了只有一个宰相的时代。

第二年陈平就死掉了，他就成为了大汉朝当时唯一的宰相，只是把事情没有做好，被文皇帝罢黜了，在牢里逗留了足足两年，因为讨好狱卒才打通了薄太后的关节，最后归隐乡里，十年后病死，谥，武侯！

"周鸿家的产业！"

曹襄把事情弄明白之后，就直接说出了一个云琅认识的人。

说起周鸿，云琅对这个瘦高的纨绔印象很好，当初匈奴人来上林苑的时候，就是这家伙跟张连一起奋力跟匈奴人厮杀，虽然最后差点被匈奴人杀死，周鸿的表现，却无愧于他是周勃的子孙这个名头。

"好长时间没见过周鸿了，这家伙现在干什么呢？"

曹襄骑在一根树干上，用长长的杆子弄下来一颗梨子，眼看着苏稚在树下用裙摆接住，这才道："去了荆州，弄了一个特使的头衔，挂在少府，在云梦泽给陛下抓猪婆龙剥皮制甲呢。"

"很肥的差事哦！"

"那是自然，他家的一万户封户，现在掉的成四千了，再不走走门路干点事情，我看明年连三千户都难。"

"这么说，周鸿是长子？"

"不是，哥七个，他是老三，老大当年得罪了宰相田蚡被狱卒晚上把麻袋装满沙子压在身上，一连压了两天，就被活活的给压死了。

老二呢为自己的哥哥抱打不平，杀了四个使坏的狱卒，然后又被田蚡以杀人罪砍了脑袋。

到了周鸿这里，他就装傻充楞，装出一副忘记了自己两个哥哥是怎么死的，整日里只往青楼里钻，这才被田蚡给忽视了，侥幸活了下来，封号也保住了，就是没什么人看得起他。"云琅点点头道："这么说，这个家伙也不是一个省油的灯啊，你看看这个不起眼的梨园，虽然远在太华山，依旧被打点的井井有条可见一斑啊。"

"有才有什么用？

陛下现在喜欢寒门子弟，你看看朝里的那些重臣，有一个算一个，都是陛下亲自检拔起来的，虽说换的快了一些，却总会有好多人依旧留下来了。"

云琅听到这里笑了，拍拍刚从树上下来的曹襄道："你我兄弟之间不用这么麻烦吧？"

曹襄摇摇头道："我已经试过了，不管用。"

云琅皱眉道："在长安，你平阳侯的名声要比我这个少上造管用的太多了，你都搞不定的事情，指望我就能搞定？"

曹襄叹口气，咬了一口手里的梨子道："高世青这个人你还熟悉吧？"

云琅笑道："那个喜欢告御状的哑巴盗墓贼？当初他是被何愁有带走的，结果就再也没有回来。

我问过何愁有，结果那个老家伙生气了，还要我莫要多管闲事。

何愁有这个人你也是知道的，绝不会无的放矢，对我似乎也有那么几分善念，因此，我对高世青的事情就再也没有问起过。阿襄，如果可以不理睬，你也可以，能让何愁有郑重其事的警告的事情，一般都不会是小事情。"

曹襄苦笑道："人一般都会有一个立场，这个你是知道的吧？"

云琅见苏稚过来了，就揽住她的腰肢笑道："我的立场就是她们。"

曹襄道："我也想只把立场放在老婆孩子身上，可惜不成啊，你知道不，我家老祖曹参跟周勃是什么关系吗？"

云琅见曹襄说的认真，就松开苏稚的腰肢，站直了身子道："我只知道你家老祖跟周家老祖以及太祖高皇帝都是沛人！"

曹襄点点头道："这也是维系我们这些旧勋贵的一条纽带，因为都是出自沛地，自从大汉建国之后呢，就多了一种人叫做沛人。

如果太祖高皇帝不是沛人，我们这些沛人都会被皇帝清除掉，这没什么好说的。

太祖高皇帝此人历来任侠四海，吕后此人更是薄情寡义，可是啊，即便是经历这两位的统治，不管他们对天下做了什么，对臣子做了什么，大汉的社稷依旧没有动摇。

这里面我沛人不知道出了多少力气，也因此，你看吕后诛杀了多少功臣，唯独不见吕后诛杀过沛人。"

沛人犯罪，最重者不过罢官夺爵，比如樊哙，比如周勃，哪怕被问罪了，被罢官夺爵了，最后还是会给一条活路，即便是不给本人，也会给他们的子孙。

阿琅，现在麻烦了，陛下要开始针对我们沛人了，公孙弘，张汤，王温舒，这些人以为沛人尸位其上，对大汉已经毫无贡献，是一群依附在大汉江山身上吸血的毒虫，必须下猛药清理一下了。"

云琅想了片刻点点头道："公孙弘他们的想法其实是没错的，天下好不容易被始皇帝弄成了郡县制，你们这些沛人哪一家不是有成千上万的封户？

那个家里的田土不是一望无际的？那个家里不是仆婢成群，那个不是醉生梦死的过活？

确实该清理一下了。"

第五章 阴毒的试探

曹襄大笑道："我也觉得这样不合适，可是啊，这样的日子实在是太舒服，过的时间长了，就不想有什么改变。

无论如何，也要挣扎一下才好，成了固然欢喜，败了也没有什么好抱怨的。

都说君子之泽三世而斩，我们不过是想要把祖宗的福荫多继承几代而已，这样的想法没错吧？"

云琅连连点头道："没错啊！"

对于云琅这种两头说话的人，连苏稚都看不下去了，就推推云琅的胳膊道："夫郎，您是站那边的？"

瞅瞅苏稚娇憨的模样，云琅笑道："这个时候想要过好日子，就必须这么说话才成。

如此才能在马上就要到来的风暴中间屹立不倒。"曹襄嘿嘿冷笑道："大势到来的时候，首先铲除的就是你这种墙头草，不把你们铲除干净，谁会傻的去做两虎争斗的事情？你不知道高世青掌握了什么样的把柄，你要是知道了，也会替我担心一下的。"

云琅冷笑道："无非是你们沛人的一点隐私罢了，活在世上的人谁还没点隐私？

被人抓住把柄了，该杀人灭口就杀人灭口，该乖乖就范就乖乖就范，反抗或者雌伏无非是一个选择罢了。"

曹襄呵呵笑道："那你知道不知道有一种东西叫做——《沛人盟约》？"

云琅思索了很久，都没有从记忆中找到关于《沛人盟约》的事情，看曹襄的神情，也不像是在胡说八道。

不过呢，这件事既然没有被司马迁记载在《史记》上，也没有关于《沛人盟约》的野史记载，那么，就说明，这件事并没有大规模的爆发出来，或者是被皇权硬生生的把这件事从史书上给抹杀掉了。

"当初我们老祖一起在沛地起兵的时候，就发誓"苟富贵，勿相忘"，太祖高皇帝也发誓曰："一旦功成，天下共享"。

曹襄白皙的脸上忽然浮现出两块红云，看样子这句话对他的刺激性很大。

见曹襄有些激动，云琅就拍拍他的胳膊道："这种话一般都跟放屁一样，你也信？"

曹襄怒道："放屁之后自然会了无痕迹，可是这句话却是刻在玉牌上的，现在刘彻想不承认，我们总要问个明白吧？"

云琅皱皱眉头道："你也知道，一般情况下，跟刘彻讲道理的人下场都不是太好。"

曹襄有些悲伤地道："总要问问的，总要有个说道，不能仅仅凭借高世青手上的一封信件就说我们沛人在背着太祖高皇帝操弄整个大汉吧？"

高世青是一个盗墓贼，他的父亲，祖父全是盗墓贼，一个盗墓贼世家能得到沛人的密信只有一个可能。

那就是高世青或者高世青的父亲挖掘了一个沛人的坟墓，只有从坟墓中获得，否则别无可能。

"高世青把谁的坟墓给挖开了？"

"没挖开，就是从旁边钻了一个洞……"

"谁的？"

"萧何的……"

"嗯……信是写给谁的，或者是谁写给他的？"

"我家老祖宗曹参！"

"确认吗？"

"谁知道呢，反正我家从来就没有这样的故事传下来，我父亲不知道，我也不知道。"

云琅点点头道："如果你早知道的话，在钩子山我们就把高世青活埋了，轮不到他去告御状。"

曹襄叹口气道："现在很麻烦，非常的麻烦，陛下拿到了那封信，还告诉我母亲，就是我家老祖宗写的。"

云琅噗嗤一声笑了，摇摇头道："陛下在吓唬你们呢，我敢断定，那封信一定不是你家老祖宗写的。"

曹襄靠在梨树上幽幽的道：'我母亲也是这么认为的，可是，谁敢赌呢？"

云琅笑道："是不敢赌，那就不赌，如果陛下真的已经确定是你家老祖干的，现在就差把你家老祖宗从坟墓里请出来鞭尸了，如何会告诉你母亲，把这件事传的所有沛人都知道。

听我的，回去之后就去找陛下，告诉陛下这件事你根本就不知道，顺便问一下陛下准备怎么处理，如果想要把曹家杀掉，不劳陛下动手，你自己就下手。

如果需要曹家出手把别的沛人都干掉，你要立刻动手，一刻都不要迁延。"

曹襄从怀里掏出一块玉佩，用力的掰开，从中间抽出一段帛书递给云琅。

"烧掉吧，我不看，等何愁有明日从太华山上下来，我们两个立刻回京。

很多事情我们只是听说，没有在长安，非常的吃亏。"

曹襄烧掉了帛书，绕着那棵梨树转了两个圈子急躁的道："为何不现在就走？"

"太华山的神奇之处何愁有还没有告诉皇帝呢，回去那么早做什么？再说了，你千万别忘了，皇帝还没回长安呢。"

"皇帝没回长安关……"

话没有说完，曹襄的脸色就变得惨白！

云琅点点头道："想明白了？人家现在正找理由杀你们呢。"

曹襄猛地跳起来，将一颗漂亮的梨子重重的砸在地上怒吼道："人心那里经得起这么试探啊！"

云琅笑道："想明白了？我就说嘛，皇帝怎么可能因为一时兴起就跑到了西北边地看我们跟匈奴打仗。

人家故意躲在外边，看你们如何应对，如果选择臣服，就能再打压你们一下，如果你们选择……哈哈……正好一锅端掉。"

曹襄把牙齿咬的咯吱吱作响，好一阵子才道："我回到长安之后立刻把高世青碎尸万段你觉得如何？"

云琅靠在梨树上笑道："多找些人一起去……"

"好！"

曹襄痛快的答应一声，就匆匆的回帐篷了，不一会就有三个信使背着牛皮筒子离开了军营。

就在信使离开不长时间，一枝弩箭准确的射穿了一个信使的胸膛……本应该在太华山上的何愁有从荒草中站起来，眼看着两个绣衣使者将信使的尸体拖回来，把牛皮筒子交给了何愁有，何愁有仔细的查验了一下牛皮筒子上的火漆，叹口气道："曹家小子，你可不要胡作非为啊……"

第三天下午的时候，何愁有才狼狈不堪的从太华山里出来，看的出来，险峻的太华山把他们折腾的不轻。

"爬到哪里了？有没有到南峰？"

何愁有摇摇头道："没有，山上就没有道路，只见到了一群非常大的跟大鱼一样的石头横在山洞里。"

云琅看着何愁有道："你们才走到大鱼石？也就是说你们根本就没有上山是不是？"

何愁有楞了一下，又道："你知道那些大鱼一样的石头？"

云琅叹息一声道："沿着条山谷前行六里地，就会看见大鱼石，不是一颗大鱼石，而是一群大鱼石，如果你继续沿着山洞走，你还能看见更多。"

何愁有的目光闪烁一下，笑道："道路湿滑，太难走了，能走到那里已经不错了。"

云琅笑道："可惜了，入宝山而空回说的就是你这样的人，还以为你们的本领高强，说不定能走到最高处，没想到你们也是半途而废，真没意思啊。"

何愁有笑道："太华山就在关中，以后有的是机会，这一次军务重要，就不攀爬了，明日我们就回长安吧。"

云琅摇摇头道："阿襄要赶回长安杀一个羞辱他祖宗的人，一刻都不能等，如果不是因为军务，我们两早就跑了。

现在，你回来了，我们两就要告辞了，这就快马赶回长安，再等下去，阿襄就要被气的爆炸了。"

"杀谁？"

"杀高世青，一个罪囚竟然敢攀诬一个开国侯，不杀了他还留着过年哪！"

云琅刚刚把话说完，就听见曹襄在帐篷外面高声呼喊云琅，要他快点走。

何愁有匆匆的离开了帐篷，就看见云琅跟曹襄两个骑着马已经窜出去了老远。

"唉，你们知道高世青在哪里吗？"何愁有高声大叫。

"回到长安就知道了，这世上还没有我曹家找不出来的人……"

第六章 狗急跳墙

云琅曹襄带着家将一口气跑出去三十里，云琅猛地拉住了游春马的缰绳停在原地不走了。

曹襄跑出去老远，见云琅停下了，就兜转马头走回来道："你怎么不走了？"

云琅瞅着怪石嶙峋的大路两边道："这里是一个埋伏的好地方。"

"埋伏谁？"

"绣衣使者！"

"埋伏他们干什么？"

"何愁有根本就没有爬山，既然没有爬山，你觉得他在干什么？"

"干什么？"

"监视我们啊，现在想起来我的心都发凉，还以为老家伙宁愿跟我们在一起，也不愿意伺候他的皇帝回宫，原来是我们想多了，人家根本就是在监视我们。

太华山这么大的一个故事都吸引不了他，看来皇帝是下了严令的。

我们在这里等一阵子，看看能不能等到何愁有的信使，如果等到了，就说明我猜测的都是对的，如果没有等到，麻烦就大了，说明皇帝已经准备铁了心的要对付你们沛人。"

曹襄不是傻瓜，稍微一想就弄明白了云琅话里的意思。

如果何愁有派出了信使，则说明沛人事件皇帝依旧在搜寻证据中，或者说，正在逼迫沛人狗急跳墙，还需要沟通消息，提前布置，做好应对。

如果何愁有没有派信使，则说明皇帝已经是胸有成竹了，已经布置好了天罗地网就等着沛人往进跳呢。

曹福带着十四个家将连同苏稚以及她的那群羌妇继续前行，云琅跟曹襄，刘二，曹猛悄悄地躲在巨石后面，静静的等候绣衣使者的到来。

曹襄坐在石头上瞅着云琅道："要是不来怎么办？"

"来了我们也没办法，只能做一个判断！"

曹襄的眼皮子跳动一下低声道："截杀！"

云琅拍拍曹襄的肩膀道："就等你这句话呢！"

没有等候多久，一阵急促的马蹄声就从太华山那边传来，马上的骑士刚刚走进了这片乱石岗，两支弩箭就从两侧分别钻进了他的肋下，骑士堪堪来得及大叫一声，两柄沉重的短矛就刺穿了他的胸膛……在大汉，信使一向是一个危险的活计，每年，死于野兽之口的信使数不胜数。

这是因为信使大部分的时候都是单人独骑在匆匆赶路，而大汉的自然环境好的出奇，荒山野岭的，偶尔跑出来一头老虎，豹子啥的简直是再正常不过的事情了。

在关中，乃至北地，信使被狼叼走了，或者被猛兽给吃了，在军中早就不是什么奇怪的事情，岭南军中的信使被大母猴子抓走生儿育女才能引起大家的谈性。

因此，当刘二跟曹猛两个把信使尸体，以及战马的尸体丢进深沟之后，大汉军中又多了一件信使失踪事件。

信使身上什么都没有，也就是说信使身上没有信笺。

"你看看人家，法不传六耳，从来不会留下证据被人家捉，你家老祖宗是怎么想的，那么精明的一个人，居然会留下这么大的一个把柄给人家，看样是唯恐自己的子孙活的太写意了是不是？"

曹襄咆哮道："我家老祖宗没那么傻！"

云琅大笑道："对，就个态度，一定要记住了，哪怕是陛下说起来你也要这样吼叫。

没理由也要吼出三分道理来！"

曹襄警惕的左右瞅瞅道："现在该干什么？"

"该干什么？一击必中之后立即远遁千里这样的刺客解脱怀疑的法门不用我教你吧？"

曹襄点点头，立刻跨上战马，四个人立刻沿着大路狂飙了下去，追上苏稚她们之后也没有做任何停留，换过战马之后，继续狂飙，不论是云琅还是曹襄都不想在路上再停留片刻。

第二天天亮的时候，长安城的城门刚刚打开，一队男女混杂的骑兵队伍就穿过雍门进入了长安城。

马上的骑士一个个都疲惫至极，即便是惊扰了路上的行人，他们也没有停下马蹄。

平阳侯府就在长安雍门边上，这里好歹还夯制起来了一段能看的过眼的城墙，如果看东边，南边，夯土城墙上的碉楼都没有完全修建起来。

当初萧何督造长安的时候，首先修造的就是太仓跟武库，再加上一个用大秦遗留下来的宫殿翻新城的长乐宫，用了七年时间修造好了未央宫，那时候天下刚刚平定，百姓困顿，无力支持朝廷大肆修建宫室，即便是太祖高皇帝居住的皇宫，其实也就是一个比较大的院子而已。

惠帝的时候首先干的事情就是夯制城墙，四丈高，一丈宽，历经文皇帝，景皇帝到如今的陛下才刚刚有了一些规模。

平阳侯府占地很广，背后就是皇宫的宫墙，搭一个梯子就进了皇宫，云琅在平阳侯看了很久才对曹襄道："搬家吧。"

"为什么？"曹襄不解。

云琅缓缓地道："我在阳陵邑有一个小院子你知道吧？"

曹襄道："知道！"

"知道我为什么搬家去了上林苑吗？"

"不知道！"

云琅怒道："就是因为我家的后院靠着长平侯家的后院，去病没事干就跳墙过来，害得我家宅不宁，不搬家不成了。"

曹襄傻傻的道："你搬去了上林苑，去病也没怎么走过大门……啊……你是说我家离皇宫太近了？"

云琅笑道："君君臣臣的在打天下的时候分的不是很清楚，如今大汉天下就要一百年了，这时候还是分的清楚些比较好。"

曹襄瞅着家里密集的院落，有些为难的道："没那么容易，这个家不仅仅是我一个人的，我说了不一定管用！"

"那就搬家！"

长平冷冷的声音从两人背后响起。

云琅堆起一张笑脸，笑嘻嘻的冲着长平就要施礼，长平烦躁的摆摆手道："少虚情假意，知道早早回来就说明还算有心。等陛下回京之后，你们两个就去把所有的差事全部交卸了，待在上林苑别院里哪里都不要去。"

云琅叹息一声道："虽然勋贵们已经没有什么用处了，陛下也不能把他们都当猪给宰了吧，再说了，这些人看似没用，其实是不敢有用啊。

105

阿襄，张连，周鸿这些人您敢说一个个都是废物？

不说别的，光是卫侂就在边关斩首一十二级，这就是你们眼中的废物。"

长平面色铁青一个字一个字的道："他们如果肯抛弃祖先留下的荣耀重头再来，没人不给他们机会。"

云琅怪叫一声道："凭什么啊？那些老祖宗出生入死才打下来一个大大的江山，晚辈们跟着功劳，多吃点，喝点不算过分吧？

如果当初不是为了子孙后代着想，您以为那些老祖宗真的有出生入死打天下的恒心？"

长平凄然道："一旦功成，天下共享，这样的话如何能说出来，且流于文字，你让陛下怎么想，太祖高皇帝当年出身卑微，为了打天下曾经许下过数不尽的诺言，那些诺言怎么可能当真？

你以为当年吕后为什么要诛杀那么多的功臣？不是吕后心狠，而是那些功臣在天下大定之后，开始要太祖高皇帝兑现承诺，太祖高皇帝不敢面对那些人，只能吕后上了，她只能用最狠毒的处置手段来让那些功臣忘记太祖高皇帝许下的疯话。"

云琅苦笑道："还真是，如果太祖高皇帝当初按照诺言分封天下，哪来的大汉一统天下。

如果真的分了天下，如今，依旧会是一个战国争雄的大时代！"

长平长叹一口气道："这是皇家的禁忌，不能说的，也不能摆在明面上解释的。"

云琅瞅着长平道："高世青死了吧？"

长平摇摇头道："没死，也就比死多了一口气，一个已经当了三代盗墓贼的旧勋贵，为什么一定要想着恢复祖先的荣光呢？

为了那点富贵，好好地盗墓贼不当，偏偏要往死路上走……他们真是不要命啊。"

第七章上升途径

说真的，在见到高世青的那一瞬间，云琅忽然觉得刘彻的忧虑是正常的，也是必要的。 因为长平几乎不费吹灰之力，就带着云琅跟曹襄两个见到了被锁在九重门里面的高世青。 九重门是一个什么地方？ 他是皇帝专门用来囚禁私人囚犯的地方……地点就在少府的匠作工坊里面。 来到大汉这么久了，云琅还是第一次知道九重门的存在，破破烂烂了无生机的高世青他没兴趣看，他对那些强壮的靠山妇们更加的感兴趣。 长平能够轻易地进入这个地方，就说明，皇帝在长平面前没有什么秘密可言。见云琅诧异的厉害，长平就解说道："两年前，我遥领少府监……" "哦，这么说，这一次你带我们进来，已经违反陛下意志了是吗？" "陛下没有对我下禁足令，却对阿娇下了禁足令。" 云琅点点头道："相比阿娇这个外人，你更加值得陛下信任，他觉得你不可能伤害大汉江山。 既然如此，也就说明，陛下不觉得阿襄会伤害大汉江山，所以啊，我这就回家抱孩子去，只要阿襄没事，别的沛人跟我一点关系都没有。 而且，你也知道，这事情已经超出了我的能力。" 长平皱眉道："你对大汉国没有鞠躬尽瘁死而后己的意志是吧？" 云琅苦笑一声道："能让我心甘情愿豁出命去做的事情不多，战场上拼命那是不得已，你不拼命，别人就会拼掉你的命，这是相对公平的过程。 至于别的，我还是以为我闺女比较重要。" 云琅不想评价这件事，长平身在局中，以为皇帝没有给她下禁足令，是信任她的一种表现，给阿娇下了禁足令是一种不信任阿娇的表现。 殊不知，给阿娇下了禁足令，未尝没有不让阿娇入局的意思在里面，这是在保护阿娇。 让长平掺和进来，未必没有考验长平的意思。 这些话云琅只能藏在肚子里，可以在合适的时候跟曹襄说，却不能对长平说。 曹襄在看到高世青的第一眼起，就没了报复的心思，挂在他面前的高世青，比他想象中的模样要惨一百倍。 即便如此，高世青在看到曹襄的那一瞬间，眼中也闪烁着愧疚的神色，极力躲闪曹襄的目光。 事实上，眼中闪烁着某种光芒，本身就是一种臆想，是看高世青的人强加给高世青的一种感情色彩，很多时候都是一种主观性质的表达，而非客观性的表述。 当云琅出现在高世青的面前，高世青仰起头啊啊啊啊的大叫，看样子他很希望云琅能够再一次拯救他。 "已经晚了，从你没有找我，而是去找了何愁有的那一瞬间，事情就已经无可挽回了。 不管以前在你身上发生了什么事情，在我开始对你委以重任的时候，你都应该迅速的抛开，重新开始过你的日子。 把以前的事情忘掉，着力养育你的下一代，才是振兴你高家的不二法门。结果你没耐心，以为通过告发就能重新获取朝廷的信任，最终恢复你高家的地位。 你可能不知道，上位者在考虑一件事情的时候，往往会考虑这件事情的成本，也就是值不值得去做。 很明显，你们家三代盗墓贼，想要洗白的难度很高，把你囚禁或者杀掉就没有那么费事了。 所以说，有因必有果，你现在的处境是你求仁得仁的结果，怨不得任何人，也不要心有不甘。 好好地享受你不多的时光吧……我们后会无期！" 云琅朝高世青拱拱手告别，就对曹襄道："要是不想杀他，我们就离开，去找阿娇打麻将是一个很好地主意。" 曹襄瞅着高世青道："我来的时候心中充满了愤怒，见到他之后，我发现已经不生气了。 杀他？ 没这个必要了，他现在就像是一头挂在肉架子上的一头猪，杀了他是在拯救他。 这个世上总有一些自以为是的蠢货。" 曹襄高傲的选择了不跟高世青一般见识，就像一个真正的贵族一样选择了饶恕！ 云琅没有看曹襄精彩的表演，而是一直在看长平，长平羞恼道："我脸上长花了吗？看着我作甚？" 云琅小声道："对您长子的表现，您是否满意？" 长平有些慌张，不过，很快就掩饰好了自己的表情，低声笑道："已经可以顶门立户了。" 云琅感慨的摇摇头道："你们皇家教育子女的方式还真是变态啊，生死关头的大事都能拿来教育子弟，你们这样下去，让我们这些寒门子弟如何出头啊！" "你是寒门子弟？"长平的一双丹凤眼再一次倒竖起来。 "谁家寒门子弟可以有博览群书的机会？谁家寒门子弟眼界可以宽阔到让我这个帝国长公主都相形见绌？ 谁家的寒门子弟不论是吃的，用的，要求比我这个长公主还要高？ 你以为寒门子弟可以成为最高明的厨子吗？你以为寒门子弟整日里种田，就能弄出最先进的农具吗？你以为铁匠整日里打铁就能弄出一炉好钢出来吗？你以为寒门子弟在第一次给我这个长公主办事就敢大贪，特贪的而且理直气壮？ 寒门子弟敢在陛下操演军马之时，以最优雅的姿态将一个勋贵子弟刺死。 就这一件事，已经在勋贵中间把你的清贵风范传扬疯了。 去病，阿襄这两个孩子是何等高傲的人，你们整日里厮混在一起，他们可曾有哪怕一瞬间的时间，有看不起你的事情吗？ 你倒好，该清贵的时候就说自己出身名门，该贫寒的时候就说自己是寒门子弟，这世上的便宜全部被你一个占光了吧？” 就在长平口沫横飞的时候，云琅回头看了一眼高世青，高世青正绝望的看着他，云琅微不可查的摇摇头，高世青就颓然垂下了脑袋……他早就痛不欲生了，之所以苦苦煎熬，就期望有什么神迹出现能够让他逃出生天，云琅的出现给了他极大的希望，而云琅的那一番无情且不讲道理的话又把他刚刚升起来的希望，以最无情的方式搅碎，而这最后一眼，彻底的断绝了高世青求生的欲望。 就在长平带着云琅，曹襄走出大门的时候，一个宫卫匆匆赶来，低声对长平道：“高世青死了。” 长平看了云琅一眼道：“你干的？” 云琅的眼珠子都要突出来了，暴怒道：“我碰都没有碰过他。” 长平又看看曹襄道：“你干的？” 曹襄无奈的道：“我就吐了一口口水，如果口水也能杀人，就算是我干的。” 宫卫连忙禀报道：“油尽灯枯而死，与两位贵人无涉，而且，想在靠山妇眼前动手脚杀人的人，末将还没有听说过。” 长平点头道：“既然如此，那就结呈上奏吧。” 看的出来，高世青的死，让长平立刻轻松了很多，走出少府监的时候，都没有召唤软轿，婷婷袅袅的在前面走，让云琅跟曹襄两人跟在她后面，如同两个小厮。 “陛下不喜欢勋贵们一代代的把持朝纲，准备让寒门子弟多出来一些，你有什么办法？” 长平在上自己的马车之前，终于把皇帝为什么要这么做的目的说了出来。 “原来是这么一回事啊，简单啊，陛下没必要这么折腾勋贵吧？” “简单？” “非常简单，我那些出身寒门的师兄们早就想出来过百十种出头的法子，哪一种用起来都能得心应手。” “你先说两种！免得让我以为你是在胡说八道。” “想要选有才能的，那就用《九品官人法》，如果陛下觉得《九品官人法》不足以显示国朝气魄，那就可以施行《科举》了，如果陛下还是不满意，陛下就可以满天下的盖学校，自己培养喜欢的人才，要勋贵有勋贵，要才能有才能，要寒门小子一定保证他家赤贫如洗……“

第八章 有花折时堪需折

云琅以为长平一定比较喜欢三国陈群设定的《九品官人法》，毕竟，这个方法产生的时间距离大汉最近，社会阶层相似度也是最高的。

没想到长平最感兴趣的却是后世的那种学校培养人才的法子。

她甚至连专门的工科学校的分类方法都想好了，觉得当官的就该去专门的学习怎么当官的学校，干活的就该去学习怎么干活的那种学校……不论是《九品官人法》还是《科举法》都被她嗤之以鼻！

开始的时候云琅还以为长平是一个高明的政治激进分子，等长平说清楚了才发现后世用各种学校来培养各种专门人才的法子，反而是这个时代的主流。

或者说自从孔夫子有教无类之后，国朝的人对学校的看法就有明确的目的。

后来的稷下学宫也是如此，后来的百家争鸣也是如此，只是他们习惯了辩论，不习惯身体力行。

"富家不用买良田，书中自有千锺粟；安居不用架高堂，书中自有黄金屋；出门莫恨无人随，书中车马多如簇；娶妻莫恨无良媒，书中自有颜如玉；男儿若遂平生志。六经勤向窗前读。"

云琅摇头晃脑的将大宋皇帝的励学诗读了出来，非常的得意。

"不错，不错，大家就该多读书，读好书，将来等陛下给分官作，谁都有上进的机会，多好啊……"

长平也满意的给云琅倒了一杯茶，这可是难得的奖励。

"平日里多读一些书，莫要跟他们胡乱浪费光阴。"长平这时候看云琅怎么看怎么亲切。

给陛下把《九品官人法》拿去就足够了，如果陛下实在是不满意，《科举》就该是最好的办法了，如果陛下还是不满意，那就没有法子了，神仙来了也没有法子。

至于学校……这件事不算什么大事，长平决定先在自家试试，等发现好处了再推荐给皇帝。

"劝君莫惜金缕衣，劝君惜取少年时。

花开堪折直须折，莫待无花空折枝。"

上一首诗歌获得了长平的夸赞，于是，云琅又摇头晃脑的吟诵出一首诗来，准备继续赢取长平的好感，好等一下提一些要求，毕竟，云家的庄园马上就要迎来新一波的技术大爆炸，用到她的地方还多。

"啪！"

后脑勺被长平狠狠地拍了一巴掌，害得云琅刚刚吃进嘴里的一块糕饼就飞了出来。

长平恨铁不成钢的怒道："刚刚夸赞过你，马上就变得不成样子，少年人应该多读书，折的哪门子的花枝子？谁家的花枝子？要是书读得好，要一片花树林子也是有的。"

曹襄嘴里咬着一块糕饼，瞅瞅母亲，又瞅瞅红着脸快要暴怒的云琅，赶快低下头，继续吃自己的糕饼。

"重做一首，要快，陛下六天后回京，我等着要用呢。"

长平可不管云琅愿意不愿意，不但忘记了她刚才才抽了云琅后脑勺，还要霸占他没有写出来的诗歌。

"青青园中葵，朝露待日晞。

阳春布德泽，万物生光辉。

常恐秋节至，焜黄华叶衰。

百川东到海，何时复西归？

少壮不努力，老大徒伤悲"

云琅气咻咻的又念了一首关于时间的诗歌，在长平面前想要硬气那是自取其辱。

她身边的靠山妇就是专门治疗各种不服才存在的。

"太好了，这才像个样子，《长歌行》的曲调配上这种催人上进的诗歌才是真正的好东西。

你呀，少点散漫，懒惰的样子，多点正经，将来就一定可以担当大任的。

万万不敢仗着自己聪明，就把好好地才华给糟蹋了。"

长平亲昵的捧着云琅的脸看了一阵子，满意的松开手又恢复了端庄雍容的模样。

催着云琅把两首得用的诗歌抄录下来，长平就把绢帛收进袖子里，笑眯眯的道："把这事忘记了吧，第一首诗歌气势太大，很适合陛下来吟诵，后面这首，有长者勉励后辈之意，我觉得长卿来诵读更合适。"

曹襄喝了一口水把糕饼沫子冲下去，叹口气道："我觉得阿琅比我更适合当您的儿子。"

长平斜睨了曹襄一眼道："他本来就是我儿子！"

曹襄冲着云琅拱拱手道："见过大兄！"

云琅面无表情的道："我们不当亲兄弟成不成？"

曹襄瞅瞅母亲的脸色坚决的摇摇头道："不成！"

云琅起身跪拜在长平面前恭敬地道："云琅见过母亲！"

长平笑眯眯的道："其实不用这样，可是啊，一块宝玉要是不划拉进家里，我总是心里不舒服。

现在好了，都是一家人，你就算是把天给捅了一个大窟窿，我这个做母亲的也帮你担着。

你们兄弟俩好好地聊聊，我去后面歇息一下。"

长平说完话就匆匆的走进了里间。

曹襄伸长了脖子见母亲真的走了，才叹息一声道："为什么不拒绝呢？

掺和进来未必是好事。"

云琅摇头道："你没看见你母亲刚才表现出来的局促模样？"

曹襄点头道："看见了，而且在你喊她母亲的那一刻，眼泪流出来了。"

云琅道："我也看见了，就在那一瞬间，我忽然把前几年发生的事情重新捋了一遍，发现，叫她一声母亲似乎没有什么心理障碍。

我这人其实很无情，即便这样，我也觉得她真的很想把我当儿子养。

我们兄弟虽然不是亲兄弟，可是这有什么分别呢？喊她一声母亲不但能安慰她，还能解决掉很多麻烦，真正算起来，是我占便宜了。"

曹襄摇头道："还是委屈了你，知道不，我母亲在很久以前就对我说，他为什么没有一个你这样的儿子呢，让我心里非常的不舒服。

后来我们相处的时间长了，我才发现她说的是对的，你比我更像是她的儿子。

说起来，我太弱，你们才是一类人！"

云琅愣了一下道："你要是不开心，就当今天什么事都没有发生！"

"不，不，不，不，不……"曹襄的脑袋摇的如同拨浪鼓一般："我从很小的时候就想有一个大兄站在我前边帮我遮风挡雨，现在好不容易有了一个，还跟我想象中的一模一样，如何能让你轻易跑掉，你说是吧——我的大兄！

等一下就把你记录到族谱里面去……对了，你要不要当平阳侯，我想去当纨绔！"

"少来了，我马上就要成关内侯了，你那个马上就要被皇帝下手往死里整的平阳侯还是你继续当吧。

你开始想通过让你儿子娶我闺女来霸占我的家产，现在又想把我弄进族谱来霸占我的家产？"

曹襄吧嗒一下嘴巴道："我比你有钱！"

云琅不屑的笑道："很快你就会发现我比你有钱！"

曹襄呆呆的看着云琅，慢慢的有眼泪从眼眶里流出来，哽咽着伸出手死死的抱着云琅道："大兄……我真的好开心！"

云琅仰着头瞅着头顶的五福藻井也觉得鼻子酸酸的……或许在刚才，他心中还有一丝不甘，现在最后的一丝不甘也消散了。

长平或许不是一个好母亲，曹襄一定是一个好兄弟！

"知道不，不是我母亲一定非要收你当义子，而是我非常想要你来当我的大兄。

当我让家将把我打昏被抬着走进荒原的时候我就发现，我是一个很难担当大任的人。

我或许有担当大任的意志，却没有担当大任的本领，我甚至让你跟我一起谋杀了何愁有的信使，目的只有一个，就是把我的生死跟你绑在一起。

我知道这样做对你非常的不公，却是我能想到的最好的法子……从此，云曹两家一体，你想做任何事情我都会义无反顾的跟你站在一起！"

云琅苦笑一声，拍拍曹襄的肩膀道："你还真是有花折时堪需折啊！"

第九章 新生活，新体验

回到了长安却不能回家这是一桩非常痛苦的事情。

尤其是苏稚，在受降城骄傲的如同凤凰一样，回到长安之后，却不敢独自回到上林苑的家里去。

云琅因为要交接无数的军务，民务，以及财务，短时间之内必定是回不去的，而苏稚宁愿在小小的院子里等云琅，也不愿意提前回上林苑。

自从云琅成为少上造之后，为了方便皇帝召见，也学着一般勋贵在长安购买了一个小小的院子。

这个院子并没有起到多大的作用，这几年下来，皇帝从来没有在长安召见过他一次。

虽然这跟那些普通的勋贵们是一样的境遇，却没有人愿意放弃被皇帝召见的希望。

跟阳陵邑一样，管理这边房舍的人依旧是褚狼。

这几年下来，褚狼发生了很大的变化，从一个不善言辞的少年逐渐成长为一个不苟言笑的青年壮汉。

相对的，生完两个孩子的丑庸却已经长成了一座山，一座不比那些靠山妇瘦弱多少的大山。

云琅刚刚从中军府交卸完毕武备事宜回到了家里，褚狼接过游春马的缰绳低声道："何愁已回来了，没有进驻皇宫，去向不明。"

云琅点点头，就笑着走进了内宅，苏稚鬼一样突兀的拉开房门，怔怔的瞅着云琅，不等他说话就叹息一声扑他怀里，一言不发。

"怎么，近乡情怯了？"

苏稚点点头。

"那就再等两天，我把手头的公务处理完毕，我们就清清爽爽的回家。

你也知道，你师姐是一个很好的人，既然肯把你放出去，就说明人家有了准备。"

"都是我不好……"

苏稚忽然没来由的哭了起来。

云琅只好笑着拍拍她后背，这件事在受降城说起来很容易，真要面对宋乔了，苏稚依旧缺少理直气壮地底气。

也不知道在院子里站了多久，眼看着丑庸端着一盘子饭食走进了屋子，苏稚不好意思的抬起头，擦擦红的像兔子一样的眼睛瞅着云琅道："我是不是很没用？"

　　云琅叹口气道："不要被你师姐给带坏了，你本来是一个很干脆的大女子，现在学这些小女子的手段做什么？"

　　苏稚立刻离开云琅的怀抱，有些羞恼的道："你怎么知道？"

　　云琅苦笑道："下次记着催泪的时候给手帕上抹一点点姜汁子就好，不要用蒜头，那东西味道太大了，同时还伤眼睛……走吧，进屋子，既然你师姐跟我的宝贝回来了，没道理不把老虎带来，想的紧，快点。"

　　云琅刚刚说完话，就看见一个硕大的老虎脑袋，撞破破了蒙着白纱的花窗正跃跃欲试的要窜出来。

　　云琅哈哈大笑一声，走上前去张开双臂抱着老虎的脑袋，不断地抚慰它，同时目光四处扫射，到处找自己的闺女。

　　一个美艳的妇人推开另一扇花门，拖着一个小小的闺女站在门前笑吟吟的看着他。

　　云琅从老虎嘴里抽出自己的手，用力的在衣服上擦拭一下，然就蹲下来，张开双臂冲着云音轻声道："来，让耶耶抱抱，快想死耶耶了。"

　　云音有些犹豫，抬起头瞅瞅宋乔，她不确定眼前这个人是不是自己朝思暮想的父亲。

　　宋乔蹲下来，指着云琅对云音道："平日里总说要耶耶，今天耶耶就在跟前，怎么反倒不想了？"

　　云音再次瞅瞅云琅娇声道："你就是云音的耶耶云琅？"

　　宋乔怒道："怎么跟你耶耶说话呢。"

　　云琅却大笑道："正是，某家正是云音的耶耶云琅，那个离开自家闺女跑去边关杀匈奴的耶耶！"

　　云音这才慢慢靠近云琅，分别了两年，云琅走的时候云音还处在生长意识的时候，现在，这个叫做耶耶的人，就站在她的面前，让她非常的迷惘。

　　云音先是用鼻子嗅嗅云琅，觉得这人身上的味道不是很差，这才张开双臂赏赐这人拥抱一下她。

　　云琅快活极了，一下子就抱着闺女站起来在地上一连转了好几个圈子，最后把闺女送到脖子上，来回的在地上走动。

　　孩子很小的时候，最喜欢云琅把她架在脖子上走动，或许是这个熟悉的场景勾引起来了云音的记忆，她熟练地抓住了云琅的发髻，大声的叫："驾，驾，驾……"

114

老虎也在一边扑腾着想要扑云琅身上，云琅尽力的躲闪着，此时的老虎已经彻底完成了生长，一头一丈多长的成年吊睛白额猛虎不用发力，就能把他扑倒。

闺女骑在脖子上，老虎在身边扑腾，大老婆泪眼朦胧的瞅着他满是重逢的喜悦，小老婆的眼珠子骨碌碌的乱转不知道在想什么坏主意……就在这一刻，云琅觉得自己的生命历程中最美的一段经历终于到来了。

扛着闺女进了屋子，勤快的丑庸已经摆了满满一桌子的饭菜，饭菜非常的丰盛，云琅打趣道："必要偷吃啊。"

丑庸笑道："不偷吃奴婢怎么能长得这么胖。"

今天，云琅的笑点很低，丑庸一句自嘲的话语，就让云琅再一次仰天大笑。

牵着宋乔的手坐在桌子边上，看着苏稚围过来，把闺女从脖子上取下来抱在怀里，见老虎蹲在桌子边上露出一个大脑袋，云琅感慨的道："我愿此刻永存！"

宋乔笑道："只要夫郎不再离开，这样的日子就不会离开我们。"

云琅笑道："我以后不准备出战了，就留在家里过自己的日子，关上门，把那些腌臜事情都关在门外，落得一生逍遥，也是人间美事。"

"耶耶，耶耶，你能带我去山里抓鸡吗？"

"当然要去，山里可不仅仅有山鸡野兔，还有一种在冬日里依旧碧绿的草，耶耶都会带你去看。"

"夫郎不出战，恐怕由不得夫郎吧？"宋乔担忧的问道。

云琅豪迈的笑一声，拍拍老虎的大脑袋道："我会让皇帝舍不得派我出战的。"

在宋乔眼中，云琅从来是一个说到做到的人，闻言端起酒杯道："妾身敬夫郎一杯酒，为夫郎远征归来洗尘。"

云琅端起酒碗一饮而尽，见闺女在看桌子上的肥鸡，就拽下一根鸡腿放在闺女碗里，转眼间，那只鸡腿就被云音塞进老虎的大嘴里去了。

"以后闺女不能离老虎太近，你没看见刚才见我先是用鼻子嗅，然后才认我，这可是跟老虎学来的坏毛病。"

"您不在，妾身又不敢把这孩子管的太死，免得人家说我这个后母不仁慈。

现在您回来了，怎么管束都是您这个做父亲的事情，妾身正好松快几天。"

云琅学着老虎的样子，把一根鸡翅塞嘴里用力的一漱，然后抽出骨头丢桌子上道："轻松？你可轻松不起来，云家真正的好日子才开始，就是家里的孩子太少，全靠你开枝散叶呢。"

宋乔的俏脸微红低声道："上林苑里已经有妾身不能生养的传闻了。"

云琅笑道："能不能生养我这个做丈夫的岂能不知？放心，你以后会不停的生孩子，直到你不愿意……"

宋乔红着脸拍了丈夫一巴掌，用眼色示意一下正经的坐在对面吃饭的苏稚。

苏稚没有抬头，却似乎知道师姐在说她，把饭吞下去之后才道："我准备生两个……"

听苏稚这样说，云琅更加的得意，家宴上，说说未来，说说计划，即便是很不靠谱，很是没有正形，依旧让他快活。

云琅活了两辈子人这才有了家的感觉，不管这时候说什么，做什么，对他来说都是前所未有的愉悦体验。

褚狼垂首站在门外已经很久了，云琅假装看不见，直到褚狼的眼神跟云琅的眼神触碰之后，他就迅速的离开了。

这一刻，云琅不想让任何人来打搅他的幸福生活，即便是何愁有也不成！

：。：

第十章挂印求去

胖孩子睡着了，老虎也快活的打着呼噜，这个时候夜深人静，正是春风一度的好时候。

春风一度，轻舟可过万重山。

春风二度，两岸猿声啼不住。

春风三度，万马齐喑究可哀。

春风四度，可怜天下丈夫心……云琅手脚酸麻，宋乔志得意满，老虎的大眼睛呼扇呼扇的，睡在小床上的闺女揉着惺忪的睡眼，站在小床上高呼："尿尿！"

宋乔立刻钻进了被子，等云琅穿好衣裳去抱闺女的时候，小床上已经是一片汪洋。

不得已，只好给闺女换好了睡衣，抱进自己的被窝里。

天亮之后，休息了一个时辰的云琅又要提起精神，准备给这个家继续争取一些腾挪的空间。

因此，当丑庸把早饭端来的时候，宋乔，云音依旧在呼呼大睡，苏稚从屋子里探出头来，恨恨的瞪了丈夫一眼，就重新关上了房门，只有老虎老实的陪着云琅喝了一锅小米粥。

家的包子明显比军中的好吃一百倍，尤其是这种白菜肉馅的包子让云琅一口气吃了两笼屉。

"昨日傍晚，何愁有来访，被小的给推掉了，他说今天还来，看他面色不善。"

褚狼站在边上小声的向云琅禀报。

"何愁有的脸色从来就没有好看过。"

"狗子说何愁有回到长安之后脾气很大，与路上的模样判若两人。"

云琅瞅了褚狼一眼道："告诉狗子，以后少狗拿耗子多管闲事。"

褚狼笑道："都是一些有情义的人，不报完家主的恩德，他们不肯自立门户。"

云琅生气的将半个包子丢在饭盘里道："他们如果能够自立，就算是对我最好的报答。

都是我看着长大的，今天死一个，明天死一个的，谁受得了？再这么死下去，老子这些年的辛苦不就白费了吗？

还有你，整天扳着一个死人脸给谁看？

丑庸跟了你是要过好日子的，谁耐烦看你死人脸，谁要你在长安城里买宅子的？

117

你知不知道我躲长安还来不及呢，上杆子凑什么呀？"

褚狼笑道："是我做的不好，应该通过家里的商贾秘密建立宅子的，这样大鸣大放的确实不好。"

云琅停下筷子，瞅着褚狼道："你真的觉得我是一个干大事的人？"

褚狼轻笑一声道："能把我从野人变成衣食无忧的国人，对我来说您就是神！"

云琅认真的摇摇头道："救你们的是丑庸，还有另外一个人，不是我。"

褚狼嘿嘿笑道："老虎的原主人是吧？我知道，我什么都知道，就是他命我追随你，保护您。"

云琅的鼻子有些发酸，太宰这个家伙即便是死掉了，还是牵挂着他，临死前连这样的事情都做了。

"您不用理睬我们，我很快就会辞掉云家的差事，去做一个农夫，从今往后，我们做的任何事情都跟您无关。"

看着褚狼离去的背影，云琅很想把他唤回来，手已经抬起来了，最终还是放下来了。

吃完最后一个包子，给胡须上沾满米汤的老虎擦了脸，云琅就起身带着刘二再一次来到了少府监。

今天的事情非常的繁杂，不但要清理何愁有押运回来的东西，还要去再去中军府交回任命文书，以及印信，回到长安的军司马是没有权力再统领军队的。

藏在木头里的金银已经全部被起出来了，虽然泡水很长时间颜色有些发暗。

不过呢，金银这东西从来都不是靠颜面吃饭的，它的重量以及成色才是决定它价值的主要因素。

云琅来到少府监的时候，何愁有已经等候多时了，今天的何愁有真的如同褚狼所说，整个人阴沉的厉害。

同样非常沉默的在少府监官员的监督下，交割完毕了金银，当所有人都认可之后，云琅，何愁有以及少府监的官员都相继在交割文书上用了印信。

无事一身轻的云琅还来不及松一口气，就听何愁有阴测测的道："好胆量啊，连绣衣使者都敢杀。"

云琅无奈的摊开手道："你就不要再诈我了，我杀绣衣使者，这话你说出去有人信不？"

何愁有冷冷的道："你瞒不过去的，事情只要是人做的，总会有蛛丝马迹可以寻找。"

云琅抱拳拱手道："好吧，我这就交卸了所有差事，我从今天起大门不出二门不迈总可以吧？

我离开军中，不再掺和你们的任何事情这总成吧？我从今往后只关心我的三千亩地这总成了吧？

求你看在我已经退到这个地步的份上放过我成不？"

何愁有神色复杂的瞅着云琅道："也好，无官一身轻，留在家里种田也不算是坏事。

但愿你把事情做得天衣无缝，绣衣使者已经开始调查使者失踪一事了，小心了。"

云琅自嘲的摇摇头，就在何愁有的注视下离开了少府监，他准备这就去中军府交还印信，然后就立即回家。

中军府的老熟人孟度早就告老还家去养鸡去了。

不知为什么，孟度即便是开始养鸡了，却把两个傻儿子依旧留在云家。

中军府没了熟人，办起事来自然非常的不顺畅，一切都要按照规矩来，这让云琅郁闷的几乎要发狂。

秋日里的上林苑正是层林尽染的好时候，谁有耐心把时间全部消耗在这里。

"两年不见，云郎风采依旧真是可喜可贺啊！"

云琅一抬头就看见张汤站在中军府大堂上睥睨四方，完全一副目中无人的样子。

就笑着站起身拱手道："张公别来无恙？"

显得越发年轻的张汤笑道："两年时间却让人有了物是人非之感，好在故友尚在，总不算让人太失望。"

云琅笑道："在外两年，归心似箭，不知能否走一下张公的门路，让中军府的耶耶们早点收走我的印信，我也好早点回家去种地！"

张汤瞅了瞅云琅放在木盘里的印信腰牌，文书，呵呵笑道："骑都尉尚未返回长安，你骑都尉军司马的印信自然不能冒然收回，你且回去，等骑都尉大军尽数归营之后，你再来呈缴印信也不迟。"

云琅苦笑一声道："还是现在收回的好，某家已经答应何愁有交还印信之后就快马回家，再也不问时事一心种地。"

张汤豪迈的挥挥手道："这是哪里的话，如今边患已经铲除大半，国内政事繁杂，正要借助云郎大才，尔年纪轻轻如何会有解甲归田之念？"

云琅怒道："何愁有指责我杀了绣衣使者，却又拿不出证据来，真是岂有此理！"

张汤笑道："你是说在官道上失踪的绣衣使者信使？"

云琅点头道："正是。"

张汤笑道："此事已经结呈上奏了，那个使者失踪是因为遇到了猛兽，是天灾，可不是人祸。"

云琅愣了一下道："刚才就在少府监，何愁有依旧用话语诈我，怎么就已经处理完毕了？"

张汤笑道："这某家就不知道了，反正在廷尉府的文书上，某家已经写了归档二字，却不知何公因何还要苦苦追索。"

云琅叹了一口气，把手里的木盘放在张汤手里道："乡下人就该干乡下人应该干的事情，这官老爷们的事情，某家实在是弄不明白，为了多活一些时日，云某还是早点脱身比较好，印信就拜托张公帮忙，某家，这就去了。"

云琅把话匆匆说完，不给张汤半点推辞的余地，拱拱手，说声"有劳"就大踏步的离开了中军府。

走出大门，云琅仰头看了一眼挂在头顶的太阳，大笑一声，就骑着游春马向家里跑去。

：。：

第十一章 最糟糕的做官时代

外患刚刚缓和下来，大汉又要迎来新一轮的政治斗争，这一点已经毋庸置疑了。

皇帝不想看着这个世界矛盾变得缓和下来，他想让所有人都疲于奔命，如此，他才能在纷乱中完成自己的政治布局。

这样做自然是没有错的，皇帝想要梳理出一个适合自己掌权的朝堂，这是再正常不过的事情。

然而……直到现在，都没有人了解皇帝的政治布局到底是个什么样子的。

在皇帝回到长安之前，云琅率先回到了上林苑，关上门在家里带着一群仆役们大吃大喝了三天，纷扰的云氏这才慢慢平静下来。

脱掉铠甲换回了青衫，云琅就决定把战争抛诸脑后，即便霍去病也跑回了，他也不愿意再去骑都尉军营里去凑热闹了。

事实上不用他去，骑都尉军营里也是人山人海，刚刚获取了无上战功的骑都尉军卒们，有的是人前去祝贺。

霍去病以钩子山，白登山，受降城，祁连山，白狼口五战五捷，勇冠三军，获封大汉长乐冠军侯，封户一千五百户。

为了彰显霍去病特殊的荣耀，其余人的封赏皇帝准备放在来年三月。

在这段时间中，大汉不封侯！

霍去病之下，就该是云琅封赏最重，然而，一点消息都没有，就连张汤也特意从长安来信问他，是不是已经与霍去病彻底决裂了。

云琅看过张汤的信笺之后就付之一笑，随手丢在一边。

准备了十几个小巧玲珑的金锭，就去找阿娇打麻将了。

如今，能上阿娇牌桌的只有云琅跟曹襄，至于大长秋完全是一个凑人数的。

如今，跟阿娇打牌已经没有了赢钱的意味，主要以三人之间斗智斗勇为最高打牌目的。

"六条！"

在云琅跟曹襄愤怒的目光下，大长秋轻飘飘的把一张绝六条丢在了桌子上。

"糊了！"

阿娇愉快的推倒面前的牌局，然后冲着云琅跟曹襄道："拿钱，看清楚，清一色，九倍！"

云琅一边把金锭子给阿娇推过去，一边不满的道："您开的就不是赌局，是开黑店的，抢钱比赢钱来的快啊。"

阿娇哼了一声道："你们兄弟两打的什么主意别以为我不知道，前边都是谁跟谁合作坑我来着？

现在多公平，二对二，谁也不吃亏，谁也不占便宜。"

云琅手底下整理着牌，嘴上也不闲着，冲着阿娇笑道："你也是喜欢，我们天天打牌，打到天荒地老都没有问题。"

阿娇停下整理麻将的手，恨恨的道："从十月到来年二月，陛下不封侯，是要黜落一些侯爵。

这几年你们这些人战功一天天的积累，大汉封侯也一天比一天多，再这么下去，全大汉人都会成侯爷的，到时候站在街上一群猴子相互作揖看起来倒也壮观。"

曹襄不满的道："谁的侯爵不是出生入死之后才得来的？就说去病吧，他全身上下还有一块好皮肉吗？

也就是命硬，这才捞了一个冠军侯，如果倒霉一点战死了，陛下跟您可是一个铜子都不用付出。

贵人啊，您坐在凌霄宝殿上，就不要在意我们这些苦哈哈赚取的那点蝇头小利了。"

大长秋冷笑道："给你们一点甜头自然可以，吃饱了就该老老实实的蹲在家里养膘，偏偏吃饱了却不肯消停，有人跟岭南的蛮贼里通外联，有人跟匈奴眉来眼去，还有人吃着民脂民膏还不满足，连人家的闺女都不肯放过。

这样的废材，要那么多做什么。"

听大长秋说的激烈，云琅瞅瞅曹襄，就见曹襄慢悠悠的道："巴蜀之地不安宁，淮南国有使者去了匈奴探望匈奴王的大阏氏，河间郡守色性大发，以陛下的名义强征天下美女，给陛下送了两个，其余的八个都自己留下了。"

云琅撇撇嘴道："关我屁事，我现在就是一个农夫。"

曹襄大笑道："也不管我屁事，我现在是一个赋闲的闲散侯爷，狗都不太理我。"

阿娇整理好牌，抓完牌之后丢出一张牌笑道："也好，干干净净的在上林苑过活，也不差什么了。

操心的活计我去干如何？"

云琅笑道："您本来就是我们上林苑的头头，您不出面，谁出面？"

阿娇满意的点点头道："粮食，织造，将作，这些东西才是国之根本，只要有了粮食，就算天下起了纷争，总能用粮食给平息掉。

人呐，离不开衣食住行，其实只要我们把这几样东西捏在手里，天下随他们去揉捏，那都是假的，一旦肚子饿了，身体感觉冷了，所有人就能感受到我们的好了。"

云琅抓了一张牌，一边撮弄着，一边笑道："的确是这样，看起来都是不显山不露水的事情，只要持之以恒的坚持十余年，就能把大事给办了。

现在，陛下雄心勃勃，大臣们志得意满，将军们红着眼珠子争夺军功。

都以为一个大大的盛世就要来了，却不知道，什么是盛世？百姓吃饱穿暖，国无外患，君无内忧才是真正的盛世。

打仗打的痛快了，所有蛮族的君王全部都来长安给陛下跳舞了，百姓却饿的嗷嗷叫，这样的盛世，真的没有多少作用。"

阿娇若有所思的道："你真的觉得我们修药铺，捯饬粮食，弄些丝绸，鸡鸭，就能改变我们现在的处境？"

云琅笑道："陛下总说天下是刘家的，这一点我们承认，可是，刘家子孙虽然多，跟全天下的百姓比起来终究是少数。

所以说啊，这君王就是舟船，百姓就是托舟的大水，两者缺一不可。"

阿娇嗤的笑了一声道："想说水能载舟亦能覆舟这样的诛心之语就说，在我这里要是连一两句实话都不能说，我真的不知道你们能在那里吐露心声。"

听了阿娇说话，云琅再一次忍不住在心中叹息一声，看样子皇帝要清理旧勋贵的决心下的非常大，即便是阿娇这个既得利益受损者都没有抗争的心思，云琅认为自己交卸了官职，回到家里种地是一个非常明智的选择。

牌局结束的时候，云琅输了三个金锭子，曹襄倒是赢了丨来个金锭子。

离开的时候云琅还从阿娇那里弄来了两根小儿胳膊粗细的人参，估计没有三百年，两百年是足足的。

最近身体匮乏的厉害，需要弄点人参粥好好地补补。

跟曹襄两个穿过满是落叶的小路，赢了钱的曹襄忽然发起了脾气："这不公平！"

云琅惊诧的看着曹襄。

"我的祖辈出生入死，殚精竭虑……"

云琅左右看看，就守在一边道："还有什么不满的地方尽管说，尽管吼出来，这里没什么人，吼完，说完之后，就弄一个笑脸好好地过活。

陛下处理完毕了封王，自然就会处理勋贵，勋贵处理完毕之后，就该动军队了。

等陛下吧该动的全部动完了，就该全力以赴的对付匈奴人了，攘外必先安内，这就是陛下此时的想法。

他知道要战胜匈奴绝对不是一朝一夕的事情，需要耗尽天下的财力物力，如果没有一个稳定的大后方支持，陛下想要完成夙愿很难。

所以说，我们之所以会难受，其实就是因为陛下刻意打压的结果。

这时候谁要是想着在官场上有所作为，他不是傻子也一定会是一个大疯子。

我们年轻，有的是时间等待，正好趁着这几年空闲把该做的事情全部做完，打好基础将来也好一飞冲天。"

第十二章 雷声大, 雨点小

经过与长平, 张汤, 阿娇等人的接触之后, 云琅算是明白了刘彻想要干什么了。

他想做一次政治改革!

把勋贵全部干掉这种事他想都没想过, 他知道这非常的不现实, 他只想通过压迫勋贵族群, 从而让这些旧有的官员们认同他新近提拔的寒门子弟。

以前的时候云琅没见到几个寒门子弟, 比如公孙弘, 比如主父偃, 比如张汤, 王温舒, 就是他见过的所有寒门子弟了。

这些人说是寒门子弟, 其实也不是很正确, 除过公孙弘这个从小在薛地为富户养猪出身的人之外, 张汤, 王温舒都不算是什么贫寒子弟出身。

至于已经发不知所踪的主父偃, 则是刘彻根本就不愿意提起的一个人。

准确的说, 刘彻喜欢站在大汉立场上的官员, 不论贫富他都喜欢。

在他眼中, 那些已经富贵了百年的家族, 已经没有什么一心为国的念头了。

一旦国家与家族利益出现冲突的时候, 他们会直接的, 且毫不掩饰的站在家族的立场上。

刘彻的这个想法是没错的, 这在大汉已经不是什么特殊的秘密了。

在政治改革之前, 后世的做法是团结所有能团结的人, 然后通过相互让步, 最后达到一个折中的目的。

也就是说, 后世的政治改革一般只能达到改革者初期认定目标的一半或者更少。

这样要做的好处是不给社会来带动荡, 在和风细雨中就完成了改革。

很明显, 刘彻不这样想, 他想让所有人都恐惧他, 让所有都把事情的结果想到最坏。

然而, 他开始改革的时候却不会那么粗暴, 这时候低于所有人预期烈度的改革, 就会让所有人都满意。

毕竟, 皇帝已经饶你一命了, 你还有什么不满意的。

政治改革很多时候就是一个皇帝与官员之间的欺骗与被欺骗的关系。

说实话, 政治改革对百姓来说大多时候都是好的, 都是有益的, 毕竟, 皇帝, 或者政治家改革的目的是要国家国富民强, 如果连这个目标都达不到, 那就不叫政治改革, 而是叫暴政, 或者盘剥了。

125

既然皇帝要吓唬全天下的有权人，像云琅这种无权无势的自然就不用担心了，端着一碗面条蹲在路边看勋贵们胆战心惊的过日子绝对是一种愉快的体验。

回到家里，云琅的日子过得舒服的给个皇帝都不换。

小老婆进门了，大老婆也算是久别，夜夜笙歌就难免，一觉起来，已是日上三竿，然后在老虎亲昵的揉捏下从床上爬起来，紧接着漂亮的一塌糊涂的就端着洗漱工具过来……除过牙刷还是有些恶心之外，云琅不觉得现在的生活比后世短少了什么。

云家的早饭自然是丰盛的，尤其是在家主流浪了两年回来之后，厨娘恨不得把所有的手艺都展现出来，就希望获得家主一声夸赞。

"以后啊，我要的煎蛋给我单面煎，蛋黄一定要嫩，最好能被我一口吸走……另外啊，煎蛋的模样也很重要，找工匠用博铁片子给你弄几个好看的模子，煎鸡蛋的时候，只要把鸡蛋打进模子里就成了……我告诉你们啊，什么是贵族呢？贵族就是吃什么，穿什么都要与众不同，最好走在街上别人都不敢正眼看你，就成贵族了。"

一般情况下，曹襄在的时候，云琅一般不告诉他后世人对贵族的定义。

在大汉这个时代还没有到物质极大丰富的时候，只要衣着华丽，吃美，马车豪华，从人极多，这就该是贵族了，想要他们有下一步的进化，那需要自觉。

当梁翁都开始穿丝绸衣服的时候，谁敢说云家不是大户？

对于这一点，云琅是极力反对的，丝绸这东西夏天穿着很舒服，冬天穿？那就见仁见智了，反正云琅觉得麻衣穿着很舒服。

一只脚踩在老虎肥嘟嘟的肚皮上，一只手端着一个柴烧的茶杯，眼睛里瞅着曹襄嫉妒的模样，耳朵里听着梁翁精确到个位数的鸡蛋，鸡鸭，牛羊，猪群，丝绸产量……这样的生活云琅觉得过到天荒地老也不差什么。

"把家里的菜园子用篱笆给我扎紧，不要是个人就往里面钻，你们啊，不知道里面的价值，以后，家主我就要靠种地混饭吃呢，可不敢糟蹋了。"

说起这件事梁翁就惭愧欲死，家主不在的时候他抱着邻里邻居的，给一两把青菜接纳一下是应有之意，现在看来，错大了。

"东方朔的婆娘总来我们家的菜园子拿蔬菜，从今天起，老奴再也不会让她进门了。"

这句话说出来可就成心欺负家主了……"你收了东方朔婆娘多少钱才把这句话递进来的？"

"老奴不敢，就是觉得那个婆娘可怜……"

"既然你都说了，那么，就该知道怎么处理东方朔的事情吧？"

"缴纳罚铜一百斤，就能解决！"

"东方朔在富贵县可没有少贪污，怎么连一百斤铜都拿不出来？"

梁翁自然把家主的诽谤之言忽略掉，恭敬地道："必须要少卿以上的官员作保缴纳罚铜才能算数。"

云琅躺在宽大的藤椅上笑道："这家伙混的确实差，连一个肯作保的人都找不到。"

曹襄怒道："现在勋贵们都以为是东方朔多嘴，上了那么一道狗屁不通的奏章，才害得全天下的勋贵们胆战心惊，这个时候谁会帮他出头？"

"那些既得利益者呢？"

"他们刚刚掌权，岂能为自己树敌？东方朔这种人自然是没有人理睬的。"

"咦？东方朔算起来是一个不错的人才，你居然看上眼？"云琅有些奇怪，以长平喜欢收藏人才的性子，居然把东方朔给漏掉了。

曹襄摇头道："这人太麻烦。"

云琅点点头，然后就对梁翁道："带上我的印信，跟一百斤铜，去阳陵邑把东方朔捞回来，就说家里缺少一个马夫，问他干不干？"

梁翁陪着笑脸道："他凭什么不干！"

说完就急匆匆的走了。

梁翁说完话之后，刘婆就连忙走过来了，云琅见曹襄没有离开的意思就皱着眉头敲着桌子道："避点嫌啊，好歹我的管事要给我说家里的机密呢。"

曹襄用勺子拨弄着盘子里一颗硕大的菜豆道："你要是喜欢，我跟老婆敦伦的时候你都能在一边参观。"

云琅无奈的点头道："好吧，你把话都说到这个份上了，云氏的财务秘密你听听也好，不过先说好，我跟老婆敦伦的时候你能滚多远就滚多远。"

刘婆说完桑蚕事之后，平遮就过来禀报家里的将作，至于云氏新换的商贾田氏，还没有资格来到云琅面前。

127

账簿是不用查的，宋乔一天能查八遍，这个又仙女气质的女子在掌握了云氏家业之后，对所有人都不放心。

一方小巧的玉石印章在账簿上用了之后，不论是刘婆，还是平遮都长长的松了一口气。

"你现在这么有钱？"

曹襄见刘婆，平遮离开之后，才吃惊的问道。

云琅笑道："上千人，在日夜不停的以最合理的方式为云氏创造财富，而大汉如今，还是完全的卖方市场，当产出小于需要的时候，这样的生财之道是最快的。

可惜，你看不起这些泥腿子的营生，否则也能变得富裕起来。"

曹襄摇头道："王八蛋才会把这么大的一笔财富视而不见，你听说没有，现在满长安传的陛下的闲话呢。"

"什么闲话？"

"陛下之所以长住长门宫，就是因为阿娇比较有钱……"

第十三章多管闲事的人

说起阿娇有钱这事，大汉国人已经没人怀疑了。

阿娇自己也不掩饰这一点。

这些年来，长门宫的扩建就没有停止过，富贵镇的扩建也就没有停止过，再加上关中已经陆陆续续出现了一百三十七家有医者坐馆的药铺，就把阿娇有钱这事证明了一个十足十。

最早的富贵镇，乃至如今的富贵县，对阿娇有钱且慷慨仁慈的名声帮助并不大。

自从药铺出现之后，阿娇一下子就成了母仪天下的典范。

在大汉，百姓经常被病痛折磨的生不如死，这个时候，从天降下来一个基本上不用花钱的药铺，以及一个可望而不可即的真正医者，事情就有了很大的变化。

已经没人记得阿娇是一个被废黜的皇后，阿娇也乐意让人这样做。

于是，皇后卫氏就只能在皇宫里以泪洗面。

据说，皇帝已经有了把卫氏的儿子刘据交给阿娇来教育的想法，这让卫皇后更加的坐立不安。

阿娇在这件事上做的极其大气，她派大长秋入宫告诉皇后卫氏，刘据只能由他的亲生母亲来养育，如此环境下养育出来的人才不会有过多的戾气。

夺人子而育之，本身就犯了伦常，与人性是相悖的，与其将来养育出一个怨恨阿娇的皇子，不如就让这个皇子跟随他母亲一起长大，即便是平庸一些，也好过心生怨恨！"

卫皇后听了大长秋的这句话，亲自绣了一件皇后大衣服派人给阿娇送来，还说，只要有阿娇在的地方，她将退避三舍。"

阿娇不肯上当，回赠了卫氏一套上林苑新出的金步摇簪子，这种簪子下面有漂亮的坠子，只要走动一下，就会摇晃不定，且有轻微的铃声传来，显得美人儿婀娜多姿。

至于皇后的大衣服阿娇很自然的收下了，说她以前就是皇后，现在保有这样的大衣服并不算违制，还说这样的衣服她有两大箱子，卫氏如果喜欢，她就派人送去。

经过这事之后，刘彻就越发的喜欢阿娇了。

梁翁到阳陵邑出示了云琅的少上造印信，缴纳了罚铜之后，就径直去了街市寻找找饭吃的东方朔。

此时还没有到下午，东方朔再一次喝的酩酊大醉。

正在一旁伺候东方朔呕吐的良姬，见梁翁坐着敞篷马车来了，连忙欢喜的推着东方朔道："夫郎，夫郎，云家的老家人来迎接您了。"

东方朔睁开眼睛瞟了一眼马车道："云氏家主不来，却派了一个老奴来羞辱我，不要理睬！"

说完，继续趴在地上呕吐。

良姬自然不会听东方朔的，在衣服上擦擦手，连忙来到梁翁的马车跟前施礼道："我家主人喝醉了……"

梁翁靠在马车车厢上笑眯眯的道："无妨，我家主人只是派老奴来告知东方先生一声：他已经不是罪囚了。"

良姬欢喜的泪如雨下，抱着东方朔道："夫郎你听见了么？你已经不是罪囚了。"

东方朔听了这句话，哪怕是在大醉中，汗毛也不由得倒竖起来，也不知道哪来的力气，踉踉跄跄的扛着良姬就丢上了梁翁的马车。

梁翁笑眯眯的道："我家主人欢说了，家里少一个马夫……"

东方朔连滚带爬的上了马车，催促着梁翁道："快走，快走……"

蒙头转向的良姬还在为丈夫打抱不平："我夫郎才华盖世，如何能成为低贱的马夫？"

东方朔怒道："你知道个屁啊，现在莫说是一个马夫，就算是小厮我也当了。

只求他们快点走！"

梁翁依旧笑眯眯的看着东方朔，不过，马车已经开始走动了。

良姬唠叨道："店铺里还有一些钱财……"

东方朔的眼珠子滴溜溜的瞅着两边，把身体伏在车厢下面，还有意无意的将梁翁挡在身前。

没发现周围有什么奇怪的人，这才撅着屁股对良姬道："云琅这不是在救我，他这是在害我啊。

以前，我奉皇命坐牢，没人敢对付我，现在不同了，我第一不是皇命囚犯，二来没有官身保护，那些看我不顺眼的人，只要伸出一根手指就能按死我。

你靠前些，把衣裙散开，把我挡严实了，莫要被别人看见。"良姬大为惊慌，连忙往前挪动一下屁股，把裙摆散开，牢牢地遮住东方朔的屁股，这才哀求梁翁快些赶路。

梁翁傲然一笑，拍拍马车道："只要上了云氏的马车，老夫倒要看看谁敢动东方先生一下。"

东方朔埋着头怒道："别为你家主人吹嘘了，人家真的把我一箭射死了，你家主人去找谁的麻烦？

另外，我可不认为你家主人在长安已经混到了只手遮天的地步，少说点废话，快些赶路是正经。"

果然，马车在出阳陵邑的时候被人给阻拦下来了，一个锦衣大汉阴测测的看着梁翁道："你们这是要去哪里啊？"

梁翁夺过马夫的鞭子，狠狠地一鞭子抽了下来，却被那个锦衣大汉赤手捉住。

梁翁怒道："不想被我家主人把你碎尸万段，就赶紧让开！"

锦衣大汉犹豫片刻，松开马鞭子道："云司马殊为不智啊。"

事到临头东方朔反而不躲了，掀开老婆的裙子坐直了身子，整理一下头发道："某家行的正，坐得端，不怕你们这些阴险小人。"

锦衣大汉怒道："某家畏惧云司马的风头不杀你，你以为你还能活过几天？"

梁翁慢慢的收回马鞭子笑道："老奴出门的时候，家主说过，东方先生死掉不打紧，只要我能认出其中一个，他就会把那个人往死里整，不弄到他家破人亡都不算完，就当是给死掉的东方先生一个交代。"

锦衣大汉的面色阴沉如铁，云琅跋扈之名早就传遍了长安，尤其是在皇帝阅兵之时，亲手斩杀了公孙进更是让长安人深知，云琅这人暴怒起来不但没脑子，还不要命。

眼看着锦衣大汉缓缓地让开大路，梁翁坐着马车从大汉身边经过，还瞪大了眼睛瞅着他，似乎要把他的模样牢牢地记在心里，回去好告诉主人，狠狠地收拾这个没眼色的家伙。

马车出了阳陵邑就开始狂奔起来，东方朔死死的抓着车厢道："你家主人是不是恨我不死啊？"

梁翁怒道："我家主人原本让你好好的打理富贵县，将来好把富贵县打造成富贵城。

你倒好，偏偏要去上什么奏折，你算是把话说痛快了，却害苦了一群人。

就算是我家主人也没有落到好处。"

东方朔长笑一声道："有些话就该有人说出来，你家主人凭着无双的智慧，三五年就积财无数，对待下人也算体恤，你可知道其余富贵人家的财富是怎么积累出来的吗？

他们依靠吸允民脂民膏过活，仓库里的每一块金子，咬一口都是百姓的血肉。

他们贪得无厌，敲骨吸髓，好好地大汉天下，被他们折腾的哀鸿遍野，民不聊生，你知不知道，有多少百姓正在荒野之中呼吸毒沥，与猛兽争食。

陛下颁布了《还乡令》野民开始回归，如果陛下不处理那些当初逼迫百姓走进深山的勋贵们，《还乡令》之后恐怕还要继续颁发《还乡令》，一次，两次还可，几次三番之后，还有人会相信陛下的旨意吗？"

梁翁被东方朔一番话说的哑口无言，只好抬出自家主人道："这些话老奴听不懂，你该跟我家主人说。"

东方朔悲叹一声道："跟你家主人说有什么用，你以为你家主人不知道这个道理吗？

他智慧超绝，年纪虽幼却有一双洞察人心的眼睛。

他知道却不说，只能说明他不愿意说，或者说被家里堆积如山的银钱把眼睛遮住了，假装看不见……"

：。：

第十四章 云琅的育儿经

云琅从老虎背上把闺女撕下来的时候，这孩子哭得很大声。

慵懒的宋乔自然是不管的，如果丈夫不在家，这孩子这样哭泣，宋乔会慌张的要命，如今，这孩子跟她父亲撕扯，宋乔觉得这才是管孩子的模样。

云音早就该有人出手管教她了，只是不该她这个做后母的来管。

这孩子的亲生母亲，时不时地会派那个老掉牙的老管家过来探望云音。

再加上云家有梁翁，刘婆，平遮一干人维护这个小丫头，把她已经宠的没了样子。

就指望云琅会来管教一下呢，云琅管教闺女的法子却是更加的宠溺。

小孩子跟猛兽在一起不是好事，正在模仿大人行事的孩子，如果将来跟老虎一个模样，云家的脸面会被丢尽的。

何愁有看着云琅脸上的两道抓痕道："把郡主交给我来养吧。"

云琅把脑袋摇的如同拨浪鼓一般道："休想！"

"三岁看老，你想让郡主成为你一样的智慧超群的人可能有难度。"

云琅瞪了何愁有一眼道："我闺女昨天还作了一首诗，要不要我念给你听？"

何愁有笑道："洗耳恭听！"

"昨日之时，我闺女见家里的白鹅在凫水，诗兴大发，赏赐了他耶耶一首好诗，你听着——鹅，鹅，鹅，曲项向天歌，白毛浮绿水，红掌拨清波！"

何愁有叹息一声道："果然好诗，只是，云郎的这首诗不合乐府韵，稍微有些瑕疵。"

云琅皱眉道："这是我闺女念的。"

何愁有笑道："老夫以为郡主七岁之后再把这首诗拿出来一定能够震惊四座。现在，毕竟年幼啊。"

云琅想了一下点点头道："确实不和情理，那就等这孩子七岁之后再拿出来，趁着时间还早，应该让这孩子多写几首诗出来，看看有没有和乐府韵的。"

何愁有大笑道："人家都在孝义上做文章，你怎么偏偏要反其道而行之呢？"

云琅笑道："舜帝早年间被父亲瞽叟以及弟象陷害，让他修理谷仓的时候，却在谷仓底下放火，舜帝手持两个斗笠跳跳下谷仓逃脱，瞽叟让舜帝去挖井，趁着舜帝在井下的时候，跟小儿子两个往水井里填土，结果舜挖了一条地道逃脱了。

经历了这样的波折，舜帝依旧对父亲以及异母弟弟相亲相爱……说实话，这样的事情我打死都做不出来。

其实呢，我觉得舜帝后来的经历比较有趣……事后舜毫不嫉恨，仍对父亲恭顺，对弟弟慈爱。他的孝行感动了天帝。

舜在厉山耕种，大象替他耕地，鸟代他锄草。帝尧听说舜非常孝顺，有处理政事的才干，把两个女儿娥皇和女英嫁给他。

经过多年观察和考验，选定舜做他的继承人。舜登天子位后，去看望父亲，仍然恭恭敬敬，并封象为诸侯。

何公，这样的舜让我觉得很可怕！

以此类推，那些超越了人之常情的孝顺故事的主人公，我一般都会躲得远远地，我真的好怕这些人。"

何愁有看了云琅一眼道："按照你这样的想法，你以为，我大汉文皇帝为薄太后亲尝汤药，也是心存不轨？"

云琅吧嗒一下嘴巴道："说远古时期的事情呢，你提起本朝的事情做什么，文皇帝自然是事母至孝，如何能与远古时期大舜的事情相提并论？"

"你觉得我大汉以孝义治国不对么？"

云琅摊开手笑道："当然很对，只是如果以后出现什么卧冰求鲤，恣蚊饱血，哭竹生笋一类反常识的孝义故事，那就是欺负我智力不够了。"

"既然如此，老夫就看你如何教养你的闺女。"

何愁有笑呵呵的看着云音用力的抓云琅的头发像是在看一场好戏。

"天下女子，娇生惯养者莫过阿娇贵人，那么，何公以为现在的阿娇贵人如何？"

何愁有眯缝着眼睛，似乎在回忆过去，良久才道："阿娇贵人的本性善良，这一点毋庸置疑。"

"那就是了，只要本性不坏，改变性情不过是一瞬间的事情，何公以为女子善良就是福气吗？

我看未必，云氏将来只出端庄高贵的女子，绝对不会出什么贤良淑德样样齐备的女子。

她们即便是离开了男子，也能活得顶天立地，让世人不敢因为她是女子而小觑片刻！"

何愁有哈哈大笑道："如此，你更应该将郡主交于老夫来教养，几年过后，必定还你一个英姿飒爽的奇女子。"

云琅鄙夷的瞅了何愁有一眼道："即便是要送去你那里，也一定要让我闺女把心眼长好了再说。

免得被你们给教坏了。"

何愁有挥挥手笑道："那就等几年，反正老夫目前还死不掉，有的是时间。"

云琅见何愁有不再打自家闺女的主意了，就换上一副和善的面孔道："不知何公追查绣衣使者失踪一事可有眉目了？"

何愁有摇摇头有些惆怅的道："我只是没想到事情到了张汤那里居然被他直接给归档了。

一个小小的绣衣使者的生死，这时候还真的没有必要仔细追究，毕竟，你骑都尉全部都是有功之臣。

我来你这里，就是现在你的山居借住几日，可否？"

云琅四处看看，发现周围没什么人，就低声道："你要去查验始皇陵？"

何愁有摇头道："我是汉臣，如何能去朝拜秦帝，只想住在你的山居里面，就近缅怀一些旧人罢了。"

何愁有说完话，整个人身上的精气神似乎一下子就消失了，苍老的坐在那里，显得极为颓废。

"去听松阁吧，我有时候想念太宰了，也会在那里居住几日，他的人死了，反而藏在我的心里不走……"

何愁有站起身，俯视着云琅道："我以为我死之后，就没人再记得他们的音容笑貌，看样子还有你，等我死后再见到他们的时候，应该还有一个交代。"

云琅让平遮带着何愁有去了听松阁，特意交代，平日里只仆妇负责洒扫事宜，多送酒，少送饭，能不打搅何愁有就不要打搅他，让他一个人安静的待在那里。

可能是云琅心情不好的原因，低气压也感染了云音，这孩子这会也不闹着要骑老虎了。

同样呆呆的趴在父亲的怀里，不知道在想什么，不一会，竟然睡着了。

宋乔悄悄地走过来，瞅瞅云琅脸上的抓痕道："你看看音儿哭得伤心的，不行就让她跟老虎多玩一会，不碍事的。"

云琅摇头道："这孩子该学着知道老虎不是她的玩具了。"

"你没看见音儿在屋子里哭，老虎在楼下打转的样子，看着就让人心疼。"

云琅冷哼一声道："老虎也该学着减肥了，一个好好的兽中之王，现在已经长成一头猪了，你看看它走路肚皮耷拉在地上的样子，这样下去，它可就活不了几年了。

从今后，除了我以外，谁要是敢给老虎喂食，你看我怎么收拾他。"

把睡着的孩子交给了宋乔，云琅就穿上鞋子去找老虎。

这家伙正百无聊赖的趴在楼梯下面舔爪子，见云琅来了，立刻就站起来，甩着尾巴等云琅跟他玩耍。

"跟我走，今天要巡视一下大田。"

说完话，云琅就背着手在前面走，老虎赶紧跟上，来到门口，见云琅似乎要去田野，顿时就有些不乐意了，把身子在门框上用力的蹭，就是不想出门。

云琅在老虎屁股上咣唧就是一脚，老虎这才极不情愿的出了门。

深秋时节，云家的田地已经被深翻了一次，土地里夹杂着厚厚的一层灰色的草木灰。

这是云氏田地高产的不二法门，虽然费工费力了一些，却能让大田的亩产多出那么三五斗来。

大田中央有一个非常大的水塘，这是用来浇水用的，到了秋冬季，这里就是沤麻的好地方。

青灰色的污水里浸泡着大捆大捆的麻杆子，这种东西的外皮只有经过浸泡之后才好剥离，才好留下完整的纤维，而不至于连着一些不该有的东西。

麻线比较便宜，麻布也不值钱，云家自然不屑跟其余百姓抢占这个市场，因此，家里种的最多的是桑，而非麻。

第十五章 干草地上说丰年

泉水被水车吱吱呀呀的送到高处，然后就顺着窄窄的水渠汩汩的流淌进田地里。

这是冬日彻底来临前最后一个灌溉，目的就是为了杀死土地里的害虫。

农事中，每一场灌溉，以及每一次耕作，其实都是非常有道理的，目的只有一个，就是增加农作物的产量。

水渠里的水被一些树枝枯叶堵塞了，云琅蹲下身子刨开了堵塞物，让水流好继续流淌去远处。

站在这片原野上，云琅的心总会以最快的速度安静下来，这是中国人的一种通病，只要站在自家的领地上，他就王。

始皇陵上的树木总是长不大，是因为地脉不通的缘故，底下有一座奇大无比的陵墓，水汽上不来，树木因此无法植根于地脉深处。

这是有问题的，因为这样的一个长满低矮灌木的巨型丘陵与周边的景致实在是有些格格不入。

云琅在看始皇陵，老虎也跟着遥望始皇陵，那座丘陵对这一人一虎来说都跟家一样亲切。

毛孩扛着一把铁锹从远处哼着悠扬的小调走了过来，两只松鼠在他的身上胡乱窜，他也不在乎，全把自己当做了家门前的那两颗松树了。

少年人两年不见，就已经长成了一个彪悍的棒小伙子，即便是迎着凛冽的寒风，他依旧敞开了衣襟，毫不在意眼前的这点寒冷。

见云琅跟老虎站在一处草甸子上遥望远山，毛孩就很自然的停了下来，守护着自己的家主，而趴在他肩头的松鼠，早就钻进他的怀里去了。

"你有一个小伙伴死了。"

云琅低声道。

"狗子没死，我去阳陵邑籴粮的时候见到他了。"

"你没有点别的想法？"

"没有，我老娘虽然为人不好，喜欢嚼人舌根，又没有自知之明，还喜欢占人便宜，我要是不在她身边，她会被别的婆娘们给欺负死的，再说，我小妹刚刚进了内宅，我也放心不下。"

云琅点点头道："种庄稼其实没什么不好。"

毛孩笑道："我喜欢种庄稼，不喜欢去当官也当不来官。"

云琅笑道："其实我也不适合当官。"

毛孩抓了一把干草扭成一把刷子把老虎身上的草芥刷掉之后道："如果全是庄稼人，也就没有那么多的麻烦事情了。"

云琅点点头，毛孩说得很对，很有道理，问题是总有人讨厌当庄稼汉，讨厌过面朝黄土背朝天的生活。

"咱家的地不够种了。"

毛孩非常农夫的坐在草甸子上，抱着腿跟他的主人提意见。

"早先的时候，咱们家种出来的粮食总是够我们吃两年的，从前年开始，就刚刚够吃，现在，家里又进来了十二户人家，明年的粮食就不够吃了。"

"你觉得家里的桑树种的太多了么？"

"是啊，刘婆恨不得把家里的粮食地全部重上桑树，家主回来之前，我已经跟她吵了一次了。

赚钱重要，吃饱饭更重要，我觉得刘婆这几年被丝绸的收益冲昏了脑袋，总想着赚钱，脑袋里就没有别的事情。"

云琅也找了一处干草茂密的地方坐下来，见老虎想要跟着趴下，就在它的肚皮上拍了一巴掌，不准它趴下。

"家里最肥沃的田地要用来实验新粮食，次等的肥田要用来种植庄稼，再次等的土地要用来种植油菜，最后剩下的土地才能种植桑麻，这是朝廷规定的，也是我们家一向的方略，不会改变的。

刘婆要的桑田会有的，你要的粮食地也会有的。"

毛孩见家主确认了他的主张，就高兴地道："这就好，这就好，粮食地万万不敢少，家里总要有两年的存粮，我这个粮食管事才不会发慌。"

云琅笑着一边继续骚扰老虎，一边得意地道："明年夏收之后，我们就要在大田里种植大白菜，这是云氏第一次以善于种植扬名天下，你要从现在就做好准备啊。"

毛孩抓抓脑袋道："白菜这东西是高产，可是这东西也耗地力啊，看来明年开春，地里要加一倍的肥料才好，这样一来，我们就没有多少力气去开荒了。"

云琅捏碎了一块土坷垃，细心地丢进大田里笑道："云氏种地自然要与别人不同，我们家准备精耕细作。"

毛孩奇怪的看着家主道："咱家引水灌苗，虽高处之田，一亩所收也有三担余，家主还要如何的高法？"

云琅笑道："我们还可以继续挖掘一下产量，最近读了一本书叫做《淮南鸿烈》书里面有一篇叫做《主术训》的说："一人跖末而耕，不过十亩。中田之获，卒岁之收，不过四十石。

也就是说，人家淮南国中田一亩所产足足有四担，比我们家高……"

毛孩不等云琅把话说完就断然否定道："这不可能，即便是上林苑皇家肥田，一亩所收不过两担余，普通旱田，一岁所收一担已经堪称丰年。

咱们家从选种，育种，施肥，灌溉，捉虫，堪称做到了极致，更有家中畜牧肥料支撑，才有三担余的产量，不管家主是从那本书里看到的这句话，小的都以为是胡说八道。

即便不是胡说八道也一定是很少的一点田亩能出产这些粮食，想要大田里也产这么多粮食，毫无可能！"

云琅对毛孩的回答非常的满意，一个泥腿子敢质疑人家淮南王集合了淮南名士联合书写的《淮南子》，这让他如何不欢喜，至少，在云氏，除过亲眼所见，没人相信什么狗屁的名士之言。

云琅是种过地的，不论是在长安，还是在受降城他干的都是种地的活计。

长安旱田一亩八斗，水田两担一，受降城旱田一亩一担二，水田两担六。这是一个常数。

可就是这样的产量，在士大夫们的嘴里就变味了。

晁错复说上之言曰："今农夫五口之家，其服作者不过二人，其能耕者不过百亩。百亩之收，不过三百石。"

五口之家一年收获一万八千多斤粮食，去除缴税，还能剩余一万五千斤，一人平均三千斤粮食，如果这是真的，再说天下有饥馑之忧简直就是胡说八道了，简直没天理！

泰州司马庄熊罴言："临晋民愿穿洛，以溉重泉以东万余顷故卤地，可令亩十石……"

儒者贾让之言："若有渠溉，则盐卤下湿，填淤加肥，故种禾麦，更为秔稻。高田五倍，下田十倍……"

就这，云琅还故意把这些人说的亩产换算成了六十二斤的小担，如果以大汉律法规定的，三十斤为一钧，四钧为一担的算法，大汉百姓早就小康了。

139

老虎几次想跑，都被云琅抓着尾巴不准走，因此，只好站在云琅身边不耐烦的打哈欠。

"那些人的说法或许有些以偏概全，但是啊，他们有一点说的没错，麦子一亩地确实能产六百斤粮食，（此处的一亩地为现代一亩地的七成）而且为我亲眼所见，并非如你所说的极个别田土，而是成千上万的田土，出产都是这个数字。"

云琅想起当年自己去关中平原上看到的万顷良田，那时候，随着收割机走过之后，骄傲的农夫就抓着一把麦子凑到云琅鼻子跟前欢喜的道："看清楚，一亩地打了九百斤麦子！"

关于这个丰收的喜悦，云琅记得很清楚……毛孩欲言又止，很明显他对主人的话也是不信的，只是碍于主人的威严，不好直接说出来。

云琅呲着一嘴的白牙朝毛孩笑道："那是在梦里……"

毛孩长长的松了一口气，他觉得自家主人还没有发疯，不过，他很快就听主人继续道。

"我的梦一般都很准，我们就朝这个目标前进吧！"

毛孩张大了嘴巴惨叫一声，连铁锹都不要了，就一路烟尘的跑回庄子了。

（看了很多历史资料，其中，汉代的亩产数量是纠纷最大的，有的说普遍亩产286斤，有的说135斤，还有的说1028斤，这让人无法准确的衡量，只能仁者见仁智者见智了。）

第十六章 此一时，彼一时

毛孩这个农田主事以为家主疯了。

习惯性在云家骗吃骗喝的曹襄也认为云琅疯了，觉得可能是这段时间以来什么事情都不顺的缘故，硬生生的把一个好好地智慧过人的家伙给逼疯了。

他立刻就回到上林苑的家里去了，找母亲问问，云琅的侯爵到底什么时候能批下来。

霍去病都成长乐冠军侯了，自己早就是平阳侯，只有云琅是一个可怜的少上造，连高级一点的宴会都没有资格参加，这可能伤了云琅的自尊心。

他以为，只要云琅封侯了，那家伙可能会变得正常一点。

长平不满的看着儿子风风火火的从外面跑进来，皱着眉头道："从容，从容……"

曹襄抬手就把披风丢掉道："我从容个屁啊，阿琅都快要发疯了，我就弄不明白了，阿琅在河西有拓土之功，有斩首二十七级的军功，更有稳定治理受降城之功，至于冒顿陵墓的事情就不说了，怎么样也能换一个关内侯回来吧，怎么就没有了动静？"

长平捧着一碗热茶啜饮一口道："我解答之后，你是不是应该去自领惩罚？"

"为什么？"

"因为你刚刚口出污言秽语，对你母亲不敬，也失了勋贵官员的体面。"

"好吧，好吧，两鞭子的事情，我从小挨到大了，快说，什么时候给阿琅封侯？"

长平叹口气道："给去病封侯呢，是因为陛下刚刚褫夺了柏至侯许昌的爵位，然后才有长乐冠军侯的出现。

现在云琅也面临封侯事，这是一定的，陛下早年间就已经给云琅许诺过要在合适的时候给他封侯，这次在白狼口再一次提起了封侯事，因此，云琅封侯只是时间问题跟爵位问题。

自从陛下任命公孙弘为丞相之后，就立下了规矩，无盖世军功者不得侯。

而关内侯之数为二十四数，且不再增加，如果云琅要关外侯，随时都可，可是，云琅要的是关内侯，这就很麻烦了，补一位关内侯，就必须褫夺一位关内侯，现在，你来告诉我，褫夺谁的爵位比较合适？"

"啊？怎么是这样啊，不过依我看，公孙敖的爵位可以褫夺了吧，早看他不顺眼了。"

长平优雅的放下茶杯道："凭什么？就因为你不喜欢？"

曹襄摊摊手道："看来阿琅的关内侯基本上没指望了。"

长平笑道："庄青翟最近很不得陛下喜欢……"

曹襄立刻大笑道："能不能快点啊！"

长平摇头道："最近张汤与庄青翟之间闹的不可开交，你以为朱买臣为何要被发配到受降城受罪？

就是因为他一向与庄青翟交好，陛下不派别人去受降城，偏偏派了朱买臣去了受降城，你以为是何意？"

曹襄找了一根鞭子随便在身上抽了两下就对母亲道："我能把这个消息告诉阿琅不？"

长平点头道："可以，只是要等去病从祖庙回来再说，外面现在都说你们跟去病之间已经起了纷争，这件事就不要出去解释了，任其自然就好，记得拿捏好轻重。"

曹襄笑道："当然要等他回来呢，我跟阿琅两个还等着他在骑都尉里裸奔呢。

对了，去病封侯要进祖庙拜谢大汉历代先皇，李敢，赵破奴，谢宁他们是怎么回事，也不见他们回来。"

长平笑道："也一起进去了，这是陛下在勉励他们呢！"

曹襄拍拍大腿大笑道："早知道陛下是要用我们兄弟来取代那些勋贵，我还担心什么呢。

好了，我现在可以安心种地了。"曹襄说完话，就要离开，长平的一张脸却阴沉了下来喊住曹襄道："种地？说清楚！"

曹襄笑道："接下来的几年，朝堂上比较乱，阿琅说不是个当官的好时候，最好沉下心去干一些水磨功夫的事情，等出了成绩，正好风波也就过去了。"

长平皱眉道："他这么说的？"

曹襄点头道："是啊，今天还告诉他家的农田主事，要把亩产弄到六百斤呢。

虽然是疯话，不过他真的要开始种地了。"

"六百斤？"

"六百斤！"

长平的嘴巴也微微的张开，然后就对曹襄道："既然阿琅这样说了，你就跟他去种地吧，这几天会给你弄一个大司农司的官职，阿琅就不必了。

他跟你不同，你需要功劳来撑门面，他不需要，他立下的功绩越多，就越是招人嫉恨！"

曹襄答道："阿琅也是这么说的，总之，我连再也不去军中厮混了，有了这一遭，谁也不能说我们没有为大汉流过血！"

长平目送儿子离开，转过头冲着身后的帷幕道："这里说的话不许外传，你父亲那里也不成！"

牛氏抱着儿子从后面走出来跪坐在长平面前道："不会说的，一个字都不说，就是阿琅家的白菜我们是不是要一些种子过来，宋乔去年种了很多，家里的白菜堆得跟山一样高，咱家都没有吃到多少，都被长门宫给拉走了。"

长平面无表情的道："你要想明白，阿琅虽然已经被我收为义子，我们反而不能跟他提更多的要求。

兄弟之情是需要长年累月维持的，不能一味地索取，互利互助才是他们兄弟的长久相处之道。"

牛氏有些委屈的道："大白菜多好吃啊，加了豕肉跟豆腐一起熬煮，信儿最是喜欢。"

长平从牛氏手里接过孙子，逗弄了一会道："怎么可能会少了我信儿的一口吃食，只是不该借着信儿的名头去跟云氏提条件，以后要记住了。"

"可是阿襄……"

"阿襄是阿襄，你是你，不可混为一谈。"

牛氏尽管很聪慧，却弄不明白婆婆话里的意思，既然都是一家人了，难道反而要生疏了吗？

长平知道牛氏不明白，也不准备给她解说，她毕竟只是曹襄的平妻，曹襄将来一定是要尚公主的，那时候，见过大世面的公主应该能明白，越是重要的关系，平日里就越是不能过分的去打扰，一旦开始打扰了，就该是生死关头！

东方朔的眼珠子转的滴溜溜的，他弄不明白云琅为什么会把他叫来磨坊，看他磨面，就想通过观察想要找到一点蛛丝马迹。

拉磨的主力是云家的那头肥老虎，云琅也背着一条绳子跟老虎一起拉磨。

云家的那个漂亮的丫鬟跟那个丑丑的丫鬟在磨盘边上不断地往磨眼里塞粮食。

看样子云琅跟肥老虎已经拉了好长时间的磨盘，边上的麸皮已经堆积的老高了。

云琅满头是汗，老虎也累的不断咆哮，不过，看云琅的模样没有停歇的打算。

"军司马可是要来拉磨？"

等了好久，云琅依旧一句话都不说，东方朔忍不住问道。

云琅抬头看了东方朔一眼，从肩头取下布巾子擦拭一下脑门上的汗水淡淡的道："拉磨是一门可以让人安神静气的好活计，你以后要多干一些才好。"

东方朔有些恼羞成怒的道："某家只是为国进忠言，并无不妥之处。"

云琅催着耍赖的老虎站起来继续拉磨，一边转着圈子一边对东方朔道："既然你把国朝的弊端都给端出来了，那么，你有什么好的法子来解决么？"

东方朔笑道："某家只需捅破众人竭力维持的假场面，事情自然会迎刃而解。"

云琅停下脚步无奈的摇摇头道："也就是说，你只负责放火，至于大火烧到了谁，会烧到一个什么样的程度，你是不管的是吧？"

：。：

第十七章兄弟?那是自然!

东方朔大笑道："这是自然,我的目的在于唤醒你们这些懒惰的老爷,催你们多干一些事情,只要你们多干了事情,对大汉就有好处。

如果好处能够再大一些,我还愿意再干那么几次。"

云琅点点头,示意东方朔稍待,他从老虎的身上解下特殊的鞍具,弄来了一盆添加了蜂蜜的温水让老虎舔舐。

很长时间没有剧烈劳作过的老虎,需要这些蜂蜜来安慰一下肠胃。

"其实啊,大家都没有闲着,公孙弘在满天下的搜刮富户,就是想让老百姓身上的负担轻一点。

张汤满世界的拷打犯官,目的就在于犯官们贪渎的财货,把这些财货以及犯官的妻儿被变卖掉,老百姓又能松快一点。

我呢,在受降城把羌人,氐人往死里欺负就是为了能让西北边地的军队做到自给自足,减少关中的供给,这里省一斤,大汉百姓就少负担十斤。

霍去病带着两千人就敢深入匈奴腹地千里之遥,在那里出生入死的跟匈奴人作战,目的呢?就是为了能够早日击败匈奴好让百姓过上好日子。

你看啊,现在的局面其实还算不错,有用的官员正在拼命地干活,没用的官员呢正在玩命的贪污,张汤这样的酷吏呢,正在拼命的擒拿贪官弄钱,边关的将士们在玩命的杀敌,身在后方的你,不帮忙也就算了,拖后腿算怎么回事?"

东方朔张大了嘴巴半天才挤出一句话:"你认为现在的大汉朝堂上真的很好吗?"

云琅点点头道:"当然很好,皇帝没有酒池肉林吧?宰相没有卖官鬻爵吧?文官没有全部都化作豺狼吧?武将们还是在苦苦的给大汉开疆拓土吧?

这些你都不能否认吧?

既然大家都没有犯大错的时候,我们要做的就是把这一风气努力的维持下去你好,我好,大家好的时候,你挑什么事啊?还要求变革!

你知不知道变革一次百姓就要倒霉十年?

用这倒霉的十年赌将来百年的国运,是一件多么需要慎重的事情啊,你脑袋一热就给丢出去了。

我且问你,赌输了怎么办?"

东方朔的脸色有些发白，避开云琅凌厉的眼神，低下头道："野民苦不堪言！"

云琅给老虎擦完嘴继续道："你知不知道我这一次在边关差点死掉？你知不知道骑都尉的将士其实已经换了一茬，你知不知道霍去病身上取下来的箭簇能有半斤重？你知不知道曹襄为了能有胆子赶上霍去病的步伐，硬生生的把自己敲晕了五次？

这世道，谁过的不苦？"

东方朔的脊梁骨像是被云琅的一番话给打断了，软软的坐在地上瞅着云琅道："我这一次错大了？"

云琅挠挠下巴道："说真话怎么能叫错呢，只能说你说话的时机不对，皇帝正需要棒子的时候，你给递上去了一根，还他娘的是带着铁刺的狼牙棒，谁挨上了不得是一头血啊。

下回说话的时候知道挑选时机就好！"

东方朔抬起头看着云琅道："这就完了？"

云琅用手抓抓老虎的肥肚皮道："不这样，我还能把你怎样呢？

接下来，你就在家里待着吧，轻易不要出门，想杀你的人可以从阳陵邑排到长安，有时间呢，就多去拍拍阿娇贵人的马屁，说到底都是多年的交情，贵人总不能见死不救。"

东方朔重重的在脑袋上砸了两拳道："如果我去找阿娇贵人，求她让我做她家的马夫，你千万别看不起我。"

云琅终于露出一丝笑意，满意的点点头道："不会看不起你，只会把你的事情当笑话讲给别人听！"

东方朔哈哈笑道："某家既然都做了，就不怕你说出去，只要你别以为东方朔是个软骨头就好。"

云琅跟着大笑道："成年人的事情，如何能跟少年人行事相提并论？唾面自干的能把事情办成就是好汉！"

东方朔哭笑不得，不知道说什么好，半晌，才挥挥宽大的袍袖转身离去。

云琅回手就揪着小虫的耳朵怒道："我说的话你当放屁是不是？"

小虫忍着痛不敢挣扎，云琅只要抓住了她的耳朵，不求饶他是不会松手的。

"你看，老虎饿的快要昏过去了。"

"胡说，那是装的，它这么肥，一两个月不吃饭都没事，谁要你往他嘴里塞肉干的？"

"我以后再也不敢了。"

云琅悻悻的松开了小虫的耳朵，掰开老虎的嘴巴想要把肉干掏出来，结果，早就不见踪影了。

云琅带着老虎离开了磨坊，慢慢走到鹿圈里，此时的鹿圈里只有一只肌肉极为发达，脑袋上长着两尺多长鹿角的巨型梅花鹿正在悠闲地吃草。

即便是见到了老虎，也只是瞟了一眼，就继续低头吃草，这里的梅花鹿对老虎已经失去了敬畏感。

尤其是这头准备挑战鹿王的雄鹿更是视老虎大王如无物。

云琅拍拍老虎的脑袋道："看到了没有，人家看不起你啊，你想要吃饱肚子很简单，只要把这头鹿抓住咬死，就够你吃三天的。"

老虎大王对着头非常难抓的雄鹿没有任何兴致，反而昂着脑袋兴致勃勃的瞅着猪圈。

"猪圈里的猪不成，如果你喜欢吃猪，咱们就换两头野猪出来，你看怎么样？"

云琅扳着老虎的脑袋转向牛圈。

云家有正在驯化的野猪，还是两头专门用来配种的巨型野猪，虽然也是猪，却不在猪圈那边，而是跟一群种牛关在一起。

云氏的畜牧管事花子文笑眯眯抱着一头母鹿，就是那头最早跟了云琅的母鹿。

如今，这头母鹿也变成了云家的人，每日里好吃好喝的伺候着，没事干的时候就去找鹿群中最漂亮，最健壮的公鹿生个孩子，剩余的时间里，不是跟在苏稚身后帮她背药箱，就是跟着药婆婆去富贵县里充当世外高人的坐骑，蒙骗那些不知道底细的百姓来找药婆婆看病。

鹿圈里的这头公鹿，其实就是母鹿今年的丈夫，发情期过了之后，母鹿就对这个昔日的情人视而不见。

见到了老虎反而一个劲的往跟前凑。

老虎烦躁的一爪子拍开那头母鹿的脑袋，两只前爪按在篱笆上桩子上，糅身一窜，就重重的跌倒在鹿圈里面，漂亮的虎毛上沾满了鹿粪。

这让老虎大王的百兽之王的性子彻底爆发了，嗷的大叫一声，就飞速的冲向那头公鹿，他今天真的很饿，直到现在，就吃了一根指头粗细的肉干，喝了一盆子蜂蜜水。

147

刚刚喝了一盆蜂蜜水，肚子里的存货立刻就被排泄的干干净净，现在，他感觉更饿了……傍晚的时候，云琅跟老虎两个跌跌撞撞的回到了家里，云音见到了老虎，欢叫一声就扑了过来，却被宋乔一把给抓回去了，不论是老虎，还是云琅都是一身的骚臭味。

云音也闻到了，捏着小巧的鼻子一脸的嫌弃。

"你们干什么去了，在粪堆上撒欢？"

"差不多，不过呢，不是在粪堆上，是在鹿圈里，今天引导老虎捉鹿，结果呢，老虎抓不到，我就下手帮他，结果，还是没抓到，我们两倒是累了一个半死。"

宋乔哭笑不得道："你也好歹马上就要当侯爷了，干嘛还跟老虎过意不去，就让他多吃点，胖胖的看起来好看！"

云琅看了宋乔一眼道："好，等我们俩生儿子了，我就让他多吃一点，长得胖胖的让你看个够成不？"

"哪有你这么说自己孩子的？"

"哪有你这么说你夫君的兄弟的？"

//

第十八章 野性的回归

"云琅在干什么？"

刘彻拥着红色的狐裘，吃了一口抹了蜂蜜的油果子问阿娇。

阿娇正在用一柄银刀切割蜂巢，刀子缓缓地切下去，油亮的暗黄色蜂蜜就顺着蜂房流淌出来，落在银盘里。

"听说他不在的时候，他的妻子跟闺女把他家的老虎喂养成了一头猪，如今正忙着让老虎瘦下来。"

刘彻抓了一块蜂房直接丢嘴里吸允片刻，吐掉蜂房道："没有找你哭诉？"

阿娇摇头道："没有，从回来之后，就找了我三次，打了三场麻将，输掉了几个金锭，有从我这里拿走了两根三百年的人参，显得很悠闲，没有显露出很想当关内侯的意思。"

"没有人会不想当关内侯！"

刘彻的话说的斩钉截铁！

说完之后又找了一块大一些的蜂巢放进嘴里，闭上眼睛，幸福的享受这股令人陶醉的甜蜜。

阿娇见刘彻喜欢，就特意切割了几块更大的蜂巢放在银盘里，希望刘彻能够多吃一点。

刘彻却嗍了一下手指上残余的蜂蜜，就让大长秋把装满蜜糖的银盘撤下去了。

"怎么不吃了，难得见你喜欢一样东西。"

"过犹不及，喜欢一样东西不能一下子完全沉浸进去，要留着慢慢品尝，否则，以我天下供养的帝王至尊，世上很快就没有了能让我陶醉的东西了。"

阿娇笑道："还有一些槐花蜜，等到您想吃了再拿出来，妾身最喜欢那股子淡淡的槐花香味。"

刘彻擦拭一下手，把手帕丢在桌子上道："前日里长平进宫了，要为曹襄某一个司农寺少卿的职位，你以为如何？"

阿娇想了一下道："您确定不是卫尉府，或者廷尉府？"

刘彻摇头道："长平说的很清楚，就是司农寺少卿。"

"没有提到云琅？"

刘彻皱眉道："云琅如今也算是我外甥！"

阿娇愣了一下道："进族谱了？"

刘彻摇摇头道："准了，不过，长平还想给云琅要玉牒金册，被我拒绝了。"

阿娇点点头道："这样也好，异姓者不得王这是祖训，不能违背，也不可能给某一个人开这个口子。"

刘彻饶有趣味的瞅着阿娇道："你觉得云琅会立下可以封王的功劳？"

"十八岁都能凭借自身的功劳封关内侯了，还有什么事是他做不到的。"

刘彻抬起头看着天空无声的笑了一下，拍着桌子道："我喜欢这个妖孽辈出的人间。"

阿娇失声笑道："您认为自己完全能够让那些妖孽尽为大汉所用？"

刘彻笑道："朕就坐在这里看着他们蹦，也是一种莫大的乐趣。"

阿娇白了刘彻一眼道："妾身可听说，您之所以常来长门宫，就是因为妾身比较有钱！"

刘彻大笑道："此言不虚，右北平的战事来的迅猛，去的迅速，战事造成的危害却不容小觑，李广认为右北平的城墙不够高，不够坚固，护城河水不够深，驻军的甲胄不够坚固，长矛锋利，这才让右北平成了匈奴王伊秩斜突破我大汉关防的首要地点。

朕觉得他说的很对，而武库里面的甲胄不足以供应右北平，国库里面的财货不足以支撑李广在右北平再修建一座大城出来，因此……"阿娇掩着嘴巴吃吃笑道："妾身这里……嗯？"

刘彻打横抱起阿娇道："我多卖力些……"

阿娇挣扎着从刘彻怀里挣脱出来，站在地上道："您要是有了欲念，妾身求之不得……只是，不要用这种腌念头羞辱了您，也让妾身不自在。"

刘彻再一次抱住阿娇道："你真以为一点钱粮就能难得住朕？这个传说让朕觉得有趣极了，这样亲热起来让耶耶更有劲头！"

阿娇怒道："你真的想要当我的耶耶？"

刘彻爆笑道："本来就是……"

大长秋倒退着离开了平台，两个宫娥也放下了平台上的纱幔，点燃了一炉熏香，也悄悄地退了下去。

云琅用力的搬着鹿角，却被那头雄鹿一扬脖子就给挑的飞出去一丈远，老虎的两只爪子紧紧的扣着雄鹿的屁股，一寸长的指甲已经钻进了雄鹿的身体里。

此时，老虎大王雄壮的身体终于有了用武之地，猛地向前一窜，全身的重量就压在了那头雄鹿的身上。

雄鹿动弹不得，呦呦的惨叫一声，就被老虎大王的大嘴咬住了它的整个口鼻，一虎一鹿相持了片刻，那头雄鹿终于停止了挣扎……云琅凑过来想看看那头鹿，老虎的嗓子眼里却发出呜呜的低吼声，不准云琅靠近。

这是老虎护食的表现，云琅记不清老虎大王有多久没有这样护过食物了，很好啊，这就是野性萌发的样子。

老虎大王蹲在雄鹿身边，咬断了雄鹿的喉管，吸允了几口血食之后，就大口的撕咬起来。

可能是因为肚子里有了食物，他的理性在回归，稍微往一边挪动一下，算是给云琅留出一点位置，邀请他一起进食。

老虎就该吃生肉，这两年老虎吃多了熟肉，这些非常容易消化的东西很快就把他催成了一头猪。

好在这家伙的捕食本能还在，就刚才咬雄鹿的嘴巴让它窒息而死，而后咬开脖颈吸血，这是老虎的标准狩猎，进食法门。

云琅就笑眯眯的守在边上看老虎进食，看样子还是生肉比较涨力气，老虎一口气吃掉了小半头鹿，抬起染血的脑袋，朝四周抽了一下，即便是远处的鸡鸭，羊群也在这一刻变得惊慌起来，老虎原本明亮和善的样子不见了，重新变成了一头威风凛凛的兽中之王。

吃饱了饭，老虎看都不看剩下的半头鹿，见云琅在召唤他，就慢腾腾的跟着云琅去了山里的温泉。

云家的温泉池子很多，几乎每一栋楼阁下都有一个温泉池子，不仅仅如此，环绕云氏的水渠，在冬日里蒸汽缭绕，也是一个好的沐浴地方。

云琅现在不太喜欢在家里沐浴，只有躺在乱石坡上的那个温泉池子里，他才觉得跟以前的生活更加贴切一些。

很久以前，他就是这样跟老虎一起在水池里泡澡的。

被温泉水把毛发全部打湿之后贴在身上，老虎大王看起来就没有那么肥胖了。

云琅掰开石壁上的一块石头，石头后面就露出一个小小的木头箱子。

木头箱子打开之后，云琅的面前就多了一只烧鸡，两样青菜，一些烤好的豆子，以及好大一壶酒。

老虎对于肥鸡似乎失去了兴趣，被云琅灌了一些酒，就趴在水里的石头上，把脑袋搁在岸边，呼呼大睡，今天跟那头雄鹿大战了好久，如今，非常的疲惫。

他刚刚睡了片刻，云琅的一根鸡腿都没有吃完，老虎就抬起脑袋瞅着左近的一块巨石。

巨石上边就是云琅当初带着老虎一起偷看卓姬洗澡的地方，见老虎这样的动作，云琅就举起酒杯朝那个平台上道："来的都是客，不妨下来共饮一杯。"

何愁有的蛋头从石崖上探出来，见老虎冲着他呜呜叫，就大笑道："不愧是山君，被人养这么胖了，还能有如此敏锐灵觉，真是太难得了。"

邀请一个宦官一起洗澡这非常的不礼貌，云琅就举着酒壶对何愁有道："喝一杯？"

何愁有从台子上跳下来，接过酒壶喝了一口酒，就坐在一颗大石头上对云琅道："能不能用你炸碎烽燧的法子，把这里再炸一下，我探寻了一下，发现依旧有一些小路能进入到始皇陵！"

第十九章末位淘汰制

没有飞机，动车，汽车的时代里，大汉的国土广袤的令人绝望！

云琅已经非常讨厌骑马，因为他的双腿以及腰胯早就被进化的不适合骑马了。

在这个时代里，亲人，恋人，朋友久别重逢是一种莫大的幸福。

云琅如今也有这样的感觉。

他对每一个朋友都精心对待，期望能够满足这个朋友对友人的所有期待。

当然，何愁有除外！

直到现在云琅都不能确定这个家伙到底是老天派来折磨他的人，还是派来保护他，安慰他的人。

想要有粉尘爆炸，就需要满足几个条件，其中最重要的一个条件，就是有人愿意冒险且愿意牺牲！

能进始皇陵的人只有云琅跟何愁有，云琅自付不会莫名其妙的去牺牲自己，看样子何愁有也不会，这个老家伙活了这么久，还是没有半点厌世的模样。

"炸毁始皇陵，我已经干了一次，为了不被始皇陵里面的亡灵追杀，我觉得这一次该你去干了。"

云琅端着酒杯美美的喝了一口，优雅的放下酒杯冲着何愁有笑道。

何愁有取过酒壶也给自己倒了一碗酒道："那你说说，怎么才能引起那种你所谓的爆炸？"

云琅道："已经跟你说了，只要找一个封闭的房子，然后再把麦粉扬的满世界都是，等到房子里充满粉尘之后呢，你就可以点火了，然后"轰隆"一声，你的目标也就达到了。"

"真的可行吗？"何愁有对云琅给出的简单答案非常的不满意，他总觉得云琅在敷衍他。

"试验一下就知道了。"云琅愉快的挑挑眉毛，显得极为轻佻。

何愁有站在一块石头上，思考了良久之后道："我会去试试的。"

云琅无所谓的摆摆手道："记得让死囚去点火！"

何愁有笑道："老夫准备自己去试试！"

云琅看看何愁有道："等你选好实验地点了，记得喊我过去为你收尸！"

"老夫多穿几件铠甲！"

"好主意！不过我还是会去给你收尸的，因为没人能控制爆炸，也无法预料爆炸的强度，尤其是这种粉尘爆炸！"

何愁有脸上有了笑意，点点头道："知道替我收尸，总算没有变成狼心狗肺之徒。

这件事必定是要实验一下的，老夫也确实会亲自操弄，如果老夫真的死于这种天威之下，也算是死得其所。"云琅冷笑一声道："你如果没有把烽燧爆炸的事情告诉皇帝，就不会有这样的麻烦事。"

何愁有苦笑道："身为帝王鹰犬，自然要为皇帝张目！"

"这么说皇帝之所以来长门宫，就是为了来看爆炸的？"

"长门宫以东一里的地方，皇帝已经命工匠按照白狼口烽燧的模样修建了一座一模一样的烽燧，后天，那里就要按照你说的法子产生一场你口中的爆炸。

我之所以来问你，就是想确定一下你有没有对我说实话，如果我实验不成功，下次，就该你去试验了，如果你也没有实验成功，你此生休想在官途上再进一步。"

对于何愁有的话，云琅嗤之以鼻："陛下没你说的那么仁慈吧，如果实验不成功，陛下的原话该是砍掉我的脑袋吧？"

何愁有郑重的摇头道："陛下真的没有砍掉你脑袋的意思，就这一点，老夫也感到奇怪。

不过呢，你的封侯之所以还没有下来，就是因为陛下在等爆炸的结果。

如果真的爆炸了，你的永安侯爵位就会立刻下来。"

云琅笑道："我封侯之时，就是庄青翟满门抄斩之时吧？"

何愁有大笑道："一鸡死一鸡鸣，蕴含天地至理，如果你不能保证永远对帝国有用，下一次，可能就是你被满门抄斩为别人腾出爵位的时候了。"

云琅莫名其妙的想起了后世的末尾淘汰制，很多被末位淘汰的人下场不比满门抄斩好多少。

"我现在去跟陛下说我不想当什么关内侯了，会是一个什么样的下场？"

何愁有看了云琅一眼道："你去试试就知道了。"

云琅自然不想去试试，跟刘彻玩这种把戏，你当游戏了，他会很认真的对待你，如果因为这样的缘故被砍了脑袋，那就太冤枉了。

在刘彻眼中，关内侯绝对是国之栋梁才能获得的地位，在这个地位上自然能够享受到旁人所不能企及的社会地位以及各种便利，甚至是超然的……只是在皇帝把这些荣誉，地位，权力给你的同时，你要对皇帝的统治有所裨益，要对大汉江山万代传承要有作用，否则，皇帝就会把你无情的干掉！

云琅知道刘彻在未来这样干过，只是仅仅针对丞相这个位置，在史书上，自从公孙弘病死之后，继任的丞相基本上没有一个好下场的，就连李蔡这种军中悍将，在成为丞相之后也如履薄冰的干了三年，结果，他依旧被无辜的卷入了巫蛊案中最后跟他儿子一起被砍掉了脑袋，下场凄惨。

从那以后，一旦大汉的官员被任命为丞相之后，一个个就惶恐不安，要嘛在朝堂上假装自己是泥人，要嘛事事以皇帝的意志为最高准则。

即便是这样，李蔡、庄青翟、赵周、石庆、公孙贺、刘屈、田千秋这些声名赫赫的人在当过丞相之后全部死于非命！

现在，刘彻可能觉得只改变丞相的命运还不足以改变大汉的官吏作风，于是，就连关内侯一起算进来了。

何愁有把杯子里的酒喝完之后，就熟练地把杯子放进石块后面的木盒里，轻声对云琅道："后日来观看一下吧，有些事陛下可能要询问。"

云琅看着何愁有走了，慢慢啜饮着杯中酒，对老虎道："你看看，我们兄弟两还能有点秘密吗？

以后不能让小虫她们把酒食往这里放了，会有人偷吃啊……"老虎懒懒的打了一个哈欠，从水池子里爬出去，威猛的抖动一下皮毛，然后就湿哒哒的趴在一块巨大的木板上，等待皮毛被风干。

霍去病回来了，却不肯在军营裸奔，还告诉云琅他已经在妻妾面前裸奔过了，且足足一整夜没有穿衣服。

这让耍赖穿着犊鼻短裤在军营中晾晒过肌肉的李敢，赵破奴，谢宁大为不满。

"水运再快，我也不会让骑兵坐船赶路的，这对一个真正的骑兵来说就是莫大的羞辱。"

霍去病为了扭转对他不利的局面，不惜以鄙视大河上即将出现的水运司来转移话题。

"没人逼你裸奔，到底是冠军侯了，面子还是要给你一些的。"曹襄对霍去病的行为非常的鄙视。

霍去病颇有唾面自干的忍性，再一次神秘的道："再有七八天，阿琅的永安侯爵位就会颁布，这可是我的独门消息。"

曹襄摇头道："没有那么容易，还要看陛下明天能不能把那座新起来的烽燧炸掉才能确定。"

霍去病立刻就把目光落在云琅身上，云琅笑道："会炸掉的，毕竟，这是一种物理现象，而不是什么神迹，可以重复，我能炸掉烽燧，何愁有也能炸掉烽燧，换了你们也一样能做到这一点。"

"你的意思是根本就没有什么狗屁雷法？"李敢吃惊极了，他根本就不信随便扬点麦面，就能把一座坚固的烽燧炸碎。

"明天一起去看不就成了！"

霍去病欢喜的道："真好，我喜欢一个有血有肉的人来当我的兄弟，不喜欢九天上的神仙来当我的兄弟！

明日，我们一起去，我一定要告诉陛下，他的军司马云琅是一个真真切切的人，而不是一个贯会装神弄鬼的巫婆！"

//

第二十章向鬼神开战

神，鬼，巫

都是不是人

至于兄弟朋友，首先得是一个人才能有这样的关系。

儒家历来就有敬鬼神而远之的习惯，所以，不论是董仲舒还是公孙弘，他们对所幽自然现象还能进辨析的态度去面对。

而崇信黄老之术的人，在对自然产生了一定的敬畏之后，随着无知的自然现象越多，就越是容易幻想出一个个强大的神灵来。

刘氏皇族最开始的时候是不信鬼神的，尤其是刘邦，他更是把自己驾驭在了鬼神之上。

不论是斩白蛇还是赋大风，都是他利用鬼神的具体表现。

后来的皇帝就不成了。

尤其是在黄老之术盛行之后，神灵，鬼怪，巫蛊就自然而然的出现在了皇帝的脑袋之中。

自从有了县皇帝夜半召见贾谊，出现了著名的"不问苍生问鬼神"的典故之后，刘氏皇族对于鬼神的敬畏，就逐渐见诸于史书。

刘彻彰行儒术，是因为儒家的学问对他统治天下很有利，却是一个不信儒家学问的人。

因为，按照董仲舒的见解，儒家修习到高深境界之后，就会达到"天人合一"的地步，这个时候，人即是天，天即是人，这种一种很豪迈的想法，很有先进性。

到了这一步的人，鬼神对他而言不过是小道，不值一晒的东西。

而刘彻对鬼神有着极深的迷恋，对巫蛊有着极大的恐惧，也就是因为如此，一场巫蛊之祸，几乎摧毁掉了大汉朝一半的政治精英，这其中还包括他的皇后，他的太子，以及他最宠幸得妃子上一次与李少君隔空斗法，云琅是斗的莫名其妙，胜利的也莫名其妙，直到现在他对当时的整个状况的芋都是模糊的。

只知道李少君那个家伙以一种极为滑稽的方式把自己给弄死了。

宝马轻裘！

六个少年人就这样奔驰在初冬的上林苑里，当这支小的骑队矫健的穿过长门宫宽阔的农田，站在长门宫楼阁上的刘彻看的很清楚。

阿娇趴在刘彻的肩头笑道："多好的少年郎啊！"

刘彻道："我的骑术比他们好。"

阿娇笑道："那时候，你能在狂奔的马上俯身捡拾妾身丢下的手帕。"

刘彻笑道："现在也能！"

阿娇曳叹息一声道："现在还是算了，十四岁的你可以骑马，可以与人对战，可以纵马狂欢，如今，您是天子阿彘我忽然发现，当天子也是一件极其无聊的事情，好多美好的事情都不能干了。"

刘彻握住阿娇的手道："不一样啊，那时候的我心中全是你的影子，虽然在秋猎这种万人同欢的场面上，我的眼中依旧只有你一个。

即便是你的手帕跌落了这样的新，我也看得真真切切。

后来事情就变化了，我十六岁登基，天下之重全在我的肩上，容不得我只把目光放在你的身上，以至于后来发生了那么多遗憾的事情。

不过，我不悔！"

阿娇伤改点点头道："汉帝刘彻与我的阿彘到底是不一样的"

刘彻对阿娇的反应很满意，少年轻狂岁月已经过去了，那就算了，过好眼前的日子，未必不是一种新的开始！

"走吧，六个崽子已经过去了，我们也去看看，何愁有把白狼口烽燧的事情说的活灵活现，我是不信的，却不想怀疑何愁有，因此，才让人在荒野里重新修建了一座烽燧。

我不相信扬洒麦粉就能轻易地毁掉一座坚固的烽燧，这太不合稠了。"

阿娇皱眉道："妾身以为这件事是真的，以妾身对云琅的了解，没有把握的话，他是不肯随便说出来的。

既然已经说出来了，而且是告诉了何愁有，这就说明他想把这样的解释说给你听。"

刘彻伸开手，让宫娥给他穿好裘衣，笑着道："不去看看，你让我如何能相信他说的都是真的！"

"噢，你去吧，妾身就不去了，昨晚云琅通过人长秋给妾身带话说，爆炸起来很危险。"

刘彻愣了一下道："他倒是没对朕说这样的话！"

阿娇大笑道："他是我的人！"

刘彻狞笑道：'朕会让他知道，全天下的人都该是朕的人！"说完话就雄起起的下了长门宫楼阁，翻身骑上一匹白马，也不用鞭子，轻轻地用马镫磕一下马肚子，那匹白马就窜了出去，从上马到飞驰一气呵成，很有看头。

刚刚过了长门宫，就被一队宫卫给拦住了，就在刚才从长门宫经过的时候都没有人理睬，没想到在这里被人拦下来了。

霍去昌要发怒，曹襄却拉拉霍去病的袖子道："陛下亲卫，别找事了。"

拦·们去路的人来了一堆，真正想要拦截他们的却只有一个毛发极为茂盛的人。

"腰牌！"

"腰牌你娘啊！"

曹襄拦住了霍去病，不要他发火，他自己反而开始破口大骂。

那个毛发极为茂盛的人也是一个趣人，被人骂了老娘也不生气，笑呵呵的道："平阳侯如果对我老娘有兴趣，她老人家如今就宗长安城，已经寡居了二十余年了，就等着侯爷这样的少年垮登门呢。"

那人这样说，曹襄反而变得凝重了，沉声道："季东子，耶耶这张脸你大概看的都要呕吐了吧，这时候拦住我们要腰牌可就是羞辱人了。"

季东子呵呵笑道："这就是诸位在长门宫纵马狂奔而没有人问起的缘故。

长门宫那一带，季东子说话自然管用，可是这里不同，何愁就在前边不远，诸位如果不愿意拿出腰牌，只要何老大同意了，我屁都不会放一个。"霍去病，曹襄，云琅自然是有腰牌的，而李敢，赵破奴，谢宁三人却没有。

不是所有人都能随意出入长门宫的，尤其是在皇帝驻跸期间更是如此。

如果不是因为李敢，赵破奴，谢宁前几天还在刘氏祖庙聆听教诲的话，他们连长门宫都进不来。

皇帝的规矩没有何愁幽大，这在皇宫中并不是一个什么秘密。

云琅嘬腰牌递给季东子道："麻烦将军转告何公一下，就说骑都尉故旧前来拜见。"

季东子看看云琅，笑道："军司马扬名受降城，某家也是心向往之恨不得登门拜访，今日一见大慰平生啊，既然军司马发话了，这就派人去禀报何公。"

嘴上说的客气，接腰牌的手却丝毫不缓，接过腰牌之后还特意取出樱图样比对一下，确认无误之后才算是确认眼前这个年轻人，就是骑都尉的军司马云琅。

159

不大功夫，何愁有骑马过来了，冷冷的扫视了一遍眼前的六个人道："随我来！"

季东子立刻闪开，云琅一行人随着何愁有绕过一座辛包，就看见一座簇新的高大烽燧！

这座烽燧与白狼口烽燧毫无二致，云琅甚至看到了自己在墙壁上根据马老六绘制的图形做的那些案。

看来那个描绘这些图案的人不懂得如何改变线条，画的非常生硬。

"幕烟跟马老六都在这里？"

何愁永："陛下发话了，务必要求与白狼口烽燧一模一样，所以，这座烽燧，就是幕烟督造，马老六填补的细节。"

云琅用手抚摸着那些极具古典美的像对何愁永："马老六的差事办得不好，这几幅重要的图画，描画的完全与原作背道而驰。"

话音未落，就听见马老六惨嚎着从烽燧里跑出来。

"军司马慎言，现在可不是调笑马老六的时候，要是被陛下知道了，马老六这颗人头可就要被住了。"

推荐都市大神老施新书：

160

第二十一章喜欢骑马的刘彻

"慎言你娘啊！"

曹襄头都不回的就开骂了。

"这个要慎言，那个要慎言的，耶耶要是总这么慎言来慎言去的，白长着一张嘴巴还能说话吗？"

马老六哭丧着脸道："陛下要求不论巨细一概不得缺少。"

霍去病看看马老六对云琅道："一会就让他去点火吧！"

云琅看看何愁有道："也行啊！"

何愁有耷拉着眉毛道："多穿两件铠甲！"

慢吞吞的从烽燧里走出来的幕烟刚好听到最后两句话，就抱拳道："将军，司马，您该知道卑职有多尴尬！"

云琅笑道："在长安与你们在白狼口不同，事与愿违是今后要经常遇到的事情，你们要学会习惯。"

幕烟叹息一声道高："当初点燃最后一把火的三个兄弟只活了一个，如今还有内伤未愈，其余两位兄弟身上没有半点伤痕，内脏却变得稀碎。

我不想让马老六去白白送死。"

何愁有淡淡的道："列队吧，陛下来了！"

幕烟眼中闪过一丝痛苦之色，就站立的笔直等待皇帝的到来。

曹襄在一边瞅见了幕烟的痛苦模样，也看到了马老六心丧欲死的状态，就把嘴凑到云琅耳边道："他们是不是傻？"

云琅看了那两个傻蛋一眼道："这样的人死不足惜！"

曹襄点点头道："你确定扬麦粉的时候烽燧不会炸？"

云琅摇头道："只要不见火星不会炸。"

"这就是说爆炸跟点火有关？"

云琅瞅着曹襄点点头道："不点火不会炸，你到底要干什么？"

曹襄笑道："你不觉得我们兄弟两缺少一些走狗吗？"

云琅冷笑道："幕烟我不要，我只要马老六，而且他很快就会成为我们门下的走狗，无论如何，我不能跟着去病远征了，家里总得有一个靠得住的人去远征，告诉我那一路上发生的所有事情。"

曹襄连连点头表示支持，然后小声道："我能告诉他们点火的时候不用拿着火折子站在烽燧里面吗？"

云琅鄙夷的看了幕烟跟马老六一眼道："我也觉得不用，可能他们觉得那样点火显得比较勇猛一些！"

"闭嘴！"

何愁有低喝一声，云琅跟曹襄立刻就站的笔直。

裘皮外面套着一袭长达一丈的红色披风，刘彻如同一片红云从远处飘过来。

他的骑术真的很好，胯下的白色战马也雄壮至极，一丈宽的河沟几乎不用停顿，那匹马昂嘶一声就拖着刘彻从小河沟上飞跃而过。

何愁有的脸色很难看……毕竟，皇帝有小桥不走，非要跳河的行为让何愁有非常的担心，自古以来骑马摔死的人，一点都不比被刽子手砍头的人少。

"啪啪啪！"

云琅摇着头鼓掌，意犹未尽的对何愁有道："陛下的骑术真是天下无双啊。"

曹襄在一边凑趣道："比我高多了。"

何愁有瞅着已经到了地头，还不肯停下战马的刘彻，一张丑脸变得更加难看，那颗锃亮的蛋头，隐隐有了红色。

霍去病忽然跳上乌骓马绝尘而去，他的目标就是皇帝。

云琅哈哈一笑，也跳上了游春马，呵斥一声，也跑了。

曹襄左右看看，见何愁有在暴怒，李敢那群人在发傻，也哈哈一笑，跳上一匹健壮的花毛战马跟在云琅后面去追皇帝。

眼看着那三个混账东西去追皇帝了，何愁有知道，这三个混账东西绝对不会去劝皇帝停下战马，而是会鼓动皇帝跟他们一起在这片荒原上纵马狂奔。

一个宫卫骑马跑过来，刚要张嘴说话，就被何愁有凌空一脚给踹下了马背，他的身子刚刚在马鞍子上坐稳，战马就已经开始狂奔。

刘彻回头看一眼追上来的霍去病，云琅，曹襄三人，哈哈大笑一声，催马跑的更快了。

霍去病轻轻地磕一下马肚子，乌骓马的性子发作，摆一下硕大的脑袋，粗壮的后腿用力的蹬了一下大地，立刻就向前窜出好大一截，把跟在皇帝身后的宫卫甩出去好大一截子。

前边不远处就是骊山，皇帝跟霍去病跑不了多远就必须拐弯，因此，云琅立刻拨转马头直奔皇帝跟霍去病准备拐弯的地点，曹襄有样学样，跑弓弦绝对比跑弓背要快，这一点曹襄理解的非常透彻。

曹襄还惊讶的发现，云琅居然在一边催马狂奔，还一边从马包里取出红色的羽林斗篷披上，那斗篷虽然没有皇帝披的斗篷鲜艳，显得陈旧一些，披上之后却显得威风凛凛。

于是，曹襄的手也探向马屁股上的马包……他的斗篷上还有几个破洞，披上之后要比云琅的斗篷显得他比云琅更加久经征战。

霍去病见云琅跟曹襄都披上了斗篷，他也不傻，立刻就披上了，还扬声冲着不远处的皇帝大吼道："今日就让羽林郎陪伴陛下演武！"

刘彻听得清楚，不由得再次仰天大笑道："好啊，今日就让朕试试几位爱卿依仗杀奴立功的骑术。"

曹襄从斜刺里杀出打叫道："舅舅，今天没君王吧？"

刘彻骑马骑的开心，探手从背后的箭袋里抽出一枝鸣镝，居然双手松开缰绳，搭弓射箭，鸣镝咻的一声就飞了出去。

鸣镝所向，正是大军前进的方向，刘彻给了方向之后，不论是霍去病，还是云琅，曹襄，马速再次变快，这一次几乎毫无保留。

狂风从刘彻的耳边呼啸而过，束发金冠上的金击子不断地被风吹拂的敲打在金冠上，如战鼓在刘彻耳边响起。

他不记得自己有多长时间没有这样纵马狂奔过了，只觉得这一刻酣畅淋漓至极。

论起马术，从小养在深宫大院里的刘彻，即便是练习的如何勤勉，也无法与霍去病这种骑在马上远征千里的人相比。

即便是云琅，曹襄，也是随军远赴匈奴腹地征战的人，有一段时间几乎是生活在马背上的。

三人看似竭尽全力了，实际上却留了几分马力，如果不是因为刘彻胯下的战马实在是太神骏，他们甚至用不到七成马力就能追上刘彻。

何愁有倒是全力以赴了，一来他出发的时间太晚，二来，宫卫骑的战马比不过皇帝的，也比不过霍去病，云琅，曹襄他们千里挑一的战马，无论他如何催动战马，也只能紧紧的咬在这群人的后面，想要迅速的拉近距离毫无可能。

骑马其实是一个力气活，不擅骑马的人只要在狂奔的马背上颠簸片刻，五脏六腑都会被颠簸的移位。

因此，骑马不等于骑术，骑术是一门需要专门练习的技能，跟后世的驾照差不多。

身体上的痛苦，会让雄心壮志啦，豪情啦，好胜心一类的感情迅速的消退。

当刘彻的大腿开始疼痛的时候，战马的速度自然而然的开始下降了，最后缓缓停在一片荒坡上，看着急速靠近的霍去病道："久不骑乘，髀肉复生，今后当多加练习！"

不等霍去病发话，曹襄先大笑道："舅舅，您比奴贼跑的快多了。"

话音刚落，一只硕大的脚丫子就踹在曹襄的腰上，把他从战马上给踹下去了。

何愁有的这一脚踹的极为机巧，曹襄腾空而起，落地的时候却是屁股先落地，在地上滑行了好久。

刘彻冷着脸道："我们甥舅就不能有点天伦之乐吗？"

何愁有躬身施礼道："天子自有法度，陛下如此肆意妄为贪图一时之快，却把天下臣民，以及祖宗江山抛诸脑后，老奴受先帝嘱托，不敢稍有忘怀。"

刘彻怒哼一声，扬起鞭子想要抽打，最后却无奈的垂了下来，长出一口气道："罢了，我们去看烽燧吧！"

第二十一章敬鬼神而远之

高高的烽燧依旧矗立在荒原上，初冬造成荒原萧瑟的模样此时显得越发荒芜。

已经有人在粉碎里面倾倒麦粉，特意向北开启的洞口有北风灌进去，不大功夫，烽燧的顶部就有白色的浓雾弥漫出来。

屯将幕烟一脸的悲愤之色，与一身重甲的马老六举着火把相互簇拥着向烽燧慢慢挺进。

刘彻忽然喝道："季东子，你去！"

毛发旺盛的季东子一双大眼睛立刻就凸了出来，他浑身颤抖着看向皇帝，他只希望刚才这几个字是自己听错了。

"朕的百战猛士已经在边关向朕证明过他的勇武，现在，轮到你们了！"

"微臣遵命！"

季东子回答的非常快而且干脆，然而，他的身体却很老实的留在原地，哀怨的看着他的帝王。

曹襄用肩膀碰碰云琅道："没机会了，从今天起，咱们预定的两个走狗一定会成为陛下的不二走狗！"

云琅面皮不动，嘴角却把想说的话传给了曹襄："丢了一个马老六，收获一个季东子算不上失败！"

曹襄继续嘟囔道："这些人为什么一个比一个傻？"

云琅笑道："是因为没人相信扬点麦粉就可以把这样庞大的一座烽燧炸掉。

他们以为用命去祭祀，也是构成爆炸的一部分。"

"就像干将，莫邪夫妇铸剑？"

"是这样的，铸造出来的剑其实很糟糕，铜剑还成，铁剑？铸造出来的铁剑你觉得能用吗？"

"没错，该是锻打出来的比较好，你说，我们要不要现在就把事情点破？"

"等一会，季东子还不够悲切，等他再痛苦一些我们再把他从地狱中拯救出来，这样，人情就会更大一些。"

"那就等一会，你看，幕烟跟马老六已经跪在我舅舅跟前宣誓效忠呢。"

你说，为我舅舅力战而死，跟眼前点你说的这个大炸弹而死有什么区别呢？毕竟都是死啊。"

云琅还想说话，只是肩头出现了一颗蛋头，他就没有说话的兴致了。

死亡需要仪式感，毕竟生命对每一个人来说都只有一次。

季东子的仪式非常的庄重，先是脱掉了头盔，深情的向皇帝告别，告别完毕之后还跟同僚告别，等到一个毛绒绒的家伙涕泪横流的抱着云琅用力的捶打他的后背的时候，云琅才明白，这家伙现在很想把他捶死。

捶完了云琅，又去捶打曹襄，曹襄小声道："喊我一声耶耶，耶耶就能让你活下去。"

"耶耶救命啊！"

季东子喊得心甘情愿，且一点磕绊都不打。

曹襄心满意足的享受了这一声耶耶之后，才推开季东子向前一步对皇帝道："启奏陛下，这种事还要看我皇族子弟的，就这些窝囊废也配引动这样的天地之威？"

刘彻不满的瞪了曹襄一眼，并没有回话，他完全当自己的这个外甥，已经傻掉了。

霍去病也恶狠狠地瞪了曹襄一眼抱拳道："陛下，还是微臣去比较好。"

刘彻想了一下，瞅着云琅道："汝因何不上前请命？"

云琅抓抓下巴施礼道："微臣的箭法不好！"

"箭法不好？"刘彻狐疑的瞅着云琅问道。

云琅笑道："是这样的，微臣擅长用弩弓，至于开弓射箭，微臣并不擅长！"

刘彻的瞳孔都变小了，冷声道："你是说用火箭就能达到爆炸的目的？"

云琅施礼道："陛下高见！"

刘彻瞅瞅烽燧，再看看云琅道："朕的面前不是说笑的好场面！"

云琅抱拳施礼道："密封的空间，足够多的灰尘，这已经构成了爆炸所需要的三种要素中两种，再加上火焰，爆炸就会发生，至于，火焰怎么被送进去，其实是无所谓的。"

刘彻还没有说话，幕烟反而凄厉的吼叫道："既然如此，在白狼口你为何要我部众去送死？"

云琅淡淡的道："我当时下达的军令是，扬灰，点燃，并无错误。"

幕烟翻身跪倒，双手朝天大叫道："天啊，张虎，冯良你们死的好冤啊！"

原本庆幸自己逃出生天的季东子，眼睛再一次凸出来了，不过这一次，他发呆的时间很短，几乎是在一瞬间，就取出长弓，从火把上拆下一些浸足了火油的麻布绑在长箭上，然后就举着长弓勇猛的向烽燧扑了过去。

刘彻脸上的表情非常的精彩，何愁有的心中更是五味杂陈。

曹襄一脸遗憾的道："到底是人精啊！"

说话的功夫，季东子已经跑出去十丈开外。

不得不说，季东子的本事还是有的，即便是在狂奔中，长弓上已经搭好了点燃的火箭，在达到火箭射程之内，他第一时间就射出了那枝火箭。

在众人的凝视下，那枝火箭在半空中划过一条优美的弧线从烽燧人头大小的孔洞就钻了进去。

几乎就在火箭进入烽燧的一瞬间，一道霹雳就凭空炸响。

也几乎是在一瞬间，刘彻的面前就多了十几面塔盾，在众人的注视下，那座高大的烽燧在颤抖，而后四分五裂，薄弱的烽燧顶棚被爆炸的气浪掀翻，暗红色的火焰从烽燧的每一个透气孔向外喷涌。

这个过程非常的快，爆炸发生在一瞬间，烽燧开裂也是一瞬间的事情。

等众人从惊骇中清醒过来，原本向外喷发的火焰却猛地缩回去了，而后，世界就安静下来了。

等浓烟被风吹散之后，那座巨大的烽燧已经变得惨不忍睹，只剩下少半截最坚固的夯土墙还矗立在那里，上边，一片焦黑。

"道理在哪里？"

刘彻艰难的把目光收回来，看着云琅问道。

"一袋了麦粉能烧很长时间，我们把麦粉抛洒开来，让它一瞬间燃烧干净，就会产生爆炸！"

"如此说来，不用理会是谁点的火，如何点火，没有任何古怪之处，就像我们用火点柴草，柴草就会着火一样？"

云琅微微欠身道："确实如此，世人对未知之事多存恐惧之心，如果参透其中法门，不过尔尔。"

"这些东西也是你西北理工门阀的参研之道？"

"正是，西北理工一向以戳穿天下怪异道门的法度，还天下人一个事件本源为己任的地方。

167

我们有疑惑的时候就会聚首参研，没有疑惑的时候就飘散四海重学问，轻联系，如同天上的云彩聚散无常。"

"如此一群逍遥人，缘何只余你一人？"

"那是因为后来有人觉得我们是一股力量，想要利用一下，然后用了一些手段要把所有人捏合在一起，结果有人不同意，认为不自由，毋宁死……然后……然后就没有然后了，一场地龙翻身把所有人的想法都埋地下了。"

刘彻瞅着黑烟袅袅的烽燧出一口气道："天道啊……"

云琅笑道："微臣更加以为，这是自取灭亡，一群连鬼神都不信的人，要他们去相信人，实在是太荒谬了。"

刘彻叹息一声道："既然如此，爱卿现在信不信鬼神呢？"

云琅露出一个迷茫的表情，良久摇摇头道："我不知道，我只知道他们吵得好凶，然后就被老师撵出来了，然后就是一场地动山摇，我就再也回不去了。

我不知道这场天灾到底代表着什么，不过呢，既然我老师要我敬鬼神而远之，我自然要遵从，慢慢的随着年岁长大，也就淡然了，总想从另外一个角度去解释自己不懂，不理解的事情，看看有没有别的变化。"

"孔丘说：敬鬼神而远之，却不能拿出令人信服的铁证，这就让人无所适从。"

云琅笑道："陛下九五之尊，也有疑惑的事情吗？"

刘彻没有理睬云琅的问话，转头对何愁有道："再建一座烽燧，这一次，朕要亲自点火！"

第二十二章 有用的就不要浪费了

刘彻从来就不是一个轻信的人，他对这个世界有他的独特认知，因此，从不会因为被人的意见而主动改变自己的行为。

烽燧如期爆炸了，云琅也把自己对鬼神的看法通过一堆毫无意义的隐喻的话语告知了皇帝。

顺便通过一点巧妙地谎言，把西北理工这个原本已经快要被儒家吞并的学说再一次点出来，给自己增加一点话语上的权威性。

云琅已经发现自己其实很适合当官，因为现在他的谎话可以随时随地的说出来，而且每一次都能说的情真意切，而这个品质是当好一个政客的先决条件。

云琅不知道皇帝到底要炸掉多少个烽燧成会认为爆炸跟什么狗屁的雷法无关，跟那些神仙鬼怪扯不上半点关系。

不过，在回去的路上，刘彻一直很沉默，在那半截残破的烽燧将要被山遮挡住的时候，刘彻停下脚步，回首看了一眼，而后就纵马回长门宫了。

毛发旺盛的季东子这时候觉得人生非常的无奈，说不到是好还是坏。

一来，皇帝陛下还是夸赞了他，二来，曹襄一直似笑非笑的看着他，就像是在看一个晚辈……何愁有的目光则一直落在云琅的身上，他越是了解云琅，就发现云琅身上未知的地方就越多。

还以为始皇陵与太宰是云琅最后的秘密，现在看来，不是！

何愁有见过太宰那一群人，知道那些人的能力到底有多大，他不相信十余年不见，太宰他们就会聪明到这个地步。

霍去病却在琢磨如何将粉尘爆炸用在战争上，思考了良久之后，他发现，粉尘爆炸在军事上的运用，不过是一个鸡肋而已。

"今天去你家喝点酒吧？"

把皇帝保护到地头之后，霍去病就对云琅道。

"我记得你以前去我家喝酒向来不用说的。"云琅对霍去病突如其来的客气很不习惯。

"我老婆说，我现在是侯爷了，去别人家吃饭喝酒要有节制，不能随随便便的就去别人家吃饭，免得被人家借用了我的名头去干坏事。"

云琅想了一下道："以后我可以去你家吃饭！"

169

霍去病笑道："只要你受得了我老婆弄得那些繁文缛节你天天来都没关系。"

云琅笑道："成侯了，如果家里再没一点规矩，确实对不起你那个威风霸气的侯爵，有一点仪式感还是不错的。

我听说，在东边的一座海岛上，有一种吃饭的法子估计很适合你。"

霍去病笑道："野人的吃饭法子？"

云琅点头道："那种吃饭的法子比较别致，就是找一个美貌的处子，把她剥洗干净了，在把饭食放在处子的身上，哇哦，这顿饭一定会吃的活色生香，你可以跟你老婆试试。"

霍去病想了一下道："还是算了，人呐，就该专心干好一件事，该吃饭的时候认真吃饭，该洞房的时候就认真洞房，一边吃饭一边洞房，两种事情的好处都没了，不好！"

曹襄凑过来道："可以试试，要不我们一起？"

云琅抬头幻想了一下几个少年围在一个赤裸少女的边上用筷子在她身上夹菜吃的模样，打了一个冷颤道："还是算了，就当我是胡说八道，太恶心了。"

"咦？还真有这样吃饭的人？还以为你胡说八道呢。

今天去你家我们兄弟几个商议一下，你跟阿襄要去种地，我跟阿敢可没有种地的本事，所以只能继续去捞军功，要把这两件事情都要弄好，不能种地的没种出什么结果来，打仗的也没有什么可以拿的出手的功绩，几年白白的蹉跎下来，这辈子的一半时间就过去了。"

云琅摇头道："你没有发现吗？我们四个人的将来我们自己已经说了不算了。

以前大家都是光屁股白丁的时候，还能做一点自己的主，现在，一大群人绑在身上，想要挪动一下都是大事情，还要照顾到方方面面。

兄弟几个锋芒太露了不是好事，会被陛下猜忌，哥几个如果都混成窝囊废也不成，又会被被人欺负。

告诉你啊，我们一定要把握好一个度，既不能让陛下觉得我们是一个威胁，又不能让别的勋贵觉得我们软弱可欺。这个度可没有你想的那么好把握。"

霍去病咬牙道；"如此一来，此生哪有痛快可言！"

曹襄大笑道："其实没关系的，去病可以去恣意活命，我们两个就当拖你后腿的人，来回平均一下，很容易达到阿琅所说的平衡，最好你们三个都功勋累累，就我一个负责拖后腿就够了，说真的，我觉得我在拖人后腿一道上还是有些天赋的。"

事情说起来简单，做起来难，霍去病又不是一个有耐心的人，见短时间内无法达成统一意见，就打马回家了。

刘彻回到长门宫之后，就一个人来到了平台上，遥望着骊山默默地出神，面前的矮几上已经堆满了奏折，他却没有半点批阅奏章的心思。

今天，烽燧爆炸的那一幕一直在他的脑海中盘旋，他很确定那座烽燧还是很坚固的，也非常的确定，军卒们在烽燧里扬洒了很多麦粉之后，再点火那座烽燧就炸开了。

之所以临时更换点火的人，就是想证明云琅说的是不是真的，至于怜惜幕烟跟马老六性命的事情，不过是一个借口罢了。

如今烽燧真的炸开了，那场面是刘彻见到的最接近神仙雷法的场面，现在已经证明，神仙手段人也能够施展出来！

刘彻在平台上枯坐了一下午，没人敢去打扰，阿娇来回看了三遍，最终还是没有上到平台上，这个时候，刘彻需要有自己的判断，做出自己的决定。

烽燧爆炸的事情早就有禀报了阿娇知晓，她对这件事一点都不奇怪，从她认识云琅的那一天起，她就知道那是一个极其古怪的少年人，这世上好像没有什么事情能够难得住他。

这是很不合理的事情，很多事情即便是朝中的名宿智者都一无所知的事情，那个家伙却能说的头头是道。

阿娇见过很多人，各种各样的有欲望的人，有求财，求官的，求色的，求名的，唯有云琅似乎对这些都不是很感兴趣，嘴角的那一抹淡淡的笑容，像是在嘲讽全天下的人！

皇帝是一个信鬼神的人，这一点没人比阿娇更加了解了，很小的时候两人结伴去祖庙，阿娇只记得那里的门槛很高，需要攀爬才能过去，而那时的阿彘却已经担忧的看着她，唯恐她去触碰那些高高在上的灵位。

阿彘是一个很怕黑的人，玩耍的时候连床底都不敢钻进去，总说那里有害人的妖祟！

当刘彻终于拿起朱笔开始批阅奏章的时候，阿娇抱着闺女提着食盒走了进去，蛮横的从刘彻手里夺过朱笔，把女儿塞进他的怀里道："日日看奏章也没有看出什么花来，还是好好地看看你的骨肉。"

刘彻抱着闺女皱眉道："心很乱！"

"以后让云琅离你远点，他总能干出颠覆你世界的事情，阿彘只要享受他带来的好处就成，如果发现坏处比好处多，拿去砍头就是了，算起来，没什么大事！"

刘彻吞了一块软软的小糕饼脸上露出一丝微笑，亲亲闺女娇嫩的面颊道："也是，下一次点燃烽燧的时候，诏群臣一起来看，以正视听！"

阿娇轻轻鼓掌道："让那些多嘴多舌的傻蛋们看看，我夫君也能轻易地炸碎一座烽燧！"

刘彻有些难堪的道："这样做不好吧？"

阿娇理直气壮地道："有什么不好的，我就不信云琅敢到处去胡说八道！"

刘彻笑道："他确实不敢！"

推荐都市大神老施新书：

第二十三章门阀的起源

云琅哪里敢啊！

苏稚的脸已经很臭了，抱着银罐子已经盯了云琅很长时间了，眼睛里已经有泪水在积蓄，马上就要从眼眶滚落。

宋乔偷偷地瞟一眼丈夫，然后就拖着准备看热闹的闺女下了楼阁。

只有老虎不知死活的凑到苏稚身边，趴在地上吐舌头喘气。

"你的钱变少了，不能怪我吧？"

云琅从身上掏出所有的积蓄，放在桌子上。

苏稚立刻就把桌子上的小金锭，金币，金瓜子，还有六七个银币装进了她的银罐子。

然后又抬起头怒视着云琅，就像是在看一个小偷。

云琅掏出空空如也的钱袋丢在桌子上道："你看，我真的没钱了。"

苏稚又从空空的钱袋里抖出两枚金瓜子，重新装进银罐子，这才吃力的抱着罐子走了。

不一会，就端着一盘子刚刚出锅的热油糕殷勤的伺候云琅吃东西。

似乎刚才嚷嚷着钱短少了的人不是她。

"我听说你四天前去了一趟长安，给卫皇后以及宫里的两位太妃看了一次病，得了不少的诊费，为什么还要讹我的钱啊？"

油糕很热，放进嘴里犹自滋滋作响，很影响云琅说话。

"你不给我家用！"

苏稚的话说的很肯定。

"没有么？"

云琅抓抓脑袋疑惑的问道。

"回来的第二天，你就让六个仆妇抬着步辇把我送进南边的小楼里，我们就成了夫妇，什么时候给过我钱？"

"这种事难道不该是你师姐管的事情吗？"

苏稚委屈的靠在云琅怀里抽泣道："总要你发话，师姐才能给我例份钱啊。"

云琅转身四处找宋乔，却没有看见，探出脑袋看楼下，才发现宋乔正在给家里的仆役们发钱。

"你是家里的主人，用不着发钱吧？没钱了就去拿就好，钱库的钥匙你又不是没有。"

"钱库里的钱都是家里的，妾身的脂粉钱没着落，去皇宫里跟太妃们闲聊，还被笑话。"

"哦，明白了。"

云琅终于弄明白了事情到底是怎么回事了。

根子出在宋乔的身上，这婆娘现在开始学长安大户人家用制度来管理家庭了。

给苏稚多少钱无所谓，只是一定要云琅订立一个规矩，一个大家庭不能再像以前那样过的稀里糊涂的。

尤其是现在，家里的产业日渐繁杂，不再是从地里刨食吃的人家，不论是桑蚕，还是鸡鸭牛羊饲养，都是一笔笔很大的收入，再加上家里的十几个作坊，早就足够组建托拉斯的，这时候再用小作坊的管理方式是不行的。

尤其是苏稚进了一回皇宫就认为自己已经掌握了大汉最先进的家庭管理经验，而且算准了丈夫是一个懒蛋，这是变着法子要权呢。

想明白了，云琅就变得长气的多，手探进苏稚的袖子里摸出两锭小巧的金块揣怀里，顺便又抓了一把苏稚丰盈的臀部，然后在上面拍了两巴掌道："我才不管你们在家里如何作威作福呢，只要底下人没有怨言，你们爱怎么办就怎么办！

耶耶马上就要封侯了，要是再管家里的那点钱粮不够丢人的。"

从云琅这里得到了准信，苏稚立刻眉花眼笑，在云琅的脸上啄了一下，就匆匆的下楼了，云琅看见她们姐妹两把脑袋凑在一起嘀嘀咕咕的。

看着家里那些等待吧领钱的仆妇，仆役们，云琅觉得他们很可怜，以前他当家的时候，只要手头有钱，就喜欢随便抛洒一些给家的下人，下人们也习惯了家主没事干就发钱的性子。

现在，两个婆娘觉得这不是持家之道，准备要改革一下，估计他们以后的日子不会好过。

不过呢，云琅不是很喜欢用制度去管人，虽然说这样的做法其实才是正确的，云琅就是不喜欢。

他喜欢面对面的处理人际关系，而不是用制度，大汉是一个人情礼法社会，很多时候人情要比制度来的温暖，虽然这样做会滋生很多的弊端，施行起来却暖心暖肺。

霍去病的老婆在霍家成为长乐冠军侯之家后，做的第一件事情就是整顿门风，这是一个门阀将要出现的预兆，也是霍氏在向大汉所有的勋贵们宣布，霍氏家族开山立柜了。

如今，云氏家族也要宣布⋯⋯"门阀家族对一个皇朝来说，基本上是有害的，尤其是对于皇朝的稳定极为不利。

一旦成为门阀了，一个大家族就会走上一条快速发展的道路，并且会一直坚定不移的走下去，终究一天，家族的前进步伐要快过国朝，这个时候，就会出现矛盾。"

云琅坐在书案后面，面对一个刚刚开始梳拢发髻的小小少年侃侃而谈，而那个小少年也听得津津有味。

"出现了矛盾会怎么办呢？"霍光非常的好学。

见霍光问到了点子上，云琅嘿嘿冷笑道："那就到了比试实力的时候了，不是东风压倒西风，就是西风压倒东风，中间没有妥协的可能，因为大家都知道。谁要是率先认输，谁的下场就将士毁灭，彻底的毁灭！"

"大家族该是怎么形成的呢？"

云琅笑道："这段时间你可以去你哥哥家看看，然后再跟着你师娘看看她是怎么管理家事的。

最后想好了，再来找我讨论什么是家族，什么是门阀，以及家族，门阀对国朝的影响。"

"弟子知道了。"霍光收拾好书包，跟云琅见礼之后，就匆匆的下楼了。

他一天的时间非常的紧张，不但要跟着司马迁学史，跟着东方朔学文，还要跟着家里的三位先生弥补基础课业，不仅仅如此，云琅只要有空还要对他进行言传身教。

至于击剑，骑术，射箭这样的功课更是被严格教导，真正算起来，霍光的日子过的比后世的补课孩子还要惨一些。

不过呢，这家伙小小年纪就已经显露出了强大的自控能力，虽然每天从天不亮一直忙到大黑，却乐此不疲，每位教授霍光的先生都对这个孩子的表现非常满意。

只有云音不满意，霍光刚刚下楼就被云音给捉住了，一定要他陪着她一起骑老虎。

云琅回家一个月了，老虎在没有继续吃熟肉的情况下，正在慢慢的恢复他兽中之王的本色，即便是驮着云音跟霍光两个人，也来去如飞。

一场大雪落下来，立刻就冻结了人类大多数的活动，云氏家族也进入了猫冬环节。

这个时候的云家是最温馨的时候，等着过年狂欢的仆妇，仆妇们已经开始装点云氏了。

居住在云氏山居里的何愁有依旧孤独。

老家伙是一个孤僻且骄傲的人，宁愿一人待在清冷的山居里，也不愿意踏进热闹的云氏大宅。

很多时候，他跟太宰都是同一类人，孤独对他们来说可能也是一种享受。

看得出来，老家伙在努力且坚强的活着，自从祭奠完毕故人之后，他就在努力的吃饭。

每天虽然不至于饭一斗肉十斤，也差不了多少。

因此，当云琅提着一瓦罐肥美的炖肉走进山居的时候，何愁有的笑容很是灿烂。

"家里闹得慌，在您这里躲躲清闲。"

云琅将依旧滚烫的炖肉放在桌子上，又从食盒里取出几样精美的绿菜，摆好了盘面。

"炖肉就该全部是肉，添加豆腐白菜做什么？"

瓦罐里的炖肉味道很香，添加了两样素菜之后，何愁有依旧很不满意，他是一个很纯粹的食肉者！

"意志把很多东西强加给了身体，而身体有时候又会做出自己的反应，美食一道，应该没人比我更加的精通，五味的调和更是一门高深的学问，何公，品尝之后再做论断！"

推荐都市大神老施新书：

第二十四章何愁有说始皇陵

何愁有嘴上说肉食好吃，真正开始吃饭的时候，却更喜欢炖的稀烂的白菜以及豆腐。

他毕竟已经老了，不再是大块吃肉，大碗喝酒的时候了……不知为何，看着何愁有狼吞虎咽的模样，云琅有些莫名其妙的哀伤。

"你为何不吃？"吃的酣畅淋漓的何愁有突然抬起头问道。

"我喜欢吃醋溜的白菜。"

"吃多了烧心。"

"今天带你去看一些故人如何？"

何愁有停下手里的筷子疑惑的看着云琅道："还有没死的？你该全部杀掉才好。"

"死了，留下来了很多遗骨，我想让他们重生。"

何愁有用筷子搅搅瓦罐，从里面找出最后一块豆腐放嘴里，慢慢吞下去之后，才寂寥的道："死了，就活不过来了。"

云琅叹息一声道："换一种方式活着，你只要别埋怨我自私就好。"

何愁有沉默片刻张嘴道："去看看也好……"

云琅把手指放进嘴里打了一个响亮的唿哨。

正在陪云音玩耍的老虎，耳朵抖动了一下，就抖抖身子，把云音从身上抖下来，然后就从二楼平台上纵身跃下，直奔始皇陵。

被摔倒的云音气呼呼的爬起来，抓着宋乔的裙摆指着老虎远去的方向告状。

宋乔抱起云音，娇笑着逗弄云音径直去了楼里。

老虎找到云琅的时候，他跟何愁有两个人已经踏上了那条许久都没有走过的小路。

小路伴着溪流，沿着小溪溯流而上，走了半个时辰就到了那座不算大的山谷。

溪水汨汨的从石壁的缝隙里冒出来，汇成了一个不大的池塘，池塘水如同一汪玉液清澈至极。

池塘边已经开始结冰了，白色的冰层正在向池塘中间弥漫，几尾青黑色的杂鱼在水中闲逛，忽东忽西的让人难以捕捉。

老虎低头在水池里喝了一点水，就蹲在地上瞅着不说话的云琅跟何愁有。

过了很长时间何愁有才淡淡的道："这里是屯兵护卫皇陵的好地方。"

云琅道："本来就是陵卫们的驻扎地点。"

何愁有瞅着平坦的山谷摇摇头道叹息一声道："竟然荒凉至此。"

"云家的三千亩地就是从这里开始的，我以前还很担心这里会被陛下赏赐给别人，最后竟然便宜了我闺女，所以啊，这里也是云氏地界。

这样的地方，还是荒凉些好，那些陵卫们估计也不喜欢被人打扰。"

何愁有四处张望片刻，然后就纵身一跃，攀上了石壁，熟练地搬开一块石头，拉住里面的铜环，用力拖拽了一下，石壁就震动一下，缓缓地开启了一道门户。

"公输家在机关消息一道上，确实了不起，可惜，被始皇帝杀掉的太多了，又被二世皇帝剿灭了一部分，如今，很难再见到这样宏伟的机关消息了。"

云琅走进那道门户，熟练地从石壁上取下一根火把，用火折子点着，见火把的火苗燃烧的很旺，就拖拽了一下内壁上的一道铜环，那道洞开的大门就缓缓地关闭了。

"这其实是一个重力系统，说穿了没有什么好神奇的，石门上有配重，只需要很小的力量差就能拉开沉重的石门，这在我西北理工称之为杠杆作用。"

云琅说着话就点燃了火绳，火焰沿着火绳攀援而上，不一会就照亮了整座山腹。

"你的老朋友在那边！"

何愁有顺着云琅指引的方向看去，只看到满地的尸骸，跟列阵如大军的泥俑。

他只看了片刻，就转过头看着云琅道："你要把这里的尸骸都制作成泥俑？"

云琅点头道："这事太宰最后的遗愿，我无论如何都要完成。"

"太多了些。"

云琅笑道："这是一个水磨工夫的活计，而且只能由我一个人来干，所以啊，我这一辈子都不会清闲下来，估计等到你老死的时候，我的手艺就会非常的娴熟，要不要给你留一个位置？"

何愁有摇摇头道："我是汉人，也是汉臣，不会留在秦墓中，更不会去统领秦国的幽冥大军。"

云琅拍着湿冷的石壁叹息道："人的一生啊，有时候真的是太无聊了。"

何愁有冷笑道："他们把自己的一生奉献给了始皇帝，那是他们的无上荣耀。"

云琅摇头道："我不喜欢替别人守墓！"

"你现在做的事情不就是守墓吗？"

"你弄错了，如果这座大墓里面没有太宰的安眠，我会以极大的热情来研究一下这座陵墓！"

"始皇初继位，穿治骊山，及并天下，天下徒送诣七十万人，穿三泉，下铜而致椁，宫观百官奇器珍怪徒藏满之。

令匠作机弩矢，有所穿近者辄射之。

以水银为百川江河大海，机相灌输，上具天文，下具地理。以人鱼膏为烛，度不灭者久之。

这些话并非机密，所知者不是没有，而是大家都不愿意说而已。

你守墓，那些知情者只会帮扶与你，你若有其余的心思，哼哼哼，如果始皇陵里面的陪葬之物，有一件外泄，你这个守墓人将会首当其冲。"

"所以，我把所有的墓道都烧毁堵塞了。"

"堵塞？你确定你看到了始皇陵的全貌吗？

当年，始皇帝五十大寿之时，丞相李斯向他报告说：我带了七十二万人修筑骊山陵墓，已经挖得很深了，连火也点不着了，凿时只听见空空的声音，好像到了地底一样。

始皇帝听后，下令"再旁行三百丈乃至"，这些话是我恩师亲耳听闻，不会有差！"

云琅极力思索一下自己在地底的见闻，想起那座黑色的玄宫，又想起那道流沙河，再想想玄宫广场上数之不尽的灯笼，他有些拿不准，自己见到的到底是不是始皇帝的棺椁。"

"哼，你才知道多少，以始皇帝雄才大略的性子，你认为他真的愿意把自己的身后事全部交给太宰一门？

你认为始皇帝真的会相信太宰一门愿意永永远远的守卫他的陵寝。

你知不知道，这地下的江河湖海尽数都是以水银制成，在这地下，又有地热蒸腾，驱动水银江河缓缓流动，而始皇帝的黄金棺椁漂流在水银河上，随着水流继续巡视他的冥国江山。

一旦外人入侵，不等找到始皇帝的棺椁，就会江河崩坏，整座始皇陵就会坍塌，毒气外泄，不论有多少人在开挖始皇陵，都是自寻死路。"

云琅的嘴巴张的如同河马一样……何愁有鄙视的瞅瞅云琅又道："你太小看一个国家的力量了，你也太小看百万人数十年的劳作了，一座能够导致帝国崩坏的陵墓，岂能让你一人就得窥全豹！"

云琅担忧的瞅着脚下的地面，良久沉默不语。

他忽然发现，自己选择的居住地方并不算是什么好地方，因为，按照何愁有所言，自己家岂不是正好处在一座水银矿上？而这座水银矿还有地热在不断地加热……不行，云家以后生产的粮食，最好全部卖给皇家吃，自家还是吃远处庄园出产的粮食比较好！

喝水还是喝从骊山上流淌下来的泉水比较好，总之，跟着始皇帝的人，哪怕是自己这个后来者，也需要小心谨慎！

即便是后世，关中之地的人也多出大黑牙，很可能就是因为……这让云琅万分紧张。

向来少话的何愁有在这座陵卫大营里，就显得非常激烈，云琅不知道他在掩饰什么，总之，直到云琅开始动手浇筑泥俑的时候，他才变得平和下来，跟云琅一起劳作。

他的动作非常的轻柔，似乎担心手重了，会惊醒那些沉睡的亡灵。

//

天才一秒记住本站地址：。手机版阅读网址：

第二十五章刘彻的谋略

让何愁有帮他给亡灵穿衣服，其实就是一个把何愁有拖下水的一个举动。

在这件事上，云琅考虑了很久，既然这个老宦官早就知道有太宰一干人等的存在，那么，始皇陵对他就没有什么秘密可言。

陵卫大营里的一番话，彻底证明了云琅的猜想，始皇陵之所以能从一个光芒万丈的盖世工程最终消亡的无人知晓，这里面就有何愁有一门的功劳。

有了这个老家伙的帮忙，云琅平日里要忙一整天才能把六个模具装满泥巴，这一次，他只用了一半的时间。

跟老虎一起站在水塘边上，看何愁有小心的伪装好了那块机关石，云琅就更加的放心了。

回到家里，云琅首先抱过闺女，让她张大了嘴巴仔细的观察她的乳牙。

还好，孩子的牙齿没有任何问题，洁白且有光泽，观察完毕了还狠狠地咬了云琅一口，很痛，这说明孩子的牙齿很坚固。

掰开宋乔的嘴巴，宋乔还以为云琅要干什么，娇羞的不可方物，后来发现云琅没有干别的，就是在看牙，就有些失望，也狠狠地咬了云琅一口，比云音咬的轻多了。

苏稚的不用看，昨晚刚刚舔过，口气清新不说，还……梁翁的嘴巴云琅自然是没兴趣看，一嘴的黄板牙，属于没救的那种，倒是刘婆的牙齿还算整齐，没有云琅想的那么糟糕。

在看过很多人的牙齿之后，云琅就得出来了一个结论，那就是越是出身富贵的人家，牙齿就越好，越是出身底层百姓之家，牙齿就越是糟糕……该死，本来就该是这样的一个结论！

曹襄对云琅喜欢掰开人家嘴巴看牙齿的怪癖非常的不理解，问了，云琅也不说，直到云琅掰开霍去病的嘴巴看过牙齿之后，这家伙才停止了这一怪癖行为。

"看来，云家出产的粮食，应该是安全的！"

云琅没头没脑的说了这句话。

"谁家粮食能毒死人？"

曹襄觉得云琅最近因为封侯的事情，已经快要疯掉了。

"那是因为格物学还没有大行于世，等到格物学被研究到深处，你就会发现，粗粮跟青菜才是最适合我们的健康食物。"

181

"你是说那些整日里吃糠咽菜的人比我们活的长久？"

曹襄指着正在原野上背煤炭的那一群人道。

"理论上是这样的，只是他们太爱积劳成疾了，所以才活不过我们。"

"我还是比较喜欢吃肉！"

"所以左丘明才说肉食者鄙！"

"你的意思是全天下人都该吃菜？"

"对啊，要不然那么多的白菜怎么吃得了啊。"

曹襄看着云家摆在蚕房里的白菜感慨一声道："看着这些白菜，我明其妙的心安啊。"

霍去病从一眼望不到边的白菜堆里抽出一颗白菜，剥下一片白嫩的叶片，放嘴里吃一口道："好东西！"

李敢叹息道："冬日里吃青菜，我以前只能在梦里想想，我父亲偶尔能在冬日里给我母亲几把陛下赏赐的嫩韭，我母亲就会把嫩韭剁的细碎，添加芥末之后，让我们一点点的吃。"

曹襄笑道："这些白菜到了元夕就该价比黄金！"

云琅摇头道："不会的，马上就会放出去一些，元夕之时只有少部分供应。

以我们的家世，要是再一头钻进钱眼里，没好处的。"

曹襄笑道："也对，怎么也要供上我们这些人家先吃，百姓们在市场上也能买到一些，应该没人说我们的闲话。"

"当初我老婆在地里种了这么多的白菜，官府还特意过问了，还有御史弹劾了我家，后来发现从长门宫种了更多，这才让那些御史闭上了嘴巴。"

"等我履职司农寺少监之后，我们几家都能种这东西了，我就不信，还有谁再敢多嘴。"

"白菜无所谓，这东西终究会种的满世界都是，价格自然会降下来，家里其余的几种菜蔬也留足了种子，其中冬瓜的培育是重中之重。

云家用了四年时间，才把这东西的产量给提上去了，如今单一的冬瓜最重的已经有十五斤，如果种在田间地头，多少有些收获，也能给农夫们多打一些粮食。

都说瓜菜半年粮，可不敢小看了这些东西。"

霍去病见眼前就有一颗人头大小的冬瓜，抱起来掂量一下道："种在富贵人家可惜了，农户才该多种。"

"这就要看阿襄这个新近就要上任的司农寺少监了，云家种出来了，就看他如何把这东西推行天下。"

"总归是要从勋贵们开始的……"

四人说说笑笑的离开了云氏的蚕房，曹襄显得非常兴奋，他觉得云家已经把东西弄出来了，自己只要大力推行一下就成，不算什么难事。

刘彻的面前摆着一堆蔬菜，其中以白菜，冬瓜最为抢眼，而胡萝卜还带着缨子，似乎并未枯萎，依旧碧绿。

阿娇嘴里咬着一根胡萝卜冲着刘彻吃吃笑，刘彻没好气的瞪了阿娇一眼，拍拍那个硕大的冬瓜道："能把这东西养的这么大，云氏看来是下了苦功的。"

阿娇"嘎嘣"一声就咬断了胡萝卜，一边吃一边指着那堆菜蔬道："您以为云氏在意受降城立下的那点军功，这些东西才是云氏跟您要侯爵的依仗。

年年打仗，总是影响种地，依靠妇人孺子能种多少粮食？

总要出来一些容易种，而且出产多的粮食，就算家里没粮食了，吃这些东西也能活命。

云琅还说，如果陛下能下大力气在大汉推广云氏的种植之法，只需三五年，大汉就不会再有饥馑之忧。"

刘彻从阿娇手里接过半截胡萝卜，咬了一口细细的品尝，良久才道："诏命云琅进鸿胪寺学礼！"

阿娇笑道："这就是了，我大汉从不亏欠功臣，皇家的爵位虽然金贵，却不吝惜赏赐功臣。"

刘彻继续对身后秘书监官员道："着何愁有常驻云氏，凡有新粮必须上报。

着张汤兼任富贵县督邮。

着富贵县县令应雪林在上林苑辟地万亩，试种新粮。

着司农寺左少监曹襄，司农寺右少监云琅，在关中一十六县遴选试种之地！"

阿娇惊讶的道："如此一来司农寺老倌儿宽可就被您架在火上烤了，那个敦厚的老倌可不是曹襄，云琅这两个皮猴子的对手！"

刘彻笑道："无妨，儿宽的心思全在六辅渠工地上，云琅，曹襄他们想要司农寺，朕不是一个小气的人，那就把司农寺给他们。

他们要钱粮，朕给，要人，朕给！

等到朕问他们要粮食的时候，他们拿不出来，哼哼哼，那就休怪朕无情了。"

阿娇瞅着刘彻严肃的面孔小声道："以前大司农可是掌管我大汉钱谷，水利等各种权柄的地方啊。"

刘彻笑道："拆分一下，钱归桑弘羊，水利归儿宽，只有谷粮归云琅，曹襄！"

阿娇噗嗤一声笑了出来，好半晌才止住笑意指着刘彻道："您这样剥离大司农权柄，不知云琅，曹襄他们知晓之后，会不会暴跳如雷？"

刘彻淡淡的笑道："如果他们一心为国，一心只想着多产粮食，那么，这就该是对他们最好的安排！

如果还有别的心思，或者一心想着把持权柄，自然就没有种粮食的心思，那时候，怎么处置他们也是罪有应得，朕这样做可不算是不教而诛了吧？"

阿娇点头道："既然这两个孩子都是干净人，那就不要给他们干不干净的事情。

粮食总归是要吃进肚子里的，干净人种的干净粮食，我们吃起来也放心。"

刘彻笑道："正是此理，朕要的就是让他们一门心思的去种粮食，不参与朝政，如此，才是长久之道，希望他们能理解朕的一片苦心。

说起来，对这几个少年，朕，真的很喜欢！"

推荐都市大神老施新书：

第二十六章 魔窟

刘彻的这句话云琅没听见，如果听见的话，他的心底会发凉。

因为据他所知，凡是被刘彻喜欢的人除过卫青病死之外，基本上没有一个得善终的……包括被他宠爱到了骨子里的韩嫣！

韩嫣就在鸿胪寺，而且非常的不得志。

当云琅踏进鸿胪寺大门的时候，负责迎接他这位将要当侯爷的人恰好是鸿胪寺少卿韩嫣。

这是云琅第一次见到这位大汉第一美男子。

还以为这该是一个堪比美女的美男子，一见面才知道这是一个极其爽朗的青年男子。

没有如同云琅想象的那样涂脂抹粉，更没有扭着水蛇腰来恶心人。

站在阳光地里气宇轩昂，一举手一投足无处不显示着大汉的风华。

"早就听说云司马乃是我大汉难得的好儿郎，闻名不如见面，今日一见足慰平生！"

云琅抱拳施礼道："韩少卿莫要宠坏了云琅。"

韩嫣哈哈一笑就拉着云琅的手道："小辈人中，就你跟霍去病是最拔尖的，先前去病儿获封长乐冠军侯，某家还疑惑为何不见云郎，没想到，才一转眼的功夫，永安侯的爵位就已经落在了云氏的头上。"

云琅心中暗暗赞叹，一个人给别人留下的第一印象实在是太重要了，就这一场开场白，如果云琅真的是一个毛头小子，这会已经感激涕零了。

馆陶公主的面首董偃给韩嫣提鞋都不配啊，这就是云琅对韩嫣的第一观感。

韩嫣的手很干燥且温暖，这就是一个男子汉的手，那里是有半点狐媚子的感觉。

不过，云琅还是不着痕迹的把手从韩嫣的手里抽回来，指着远处巍峨的殿堂道："那里就是宣礼殿？"

"正是，云郎从今日起，要在这座殿堂中修习大汉礼法，明心知典，而后才能授爵。

眼看着你一个个年纪轻轻就已经获封侯爵成为国之柱石，真是让某家汗颜啊。

有时候也想抛却蝇营狗苟的想法，豁出去骑上马去为国征战一次，也弄个马上封侯，终究是丢不下已经取得的一点小富贵，惭愧啊，惭愧！"

云琅连连摆手惭愧的道："少卿那里的话，云某侥天之幸才立下些许微功，陛下不以云琅卑（bē i）鄙（bǐ），简拔于微末之中。

能有今日之殊荣，云琅已经感激涕零，此生唯有粉身碎骨以报陛下知遇之恩。

少卿再说云琅立下的那些微薄苦劳，以为谈资，真真是羞煞云某，只是陛下喻令已下，云某不得不愧领皇恩，尸位其上，还请少卿来日多多教导，免得云琅有负皇恩。"

韩嫣笑着听完云琅的自贬，哈哈大笑道："来日方长，今日不过是雏鹰展翅之时，待他日雄鹰扶摇九万里，世人当知陛下法眼无差！"

眼见韩嫣似乎放过了自己，云琅偷偷抹了一把汗水，跟在韩嫣背后向宣礼殿走去。

还以为会在这里见到大鸿胪薛泽，没想到端坐在殿堂上的人却是宰相公孙弘。

云琅踏进了大殿，公孙弘就摆摆手，韩嫣躬身退出，就听公孙弘温言道："薛卿，去为陛下督造大墓去了，就由本相代他宣讲。"

云琅连连拱手道："此乃云琅之幸事。"

公孙弘摇头道："幸事未必，听老夫讲完你再说幸事二字不迟。"

云琅赶紧跪坐在一张蒲团上道："下官洗耳恭听。"

公孙弘喝了一口水道："董仲舒董师两年来一直在潜心研读你西北理工之法门，据说已经小有所得。

据董师言，你西北理工之法门看似粗鄙，实则妙用无穷，对天地人三道之理解依然超越了古人。"

"啊？"云琅不由得长大了嘴巴，他很惊讶，他确实很惊讶，还以为以董仲舒那个死板的性子，哪里会对后世的一些学科有什么好感。

万万没想到，他竟然对后世的一些见解跟学问如此推崇。

公孙弘说话极为简洁，摆摆手道："没有什么好惊讶的，儒家之所以能成今日之儒家，就是因为有博采众长的胸怀，儒，法，道，阴阳，哪怕是墨家那些离谱的学说，我儒门如何用不得呢？

你西北理工的学说深奥难解，十一位博士正在精研，每看一次，都会有新的心得，最重要的是，你西北理工的学说，以及法门都是一些前所未有的新见解。

其中济世之道正是我儒家所缺少的，如今正好有时间，我们可以好好地辩论一下，十一位博士心中有无数的疑问需要你来解惑。"

云琅面如土色，好久才道："我是来学习礼法的。"

公孙弘笑道："有十一位博士可以证明云氏已经是礼仪之家！谁还会再问此事？

好好应对，如果你西北理工的法门可以融入我儒家，正是可以阐扬千秋万代的功业，不可错过。"

公孙弘是刘彻手下最后一个真正用有权柄的宰相，一言可以让人升天，一言也能让人入地，宰相之威，在这一刻表露无遗，根本就不给云琅任何辩解的机会，把话说完了，就被几个人抬着离开了宣礼殿。

云琅孤零零的坐在宽大的宣礼殿里，只觉得寒气直冒，十一个博士，这是云琅第一次面对大汉的智囊团。

他只希望这些人不要如同传说中的那样，各个都有经天纬地的才能，以及可以颠倒黑白的辩才。

勉强压住狂跳的心，云琅又有了论文答辩之前的紧张状态。

一个黑袍人抱着一卷书从帷幕中走了出来，来到云琅面前，啪的一声将七八斤重的竹简丢在云琅面前，盯着云琅局促的目光安稳的坐了下来。

看得出来，这位在竭力压制自己的怒火，起伏不定的胸膛，起伏的越来越厉害，看样子怒火早就在他的心头积蓄，只是看到正主之后再也压制不住了。

果然，黑衣长衫儒士重重的一拳擂在桌子上，然后咆哮着冲云琅吼道："别的先不说，你先给老夫解释一下，在你西北理工的学说中，为什么人是猴子变的？"

云琅的心猛地一跳，他想不起来，自己何时把《物种起源》的简写本拿给别人看了。

从地上捡起那些竹简，云琅悄悄地瞅了一眼书名，皱着眉头道："这本是乃是我西北理工的一位师兄的游戏之作，一直秘藏于云氏书房，为何会在阁下的手里？"

黑衣人喘着粗气回答道："自然是有使者从你家中取来的！"

云琅愤怒的站起来吼道："啊啊啊，不告而取谓之贼也，你们怎么能这样做？"

黑衣人冷笑道："你西北理工说是同意融汇进我儒家，却又遮遮掩掩是何道理？

你以为拿出一些粗浅的《农书》，一些粗浅的《算学》，一些粗浅的《格物》，一些《医书》，以及一本漏洞百出的《政治经济学》就能让我儒家接纳你西北理工学说吗？"

云琅怒道："你偷东西居然有理了。"

黑衣人冷笑道："为了学问，杀人都是寻常事，偷盗算的了什么。"

"孔夫子不是这样教导子弟的，他讲究君子之道温润如玉，讲究渴不饮盗泉之水，饥不食嗟来之食，才过去了多少年，你们就变成强盗了。"

　　黑衣人看着云琅狞笑道："我与其他人不同，我师从盗跖，事事反孔子而行，当年孔子渴不饮盗泉之水，却不知我师盗跖因偷盗而活人无数。

　　我们存在的目的，就是为了证明这世上的黑白是可以颠倒的，这世上的阴阳是可以颠倒的，只要胸中有大善，些许小恶无足轻重！"

　　"啊？"

　　云琅的嘴巴再一次张的如同河马一般……

第二十七章河马的嘴巴

博士，云琅见过一些，在很久以前，他见过的博士更多。

大汉的博士地位比较超然，在以前也是，始皇帝活埋了几个博士，结果，以他帝王至尊，都被后人咒骂了好几千年。

刘彻晚年一怒之下把一个结巴博士弄去守烽燧，结果被匈奴人给杀了，这事，依旧成了刘彻心理黑暗的代名词。

在大汉，一个人在某一方面的才能让皇帝称道，才能被皇帝亲自延请为博士。

由于这个结果，云琅对大汉的博士一向比较尊重，在这个时代，能被称之为博士的人，没有两把刷子是混不到这个名头的。

只是眼前这位像强盗多过像文士的博士，让云琅无论如何都接受不了。

黑衣文士宣泄过一阵子之后，终于变得有些平和了，坐在云琅对面道：”除过猴子，这里面说的“物竞天择适者生存”的道理某家倒是颇为欣赏。“说着话还叹息一声道：“老夫总要从糟粕中寻找金子，却不知在找到金子之前，老夫呕吐了多少次。”

云琅好不容易从混乱的大脑中理出一点头绪，用指节敲着桌子问道：“你相信女娲造人之说么？”

黑衣人皱眉道：“上古太远，终不可查，老夫只能选择一种可以接受的传说，当做真实！”

云琅点点头道：“这样说也未尝不可，既然女娲用泥巴造人你能接受，为什么就不能接受人是类人猿进化来的呢？

你总不能只凭借主观就相信一种可能，而不相信另外一种可能吧？”

黑衣人笑道：“姑妄言之，姑妄听之！”

云琅站起身，缓缓来到黑衣人身边道：“好一个姑妄言之，姑妄听之，现在我们两个是不是该论一下你跑我家偷东西的事情了？”

黑衣人的眼神一凝，刚要动作，就觉得脑袋被重物重重的砸了一下，眼前金星乱冒，他的双手胡乱挥舞着想要抵挡，却不防脑袋上有挨了重重一击，高大的身子摇晃了两下，就栽倒在地上。

云琅从袖子里取出刚刚藏起来的青铜壶重新放在桌子上，用脚踢了一下盗跖传人，然后冲着帷幕怒吼道：“还有谁？”

帷幕缓缓拉开，一个白胡子黑衣人一边摇头一边对云琅道："东篱子一生精研盗术，常言大盗可盗天下，小盗可得温饱，盗术运用之妙可平天下贫富，皇者有盗术在手，可垂手治天下，人臣有盗术在手，牧民而无蜂起之忧，百姓有盗术在手，可与天地争衣食，与帝王争权，与商贾争利，如此，方可形成大争之世，而后，所有纷争者终会形成微妙的平衡，继而开万世太平！"

"养蛊之术？"

白胡子黑衣人笑道："正是如此，道理自然是粗浅的，只是，就如同你方才所言，这世间的道路有万千条，不能因为只相信一种而放弃另外一种可能性。

东篱子的行为粗鄙，可是道理到了极尽处总是有相通之处的。

想当年，诸国春秋争霸，战国争雄，岂不就是东篱子所言的大争之世？

那时候战乱不绝，人人为刍狗，人命如草芥，既然野心家可以盗尽天下，为何百姓不能掌握盗术呢？

这世间，锋利的长矛遍地都是，百姓总要找到一面盾牌护身吧？而东篱子这些年就在行脚天下，向天下人传播他的盗术，他希望百姓能学会盗术，自保，平心而论，他是在鼓励百姓入世，通过自己的智慧，自己的方式为天下人谋福利。

当百姓掌握了盗术之后，天子就不敢横征暴敛，勋贵们就不能肆意鱼肉。

纷乱终究会平息，争到了极致，争，未必不是一剂救世良方，秦天下总比松散的周天子羁縻天下更加稳定，这就是明证！

这就是东篱子为何崇信盗术的原因，此道非彼盗，两者应区分来看，不可一概论之。"

听了白胡子黑衣人一番话之后，云琅觉得自己好像被洗脑了，因为他忽然觉得，这家伙说的话好像很有道理的样子。

"不对，规矩，规矩很重要，我们不能人人都给自己制定律法，那样的话，我们的世界就会成为野兽的世界。

鼓励百姓自保是好的，鼓励百姓知道反抗也是好的，只是，他不能跑到我家偷东西！

这，无论如何都是不对的！"

白胡子黑衣人大笑道："云郎可以把他的行为认为是一种抗争，是一种均贫富的行为。

毕竟，谁叫你将真正的好东西都藏起来秘不示人，独享高深学问的好处。

区区三五年，你云氏就凭借那些高深的学问成为了长安巨富，而天下百姓依旧困顿。

你做了初一，就不要怪东篱子做十五！

当他从你家的学问中发现了物竞天择适者生存的道理以及一些证据之后，就欣喜若狂，认为，如果没有猴子变人这个谬论，这绝对是天底下最好的道理！"

云琅觉得自己跟这些疯子没有任何共同语言，因为他们的人格中，有学问，有朝廷，有天下，唯独没有个人，甚至没有自己，这是一群非常可怕的人。

嘴炮云琅见多了，可是，真正把自己的嘴炮践行天下，并且努力让他从虚无走进现实的人那就太可怕了。

"你又从云氏学说中学到了什么东西？"

白胡子黑衣人从背后拿出一个黑板，上面用白粉工工整整的写着一串数字——0123456789。

白胡子拍着黑板以崇敬的目光看着云琅道："这些字符就是黑夜中的一道闪电，是我迄今为止见到的最好的学问。

西北理工的学说不论其它，仅仅是这些数字字符，就足矣光耀万世。"

云琅骄傲的点点头道："确实不错，这是我一位姓巴的师兄臆造出来的，后来经过很多年的整理，才成了你见到的模样。（阿拉伯数字的发明者为古印度数学家巴格达，公元三世纪出现，现在，是云琅姓巴叫格达的师兄所创）"

"如今安在？老夫渴欲一见！"

"没了！"

白胡子黑衣人似乎早就知道这个答案，只是抱着万一的侥幸态度问云琅的。

如今得到了确实的回答，显得极为伤感，抱着黑板喃喃白语道："天妒英才，贼老天从不给真正需要寿数的人足够的寿数，倒是老夫这种酒囊饭袋偏偏不得死……"

这是一位真正的学问家，比那个该死的东篱子强出太多了，很符合云琅对学问人的看法，遂拱手问道："不知先生大名……"

白胡子黑衣人挥挥衣袖道："令师兄皓月当空，吾辈萤火之光何足道哉，区区名姓记他作甚！"

说完，站起身抱着黑板就走了，连多说一句话的心思都没有了。

东篱子呻吟着翻身坐起，用手捂一下脑袋，缩手回来却看到了一手的血，不确定的问云琅："是你打的？"

云琅点点头道："贼来需打！"

"偷学问也叫偷吗？"

云琅怒道："你偷走也就是了，偷走了还来我跟前夸耀，指摘，说我家的学问不好，我不打你打谁？"

东篱子一把抓住云琅怒道："你书房里的书卷已经堆积到屋顶上了，老夫手脚轻盈，也被你看护书房的灵兽发现，如果不是你家灵兽痴肥，行动不便，老夫想要活着回来都难。

似你这种自私自利之辈，守着天下学问密不外泄不为世人所知，你才是真正的文贼！"

云琅一把推开东篱子大叫道："等我回家，我就把那些破烂一把火全烧了，让你们偷无可偷！"

东篱子怒眼环睁颤声道："你欲焚书？"

云琅大吼道："有何不可，反正都是我的，我烧了关你屁事！"

东篱子颓然跌坐在地上，半晌才对云琅道："我要是死了，你是不是就不用焚书了？"

"啥？"

云琅的嘴巴再一次张的如同河马一般！

推荐都市大神老施新书：

第二十八章危险的东篱子

"笃……笃……笃"

云琅的箭法很好，总能把羽箭送到靶子上。

"十五步啊，这是老夫见过的最近的射箭距离，以及最大的靶子！"

云琅怒视说话的闲人。

一个同样穿着黑衣的博士背着手站在阳光地里，满脸的不屑之色。

"这样做是为了培养我的继续射箭的信心，如果每一箭都射不到靶子上，我估计没有多少继续射箭的信心。"

黑衣人笑道："射箭一道在心，在手，唯独不在眼，你用眼睛去瞄准，不如用心，用手去瞄准。"

说完了，还很自然的接过云琅手里的弓箭，闭上眼睛，随手就开弓射箭。

"笃笃笃。"

一连三支箭如同流星赶月一般齐齐的落在靶子的最中心，强劲的力道几乎透靶子而出。

黑衣人刚刚露出笑脸准备跟云琅解说一下射箭的要点，却找不到云琅了。

"你家的茶水确实不错，我在长平公主府上也饮过，没你家的茶水滋味好。"

东篱子喝了一口茶水，品了良久，才感叹道。

"哦，这是因为水的缘故，好茶必须要配上好水滋味上才能达到统一。

对了你除了偷我家的书，还偷过谁家的？"

"什么叫偷啊，天下的学问本来就是天下人的，藏书不给人看的人，比囤积居奇的商贾还要下作。

只要有机会，某家去哪里都会取书，陛下藏书我也没有少拿，一般去别人家目的就是藏书，谁耐烦应酬那些勋贵。

只是，现在邀请某家去饮宴的人家越来越少了。"

云琅轻轻啜饮一口茶水道："你总是去别人家拿书，谁敢再邀请你。

以后可以去我家百~万\小!说，我好吃好喝的招待，只求你别拿走，实在是喜欢了，可以抄录。"

我真的害怕了，别动不动的就为几本书去死，不值得。"

东篱子苦笑道："如果能用性命换到足够好的书，有什么不可以的，你出身大门派，一生下来，就有看不完的典籍，即便是把典籍看完了，你那些学问高深的师长也会编纂出新的书给你读，如此环境下吗，你哪里会知道求学之苦。"

"我小时候也过得是苦日子，平日里只有白米饭跟盐菜，但凡吃点肉就算是过节了。

一件衣服也总是缝缝补补的穿，露出大拇指的鞋子我也穿过，你以为我没有捡拾过柴火？没有养过鸡鸭，喂过……"

云琅见东篱子看他的眼神满是讥诮，不由得慢慢降低了声调……好吧，他口中的苦楚，跟大汉贫家子比起来……似乎还不错。

"这就对了，你吃的苦对我来说就是享福，当初你云氏将书籍堆积在门前，任由百姓索取，虽然价钱贵了一些，比起那些黑心肠的已经好太多了，既然你也想着要给百姓做点事情，不如就由我来招募一些贫家子，去你家抄书，你只要管他们的餐饭就成了，你以为如何？"

云琅沉默不语，东篱子这家伙不愧是强盗的门徒，便宜占尽了不说，还要云琅帮那些小强盗在抢劫云氏的同时，给他们供应餐饭，也不知道他是凭什么提出这个要求来的。

一说起百姓的苦楚，他就恨不得以身代之，在他替代别人受苦的同时，他也希望云琅这样的地主老财跟他一样的痛苦，或者说，他以为这种痛苦是一种高端享受，希望所有人都能品尝。

那个阳光的如同偶像一般的黑袍人走进了亭子，将云琅的弓箭挂在柱子上，然后大马金刀的坐下来，等着云琅给他烹茶。

人家既然刚刚教过云琅射箭，云琅虽然没有看，也要领情，所以，就端起茶壶，给黑袍人倒了一杯茶。

阳光黑袍人端起茶杯喝了一口茶笑道："确实比平阳侯家的好喝一些。"

云琅笑道："先生高姓大名？"

东篱子在一边不屑的道："一个淫贼！"

阳光黑袍人就像是没有听见东篱子的诽谤，兀自笑道："我以歌舞入道，以歌舞敬献神灵，以歌舞敬献祖宗，以音律化解世上的诽谤之音，以铁板铜琶颂我胸中之豪气！"

东篱子继续诽谤道："楚人好淫，陛下交给此人一队舞姬共一十六人，希望两年后会有真正的歌舞出现，结果，两年后，一十六人变成了二十一个半人呢，据说楚昭博士贡献不小。"

黑袍人楚昭大笑道："我心如明月，何须向匪人解说。

云琅，我曾听大乐令韩泽说起过云郎的种种神奇，其中一首《短歌行》就让韩泽有心漏夜拜访。只是听说云郎喝醉了，这才耐心等到天亮。

至今，那首《短歌行》依旧是乐府的经典名曲，能与此曲相提并论的，唯有云郎的那首《美人歌》。

如此两曲，一悲凉豪迈，一婉转凄柔，楚昭听闻之后，几乎三月不知肉味矣。

不知云郎新近可有新曲，可让楚昭先听为快！"

云琅笑道："这两年戎马倥偬，日日厮杀，胆战心惊，精疲力竭之下如何能有曲子问世。

倒是边疆胡地的胡笳夜夜入耳让人不得安眠，几次三番似有所悟，却总被连营中的号角惊断。

总想着等安定之后再好好地整理一下受降城的胡音，若能将胡音与我大汉的丝竹之音融合，必定能有所得。"

楚昭皱眉道："胡人粗鄙，也有可堪一听之妙音？"

云琅笑道："就因为胡人粗鄙，所以他们的乐曲大多活泼激烈，曲调悠扬，闻之令人喜不自胜，还有一小部分就与边地广袤的山川河流一般，广袤而辽远，低音一起便是乡愁啊！"

楚昭站起身冲着云琅拱拱手道："眼见为实，自今年以来，长安城中多胡商，某家这就去看看。"

云琅，东篱子目送楚昭离开，云琅奇怪的问东篱子："为何是二十一个半人？"

东篱子恨恨的瞅着楚昭潇洒的背影咬着牙道："装在肚子里的算是半个！"

"哦——他应该是出身勋贵吧？"

"屁的勋贵，据说是楚王孙，其实早就落魄的快要给人当面首了，不知怎么的，在陛下延请博士之时，以音律进阶，获得陛下夸赞，这才成了大汉的音律博士！"

短短两天时间，云琅跟东篱子在解决了偷书的问题之后，就迅速成为了朋友。

一般来说盗贼都会被其它文士所鄙视的，偏偏这个东篱子不是这样的，他师从盗跖，在儒家子弟中却混的如鱼得水，就这两日接触的博士来看，他们对东篱子都非常的放纵。

如果把云琅放在今日楚昭的地位上，东篱子可能又要挨一顿臭揍，毕竟，他当着人家楚昭的面说的那些话实在是不中听。

鸿胪寺在长安城中占地极广，算是长安城中最大的一个行政部门，如果算上祖庙与迎宾馆，就算是宰相府邸都没有鸿胪寺大。

云琅自从进入了鸿胪寺，在这五天之内，只要不离开鸿胪寺，就算是完成了赐爵前的所有准备，剩下的，就是等鸿胪寺选一个好日子，由皇帝颁诏，宰相用印，昭告天下，云琅就成永安侯了。

这个爵位在大汉的关内侯中，算不得靠前，却也并不落后，就像云琅平日里的为人——差不多就好！

他知道，别人进鸿胪寺是真的在学礼仪，至少，霍去病来的时候，整日里随着礼官东拜西拜，还要学习如何行动坐卧走，偏偏到了他这里，就成了一场场的辩论会。

与其说是在学礼仪，不如说是被这些人压着学习如何做人。

在这里的所有人中，最危险的就是东篱子！

推荐都市大神老施新书：

196

第二十九章时代的局限性

儒者是这个世上心胸最宽广的人，能够容纳下天地万物。

同样的，儒者也是这个世界上心胸最狭窄的人，见到异端必定会痛殴至死。

大汉的儒者还处在儒家文化鼎盛的初始阶段，这个时候的儒者往往会博采众长，最终完善儒家岌岌可危的学术体系。

因袭，不论是公孙弘，还是董仲舒这些人，对于诸子百家的态度很奇怪，一方面他们在孜孜不倦的吸收其余学说，一面又对其余自主发展的学说进行着极为残酷的摧残。

这种兼容并蓄的方法，其实也不是儒家自己独创的，而是大汉民族从一开始旧有的特性。

当有熊氏孤独的生活在大地上的时候，在他的周围全部都是敌人，没有一个是好相处的。

于是有熊氏的族长少典就生了两个非常争气的儿子，一个后来叫做黄帝，一个叫做炎帝。

一个以武力强悍著称最后化作轩辕氏，另一个以种植庄稼著称被称之为神农氏。

当皇帝觉得自己己经强大了无可匹敌的地步的时候，他就开始向外扩张，开始了自己统一氏族部落的战争。

开始的时候，他与炎帝也就是神农氏是联合的，后来，炎帝觉得黄帝的侵略性太强，就与他分道扬镳。

黄帝的实力大减，于是，他就想出来了一个办法，这个办法就是著名的兼容并蓄。

他在征服一个部落之后，不是再把那里的人全部杀光，而是接纳进了自己的部族，如此一来，皇帝部落就逐渐变得极其强大，为奴隶社会的形成起到了极大的促进作用。

这一点可以从龙图腾的变化上就能看出来，最开始的有熊氏的图腾是一条大蛇，征服鹿族之后大蛇就多了鹿角，征服鱼族之后大蛇就多了鱼须，鱼鳞，鱼尾，征服牛族，马族之后，一颗别致的龙头也就出现了……等到中华文化史上的一个完整的龙的形象出现之后，华族就已经成为了东方大地上无可置疑的霸主。

如今，儒家也要走这样的路子，他们不是不允许诸子百家的学问出现，而是诸子百家的学问必须经过儒家这个大熔炉冶炼之后才能以新的面貌示人。

总体上来说，大汉的学问是贫乏的，而且大部分都是心学，如果把历史，律法，政治性的书籍去掉之后，大汉基本上没有几本真正意义上的书本。

《农书》《历法》《器物制造》等等方面的学问更是少的可怜。

云氏的书籍从一开始就被皇帝看重，至今为止，皇家抄录云氏书籍的工作依旧在进行，这是一项极为繁杂宏大的工程，不是一时半会就能完成的。

要知道云氏的书籍不仅仅有云琅几年来撰写的书籍，还有继承自太宰的大批书籍。

这个时代的书籍完全靠抄录，基本上谈不到什么发行量，有时候毁掉一本书就等于绝了一门学问。

鸿胪寺里也有很多的书籍，云琅翻看了一些，就叹口气把书卷丢在桌子上，巫卜之类的书在鸿胪寺藏书中占据的比例实在是太大了。

离开藏百˜万#ˆˆ小!说，云琅就来到了鸿胪寺宽阔的院子里，院子里有几颗极为古老的柳树，在月色下显得更为苍老，长明灯座里透出昏黄的光芒，照在通往远处的小路上，却什么都看不清。

大汉的星空倒是极有看头的，如果不是皓月当空的话，此时的天空，应该是星斗漫天的好时候，有了月亮之后，星星就变得稀疏很多。

"怎么，云郎对星象也有研究？"

一个黑袍人从夜色中走了出来，站在长明灯座前边，刚好让一束柔和的光照在他的脸上。

这个人云琅认识，他就是司马迁的父亲司马谈，两年多不见，他已经从太史令变成了博士馆的博士。

"今夜月色太明，不是观星的好时候，如果云郎有心，可以在下玄月消退之后，来老夫的观星台一聚。"

云琅对于经常出现的黑袍人已经不感到奇怪了，毕竟，公孙弘说了，有十一个博士对他非常的感兴趣。

一道流星从东边星空突然暴起，而后划过大半个天幕消失在了北边的天空。

云琅指着流星陨落的地方道："这预示着什么？有大将陨落？"

黑袍人笑道："什么都不预示，只是跌落了一颗星辰而已，如果按照老夫十数年来的观察，如果一颗流星就代表一个大事件发生，人间早就不堪劳苦了。"

"其实你们可以引申一下的，毕竟，宰相，董公一群人都在希望能用天道来压制一下人道，多找一些论据也是好的。"

"大汉人对星空的认知其实是从地面而后才道天空的，你看看星图就会知晓，不论是三垣还是四象，与人间的城市布局何其的相像啊。

紫微垣，象征皇宫；太微垣象征行政机构；天市垣象征繁华街市。

而青龙，白虎，朱雀，玄武在四方，这就把整个星空完美的分割成了七个星区。"

"大地是以九州来命名的，而天上只有七个……"

司马谈笑着摇头道："不是这么算的，因为除过这个星区之外，我们二十八宿，这已经是一套极为完整的理论了，想要修改是一个很大的工程，甚至还要推翻以前的一些布局跟见解，因此，一静不如一动。"

云琅笑道："也就是说，我大汉的观星者因为怕麻烦，从而不去改变旧有的观点？"

司马谈大笑道："自然不是老夫等人懒惰的原因，而是星象一门不像别的学说是与时俱进的学问，星象是不变的，因此，远古时期的人们看到的星空跟我们今日看到的星空几乎没有什么变化。

所以啊，现在人能想到的事情，在远古的时代，观星者也早就发现了，星空下没有多少新鲜事，只是我们缺少一些手段作进一步的观察，星象一门百十年来没有任何进步，也就是理所当然的事情。""你想要什么样进一步的手段？"

司马谈抬头看着星空道："我想距离星空更近一些，这样也好看的更仔细一些。"

"你试探过？"

"试探过，我曾经爬上泰山之巅，也曾经要去太华山之巅，只可惜未能成行。"

"泰山之巅看星空，跟平地看星空有什么不同吗？"

司马谈有些伤心的摇摇头道："没有……或许是我爬的还不够高……"

云琅心中暗暗叹息一声，星辰与地球的距离一般都是用光年来做距离单位的，想要爬上高山靠近星辰，这样的想法令人心酸的厉害。

"我跟令郎今年要开始造一种新的书写工具，丢弃笨重的竹简跟木牍，也不用贵重的丝帛，我把这东西叫做纸！"

司马谈笑道："大汉有纸，这个字也非你发明的。"

云琅笑道："你说那种黄了吧唧一碰就碎没有半点用处的东西？"

"哦？你说的纸是什么样子的？""我说的纸是那种白如白帛，轻薄如丝帛，可以折叠，可以揉捏，着墨容易，且不易褪色，区区一卷，就能记录成千上万文字，手握一卷，就能知晓大道理。"

司马谈笑道："如若云郎真的能把这样的纸张造出来，司马迁为你门下走狗又有何妨。"

云琅摇摇头道："令郎志向远大，云家太小容不下这样的鲲鹏，即便是强行留下了，令郎不说什么，云氏却会被天下人耻笑几千年，不划算啊。"

司马谈靠着云琅坐下来，掏出一把豆子递给云琅道："你如此看好子长？"

云琅嚼着豆子道："他在白登山随我苦战，又在受降城随我苦熬两年，如果这么长的时间我还看不清楚一个人，就白白长了这一对眼睛。"

第三十章云门夜宴

司马谈很得意，再把身子往云琅身边靠靠，有些羞涩的问道："你觉得子长将来的成就会不会超过我？"

云琅斜着眼睛瞅了一眼司马谈，有些为难的道："还是不说了吧，你不会喜欢听的。"

司马谈笑道："姑且说之，就当是闲谈！"

云琅叹口气道："如果把你跟子长放在一起比，就像把萤火之光跟这轮皓月相比，或许这还不足以贴切的比喻，我觉得你跟子长比起来就是一个渣渣！"

司马谈吧嗒一下嘴巴道："老夫没有那么差吧？"

云琅往嘴里丢了一颗豆子道："问题是令郎将来的成就实在是太大了，大到了所有人都望尘莫及的地步。"

司马谈有些疑惑。

"你怎么如此肯定？"

"因为我发现令郎正走在一条光辉的道路上！只要不去打扰他，帮他排除一些困难，他总有一天会光辉到爆炸！"

"爆炸？什么是爆炸？"

"就是前些天长门宫外烽燧垮塌的模样。"

"听说了，不过呢，我们都以为是胡扯，还有人上奏陛下说有人妖言惑众，结果被陛下给打回来了。"

云琅抽抽鼻子道："当时陛下就站在不远处看着，亲眼看见烽燧在一刹那间就碎裂了。"

"真的？能不能再来一次？"

"陛下早就预料到你们不会相信了，特意命何愁有再修建一座烽燧，好炸给你们看。"

"哦哦，一定会去看，你说子长的成就我司马一族无人能及？"

"一定会是这样的。"

"那就好，那就好……"

司马谈落寞的站起身子，冲着云琅摆摆手就走了，看样子被云琅的一番话冲击的不轻。

云琅瞅着司马谈离去的方向自言自语的道："我没胡说，跟你儿子相比，你真的是一个渣！"

大汉的文人跟司马迁比起来不是渣渣的实在是太少了。

云琅又等了一会，见没有黑袍人冒出来了，也觉得留在这里很傻，寒风呼呼的很冷，就裹紧了皮裘，一溜烟的钻进了自己的房间。

长安实在是太冷了，高大的屋子里只有一个小小的火盆在半死不活的燃烧着，满屋子都是碳气，呼吸都不是很顺畅。

云琅裹着毯子睡了片刻，就被冻醒了，探头一看，火盆里的火已经熄灭了，屋子外边黑乎乎的，皎洁的月色已经被乌云遮盖住了，诺大的天地里，除了寒气之外，什么都没有。

这样的寒夜是没法子睡觉的，云琅干脆披上狐裘，坐在火盆边上点火。

柴火被点燃了，屋子里顿时浓烟滚滚，云琅打开窗户放烟，却发现很多房间里依旧亮着烛火。

睡不着的人很多……

云琅不想理睬他们，等柴火着旺了，就一层层的把木炭给加了上去。

有事情干了，而且是点火这种事情，寒夜就没有那么难过了。

大汉的酒度数太低，越喝越冷，只有加热之后才能带给人一丝丝暖意。

腊羊腿也是这样的，当然，饼子也要烤热之后吃才好，这样的吃食云琅来鸿胪寺的时候就带了很多。

霍去病待在鸿胪寺里的时候，差点被饿死，听说云琅也要去鸿胪寺，再三告诫了云琅。

一般情况下吃惯了云琅操持的军中饭食，加上在云家蹭饭时间长了，吃饭就跟一般的大汉人有了很大的差别。

高粱米一定要红脸高粱跟白米一起蒸熟，这样的高粱米饭才会发粘，不像单一的蒸熟红脸高粱，那些高粱米就跟小石子一般，粒粒分明。

吃麦子，云家是磨成面粉之后吃，很多大汉人担心浪费，都是把麦子直接煮熟了吃的，还埋怨麦子不好吃。

吃肉也不能再是烤的或者煮的，更不能弄成肉羹，肉糜，炒的炖的才好吃，至于风鸡，腊肠，咸鱼这些佐餐的美食，更是只有皇家跟云家有。

202

吃食一道，云氏已经结结实实的走在了大汉人的最前列。

不大一会，火盆就烧的很旺，为了不至于被煤烟熏死，云琅就没有关上窗户，这样的寒夜里，没有什么能比一小锅小米粥更加能温暖人了。

眼看着小米粥开始了，云琅就用一柄小刀把腊羊肉一片一片的削进米粥，剩余的羊腿就拿来在火边烤，等肥美的羊肉开始滋滋冒油了，这才用小刀子削着吃。

靠在火盆边上的酒壶已经被烤热了，掀开盖子大大的喝一口，身上的寒气顿时就去了一半。

云琅是一个从来都不愿意委屈自己的人，之所以一定要来鸿胪寺，并且愿意跟那么些博士谈天论地，就是为了一次性的解决所有的麻烦，好去安心种地。

阿娇已经派大长秋悄悄地告诉他了，他封侯之后就要跟曹襄两个担任被阉割过的司农寺的左右少卿。

或许在进入正途之后，司农寺很可能就只担负种地的责任，不再有那么多的职责。

儿宽老倌是大汉难得的好人，更是以不争，不夺权而著称于大汉朝堂。

这样的老好人云琅觉得应该一直顶在前面，大司农的位置，还不是他们这种年轻人可以企及的。

现在，就是一个过关的过程，估计很快就会有很多博士前来，他们先前可能会因为矜持的缘故不愿意跟他这样的毛头小子说学问。

这样的寒夜里，又有谁能抗拒一锅滚烫的小米粥呢？

毕竟，寒气不会因为他们是博士就不冻他们，大晚上的之所以不睡觉，不是他们不想睡，而是根本就睡不着。

云琅用蒲扇用力的煽动一下小米粥里冒出的肉香，然后就笑眯眯的瞅着窗户，等待第一个冒头者。

果然，一盏茶的功夫都没有，东篱子的脑袋就出现在了窗户上，见云琅正在烤肉，搓着双手大笑道："妙极。"

然后就推开房门，径直走了进来，熟练地坐在云琅对面，取过一块饼子用铁签子穿了，放在火盆旁边烤。

云琅笑吟吟的看着被炭火烤红脸庞的东篱子道："以后不要那么辛苦的盯着我，就跟在我身边，看看我将如何颠覆大汉人对农作的认知。"

被拆穿的东篱子摇摇头道："我要大汉朝万代！"

云琅点头道："如果是这样，我们的目标是一致的。"

东篱子看着云琅道："很多人都在怀疑我，没想到第一个戳穿我的人竟然是你。"

云琅拍拍胸膛道："坦坦荡荡的胸怀，可以随时对所有人敞开，因为无私，所以就无所畏惧！"

东篱子侧耳听听外边的脚步声笑道："你准备一次性的把这些人全部解决？"

云琅摇头道："我们今晚只谈风月，不谈学问，马上就要下雪了，等楚昭来了，给我们弹奏一曲琵琶，我们唱唱歌，天也就亮了。"

"你要交朋友？"

云琅仰天无声的笑了一下，给东篱子倒了一杯热酒朝门外大叫道："晚来天欲雪，能饮一杯无？"

马上就听见司马谈的笑声："漏夜有饿客，主家酒足否？"

云琅大笑道："我有嘉宾，鼓瑟吹笙，楚博士可在否？"

楚昭大笑道："深夜作酒，诱我馋虫，罢罢罢，这就取萧，为君作乐。"

率先推门的却是那个白发黑袍人，进门稍作一揖，就坐在云琅右侧的主客位置上，取过半截羊腿叹息一声道："却不知过了今夜，老夫牙关还有几颗安宁！"

云琅递过一个木勺道："浓粥里的肉片正当其时，辕公当执牛耳。"

辕固生笑道："自从老夫在窦太后令下与野猪肉搏之后，不执牛耳久己。"

第三十一章名校入住上林苑

（写历史类其实很麻烦，主要是我们远古的历史全是传说，很难有一个定论，因此，我在提及远古故事的时候大多采用汉代的传说，另外，少典生黄帝，炎帝这是有据可查的并非作者杜撰啊，还有，龙图腾是皇朝正溯，因此，请诸位就忽略玄鸟一类的图腾吧）十二个人，一个都不缺，围坐在一个火盆跟前的时候，整个屋子立刻就变得暖和起来了。

云琅搬来了七八个酒坛子，立刻就有人去自己的屋子取来了火盆，把酒坛子放在火盆边上烤，寒夜喝冷酒，对身体的伤害不小。

第一坛酒温热之后，云琅给众人斟满，举起酒碗笑道："云某贪天之功为己有，终于混了一个爵位，这个爵位云某并不准备拿来独享，而是要与诸位共享，诸位以为如何？"

辕固生笑道："这侯爵可是陛下封给你云琅的，国之重器也不容你轻托他人。"

云琅给辕固生挖了一碗粥笑道："我想要永安侯这个名头，有了这个名头就能办很多的事情，比如办一座不小的学堂。"

辕固生轻轻地啜饮一口热粥，舒坦的叹了口气道："太学将要开了，你的学堂不开也罢。"

"太学？"

"正是，陛下采纳了董仲舒天人三问，决定兴办太学，所谓太学，五帝时期的太学名为成均，在夏为东序，在商为右学，周代的大学名为上庠，在洛邑王城西郊。

秦时，始皇帝招纳天下博士七十人，也是为了兴办太学，只是废书坑儒之后，博士逃散大半，秦皇不得不绝了此心。

如今，我大汉渐渐兴旺，正是兴起文教之时，也正是创办太学之时。

一旦太学创办，国朝人才将源源不绝，陛下再也不用铸造引凤台，招贤台，更不用再千金马古，国朝将再无人才匮乏之忧。"云琅笑道："如此说来，我想兴办学堂的想法是错误的。"

司马谈笑道："有此心，已经大善。"

"既然如此，诸公请为太学盛事饮胜！"

这个提议很好，没人反对，刘彻要办太学的事情云琅知道很久了，他更加知晓，刘彻已经采纳了董仲舒，公孙弘的建议，不准民间再兴除蒙学之外的学堂。

在这些读书人中间装作什么都不知道，提出要办学堂，就能获得他们最大的好感，要知道这些人一生中最大的梦想就是兴办自己的学堂，教授弟子，然后以弟子来治理天下，最终将自己的学说发扬光大。

这法子是长平教的，在把握人心上，这些博士给长平提鞋子都不配。

公孙弘就是利用了这些读书人最终两起两落之后第三次六十岁的时候终于登上了相位，如今正在大刀阔斧的舒展自己的胸怀，且君臣想得的厉害。

云琅想要平静的过几年好日子，就必须跟这些人搞好关系，即使不能获得他们的赞同，也不能让他们成为自己前进路上的绊脚石。

大汉未来三十年的官吏都是出自这里的。

晚宴一开始就进入了高潮，大汉人晚上吃的很早，到了半夜时分每个人都是饥肠辘辘的时刻，而云氏的各种肉食，豆腐干，早就被云琅准备好了，在很长时间里，大家的嘴巴都被酒肉占据着，根本就没有说话的机会。

"云氏美食之名，果然名不虚传！"一个面生的博士首先挑起了大拇指。

云琅笑道："读书人其实干什么都比别人强一些，只要肯用心，不论是庖厨之术，还是农作，将作，领兵打仗，无不如此。云某身为士人精研庖厨之术，如果还不能胜过一般庖厨那才是一件丢脸的事情。"

满屋子全是读书人，之要云琅用力的拍读书人的马屁这绝对不会招来疑问的。

果然，就有博士摇着头道："目不识丁之辈可怜，可怜。"

"孔夫子当年有教无类，不知先生们进入了太学之后是否也能秉持这初心呢？"

辕固生摇头道："无此可能，地方有察举之能，自有秀才辈出，又有孝廉混杂期间，想要做到有教无类这不可能。"

云琅放下酒碗叹息道："总要有候选的法子才好，一种制度用的时间长了，总会出现漏洞，将来就怕出现——举秀才，不知书。举孝廉，父别居。寒素清白浊如泥，高第良将怯如鸡。

如果到了那种地步，恐怕会动摇我大汉的国本。"

一个黑袍人看了云琅一眼道："这不可能，有我等亲自把关，定不让滥竽充数者混进来。"

"先生年高德劭，自是不用说，然君子之泽五世而斩，如果太学就这样稀里糊涂的开了，又稀里糊涂的开下去，中间却没有辨析良好的法子，开到最后难免会有害群之马！"

东篱子笑道："云郎可有什么好法子可以查奸究宄？"

云琅笑道："我只是根据自己在受降城得来的一点感慨提出问题，在座的哪一位不是智慧超绝之辈，哪里用的到云琅来出主意？"

一个黑胡子黑袍人冷冷的道："太学乃是教授学问的地方，廷尉府不宜插手！"

东篱子笑道："恐怕由不得诸位，既然太学将是我大汉养士的地方，自然需要廷尉府如何能够不管不顾？

如果诸位以为廷尉府进驻太学有失诸位的颜面，不如就让绣衣使者入住如何？"东篱子话音刚落，本来闹哄哄的屋子里顿时就安静了下来，辕固生看了东篱子一眼道："还是等陛下的旨意吧！"

云琅笑道："诸位不必为此时担忧，某家以为，太学不宜与繁华之地落脚，长安繁华不是一个做学问的好地方，某家以为，上林苑倒是一个绝妙的场所。

那里四季如春，如果建立一座大学堂，自然是极好的。"

辕固生皱眉道："陛下准备在长安东市修建一座宽三丈，长十丈的楼阁用来当太学学堂。"

云琅摇头道："别的方面云某没有插话的余地，论到楼堂馆所，云某还是有些发言权的。

某家以为，学堂之类的建筑不宜只有一座，而应该是一个建筑群，五经博士所学岂能是区区一座楼阁所能容纳的，地域越大越好，因为日后要来长安进学的学子一定会越来越多，一座楼阁岂能容纳。"

辕固生微微点头道："言之有理！"

云琅赶紧又给辕固生装了一碗米粥，伺候老家伙喝下去之后才继续道："颜回一瓢饮一箪食终不改志向，苦心孤诣做学问而后才有大成。

诸位先生当初做学问的时候，谁不是皓首穷经，铁砚磨穿？东市是什么地方，对面就是秦楼楚馆，学堂里的太学生们不能一边学习，一边还怀念对面的红阿姑今晚是否方便。

孟母三迁就是为了给孟子一个合适的学习环境，怎么到了我们这里就偏偏要把学堂建在烟花之地呢？"

（说来古怪，中国自古以来的考场，高级学校大多建在烟花柳巷对面，北京如此，长安如此，南京考场对面就是秦淮河，就连我在桂林看到的考场也是如此的。怪哉！）东篱子皱眉道：'这是陛下的安排！"云琅笑道："陛下又没有教授过学生，陛下考虑的只有方便合适与否，如何会考虑那么多。

这时候正是吾辈向陛下进言的时候，诸位以为然否？"

司马谈笑道："正该如此。"

辕固生深深地看了云琅一眼忽然笑道："罢了，罢了，一连两碗热粥暖人心，就遂了你的心意。

只是要修建楼堂馆所，国库匮乏，恐不能太过！"

云琅笑道："诸位难道不知上林苑中还有一位大财主吗？她一向心系大汉，区区一座太学，自然不在话下！"

东篱子看云琅的目光如刀……其余黑袍人看云琅却有些感慨……云琅心中暗自得意："把你们全部引入名利场，看你们是不是还有心思跟我讨论西北理工的学问，难为我！"

第三十二章 过河拆桥

云家如果随便收几个弟子这是允许的，如果大规模的开学堂最后弄得如同孔夫子一般弟子三千，这就超过刘彻的容忍底线了，因此，当云琅向阿娇建议开学堂的时候，刘彻就一口否决了，然后，大汉太学就提前了二十年开始筹备了。

对于学堂的意义，没有人比云琅更加清楚他的威力了，在很多时候，学堂就是支撑一个帝国的柱石。

自古以来但凡有点上进心的帝王，没有一个人是不重注太学建设的。

无论如何，自己亲自培养出来的人才，要比野生的人才可靠地太多了，有时候，在中华利用师生之谊维持的和平局面，要比利益建立起来的和平方式还要稳固。

有了师生之谊就说明大家的利益基本上是一致的。

云琅一定要让刘彻把富贵城重视起来，绝对不能是现在这种任其发展然后摘果子的局面。

将太学引进富贵城，就代表着大汉以后的大部分官吏都将亲眼看着富贵城是如何兴盛起来，在他们日后的官宦生涯中，富贵城将成为他们管理地方的一个标杆。

来鸿胪寺之前，云琅就跟阿娇建议过，从今后，一定要对这些大儒们贴心贴肺的好，不论怎么优待都不为过，这些人将来带给富贵城的好处将巨大的难以细数。

在后世的时候，云琅就明白了一个道理，真正能够维持世界稳定前进的是广大的百姓，而给这些百姓指引前进方向的永远是很少的一部分人才。

大汉这匹烈马如今正在战争的道路上狂奔，在可以预见的很长一段时间里，想要停止完全不可能。

农耕民族跟游牧民族进行的战争，农耕民族永远都处在不利的地步。

游牧民族不管在农耕民族的地盘上抢到了什么都是胜利，而农耕民族能收获的只有游牧民族的生命，基本上谈不到收益。

花一百万钱打一仗，在付出将士们的生命之后，只获得了十万钱，这样的战争如果无休止的打下去，将是农耕民族的灾难。

云琅不希望大汉深陷战争的泥潭，他希望，在驱逐匈奴，击败匈奴的同时，大汉百姓应该获取一些该有的利益，哪怕将付出与收益拉平，这对游牧民族来说都是一场恐怖的灾难。

他在受降城就是这么做的，他利用当地的异族人来为大汉生产财富，然后再用受降城生产的财富去应对匈奴。

在外就应该这样做，至少要做到就食于敌，就这一点，不论是皇帝，还是宰相，跟云琅的看法都是一致的。

刘彻在确定了受降城模式的正确性之后，一口气在受降城，朔方，白登山，右北平，四地设置了屯田校尉，而且还把这一制度列为大汉对外政策的核心内容。

边关该如何运作，云琅已经不太理会了，他已经在受降城树立了标杆，相信以朱买臣的智慧跟能力，维持一个繁盛的场面应该不是很难。

现在，云琅全部的心思都用在了富贵城上，只有把这座城池真正修建起来，真正让他繁荣起来，大汉人才能知道提升一地经济对帝国的好处到底有多么大了。

很多时候，云琅做事只做一点，或者只开一个头，他没有时间，也没有精力去吧所有的事情都做完，做好，那样的话，穷他一生，也做不了几件事。

众人有了新话题，自然就围着太学该如何修建各抒己见，小小的屋子里被炭火烤的温热，看着墙上手绘的太学模样逐渐清晰，众人的兴致也变得高昂起来。

滚烫的米酒助兴，更是让这些平日里压抑到了极点的黑袍博士们多了一些谈兴。

辕固生用手拍着图画上的一座主殿高声叫道："此殿当为明德殿，老夫欲为殿主，讲授《礼》诸位以为如何？"

众人不答，却纷纷把目光盯在别的殿宇上，仅仅片刻功夫，每一座殿宇都有了自己专用的名字，以及他的主人。

云琅笑吟吟的瞅着窗外发白的天空，此时洁白的雪花正在飘扬，有些随着微风进了这座滚烫的屋子，顷刻间就化作虚无。

他想看到太学落户富贵城，这些黑袍博士们却在这个寒夜中看到了文教大兴的影子。

一座三丈宽，十丈长的殿宇能做什么？他的象征意义大过实际意义。

公孙弘，董仲舒之辈一心想着大兴儒家，却不知成建制的培养儒家学生，才是最快的弘扬儒家学说的方法。

辕固生已经微醺，摇摇晃晃的站起来，推开大门，瞅着门外纷飞的白雪哽咽道："此事不成，辕固死不瞑日！"

说罢，就踉踉跄跄的走进了风雪中，背影竟然如风雪中的老松虽然摇摆却坚定异常。

司马谈大笑着指着云琅道："你说老夫跟犬子相比如同渣渣，老夫这就遍邀昔日好友，一起来长安共襄盛举，让你看看老夫也并非一无是处！"

楚昭的长箫里传出最后一个音符，然后把长箫装进锦囊大笑道："某家要说服大乐令韩泽将乐府搬来太学！"

东篱子怒道："好让你再糟蹋更多的讴者与舞姬？"

楚昭大笑道："若不能自制，我自宫如何？"

说罢，在东篱子不解的目光中冒着雪花扬长而去。

其余黑袍人齐声大笑，觉得楚昭之言甚是合胃口，他们等待了无数年的理想，在这个雪夜中被云琅吹大之后竟然会如此的精彩，纷纷起身朝云琅一礼之后，纷纷出门，有的大叫，有的长啸意趣横生的走了。

人走了，窗户，大门洞开，屋子立刻就变得寒冷，没有离开的东篱子快速的关上大门，然后就死死的盯着云琅。

云琅找来一把笤帚，细心地将满地的羊骨头，鸡骨头扫到了墙角，再把所有的杯盘碗盏丢进木桶里，然后就裹着狐裘倒在床上。

"这就准备睡了？"东篱子阴测测的道。

云琅头都不抬的道："如归瞌睡了，就一起睡一会，如果不瞌睡该干什么就去干什么。

说实话，某家做事还真的轮不到一个绣衣使者在我耳边聒噪！"东篱子愣了一下冷声道："你私下里结社，意图推翻陛下的旨意，这是什么罪责你知道么？"

云琅慵懒的道："也就是你们这种人才会把这件事看的如此严重，你信不信，这件事到了陛下面前，陛下只会感到欣慰，只会觉得自己的臣子中间，终于出来了几个不是酒囊饭袋的家伙。

东篱子，你抛开你绣衣使者的身份，你来辨别一下，将太学扩建十倍，对找大汉江山来说是好还是坏？"

东篱子涩声道："不论好坏，都不该是我们能私自决断的。"

"那么，该是谁来决断？"

"陛下！"

"胡说八道，你知不知道陛下每日批阅的奏章有多重？告诉你，不下五百斤！

你知不知道陛下此刻的目光正盯在右北平？你知不知道陛下如今正在为河东秋日洪灾造成百姓流离失所夜不能寐？

陛下一个人如何能治理得了南北纵横不下万里的大汉？

这时候，陛下需要一些有用的臣子来匡扶得失，需要一些聪明的臣子给他提出好的建议。

而不是愚蠢的像你一样，事无巨细全部放在陛下案头，陛下忙的过来吗？

最后，耶耶我要睡觉了，你要是再敢聒噪，耶耶就去找何愁有，让他把你发配到北海看守海眼，你信不信？"

云琅提到了何愁有，东篱子的脸色一下子就变白了，咬着牙道："此事某家一定会上奏！"

云琅从屁股底下抽出一卷竹简丢给东篱子道："我的想法全在这里，你看着抄一遍送上去，如果有什么遗漏，记得帮我补全。"

推荐都市大神老施新书：

第三十三章空手套白狼的刘彻

绣衣使者从来都是大汉最恐怖的存在，即便是酷吏满堂的廷尉府也不能与之相提并论。

不过，自从云琅见识了何愁有之后，对绣衣使者这个群体的就没有了什么神秘感。

没有了神秘感，那些因为口口相传笼罩在绣衣使者身上的传奇在云琅看来就是一个笑话。

在何愁有的眼皮子底下他都敢狙杀绣衣使者，遑论这个只知道欺负那群老实的黑袍博士的腌臜家伙了。

那群被皇权威压的连气都喘不过来的博士们，在今夜终于找到了一个可以一展所长的机会，如何会不兴奋，如何会不激动呢？

尤其是云琅竟然当着东篱子这个绣衣使者的面，告诉所有人，皇帝的旨意其实也不一定全是对的，是可以上奏要求更改的。

东篱子茫然的抱着云琅丢过来的竹简轻声道："你就不担心你马上就要开始的授爵出变故吗？"

云琅咕叽一声笑了出来，翻过身趴在床头看着东篱子道："得一个侯爵对我来说易如反掌。

我十五岁的时候吗，陛下就许了我关外侯，被我拒绝了，十六岁的时候我就成了实职军司马，少上造，十八岁的时候我凭借军功就能封侯，陛下在我二十岁的封爵，已经有些晚了。

你知不知道，陛下其实不是很喜欢我，总是看我不顺眼，可是啊，你也看到了，不管陛下喜欢不喜我，永安侯的爵位还是落在我头上了。

知道为什么吗？"

东篱子摇摇头。

云琅笑道："你们之所以害怕陛下，是因为你们都欠陛下的，只有我，只有我，是陛下欠我的。

陛下如果现在不给我封爵，等到日后，他就没法子赏赐我的功劳了，到时候，陛下会更加的尴尬！"

"你就不怕陛下杀了你？"东篱子恶狠狠的道。

云琅翻身坐起摊开手道："陛下凭什么杀我？你知不知道去岁国朝差不多一成的岁入是因为我才有的。

我手上又没有让陛下感到不安的东西，我的存在，对陛下只有无穷的好处，没有半点坏处，你来说说，陛下凭什么杀我？

这一次在富贵城修建太学，又不用陛下掏钱，又能把太学开的硕大无朋，让天下英才尽入彀中，这是多好的一个政策啊，对陛下有坏处吗？

只有你这种什么都不懂得傻蛋才会觉得我们是在跟陛下对着干。

如果是这样的对着干，陛下一定会拍着桌案大吼——给朕多来一些这样的人！

所以啊，像你这种傻蛋一定要听聪明人的，把今晚的讨论事项给陛下一五一十的报上去，如果有些事情理解不了，就看我给你写的提要，尽量润色的花团锦簇一些。

如果你能巧妙地把我的一些言论替换成是你说的，估计你就能获得陛下的嘉奖。"

看得出来，东篱子很是心动，不过，他还是努力的压制着心思问道："为什么要替换掉你的话？"

云琅烦躁的道："你不觉得我的功劳已经多得没出存放了吗？快走，快走，一夜没睡，困死我了，走的时候记得帮我把火盆弄旺，透气孔打开……"

云琅把话说完，又一头栽倒在床上，他真的很疲倦了。

傍晚的时候，东篱子就带着一卷竹简来到了建章宫。

刘彻坐在案几后面看了一眼文书，随手就丢在一边道："云琅在干什么？"

东篱子战战兢兢的回答道："微臣离开鸿胪寺的时候，他还在酣睡。"

刘彻点点头道："点了火之后就放任自流，这是他的做法，昨晚，是谁说让朕来亲自兼任太学祭酒的？"

东篱子偷偷地看一下皇帝的脸色，见皇帝似乎并没有发怒就小声道："是微臣。"

皇帝嗯了一声，又问道："辕固生一干人没有反对？"

"辕固说，如果太学规模扩大，太学将是帝国柱石，国之重器不宜落入他人之手！"

皇帝双手伏在案子上，俯身看着东篱子问道："那些人凭什么认为朕会同意将太学修建在富贵城？"

"云琅说，一旦太学走入正轨，就会给陛下提供源源不断的臣子人选，到时候不论何等人才，陛下只需阅览一卜太学名簿，就能有所选择，最重要的是，太学生都是在陛下的眼皮子底下求学，进学，人物优劣，陛下一览无余，这样的臣子又是陛下的学生，至少在忠诚上无懈可击。"

刘彻大笑道："他们也太高看自己了。他们还说了些什么？"

"辕固生以为，陛下今后将会逐渐减少地方以及侯国荐举人员的任用。

司马谈，彭泗认为侯国乃是帝国推行国策的最大障碍，从今后，只可从长安派官员入驻侯国，侯国荐举的官员不宜安插在重要的地方上。"

刘彻点点头道："一片爱朕之心，这些人还是有的，隋越，把这份文书送给公孙弘，问问他的意见，告诉他，朕原则上同意，既然他们如此的肯定能从阿娇那里掏出银钱来修建太学，国库就不必出资了。

让他务必重新拟定文书，颁布天下，太学之事，需要快速进行，一旦他拟定了章程，就昭告天下郡县举贤良子弟入京吧！"

隋越从帷幕后面走出来，跪在刘彻身边，取过文书，打开让皇帝检查之后，就捧着文书离开了建章宫。

刘彻看看依旧趴伏在地上的东篱子笑道："事情办得不错，看来你跟这些博士们融合的很好，既然如此，算你大功一次，去少府报备去吧！"

东篱子闻言大喜，三拜之后就退着离开了建章宫。

刘彻抬着头瞅着大殿的藻井良久，摇摇头道："朕看不出有什么坏处，就遂了他们的意吧！"

冬日的白日很短，尤其是白雪纷纷的时候，黑夜来临的就更加快了。

云琅翻身坐起瞅着灰蒙蒙的天空纳闷道："我睡了多久？怎么天还没有彻底亮起来？"

正在拨弄炭火的东篱子笑道："你睡了一天，现在又是傍晚时分。"

云琅看了喜气洋洋的东篱子一眼道："便宜都被你这样的狗才给占尽了。"

东篱子对云琅的恶言恶语似乎已经没有什么芥蒂了，笑吟吟的道："陛下准了我们的奏折，发还丞相府商议，一旦成文就会昭告天下，不日将会有贤良子弟进京。"

云琅把手帕弄湿，擦一把脸，又含了一口东篱子准备好的茶水咕咚咕咚漱口，然后把漱口水吐出窗外，这才淡淡的道："本来就是对国家，对陛下，对百姓都好的事情，陛下乃是圣明天子，没理由不答应的。"

东篱子连连点头道："云侯高见！我们今晚不妨继续夜谈？你看，下官连酒宴都准备好了。"

云琅瞅瞅依旧下落的大雪，觉得这主意其实还不错，这样的天气里不饮酒作乐实在是没有别的事情可干。

"让楚昭弄一些讴者，舞姬过来，酒宴上没有歌舞这成什么体统，昨晚谈事情，今晚就该欢庆。"

东篱子抚掌大笑道："已经告诉楚昭了，如果云侯觉得长夜漫漫……"

云琅摆手道："不用，家有悍妻，只看歌舞。"

东篱子心有戚戚的点点头道："下官家中也是如此啊，可惜了。"

随着云琅的话感慨完毕了，东篱子就扭捏的道："云侯，不知太学新建之后，下官能否也进入太学。"

云琅拍拍东篱子的肩膀道："这些话你不该问我，毕竟，我最多参与太学的修建，修建好之后陛下一定会派大员入驻，如果你能提早准备，机会应该很大。"

东篱子连连点头道："正是，正是，多谢云侯提点！"

第三十四章 名利场

晚宴开始前，鸿胪寺来了一位特殊的客人——公孙弘门下的揭者。

这位老倌向鸿胪寺里的博士们宣读了他准备上呈皇帝的奏折。

博士们的神情奇妙，只有辕固生笑吟吟的向公孙弘表示了钦佩，祝贺之意，其余博士们的脸色不是很好看，自顾自的喝酒，似乎对公孙弘丢出来的消息不是很感兴趣。

这让东篱子一脸的尴尬，如果他没有事先把功劳揽在自己身上的话，公孙弘的这一手，无疑会引来黑袍博士们的欢呼。

现在，博士们更喜欢向云琅敬酒。

但凡是能当揭者的人，无不是八面玲珑之辈，几杯酒下肚之后，就弄明白了宰相奏折不受欢迎的原因。

深深地看了云琅就告辞离去。

云琅对一个揭者没有表现出任何搭理的意思，马上就要封侯了，如果在跟揭者这样的人解释什么，无疑是对大汉高级勋贵身份的一种侮辱。

如果有疑问，也该是公孙弘亲自前来。

担当这个词，在大汉并不常用，不是没有这样的词汇，而是可以说出担当，或者表现出担当二字的人太少了。

从今后，能质疑云琅的人只有一个，那就是大汉的皇帝刘彻。

曹襄做事从来就不给别人解释，包括他在长安城里胡作非为的时候。

哪怕是廷尉府，想要进入平阳侯家的宅院，也需要获得皇帝的许可。

假如皇帝置之不理，那么，不论曹襄干了什么事情，都不会再有任何人前来问责。

勋贵们拼死拼活的向上爬，要的就是这样的特权。一旦拥有了，在品尝到特权的好处之后，就没有人愿意放手。

在大汉的关内侯中，只有公孙弘一个人是盖着破毯子睡觉的，因此，他就是勋贵们中的怪物。

中大夫汲黯向皇帝告状了，说公孙弘丢了勋贵们的脸，并且有欺世盗名之嫌，而公孙弘却对皇帝说，他就是在沽名钓誉，不过不是为自己沽名钓誉，而是为了大汉朝沽名钓誉，还说，上所好下必效焉，一个位列三公的人都盖破烂的毯子，一餐饭只吃一个菜一碗糙米饭，哪怕只有一个人效仿，对大汉朝也是好事。

刘彻听了很是感动，赞叹公孙弘有古贤人之风。

从这以后，公孙弘就被大汉所有的勋贵们排挤在人群之外。

认为他是第一个准备动手破坏所有勋贵利益的恶徒，不可亲近，且需杀之而后快。

云琅觉得勋贵们的做法很有道理，一群人抛头颅洒热血的终于获得了一些便利，现在却要主动去除，公孙弘这样的做法明显是对所有勋贵们有意见。

公孙弘的揭者离去之后，辕固生的脸色就极为难看，长久才吐一口气道："公孙弘善于机变，却无立场，此人不可入太学，更不可效法。"

云琅笑道："大汉宰相死起来容易，他这也是一心求活不必苛责吧。"

辕固生看着云琅道："二十岁大好年华怕死，老夫以为理所当人，三十岁羁绊无数怕死，老夫以为可佩可敬，四十岁母死子壮怕死，老夫以为乃为天性，五十岁知天命还怕死，老夫以为不知所以，六十岁该死之年还怕死，老夫以为他已经死了，七十岁必死之年还怕死，可谓老而不死是为贼也！"

云琅大笑道："看来某家怕死，先生不会鄙薄了吧。"

辕固生笑道："该生则生，该死则死，这才是生死大道。"

云琅举杯笑道："军中常言向死而生，今日我们就为自己该是一个怎样的死法，饮甚！"

司马谈笑道："有志不在年高，无志空活百岁，今天我们就喝一遭生死酒……"

楚昭的琵琶一响，酒宴就开了。

今夜与昨夜不同。

昨夜忧郁，今夜狂欢。

同一片天底下的同一群人，仅仅因为心境不同，愁云惨雾的地狱一瞬间就变成了天堂。

云琅端着酒杯看着这群纵酒狂欢的文士，心中暗暗叹息，只要是人就有不让自己才华埋没的想法。

这些博士平日里只负责保管文献档案，编撰著述，掌通古今，传授学问，培养人才，随时等候接受皇帝的问询。

这些职责里面，最重要的培养人才一条，却很少做，即便是有也只是培育皇家子弟，这对他们来说是一件吃力不讨好的事情。

皇家子弟听起来高贵，实则，当他们的老师实在是一件危险性很高的事情，因为，一旦皇族子弟不学好，第一个受到惩罚的就是他们这些老师。

教授勋贵平民子弟就没有这些忧虑，进可以培育自己的势力，退也能收到几条子冷猪肉，如果能培育出一个出彩的弟子，那么，自己一生的抱负也将附着在弟子身上得到完美的施展。

云琅的酒宴一连开了三天，在这三天中，云琅与诸位博士已经亲如一家人。

虽然不知道人家内心是怎么想的，至少，在表面上，已经可以称兄道弟，调笑无虞。

云琅对目前的状态很满意，短短三天，能融合到这个程度已经不容易了。

如果想要进一步的收心，那就要等到这群人去了富贵城之后，再用西北理工的学问来让这些人，实实在在的相信，他云琅确实是一个可以交往的好朋友。

在鸿胪寺的最后一个晚上，云琅被辕固生领取了一个宽阔的澡堂。

在四面透风的环境里，洗了一顿他平生最痛苦的一场澡，然后，又被辕固生领到了一间静室之中，房子很大，却只有一个蒲团，一个灯座，一个香炉，以及一柱粗大的安神香。

"追思过往，查究己身，涤心荡肺，重换新颜，君子一日三省吾身，云郎切切不可自误。"

辕固生在云琅身边下一根荆条轻声道："一鞭一条痕！一痕一过往。"

说完话，辕固生就离开了，关上门。

云琅拿起荆条轻轻地在手上抽一下，发现这东西打人很疼，立刻就没了自虐的心思。

张大了嘴巴打了一个哈欠，就看见东篱子从窗外丢进来两张毯子，还小声对云琅道："明日卯辰我再来。"

云琅给了东篱子一个大大的笑脸，然后就把一床毯子折叠了铺在木地板上，又裹着裘皮盖上另外一床毯子。

一连三天的饮宴，他早就困倦极了。

临睡前他对那根荆条小声道："我来，就是对这个世界最大的善意，没有什么好反省的。"

云琅终于踏进了刘彻的大殿。

这座大殿的屋顶很高，高的让人几乎觉得就像是待在光天化日下。

光洁的木地板，云琅穿着袜子踩在上面的时候，领路的宦官奇怪的看着他的脚，毕竟，有五根脚指头的足衣他们还是没有见过的。

云琅的脚在出汗，因此，走在光洁的木地板上就留下了一行若隐若现的脚印。

他的身体燥热，一半是因为紧张，另一半是出于对侯爵的好奇，他很想知道自己将会经历一个怎样的授爵过程。

踏进建章宫的第一刻，云琅就乖巧的低下了脑袋，何愁有说过，在那个巍峨的帝王居所，保持一点敬意有益无害。

云琅轻手轻脚的向前走了二十步，就随着隋越一起停下了脚步。

在他的面前有一张黑色的矮几，矮几上放着一套黑色绛色镶边的官服，官服的上面还有一顶进贤冠。一条玉带，旁边还有一个盘子，盘子里放着玉璧一对，玉斗一个，以及一枚玉牒。

第三十五章穿衣封侯

好不容易成侯爷了，云琅很希望有一个盛大的仪式，就算比不上霍去病封侯的时候场面宏大，至少，也要有一群勋贵站在边上，祝贺云琅这个新进侯爷加入勋贵大家庭吧？

云琅左右看看，隋越不知道何时里去了，诺大的建章宫里，只有他跟刘彻两个人，而且两人间的距离至少有五丈远。

几个盘龙柱子发出微微的轰响声，那该是火苗在柱子里乱窜的结果，如此大的一座宫殿里，热浪滚滚，云琅才待了一会身上就有了汗水。

刘彻这些年大多数的时间都居住在长门宫，与云琅是邻居，即便如此，云琅也仅仅见过皇帝四次。

第一次见皇帝的时候，他的眼睛肿的看不清楚人，只听见刘彻严厉的声音。

第二次，是在军演的时候刺杀公孙进的时候那一次，他看的很清楚，皇帝是在鼓励他杀掉公孙进，因此，云琅才会用最优雅的姿势用长矛将公孙进杀死在高台前。

第三次，云琅被人绑的如同粽子一样接受皇帝的处罚，还被他踢了一脚。

第四次，就是在白狼口皇帝的临时行在，被夸赞了一半，又被训斥了一半，弄不明白皇帝到底是什么心思。

这一次就比较诡异了，封侯大典，只有君臣二人，这实在是不符合大汉的规矩。

弄一个侯爷当当，最重要的一点就是要在众人面前炫耀一下，霍去病当侯爷的时候，又是赐下盔甲，又是赐下金银，连赵地的美女都有四个，皇帝还亲手脱下霍去病的衣衫，用手抚摸着他身上的伤痕，要霍去病当众讲述伤痕的来历。

云琅身上没有伤疤，即便是有，也很快就长好了，事后还不留痕迹，因此不可能出现那暧昧的一幕。

现在问题来了，云琅自忖功绩还不错，不至于见不得人，为什么皇帝就没有召见文武大臣之后，当着众人的面再封侯呢？

很明显这里不是大典的场所，因为刘彻正在办公，头都不抬的在批阅奏章。

"穿上！"

大殿里估计有回声设计，刘彻轻轻说了两个字，还是清清楚楚的传进了云琅的耳朵。

云琅左右瞅瞅，他很疑惑，正要发问，只见大殿两侧就冒出来六个宫女，其中一个宫女的前胸鼓鼓的自动来到云琅正前面，抬手就把他的金冠给解掉了。

透过宫女宽大的袍袖，云琅立刻就被眼前的景色给惊呆了，这实在是太雄伟了。

当这是刘彻的女人，这个念头钻进脑海的时候，云琅发现自己全身上下只剩下一条内裤了。

包括有五根脚指头的袜子都被人家给脱掉了。

因为刚才的春色，让云琅的短裤显得很鼓，那个胸脯很高，嘴角还有一颗黑痣的宫女偷偷地冲着云琅舔了一下嘴唇，在给云琅打理头发的时候，胸膛还有意无意的触碰一下云琅白玉般的身体。

这，太职业化了……如果苏稚也这么干，云琅不敢想象是个什么后果。

很可惜，戴进贤冠的时候，只需要把头发挽一个发髻，然后戴上帽子，用发簪把帽子牢牢地束缚在发髻上就成了，完全没有戴金冠那么费事，至少不用把头发从金冠上面抽出来。

官员冬日穿皂色袍服，这是太祖高皇帝时期就已经规定好的，云琅这一身皂色绛边的大衣服刚一上身，就听远处的刘彻笑道："年轻人穿什么都好看，不像那些老朽，穿上朕的这身衣衫之后，有的如同老鬼，有的如同乌鸦，哈哈，看来少年才是最好的颜色。"

云琅扒拉开那只总在自己下三路乱晃荡的玉手笑道："陛下在点将台上的模样让微臣俯首膜拜。"

刘彻笑道："你不膜拜，脑袋就没了，敢在朕的面前无令杀人者，你还是第一个。"

刘彻今天和颜悦色的厉害，不再是一位高高在上的帝王，更像是一个邻居家的长辈。

当所有的配饰全部安装到位之后，那个胸脯很大的宫女就抱来一个西瓜大小的铜镜，跪在云琅跟前让他自己看自己的样子。

她的身体前倾的厉害，所以领口全部张开，里面的风光再一次显露在云琅面前，因此，从头到尾，云琅根本就没有去看自己在镜子里的模样，太熟悉了，没有什么看头。

当玉牒放在云琅手上的时候，那些宫女似乎恋恋不舍的走了，至于在进入黑暗前的一刹那，那个胸脯很高的宫女还偷偷地回头看了云琅一眼。

"别看了，那是皇后的贴身侍女，估计就是给你，你也不敢要，阿娇会打死你的。"

不知何时，刘彻居然就站在云琅的身后，饶有趣味的看着云琅。

云琅连忙施礼道："家有悍妻，实在是不敢作他想。"

刘彻笑道："这借口不错，就算是皇后不高兴也那你没法子，好了，侯爵朕给你了，赏赐的财物自然有人送到你老婆手里，现在，你该朕一个说法了吧？"

云琅再次施礼道："微臣必定粉身碎骨以报陛下厚恩。"

刘彻摇摇头道："死人什么都做不了，朕也用不着那么多甘愿去为朕死的臣子。

说说吧，成了司农寺少卿之后你打算怎么干？先说好，白菜的功劳阿娇说是她种的，跟你没关系，你想要继续立功，就该想别的法子。

朕听长平说，你准备弄亩产六百斤的麦子？"

"那是最后的目标，现如今，微臣准备先弄清楚，谷子，糜子，高粱，豆子，稻子，麦子，这些主粮在同一块地上的产量差异，而后再确定，我大汉应该主产麦子还是小米，还是别的作物，微臣相信，如果把这作物的产量以及适于种植的土地弄明白，就能为我大汉增加一成到两成的粮食。

微臣把这叫做统筹！"

刘彻走了两步，回首看着云琅道："你觉得我大汉如今的农桑种植有些混乱？"

云琅拱手道："启奏陛下，何止是混乱，在微臣看来，甚至谈不到秩序。"

"你准备制定出章法，要朕颁行天下？"

云琅连连摇头道："如何能够如此做啊？橘生淮南则为橘，生于淮北则为枳，我大汉地域广博，各地的风土人情各不相同，如何能用长安，或者上林苑的条件来衡量全国？

微臣准备先处理上林苑的私田，公田，以及皇室田产，把这些弄明白之后，再推行到长安三辅，然后在派出对农作有精深认知的官员去各个州府，一一查明之后，再另行论断，如果必要，可以一地一法。"

刘彻点点头道："不错，还算是有些见识，只是这样做旷日持久就成了必然之事。"

云琅再次拱手道："启奏陛下，农桑乃是我大汉国本所在，加之农桑生长有时候并不以人的意志为主，我们在谋求产量增加的同时一定要顺应农桑生长的天性，万万不可拔苗助长，否则就会适得其反。"

刘彻微微点点头，算是认同了云琅的看法，又问道："既然是一件很长时间才能看到收效的事情，你准备用时几何？"

云琅看着刘彻坚定的道："二十年！"

刘彻沉默良久，缓缓地道："太久了，实在是太久了……"

云琅拱手道："对陛下来说太久了，对大汉来说，不算久，陛下应知，自战国以来，粮食增产的数量极其有限，这根本就不是一件短时间里能做到的丰功伟业。"

刘彻回过神来，看着云琅道："你甘愿放弃大好的前程，愿意沉默二十年？"

云琅笑道："微臣沉默二十年，一旦目标达成，微臣可以一次收获别人二百年都无法企及的荣耀。"

第三十六章 白日奏对

"二十年后你要什么？"刘彻笑吟吟的问道，只是眼睛里的寒光怎么也遮掩不住。

"二十年后，微臣就准备告老还乡，然后坐在自己二十年的苦劳上混吃等死。"

云琅的回答让刘彻非常的意外，瞅着云琅道："朕能想得到，如果你达成了你的目标，你在人世间将会享有什么样的威名。

这个时候正该是勇猛精进的时候，为什么要告老还乡？"

云琅噗嗤一声笑了出来，拱手道："陛下，这只是微臣的梦想，如果微臣的梦想达成之后，您也不想想，那时候的大汉会强盛到一个什么样的程度。

微臣计算过，粮食的产量增加一成，我大汉的实力就会增加两分，人口就会增加一百万，如果真的达成亩产六百斤的愿望，大汉，将无敌于天下。"

刘彻莞尔一笑，指着云琅道："没那么容易，国朝的实力提高可不仅仅是粮食增产就能推动的。"

云琅拱手道："然而，粮食一旦多出来，就会催生很多陛下闻所未闻的产业。

以长门宫，以及云氏为例，我们之所以有钱，最大的原因就是我们有多余的产出。

不论是粮食，还是桑蚕，亦或是禽蛋，我们都有很高的盈余，如果陛下仔细算就会发现，不论是云氏还是长门宫那些盈余，都不可能让我们两家变得如此富裕。

真正的原因是，云氏与长门宫将那些盈余的粮食投入到了可以产生更大利益的禽蛋业，桑蚕业，造船业，马车业，冶铁，铸造，医药等行业。

原本只有一倍盈余的农桑，经过这些行业的转化之后，我们就有了十倍，乃至二十倍的利益。

因此，在我大汉，只有先产生大量的粮食盈余，我们才能从土地上解脱更多的人，去进行利益更大的其它行业。

因此，微臣将自己的奋斗目标放在了粮食上面，就想要利用多余的粮食来撬动大汉各行各业的发展。

无论如何，农桑都是根本，值得微臣用一生的力气去努力。"

云琅的话刘彻听得很清楚，然而，他发现，自己好像根本就听不懂……他不明白为什么粮食盈余了，就会兴旺百业，他不明白为什么粮食的有限盈余，会在云琅操作之后，盈余会变得如此恐怖。

这些他都不懂，他甚至觉得自己的那些博士们应该也弄不明白，或许，公孙弘，汲黯他们可能会明白一点。

这种感觉很不好，这让刘彻逐渐变得暴躁起来，探手握住一方玉佩，这才勉强让自己安定下来。

"这些道理全部来自西北理工吗？"

"是的，这是微臣的独门绝学，如果操弄的好，可以做到民不加赋而国用足。

这些道理已经被微臣在上林苑中证明过了，目前看起来，似乎对国朝并无伤害。

至于能否大范围扩张，微臣以为还需要再看几年，有时候一些聪明的方法能够在短时间内快速的提升国力，而他对国朝的伤害，却需要很多年才能看出来。"

"民不加赋而国用足？"刘彻的眉毛已经完全皱成了一疙瘩，他承认，当云琅说出这几个字的时候他心跳突然加快了几分。

见云琅在偷偷地察言观色，他脸上刚刚浮起的一丝血色又慢慢的消退了下去。

大殿里静悄悄的。

两只青铜鹤的长嘴里正缓缓地冒着白色的烟雾，这是采自南方的香木，据说有安神的作用，而刘彻这时候觉得这东西一点用处都没有。

不知过了多久，隋越捧着一个香炉走了进来，替换掉了原本放置在案几上的香炉，刘彻怵然一惊，他只觉得自己就愣了一下神，没想到一个时辰居然已经过去了。

见皇帝有些疑惑，隋越轻声道："这是奴婢更换的第二炉时香。"

刘彻抬起头，看看兀自把玩着玉璧，玉斗的云琅，忽然笑了。

"满意吗？"刘彻轻声道。

云琅拱手道："臣感激涕零！"

刘彻笑道："满意就好啊，就怕人心不知足，当初我大汉太祖高皇帝为了能够从鸿门宴上脱身，献给楚王项羽的就是一对玉璧，献给亚父范增的正是一双玉斗。

楚王保留了玉璧，范增却用剑击碎了玉斗，还说：唉！竖子不足与谋。夺项王天下者，必沛公也。吾属今为之虏矣！

自那以后，太祖高皇帝就教导我大汉后人曰：以玉斗观人最为神妙。

226

就你刚才的样子，贪婪之色行于言表，可是朕又清楚地知道，你又不是一个贪恋财货之人。

云琅，你让朕如何看你呢？"

云琅抱着晶莹剔透的玉斗笑道："微臣不是有多么的喜欢玉斗，而是因为霍去病在跟我显摆封侯赏赐的时候，我发现，他没有玉斗。"

刘彻大笑道："你在与去病儿相媲美吗？"

云琅笑道："微臣出山之后打的第一场架，就是跟霍去病打的，那时候，他还打不过我。"

刘彻摇头道："此事朕知之甚祥，也曾找来去病儿与宫卫当场演示，宫卫曰：只要去病儿再坚持一息，失败的就是你。"

云琅倔强的道："最终是微臣赢了，不管微臣是多么的取巧，依旧是微臣赢了。"

刘彻点点头道："确实是你赢了。"

云琅按照刘彻的示意对坐在皇帝的对面，他知道该是皇帝正式给他封侯的时刻了。

"朕十六岁登基以来，还以为此生不会授予少年人侯爵之位，没想到，仅仅是去年跟今年两年，朕就封赏了两位少年关内侯，永安县虽然远在陈仓，却也算是关内，因此，朕的赏赐不可谓不厚。"

云琅施礼道："即便是永安县这样的封地，微臣也非常的满意，这都是陛下爱臣，才会有这样的厚赐。"

刘彻点点头道："朕确实喜爱你与霍去病，或者说，朕爱所有想要建功立业的少年人。

这个爵位不是让你拿来享受的，而是要让你承担更多的责任，不论是为了大汉，还是为了朕，亦或是为了你自己，都不要认为有了爵位就可以为所欲为，无法无天。

更不要以为有了爵位就可以混吃等死，这几年，朕没有干别的，杀的侯爵却是最多的。"

云琅拱手道："微臣之所以需要这个爵位，就是为了能够干更多的事情，比如马上就要开始的司农寺之行。"

刘彻点点头道："朕知道，这几年你云氏培育了很多新的作物，仅仅是白菜一项，这个侯爵就该你得。

朕此次算是在你跟曹襄身上下了大力气，你莫要以为你在朝中有阿娇，长平为奥援，就能让所有人都看好你。

我大汉的官职历来是有德有才者居之。

227

你若没有那么多的功勋让朕无法不用侯爵来酬谢你的功劳，仅仅依靠阿娇，长平她们，你最多只能获得一个闲散富贵的身份，想要获得我大汉真正的爵位，那是痴心妄想。

如今，你敬献元朔犁，水车，水磨，培育出白菜以及你在白登山，受降城所立下的功劳，朕，已经用永安侯的爵位，以及六千亩封地酬谢过了。

接下来，我们君臣已经互不赊欠了。

能否当得起永安二字，我们君臣的赌注将会重新来过。"

云琅俯身下拜道："微臣知晓，所以准备用很多的粮食来回报陛下，好让永安侯能做到真正的永安。"

刘彻满怀希望的看着云琅道："既然如此，多说无益，你去吧，少年侯爵，如果不让天下人知晓，终究会少了一半彩头。

朕从今后，将不欠你任何东西，廷尉府，绣衣使者自然会匡正你的得失。

云琅，万万莫要让朕失望！"云琅站起身施礼道："陛下与微臣还有一辈子的君臣可做，等微臣的的棺椁将要盖上盖子的时候，再让世人来评论一下微臣到底有没有辜负陛下的一片厚爱！"

第三十七章少年得意马蹄急

云琅从建章宫走出来的时候，先是很小心的看了一下依旧阴沉的天空。

好在冬日里一般不会打雷，否则，就他今天在建章宫里的说的那些话，足以让雷公电母把他用雷电轰成焦炭。

说实话，刚才在建章宫里的慷慨激昂的说的那些话，云琅自己都觉得尴尬。

可是，在为官一道上，这些话必须要说，一定要说，说了跟没说是完全的两种效果。

自古以来为君王，为国家鞠躬尽瘁的人不是没有，如果把这些人带入进中华几千年来的官员队伍中就会发现，这种人稀少的可怜。

很简单的道理，好逸恶劳是人的天性，官员也是如此，一旦把全部心神都用在为国尽忠上，自然而然的就会损害家庭的利益，就这一个关口，就阻拦下来了无数想要为国尽忠的人。

国家的概念，在大汉时期还没有完全形成，更多的人们把目前的皇朝称之为刘汉！

只有在彻底将匈奴人驱逐出草原，逼迫他们前往西方，汉国这个国家的雏形才开始形成。

刘彻其实也是明白人，他知道云琅或者别的大臣都做不到鞠躬尽瘁死而后已，他只希望这些人莫要为自己的利益做的太过分罢了。

洁白的雪花再一次落下，建章宫高高的台阶上，不一会就铺满了绒毛一般的雪花。

云琅站在屋檐下等待了很久，这才撩起袍服，一步步的下了台阶，他希望自己的每一步都走的稳稳当当的，这时候要是摔一跤那就太难看了。

建章宫的左侧，就是大汉丞相的临时公廨，右侧也是一排公廨，只不过这里是官员等候皇帝召见时休憩的场所。

云琅在前面走，隋越捧着一个木盘亦步亦趋的跟在他的后面，木盘里的白玉璧，青玉斗在天光下熠熠生辉，洁白的雪花落在上面，也会缓缓地滑落。

公孙弘站在窗前，见云琅走了过来，就遥遥的拱手示意，云琅弯腰还礼，一板一眼。

右边公廨的窗户也是大开的，里面人头涌涌，这里面或许有看云琅不顺眼的人，然而，就凭云琅与陛下奏对整整一个上午，也容不得这些心怀不轨者再起心思。

云琅站在白雪中，皂色的衣衫与白雪形成强烈的对比，这让那些绛红色的绣边显得格外刺眼。

进贤冠上落满雪花，云琅顶着一头的白雪弯腰施礼，看热闹的官员们，顿时整衣弹冠，双手合拢深深一礼。

隋越将木盘高举过顶，朗声道："陛下赏赐永安侯云琅白玉璧一对，青玉斗一双！"

公孙弘捋着胡须呵呵笑道："恭贺永安侯，真真羡煞旁人啊！"

右边的大司农儿宽同样大笑道："好，好，少年侯爵将带给我大汉一番新气象，云侯，老夫在司农寺恭候！"

云琅面不改色，举手弹去进贤冠上的白雪，再次深深地施礼，表示谢意。

三喝三礼，本就是最荣耀的时候，云琅转身，再次面对建章宫施礼，感谢皇帝赐予他的无上荣耀。

不知何时，刘彻走出了建章宫，站在最高处，目送云琅离开皇宫，众臣纷纷离开公廨，站在白雪中恭贺皇帝，大汉又有一位侯爵现于人间。

云琅获封武侯，因此，在他走出皇城之后，就有一辆插满长戈巨盾的战车，在宫门等候，当云琅踩着宦官的脊背踏上战车，他才发现，自己在这个寒冷的季节，要坐着这辆毫无保暖措施的战车一路回到上林苑。

好在云琅的狐裘又宽又大又厚，裹在身上之后顿时就感受不到多少寒冷，可怜隋越，要光着手高举木盘，走一路要喊一路。

前面有十六位全甲青骑士开路，后面又有十六位甲士殿后，云琅的亲兵刘二将一杆硕大的白底黑字的永安侯大旗插在马鞍子上，挺胸腆肚的护卫现在马车边上。

战车碾碎了冰雪，在无数百姓羡慕的目光中缓缓地离开了长安城……一双手套被刘二丢给了隋越，隋越低头看一下，被冻的发青的面孔上浮现一丝僵硬的笑意，打着哆嗦对云琅道："多谢侯爷。"

云琅瞅着跟在最后的云氏大马车，遗憾的道："那里暖和，我们却不得去。"

隋越喝了一口滚烫的米酒，这才哆嗦着道："恭贺侯爷。"

云琅笑眯眯的道："我要的人呢？"

隋越擦擦鼻涕道："两日前已经送到府上了。"

云琅嫌弃的看着隋越刚刚擦过鼻涕的手，隋越连忙把手在身上蹭一下，这才摊开手，三颗鸽子蛋大小的珍珠就落在了隋越的手上。

两人相视一笑，对这一次的交易非常的满意。

"一个优伶而已，侯爷有些高看他了吧。"

云琅摇摇头道："凡是帮过我的人，我永远都不会忘记，虽然那个球人对我的帮助有限，我一样会完成我当初对他的承诺。"

隋越叹息道："千金一诺啊。"

云琅没有理睬隋越话中的意思，他才不会吃饱了撑的去试图收买刘彻的贴身宦官。

人球连捷能通过何愁有的关系弄出来已经很不容易了，那里还敢去收买刘彻的贴身宦官。

这种人根本就无法被收买！

如果刘彻对隋越没有足够的信心，根本就不可能让他担任他的贴身宦官。

云琅甚至能想到，以前那些想要收买隋越的官员，这会早就被埋在土里了。

离开了长安十里之后，茫茫的古道上已经见不到行人了，云琅跟隋越就很自然的钻进了云氏的大马车里。

才进去，云琅就舒坦的叫唤一声，拖过夹壁里的毯子裹在身上，把脑袋靠在羊毛软枕上倒头就睡。

隋越熟练地从夹壁里取出葡萄酿，靠在窗户边上，有滋有味的一口口品尝。

马车路过阳陵邑并没有进去，而是绕城而过，又走了一天半，终于抵达了上林苑云氏。

云琅重新上了战车，眼看着霍去病，曹襄，李敢，赵破奴，谢宁一干人纵马迎过来，一把抓过隋越盘子里的青玉斗冲霍去病挥舞着大叫道："这东西你可没有啊。"

霍去病远远地大笑道："我也听说陛下并没有给你赏赐美人儿，你这冰冷的石头如何能与我的温香软玉媲美！"

曹襄大笑道："这东西我家有六个，老子平日里都是拿来装酒的。"

李敢笑骂道："这分明是看不起我等穷人，阿琅，我们今天就用玉斗喝酒如何。"

赵破奴大笑道："正是，正是，一人十斗，先喝醉的就去冰天雪地里裸奔一圈，回来接着喝。"

云琅站在战车上大笑道："好啊，论起喝酒，你们谁是耶耶的对手！"

隋越很想告诉云琅注意一下风仪，却不防一头老虎猛地窜上了战车，一屁股将他拱到一边，硕大的虎头一下子就埋进了云琅的怀里不断地摩擦，看样子很是思念云琅。

拉车的战马被老虎惊吓了一下，顿时就不受驭者指挥，昂嘶一声就迈开四蹄狂奔，粗笨的战车一下子就越过骑兵队伍，率先在在官道上领跑。

霍去病等人大笑一声，就纵马追赶了上来，身上的红色斗篷被风扯得笔直。

长平带着一群人站在路边，才要出身，就看见那辆战车轰隆隆的从她身边碾过，竟然片刻不停。

又有几匹战马同样从她身畔呼啸而过，这让长平非常的恼怒。

卫青穿着裘衣，将双手塞进袖子里，笑眯眯的看着一群少年人远去，笑着对长平道："二三子嬉戏，我们就不要掺合了，大冷的天，回去喝酒才是正经。"

"我看他们是得意忘形了。"长平怒气冲冲的道。

卫青用肩膀顶一下长平道："少年得意马蹄急，有什么好怪罪的。"

推荐都市大神老施新书：

第三十八章 最富贵的时候想到了死

"陛下一见到我，就握着我的手说我是盖世奇才，大汉有了我，将会有翻天覆地的变化。

还找来皇后的侍女给我更衣，亲眼看着我穿上这身大衣裳，夸奖我说天生就该穿这一身衣裳。

是吧，隋越，陛下当时就是这么夸我的吧？"云琅把酒杯丢给谢宁，回头看着隋越，要他证明自己说的话没有一句是假话。

隋越本来正在对付一条猪肘，猛地听到云琅在跟他说话，把嘴离开猪肘，随意的点点头，继续对付那条猪肘。

"你们看啊，隋越已经证明了我说的话，刚才是谁说我吹嘘来着？阿襄是你吗？

你知不知道，我跟陛下谈话的时候甚是相得，我都不知道说了些什么，两个时辰就过去了……你们不知道，当时公孙弘就守在大殿外边，文武百官就守在大殿外边，我跟陛下的谈话没有结束，他们就只能守在外边，你们知道不，当时那雪下的那个大哟，你说是不是啊隋越，当时是不是这个样子的？"

隋越翻着眼睛想了一下，觉得云琅云琅的话基本没错，除过文武百官跟宰相是留在官廨里面烤火，没有站在冰天雪地之外，其余的好像都对，就继续点点头，帮云琅坐实了这件事。

"你们看，陛下是何等的看重我啊，啧啧，你说陛下的眼光怎么就这么好呢？"

曹襄是个识情知趣的，听云琅吹得痛快，连忙搭话道："这必然是真的，上次我跟我舅舅喝酒，我舅舅说了，阿琅早就被他放在夹袋里了，迟早要重用，只是没想到会这么快，你说是吧，隋越？"

隋越抬起头看着曹襄鼓的如同青蛙一样的眼睛，无可奈何地道："必然如此啊。"

霍去病丢掉酒杯怒道："怎么听你们两的话，我觉得我的长乐冠军侯屁都不是啊？

陛下见了我，也就哼哼了两声，就说了一句还好没给他丢人，然后就让我脱掉衣裳，给满朝文武讲每一道伤口的来历。

隋越你当时就在场，我说的没错吧？"

隋越重重的点点头道："确实如此！"

云琅瞅着霍去病道："我听说的跟你说的可不一样，据说陛下看着你满目疮痍的身体潸然泪下，抚摸着你的伤口，一道伤口赏赐你一杯酒，结果把你灌醉了。"

隋越的脸皮抽搐两下，猛地丢下猪肘子暴怒道："陛下是什么人你们不会知道，这时候胡乱说什么，有胆子当着陛下的面去胡吹，打不死你们！

你，霍去病，封爵的时候跪的规规矩矩，屁话都没说一句，脱衣服的时候还被宫女撩拨得起反应，丢人丢到皇宫里了。

还有你，云琅，你封爵的时候，满嘴的马屁话说个不停，我这个做奴婢的都听得汗颜，你却说的大义凛然，哪来的君臣相得？"

云琅翻了一个白眼，无奈的看着霍去病道："看来我们兄弟还做不到淡然处之啊……"

霍去病冲着隋越骂道："你好好的管管宫里的那些女人成不？见到男人就跟狗见到肉一般，那是在大殿上啊，耶耶的家伙用得着她们摆方向吗？左边就挺好，非要弄到右边！"

云琅，曹襄，赵破奴，李敢，谢宁听霍去病说完，就觉得活不成了，一个个狂笑着倒在地板上，几欲气绝，霍去病也觉得此事非常可笑，也跟着大笑起来。

跟一个宦官说下三路的事情就很伤人了，隋越怒吼一声就离开了酒宴，他第一次觉得自己可能真的老了，没法子跟这些少年人相处。

别人家获封侯爵之后，回到家里一样会大庆，只是永远会把陛下摆在最前面，话里话外都是感激陛下的意思。

这两个小王八蛋倒好，把封侯当成一件极为有趣的事情拿出来跟别人显摆，吹牛。

真弄不明白，陛下为什么会把如此重要的两个侯爵赏赐给了这样的两个混账。

隋越怒气冲冲的离开了小楼，还是云氏的女主人比较知礼，恭敬地把他迎去了另外一座小楼，专门给他重新置办了酒宴，派来家里的谒者伺候饮酒。

在那个叫做平遮的谒者妙语连珠的敬了两杯酒后，隋越忽然觉得自己刚才就不该离开，那几个混账明显是在驱赶他离开……"农学的左右少监啊，陛下给的官职真是太有心机了，从今往后，司农寺就是我们兄弟两说了算。

这不算好事，我们本来只想给阿襄要一个小小的官职，我躲在后面帮阿襄，这样一来，我们兄弟都能做到进退自如。

可惜被陛下看穿了，他用最快的速度把司农寺一分为三，好处最大的钱归了桑弘羊，权力最大可以调动民夫，军队的水利被陛下交给了儿宽。

给我们就留下一个只能下要看老天爷脸面，并且要下死力气干活的农桑！

也就是说，陛下从今天起，就要把我们兄弟当驴子使唤了。

干的好，是理所当然，两个侯爵如果还干不好农桑这点事，就会被人说成废物点心。

干不好？一般的板子，打到我们哥俩的屁股上，也会变成铁板子！

知道不，白菜的好处我们沾不上，一半的好处给了长门宫，一半的好处就当给我封侯了。

我们兄弟又成了穷光蛋，要从头开始。"

隋越走了，兄弟几个终于可以随便说话了。

霍去病道："明年开春我又要离开长安，李敢，破奴，谢宁还是要跟着我出征，这一次我们戍守的地方又变了，陛下要求我们饮马祖厉河，明显是要开始河西之役了。

这一次，应该是一场硬仗，祖厉河在前秦时期乃是义渠王的属地，自从秦太后弄死了义渠王之后，那里的异族人就对我族深恨之。

想要快速平安的穿过他们的领地而不作战这是不可能的，因此，我们在与浑邪王，日逐王交战之前，先要与义渠人作战。

义渠人虽然也是匈奴的一部分，却与匈奴有很大的不同，在生活习性上更加接近我们。

可惜，这些人却选择痛恨我们，所以，我开春之后的主要作战目标就是他们，肃清义渠人，打开河西的大门。"

曹襄挥挥手道："装孙子的开始装孙子，扬名天下的开始扬名天下，等去病他们打不动的时候，就该我们接手了。"

云琅看了曹襄一眼道："我们不打仗。"

曹襄笑道："我知道，狡兔死，走狗烹，飞鸟尽良弓藏的道理，匈奴如今的局面一点都不好，被大汉击溃就在这几年当中。

我是说等天下无战事了，就该去病他们装孙子了，轮到我们兄弟走在前面。

无论如何，两只脚走路要稳当的多。"

霍去病淡淡的道："如果没有匈奴可杀了，我要官职做什么，到时候还不如去当猎人，在山中追逐野兽，也比留在家中垂头丧气要好。"

曹襄皱眉道："你老婆又怀孕了吧？"

霍去病摇头道："胡扯，没有。"

曹襄笑道："迟早会的。"

霍去病的眉头皱的很紧，叹口气道："就没有一个快活的活法吗？"

曹襄笑道："那就在杀死最后一个匈奴之后从马上掉下来摔死！"

"慎言！"

云琅被曹襄的一句话说的心里发毛，连忙制止了那张臭嘴。

霍去病摩挲着下巴道："你别说，阿襄这句话真的很有道理，如果能死在那一刻，我无怨也无悔。"

云琅冷着脸道："好啊，都去死，等我一个人过八十大寿的时候你们不要在地下羡慕就成了。"

曹襄谄媚的往云琅身边靠靠，指着霍去病道："更正一下，是我们兄弟两过八十大寿的时候，他们几个傻蛋在地下羡慕。"

李敢摊开手道："我准备活到九十。"

梁翁准备活到一笑了。"

云琅哈哈笑着，指着身后的司马迁道："以后这个人要经常来长门宫，他是穷鬼，可不要拦路哟。"

胥吏仔细看了司马迁一眼点头道："都是高士，小吏不敢！"

云琅点点头，这才带着司马迁进了长门宫。

今天的天气很好，东方朔正领着一群仆役，在排荷花池的积水。

原本这活计应该在深秋之后就动手的，可是，阿娇就喜欢看荷叶凋零，莲蓬孤独的露在水面上的样子，这才拖延到了现在。

池塘里的莲藕很多，必须清除一些，否则到了来年，莲花会太密，花型也不会太大，影响观赏。

一群光屁股蛋的仆役们站在冰冷的泥浆里举着铁锹一点点的挖泥找莲藕，大冷的天气里，那些人的脑袋在冒汗，身体却冻得发青。

云琅从地上捡起一根莲藕，放在水槽边上清洗干净，用小刀子削皮之后，咬了一口对东方朔笑道："这东西的产量也高的吓人，如果有农户专门种植莲菜，收益也比种粮食高五倍不止。"

第四十章章烦躁的根源

东方朔一身的麻衣，站在仆役群里一点都不显出众，见云琅过来了，也只是笑着拱拱手算是见礼了。

司马迁从筐子里抓了一把莲子笑道："曼倩兄来到长门宫担任胥吏倒是屈才了。"

东方朔叹息一声道："能有一个安身之所也很不错了，至于才能？得用的时候是高才，没用的时候就是柴火，就是放进炉子里烧的货色，自从上回事情之后，某家可是再也不敢以高才自居啊。"

司马迁笑道："不一定要做官，做了官反而不自在。"

东方朔看看云琅又看看司马迁问道："那么你来长门宫做什么？"

司马迁毫无廉耻的回答道："要官！"

东方朔点头道："你已经做好当官的准备了。"

"等我把纸张造的多多的，多到用不完的时候，王八蛋才去当官。"

"王八蛋？"

"对，老鳖下的蛋。"

"你是在说你父亲是乌龟吗？"

"听清楚，乌龟跟鳖是两回事。"

云琅拖着司马迁走了，不想想再看两个赫赫有名的人在这里无聊的谈论乌龟跟鳖的区别。

阿娇刚刚吃过一顿很满意的饭食，她平日里起的很晚，所以别人即将吃午饭的时候，她刚刚吃过早饭。

又喝了一杯参茶之后，阿娇就觉得自己的精神很好。，准备再睡一会。

大长秋端着一个木盘走了进来，低声道："您还要见客人呢。"

阿娇打了一个哈欠道："等我睡醒了嘴说，如果桑弘羊再敢来打扰我，这一次就不妨把他丢的远一些。"

"贵人，是云琅求见。"

238

原本昏昏欲睡的阿娇立刻就清醒了，抬手就把一个抱枕丢了出去，大声吼道："他终于想起来见我了？"

大长秋笑道："他如何会不来见您呢，这些天，去云家的人很杂，而隋越，何愁有都住在云氏，云琅此时不来，应该是有什么顾忌的事情。"

阿娇怒道："有什么好忌讳的，我们做的事情除了对大汉有好处之外，哪里有半点坏处？

既然自己站的堂堂正正的，还要掩饰什么呢？这时候你越是顾忌的多，人家就越是怀疑。

你让他进来，我要好好问问，他到底心虚什么！"大长秋领命出去了，阿娇余怒未消，把一个云氏出产的布偶也丢了出去，这才坐直了身子等云琅进来。

还以为只有云琅一个，阿娇连打人用的茶杯都准备好了，没想到进来的是三个人，阿娇冷着脸问道："你是谁？"

司马迁左右瞅瞅，觉得阿娇该是在问他，连忙拱手道："太史司马谈之子司马迁！"

"你来做什么？"

"专门来为贵人立功来的。"

阿娇瞅瞅云琅，又瞅瞅大长秋，发现这两个人都抬头看着天，没有搭话的意思，就强忍着怒火继续问道："你准备给本宫立下什么样的功劳？"

司马迁直起身子慢慢的道："如果成功，贵人将成为万世之表。"

阿娇笑了，摇着头道："我最讨厌大言炎炎之辈，你以为语不惊人死不休，我却觉得这样的人面目可憎！"

司马迁笑道："小子前来是有益于贵人的，却不是来求贵人同意的，如果贵人不愿意听小子的建议，小子这就离开，不敢叨扰贵人雅静。"

"以退为进吗？"

司马迁笑道："出了这个门，小子立刻就会去寻求长平公主的帮助。"

阿娇讥笑道："既然你如此有把握，为何不直接去找长平呢？"

司马迁抖抖衣衫，指指身上的墨点子道："小子没机会去长平公主府上，就被永安侯给抓来长门宫了。"

听司马迁这么说，阿娇烦躁的情绪反而慢慢变得安静了，瞅着云琅问道："是这样的么？"

云琅见阿娇的怒火已经被司马迁给消磨掉了，这才笑嘻嘻的道："如果我们琢磨的法子成功了，长门宫里存留的书简可以全部当柴烧了，贵人也没有必要用那么大的一座楼阁来存书。

一斤重的纸张，可以记录五百斤重的竹简文字，这该是一项不错的革新。""纸张？"阿娇对纸张没有半点概念，就把求助的目光落在大长秋的身上。

"启禀贵人得知，昔日有人以渔网，麻线，桑皮为原料制造出来了麻纸，这种纸张粗糙不堪，老奴刚才听说，永安侯与司马子想出来了一种造纸的新方法，造出来的纸张白如雪，韧如牛皮，是极好的书写材料，如果此法大行于世，吾辈再也不用笨重的竹简木牍为写字之物。

司马子方才说，一旦此物在贵人的主持下大行于世，贵人为万事之表，并非妄言。"

阿娇挪动一下身子，双手放在膝盖上长出了一口气道："这个司马子是自己人吗？"

云琅笑道："这个人是写史书的，一生爱书如命，至于性子，微臣不好评价，不过微臣事由巨细从不瞒他。"

阿娇点点头道："那就是自己人。"

司马迁耿着脖子怒道："我出身太史门下，只能属于我自己，从不属于任何人，包括陛下！"

阿娇并不生气，对于司马迁的话就当耳旁风，吩咐了宫女倒茶之后又问云琅："能成吗？"

云琅拱手道："自然能成，只需要再探索一下。"

"工序可繁杂？"

"刚开始的时候应该是非常的繁杂，日后熟练了，就会逐渐精简工序，减少损耗，通过大规模的制造，最终达到让纸张廉价的目的，从而让天下读书人都能用得起。

从这一点来说，是真正的万世功业。"

阿娇朝云琅探出手道："秘方呢？"

云琅从袖子里掏出一卷白绢，放在面前，大长秋亲自捧起白绢送到阿娇手上。

阿娇打开白绢，匆匆的看了一遍之后道："材料都不是贵重之物，应该可行。"

说完话，就把白绢仔细的折叠起来，放进了桌案上的一个漆盒里，对大长秋道："锁进府库，任何人不得擅自打开。"

大长秋捧着漆盒离开了，阿娇叹口气道："一个个都成猴子了，就不愿意来陪我谈天说地了是吗？

知道你一心为我着想，可是这样有事才来，无事就避而不见，到底不是交往之道。

你该知道，我从未把你当做臣子来看，更多的时候是把你当做一个贴心的晚辈来对待。

造纸之术虽然前途远大，然而，在我心里，得到这东西还不如让你给我讲那些天外见闻来的舒坦。

我就是一个女人，如今又生了一个女儿，国朝与我干系已经不大了，我只想过的快活，安静。"

云琅肃容道："微臣也没有想过什么高官厚禄，如果此生能平安的过下去，并且可以不受约束的一展胸中所学，对我的亲族有所裨益，云琅就心满意足了。

与贵人以及别的大汉人士相比，云琅似乎是来自另一个世界的人，所作所为与大汉规矩格格不入。

现在的形势很明显，只要您这颗大树不倒，云琅就能在贵人的庇护下完成自己的心愿。

说起来，云琅与贵人一样，所求的不过是一个心安，一个自在罢了。"

阿娇笑道："我才不管你来自何处，是妖精鬼怪也罢，是山门中人也好，这些年来，我们相互扶持着走到现在，自然要一直扶持着走下去。"

云琅坐直了身子低声道："以后的岁月不会太好过得，贵人也应当先做准备。"

阿娇点点头道："没人比我更加了解阿彘了，他的心就是一个无底洞，不论你投进去多少温情，多少爱意，都不能填满他的心胸……"

第四十一章 何愁有的奸计

悲伤的人只要开始打麻将心情就会好起来，尤其是阿娇。

司马迁没钱，云琅分给他几个金锭，这场麻将才能打得起来。

阿娇打麻将的时候不愿意说话，因此，别人也就不能说除过麻将术语之外的语言。

从阿娇的寝宫出来的时候，司马迁成了最大的赢家，把云琅借给他的五个金锭还了之后，还落下一袋子金锭。

司马迁背着袋子恼怒的对云琅道："这算什么？收买我？"

云琅回头鄙夷的看着司马迁道："比喜欢可以给我。"

司马迁想了想到底没有把这些金子送给云琅，而是掏出两枚金锭丢给东方朔道："大爷赏你的。"

东方朔二话不说就把金子揣怀里道："多叫一声大爷能不能再赏赐我两个？"

司马迁摇头道："看你落魄才给的，再给，你就比我富裕了。"

东方朔意犹未尽的瞅着云琅道："我也可以叫你大爷！"

云琅摇头道："我没赢钱。"

东方朔怒道："你们这些有钱人啊，越是有钱就越是小气，越是小气就越是有钱！"

司马迁笑道："确实如此啊，不过，你可以试着喊别人大爷试试，说不定也能要到赏钱。"

东方朔耸耸肩膀道："能让我心甘情愿喊大爷的，只有我家看门的黄犬跟你俩。"

云琅瞅了司马迁一眼道："花钱挨骂，真是愚不可及。"

司马迁大笑道："被他骂一下我心里舒坦，你管不着，这家伙但凡能学会卑躬屈膝，就该我叫他大爷，等他赏金子了。"

东方朔笑道："再给我两个金锭，来年，我准备请人开挖那一片沼泽，试着在那里种植莲花，如果成了，又有莲菜，又有景致，还有莲子可以熬粥。

等太学在那里安家之后，在那里作赋，作歌的时候，心底也能安静，干净一些。"

云琅掏出五个金锭放在东方朔怀里道："不能再多了。"

242

东方朔笑的很开心，取出一个金锭揣袖子里，把另外四个金锭也揣怀里道："六个金锭足够了，剩下一个我拿去喝酒。"

两人走出老远，司马迁停下脚步，瞅着卷起裤腿站在湿冷的泥浆里的东方朔道："他已经忘记了遭受的羞辱。"

云琅摇头道："他从来就未曾被被人羞辱过，从来只有他羞辱别人的份。"

司马迁长叹一声道："但愿我以后能历经荣辱而面不改色，其志不改。"

云琅瞅着远山道："你会的……"

至此，二人再无言语。

刘彻答应让云琅跟曹襄担任司农寺左右少卿，旨意却迟迟没有下来。

据曹襄说，朝中对他担任左少卿压力不大，但是对云琅担任右少卿的反对之声高涨。

刘彻不愿意退步，如今正在磨合中，也不知道又有谁会因为这件事情倒霉。

冬日里，骊山上的白雪是不融化的，那些被大雪遮盖了的松树上的白雪却慢慢的融化了，粗大的冰柱挂在松树上，让那片松林从来极为危险的地方。

何愁有喜欢跟死人待在一起，自从他来到云氏，夜晚基本上见不到他的人影。

只是陵卫大营里的塑像却一天比一天多。

傍晚喝酒的时候，何愁有难得的出现在云琅的面前，喝了一肚子热酒之后低声道："等枯骨全部埋进塑像之后吗，就把陵卫大营也封闭了吧。"

云琅点头道："这是自然，逝去的就让他逝去，他们已经变成了史书上的人物，现实生活中就不该再出现了。"

"给他们塑像上瘾啊，我现在只要一天不做这些事情，就觉得欠他们的。

有时候抱着枯骨，总觉得这个人我应该认识。"

云琅苦笑道："都是血肉同胞，自然会有很强的亲近感。"

何愁有张嘴无声的笑道："说什么大秦，大汉的，说起来都是一群人罢了。

你做事很不认真，好些枯骨的骨骼明明不是一副的，都被你强行绑在一起……"

"我觉得他们好到了极点，应该不分彼此。"

"胡说，张元松跟太宰他们就是世仇，如果不是因为都担负着守卫皇陵的重任，他们早就厮杀成一团了。"

"张元松？"

"你不认识，以前始皇帝坐下的侍卫头领，我的剑术就继承了他的。

你知不知道张元松在我梦里咆哮成什么样子了。"

"死了还那么多事……"

"你闺女最近不喜欢跟老虎玩了？"

"嗯？这倒没发现。"

"我看到你闺女踢那个人球，人球还在地上假装滚。"

云琅的脸色一下子就变黑了，连捷本来就是一个可怜人，这下好了，在皇宫受欺负，在云家还受欺负。

霍然站起就要去教训一下闺女。

何愁有却把云琅拖得坐下来慢条斯理的道："连捷比你闺女还要开心。"

"胡闹！那是连捷有寄人篱下的感觉。"

"你才胡闹呢，老夫难道辨认不出真高兴，还是假装高兴吗？

就像我们刚才说的，连捷被人踢也有瘾头，被成年人踢他可能不愿意，可是你闺女踢他，他是真的高兴。

白日里骑着马去放羊，傍晚回来再跟你闺女玩闹一阵子，这样的日子他很满意。"

云音站在楼梯上，一抬脚就把连捷踢下去了，连捷在半空中夸张的翻了两个跟头，别看他手短脚短，身手却灵活地如同一只狸猫，看着像是在楼梯上碰来撞去的，实际上，他总能在将要碰到的时候，伸手，或者伸腿，让自己的身体再次滚动起来，十几节的楼梯滚到底，除过手脚，他的身体就没有挨地。

云琅扶住连捷，站在楼梯顶上的云音发现父亲非常恼怒，大叫一声就扑到苏稚的怀里，不停地催促苏稚快跑。

"我踢的。"

"我们闹着玩的。"

苏稚跟连捷几乎同时发声。

"下来！"冲着云音喊道。

苏稚抱着云音本来还想执拗一下，见丈夫的脸色实在是太难看，就不敢跑了。

云音哇的一声哭了起来，一边用小手擦眼泪一边偷偷地打量父亲，这一手平日里很管用，只是今天，父亲看着她哭，却无动于衷，只好从苏稚的怀里出溜下来，一边哭一边走下了楼梯。

这是云琅特意要求的，这孩子在家里几乎无法无天，宋乔不敢管，怕坏了名声，苏稚只知道一味的娇惯，以前欺负老虎的时候云琅就不是很满意，现在发展到欺负人了，这样下去如何了得。

云琅等云音从楼上下来了，就拖着她的小手来到局促不安的连捷身边对闺女道："跟你连捷伯伯道歉，说以后再也不这样做了。"

连捷快速的摇摆着自己的小短手道："侯爷，小的这是陪翁主玩闹呢，哪里有欺负人的事情，即便有，小的也心甘情愿。"

云琅摇头道："这孩子娇惯可以，但是，一定要知道对错，否则将来就是害了她。"

连捷搓着手道："这事闹的，这事闹的……哎呀呀……"

云音的大眼睛里蓄满泪水，憋着嘴又哭了一声，抬头见父亲没有改变主意的意思，就小声道："我以后再也不踢你了。"

云琅正要趁机教育一下闺女，却没料到何愁有从旁边蹿出来，一把抱走了云音，大笑着道："乖孩子，踢人算什么，跟老祖学一身本事，将来踢老虎！"

"耶耶不许我欺负老虎。"

"那是家里的老虎，是你父亲的命根子，老祖带你去欺负山里的老虎，那些老虎怎么欺负没关系。

你看啊，老祖会飞……"

云琅眼睁睁的看着何愁有抱着云音，踩着楼梯栏杆，几个纵跃之后就上了三楼，把牙齿咬得咯吱吱作响，怒吼道："何愁有你带我闺女去哪里？"

何愁有站在三楼，一双手在不断地揉捏云音的骨头，哈哈大笑道："这么强壮的孩子交给你们带实在是糟蹋了这身根骨。"

推荐都市大神老施新书：

第四十二章 无差别生气法

连捷在何愁有眼中连屁都算不上，他之所以要告诉云琅云音欺负连捷的事情，就是为了给自己找一个亲近云音的机会。

然后就拿出自己会飞的本事，一下子就把云音对他的好奇心提到了极致……"耶耶，老祖会飞哟。"

"老祖不是在飞，是在蹦跶，像蛤蟆一样蹦跶，女孩子跟蛤蟆一样蹦跶难看死了。"

"好吧，耶耶，老祖还会一拳打断一根树。"

"女孩子不要学，那就是一身的蛮力，拳头砸在树上很痛。乖，听话啊，跟你娘识字念书比那好。"

"好吧，耶耶，我念书之后去找老祖玩可以吗？"

云琅抬头看一眼一脸肃穆的吃饭的何愁有叹口气道："可以！"

云音见父亲终于答应了，就飞快的来到何愁有身边，攀着何愁有的肩膀道："老祖，老祖，我们去山里找老虎……"

何愁有放下碗筷愉快的道："老祖家里还养着八头狼，我们先把这八个畜生收拾的服服帖帖之后，再去找老虎。"

云琅怒道："你的那八匹狼是野狼……"

何愁有狞笑道："老夫会把狼的牙齿拔掉，爪子剪掉……"

云琅倒吸了一口凉气道："这如何使得，如此教孩子会把她心性弄坏的。"

何愁有冷笑道："看看你身上可有一星半点的大汉男儿血勇？老夫承认，有时候智慧确实比武技有用一些，然而，我大汉不论男女，不屑对那些该死的蛮族动心眼。

我们会用自己的拳头生生的把那些家伙砸进泥巴里，一拳不成就两拳，直到他们跪地求饶为止。

用计谋打下来的江山并不稳固，用拳头捶出来的江山才是万年永固的。

用拳头打服敌人，打死他们，让他们的鬼魂见了大汉人都要躲着走，那块土地才是我们汉人的。

我们要在那里生活一辈子，要在上面种果树，种粮食，盖房子，不能有任何人阻止我们这样做。"

云琅很怕，因为他从何愁有的表情里看出，这家伙真是这么想的。

云琅以前的世界里，大家总要先谈判一下，然后再衡量一下得失舆论什么的……最后再宣告一下，几次三番之后就会杳无音讯……在这里刘彻说要打你，他都等不到明天！

何愁有看不起云琅磨磨唧唧的性子，总觉得这人很虚伪，只是云琅的办法过去巧妙，让他无话可说，还总有英雄无用武之地的感觉。

同时，他又明白，云琅的法子是最省力，最省钱，最省民力的法子，虽然不痛快，效果却好的出奇。

在这种情况下，何愁有就觉得自己有义务把大汉的武勇血脉传递给云氏，先从云琅最疼爱的云氏大女开始。

女子练武，在勋贵人家不算什么，阿娇会舞剑，只是她只舞给刘彻一个人看，至于长平的一身本事都是按照上战场培育的，而霍去病的老婆霍氏，更是马上马下都算得上是一员悍将。

何愁有的主意打的很好，只要云氏大女被他培养出来了，不管云琅以后生多少孩子，都会被大女带上强悍之路。

云琅最终点头道："好吧，只是孩子还小，不敢给练坏了。"

何愁有蹲在木头柱子上笑的如同一只秃鹫，几个闪落，就窜上了云音的小楼，云琅看的清楚，一个小小的人儿正站在窗前等候这头老秃鹫。

冬天的时候，一般情况下，天下总是没事的，可就是这个冬天，天下一点都不安稳。

秋日的时候，南越王赵胡敬献给刘彻的大象死了，据说南越敬献的鹦鹉居然口吐恶言。

这让刘彻火冒三丈，下令前将军路博德率领三万大军，出零陵，质问南越王赵胡以及刚刚回到南越的太子赵婴为何要如此无礼。

冬日的时候，结果传来了，南越王赵胡被活活吓死了，南越太子赵婴登基称王，派了使节来长安，恳求皇帝能够赦免南越国无知之罪。

"我们要发财了。"

曹襄躺在铺了羊毛毯子的热地板上，剔着牙齿对云琅道。

"那只鹦鹉说了些什么？"

南方生活习惯了的大象，在北方死掉云琅不觉得奇怪，就是奇怪那只鹦鹉说了什么。

曹襄吐掉镶嵌在牙齿里的肉丝懒懒的道："谁管它说了些什么，总之陛下要过年，南越居然不上供，这就是大罪，不给我们上供，也是大罪。

同时呢，陛下还在生朝鲜国的气，要朝鲜王交出当初叛逃到朝鲜的燕王卢绾的后人来治罪。

老天爷啊，卢绾都死了六十年了，当初这家伙跟匈奴勾勾搭搭的，被文皇帝发现，最后叛逃到了匈奴，成了匈奴的东胡卢王，最后死在了匈奴，他的亲族早就死干净了。

进入朝鲜投靠朝鲜的是他的部将卫满，如今陛下要卫氏朝鲜交出卢绾的后裔，这个理由有些无理。

看样子陛下这是真的穷疯了。"

"这其实还是扶余人惹得祸，这两年，陛下让乌桓给他挖人参，赚了不少钱，用人参赏赐功臣，又节省了不少钱，现在好了，扶余人居然要掺和进来。

陛下连扶余人的盐树（传说松嫩平原上有一种能长出盐巴果子的树木，匈奴人把吃这种盐的人叫做扶余人）都想要，现在扶余人竟然敢跟乌桓人抢夺人参山，那里太远，陛下不好派大军过去，只能勒令朝鲜人跟扶余人打架了，顺便把盐树跟人参一起搞定，顺便再敲打一下朝鲜人，再得一些孝敬。

所谓的帝王一怒伏尸百万就是这个道理。"

曹襄疑惑的道："卫满朝鲜都是蛮子，他们能弄明白陛下的心思吗？"

云琅笑道："生死关头，他们会聪明起来的，即便是弄不懂，不是还有幽州刺史府的使者吗？

你看着，陛下此次生气是无差别的生气，很快就要生诸侯国的气了，如果还缺钱，缺粮说不定连我们的气都会生。"

曹襄吧嗒一下嘴巴道："也是，山东的旱灾，河北的水灾，就连淮南这个富庶之地都不安稳啊。

全靠关中支应，总不是个办法，这样吧，我们兄弟收拾一下粮仓，献给陛下一万担粮食，说不定就能逃过这一劫。"

云琅鄙夷的道："少耍你的小心思，你以为就你聪明？我们要是先把一万担粮食献出去，就会把人得罪光了。

咱们两家有存粮的习惯，家里的产出又多，拿出一万担粮食不算什么别人呢？

一旦这一万担粮食成了勋贵们的定例，你看着，咱们兄弟两一定会被勋贵们骂死，这里面说不定还有你我的那位母亲。"

曹襄苦笑道："为君上分忧也这么多麻烦。"

"等等吧，公孙弘应该是第一个敬献的，我们随着他的例子来看着贡献。"

"可公孙弘根本就是一个穷鬼……"

云琅笑道："这时候他不会穷的。"

山东开始出现流民了，河北的百姓已经在军队的保护下开始向北出发寻找食物了。

这是云琅在跟曹襄谈话之后第三天听到的消息。

公孙弘变卖了家里的宅子，田地，用换来的钱购买了五万担粮食捐献给了朝廷，据说，他一家六十六口，今年冬天只留了不到五千斤粮食……皇帝不忍心自己的老迈的宰相挨饿，只收了四万担，给宰相留下了一万担粮食来支应家用，以及宰相门客们的生活费用。

长门宫捐献了十万担粮食，以及黄金五百斤，珍珠两斗。

长公主殿下捐献了粮食八万担，加上长子曹襄，义子云琅凑足了十万担粮食，云钱两百万。

霍去病跟老婆打了一架之后，也捐献了一万担粮食，五十万云钱。

就连李敢也准备了五百担粮食，云钱十万。

云琅站在长安的官道上，瞅着络绎不绝的马车长龙，再一次对刘彻有了新的认知。

推荐都市大神老施新书：

250

第四十三章 小小的变化

冬日里，刘彻比较喜欢待在长门宫。

一来，这里比较暖和，屋子里没有碳气还温暖如春，二来，最近长安城里的百官聒噪的厉害，他想安静一下。

往一盆长得非常茂盛的甜瓜苗上浇水，也是刘彻为数不多的乐趣。

碧绿的秧苗下面，藤蔓已经开始向外爬，一朵淡黄色的小花刚刚开放，看的刘彻笑容满面。

"朕在冬日里也能种出瓜果来。"

刘彻用指头轻轻扒拉一下那朵小花对阿娇显摆道。

阿娇收起手里的绣花绷子凑过来瞅了一眼秧苗惊讶的道："果真开花了，不过呢，这是雄花，雄的可没有生孩子的本事！"

刘彻笑道："云琅写的《农书》上说的很清楚，在没有蜂蝶授粉的时候，就该自己动手。

至于你说到生孩子……呵呵，没有男人女人生的出来吗？"

阿娇理理头发瞅着刘彻道："你有多长时间没有授粉了？"

刘彻大笑道："总要雨露均沾……"

跟皇帝说房事也只能说一半句，说多了就会惹人厌，阿娇也没心思在这上面抓挠，就转移话题道："钱够吗？"

刘彻笑道："钱粮永远是不够的，只是这种捐赠的法子不能多用，不过呢，用一次就要解决大问题。

钱多了，其实用处不大，因为粮食在涨价，这时候朕才深切的感受到云琅说的那句话——农桑为大卜之本。"

"这句话老祖宗说过无数次了。"阿娇有些不以为然。

"把粮跟钱连起来说的，只有云琅一个。"

"这么说司农寺右少卿给云琅了？"

"必须给啊，朕期待大汉回到先帝年间粮食多的吃不完的盛世景象。

只是，二十年，太久了！"

阿娇皱眉道："跟我大汉江山万年比起来不长！"

"可是，朕的生命是有限的，陛下万年之说毕竟只是一个彩头，一个念想，没人能活一万年，一百年的都少见。"

说起这个事情的时候，刘彻的心情总是不太好，虽然他还处在而立之年，他就已经对自己将来的生命旅程担忧了。

其实，云琅对刘彻的这种忧虑非常的同情，真正算起来，大汉人的平均寿命只有可怜的二十五岁，就这还仅仅是计算了关中人的寿命。

如果把整个大汉人都算上，估计只有可怜的二十岁。（出自《恐怖的原始时代》十余人成亲，三十余岁已经是做祖父的年龄了，而祖父这个词语一旦加在某一个人身上，就已经说明他进入了暮年。

炒回锅肉的时候一定要用青蒜。

云家种植了非常多的青蒜，这东西在冬日里种植效果很好，是一门非常好的冬日蔬菜。

由于没有豆瓣酱，炒出来的回锅肉没出现金盏窝，也没有特有的香辣味道，更没有川菜里的那种浓郁的复合香味，云琅总觉得非常失败。

不过，食客们并不嫌弃，尤其是李敢，对于青蒜里的巨大肉片非常的喜欢，不一会就把一盆子回锅肉吃的干干净净。

"这一次是勒着裤腰带捐钱的，老婆躺在家里已经快没气了，孩子哭得那个凄惨哟，看的闹心，就来你家躲躲。"

"咦？人参的收益还不够你家贴补的？"

"足够啊，问题是那个婆娘认为我是在败家，从家里向外拿钱还没有收益，这就要了她的命了。

说实话，捐出去的那点钱我是不在乎的，这两年我不在家，家里的收益多了好多，你知道不，那五百担粮食全是家里的存粮，如果不是担心捐的太多惹人，一千担都不成问题。

就是婆娘想不开，算了，不说这些狼，阿襄来信说要我们去阳陵邑小住几日，你去不去？"

云琅给炒锅里倒了点水，坐在厨房的小板凳上道："不去，以前朝廷里的气氛紧张，他们一群纨绔不敢玩闹的太过分，现在事情过去了，就想花天酒地，我是不会去掺和的。"

李敢点点头道："你现在比较扎眼，去了会落闲话，待家里吧，等你的差事下来了，想清闲都不可能了。"

云琅笑道："等差事下来了我会更加清闲，人们会看到兢兢业业的大司农，会看到跑的跟驴子一样的阿襄，唯独看不见传说中的奇人云琅。"

李敢没有多想，站起身笑道："你跟去病都不去，那我就带着赵破奴去，谢宁这家伙又被家里的一大群婆娘给缠住了，一时脱不了身。"

目送李敢大步流星的走了，云琅抽抽鼻子，又开始实验自己的新菜，无论如何，就算没有辣椒，麻婆豆腐都要出来啊。

没有辣椒，就没有红油，麻婆豆腐白不啦叽的出锅了，茱萸虽然也辣，可它到底不是那个味道啊。

老虎嘴里叼着食盒，游春马无聊的跟在后面，云琅带着刘二就出了家门。

苏稚跟药婆婆在富贵县里的药铺忙碌，据说已经有了很大的进展，至于怎么进展法云琅没见过，准备今天去看看。

以前从云家出门去富贵县的时候，很担心被狼给叼走，现在不用不担心了，这里的道路上不论白天还是黑夜都有商队来往。

尤其是距离云氏大门不远处的渭水码头，更是已经自动变成了一个小小的集市。

云家的土地是以河边的那颗大柳树为的，大柳树的边上还有一个粗壮的树桩子。

当初董君抓住一个跟长门宫宫女偷情的野人，就是在那个树桩子上被活活折磨死的。

后来，董君自己也被张汤给活活折磨死了，因此，云琅已经把这件事做了选择性的遗忘。

只是看着有船夫坐在木桩子上谈天说地的很热闹，不由得再次想起那个死不瞑目的野人来。

树桩子左边的云氏地界上，只有一座不算大的茅屋孤零零的矗立在那里，茅屋该是云氏的产业，因为茅屋的对面，却盖了很多茅屋。

说来奇怪，云氏的土地无人侵占，倒是皇家的土地，百姓们在上面盖房子并没有太多的担心，也似乎没有人驱赶他们。

上一个侵占皇家土地的人是宰相田蚡，他的下场很糟糕，自己死了也就算了，连儿孙都被连累的不浅，如今已经听不到关于田家人的消息了。

所以说明，皇家的土地，穷苦的百姓可以拿来生存，只要不过分，就不会有事，即便是地方官吏都不会多看一眼。

勋贵们拿……那就是欺负皇家了，伸手剁脑袋的事情立刻就会发生。

冬日里的渭河其实很不错，至少在景致上来说非常的不错，河边全是厚厚的白色冰棱，敲打一块放在嘴里的咬非常的痛快。

今年的冬天不冷，所以，河面上没有结冰，即便是有薄薄的冰层，也会被行驶在河面上的平底船给开出一条道路来。

云琅几乎是蹦蹦跳跳的来到了富贵县。

如今，富贵县的地盘更大了，原本只有一条一里长的街道的富贵镇终于开始横向发展了，一条清晰地十字街道充分的证明了这一点。

富贵县的县令应雪林，刚刚从云琅前边走过，走的很匆忙，他没有看见云琅，云琅也没有去打扰他的意思。

倒是跟随应雪林的郭解看到了云琅，他也行色匆匆，想停下来跟云琅打招呼，见云琅轻轻地摆摆手，就匆匆的抱拳追着应雪林走了。

富贵县的实职县丞，就是大汉对他走了一遭北地的奖赏。

这个县丞跟他以前担任的县尉完全不同，已经算是官员了，脱离了胥吏的行列。

如今的郭解跟以往的郭解有了很大的不同，根据曹襄说，郭解回来之后，干的第一件事就是向所有的游侠宣布，他已经在北地通过与匈奴厮杀，获得了大汉朝廷的谅解，从今往后，再有游侠以武犯禁，就是在与他为敌。

第四十四章换汤不换药

这个宣告传出去之后，郭解被几乎所有的游侠们所鄙弃，就连守在他击剑馆里的几个教头，也在第一时间离开了。

郭解顺理成章的将击剑馆变成了富贵县的县学，应雪林找来了几个昔日的好友，开始在这里以大汉的名义开馆授徒。

奴隶买卖给郭解带来了极大的收入，云琅怀疑，那些鄙弃郭解的游侠们很可能都已经加入了郭解的捕奴队伍里来了。

否则无法解释，他都回来了，为什么还有源源不断的异族奴隶出现在长安市上。

经济利益才是凝结人心的不二法宝。

以前的时候，游侠们只为名与人拔剑相斗，现在，为了利益跟异族人战斗就一点都不奇怪了。

云琅知晓贩运奴隶的利润有多大，也知道奴隶头子的名声有多么的难听。

看样子郭解也意识到了这一点。

所以，他如今正在借助昔日造就的名声混官场，而奴隶头子的名声不知道又丢给谁去背负了。

奴隶买卖的好处云家是不要的，所以郭解就把这一份利益补贴给了医馆。

据云琅所知，李敢拿走了大部分的利益，毕竟，郭解想要平安的在边关贩奴，就离不开军队的支持，尽管李广至今没有封侯，而李敢家在军中的威望很高。

亲朋故旧都在军中，很容易形成一个利益集合体。

医馆外面车马簇簇，这完全出乎云琅的预料。

路过车马的时候，因为老虎的到来，让那些拉车的马很是惊慌了一阵子。

不过，老虎因为嘴里叼着食盒，就把兽中之王的威风折杀了大半，即便是那些挽马，在看到叼着食盒的老虎，惊慌了片刻也就习以为常了。

马车里传出妇人低声咳嗽的声音，云琅不好多打听，带着老虎就直接进了医馆。

云家的两个仆妇原本正在趾高气扬的磕着炒熟的麻籽，忽然看见了老虎庞大的身躯，连忙吐掉嘴里的麻籽，笑吟吟的迎上来，熟练地从老虎的嘴里接过食盒，在躬身向云琅施礼。

"小君呢？"

仆妇连忙道："主妇在静室，正在为安康君诊病。"

"药婆婆呢？"

"药婆婆正在为抵里侯调理肺疾。"

"把马安顿好。"

云琅说着话就上了医馆，两个仆妇连忙拉着游春马去了后院安置。

抵里侯任长春云琅是认识的，以前追随窦婴征战疆场十余年，被先帝称之为贤良的人物。

后来窦婴倒霉他都安然无恙的人物，云琅自然要去看看。

还没走进药婆婆的诊室，就听药婆婆唠叨道："年纪一大把了就不要逞能，你的肺病是因为肾虚得来的毛病，想要根治没可能了，除非你能把腰肾变回三十年前的模样。"

然后就听见一个有些沙哑的声音从屋子里传出来："一辈子就这么点爱好，如果连房事都没有了，老夫还活个什么劲啊。"

药婆婆怒道："我听我家侯爷说满大汉人的平均寿命只有二十余岁，倒是你这样的人活得却如此长。"

"哈哈哈，想要命，就要先舍命，老夫当初在疆场上吃了多少苦，多少次差点被人枭首，这才有了好日子过。

那些农夫呢？成年累月的下苦力，又吃糠咽菜的如何能活得长久呢？

老夫活的长，是自己挣来的，别人羡慕不来。

药婆子，你就尽管把人参之类的好药给老夫用，能快活几年是几年。"

听老贼如此肆无忌惮，云琅就没了进去问候的心思，转身来到苏稚的房间，躺在厚厚的床上开始打瞌睡。

医馆的生意很好，来看病的人中间，如果多几个抵里侯这样的老混账，看一个等于看普通病人一百个。

老虎在地毯上蹭干净了爪子，就跳上了床，把云琅向外拱拱，就舒坦的卧了下来。

一人一虎面对面的张大了嘴巴打瞌睡。

不一会，就一起打起了呼噜。

也不知道睡了多长时间，睁开眼睛的时候老虎早没影子了，倒是苏稚正坐在矮几前面吃云琅实验失败了的麻婆豆腐。

"这东西热了以后吃起来就不好了。"

苏稚可能不喜欢豆腐里的茱萸，把那东西挑出来继续吃。

"洗手了没有就开始吃饭？"

"必须洗手啊，这几天看的全是妇人病，不洗手我哪有胃口吃饭。"

"妇科？你什么时候开始接妇科了？"

"不接怎么行呢？你也不看看满长安有女子医者吗？妇人病本来就多，还麻烦，以前只能忍着，现在我开医馆了，那些妇人还不匆匆来看病啊，就这，还一个劲要我保守秘密，不能把得病的消息传出去。"

云琅点点头道："应该开一道侧门，让马车直接进来，别让外人看见，妇人嘛，忌讳多。

只是，你一个人看的过来么？你训练的那些羌妇怎么样了，能不能顶用？"

苏稚放下饭碗有些失落的道："现在才知道我璇玑城为何会忌惮朝廷了。

你知道的，想要成一个好的医者，先决条件就是识字，让那些羌妇识字跟杀她们一样，今天认识了，明天就忘了，这么长时间下来，妾身快要累死了，她们连名字都不会写。

照料伤患还行，给人看病，这辈子没指望了。

我现在就指望家里的女童能再长大一点，选几个聪慧的，手把手教，以后女医者可能会多一点。

明天还有两个要接生的……夫君，我好累啊。"

云琅抱着软软的倒在他怀里的苏稚皱眉道："接生？这是稳婆干的事情啊。"

听云琅说到了稳婆，苏稚怒不可遏，猛地从云琅怀里站起来怒道："你知道稳婆是怎么接生的吗？拖，拉，拽，把人当牲口，还有的见妇人生不下来，就用擀面杖擀面一样的擀肚皮！

孩子生完了，一把草木灰就丢上去了，还说这是一个腌臜活计，十个里面能有两个是一尸两命！

我实在是看不下去啊，所以，只好接了，就目前来看，接生了三十四个，还算平安。"

云琅叹口气道："这样不成，等名声传出去了，以后光是接生就够你麻烦的。"

257

"我有什么办法，农家小夫妻看着亲亲爱爱的，妻子快要死了，丈夫跪在门口哭得那个惨哟，我只好接了。

为这事还得罪了几个贵人，说我触碰过下人的手，不宜再接触她们，扭身走了，还到处坏我名声。"

云琅冷冷的道："这样的人，下回就算是死在你面前，也不要理睬，医者眼里哪里有什么高贵低贱之分。

下回再有这样的人，就说你给狗都接生过，如果不接受，立刻走远！还能给你省点力气。"

苏稚咯咯笑道："我不但给狗接过生，还伺候过牛羊马生犊子，夫君说的对，他们不来我还省力气。"

云琅宠溺的瞅着苏稚笑道："你以前还担心没有伤患上门呢，没想到，现在伤患多的顾不过来了。"

苏稚幽怨的瞅着丈夫道："其实您跟师姐更该过来坐馆。"

云琅无奈的摇头道："永安侯的爵位一下来，我跟你师姐立刻就成了废人。

除非有一天我被外放，才能自己做主，在长安有御史盯着，没可能的。"

夫妻两正说话呢，药婆婆气咻咻的从外面走进来，见云琅也在，就把一枚金锭丢在桌子上道："没病的人以后少来！"

云琅把玩着那枚金锭笑道："婆婆该收两枚金锭的，有了这些钱，医馆才能多进些药物，补贴一下吃不起药的人。

都是功德无量的事情，他们不做善事，我们帮他们做，以后苏稚也这么干，在我家医馆看病，有钱人一个价，穷苦人一个价，时间长了，说不定就有不愿意来看病的人，大家的日子也过得轻松些。"

推荐都市大神老施新书：

第四十五章喜欢生病的侯爷

得病的人中间，穷人永远都比富人多，一来是因为穷人的数量比富人多的太多，二来，糟糕的生活环境以及辛苦的劳作让穷人更容易患病。

医馆里的药物对穷人来说是免费的，这让来看病的穷人人数就更多了，很多没有病的人，这时候也要享受一下治病的乐趣，来医馆里弄点药吃吃，或者把药存起来等自己得病的时候再吃，至于药物对症不对症不在他们的考虑范围之内。

以前的时候，富人来看病也是不要钱的，后来药婆婆发现，富人们似乎对这种一视同仁的做法并不是很领情。

他们更加喜欢来到医馆就看病，而不是跟那些穷鬼们一起排队，这让他们觉得非常丢脸。

真正反对富贵镇医馆这么做的人，还不是那些富人，而是长安周边的那些医者，因为饭碗问题，他们成群结队的来到富贵镇医馆吵闹，静坐，绝食，而后自杀，这才让阿娇决定对他们所有人开的医馆都进行资助，于是，长安人正在形成看病不要钱的习惯。

当然，富人们看病就开始理所当然的要收钱了，而且收的很多……毕竟，阿娇的资助是有限的，只能让那些医者吃饱饭，想要吃好，那就要争夺富人资源了。

这样做有一个好处，那就是能够迅速的提高医疗水平，尤其是大汉基本上谈不到医疗水平的情况下，只要有一点改变，那就是翻天覆地式的改革。

至少，长安附近的医者们，已经学会了给人看病时必须洗手，必须隔离传染病人这样的科学做法了。

长安人永远引领着大汉国的潮流，不管是好的，还是坏的，历来都是各地百姓争相效仿的对象，医馆更是如此，因为，大汉最好的医疗资源全在长安，而璇玑城更是一个神秘的几乎可以活死人肉白骨一般的存在。

日出时开馆诊病，日落时闭馆歇业，这就是苏稚制定的规矩，本意是为了休息，不知道为什么传着，传着就变成，白日里才是活人的时间，而夜晚，总有一些惑人的妖魅在阻挠医者给伤患治病……夜晚死亡的病人永远都比白日里死亡的病人多……下午时分，药婆婆跟苏稚惯例是不给人看病的，坐诊的是一些来富贵镇医馆学习的外地医者，其中就有被云琅除掉毛发的那些光头军医。

谢长川捧着一卷竹简，仔细的诵读完毕之后，就把竹简放在一张小桌子上，随手捏捏自己发胀的眉间，老仆端来一杯热茶，谢长川喝了一口，就让老仆给他把枕头往后放一些，他准备歇息片刻。

药婆婆跟苏稚穿着麻衣从门外走了进来，身后跟着一大群羌妇护理。

老仆似乎对这个场面非常的熟悉，立刻就把自家主人的被子朝上卷了一些，露出小腿跟膝盖。

药婆婆探手捏了一下谢长川的膝盖骨对苏稚道："除风散对谢侯爷的病症作用不大，从明日起配合针灸试试，用雷火针。"

苏稚点头道："在白登山之时，我试着用汤药煮洗，效果还是有一些的，单纯的雷火针带去的疗效只有片刻，对病症痊愈没有多少帮助，再加上药浴吧。"

谢长川对这些事情不懂，也不想打扰药婆婆跟苏稚诊病，见云琅站在门外就招手道："进来吧，也成侯爷了，莫不是要老夫去请？"

云琅指指药婆婆跟苏稚道："等她们忙完，我们再细谈。"

羌妇们揭掉谢长川膝盖上的狗皮膏药，清洗过膝盖之后，重新敷上药，药婆婆就带着苏稚一行人离开了病房。

"不服不成啊，你这小妾确实是干大事的人，医术暂且不说，就这阵势，就让老夫觉得来这里看病不亏啊。"

谢长川把身子靠在两个枕头上，佩服的道。

云琅亲自看过谢长川的腿摇摇头道："其实该动刀子的，是膝盖里面有积液。"

谢长川笑道："这样挺好，已经不疼了，你家小妾说她只切开过死人的膝盖，活人的膝盖没有切开过，没什么把握，老夫也不想被她做实验，只要现在不痛老夫就很满意了。"

云琅笑着给谢长川盖上被子道："寿阳之行，看来老将军是去不了了？"

谢长川叹口气道："已经是老狗了，就该有老狗的自觉，躺在太阳地里晒晒太阳，打个盹，还是可以的，如果再去那种要害之地掌军，对老夫来说是祸不是福。"

"您就打算住在这里了？"

谢长川指着窗外的隐隐青山笑道："打开左边的窗户就能看到青山，打开右边的窗户就能看到渭水，耳朵里还能听到商贩的叫卖之声，那些羌妇又会伺候人，比老夫在家里还自在一些。

不走了，不走了，就这间房子好。"

隔壁房间传来一阵阵的惨叫，云琅皱着眉头道："不算好的修养之地吧？"

谢长川笑道："公孙贺都赖在这里不想去右北平，老夫为什么就不能赖呢？"

"我听说陛下已经催了您三次了。"

"再催一次就不催了，老狗嘛，一出动就是屎尿，比不得你们年轻人那么利索。"

"您的意思是说陛下并没有一定要您去寿阳的意思？"

"路博德三万兵马已经出了零陵，老夫去了寿阳，麾下的兵马不足五百，还没有老夫的亲兵多，你说陛下需要我这条老狗去守军营么？

其实陛下没必要通过这种方式来安慰我们这些老臣，只要能让我们安安静静的在长安享福，就是对我们最大的安慰。"

"天下人可不这样看，如果不用你们，会有人说陛下薄情。"

"总归是给世人看的，总要陛下满意才好，呵呵，去吧，老夫累了，准备睡一觉。"

云琅跟老仆两个扶着谢长川躺下，云琅就准备离开，却听闭上眼睛睡觉的谢长川小声道："把谢宁带走吧，他在家里总是不得开心颜。"

云琅停下脚步笑道："他没有几天好日子过了，霍去病开春之后将要饮马祖厉河，他落不下。"

跟谢长川相比，公孙贺就是重臣中的重臣，早在刘彻还是胶东王的时候，他就是刘彻的太子舍人，刘彻登基之后他又升迁太仆，卫青几次出击匈奴之时，公孙贺每次以左将军的身份追随，积功进爵为南斫侯。

说起来古怪，公孙贺与公孙敖虽然同姓，却很少有来往，而且两人都是义渠人，两人的先祖都是胡人……这中间到底有什么道理云琅没有弄明白，不过呢，卫青说过一句话，如果不是因为看在公孙贺的面子上，当初在大青山下，军司马李蔡就会把公孙敖就地斩首。

霍去病马上就要去北地郡的义渠了……这时候公孙贺突然病倒了，而且就住在富贵镇里的云氏医馆。

云氏医馆跟其余的医馆最大的不同之处就在于，这里会留一些病重的伤患住院，直到痊愈。

云琅没有进公孙贺的病房，等苏稚查房回来之后问道："公孙贺得的是什么病？"

苏稚把公孙贺的病历拿给了云琅，竹简上写的很清楚——脚弱。

云琅奇怪的道："脚气这样的病也需要住在医馆里治疗吗？"

苏稚笑道："他的风毒之症已经很严重了，已经开始影响他行动了，如果不早日去除，会溃烂的。"

"溃烂？"

"是啊，他的风毒之症与您说的脚弱病有很大的不同，还会红肿发热，一旦发作，痛不可当，因此，妾身说他得的是风毒之症，不全是脚弱。

夫君您要去看看吗？"

云琅摇摇头道："还是不去了，我总觉得那里不对头，这时候可不是我出手的好时候。"

第四十六章老情人

事情不敢琢磨啊，一旦开始琢磨了，就会发现满世界都陷阱，所有人似乎都心怀不轨的想要把干掉他这个新晋侯爷。

云琅总算是明白了当官的为什么都会那么累，整天琢磨这些事情哪有心思干别的？

如果让曹襄来想，他一定能够一环套一环的想到天边，最后一定会联系到皇帝，宰相，皇后，勋贵，一大串人物。

还能得出一个或者多个，正在成型，或者已经成型的对付他们这群人的阴谋。

然后，他就会自然而然的发动自己的力量把这些人正在做的事情给废掉，以威慑那些人心里不要想什么幺蛾子。

云琅没有把这些事情往深里想，等苏稚结束了一天的工作之后就打算跟苏稚一起散步回家。

老虎不知道去哪里了，就连医馆里的仆妇们也不知道。

来到街面上，云琅打了一声唿哨，一个大大的虎头就撞开了一扇窗户，探头朝下看。

那是一扇精致的花窗，即便是跌落地上，也没有摔碎，上面的花纹精致，窗户中心的蝙蝠图案栩栩如生，就连蝙蝠嘴里的尖牙都清晰可辨。

一张熟悉的脸庞出现在老虎脑袋的上方笑吟吟的看着站在街道上的云琅，一只白玉般的手轻轻地摩挲着老虎的头顶，有着说不出的诡异。

苏稚上前一步冲着老虎吼道："滚下来！"

老虎嗷呜叫了一声，似乎很不愿意。

这让苏稚的怒火直往脑门上蹿。

如果是别人苏稚还没有这么生气，此时卓姬正在对她笑，这就让她有些忍无可忍了。

卓姬轻启樱唇道："山君久不来卓氏，妾身设宴招待一下，希望小君莫要催他早早离去。"

话是对苏稚说的，一双幽怨的眼睛却一直看着云琅。

苏稚立刻站在云琅前边笑道："老虎最近正在减肥，不宜多吃，还是让他回家吧。"

卓姬轻笑道："原来如此，眼看夕阳西下，小君劳顿一天，不若上来饮一杯茶消消疲乏如何？"

苏稚回头看看云琅，见他笑眯眯的看着她，没有搭话的意思，对丈夫的表现非常的满意。

示威性的揽住云琅的胳膊道："我夫君在这里呢，夫人寡居在家，恐不大方便。"

卓姬换上一副忧愁的面孔道："声名狼藉之人如何会在乎这些，如果贤夫妇能够在我卓氏小坐片刻，卓氏应有蓬荜生辉之感。"

苏稚对云琅的信心很足，见卓姬已经发出近乎挑战般的话语了，很自然的点头道："也好！"

话音刚落，就听云琅在她耳边轻声道："傻妞啊，上当了。"

苏稚把脖子一扭咬牙道："就要看看她到底要干什么！"

平叟面带笑容站在门楣下冲着云琅深深一礼，赞叹道："当年渭水河边初见郎君，老夫就认为郎君乃是不世出的大才，这才区区几年，郎君已然封侯拜相，平叟感同身受。"

云琅笑道："故人，故人啊，相见总是多了一些愁绪。"

平叟笑道："今日只把酒言欢，不论其它。"

云琅摇头道："往事依依，岂能不论，该说的还是要说的，总归是一团乱麻，想要理清楚难啊。"

苏稚在一边恶狠狠地道："妾身带了剪刀。"

随着平叟进了卓姬的家，云琅就感觉很不对，那些站立两厢迎接他们夫妇的丫鬟们，一个个都穿着夏日里才穿的纱衣，且各个明媚动人，曲线玲珑，活泛的大眼睛不断地在云琅身上扫视。

苏稚一身麻衣昂首阔步的穿行在这些美艳的丫鬟中间，一双手很自然的插在胸前的大口袋里，脸上笑吟吟的。

不论这些丫鬟美到什么程度，身上的衣衫华丽到什么程度，对苏稚来说，这些人不过是一些美丽的花瓶而已。

不过，当卓姬出现在厅堂前，苏稚就不由自主的把手从大口袋里逃出来了，紧紧的攥着云琅的手，汗津津的。

即便是云琅都有些暗自赞叹，眼前的卓姬并没有因为年纪渐长而失去颜色，反而多了一份成年女子的韵味。

绛红色的大衣服穿在她身上，将她美好的身段遮盖的严严实实，可就是这样才要命，因为云琅知道在这身大衣服底下的身体是如何的饱满动人。

老虎叼着一只肥鸡从屋子里的跑出来，将肥鸡往云琅手里送，也不知道这手贿赂的本事是跟谁学的。

云琅扯下一根鸡腿放进嘴里慢慢的嚼了两口，皱着眉头吞下去道："怎么搞得，这么多年，厨艺半点没长进。"

卓姬笑道："您总是不来，妾身的厨艺好坏又有谁来品尝呢？"

云琅笑了一下，捏一下苏稚的手对卓姬道："说起来可能有些下作，不过，你我也算是各取所需，往事就不要提了。"

卓姬盈盈下拜道："多谢侯爷仁慈，准许下堂妇去见云氏大女，此恩此德，卓姬永世不忘。"

云琅扫视了一眼站在屋子里的仆役们，皱眉道："进去说话，我不喜欢人多眼杂。"

说罢，就提着大半只肥鸡进了卓氏大堂。

进了大堂云琅才发现，卓姬家里的陈设跟云氏几乎没有差别，没有低矮的案几，有的是靠背椅以及到人腰间的桌子。

"摆这些排场做什么？"

"郎君已经是侯爵了，该有的体面还是要讲的。"

苏稚打量完屋子冷哼一声道："是我的郎君，不是你的郎君，记得叫侯爷。"

卓姬连忙装出一副可怜样子朝苏稚下拜道："小君说的是。"

卓姬这幅样子，反而让苏稚有些手足无措，她总以为卓姬会在她面前表现出一副咄咄逼人的模样，没想到她竟然会俯首称臣，真是让她觉得很难做。

云琅如何会不知道这个鬼女人是个什么模样，皱眉道："好了，好了，装什么可怜，本来就是一个吃人的性子，偏偏夫装可怜人。

可怜人要是你这个样子，世上早就没活人了。"

卓姬狠狠地斜了云琅一眼，就把腰肢站直了，挥挥宽大的袍袖道："就知道你是一个没良心的，说正事，我听说大女被何愁有抱走了？"

云琅看着卓姬道："别去招惹何愁有，你根本就不知道他有多可怕！"

卓姬点头道："妾身对宫里的秘闻还是知道一些的，有些人不是我能招惹的起的，只是担心大女。"

"这一点倒是不用担心，何愁有对大女极为宠爱，也想通过大女来羁绊我，因此，你不用担心何愁有会对大女不利。"

卓姬摇头道："妾身不是担心何愁有会对大女不利，而是担心您会对何愁有不利。

您刚才说妾身就是吃人的性子，以你我之间的关系，妾身也早就看透了您的为人。

如果说妾身吃人，您就是一个真正的吃人不吐骨头的家伙，别看何愁有恶名远扬，可是真正跟您比起来，将来他何愁有能剩下一根骨头，就算妾身输了。"

苏稚听卓姬这样说自己的丈夫，不满的道："我夫君是好人！"

卓姬冷笑道："是啊，是个好人，我到现在都想不出他到底做过什么恶事，可是你看看我们，只要是跟你夫君打过交道的人，哪一个不是被他吃的死死的？

我是这样，连孩子都给他生了，他夺走了我的孩子，我却要感激他。

长平长公主又如何呢，以前只想把你夫君捏在手心里，结果呢，却成了他的义母！

还有阿娇，别看她高高在上，如同神人一般，可是啊，一旦离开你夫君，阿娇建造的大厦将在很短的时间内倾塌。"

苏稚张大了嘴巴看着云琅，她隐隐觉得卓姬似乎说的很有道理。

云琅不耐烦的脱掉鞋子，坐在锦榻上对卓姬怒道："发生什么疯，这些诛心之言也是能说的？"

卓姬叹了口气，跪坐在云琅的脚下道："是，妾身知错了。"

想看好看的，请使用微信关注公众号"得牛百˜万\小!说"。

推荐都市大神老施新书：

第四十七章果真大丈夫?

很早以前云琅就知道肉欲其实才是吸引两个长久在一起的重要因素。

尽管他知道这样做是不对的，很可能会成为一条尾巴被人家长久的攥在手心里。

可是，面对卓姬装出来的哀怜，他还是没有办法做到心如铁石。

他一万次的告诉自己，之所以帮助卓姬完全是为了闺女，然而，每当他这样对自己说一遍的时候，心里都有另外一个声音在咆哮——"胡扯！"

因此当云琅问卓姬有什么麻烦需要解决的时候，卓姬摇着头道："没有。"

只是把身体靠在云琅的腿上，显得更加无助。

云琅从软榻上站起来，避开了那具活色生香的身体，来到老虎身边道："我们走吧。"

或许是吃饱了的缘故，老虎在锦榻上蹭蹭油嘴，就跟着云琅准备离开卓氏。

苏稚也长出了一口气，就在刚才，卓姬所表现出来的哀怨无助的模样让她都有了一丝罪恶感。

当云琅踏出卓氏大门的时候，刚才不知道去了那里的平叟已经笑眯眯的站在大门外，指着刘二乘坐的一辆马车道："侯爷喜欢饮茶，这是今年的秋茶，虽然不好，却胜在量大，留给侯爷待客所用。

另有五十斤香茶，此物来之不易，侯爷自用即可，给不懂茶的人饮用，那就太可惜了。"

云琅瞅一眼装满了茶叶的马车道："有什么为难之事吗？"

平叟连连摆手道："没有，没有，我家夫人家资丰厚，就算是朝廷不允许我们铸钱，也能过得富贵。"

云琅叹口气点点头道："知道了。"而后就率先领着老虎向云氏庄园方向走去。

苏稚跟在后面小声问道："夫君吃亏了？您的脸臭臭的。"

云琅回头看看苏稚，按一下她的鼻子道："你呀，真是一个心地善良的傻婆娘啊。

不过呢，我也是一个不争气的窝囊废，明知道是坑，还是不由自主的跳下去了。"

苏稚摇摇头道："我知道她在利用夫君，只不过啊，她越是喜欢耍心眼，妾身就越是欢喜。

心眼耍多了，最终会把自己耍成一个蠢蛋。

我夫君是一个有担当的人，妾身如果是卓姬，日子如果过不下去了，哪怕是抱着您的腿干嚎，也比要心眼要您帮忙来的好。

左右不过一些银钱而已，给她就是了，毕竟是大女的母亲，没必要给您留一个薄情寡义的名声。

她要钱，妾身才不怕呢，就怕要人！

要钱只会把人情要越要薄，妾身看她能要到几时！"

云琅深深地看了苏稚一眼，觉得自己在看女人这一方面很失败，即便是历经了两世，还是没有搞明白女人到底是一个什么样的生物。

"卓姬其实是一个很聪明的女子，有决断，有见识，多少也有一些读书人的尊严。

她知道我们之间已经不可能有什么了，就果断的舍弃了那一部分，只要最纯粹的利益。

当然，我们以前在一起的时候，也没有什么说法，就是两个需要慰藉的人在一个特殊的时间里春风一度而已。

如果不是因为有大女这个意外因素，我们早就成路人了。"

苏稚咯咯笑道："这就是您身为大丈夫的决断？"

云琅苦笑道："别挖苦我了，这世道总是在轮回，当初作了孽，就不要想着什么事都没有发生过。"

走出了富贵镇，老虎的苦日子就到来了，作为它立场不坚定被人引诱的惩罚，苏稚准备坐在老虎背上，让它驮回去。

送走了云琅，平曳走进了内宅。

卓姬正在仔细的把大衣服收起来，见平曳进来了，就问道："云琅怎么说？"

平曳笑道："他说，知道了。"

卓姬停顿一下，低声道："其实跟了这样的男人，我一点都不后悔。"

平曳笑道："您预料到云侯会答应？"

卓姬叹息一声道："他从来都没有拒绝过我，也从来没有让我失望过，我凭什么不信他呢。"

"这么说，过继一事夫人准备彻底拒绝吗？"卓姬傲然道："我有孩子！"

平曳点点头道："如果再有一个就更好了，云氏大女估计看不上您的这点家财。"

卓姬笑道："我生的孩子，不论她将来多的富贵，我这个做母亲的总要给她准备一份嫁妆才好。

至于再生一个，那也得碰到一个比云琅好的才成。"

平曳呵呵笑道："那可就难喽……"

冬日的田野里刚刚浇灌过冬水，那些水刚刚漫过原野，就被寒风给凝固成了坚冰。

诺大的原野上出现了一片白色冰层，有些地方很薄，踩上去很快就会碎裂，有些地方的坚冰却很厚，即便是云琅推着苏稚在冰面上飞快的滑行也安然无恙。

老虎露出尖利的爪子，每一步都把爪子抠在冰面上，跑动起来浑身的斑斓毛皮都在抖动，在夕阳下如同一团金黄色的火焰。

一辆马车被十余个甲士簇拥着从古道上走过，张汤远远地看见了云琅夫妇在滑冰，就摇着头对同车的大司农儿宽道："您看，那就是陛下口中不世出的好人才。"

儿宽须发皆白，努力睁大了昏花的老眼朝张汤指引的方向看去，夕阳正好落在眼睛里，他连忙护住眼睛笑道："这不是很好么？少年人就该是这个样子。"

张汤笑道："像个少年人，唯独不像一位侯爷。"

儿宽看着张汤笑道："侯爷是什么样子？"

张汤想了良久才摇摇头道："我认为很有侯爷威仪的人，好像下场都不好，或许这个不像侯爷的侯爷，可能会有一个好的收场。"

"陛下册封他为永安侯，就已经是带了希望的，陛下希望他能永安，老夫也希望他能永安，无惊无险的活到老夫这个年岁。"

"咦，您对他的期望很高啊。"张汤非常的惊讶，儿宽这个人之所以能活这么久，最大的原因就是只做事不爱多说话！

"白菜老夫吃了，味道很好，你们推荐的白菜熬豆腐，老夫也吃了，味道更好。

几十年来老夫一直都想给百姓弄一道这样的菜式，却苦寻不得，云侯既然做到了，老夫自然是钦佩的。

多给他一些时间，说不动我们又能吃到几样好吃的东西。一辈子都在嘴上抓挠的人，御史大夫莫要见笑。"

269

张汤哈哈大笑，儿宽这个老东西说话做事还是一如既往地滴水不漏。

见云琅跟小妾玩闹的愉快，张汤跟儿宽两人都没有打扰人家的心思，反正回到云氏就能见到云琅，没必要在半路上惹人厌。

苏稚的鞋子湿透了，她就跨坐在老虎的背上，把鞋子脱掉，两只快要冻僵的脚丫子塞进老虎厚实的皮毛里非常的暖和。

"郎君，你猜刚才那一队人马是去谁家的？"

"不用猜，刚才过去的是张汤的马车，我想，我的差事可能下来了。"

"咦，既然如此，我们还是快些回家吧。"

云琅站在冰面上，瞅着一大群乌鸦落进了松林，慢慢的道："不着急，不着急，一旦接手了差事，我们就没有这样痛快玩耍的机会了。"

他们不急，留在家里的宋乔却很着急，皇帝的上差到来了，家主不在实在是太失礼了。

比云琅他们先回家的刘二骑着一匹马匆匆的从云家出来，远远地就冲着云琅大喊："侯爷，侯爷，有上差到了。"

云琅叹口气对苏稚道："偷不得闲了。"

说罢，在老虎的脑门上拍了一巴掌，老虎就驮着苏稚一路小跑的向家里跑去。

最后一线阳光终于被山巅遮盖住，云琅接过刘二递过来的缰绳大笑着去追逐已经跑远的老虎。

想看好看的，请使用微信关注公众号"得牛百˘万\小!说"。

推荐都市大神老施新书：

第四十八章六万亩！！

云氏大堂，云琅身着大衣裳跪坐在大堂中间，在他身后是两个老婆以及一个闺女。

全家人全部盛装的样子让梁翁，刘婆泪流满面。，而云氏谒者平遮，则戴着一顶平顶小帽，有红色的粗丝线绳子穿过小帽，然后牢牢地绑在下巴上。

在他面前有一盆清水，他的作用就是牢牢地看着这盆水，务必要让半空中的明月准确的在水盆中露出容颜。

此时此刻，云琅还有心情评判一下张汤跟儿宽的袍服到底有什么不同。

张汤一身黑衣，站在黑夜里根本就是一身很好地隐身衣，儿宽的袍服则跟云琅身上的差不多，都是黑面红边的，只不过衣服太大，穿在瘦弱的老头身上一点都不好看。

圣旨已经宣读完毕，如今被安放在一张长条桌上，就等着看有没有天雷一类的异象出现。

这时候别说天雷了哪怕是突然下雨，也是不祥之兆，需要重新选时间宣读旨意。

云琅再看看晴朗朗的夜空，觉得这样的倒霉事情不会落在自己身上。

半个时辰匆匆而过，就在云琅快没有耐心的时候，张汤走上前来抱拳道："恭喜云少卿！"

云琅缓缓起身还礼道："看来我明日就要去长安赴任了。"

张汤摇头道："不必。"

"不必？"云琅奇怪的看着儿宽，希望能从老倌口中得到一个完美的解释。

"司农寺左右少卿不进京。"

儿宽很认真的回复了云琅。

"司农寺左右少卿乃是职事官，宰相认为与其让你们每日在长安办公，来回折腾，不如就留在上林苑。"

张汤笑吟吟的做了解释。

云琅笑了，再次拱手道："如此说来，上林苑从今天起就归我们兄弟管辖了？"

张汤嗤的笑一声道："你想的倒好，上林苑南北三百余里呢，其中汤池就有二十七眼，殿堂七十余座，八条大河从上林苑流过，如此肥美之地全部给你们，少府监会发疯的。"

云琅再次看向儿宽，想要准信，还是听老倌的比较靠谱。

"六万亩！起自骊山，南至终南山，这一片地域将作为司农寺的农田，陛下希望你们能从这里开始。"

云琅苦笑一声道："还真是一个种地的官。"

儿宽笑道："司农寺不就是种地的吗，一心种地不一定就是坏事，而且，等你把地种出名堂来了，接管上林苑也就是理所当然的事情。"

云琅笑道："这六万亩的地，只需要找一个胥吏就能做好，哪里有必要用两位关内侯。

在下向陛下推荐长门宫胥吏东方朔，只要有此人，六万亩良田指日可待。"

张汤皱眉道："你不想接这个差事吗？"

云琅长出一口气道："我胸中沟壑万千，恐怕不是六万亩地所能安置的。

请张公转告陛下，就说这样的羞辱让云琅无地自容，不如就留在家里耕种我云氏的一万亩地，也能起到同样的作用。"

儿宽叹口气道："这并非陛下的安置，册封你为司农寺右卿才是陛下的旨意。"

"公孙弘？"

张汤笑道："丞相府几场争论下来，就成了目前的局面。"

"谁与谁争？"

"少府监与丞相府。"

云琅想了一下道："差事我接了，只是要任用东方朔为监司！"

张汤瞅着云琅道："东方朔？"

云琅肃手邀请张汤与儿宽去大厅叙话，刚才萌生出来的怒火，在很短的时间里就消散了。

他现在很想知道为何是张汤与儿宽来宣旨，而非其他人，这样的羞辱连他都无法接受，更不要说向来骄横跋扈的曹襄了。

曹襄自家的地都不止六万亩。

一场酒宴下来宾主皆欢，云琅却什么消息都没有问出来，不论是张汤还是儿宽都很喜欢云氏的酒宴，酒宴之上更是对云氏的庖厨赞叹不绝，至于云琅想知道的事情，却绝口不提。

这就是两个老官油子，吃干抹净之后，一句困顿不堪，就直接去了云氏的客房休息。

直到两人离开，云琅才重重的拍了一下脑门，他忽然想起来，想要探听隐私消息，就不该同时问两个人。

云家的排场早就撤下去了，云琅也回到了卧房，站在平台上俯视云氏庄园是云琅每日里都要做的事情。

然后他就发现张汤居住的小楼，灯火依旧亮着。

儿宽居住的小楼早已熄灯多时了。

宋乔见云琅似乎很不高兴，就小声问道："不如意？"

云琅低声道："被人羞辱了。"

"夫君得罪人了？"

"当上永安侯本身就把很多没有封侯的人给得罪光了。"

"夫君如何自处？"

"等我去拜访完张汤之后再做论断。"

云琅说着话就披衣去了张汤的房间。

月光如水，云琅站在窗前看着百无聊赖的拨弄着茶碗的张汤，轻声道："漏夜等候，张公有何教云琅之处？"

张汤放下茶碗，慢悠悠的道："你不该接下差事。"

云琅笑道："接下又如何，总之可以让东方朔一展所长，我们兄弟依旧走马章台有何不妥？"

"不该这么做，陛下对你有厚望。"

"有厚望就该让我被一介争权夺利之徒羞辱吗？"

张汤摆摆手道："总归是博弈的结果，陛下原本准备将上林苑的农田，全部托付与你，只是，后来有了一些变化，让陛下都不得不置身事外。"

273

"甘泉宫吗？"

张汤淡淡的道："皇太后虽然久病缠身，却还能说话，事关少府监存亡，久不出世的皇太后以为，依旧由少府监管理上林苑为要，皇帝要亲农，有六万亩地足矣。

还说，等她死后，皇帝想要干什么就干什么……这些话说的很重，陛下不得不退让。"

"如此说来，曹襄已经领命了是吗？"

"孝亲大于天，不由平阳侯不领命，你为长平公主之义子，这一条同样适用于你。"

"所以陛下派来了我最信任的你，跟一向宽厚的儿宽来给我宣旨意，陛下甚至不忍心见我跟曹襄？"

张汤淡淡的道："阳陵邑边上的阳陵墓道已经打开，不久之后，皇太后就会迁居其间。"

云琅无声的笑了一下道："少府监的那些人都是傻子么？"

"他们认为皇后卫氏会成为他们新的主人。"

"卫氏？"云琅惊讶的叫了出来。

张汤别有深意的道："阿娇贵人不知进取，养虎为患的事情总是有的。"

云琅回头看一下依旧趴在他卧室平台上的看月亮的老虎，摇摇头道："老虎养着养着就没了凶性。"

"你这么看？"

"是的，以大将军的性子，他只会效忠陛下，以长平的性子来看，她只会支持陛下，如果这两个人不支持皇后，皇后在大内里面恐怕连立足之地都没有。

而我，不认为大将军与长平长公主会妨害陛下的筹粮大计，更不会任由曹襄与我被人戏弄。"

张汤笑了，一嘴的白牙被月光染色之后，显得格外狰狞。

"有些人总想垂死挣扎一下，他们没有你的眼光，也没有对内宫有那么多的认知。

他们总以为，皇后如今怯懦，如果有少府监投效，皇后一定不会对他们如何。"

云琅疑惑的摇头道："不对啊，他们不会那么傻的，这个局面太明显了，羞辱我与曹襄，就等于羞辱了陛下。

在国事上，陛下历来是没有什么人情好讲的，如果他们一定要推动这件事，那么，我觉得他们应该还有别的靠山，否则不会这么大胆。"

张汤笑道："你该接手廷尉府的，而不是去什么破烂的司农寺！

明日我们就走，你们且在六万亩的土地上开始准备种一季庄稼吧。

皇太后笃信巫蛊，假死两次，以避开索命的阴魂，这一次恐怕是避不开了。"

第四十九章 会被爱死的皇太后

皇太后已经死过两次了。

其中一次云琅都去了甘泉宫给皇太后送行，那一次的场面诡异，刘彻身着孝服，搀扶着皇太后走了一道地坑，见到地坑里的泉水，就算是走了一遭阴间。

连死到活过来总共用了一个时辰，百官们先是满面哀荣，然后就把孝服扯掉弹冠相庆，最后纵酒狂欢。

为了庆祝皇太后活过来，皇帝特意下令大赦天下，很多刚刚被抓进监牢的人，还没有来得及问罪呢，又被官府从牢狱里面撵出来了。

云琅当时还跟霍去病，曹襄开玩笑，下一次皇太后要是再打算去一次黄泉，自己可以掐准点谋杀一个人，或者强抢几个民女，等太后活过来之后，大家又能平安无事了。

皇太后第二次的死讯出现在云琅去了白登山之后，不过，那一次皇帝没有下达大赦令，这让很多掐准点犯罪的人非常的失望。

事实上，皇太后王娡在刘彻登基之后，就很少露面，关于皇太后的事情一般都是王娡同母异父的弟弟田蚡在处理。

当田蚡病死之后，皇太后就更加的成了一个隐形的存在，长久的居住在甘泉宫里不问政事。

她不问政事的结果就是田蚡的爵位被除，他的子嗣被贬为平民，据说现在成了一个田舍翁。

如今，皇太后觉得自己大限将至，已经准备不管不顾的教训一下儿子，为自己的弟弟讨一个公道。

药婆婆应阿娇的邀请，去了甘泉宫为皇太后诊病，结果不好，药婆婆的原话称，皇太后脉搏如战鼓，不但急促还猛烈……这个病症很危险，一个年迈之人，心跳的如此有力，猛烈完全不是什么好事情，当她准备查验皇后以往用药记录的时候，她就看见了皇太后的茶碗里泡着七八片肥大的人参……虚不受补是个大麻烦！

很明显，宫里的医者们也发现了这个问题，药婆婆只要看一下他们幽怨的眼神就知道。

如果是苏稚看病，她一定会当场指出皇太后病症的根源，而药婆婆没有那么做，而是决定先与宫里的医者们讨论一下。

然后，她就知道了人参的来源——是皇帝孝敬母亲的，且告诉母亲，他现在经常饮用参茶，已经试过药性了，这种参茶非常的神奇，饮用之后就会精神百倍，希望精神历来不好的母亲可以每日饮用。

在药婆婆看来，皇太后的身体很差，只需要经常进一些清补，平补的药物，比如天冬，石斛。

即便是用人参制作人参茶，也只需要用一点参须就好。

人参的真正作用还是云琅发掘出来的，虽然在云琅之前也有入药的传闻，只是边荒野人在用，很少进入药方，黄门令医者对这东西不熟悉也就可以理解了。

如今，皇太后将数百年的人参切片泡茶饮用……这就大大的不妙了。

在大汉，尤其是刘彻时期，皇帝的话总是对的，如果不对，那就一定是你错了。

在皇帝给皇太后推荐药物的事情上，皇帝已经亲自试验过药物了，如果再说皇帝做的不对，那么，后果实在是太严重。

皇宫的两个医者认为，还是让事情继续发展下去比较好。

药婆婆却没有说自己看出了端倪，假装对皇太后身体为何如此一无所知，声称自己只擅长妇科，替皇太后清除了一些难言之隐后就飘然而去。

回来之后药婆婆仅仅告诉了云琅她在甘泉宫的所见所闻，而云琅则对谁都没有讲。

药婆婆发现的事情很重要，重要到了不可谈论的地步了，不管这件事情怎么处理，最后女都会得罪小气的刘彻。

要说刘彻想要用人参补死母亲云琅是不相信的，这很可能是一个美丽的错误。

他认为自己已经把最好的东西献给母亲了，并且亲自尝试过，已经做到了孝义的极致，该是一件美好的事情。

这世上被爱死的人云琅不是没见过，这不算稀奇。

张汤这些人只知道皇太后的身体很糟糕，六十余岁的老妇人身体不好在大汉更是理所当然的一件事。

他们也没有预料到皇太后真正的麻烦并非来自身体孱弱，而是来自于皇帝的一片孝心。

张汤的话让云琅对大汉世界了解的更加深透了，这并非是一个只要计划好就会严格按照计划行事的世界。

在这中间有着太多的变数存在，而且是无法预料的。

按照张汤的想法，能被皇太后当成打击皇帝的武器，这本身就是一种荣耀，根本就算不上屈辱。

这只能证明一种可能，那就是云琅跟曹襄两个即将要开始的司农寺改革对皇帝非常的重要。

云琅被回到房间，躺在宋乔身边，手习惯性的放在妻子的胸口上，准备心静如水的开始睡觉。

宋乔却转过头看着云琅道：“既然当官让您不快活，不如不当。”

云琅摇头道：“在我们伟大的皇帝麾下，有才能的人不做官本身就是一种罪。”

“璇玑城，稷下学宫他们不是一样都逃掉了么？”

云琅轻轻捏一下妻子的胸口笑道：“你不知道他们逃走需要付出多么大的代价。”

宋乔仰起美好的上身惊讶的道：“只要逃出去了，还会付出生命代价呢？”

“被世人遗忘的代价……再也不能成为这个世界主流思想的代价，是一种可怕的自我封闭，一种自我流放。

从某些意义上来讲，他们都是一群逃避现实的人，是一群懦夫，一群自私的胆小鬼！”

宋乔趴在丈夫的胸口上有些凄婉的道：“也不知道他们都去了那里……”

云琅摇摇头道：“哪怕是找一个人迹罕至的小山沟里待着，也不是朝廷的人能寻找的到的。

大汉，太大了。”

“妾身也想去医馆。”

“你怎么能去？”

“妾身也是学过医术的，且在苏稚之上！”

“你怀孕了，怎么能去？”

“妾身没有怀孕！”

“马上就要怀孕了……”云琅说着话就把宋乔翻过来压在身下……当云氏的大公鸡跃上栅栏开始引吭高歌的时候，一队骑士悄无声息的在梁翁的带领下进了云氏。

曹襄跳下战马抖抖裘衣上的霜花对梁翁吩咐道：“准备暖和的屋子，再备一些吃食，天色还早，就不要打搅阿琅了，等天亮时候再说。”

自从云琅跟曹襄成了兄弟之后，他进云氏就跟进自己家差不多，梁翁自然很听话的去准备房间跟食物了。

不过，他的闺女小虫还是去了主人居住的楼阁。

跪坐在主人的卧房外低声呼唤了两声，云琅从宋乔的肢体纠缠中脱身低声问道："什么事？"

"平阳侯来了。"低声道。

"啊？阿襄来了，我们去看看，一定是有大事。"宋乔连忙坐起来手忙脚乱的拿衣衫。

云琅随手将她按倒道："没什么大事，你继续睡，我去看看。"

说罢，就穿衣洗漱。

等云琅见到曹襄的时候，这家伙正跟老虎一起据案大嚼，见云琅进来，就把老虎向外推推道："你不给他吃食？饿的都开始吃包子了。"

云琅坐在曹襄对面拿了一个包子道："他现在从不放过任何蹭饭吃的机会。"

曹襄点点头然后笑道："六万亩，你答应了？"

云琅冷笑一声道："你有本事别答应！"

"这有些糟践人，不过不一定是坏事。"

"我准备让东方朔去干事，我们兄弟先把纸张造出来才是正经！"

第五十章 旁敲侧击

"等那些老家伙都死光了，就该我们兄弟上台面了。"曹襄恶狠狠地喝了一口米粥。

云琅端起粥碗跟曹襄碰了一下道："你的意思是我们兄弟继续倒霉一会？"

曹襄威风八面的道："继续倒霉！"

曹襄跑了整整一夜来云家就是为了告诉云琅不能发脾气把差事辞掉。

皇帝倒霉的时候跟他站在一起的人，才是他的贴心人，才是他能重用的人。

这个时候不是论权力大小的时候，更不是斗气的时候吗，连皇帝都退缩了，臣子再冲上去那就是没眼色的表现了。

儿宽跟张汤睡醒之后，再遇到云琅，就发现他笑眯眯的，似乎昨晚发脾气的那个人不是他。

接下来的事情就很好商量了。

这六万亩地不但有培育种子的功能，还有安置秦岭野人的功能，皇帝在人手上，给了云琅，曹襄极大的便利，一千四百户野人，共计四千三百二十六人，劳力三千七百八十七人，近四千人来耕作六万亩地，这就是准备要精耕细作了。

此时的大汉，牛是不缺的，云琅却希望能给更多的挽马。

牛拉耕犁可以深耕，而马拉耕犁可以浅耕，其开荒速度是牛拉耕犁的十倍以上。

马车，农具，种子，以及供应野人一年人份的粮食，都给的很宽。

至于人手已经开始调配了，而富贵县的县令应雪林，以及县丞郭解也接到了在骊山脚下给野民修建住宅的命令。

所谓修建住宅，自然是富贵县出材料，野民自己修建房子。

为此，云琅认为自家的少年们可以派上大用场，最节省建筑材料的房子自然是云氏已经修建好的这种平房。

只要规划好，四千多人居住的一个大村落，用不到多少地盘就能完成建设。

建一个新的村落，最重要的就是水源地。

虽然渭水就是最好的水源地，云琅还是坚持把这些野民的住宅修在山坡平缓的山脚处，一来，那里地势高，可以防范渭水洪灾，二来，那里依旧有一条可以安装水磨，水车的小河，三来，靠近山脚的土地都不是什么好土地，不适宜用来种庄稼。

云琅，曹襄，张汤，儿宽很快就确定好了村落的位置，云琅也用最快的速度画好了安置图，第二天的时候，张汤，儿宽拿着安置图就离开了云氏。

"四千多人，这没有多难是吧？"曹襄看着云氏来来往往的仆役仆妇们问云琅。

"当然没有什么难的，把云氏的模式照搬过去就成了，等到陛下可以做上林苑的主的时候，那里应该已经变成了一座美丽的村镇。"

曹襄站在平台上，俯视着云氏的亭台楼阁，握着拳头大吼一声道："六万亩，就六万亩，四千人就四千人，我要让全天下的人都明白一个道理，跟着我们兄弟一起干活，想不富裕都难！"

云琅笑着拉住曹襄的衣角，他很怕这个踩着平台栏杆大呼小叫的家伙跌下去。

"当然了，母亲说了，任何时候都要把陛下放在最前面，再加上我们兄弟的盖世才华，才能无往而不利！

我亚父说了，一定要多多的聚集财富，一定要少的蓄积武力，这才是在这个时候最正确的做法。"

云琅不由得点点头。

不在朝堂上混，根本就无法理解刘彻是如何的强势。

满大汉朝能让刘彻衣冠整齐的接见的大臣只有汲黯，至于公孙弘，刘彻一般是不怎么在意的，至于大将军卫青，他甚至在出恭的时候接见。

至于霍去病，曹襄，在皇帝面前挨脚无数……仔细算起来，皇帝对待云琅已经算是非常客气了。

面对这样一个雄才大略有小心眼的皇帝，不管是卫青，还是公孙弘，都只能一次又一次的降低自己的忍耐底线。

曹襄来云家，自然免不了要去邻居家打一场麻将的。

他的母亲已经不受长门宫欢迎了，这时候，负责跟阿娇联系感情的人，只能是曹襄。

阿娇的麻将场子，现在已经是大汉国最著名的社交场合。

如果来的客人身份足够高，地位足够重要，说不定在跟阿娇打麻将的时候会遇上皇帝，如果正好碰到皇帝心情好，战战兢兢的跟皇帝打片刻麻将也是可能的。

　　在这个麻将桌上，敢赢钱的人不多，除过司马迁这种视搜刮贵人钱财为使命的人之外，就剩下云琅，跟曹襄了。

　　曹襄对大长秋上桌子是极为不满的，因为大长秋上了桌子就说明今天的牌场将是一场真刀真枪的血战，这对他赢钱极为不利。

　　如果把大长秋换成一个巨大的财主，或者身家丰厚的勋贵，那么，一场麻将下来，他至少能落一袋子金锭。

　　"六饼，自己种田养蚕的赚钱，也太辛苦了，舅妈您只要多找几个人来打麻将就成，这跟抢劫一样利索。"

　　"九条，傻子，这比抢劫来钱快多了，抢劫多辛苦，让他们自动送上门来多好。"

　　"我听说卫皇后准备接收少府监了。"

　　阿娇看了一眼曹襄冷笑道："帮少府给皇后传递这句话的椒房殿黄门的人头，两天前就被皇后送过来了。"

　　"这么说，少府监的依靠并非是皇后，那么，该是谁呢？"云琅停下抓牌的手，轻声问道。

　　阿娇横了云琅一眼道："在这里想说话就大声说，轻声细语的好像我们在密谋什么似的。"

　　大长秋笑道："少府监准备把上林苑定成皇族私产，所以陛下才会遇到这么多的阻碍。

　　当然，皇太后那里是最大的麻烦。"

　　云琅磨叽半天才抓回一张牌，犹豫半晌，才对阿娇道："您没有给甘泉宫送人参吧？"

　　阿娇闻言，眉头皱了起来，放下手里的牌道："自从陛下登基之后，皇太后就视我如寇仇，我送去的东西，皇太后照例是不要的，太后所服用的人参都是阿彘吃了一半留下的。

　　怎么，有什么问题？"

　　云琅长叹一声道："陛下偶尔服用参茶有益寿延年之效，太后服用就没那么好了。"

　　阿娇愣了片刻，摇摇头道："我大汉以孝治天下，陛下不会害皇太后！"

　　云琅笑道："这是自然！"

阿娇烦躁的甩出一张牌道："你确定陛下服用参茶没有害处？"

云琅看着阿娇认真的道："您，我，阿襄，长公主，大将军，都在喝参茶！

而长安的勋贵们如今饮用参茶的人更多，您见到谁有毛病了？"

阿娇笑着点点头道："确实如此，有无数人想来我这里讨要一点人参和药，颍川侯的老夫人眼看就要咽气了，他家的孝子来我门前跪求一点上了年份的人参，我给了半寸两百年份的，结果熬了参汤服用之后，至今还吊着一口气，医者说，只要熬过这个冬天，开春就能活过来。

人参确实是好东西！"

阿娇给云琅担忧的事情下了一个定语，云琅自然就把这件事丢到脑后去了。

至于曹襄跟大长秋似乎根本就没有在意他们俩在说话，把脑袋凑到一起悄悄说话，手底下还有换牌的举动。

打牌果然是不能三心二意的。

阿娇跟云琅两人成了最大的输家，而大长秋跟曹襄则赢了一个盆满钵满。

赌局在云琅搜出最后一枚金锭给了大长秋之后结束了。

四个人聚在一起仔细观看了云琅绘制的《美丽乡村图》，一起赞叹了一阵子，就各回各家。

至于心情到底好不好的只有天知道，反正云琅的心情变得好多了，把麻烦丢给大人物去解决，才是小人物的存活之道。

不过呢，云琅发现，阿娇的处理方式就是当做什么都不知道，云琅自己也觉得只能这么办。

"我是不是没必要天天喝参汤？"在离开长门宫踏上云氏小路的时候，曹襄突然问道。

云琅摇头道："你的身子因为那场大病亏损的厉害，人参应该多吃。"

曹襄长出了一口气拍着胸口道："这就好，这就好……"

第五十一章 群狼环伺

曹襄，云琅，东方朔在云氏潜心钻研三天，基本上就已经安置好了六万亩荒地的开垦事宜。

其实事情很简单，云琅跟曹襄只要确定好来年在荒地上种植什么作物就好，剩下的事情全部交给东方朔去干，再从云氏，曹氏借给东方朔二十个管事，大事就定了。

粮秣，器具，住房，自然有富贵县的县令来操持，用不着云琅跟曹襄两个操心。

整件事情办理的非常顺利，不论是云琅提出来的挽马，还是曹襄要的煤炭配额，都得到了良好的回应，富贵县丞郭解，已经去了长安，接收一千四百户野民，估计十天之后，就会全员到达，在他们的住房没有解决之前，先安置在富贵县的仓库里。

处理完野民，云琅就跟曹襄开始派人四处寻找会造纸的工匠。

大汉的造纸术还处在最初级的阶段，这时候造出来的纸张粗糙不堪，上面的布满了没有磨碎的木纤维，而且颜色也极为难看，被称之为麻纸，唯一的作用就是用来包装东西。

云琅曾经试过拿他做别的用途，结果如厕之后很痛苦……且狼狈。

只好乖乖的继续用厕筹，小腿口袋里整天装着一个专用厕筹的过程不可细数。

寻找造纸工匠的事情还没有头绪，来看望的大长秋却很随意的告诉云琅一个消息，甘泉宫里的两个黄门医者因为触怒了皇太后被杖毙了。

云琅听到这个消息之后心里发寒，却什么都不能说，直到大长秋笑着说这件事到此为止，云琅才放下心来。

回过头，他就请药婆婆带着家里的武装仆役去秦岭采药去，宋乔在这一段时间里代替药婆婆坐镇医馆。

长安城里总是死人，阳陵邑里也总是在死人，这些死人大多与皇家有关，没有人愿意去想他们为什么死掉的。

一些人死掉了，就有更多的人希望能够顶替死人的职位，因此，死的人越多，大家就越是高兴。

这是一种病态的反应，然而，它却实实在在的发生着。

皇帝是最高等级的杀人者，如果皇帝总是不杀人，在百姓们看来就少了一份威严，少了一份神秘。

眼看着药婆婆平安走进了秦岭，云琅这才开始反思自己的弱智行为。

看破不说破这应该是以后处理与皇家有关事宜时候的一个准则。

很久以前他还只是一个平民，他不知道高高在上的人物是如何来处理危机的。

总是抱着一些天真的想法，以为他们也会息事宁人，也会对一些事情一笑了之。

结果不是这样的，手握生杀大权的人更在意自己，为了自己，别人的生命其实算不得什么。

只要发生一些需要保密的事情，他们的选择总是极为粗暴简单。

云琅希望药婆婆暂时不要会来，既然人人都说皇太后命不久矣，那就等到皇太后死掉之后再回来，那时候，药婆婆才算是真正的安全了。

骊山总是下雪，一场接一场的下，这对农夫们来说是好事，来年会有一个好收成。

这对背碳的民夫来说也是一个好消息，毕竟下雪的时候天气寒冷，煤炭就能买上一个好价钱。

不过，这对云氏门口的船夫们来说算不得一个好消息，因为渭水在平原上水流缓慢，很容易结冰。

入冬之后，不管是长门宫，还是云氏的产出都变少了，鸡不怎么下蛋，这时候就需要处理掉很多老母鸡，而冬日里的绿菜，因为下雪，也不好好的生长，产量稀少不说，模样还不好看。

这让船夫以及依靠码头过活的挑夫们日子很不好过。

平底船都被拖上岸了，船夫们就靠在草棚子里围着一堆篝火说着闲话，目光却不时地飘向大路。

他们很希望云氏或者长门宫的管事突然出现在这条路上，大声的吆喝着要他们这群懒鬼开始干活。

很可惜，雪花飘飞的季节里，云氏跟长门宫的管事们都不爱出门，也就没有什么活计让他们干。

只有零星的驴车被妇人驱赶着在道路上慢吞吞的行走，每过来一辆驴车，这些粗豪的汉子们就发出很大的笑声。

妇人也只是啐一口，或者笑骂一声，就继续回家或者向阳陵邑走去。

一个黑牙汉子羡慕的瞅着驴车远去，砸吧一下嘴巴道："一个个油光水滑的，弄回来暖被窝是个宝啊。"

船老大喝一口酒笑骂道："就你这一身黑皮也想让云家的仆妇给你暖被窝，来生吧。"

黑牙汉子遗憾的道："云家不收仆役，要不然卖身去他家是个好门路。

你说这云氏只要仆妇是个什么道理？哪怕是带着崽子的他们也要，你看那些走投无路的妇人，只要进了云氏的大门，就没有出来的。"

另一个年纪大些的汉子笑道："你也不看看云氏都是一些什么产业，桑蚕，缫丝，纺绸，织锦，捡药，制药，养鸡，这些活计哪一样不是妇人能干的，要那么多的男人干什么。

虽说还有一些作坊，可是就你我这种除了一把子力气什么都没有的人，人家大掌柜也不要啊，都是从学徒里面提拔的。

那些妇人带着崽子进去，听说崽子们马上就会进云氏的学堂，识文断字之后才派出去学手艺，过上几年出来，那就是一个个可以顶门立户的男子汉。"

船老大骄傲的指指自己的大船道："说的在理，你们看，耶耶的这艘大船就是云氏作坊制的，船轻，装载的货物却多，虽然没法子跟江船比，就我们渭水上，耶耶的船也算是头一号。"

"渭水都封冻了，你的船大有个鸟用。"

有看不下去的，开始排挤这个吝啬的自己喝酒不给别人喝的船老大。

一群人正在起哄的时候，忽然看见一长溜运货马车从云氏驶出，船老大眼尖，第一个看见了，凶猛的拨开众人，率先站在云家的地界边上，期盼的瞅着坐在马车车辕上的梁翁。

云家的马车全部进了草棚子，梁翁在仆役的伺候下坐在一张椅子上，取过热茶喝了一口，就朝一直弯着腰的船老大招招手。

船老大这才小心的迈过区分地界的石棱子来到梁翁面前拱手道："老院公可有好事吩咐小的？"

梁翁指指身后的马车道："鸡蛋七十箱，活鸡一百六十笼，鸭四十八笼，大鹅十六笼，青菜六百斤，粮食三千斤，全部运去长安。"

船老大陪着笑脸道："老院公您也看见了，这渭水都封了一半了，运到长安，恐怕要两天时间。"

梁翁点点头道："这是今年冬日里的最后一批走水运的货，早点走，你们也不用在这里苦熬了。"

船老大拱手道："多谢老院公体恤下苦人，多等一些时日不在乎，只要有活干就好，就怕河面封冻耽误了家里的事情。"

梁翁站起身，指着身后的货物对船老大道："那就推船下河，把货物都装上去。"

说完了又对云氏的管事道："工钱往厚里给，大冷的天驱使人干活，可不能把人当牲口使唤。"

管事连忙答应。

梁翁这才紧了紧裘衣重新坐上马车回了云氏。

刚刚还冷清的码头随着船老大的一声吆喝又开始忙碌了。

云琅坐在院子里跟老虎一起看下雪，见梁翁回来了就问道："没有张扬吧？"

梁翁躬身道："没有，平遮随船走了。"

云琅叹息一声道："这是什么世道啊，想干点事情都要偷偷摸摸的。"

梁翁朝四周看看低声道："冬日里的码头上还有那么多的人本身就不合常理。

那个船老大胆子也壮，敢在满是冰凌的河面上行舟，一看就不是什么正经人。"

"所有人都盯着我们家，就看我要干什么了，造纸的事情虽然隐秘，却还是有人知道。

所以啊，我们家还要努力的招揽工匠，让那些人以为我们只能依靠工匠们造纸。"

梁翁狠狠的吐了一口唾沫道："都是一群腌臜货，自己没本事造出好纸来，非要偷我家的秘方。"

云琅挥挥手笑道："总是避免不了的，什么时候都避免不了。"

第五十二章 侯爵可以为所欲为

事情很怪。

以前当云氏还只是一个小贵族的时候，不论是拿出什么样惊才绝艳的发明，绝对没有人来抢夺。

自从云琅的永安侯爵位下来之后，他能明显的感受到自己身边似乎有一群狼围过来了。

投效云氏，卖身云氏的人在不断地增多，而且人的素质也在急剧的提高。

当初云氏想要找几个披甲护卫都要走孟大，孟二父亲的路子，现在，雄赳赳的武士跪坐在云氏门前任由梁翁挑选。

以前，云琅需要用阴谋诡计来找一些先生教云氏子弟读书，现在，总有胳膊底下夹着竹简的书生寻找平遮攀谈，话里话外的意思全是希望能够进入云氏谋一个西席的职位。

这些人大多数都图谋不轨，不仅仅是云琅看出了其中的奥妙，就连梁翁，平遮也有这样的感觉。

似乎在一夜之间，云氏成了一块肥肉，引来了无数的饿狼垂涎三尺。

按理说，以云氏跟长门宫的关系，以及跟长公主的联系，那些人应该更加尊重云氏才对。

实际上，自从云琅封侯之后，不论是长平，还是阿娇都不再轻易地踏进云氏。

不再有阿娇带着宫人把云琅这个主人撵走去住草堆，自己霸占云家的事情。

也不再有长平随意的用靠山妇将云琅按在地上猛揍的事情了。

大长秋以前来云氏完全是一副如入无人之境的模样，现在好了，当他要来看的时候，必定会提前通知云氏谒者平遮，然后才会推开云氏的柴门进来。

说实话这种类似尊敬一般的疏远，让云琅非常的不习惯，他思量之后，还是默认了长门宫与公主府这样的做法，自己迟早都要独立的，还不如现在就独立起来。

大女穿着红色的鹿皮靴子噔噔噔的从云琅身边跑过，见父亲不理睬她，就瘪着嘴巴继续跑动，老虎跟着跑了两下，不知道看见了什么，掉头就回来了，守在云琅身边哪里都不去了。

眼看着大女又从小楼后面跑出来，一张小脸红彤彤的，脑袋上冒着热气，大大的眼睛里蓄满了泪水，云琅心疼的厉害，却故意扭过头不去看。

"这孩子骨架大，容易蓄积肥肉，只有通过激烈的跑动，才能消耗掉她身上多余的肥肉，如此，才能长高，才能成为一个四肢匀称的人。

练武，练武，首先要练的就是四肢，以及身体的灵活性，没有谁的本事是天生的，这一点云侯一定要知晓。"

老虎听见何愁有的声音之后，就立刻趴在云琅脚下，把大脑袋处在云琅的膝盖上，就差用前爪捂耳朵了。

云琅点头道："是她自己挑选的，我这个做父亲的就一定要协助她完成梦想，这一点你不用聒噪，我胸中有数。"

蹲在杆子上的何愁有笑道："有才能的人都知道这个道理，而有才能的人也都吃过这样的苦。

知道避不开，躲不过，所以才显得大度。"

云音再一次从小楼背后跑出来的时候却不再哭泣了，因为比云音高出足足一头的霍光陪伴着她，一起跑。

目送两人跑远，何愁有再一次咕咕的笑道："你云氏现在仅有的两个孩子，将来必成大器！"

云音能不能成大器云琅不清楚，不过，霍光这个妖孽将来一定会成大器的这一点云琅非常的肯定。

"那是自然。"

何愁有又笑道："有这一对孩子在，你云氏在你死之后至少还能富贵三代。"

云琅抬头瞅着秃鹫一样的何愁有笑道："我云氏本该就是富贵人。"

何愁有大笑道："太自大了吧？"

云琅看着何愁有认真的道："真正说起来，我云氏的种子好，如果比不过别人才丢人呢。"

何愁有对云琅自夸的话就当是耳旁风，眼见两个孩子都已经跑得热气蒸腾，就跳下杆子，提着两个孩子来到云琅身边，把他们丢在锦榻上，探出一双鹰爪一般的大手，就开始揉捏两个孩子的肌肉。

云琅再一次哆嗦着转过头去，因为，两个孩子的小脸这时候已经全部扭曲了。

"血脉畅通的时候，正是涨力气的时候，这时候一定要他们的筋骨保持松弛，气血才能无所不达。"

霍光是一个倔强的性子，哪怕被何愁有捏死了也不会呻吟一声，而云音这孩子却有一股子狠劲，只要霍光不哭出来，她即便是痛的泪流满面也不叫唤一声。

"练武其实就是练习挨揍的一门学问，你以为那些所谓的高手在被人捶了一拳之后感受不到痛苦么？

老夫告诉你，他一样会痛，只是忍痛的能力比较强，在一般人早就痛的七荤八素的时候，他还能保持意识清醒，做到一击制敌。"

何愁有揉捏两个孩子的时间很长，看得出来也非常的费力气，一炷香的功夫，真的如同云琅看过的那些武侠电视剧一般，何愁有的脑袋也在寒气中开始冒白烟。

何愁有是真正的武术大师，这一点云琅知道的很清楚，对于身体的运用，满大汉很少有人能超越他了。

七十余岁的人还能跟霍去病这样的绝世悍将在雪地里互殴而不落下风，仅仅这一点就让云琅万分的佩服。

按照霍去病原话说，如果这个老家伙年轻二十岁，他绝对不是人家的对手。

老不以筋骨为能，这句话到了何愁有这里并不适合，没见过谁家七十余岁的老头，还能整天蹲在一丈高的杆子上平衡自如。

何愁有捏完筋骨，两个孩子已经睡着了，这时候，就有两个仆妇过来，抱着两个孩子进了楼阁，他们还需要在温泉水里泡上半个时辰。

何愁有擦拭一下额头上的汗水摇摇头道："老夫只能教导一个，两个，就吃力一些。"

"那就教导霍光好了，云音就算了，一个闺女家要是把身体练得胳膊上可以跑马，拳头上可以站人那就坏了。"

何愁有嗤的笑了一声道："你知道个屁啊，你云氏的大女难道是那种以色侍人的货色吗？

富贵到了你这个地步，闺女的长相重要吗？"

云琅摇头道："我只希望我的闺女能够幸福，无论如何，她既然身为女子，就该有女子的模样，就该有女子的本性，如果生生的消磨掉她身为女子的特征，我觉得这对孩子是极为不公平的，我不想孩子有一天来找我哭诉。"

何愁有笑道："你觉得大长公主不是女人吗？告诉你，当初大长公主练武，练得要比大女残酷的太多了，为了练习手上的功夫，她的十指在很长时间里就没有好皮肉。

你是不是觉得大长公主的一身武艺没有了用武之地？老夫告诉你，大长公主之所以受皇帝陛下如此尊敬，最大的原因就是因为大长公主只要披上战甲，就能统领皇族子弟上阵！

是皇帝陛下可以依仗的最后一支武装力量！"

云琅吧嗒吧嗒嘴巴仔细想了一下长平的模样，觉得练武对长平的身材容貌似乎并没有太大的影响，就长吁了一口气道："如果你能保证大女最终会变成长公主那个样子，孩子练武，我还是能接受的。

万万不敢变成那个谁家的闺女，身高八尺，腰围也是八尺力大无穷的模样，那可真的是把孩子害死了。"

何愁有冷笑道："那是天赋异禀。

你以为就你长得麻杆一样的身子，你那个情人妖精一样的模样，能给你家闺女那个禀赋？"

云琅也觉得不可能，就给何愁有倒了一杯茶道："我马上有大事要办，能不能帮我撵走那群饿狼啊？"

何愁有奇怪的看着云琅，半天才道："你已经是侯爵了，指望谁帮你呢？

那些围拢过来的饿狼，你该杀的就杀，该埋掉的就埋，拿出暗算我绣衣使者的手段来，我不信你对付不了那些人！"

云琅皱着眉头道："你是说我可以反击？"

何愁有狞笑道："你以为长安城里的勋贵都是老死的吗？"

第五十三章优伶的建议

云琅通过自身的经历，觉得人命很宝贵，如果不是到了无路可走的地步，他根本就不想害人性命。

这是后世法律观念带给他的后遗症。

有时候，人的行为往往会被自己的生长环境所束缚。

生在一个和平的时代里，又被一个善良的老妇人谆谆教导了几十年，云琅即便真的是一匹狼，这时候也早就被教育成哈士奇了。

这也是何愁有极度看不习惯云琅的原因所在，这更是何愁有非要把云琅的闺女训练成一匹战狼的原因，如果让云琅自己教育孩子，只能一窝，一窝的出哈士奇。

何愁有是这个世界上一个极为特殊的存在，他身上有大秦的铁血之风，又有大汉相对阴柔的一面，这也是云琅冒险把闺女交给他教育的原因。

老家伙是真正的文武双全的博学之士，师从大秦的博士，耳濡目染了一身的本事，如果云家不接受他的传承，以老家伙的性子，他一身的本事很可能就会白白的浪费。

洗干净了的云音，依旧白胖可爱，只是没有什么精神，趴在云琅怀里无精打采的逗弄两下老虎，就闭上眼睛继续睡觉。

连捷站在平台下面很是失望，平日里，云氏大女该在这个时候找他去玩的。

看着他吃力的爬上平台，云琅用裘衣裹紧闺女低声道："你不是要过自由自在的日子吗？怎么还是喜欢被人捉弄啊。"

连捷低头道："在这里确实没人欺负我，却也没人愿意搭理我，只有大女喜欢捉弄我，时间长了，我也很喜欢被大女捉弄。"

"贱毛病啊！"云琅哀叹一声。

连捷陪着笑脸道："小人本来就是一个残缺不全的贱人，小的去养鸡，会被公鸡啄，小的去放羊，又会被公羊拿角顶，种地又不会，您看看，就连畜生都知道我是一个可以被欺负的人，或许小的天生就该被人捉弄，欺负。

既然如此，小的为什么不找大女这样只是捉弄我，却从来不伤害我的人来捉弄我呢？"

云琅愣了半天苦笑道："我竟无言以对。"

连捷继续笑道："这都是小人的命啊，没有吃不了的苦，却有享不了的福气。

云氏对小人来说已经是天堂一般的存在了，每天能让大女在辛苦之余捉弄我开心一下，小的就觉得没有白吃云氏的饭食。"

"你可以去找霍光啊，那孩子小小年纪就跟一个小大人似的，很无趣，你要是能把他逗乐了，比什么都强。"

"小的试过了，只要小的开始在他跟前装模作样，他就会赏赐我两个云钱，还说什么我生存不易，多少要自强一点。

小的对付恶人有经验，可是这家里全是好人，就连给我装饭的厨娘都会多给我的饭食里加一片肉。

这让小的一身所学没有用武之地！"

云琅想了一下问道："你能辨别好人跟坏人？"

连捷笑了，自信的拍拍自己鼓鼓的肚皮道："小人在宫中待了十六年。"

有这句话就足够了，云琅很满意。

如果说云氏现在布满了人家的耳目，那么，皇宫里天知道塞满了多少妖魔鬼怪。

既然连捷这种可怜人能在大海一般深的皇宫里熬过漫长的十六年，那么，云氏对他来说就是浅浅的池塘。

"找到云氏的恶人，然后告诉我！"

连捷笑呵呵的道："您首先要赶走的人是平阳侯！"

云琅楞了一下，然后慢慢的点头道："确实如此，他在我们家吃了太久的饭菜了。"

连捷探出肥胖的短手轻轻地触摸一下云音露在裘衣外面的头发怜惜的道："多好的小女啊。"

云琅笑道："该是一个好孩子，不过啊，连捷，你以后想要干什么就直接跟我说，不用小心翼翼的用皇宫那一套，在这里没人会因为你把话说得直棱就惩罚你，我早就说过，这里是你的家，在家里没必要客套。

你家侯爷我呢，还算聪明，要是换一个笨蛋，你这一片好意说不定就付之东流了，他可能都听不懂。"

连捷笑道："您以为面对听不懂的人，小的会这样说话吗？那时候小的可能只是一个优伶。"

说完话，连捷又大着胆子摸摸老虎的胡须，然后就昂首阔步的滚下了楼梯。

俩老婆都不在，，小虫又去了后面的绸布作坊，云琅只能自己伺候闺女睡觉。

云家的内室，只有她们四个能进去，这是很早以前宋乔立下的规矩，同时，也获得了其余三个女人的全力支持。

白天的时候，云音是不睡床的，她喜欢待在摇篮里，虽然这个摇篮对她来说已经显得有些小了，这孩子依旧喜欢白日里在摇篮里小憩。

老虎也跟着进来了，见云音睡进了摇篮，他就很自然的把他的巨大虎窝从廊道上拖进来，放在云音的身边，用爪子踩啊踩的，把他最爱的那条破毯子安置好了，才悠闲地卧了上去，不一会就发出呼噜，呼噜的声响。

安置好闺女，云琅蹑手蹑脚的出了内室，就来到了曹襄的房间。

难得看见曹襄提笔写字，这家伙的字还是很不错的，在竹简上写的非常工整。

云琅探头瞅了一眼，发现他正在写一封奏折，奏折里的内容非常的详实，就是要求实在是太多了。

"陛下不可能答应的。"

云琅坐在曹襄的对面懒懒的道。

"知道不同意才写，要是同意，我就直接做了。"

"故意提高价码，然后期待陛下打折答应，最终获取更多好处的事情在陛下那里行不通。

陛下历来是不同意，就不同意，然后就不理你了。"

曹襄像看傻子一样的看了云琅一眼道："我们一定要在陛下面前保持适度的存在感，如果我们什么都不说，什么事都去找陛下，最终陛下就会忘记我们兄弟的存在，会认为我们不需要他就能处理好所有的事情。

长此以往，我们以后再想要东西，就会变得极为艰难。

这一次是我写奏折，下一回就该你写了，再下次就该我们两人联名写奏折了。

无论如何要让陛下知道我们在干什么，干了些什么，遇到了什么困难，解决了那些麻烦，要让陛下习惯我们的存在，要让陛下在某一日没有接到我们的奏折之后主动问起。

如此，才是为官之道！"

云琅不确定的看着曹襄道："这些都是谁教你的？"

曹襄冷笑道："我家有十七个家臣。"

云琅点点头，然后笑道："你写完奏折之后是不是就要离开我家了？"

曹襄摇头道："住的好好地，为什么要走？"

"我怕你老婆独守空闺时间长了，会给你惹麻烦。"

"肚子里揣着崽子呢，能惹什么麻烦，咦，你的意思是要我滚蛋？"

"对啊，我的家臣刚刚给的建议，本来我家周围没有那么多居心叵测的人，自从你来了之后，我家周围就更热闹了，好多人大冬天的不回家睡觉，就在我家周围晃荡。

你走了，我的家臣才好判断那些是专门针对我的，那些是你带来的无妄之灾。"

曹襄放下毛笔仰头大笑了起来，拍着桌案上的竹简道："忘了你也是侯爷了，也该有一下打你主意的人了。

确定敌我，是一件非常重要的事情，我马上就走，你这段时间好好地查看一下，我也帮你瞅瞅，看看那些人是敌人，那些人是朋友，春日宴上也好说道说道。"

云琅跟着笑了，拍拍曹襄的肩膀道："春日宴上，我们兄弟看样子要穿铠甲才行。"

曹襄冷笑道："两层！你以为赴春日宴的人都是穿广袖轻袍的吗？"

第五十四章 家贼难防

成了关内侯，就说明你已经成了别人依附的对象，而不再是一个需要别人庇护的人。

顶级的勋贵自然有顶级勋贵的处世之道，而皇族也也乐意看到一个不太团结的顶级勋贵群。

国度团结的勋贵群是对皇族的一种威胁。

刘彻从来就没有指望过，全大汉的人都一门心思的跟着他的指挥棒走，他只需要底下人，在他需要的时候，不论愿意不愿意都要按照他的指令行事就好。

以前的时候，不论是阿娇，还是长平在对待云家的问题上，一向是你对付云家，就是在对付我的心态。

因此，当那些勋贵们发现云琅很会制造东西，并且擅长赚钱也只能流着口水干看，在没有力量对付阿娇跟长平之前，他们不敢动云氏一根毫毛。

现在不一样了，对付云家就是对付云家，跟阿娇，长平都没有关系，如果云家抵挡不住，那就说明云家不是一个合格的顶级勋贵，活该被别人侵吞。

阿娇，长平也不能再说云家是她们的门下，还需要接受她们的庇护，这在大汉是不允许的。

侯爵的上司只能是皇帝，且只有皇帝才可以封侯！

曹襄走了，也带走了很多在云氏周边闲逛的人。

连捷变得越发有趣了，他现在很努力的跟所有云氏的仆役们打成一片，这对他来说非常的容易，他本来就善于让别人感到欢乐。

宋乔跟苏稚坐着马车回来了。

苏稚早就累的快要瘫痪了，让她的侍女扶着她去泡温泉，然后让厨娘把饭也送进去，看样子今天晚上她就想睡在温泉房子里了。

宋乔却出奇的兴奋。

一家三口吃饭的时候，宋乔叽叽喳喳的说个不停，话里话外全是那些千奇百怪的病患。

工作让宋乔快乐！

这是云琅以前没有想到的。

她本来就是一个医者，让她抛弃十几年来修行的学问，转职去做一个大家庭的女主人，这让她非常的不快乐。

老虎吃完他的十斤生肉，就把嘴巴上的血渍舔舔干净，然后就凑到饭桌上来了。

他对饭桌上的所有菜式都感兴趣，哪怕是手撕的莲花菜，他也能吃上一口。

云琅不许云音把吃不完的馒头塞进老虎嘴巴里，而是从云音手里夺过来自己吃了。

宋乔看的偷偷直乐。

"夫君，您跟老虎争什么吃食啊。"

"以前在山里的时候，都是老虎抓东西回来给我们吃，现在好了，这家伙已经懒得动弹了，快把捕食的本能丢掉了。

这对他不好。"

"家里的牛羊这么多，老虎又是陪您长大的，多吃一点无碍的，你看那家伙可怜的模样。"

云琅摇摇头道："从今后咱们家也要凭借自己的力气才能活命了，再也没有人会全力以赴的帮助我们家了。"

"为什么？"

"因为你夫君已经成了关内侯，封地就在陈仓，封户一千一百户。

来年开春，我不但要就任司农寺少卿，还要去陈仓永安县主持春播大典，而且还要参加勋贵们举办的春日宴。

这些事情都迫在眉睫，容不得我不打起精神来面对，最要命的是，这样的事情每年都要经历一遍。

你要赶紧给我们生一个儿子，我也好轻松一些。"

宋乔低头看看自己刚刚吃的圆鼓鼓的肚皮叹口气道："妾身已经很努力了。"

云琅瞅了宋乔一眼道："还是医者呢，谁告诉你生孩子是女人单方面的事情了？

内疚个什么劲啊！"

吃完饭，天色也就完全黑下来了。

连捷笑眯眯的跟云琅说了两句话之后就离开了。

而云琅的眉头就再也没有舒展开。

毛孩被喊来的时候，他的眉头还是皱的厉害。

"家主什么事情啊，我正在跟张大女说的热乎呢。"毛孩把肩膀上的松鼠塞进怀里有些急躁的道。

"咱家最近收了多少种田的少年人？"

"十九个，有问题？"

云琅点点头道："你还记得那个叫做孙大样的人吗？"

"记得，来的时候背着一个双目失明的老娘，年岁只有十五岁，却是一个种田的好手，来咱家已经四个月了，人勤快，还爱干净，脑袋也聪明，时时记着感念家主大恩呢。"

云琅叹息一声道："如此说来，他原本就是穷人家的孩子？"

毛孩见云琅脸色不对，收起嬉笑之态正色道："确实，按照他的话说，他家几代农夫，父亲病死之后，就剩下他与一个瞎眼老娘相依为命。"

云琅从袖子里掏出一块木头配饰放在毛孩眼前道："知道这是什么东西吗？"

毛孩接过木头配饰瞅了瞅摇头道："这就是一块木头！"

云琅取过木头配饰，用力的在手上摩擦片刻，立刻就有一股子浓郁的芳香从配饰上散发出来。

毛孩抽抽鼻子道："是一个好东西。"

云琅随手丢给毛孩道："赏你了。"

毛孩笑嘻嘻的接过来道："将来娶张大女的时候当聘礼，一定能让那些土包子大吃一惊。

您说的那个孙大样跟这枚配饰有什么关系？"

云琅冷哼一声道："你这个身家一万个云钱的土财都不认得的好东西，人家孙大样却一眼就看出来了，你说，到底谁才是土包子？"

毛孩脸上的笑意顿时褪得干干净净，咬牙道："他没有说实话。"

云琅点点头道："不仅仅如此，你难道没有发现这个人是新进咱家的少年中最好学的一个吗？"

毛孩拍拍脑袋道："疏忽了，他学字的速度实在是太快，写的字也太漂亮了一些。"

"他那个瞎眼老娘对他如何？"

"很少说话，孙大样只说他老娘不擅言辞……是我疏漏了，没有把篱笆扎紧，羊群里混进来狼了。"

毛孩脸色铁青，从怀里掏出配饰放在家主的桌子上，事情没有办好，没脸拿家主的赏赐。

"那所有人当好人看，这本身没有错，你们当初进家门的时候我也没问过，有什么样的主人，就有什么样的仆人，我没怪你，家里进来狼了，我们难道就不过日子了？

狼进来了把狼撵走，狐狸进来了，就把狐狸赶走，日子还要继续过，以后小心些就是了。"

云琅又把配饰丢给了毛孩，然后挥手让他滚出去，去办该办的事情。

毛孩是一个很会办事的少年，事情交给他一定会办好的，云琅了了，云琅也就不在意了。

云家又一个很大的藏书室，只要是云氏的人都能去借书看，这些年云琅对于积攒家财没有多大的兴致，倒是搜刮了不少的好书，称之为汗牛充栋毫不为过。

藏跟茶室连在一起，云琅历来把这两个地方交给了流落在云家的两个歌姬来管理。

自从家里人口多了之后，茶室跟藏的访客就多了很多，两个歌姬也变得很有朝气。

只是，其中一个居然恋爱了，对象是一个借住在云氏一边教学生读书，一边等候入仕机会的读书人。

连捷在茶室里凑了一阵子热闹之后，就发现了这个端倪。

家奴想要恋爱总要主人同意才成，这个家奴私相授受本来就犯了家法。

不过，云家的这条家法历来没有什么作用，云琅也从来不去管家仆们到底喜欢谁，是不是要嫁给谁，只要是真的看中了，而且两人都没有什么意见，云琅是乐见其成的。

恋爱不是问题，问题是总是偷偷地拿家主不允许外借的书给别人看，那就有问题了。

不论是哪个读书人求学心切，还是那个歌姬被人家迷昏了脑袋，这都不是他们该干的事情。

这事更烦……

云琅再一次觉得自己家里还真是一个千疮百孔的烂房子。

第五十五章 云氏的家法

平遮带回来的造纸工匠，给云琅表演了一整套造纸流程。

造纸的大匠是高傲的，他对如何把木头变成纸浆这一工序做了完美的掩饰。

云琅看看这他把浸泡之后的破渔水浸泡过后的树木拿去了树林，然后再背着一堆粉末回来，最终把它泡在水里。

清洗，过滤，，反复的清洗过滤，偏偏就不提蒸煮这一道工序……表演完毕了，他就伸手问云琅要五锭黄金！

在整个参观过程中，云琅一直都笑眯眯的，没有做任何评论，等工匠张口要钱的时候，他就把工匠无情的赶出了云家，连马车都没有派。

这并非是云琅在仗势欺人，而是因为这些工匠的做法，完全超出了一个卑微工匠所能做的极限了。

不论是隐藏工艺的手段，还是最后要五锭黄金的要求，都不属于一个工匠的正常要求。

在大汉工匠是不会要求一个勋贵付给他黄金的，这东西对一个工匠来说几乎毫无用处。

只有勋贵以及巨贾们在交易大宗货物的时候才用的东西，他们拿在手里不是财富，而是一个个催命的阎罗。

眼看着工匠们带着嘲讽的嘴脸离开了云氏，云琅知道，在更远的地方，或许正有几个或者一群勋贵巨贾们正在弹冠相庆，嘲笑云琅愚蠢的行为。

云氏在渭水河边的高地上开始修建作坊，作坊的外贸与一般的造纸作坊别无二致。

趁着渭水枯水期，在河边挖掘自流渠，然后用巨石镶嵌结实，一旦春日里，渭水河面上涨之后，就可以在蓄满水的自流渠上搭建水车，从而给作坊带来源源不断的水流。

造纸作坊会用到大量的水……云琅还想在自流渠上搭建水磨，这样一来，作坊里的纸浆，就不再需要用人力来捣碎了。

为了方便蒸煮纸浆，云氏甚至开始建造原始的锅炉了。

经过高温，高压蒸煮出来的原木纸浆，脱色更容易，用石灰漂白起来也更加的容易。

冬日里，云氏抽调了大量的家仆修建造纸作坊，虽然都是土木结构的作坊，仅仅是看占地规模，就让那些准备看云氏笑话的人暗自心惊。

投入这么大，如果云氏造纸失败，他们这些暗中怂恿、收买工匠从而着跟云氏结下的仇恨绝对不可能一笑了之的。

如果云氏开始复仇，不论是阿娇，还是长平，亦或是卫青，霍去病，曹襄这些人都会帮助云氏的。

从这一点来看，后果很严重。

于是，那个贪婪的工匠，还没有来得及看到云氏的失败，他们的全家就已经消失的无影无踪。

他们似乎觉得目的已经达到了，那个一直留在云氏的孙大样也赶来告辞。

声称找到了母亲的一位兄弟，可以去那里投靠，还把当初卖身得来的钱，加上这半年来在云氏得到的工钱一起献上，只求离开云氏恢复自由身。

在云氏一个仆役想要获得自由身很容易，只要他在云氏创造的利益价值超过了他卖身所得，只要申请，云琅没有不答应的。

但是这一次，孙大样非常的失望，他的上司毛孩无视了他的要求，甚至都没有向家主报告，就拒绝了他的赎身要求，为了防止他逃走，特意给他的双脚上添加了一副镣铐。

聪明的孙大样在脚镣上了双脚之后，第一时间就把自己知道的一切和盘托出，只求不死。

整个云氏的仆役从没有戴过这个东西，哪怕是犯了很严重错误的家仆也没有被这样对待过，孙大样是第一个！

在大汉，仆役们并没有什么人身权利可言，换句话说，云琅即便是处死了孙大样，也没有什么大麻烦。

史书上或许会有那么一两件清廉的官员替奴仆伸冤的故事，实际上，也就那么一两件而已……就这大部分还是有其它背景原因促使那个清廉的官员那样做，绝对不是一件多么普遍的事情。

仆役们开始的时候很害怕这样的命运降临在他们身上，即便是在寒冬腊月里，干活非常的卖力。

直到有人悄悄告诉他们，这人是别人家派来的内奸之后，他们的一颗心才放下来。

在这个普遍以忠孝节义为普世价值观的大汉，奸细是一种不应该生存在人世间的人。

云琅以为毛孩会弄死孙大样，听到这个结果之后也感到很意外，特意找来毛孩问话。

"回主人的话，让孙大样活着不是因为小的心软，而是因为那个瞎眼老妇无处安置。

虽说丢弃出去，或者送官都不算过分……但是小的以为，让这个孙大样干活养活这个老妇百年更好。

301

等到老妇老死之后，孙大样或者杀掉，或者送官，小的以为并不算迟。

其实，孙大样自己也清楚，只要他离开了云氏，等待他的下场是不言而喻的。"

云琅想了想，觉得毛孩的处置算是非常公道了，孙大样当初就是欺骗这个瞎眼的乞丐老妇说要养她，并且给她送终，老妇在咬紧牙关跟着孙大样一起欺骗云氏的。

这个瞎眼老妇已经没有什么可以失去的了，惩罚她也毫无意义。

那么，在这样的情况下，云氏就该有义务监督孙大样完成自己的诺言。

受孙大样事件的启发，来自山东的风流书生袁武一，也在云氏主人的见证下，休掉了远在山东的原配，抛弃了吃苦受累供养他读书的爹娘，以入赘的形式迎娶了云氏美丽的歌姬，并且发誓一生在云氏以帐房为业，永不离开。

当夜，袁武一在他简陋的新婚宴上醉的人事不省，一个劲的狂呼"完了，完了……"

滑稽的连捷在袁武一的婚宴上表演了杂耍，受到了所有人的欢呼。

成为了云氏最受欢迎的一个人。

何愁有在揉捏过云音跟霍光的肌肉之后，就气喘吁吁地坐在云琅身边找了一个茶杯喝茶。

云琅安排仆妇抱走了霍光去泡澡，也安排，小虫给云音洗澡后，就陪着这个百无聊赖的老家伙喝茶。

"杀了那个叫做袁武一的人吧，这样的处罚太残酷了。"何愁有放下茶杯淡淡的道。

云琅笑道："你为何不说让我放过那个叫做孙大样的人？就因为袁武一识字？"

何愁有愣了一下道："你也是读书人，难道不应该觉得把那个读书人糟蹋到这个地步有些过分吗？

毕竟人才难得。"

云琅冷笑一声道："等我把纸张做出来了，这天下的读书人可能会比狗多。

他既然仗着自己读过几年书，以为自己高人一等，就可以为所欲为，他想错了！

云氏对于读书人的要求标准只会更高。"

"他的老师，同窗，不会眼看着他遭受这样的屈辱的。那是一群很麻烦的人。"

云琅眯缝着眼睛想了一下道："其实啊，云氏的寡妇挺多的，来上百十个入赘的读书人我非常的欢迎。

我想，家里的那些寡妇门对于招赘一个读书人做丈夫应该没有什么意见，哪怕是年纪大一些，那些寡妇仆妇们也是非常愿意的。"

听了云琅的话，何愁有的嘴巴张的如同河马一般……好久才期期艾艾的道："会把读书人都得罪光的。"

"只要造纸成功，天下的读书人会把我当祖宗一样供起来，我可以把那些捣乱的读书人说成是阻挠我造好纸的人。

然后，他们就可以愉快的在云氏当赘婿了，到时候代替云氏出一些劳役，去戍守一下边关，好让那些老老实实的农户继续留在家里种田照顾妻儿。"

第五十六章臧儿伯谏观鱼

东方朔认为云氏的家法堪称完美。

他以为云氏的做法完美的兼顾了人情礼法各个方面，在满足那些内奸的要求之余，还让他们在一个安稳的环境里继续生活，全程没有一人流血，没有一人受到肉刑，没有比这更加人性化的家法了。

司马迁也对云氏的做法大加赞叹自从他亲自试验了云氏小范围内制造的一些白纸以后，云琅即便是要造反，他也会大加赞叹的，对他来说，什么万世功业，都没有他桌案上的那五十余张可以留下清晰墨痕的纸张重要。

更要命的是，云琅还用印章做了演示，证明一本书籍的重复出现，不一定就要用手抄……自从云氏用家里的寡妇威胁了那些读书人之后，没有一个读书人愿意来云氏闹事。

读书人最怕的就是跟寡妇沾染上什么瓜葛，不管他们有没有事情，坊间也会流传出他们之间最香艳的传闻，大汉人就喜欢听这个！

警告发出去了，但凡再有读书人前来，大家就会认为，他的目的不在什么书生袁武一，而在于云氏那些千娇百媚的寡妇…… 这主意是刘婆出的……

是云琅执行的……

是平遮散布出去的……

云家的武力不值一提，但是，家里的寡妇们却非常的强大！

五六年下来，云氏没有干别的，就是制造出来了一大批富裕的寡妇！

这些昔日衣衫褴褛无人问津的妇人，如今成了阳陵邑，乃至长安城最受欢迎的妇人。

她们自己本身就有钱，有钱之后腰板就非常的硬，虽然还是云氏的仆妇，却早早的给自己的孩子立下了户籍，而她们就是家里的掌门人。

一两个富裕的仆妇出现并不算大事，当阳陵邑乃至长安出现了七八百富裕的寡妇，这就成了一个天大的事件。

当这些仆妇们举着钱袋给自己的孩子置办田产，宅子的时候，那些商贾们纷纷对她们弯下了腰。

当她们强势的一文不少的给自己的孩子缴税的时候，那些平日里骄横习惯了的税吏们也对她们和颜悦色，尊一声"大娘子"是少不了的。

当她们成群结队的走在集市上，那些缺钱的风流浪子们会围着她们用尽手段来讨好她们。

甚至还有一些走投无路的读书人，悄悄地拜托了媒人，希望能娶一个回家，然后再由这个富裕的妇人来供养他继续读书。

"啐！下作！"

阿娇朝云氏啐了一口，而刚刚听完大长秋禀报的刘彻却笑得倒在软榻上，气都喘不上来。

阿娇连忙帮着丈夫顺气，然后羞恼的道："寡妇对书生！他就是不按常理来处置事情！"

刘彻用袖子擦干了笑出来的眼泪，抚摸着胸口道："书生对寡妇……哈哈哈哈……你不要再说话了……朕快要笑死了……"阿娇跟大长秋担忧的看着倒在锦榻上笑的快要抽搐的皇帝，一时间不知道该怎么办才好。

刘彻笑了良久，面前坐直了身子摊着腿对阿娇道："你说朕该不该逼几个不听话的博士去云氏呢？"

话刚刚说完，他好像又听到了世上最有趣的笑话，再一次倒在锦榻上疯狂大笑。

对于这件事，刘彻整整龙颜大悦了一整天……曹襄对云琅的做法惊为天人，又跑了一整天的路来到云氏，准备认真学习一下云氏的做法，毕竟，自从跟云琅成为好友之后，家里的产业也逐渐变得跟云氏相似，也收留了很多无家可归的妇孺。

"别糟蹋人，云氏无权无势的，用这样的撒泼手段别人说不出什么来，你平阳侯府这样做试试，你敢把寡妇塞给那些读书人，人家就敢要，到时候，看看到底是谁丢人！"

曹襄对于自己家不能用这么有趣的手段觉得很遗憾，不过，先期用手工制作出来的纸张才是他来云氏的最重要原因。

"娘说了，她现在不方便来云氏，不过呢，造纸作坊的事情，娘不允许我们几家独占，陛下至少要占五成的份子。"

云琅点点头道："造纸的事情，陛下不会允许掌握在别人手里的，朝廷必然会参与进来，毕竟，这件事太大了，一旦纸张盛行，竹简木牍就会自然消失，就连朝廷以及皇宫里的文书，档案，也要重新收录，对大汉的改变堪称翻天覆地。"

曹襄笑道："我们可以用造纸作坊跟陛下要求上林苑的控制权！"

云琅苦笑道："一码归一码，造纸作坊我们自然需要请功，也需要向陛下索取赏赐，唯独不能提及上林苑。

在司农寺的事情上，陛下其实已经尽力了，如果没有皇太后的阻挠，我们的目标早就达成了。

这时候再提上林苑，陛下能怎么做呢？跟皇太后翻脸？这是不可能的事情，说不定陛下在恼羞成怒之下反而会怪罪我们！

既然人人都认为我们想要谋算上林苑，就必须等皇太后宾天，我们就只能耐心等待。

再说了，把造纸这么大的事情跟陛下索要一点微不足道的权力，其实是很吃亏的。"

曹襄叹口气道："这些天，我被长安城里的勋贵们嘲讽的够呛啊，两个侯爵种六万亩地，真的很丢人啊。"

"刚开始的时候，我也是这么认为的，后来呢，就不觉得丢人了，能把六万亩地种好才是大本事。

我甚至觉得这六万亩地也是陛下丢给我们的一个考验，如果能在他眼皮子底下种好六万亩地，他才会对我们有更多的信心，才会托付重任给我们。"

曹襄听云琅这么说就叹了一口气道："陛下谁都不信啊，哪怕我是他外甥，也没有比别人多给一点信任。"

"不按照感情行事的皇帝才是一个好皇帝，国家这么大，要是处处都按照关系远近来安排，那叫任人唯亲，会出大问题的，这样其实挺好的，就像两只挨冻的刺猬，总要试探着抱团取暖，最终会找到一个合适的距离的，既能保暖，又不至于刺伤对方。"

曹襄点点头，从怀里掏出一张折叠起来的灰白色的纸，小心的擦干桌子上的水渍，这才把纸张平铺在桌面上，并且耐心的用手撸平纸张，指着上面的一段话轻声念道："凡物不足以讲大事，其材不足以备器用，则君不举焉。

君将纳民以轨物者也。故讲大事以度轨量，谓之轨；取材以章物采，谓之物；不轨不物，谓之乱政，乱政亟行，所以败也。故春蒐、夏苗、秋狝、冬狩，皆于农隙以讲事也。三年治兵，入而振旅，归而饮至，以数军实。

显文章，明贵贱，辩等列，顺少长，习威仪也。

鸟兽之肉不登于俎，皮革，齿牙，骨角，毛羽不用于器，则君不射，古之制也。至于山川林泽之实，器用之资，皂隶之事，官司之守，非君所及也。"

云琅平静的听曹襄念完涩声道："《臧僖伯谏观鱼》？母亲要你念给我听的？"

曹襄摇头道："是我亚父，这上面的字也是他写的。"

云琅瞅着纸上略显生涩的毛笔字苦笑道："这个故事里最重要的一句话就是望之不似人君。"

看来大将军认为云氏的做法过于下三滥了，不是一个关内侯该干的事情，要我遵循守礼……阿襄，你能告诉我一个真正的侯爷应该是什么样子的？"曹襄抓抓头发道："你问我，我问谁去？我一生下来就是侯爷！"

云琅瞅着曹襄很想发怒，又觉得不该对他发火，瞅着桌子上的卫青的亲笔信，把牙齿咬得很紧，却最终长叹一口气。

自己跟卫青到底不是一路人……云琅喜欢快意恩仇，不是很喜欢什么事都忍让……弱小的时候忍让是没法子的事情，现在如果继续忍让装一头猪，装的时间长了，就真的会变成一头猪。

无论如何，云琅觉得自己有资格骄傲，至少，在这个满是古人的时代里。

第五十七章千古留名的机会要不要

一股晶莹剔透的泉水从松树根底下汩汩的流淌出来，在泉眼周围布满了白色的冰凌，泉水翻越过冰凌组成的堤坝，再快速的从堤坝上流淌下来，汇进了一汪幽深的水潭。

水潭上冒着薄薄的雾气，显得格外的神秘。

李敢丢掉手里的木槌，用手从水潭里撩起一些清水解渴，刚刚进行过剧烈的运动，这些冰凉的泉水刺激到了他的肺，让他猛烈的咳嗽了起来。

不过，他依旧继续喝水，刚开始不适应，过一会就好了，身为猛士如果连这点冰水都降服不了那就太丢人了。

他猛烈的咳嗽声，吸引了其余人的注意力，霍去病，曹襄，云琅，赵破奴，谢宁几人跟看白痴一样的看着他。

"喝冰水比较痛快。"

李敢有些尴尬的解释了一下。

云琅冷笑道："将来病死了不要埋怨我们没有阻拦你。"

李敢连忙笑道："刚才是渴极了，以后不会了。"

曹襄把一桶木浆搬到李敢身边道："来，大力士，继续干你的活，这些木浆必须捶打成柳絮的模样。"

霍去病把一件裘衣丢给李敢道："歇歇吧，干这个活计不能用猛力，还是我来吧。"

说着话就把木浆倒进了石臼里，然后单手拎起木槌，吐气开声，一锤一锤的开始砸木浆。

赵破奴撇撇嘴，就把刚刚砸好的木浆，在一个巨大的石头水槽里漂洗之后，就放开了水闸，看着有些污浊的水顺着排水口缓缓地流淌出去。

这个工序要进行三遍，直到黄褐色木浆彻底变白之后，才会把木浆倒进另外一个水槽。

这个水槽上连接着一个细细的水槽，水槽是薄薄的铜皮制作而成，从温泉水面上经过之后，流淌出来的水就变成了温水。

温水冲开了堆积成一堆的木浆，随着温水不断地增加，晶莹的水就逐渐变得浑浊，经过谢宁大力搅拌之后，温水就变得更加浑浊。

云琅跟曹襄两个一人抓着一张纱段，将纱水里轻轻地一抄，就抬着纱一座光洁的木板边上，再轻轻地将纱木板上，然后小心的将纱的白色木浆与纱，然后，光洁的木板上就多了一层薄薄的絮状物。

这个过程很快，不大功夫，一座水槽里就捞不出什么东西来了，赵破奴接着往里面倒洗好的木浆。

半天时间很快就过去了，那些被温泉暖风吹拂的温热的木板上就贴满了一尺半宽，四尺长的纸张。

等最后一张纸被贴上木板，最早贴出来的纸张已经干了。

霍去病擦拭掉手上的汗水，轻轻地揭下来一张，轻轻抖动了一下，冲着云琅笑道："一如既往地好。"

一个时辰过后，木台子上就多了两百多张一尺半宽，四尺长的毛边纸。

等李敢用巨大的裁纸刀将毛边全部切除之后，这些纸就变得很规整，两百多张厚厚的一摞子，就那样摆在桌子上，让人很有成就感。

见其余四人如同观看珍宝一般的看着那些软塌塌的绵纸，云琅就苦笑起来，这些纸对他来说，也就比他以前如厕用的纸好些，在大汉，却让两个身家丰厚的侯爵如此的痴迷。

对于纸张，云琅连蒙带猜的只能弄出这样的东西来，如果想要更好的纸张，还需要工匠们继续慢慢的摸索。

在纸上写字这种事情，根本就轮不到云琅他们插手，司马迁早就虎视眈眈了。

他甚至嫌弃李敢在裁纸的时候浪费太多。

"如果把字写得小一些，一张纸就能写一千个字，两百余张就能写二十余万……如此说来，百万字我一个人也能轻易地拿走！"

对司马迁这种换算方式，这几个人早就换算过了，因此并不感到惊讶，如果是写了一百万字的竹简或者木牍，足矣把司马迁活活的压成肉饼！

这几个人之所以会来干活，完全是因为他们很想要一些纸张拿回去跟人显摆。

如今，纸张出来了，他们就再也没有干活的热情了。

霍去病从挂在树上的衣服里掏出一块绸布，细心地放在桌子上铺平，然后把属于自己的那些纸张卷起来，然后细细的用丝绸包好，这才朝众人拱拱手道："走了。"

曹襄连忙拉住霍去病道："这就走了？"

霍去病扬扬手里的纸卷道："东西到手了，我还留着干什么，难不成你准备让我整天来砸纸浆？"

曹襄连连摇头道："不是这事，我就问你这个秘方我们该怎么保全？"

霍去病看看云琅道："这是你们应该想的事情，只要不缺我纸张用，我管你怎么保全秘方呢，要是被人硬要抢的话，告诉我，耶耶会把他劈成两瓣！"

早就收拾好纸张的李敢，赵破奴，谢宁也是这个说法，看样子他们不愿意掺和进来，毕竟，纸张的利润太大，影响太广，他们如果插手，那就跟算计云氏的那些饿狼没有差别了。

云琅皱眉道："别想好事了，这个秘方只有扩散出去，才能有效地改变一下，读书是有钱人的特权这个现实。

我们即便是要赚钱，也只能是在初期赚钱，想要彻底的垄断，没人会答应的。

云氏一家的力量太薄弱，完全交给陛下我又不甘心，而且，如果我们完全不管了，到时候眼看着那群混蛋拿着造纸的工艺去赚钱，那才恶心人呢。

如果他们把纸张弄得很贵，我最初拿出这个秘方的初衷就完蛋了，所以说，这事还需要我们兄弟齐心合力才成。"

霍去病冷笑道："不用找我们商量，你决定好了就告诉我们一声，这些年兄弟们从你身上捞到的好处太多了，再贪心天理不容。

我们该怎么做你说话，也能告诉外人这生意是我们兄弟的，但是，造纸生意我们绝对不会参与。"

说完话竟然甩开曹襄的手，径直走了。

李敢，赵破奴，谢宁也留下一句"有事你说话。"然后也抱着自己制造出来的纸张离开了。

"作坊只能官营，我们从中抽成就好。"曹襄想了半天才无奈的得出另一个结论。

司马迁冷笑道："从来只有陛下抽别人的成，什么时候会出现陛下让你们抽成的事情了？

再者，谁告诉你陛下喜欢看到全天下人都是读书人这样的场景了？

《论语，泰伯第八》中说的很清楚，民可使由之，不可使知之！"

云琅突然想起这句话的另外一个解释，遂笑道："我学这句话的时候跟你学的似乎不一样，应该是，民可使，由之，不可使，知之！"

司马迁大笑一声道："圣王之下，民可使，随它去，不可使，教化他！

这是圣王的想法，不一定是陛下的想法。

对圣王来说，教化百姓本来就是他的天职，对陛下来说，让百姓顺从，才是他的天职，这两者，你可不要搞混了。"

曹襄怒道："我舅舅没那么差吧？"

司马迁继续冷笑一声道："不是说你舅舅，而是天底下的皇帝都会按照对他有利的方式来解读这句话。

公孙弘，董仲舒，这些人都是儒家的大儒，你去问问他们是怎么解读这句话的，就能测算出陛下的心思了。

我的意思是，你云氏造纸，大量的造纸，如果你真有为天下百姓着想的心思，那么，就要在最短的时间里把造纸秘方传扬天下，只有天下人都会造纸了，你想要天下知之的目标才能实现。"

曹襄一把抓住司马迁的胸襟怒道："你知不知道如果阿琅真的这样做了，会是一个什么后果吗？

天下人得利了，阿琅却会倒大霉。

轻则远窜天边，重则抄家灭族！

我是阿琅的兄弟，赚不赚钱无所谓，我们的钱多的几辈子都花不完，我不管天下人会怎么样，不管他们能不能因为造纸秘方传扬出去后多认识两个字，我只关心，明天我能不能见到我兄弟，能不能看见大女骑在我脖子上叫我伯伯。

去病他们把事情交给我们操办，就是把身家性命也一同交给了我们。

这几家下来好几百口子人呢，你轻飘飘的一句话，就要我们去送死，然后好让你将来写史书的时候，给我们一个高尚的评价？

我就问你，凭什么啊？"

：

第五十八章 不好，也不坏

松林里静悄悄的，午后的阳光从树梢上漏了下来，落在身上暖洋洋的。

温泉的热浪依旧飘过来，待在晾晒纸张的木板区里，即便是不穿裘衣也感觉不到多少寒意。

曹襄刚刚发出的怒吼，惊走了几只窥伺他们的乌鸦，用远比曹襄咆哮声音大很多的尖叫，向曹襄发出了抗议。

司马迁的嘴巴张了几次，最终还是黯然闭上了。

怂恿一个人去舍身取义这事怎么想怎么不对头。

或许是太暖和的缘故，云琅打了一个大大的哈欠，泪眼朦胧的瞅着两个傻子在那里较劲。

云琅是不想把造纸变成勋贵或者皇帝的摇钱树，秘方虽然是他偷来的，是属于整个大汉民族的，可是，无论如何他都没有想过为了一个高尚的目标把自己全家给搭进去。

司马迁就是因为太认死理，才会把自己的后半生搞的惨不忍睹。

可是这种人放进大汉这个民族的身体里，就是脊梁，放进大汉民族的史书中就是铮铮作响的筋。

他的要求听起来非常的不合理，可是，如果纸张是他发明的，这家伙这会早就把秘方传扬的全天下都知道了。

然后……然后这家伙就认为自己已经干完了一件足以感动自己，足以感动历史的事情，然后在一个寒冬料峭的日子里，昂首阔步的踏上刑场，用自己的血，自己的命，把下令处死他的那个皇帝钉死在历史的耻辱柱上。

他忘记了，造纸虽然简单，却依旧是一门完整的工艺，不是一两个人就能完成的。

今日之所以几个武夫用半天时间就完成了造纸的过程，他却不知，在他们造纸之前，云琅整整用了两个月的时间来做准备，如果把准备制造纸张的原材料的时间也算上，时间还要向前推进两年多。

期间的花费，更是司马迁这个穷酸文人所不能想象的。

穷人之所以读不起书，最大的原因就是因为他穷，穷的连书都读不起了，还怎么来建造花费更大的造纸作坊？

相对百姓而言，竹简，木牍更容易获取，皇帝，勋贵们觉得那些东西非常的沉重，而穷人是不嫌弃的，他们不会认为竹简，木牍会对他们学习造成什么障碍。

问题是穷人读不起书，更用不起纸张……连霍去病这样的关内侯看到纸张的时候都觉得珍贵无匹，让那些穷人在昂贵的纸张上写字岂不是会要了他们的老命？

短时间，或许说很长一段时间内，纸张还无法完全替代竹简跟木牍。

那么，谁才是纸张的使用者呢？

毫无疑问，是皇帝，是勋贵，是官员，是富裕的读书人，绝对不会是百姓。

既然如此，云琅把秘方传播出去之后，就一定能让纸张便宜下来吗？

不见得！

最需要纸张的人是谁呢？

是每天要看上成百上千斤竹简的皇帝刘彻，是每日里都要写大量文字的宰相公孙弘，是急需让文字书写变得简单容易的董仲舒！

既然纸张的主顾是这些人，那么，纸张即便是很昂贵，跟穷苦百姓能有多大关系呢？

如果纸张被写满字，然后装订成书籍，他的传播速度要比竹简，木牍来的快多了。

就如司马迁刚才所言，二十万字的书籍他一个人可以背着走成千上万里也不觉得疲惫。

如果让他背着写满二十万字的竹简，木牍走成千上万里路，那将是一个浩大的工程。

因此，在早期，在读书人还没有多到满天下都是的时候，纸张对皇帝，对朝廷，显得更加重要。

真正想要纸张的价格降下来，需要在精细合作的基础上进行大规模的生产。

只有人们对纸张的需求完全超越了供给，那时候，才是小造纸作坊遍地开花的时候。

曹襄跟司马迁争吵的非常激烈，等到两人吵架吵累了，才想起来云琅这个真正的当事人来，回头一看，发现云琅裹着裘衣在桌子上睡得很是舒服，且有口水在流淌。

被曹襄狠狠地推醒了，云琅茫然的睁开眼睛，擦拭一下嘴角的口水笑道："吵完了？"

"你在睡觉？"司马迁觉得不可思议。

"上午干活很累，见你们两个不愿意理睬我，就趁机睡个午觉，怎么，吵出结果来了？"

曹襄连忙道："出格的事情不能做。"

司马迁怒道："你们不敢做的事情我来做。"

云琅笑着对曹襄道：'我们当然不能做出格的事情。"回头见司马迁的脸上满是失望之色又道："出格的事情当然是你来做。"

"怎么做呢？"

司马迁跃跃欲试，曹襄则一脸的忧色。

"云氏造纸作坊每月拿出一成的产量，交给司马去销售，我只求收回成本即可，至于其余的九成产量，自然是要交给陛下来处置的，我只在成本的基础上增加三成的利润。

等云氏收回所有投入之后，就把造纸作坊一次性的卖给陛下，或者阿娇，我们再修建一座小的，专门生产纸张自己用，也包括馈赠亲朋好友。"

司马迁很失望，不过，也没有什么更好的办法，话都懒得说，就抱着最厚的一摞子纸张离开了。

曹襄跳上桌子跟云琅并排坐着，瞅着司马迁离去的背影道："这样挺好的，我们做小善，大善就让司马这种人去做，说到底我们的牵挂比他多。"

云琅瞅着曹襄笑道："不是我们的牵挂比他多，而是我们的心里根本就只有自己，很少有家国天下的存在。

你与我，只是两个有着侯爵身份的小人物，人家才是真正的胸怀天下的大人物。"

曹襄从桌子上跳下来，抱起一卷子纸张道："别感慨了，走吧，要干正事了。

既然是去送礼，就别让人家等的太久。"

两个宫人在长长的案子上铺开了一张纸，刘彻提笔饱蘸了浓墨，在那张大纸上开始写字。

汉隶的写法还做不到行云流水，只能勉强算是一笔一划。

刘彻写的很认真，似乎也很在乎章法跟结构，一盏茶的功夫他就写完了字，然后就提着毛笔欢喜的看自己的手笔。

云琅，曹襄在旁边伸长了脖子偷看，刘彻见他两看的辛苦，就让宫人将那张纸提起来向他两人展示。

"大风起兮云飞扬，

威加海内兮归故乡，

安得猛士兮守四方！"

刘彻的字算不得好，至少在云琅看来，这三行字应该用狂草来书写最能表达诗句的意义。

"当年，太祖高皇帝功成还乡，当着父老乡亲的面写下了这三句雄文。

太祖高皇帝击筑高歌，群臣相和，满座皆泣下……朕多年以来想要重复先祖的荣光……云琅，朕把这首歌送给你，只希望你能恪守本心，为我大汉再立新功，让朕早日达成夙愿。

既然造纸作坊已经快要建成，那么，朕给你一个便宜，每月造纸作坊所产的纸张，朕平价购买七成，其余三成任你售卖，所得钱粮朕不过问。"

云琅拱手道："纸张一出，毕竟会牵动千头万绪，国朝的典籍，档案，以及百官的奏折，文书的誊抄都需要用到大量的纸。

因此，微臣以为，陛下以成本价上浮三成购买造纸作坊的九成产量，其余一成，微臣会以成本价发售给贫寒人家的子弟。"

刘彻笑道："你可想清楚了，一旦朕下了旨意，你想改可就没机会了。"

云琅笑道："些许银钱的损失虽然会让微臣心痛，却能让微臣睡一个好觉。"

刘彻笑着摇摇头道："想要心安？你要的倒是奢侈，算了，朕今日心情实在是太好，就满足你的愿望吧。"

第五十九章没有那么糟糕

走出长门宫的时候，云琅抬头看了一眼天空，今天的天空晴朗朗的，太阳也红艳艳的挂在天上，是一个好天气。

用最坏的预测去地狱接受命运的时候，却发现自己竟然上了天堂，就是云琅目前的感觉。

刘彻并没有按照预想的那样拿走造纸作坊，也没有卑鄙的限制云琅来控制造纸作坊，这非常的难得。

从未想过政府采购这样的大馅饼会落在自己头上，再看看手里的那一幅字，云琅不得不承认，刘彻在造纸作坊这件事情上表现了极大的克制。

想要克制贪婪之心是很难的，就像云琅搂着宋乔睡觉的时候还在幻想苏稚在另一边的场景，当然，如果他的脑袋还能枕着卓姬的大腿那就更好了。

阿娇的女儿刚刚会走路，被阿娇拖着在铺了地毯的平地上蹒跚学步，母女二人不时地用外星人的语言互动一下，顿时就给这个灿烂的晴日增添了一抹亮色。

见云琅跟曹襄过来了，阿娇就把公主交给了宫女，自己在阳光里伸了一个懒腰道："不错，还真的把合用的纸张给造出来了，先给我这里送来一万斤。"

曹襄吧嗒一下嘴巴道："好叫舅母得知，一万斤纸小作坊要干两年，一百斤纸张就足够您用好多年的了。"

阿娇想了一下又道："一百斤？我什么时候要过这么少的东西？就一万斤，放在库房里存着，天知道你们那一天就会被砍头，害得我没有纸张用。"

曹襄很想跟阿娇解释一下他有大概率的机会不会被砍头，云琅却拱手道："您要多少都成，只要把成本给支付了就成，我们两个没打算用大汉国文教重宝来赚钱，只想造纸，多造纸，造多多的纸张，越多越好。"

阿娇斜着眼睛看了云琅一眼忽然笑了，拍着自己高耸的胸膛笑道："我忘记了你们两个本身就是富翁，早就看不上造纸得来的那点钱粮。"

云琅连连摆手道："好我的贵人哟，我们兄弟可以不拿利润，可是，话一定要说明白。

造纸的利润有多大我们兄弟心知肚明，那可不是一点点，如果我们只拿一分利，不出一年，云氏，曹氏的家财增加一倍是没有半点问题的。

您一定要了解，是我们兄弟舍弃了这份利润，可不是我们看不上或者有别的什么心思。"

阿娇大笑了起来，伸出食指挑起云琅的面庞仔细看了一下道："越看越顺眼啊。"

曹襄嘿嘿笑着也把脸扬起来望也获得舅母的赞叹，阿娇却瞪了他一眼道："长了这么多年，跟你母亲一样，越长越像猴子！"

曹襄委屈的道："哪有我这么漂亮的猴子！"

长平毕竟是长公主，该有的尊敬还是要有的，阿娇就换了一种语气道："反正能从你的脸上看到你母亲的影子，我就是不高兴。

不过呢，这一次能想到不取造纸作坊的利润这件事，办得好极了，我们都是富贵人家，家财再多不过是堆在库房里的一些死物，再多不但无用，还会招来嫉恨。

身为勋贵，自己吃饱了，喝足了，娇妻美妾都有了，就该考虑一下吃不上饭的那些百姓。

他们要是总是吃不饱肚子，渔阳旧事就会发生，大乱之下，有多少昔日高高在上的人物都被踩进了尘埃，呼号奔走，哭天抹泪上天无路入地无门的恓惶。

那时候再说自己家里有多少钱粮就成了一个笑话，最终只会成了贼人的军资。

你曹氏，云氏如果再能像制造那些富贵寡妇一般再制造出一万户富贵人家，以后不用我再照顾你们，他们就会自发的保护你，让你们心安理得的享受万年荣耀，到了那时候，活该你们代代公侯，钟鸣鼎食！"

云琅曹襄齐齐躬身施礼道："瑾受教！"

阿娇笑道："这个道理我也是最近才悟出来的，云氏的富贵寡妇给了我很大的启发，昔日被人踩在烂泥里的人，如今出行不但有头有脸，还能让人忘记了她们原本带着的什么灾星，祸害一类的名头。

这世上的人啊，你有钱了他就能高看你一眼，对百姓来说是最好不过的奖赏了。

长门宫最近也在学你云氏，即便是奴仆也有工钱发，没道理你云氏能做到的事情，我长门宫做不到。

你说是不是呢，襄儿？"

阿娇那一声襄儿说的曹襄脖子上的汗毛都竖起来了，连忙道："回去就办，回去就给家里的仆役们发钱，一点钱而已，算不得什么。"

阿娇点点头道："孺子可教！好了该说的话说完了，就去办事，整日里总是懒懒散散的像个什么样子。"

见阿娇重新去找自家闺女去了，云琅曹襄就连忙走出了长门宫这个该死的龙潭。

"你刚才答应的很快啊，以前我这么说的时候你好像说过什么不患寡而患不均的屁话。"

曹襄苦笑道："刚才陛下就站在平台上看呢，你说我能怎么办？"

"胡说，隔着几十丈呢，他应该听不见我们说话。"

"就因为听不见我才难受呢，这让我搞不清楚这到底是陛下的意思，还是阿娇的意思。"

"一点钱而……"

不等云琅把话说完曹襄就掐着云琅的脖子怒吼道："不要拿你破烂的云氏跟我家比，你的仆人打死也就一千个，我家仅仅在长安的仆役就有两千三，还不算上林苑，武功，阳陵邑的仆役，我说我家有三五万仆役你信不信？

就这，还是我曹氏人丁不旺，如果我有百十个兄弟，你信不信我曹氏一门就能占据一个县？

我其实很怕陛下下令全部勋贵们给仆役们发工钱了，按道理来说，仆役都是我们买来的，他们进家门的时候就已经付过钱了，或者是自动上门来投效抵债的，再给他们发钱会乱了章法。"

"云氏的章法乱了吗？"

"我再说一遍，不要拿你破烂的云氏跟我四代关内侯的曹氏比，将近一百年下来，曹氏早就不是我一个人说了算的家族了，刚才就是胡乱搪塞一下阿娇，再等等看，曹家不能成为第一个给仆役发钱的人家。"

看得出来，曹襄真的很烦恼，在他的领导之下，曹氏这几年也算是兴旺发达，他家的主业是卖陶器跟青铜器，一个面对平民，一个面对勋贵，上下其手的占尽了好处。

尤其是在云琅用云钱换来了海量的青铜钱之后，把多余的钱又通过黄金置换给了曹襄，聪明的曹襄又用大量的云钱置换了更多的青铜钱，让他家一下子就成了青铜器出产最丰富的人家。

云家很富裕，可是要跟曹家百年的积累比起来，还非常的单薄。

这是曹襄唯一能在云琅面前显摆的事情，因此，破烂云氏就成了他的口头禅。

二月一过，云氏的仆妇们就忙碌起来了，桑叶马上就要萌发，在这个时候，晒蚕种也就提到了议事日程上来了。

被放在地窖里的蚕种马上就要出窖了，这是刘婆一年中最担心的时刻。

什么时候晒蚕种是一门需要极强经验跟魄力的事情，一旦决定错误了，遇到一场强劲的倒春寒，把桑叶全部冻死在树上，那么，刚刚孵化出来的蚕就会被活活饿死，即便是不死，由于第一龄的桑蚕长不好，今年想要收获好蚕丝，也就是一个泡影。

温泉边上一般都是寸草不生的，温泉水并不适合给植物灌溉，刘婆一直想在温泉边上种植桑苗，一连实验了三年，今年刚刚有了一点盼头。

云琅路过那片桑苗田的时候，见刘婆正在一株株的观察桑苗，就站在地埂子上道："桑苗发芽了么？"

刘婆直起身子笑道："已经透绿了，侯爷这是去了长门宫？"

"是啊，刚回来。"

"您就没有看看长门宫的桑蚕？听说她们家三天前就开始晒蚕种了。"

云琅笑了，指着地里的桑苗道："永远不要相信任何违背自然规律的事情，我们家不论在桑蚕养殖，还是桑苗种植绝对都是大汉第一流的，长门宫的桑蚕管事憋着一口气要跟你较量一下，这时候，可是什么计策都会使用的。"

刘婆笑道："老婆子才不在乎什么虚名呢，即便长门宫里的人比我们早十天育出桑蚕那又如何，老婆子宁愿等桑树的叶子全部长出来再育蚕苗，这么大的产业，不是普通人家几笸箩的桑蚕能比的，一旦出事，那就是大事故。

咱家不争那个彩头，早几天，晚几天的有什么打紧的。"

云琅翘起大拇指专赞道："好法子，咱家的桑蚕胜在产量，用不着跟小门小户去争什么春日里的第一束丝线这个彩头，长门宫的管事是想升官想的脑子坏掉了，才会这么干。

还是你明事理，桑蚕这一块交给你我最放心。"

说着话还从腰上解下一方玉佩丢给刘婆道："该有的赏赐万万不能少！"

刘婆喜滋滋的接住玉佩，一张胖脸笑的如同一朵盛开的菊花，如今她很有钱，已经不是很在乎赏赐了，却对家主的夸赞更加重视了。

第六十章 敌人?友人?爪子?

"大风起兮云飞扬，

威加海内兮归故乡，

安得猛士兮守四方！

这是太祖高皇帝的个人成就，大汉的每一代帝王都想超越，却总是被太祖高皇帝的光芒所笼罩。

我皇奋四世皇帝之余烈，长鞭策天下，自然会生出强爷胜祖之雄姿。

如今，匈奴早就不能进犯，自从进犯右北平被击退，只能龟缩龙城日日惊惶，担心我大汉的军队突然而至。

以我之见，伊秩斜如果想要养精蓄锐，退缩漠北乃是自然之事。"

谢长川捋着胡须仔细的端详了皇帝陛下的手书，然后在上面深深地吸了一口气，似乎得到了无限的生命加成，最后就口沫横飞的说出了上面的那些话。

自从云氏拿到了皇帝陛下开天辟地的第一张书法作品，云家就不断的有客人来访。

一来呢，是为了看看陛下的手书，沾染一点陛下的荣光，第二呢，就是来云氏大吃一顿，洗个痛快的温泉浴，走的时候还能混一盒子蛋糕，跟一卷子纸张。

尤其以谢长川为首的一群快要退出人们视线的老将更是喜欢来云氏。

他们其实很想去参观一下云氏的那个小小的在造纸作坊，只是看见何愁有在那片黑松林里训练两个小小的娃娃，就对造纸作坊没了任何兴致。

"我家的那个混账东西听说在黑松林子里面亲手造了一些合用的纸张，回到家里把纸给了老夫，对于黑松林子里面的状况却绝口不提。

老夫问了一下就冲着老夫发脾气，还说，造纸跟我们谢家有什么关系。

老夫还不能追问，再追问人家就不知道跑哪里去了，过节都不回家，害得家里的婆娘们一个劲的问老夫他们的夫君去了哪里！"

很明显，老谢的这段话里炫耀多过诉苦，像造纸这么重要的事情他儿子参与了，别人家的子嗣却没有资格进去，这就很说明问题了。

老虎站在黑松林外面张嘴咆哮一声，引得身后山谷里回响阵阵，混合了松涛的呼啸声，颇有些兽中之王的威风。

"啧啧，这就是灵兽啊，云家这地界人杰地灵，那边的富贵镇已经快要变成城池了，这边的山居也充满了野趣，你们说老死在这里是不是一种福气啊？"

裴炎家里的闺女没机会参与造纸，所以很不高兴，岔开了话头开始拿老虎说事。

"这就是一座宝山啊！"

一个脑袋上已经没有几根头发的老将指着孤零零的矗立在山野里的始皇陵非常感慨。

论起山川俊秀，骊山自然是首当其冲，即便是不算骊山，周围还有很多秀美的山川，根本就轮不到只有低矮灌木的始皇陵，老家伙只是随便说说，目的就是想进黑松林去看看。

"其实啊，作坊就是下苦人干活的地方，有什么好看的，几年前，云氏学人家隐士在庭院里种植了一些腊梅花，如今开的正艳，老前辈们不妨去院子里坐坐，喝一杯梅花酒也是极妙的。"

见这些人在看始皇陵，云琅不由得有些心虚，只想快点把这些老家伙们打发走。

裴炎瞅着云氏的仆妇们在谷场上，忙忙碌碌的就感慨道："你看看，人家的仆妇都长得白白胖胖，如果不是老夫已经老了，弄几个回家估计能发一笔小财。"

老流氓的话云琅就当没听见，裴炎却不肯放过他，扯着他的衣服领子非要去谷场看看那些寡妇门是怎么个厉害法，能把那些文士们吓得绕着云氏走。

刘婆是一个洒脱的女子，见到一群老将也没有胆怯的意思，虽然这群人身上带着来自战场的各种遗留问题，她还是先施礼然后问安。

"咦？这老婆子居然不怕我们。"

一个脸上带着一道刀疤的老将特意把脸凑近了刘婆，奇怪的对同伴道。

"诸位功勋都是从战阵上下来的好汉，小女子心中只有钦佩之意，如何敢小觑半分。"

另一个只剩下半截手臂的大汉笑道："真的，这婆娘胆子大，少见，少见。"

谢长川笑道："云氏也算是将门，家主也曾与匈奴血战过不止一场，家里缺胳膊少腿的亲军难道会少了。

这点份量还吓不倒这家里的人。

说起云氏的那个著名的小妾，就你们这模样，在她手底下一炷香不到的功夫就会被放在案子上分尸。"

说起苏稚，这些人的脸色都不会太好，白登山一战之后，这里的人或多或少都被苏稚医治过。

当时白登山人与骑都尉关系不是很好，这些人或多或少的都被苏稚整治过，印象深刻。

救治他们的案子旁边还有一个案子，案子上摆着一具被分解的七七八八的尸体，就这个场面，就让好多原本撑不过来的人，一想到自己如果死了就会被这个鬼女人切割成肉块，为了不遭受分尸的命运，一个个硬是咬着牙最后都活下来了。

提起了苏稚，这些人立刻就没有了骚扰云氏寡妇的心思，再一想到那个比鬼还可怕的何愁有，他们只想去云氏宅院里好好地吃顿饭，喝场酒。

看似松散的云氏，其实处处禁忌。

谢长川，裴炎这些人的到来并没有什么恶意，反而是来给云琅撑腰的。

他们看似闲散，对于一个个高级军官来说，哪里会真正闲散下来。

长安城最大的新闻就是云氏造出来了纸张！

武将们看似一个个仅仅粗通文墨，有些甚至大字不识一个，但是当官当久了，政治嗅觉还是非常敏锐的。

云氏要发！！！！

这就是他们通过直觉得来的最肯定的一个答案！

来到云氏看了皇帝留给云氏的手书之后，他们就越发的肯定自己的判断。

听说有很多人正在觊觎云氏的造纸秘方，这时候走一遭云氏说两句不痛不痒的支持的话，就是他们所能做到的最大支持了。

至于进一步支持，那就要看云氏能给他们拿出多大的诚意了。

大家族很少靠交情来维系关系，交情这东西没事的时候可能还有用，有事之后就屁用不顶了。

只有那种你中有我，我中有你的利益才能防止一人倒霉的时候另一个抱着手在一边看热闹。

云琅并不愿意跟这群人混在一起，他们大多是第一代家主，无论是在为人处世，还是利益争夺方面都缺乏经验，而且根基太浅，如果真的有人冒犯了不该得罪的人，最后会形成火烧连营的态势。

大名鼎鼎的窦婴就是被灌夫这个猪队友活活的给坑死的。

一群人连吃带拿的离开了云氏，云琅就让梁翁把大门关上，最近，这种无效的社交活动实在是太多了。

骊山上已经有了春天的影子，上林苑六万亩的农田还需要他们去处理呢。

云琅很想安静几天。

然而，事情就是这样，树欲静而风不止！

历来对云琅采取放任自流乃至压制态度的公孙弘坐着马车来了。

公孙弘来到云氏之后悲愤的问云琅，既然手里有造纸这样的文教重宝，为何不先告诉他，然后再由儒家来推行？

云琅忽然想起自己两次进宫，公孙弘两次冲着自己摆手的事情来。

轻轻笑道："某家两次预备拜谒相国，奈何相国两次摆手拒绝，云某只好自作主张了。"

公孙弘沉默良久，长叹一声，就离开了云氏，他自以为已经非常了解云琅这个人了，没想到终究还是小看了。

身为相国，他不想跟云琅走的更近一些，两次拒绝了云琅拜见他的机会，现在，云氏也在不知不觉间跟他也疏远了。

云琅送公孙弘离开，目送他的车队远去，这一走，也不知道下次见面会是什么样的状态。

张汤从土沟里爬上来，脑袋上还有一截草芥，斯斯文文的在云琅的指点下从脑袋上拿下那点草芥，瞅着远去的车队道："老家伙是不是来要造纸作坊的？"

云琅苦笑道："人家一来就质问我，为何不早早地将造纸秘方呈献给他。"

张汤啐了一口唾沫道："他配吗？"

云琅耸耸肩膀笑道："所以人家到了我家之后一杯茶都没有喝完，就走了。"

张汤对云琅的对待公孙弘的做法非常的满意，点着头道："我是陛下的爪牙，这一点你知道吧？"

云琅笑道："你是第一个公开宣称自己是陛下爪牙的人，自然知晓。"

张汤摆摆手道："不是第一个，不过呢，以前说过这话的人官职没我大，地位没我高，算我第一个说的也不算错。

我之所以跟着公孙弘来你家，就是要告诉你这句话，你听仔细了——我——张汤，是天子爪牙！"

云琅掏掏耳朵，皱着眉头道："我以前就知道，你现在没必要说的这么大声。"

张汤摇头道："你还是听清楚些比较好，记在心里比较好。"

云琅连连点头表示知道了，他是真的知道了，张汤是在用这种方式告诉他，他张汤本身是一个没立场的人，他只是皇帝陛下的手或者一把刀子。

只要云琅一辈子跟着皇帝走，那么，他这只皇帝的手就会一直帮助云氏，替云氏挡掉很多麻烦。

"我要造纸，我要种地，我要安安静静的干活，请你帮我打发走所有打扰我干活的人，或者野狗！"

张汤非常的欣慰，他觉得云琅完全听懂了他话里的意思，满意的哈哈大笑，然后对云琅道："如你所愿！"

第六十一章 自以为是

东方朔在富贵县干了几年县令算是彻底的被培养出来了，办起事情来井井有条。

等云琅觉得脚下的泥土开始变软了，才去了骊山脚下的那块足足有六万亩的农田。

上一次经过这里的时候，还是荒芜一片，这才一个多月，就变成了整整齐齐的农田。

云琅捏一把泥土，非常的满意，这里的土地原本就是熟地，撂荒了几十年之后，土地的肥力反而跟上来了。

"这片地被烧了两次，浇过一次水，又被翻耕了两遍，土地里的树根杂草根都被捡拾的很干净。

问过老农了，这是一片好地，只要自流渠里的水能供上就是六万亩上等田地。

云侯，就算是皇太后也给了你几分脸面，如果把地划在渭水那边……嘿嘿嘿，光是引水洗盐碱，就能让您灰头土脸啊。""皇太后可不是给我脸面，是在给陛下脸面，如果皇太后跟少府监真的给陛下一块盐碱地，那就是真的不给陛下脸面了，皇太后不会这样做的。"

云琅站起身，背着手瞅着一望无垠的田地有些感慨的道："我们能做的改变其实不多，按照农时耕种，按照农时收割，地里面能长出什么样的庄稼只有天知道。

我们要做的，就是大量的使用新的耕作技术，大量的使用新式农具，合理的调配人手，争取用最少的人来精耕细作更多的土地。

这六万亩土地，我准备种植一年两熟的庄稼，尽早的播种麦子，而后在夏日里尽快种植糜子跟大白菜。"

东方朔有些失望，皱着眉头道："为何不种植云氏农田里的新庄稼？"

云琅摇摇头道："第一茬庄稼还是以稳妥为上，陛下不指望我们第一季庄稼就带给他太多的欣喜，只要中规中矩就是胜利。

慢慢来，不着急，将来大范围的农田依旧中规中矩，小范围的农田就要开始种植稻米跟各种新作物了。

我听说南越国有一种稻米可以做到一年三熟，如果土地足够肥沃，四熟也是可能的。

南越国的地理气候跟我们有很大的差别，那里一年四季炎热，稻米在那里能够四熟，在云梦泽能做到两熟就是我们的大胜利。"

"稻米四熟？"东方朔觉得不可思议。

云琅叹口气道："最让人羡慕的是那里的人种稻米，只要把种子播撒下去，就不再管理了，等到稻米成熟之后，就拿着刀子去割，那些被割掉稻穗的稻子马上又会生根发芽，接着长稻子……"

东方朔觉得这话非常的不可信，可是云琅都说了有，他只好闭上嘴巴，心里依旧觉得云琅是在胡说八道。

"那里的树上长满了果子，人如果渴了，饿了，摘一串芭蕉，摘一些果子就能饱腹。

在那里，没有人会被饿死，只会被野兽吃掉，被毒蛇咬死，被疾病折磨死，或者老死……"

"如果那里真的是这样的状况，陛下就该拿下南越才是。"东方朔的话里面没有半分的顾忌，似乎认为只要是好东西，大汉国就该拢在自己怀里。

"路博德正在干这事，就是不知道陛下会把边境扩张到哪里！"

东方朔有些不解的道："普天之下莫非王土，率土之滨莫非王臣！这天下都是我大汉的土地，只是有些地方太远，王化不易，这才任由他们游离在我大汉王权之外。"

不得不说，东方朔说的这几句话真的很提气，尤其是在刘彻时期，将士们刚刚完成了战无不胜攻无不克的神话，将匈奴打的龟缩在龙城不敢动弹。

现在说这句话，没人觉得有什么不对头，云琅想了一下，这时候的罗马还处在长老院时代的城邦共和期，斯巴达克斯还没有起义，到处都有大规模使用奴隶劳动的大庄园，奴隶被称之为"会说话的工具"。

贵族们还处在用铅造的酒杯，酒壶开怀畅饮的时代，罗马城的下水道里，到处都是流产的婴儿，是一个性病盛行，人人都如泰迪一般追求男女之情的时代，也是一个真正的娱乐至死的年代。

当罗马贵族过腻味了酒池肉林的生活之后，在一个个让人昏昏欲睡的下午，为了刺激贵族们麻木的神经，一群群强壮的奴隶被选了出来，让他们与狮子搏斗，与鳄鱼搏斗，甚至相互组成强大的军阵，在一个个巨大的斗兽场里相互厮杀。

也只有在这个时候，吃的脑满肠肥的贵族们才会重新变得兴奋起来，那么以铅粉为化妆物的贵妇们，才会兴奋到失禁……与之相比，大汉王朝就显得矜持多了，窦太后让辕固生拿着武器去跟野猪搏斗，被史家浓墨重彩的记录，也让窦太后失去了谥号中最尊贵的仁字。

这样的事情放在罗马共和国，连最低级的贵族都不肯为之抬一下眼皮。

云琅畅想了片刻就不再畅想了，在没有合适的交通工具出来之前，一统寰球就是一个想法而已。

"岭南太远了，哪怕哪里的粮食不要钱，运到长安之后，也是一个天价。

因此，夺下岭南，对大汉的好处有限，陛下考虑的更多的是政治方面的因素，而不是实在利益。

如果我们能把那里的良种拿来种在关中……结果就太可怕了，陛下能把大汉的边关安置在北海上。"

当云琅渐渐融入大汉这个集体之后，不论他是不是原生大汉人，一些没来由的自豪感同样会油然而生。

很多时候，大汉的荣光就如同阳光一样，不论你愿意不愿意，他都会照耀在每个人身上。

感受民族荣光，这是一种很高级的行为，是在吃饱穿暖之后的第三需求。

云琅从来都不允许农夫光屁股下田地的，而那些从山里出来的野民们，似乎认为他们的皮肤才是最好的工作服，粗糙的大脚踩在泥土上，只要努力干活就不会感到冷。

这真是一个奇怪的想法。

"我记得给他们制作衣衫的拨款我给你了。"云琅不解的看着东方朔。

东方朔瞅着田野里干活的野民皱眉道："我没有贪污，每一个铜钱都用在衣料上了。

他们不穿我有什么办法，男子白日里下地，女子们夜晚下地，人家都不穿衣裳，那几个不穿衣裳的老妪我刚才呵斥过，人家不在乎。"

一个光屁股孩子从云琅身边匆匆的跑过，看起来似乎很忙碌，随着孩子的身影看过去，才发现这个孩子正在往一个篮子里装游春马留下的马粪。

"积肥呢，从你云氏学来的，在富贵县这一片已经成习惯了。"

云琅扭过头，尽量不去看那些光身子的人，对东方朔道："这习惯不好，粮食的产量我们要，人的脸皮我们也要，如果这些人变成了没脸皮的富裕人，那后果才可怕呢。"

以前的时候上林苑里的宫奴们也没有穿衣服的习惯，自从云家妇人把自己裹得严严实实之后，上林苑里再穷的人家也不肯光着身子了。

现在，野民来了，如果再这么肆无忌惮的男女不分的继续下去，那就是民智教育在走退路。

衣服是拿来遮羞的，一般人是这么认为的。

衣服是拿来取暖的，野民们是这么认为的。

没羞没臊的生活云琅其实很喜欢，但是，绝对不应该是这个样子的。

这就是大汉国真正的赤贫者的生活。

"我再拨一份衣料钱，如果下回再见到他们这样下地干活，我就以贪污罪责来问你。"

东方朔勉为其难的同意了。

这样的场景让云琅很不舒服，也不愿意多待，骑上马就跟刘二去了富贵镇。

东方朔目送云琅离开，就朝原野上的人吆喝了一声，那些被寒风冻得瑟瑟发抖的农夫们立刻就从旁边的土沟里找来了衣衫快速的穿上……"哼，就知道你看不下去！你们那么有钱，多给一点衣料钱会死啊，害得某家还要动心眼。"

东方朔自言自语一句，然后就背着手继续在原野上巡视。

田野上的一幕让云琅的心情变得很糟糕，来到了医馆，看着医馆门头那四个硕大的"皇家医馆"心情更加的恶劣。

医馆门前排着一长串的队伍，看样子长安附近生病的人都来到了这里。

四个蛋头军医对面前的场景已经见怪不怪了，诊病，开药，然后再唤下一个，追随苏稚从受降城来到长安的羌人看护妇们娴熟的用长安话跟那些妇人谈话，这可能也是问诊的一部分，好些妇人在与羌人看护妇谈话之后，就去了旁边的一个小门排队。

这些人群里看不到马车，也看不到衣着华丽的贵人。

等云琅走进医馆吗，才发现昔日宽敞的院子被一堵高墙从中间隔开。

一个看护妇守在门口，百无聊赖的打着瞌睡，不过，云琅想要进去，也被那个看护妇给拦住了。

"侯爷，您该去左边。"

"男左女右，分的倒是清楚。"

云琅嘀咕一声，就顺着石板路进了左边的楼阁，这里边只有很少的几个人，苏稚坐在一张台子后面，笑吟吟的跟一个白发老翁说笑。

老翁递给苏稚一包沉甸甸的东西，被苏稚随手丢进了一个木箱子里，发出一声金属碰撞的闷响。

然后就听苏稚笑嘻嘻的对老翁道："张翁，您的身体虚弱，需要大补一卜，皇家医馆里的人参是再好不过的大补之物，被我们璇玑城的名医三蒸三晒炮制了六遍，这才成补药，身体屡弱的刘老丈煎服了四次，就把手杖丢掉了，且健步如飞……"

第六十二章天不罚，我罚！

很好！

该慈善的时候慈善，该宰人的时候就要从动脉上下手，动脉里的血才会流的又快有多。

几家人留下来的参须很多，卖给这些人没有什么好内疚的。

张翁是阳陵邑的老财主，以前是卖盐的，跟以前的大盐商东郭咸阳是儿女亲家。

东郭咸阳被桑弘羊暗算之后丢掉了九成的家业，成了司农寺的大农丞。

原本桑弘羊也没有这么狠，只想要东郭咸阳一半的家产，谁知道东郭咸阳不想俯首就擒，暗中串通自己的儿女亲家张翁，几乎是半卖半送的把一半家产卖给了张翁，希望日后盐铁事平静下来之后，再把家产赎回来…… 然后……就没有然后了。

张翁主动向桑弘羊敬献了东郭咸阳一半家产中的四成，自己留下了一成，而东郭咸阳剩余一半的家产被没收了四成，最后，曾经富甲天下的东郭家族就依靠剩余的一成家产来养活全家六起过这件事，没想到苏稚竟然记得很清楚。

见苏稚给看护妇使眼色拿出了两人玩笑时制作的冷香丸坛子，云琅就知道，苏稚很担心用人参须子宰一次张翁夫君可能不太满意，就打算用昂贵的冷香丸继续给张翁放点血。

人参热补，冷香丸泻火，能起到人参与萝卜同吃的效果。

如此，才能在张翁需要大补的时候给他开人参须子汤，在张翁补足元气之后再给他开冷香丸，冷香丸吃完之后再给他开参须子汤……如此循环下去，皇家医馆总能补足给穷鬼们看病造成的亏空。

眼看着张翁喝掉了刚刚熬好的参汤，正觉受用的时候，一个羌人看护妇小心的对苏稚道："给长门宫炼制的冷香丸只有这么多，平阳侯府也想要一些，给是不给？"

苏稚轻叹一声道："这药太难得了，虽说有延年益寿的功效，炼制之繁杂，靡费之多，即便是背靠皇家医馆，我们也只制作了两百二十六丸。

长门宫讨要，好歹还给了一些本钱，平阳侯府仗着与侯爷相熟，却一个钱都不肯给，侯爷又是一个四海惯了人，哪里会拒绝平阳侯的要求。

罢了，罢了，就给平阳侯十丸吧。"

张翁靠在锦榻上闭目小憩，那个跟随张翁的小童却直勾勾的看着看护妇用竹夹子从坛子里夹出几枚药丸，小心的装进玉瓶中，然后又把坛子放回药架子，过程非常的小心。

很快一股幽香就在诺大的房间里散开，令人心旷神怡。

苏稚又看完一个病人之后，再一次来到张翁的身边，用一个白色的脉枕放在他的手腕底下，然后熟练地把脉，把脉完毕之后笑着对张翁道："药效还没有开，张翁应该起身走走路，如此才能让药效尽快的化开。"

张翁笑吟吟的道："冷香丸是一种什么药？"

苏稚笑道："一个没什么作用的方子。"

"长门宫与平阳侯府会要没有什么作用的药丸？"

苏稚叹口气道："这药太珍贵，张翁的身子只需用参汤就能调理好，没必要使用冷香丸。"

"如此说来，这冷香丸的药效还在人参之上？"

苏稚陪着笑脸道："是药三分毒这个道理不用我说，张翁就该知晓。

人参的药性猛烈，如同烈火，我们的人体就如同木柴，人参的作用是让张翁身体这个木柴燃烧起来，最终让您精神焕发，而木柴是有限度的，等木柴燃烧殆尽，您的阳寿也就到了终点。

而冷香丸就不一样了，他的药效如同太阳光暖暖的照在您的身上，让您感到暖和却又不至于燃烧。

加之冷香丸是将白牡丹花、白荷花、白芙蓉花、白梅花花蕊各十二两研末，并用同年雨水节令的雨、白露节令的露、霜降节令的霜、小雪节令的雪各十二钱加蜂蜜、白糖等调和，制作成龙眼大丸药，放入器皿中埋于花树根下。

时隔一年之后再取出，药物中的燥性全无，服之温良可口，药性绵软细长，一般是医家自服的良药，不与外人的。"

张翁笑道："老夫倒想讨几丸，不知医者允否？"

苏稚苦笑道："不是我小气，实在是此药来之不易，工序极繁，一年之中制成一次都难啊，自家用尚显不足，何能赠与他人。"

张翁哈哈笑道："老夫刚才听闻医家还在为制药靡费担忧，如果获赠几丸良药，老夫弥补了医家靡费如何？"

苏稚左右为难……

旁边的看护妇悄悄地拉一下苏稚的衣袖道："今年的黄芩，等二十四味主药还没有着落呢。"

张翁听后笑而不语，只是给身边的小童使了一个眼色，小童就得意的朗声道："五锭黄金！"

330

苏稚苦笑一声，看护妇用极度鄙夷的目光看了小童一眼。

张翁轻咳一声朝苏稚拱拱手道："不知五十锭黄金取十枚冷香丸如何？"

看护妇不确定这个价格合适不合适，把目光落在苏稚身上。

苏稚摆摆手叹口气道："也罢，外面的药快没有了，总不能再让家里贴补，再这么下去我也没脸见我夫君了。"

看护妇从怀里掏出那个玉瓶递给张翁，张翁却不接，继续笑吟吟的看着苏稚。

苏稚摆摆手，看护妇气呼呼的又拿来一个玉瓶，从密封的坛子里取出十丸冷香丸装进玉瓶，气呼呼的丢给了小童。

张翁取过玉瓶拔出塞子轻轻地嗅了一下，然后笑着对苏稚拱拱手，就带着小童离开了屋子。

"他没给钱呢！"看护妇不满的大叫一声。

苏稚笑道："他会送来的。"

吩咐看护妇看好门不让别人进来，苏稚一个虎跳就冲进了内间，紧紧的抱住云琅道："解恨不？"

云琅摸摸苏稚的头发叹口气道："老天真是不长眼啊，偏偏让这样的老贼长命且富贵。"

苏稚张开小巧的手掌，然后狠狠的捏成拳头道："不管他是什么样的老贼，天不罚，我罚！"

云琅苦笑一声道："算了，下不为例，医者最重要的就是有一颗仁心，惩罚恶人是律法的事情，不是医者的事，这样的事情做多了，就很难恢复本心，治病救人是世上最大的良善，不要玷污了。"

苏稚在云琅怀里抬起头奇怪的问道："您今日是怎么了？"

云琅抱着苏稚坐在椅子上道："今天去了农田，见那些野民精赤着身子在地里劳作，有些郁闷。

管仲纵有千般不是，衣食足而知荣辱这句话还是没有说错的。

人不是野兽，总还需要顾及一下羞耻心。"

"谁精赤着身子种地？东方朔管的那些人吗？"

"是啊，我今日去的时候就是那样的场景，还有几个老妇腰间就围着一块布……看不下去啊，以及让刘二去富贵县库房拨款了，今天就把麻布统统发下去，那样的场景我一刻都看不下去。"

苏稚原本用崇敬的目光看自己心底仁慈的丈夫，很快这种目光就变了，最终变成了看傻子的神色。

云琅被她看的很不自在，就问道："有什么不妥？"

苏稚没好气的道："我跟师姐每日里都从那片地里过，在地里劳作的野民也见多了，他们的衣衫穿的好好地，虽然破旧，应该很暖和，或许有几个光脊梁干活的，大部分人的衣衫都穿的很整齐啊。

莫非，只有您去的时候，那些人才不穿衣衫？"

云琅的身子僵了一下，马上就恢复了正常，揉揉鼻子道："看来我是被东方朔给骗了！"

第六十三章 两个家园

云琅现在是大汉皇帝敕命的永安侯，是大汉帝国大司农门下司农寺右少卿，云氏更是皇家园林上林苑中的豪族。

门下童仆过千，家中积粮无数，且长袖善舞，以灵活的姿态游走于权贵之间。

这样的人，自然就不会有人惯着他了。

这时候再让东方朔一干人用包容的或者扶持性的心态去面对他这根本就不可能。

毕竟一路走下来，东方朔的屁股上也被烙上了云氏的烙印，毫无摆脱的希望。

聪慧如东方朔者，如何会看不出自己的领路人云琅还没有融入到大汉官僚体系来。

这时候如果继续以保护的心态来对待云琅，对云氏不是什么好事，对他也不是什么好事情。

小小的用鬼蜮伎俩欺骗一下云琅，让他尽快的从糊涂状态中走出来这非常的重要。

毕竟，这一次骗云琅多花了一些钱，要比以后被人家用更加恶毒的法子欺骗要好。

云琅必须承认，东方朔的骗局并没有多么高超，只不过这个骗局恰好击中了他心中最柔软的地方。

君子可以欺之以方！

这就是东方朔要对云琅进的言。

想通了事情，云琅就觉得今日的天气很好，是一个很适合出门看山的好时间。

"东方朔这个月的供酒减半。"

云琅对傻子一样吐着舌头表示自己跑的很快的刘二下令之后，就拖着小妾准备回家。

至于老婆她如今沉迷在给妇人治病的过程中不可自拔，白日里的好时间给贵妇看病赚钱，至于闲杂时间，就给那些贫穷的妇人看病赔钱。

侯爵老婆亲自给人看病，长安附近的妇人们，没病也要来看一下，哪怕是看看人家侯爵的老婆如何的漂亮贤淑也是一种莫大的谈资。

宋乔自然不会让她们失望，安安静静的坐在案子后面，一颦一笑一举一动都带着圣母的光辉，从不会因为眼前的病人从高贵的艳妇变成衣衫褴褛的农妇态度就发生变化。

"你再这么下去，我们一辈子都不可能有孩子的。"趁着看护妇叫人的功夫，云琅揉捏一下宋乔的肩颈埋怨道。

"妾身近日里看过上千病患，自觉有所得，就是说不清楚其中的道理，请夫君容妾身再思量一段时间。"

"我们要去看山。"

云琅故意搂着苏稚的腰站在宋乔前面，宛如一对璧人，宋乔却视而不见，撩撩头发笑道："你们去吧！"

苏稚咯咯笑着拖走了丈夫，师姐进入了医者的心境，想要在短时间里走出来很难。

"你知道不，昨晚我跟你师姐都睡了，她忽然爬起来按着我的脖子用力的让我的血管凸出来，把我吓坏了，今天我们一起睡好不好？"

"好啊，我们一起睡。"

"我是说还有你师姐，她很可怜。"

"那你就跟她睡。"

"只有我的话我有些害怕，万一今晚她不但按我的脖子，还拿着刀怎么办？"

"你不会费点力气让她晚上没力气爬起来按你脖子吗？"

"这个……很难！"

"没用的男人！"

驾着敞篷马车上走在原野上，风虽然还有些冷，裹着裘衣还是很暖和的，云琅一手抓着苏稚的小手，一边花言巧语的诱骗她，对云琅来说，这是一种难得的享受。

车轮子在大地上翻滚，偶尔会沾起一些草茎，光秃秃的原野让云琅的视线变得极为开阔。

那些上午还赤身裸体的在寒风中发抖的农夫们，这时候穿戴的很整齐，虽然破旧了一些，却也暖和。

东方朔这是连遮掩一下的意思都没有，是在赤裸裸的嘲讽云琅的智商。

苏稚见丈夫不再调戏她了，开始咬牙切齿，瞅一眼远处的农夫们就知道他在想什么，忍不住大笑了起来。

云琅不在乎，被苏稚嘲笑的时候多了，床上床下的更是数不胜数，在这个女人跟前，他几乎没有多少尊严可言。

"你是不是不太喜欢我师姐啊？既然不太喜欢，那时候为什么要娶我师姐？"

"我当然喜欢你师姐，娶她是自然而然的事情。"

"哦，这就好，还以为你当初娶我师姐完全是因为想找一个替你看孩子，看家的。"

"我没有那么卑鄙。"

"这一点我信，你是一个很好的人，不过啊，如果你真的喜欢我师姐的话，她晚上应该没有力气按你脖子的。"

"你也是学医的，应该知道男女的身体构造不同，有些事情对于男人来说是非常吃亏的。"

"既然吃亏，你们男人为什么看见了美貌的女子就想占有呢？这岂不是自取其辱吗？"

云琅眨巴着眼睛想了很久，也不知道该怎么回答苏稚的问话，因为这句话问的很有道理。

他决定把这个问题先记下来，下次董仲舒再硬拉着他谈学问的时候，就拿出来。

谈话的深度，一般就能看出一个人的思想广度。

苏稚解剖尸体解剖的太多了，这时候就会把所有男人都当做尸体来对待，即便是活色生香的房事，用医学方式解读之后也会变得味同嚼蜡。

远处的骊山在青色的天空下如同一匹奔跑的骏马，气势昂扬，骊山，云琅很久没有去了，也不知道山里的那座石屋是不是依旧完好。

看到骊山云琅就会想起太宰，想起那个孤苦的人，如今，他静静的躺在始皇陵里面，也不知道身上的毯子被什么东西掀开了没有。

云琅干脆丢开缰绳，让挽马自己走，他躺在苏稚的腿上，看着湛蓝的天空，脑子里胡乱的跑马。

终于混成大汉有头有脸的人了，云琅却觉得自己好像比当初穿着兽皮衣衫在骊山中奔跑的时候更加的空虚。

那时候，能找到一两个快要干枯的野果子就是一场大欢喜，能捡到一只快要冻死的松鸡，那就是一场盛宴。

如果老虎能带回来一头野猪……两人一虎连续两天就不用去山里受冻了。

想到了老虎，老虎就来了，挽马悲鸣一声，却并没有乱跑，只是马车箱一沉，老虎的脑袋就出现在云琅的头顶。

苏稚用力的推老虎下车，却如同蚍蜉撼树，老虎五百斤的身子还不是她能推动的。

"滚开，你压到我的脚了。"

老虎把身子挪一下然后就学着云琅的样子把大脑袋枕在苏稚的肚皮上，这让苏稚几乎发疯，老虎的胡须如同钢针一般，谁挨上都会发疯。

夫妻两一同用力，将老虎摊开，然后两人舒坦的靠在老虎软乎乎的肚皮上，这才是一个正常的模样。

"老虎这时候之所以这么黏我们，是因为它马上就要去骊山里去找母老虎了。"

苏稚拍拍老虎的肥肚皮道："它这么肥……"

"你知道什么啊，肥壮加上漂亮健康的皮毛才是老虎求偶的正确方式。

我兄弟昔日就是骊山上的王，现在更是，找母老虎生儿育女那是看得起它。"

"就凭它的那张破毯子？"

"对啊，别的老虎有毯子吗？"

"好像还真的没有。"

"另外，咱家大王求偶的时候都不用辛苦去抓野兽，只要从家里叼一头肥猪往母老虎那里一丢，呵呵……有的是母老虎半路拦截求偶。"

"就跟你一样？"

"怎么，你们姐妹两是看中了我的钱？"

"笑话！"

"那就对了，我家大王身躯庞大，毛皮油光水滑且威风凛凛，不靠那张破毯子也能找到求偶对象，有了破毯子跟肥猪，就有了选择求偶对象的本钱。

别掐我，我说老虎呢，没说你们。"

"你别说，大王还真有吸引母老虎的本钱，你看看这双大眼睛水汪汪的，脑袋上的这个王字比长门宫的那几头老虎清晰地太多了，更别说这一抓一大把的下颌皮。"

云琅瞅瞅被苏稚扯出半尺长的下颌皮，叹口气道："减肥了，皮毛就堆起来回不去了。"

老虎很显然是不在意这些小事情的，打了一个大大的哈欠，然后就趴在车厢上，马车一颠一颠的前行，让它觉得非常舒服。

从富贵镇到云氏乘坐马车只需半个时辰，野外，是云琅精神上的家园，挽马拖着马车走进了大门，就回到了云琅肉体上的家园。

从这一点来看，云琅还是自由的。

刚刚进门，就看见闺女跟何愁有两个人跟秃鹫一般一人脚底下踩着一个木头桩子蹲在上面。

远处还有一个木头桩子，霍光的小脸涨的通红，摇摇晃晃的站在上面，仔细一看，才发现云音就是站在木头桩子上，而霍光的背后居然还背着一个不大的背篓。

"平衡功夫！"

何愁有见云琅担忧的瞅着他们，随口解说了一句，就重新闭上眼睛休息。

"在上面蹲多久了。"

云琅问守在云音身边的梁翁。

"回侯爷的话，已经一柱香的时间了，大女恐怕蹲不住了，刚才已经掉下来一次了。"

"闺女蹲不住了就告诉耶耶，耶耶接你下来。"

何愁有怒视了云琅一眼，云音却咯咯笑道："不下来，我就想看小光哥哥什么时候掉下来！"

那边正在垂死挣扎的霍光怒吼道："我不会掉下来。"话音刚落就从木头桩子上一头栽下来了，被两个家将轻松接住，面红耳赤的霍光看看笑的早从桩子上掉下来的云音，对家将道："再把我送上去！"

第六十四章 赔我肠痈！

（前天写了云琅给东方朔说三季稻的梗，故意把事物口语化，小小的扩大了一下，然后就偷偷的翻看读者评论，很好，果然有很多批判的，且看我怎么圆回来，骂的兄弟就过了，读这段故事的时候先联想一下东方朔的背景，这位才是我国历史上喜欢胡说八道的祖宗，不知道骗了皇帝多少次了。

网文是一个读者最大的行当，担心骂我的兄弟忽然不看了，跑了，连忙解释一下，这是云琅跟东方朔相爱相杀的一个梗，后面还会提及。）"你准备将小光培养成你的女婿？"

苏稚甩掉鞋子靠在锦榻上咬了一口梨子问云琅。

"你想多了。"

"我怎么可能想多？你这人啊，看似什么都不在乎，对谁都是一副笑脸，其实是最高傲不过的人。

跟你没关系的人你愿意给笑脸，因为你的笑脸不值钱，给了也就给了，可是关系到你闺女……哼哼哼，你比老虎还要护食。

你知道大汉国内能被你看顺眼的少年人不可能有，所以就准备自己培养一个，只要看看小光整天读的书就知道你的心思了。"

"小光读的书都是西北理工的学问。"

"对啊，所以小光长大之后就是另外一个你，说真的，你对小光的爹娘一点好感都没有，下回人家来了，你好歹出面招呼一下，将来也好谈婚论嫁。"

"想娶我闺女没那么容易。"

"我知道就是这样的……"

苏稚给了云琅一个大大的白眼，吃光了梨子，随意的擦擦手，翻了一个身就用毯子裹住准备睡觉。

云琅下了楼，见闺女插着腰正在踢腿，就朝她招招手，闺女就钻进了他的怀里。

霍光很痛苦，因为何愁有让人拴着他的脚脖子用力的往上提，看样子这孩子的柔韧性不被何愁有全部拉开，是不会罢休的。

"耶耶，公公拉我的腿，好痛。"

"耶耶拉你的腿你会更痛的。"

"我不想拉腿，小光给我说了，他晚上睡觉的时候都不敢碰腿，太疼了。"

"你喜欢学武吗？"

"喜欢，可是不喜欢疼。"

"当初我跟你说了，练武就是在受罪，你非要练，要不，我们不练了，改学刺绣？"

云音的眼睛睁的很大，她似乎想起了什么不好的事情，脱开父亲的怀抱，哒哒哒的跑到何愁有身边奶声奶气的道："老祖，我也拉腿。"

何愁有满脸笑容的抱着云音道："好好，慢慢来，一天拉一点，老祖保证你十天就全部拉开，来，我们先下蹲……"

等云音跨开步子之后，何愁有就来到已经完全拉开腿的霍光身边，一只脚无情的踩在霍光的大腿上，即便霍光痛的冷汗直流也不松开。

"你是男子，老祖就不用对你客气，全身经络拉开，打通是一个武者的基本要求。

现在痛一点，好过将来因为武技没有练好挨刀。"

霍光痛的大叫一声："来吧，小爷不怕！"

何愁有狞笑道："最喜欢你这种倔强的孩子，好好地练，等你能打得过老夫再自称小爷不迟！"

霍光本来还想硬气一些的，见何愁有的面容恐怖，硬是把下面的话吞回去了，就这一点，比他那个二百五哥哥强多了，云琅非常的欣赏。

何愁有面前就没有什么男子汉，即便有也早就被他弄死了，这一点，云琅非常的肯定。

傍晚的时候，云氏忙碌一片，尤其是厨房那里飘来的食物香味，更是大大的减损了家仆们的劳动热情。

连捷缩成一个球窝在一个躺椅上晒夕阳，见云琅过来了，就睁开眼睛道："最初跟着您的那一批家仆没问题！"

云琅欣慰的点点头道："这是一个极好的消息，剩下的即便是出问题，我也不是很在乎。"

"有陛下派来的人……"

"我知道，你只要告诉我是谁就好，就让他快活的在云氏继续生活吧。"

"唉，我才发现你多么的受陛下重视了，我目前只找到了三个，思量了他们的地位跟差事，觉得还应该有两个才对，一个家里有五个绣衣使者密探，满长安云氏还是第一家。"

云琅按住挣扎着起来连捷道："慢慢来，不着急，别让人盯上你了，在云氏，打击敌人之前，首先要保护好自己。

一命换一命对云氏来说都是莫大的损失。

我们这些人都是好不容易才过上了快活的日子，我希望每一个人都能把这样的好日子长久的过下去，最好直到生命结束，那时候就能毫无遗憾的闭眼了。"

云琅的话说的很真诚，连捷也听得很认真，缓缓点头道："没人会在意一个优伶。"

"这种话等到你老死之前，我准备把你装进盒子一样的棺材里的时候再说。"

"盒子准备的稍微大一些，下辈子我想长得更高，不当人球了。"

受过苦的人都会不由自主的把美好的希望寄托在生命的轮回上。

而大汉朝这样的人实在是太多了，或许，这就是佛教在大汉开始出现的原因。

当然，最重要的还是张骞，苏武这些人给大汉人打开了封闭的窗户，开拓了人们的视野，最终让外来的东西逐渐走进了大汉人的生活。

夜晚降临了，云氏吃饭的时间也到了，人们三三两两的从四面八方汇集过来，从同一个厨房里取同样的饭菜。

美味可口的饭菜进了肚子，才能确实感受到生活的美好，因此，云氏的厨房历来在云氏人心中有圣地一般的地位。

宋乔赶在晚饭前回来了，整个人神采飞扬的，让云琅跟苏稚不断猜测到底有什么好事情降临在她的身上。

骗人捞钱的事情历来是苏稚在做，云氏的大妇只做给宗族增光添彩的好事情。

眼看着宋乔一连吃了两大碗饭，而且还很有爱心的把自己碗里的肥肉片子塞老虎嘴里，这在以前可不多见。

云琅一头雾水的陪着她们吃完饭，好不容易回到房间了，就连忙追问。

"怎么，遇见美男子了？"

"啐！"

"遇见两个美男子了？"

"滚开！"

"我见你眉目带笑，眼角含春的模样除过遇见美男子这个解释之外，很难想象还有什么事情能让你如此开心。"

宋乔松开发髻，微微的摇摇头，乌黑的长发顿时就瀑布一般披散下来，娇媚的瞅了丈夫一眼，就赤着脚小鹿一般的越过矮几，来到高大的书架边，抽出厚厚的一卷子竹简，在地上铺开了，然后就认真的把竹简上的文字往纸张上誊抄。

"《本真术》？这是你们璇玑城的不传之密，你要干什么？"

"完善他！"

"有了新的见解？"

听宋乔这么说，云琅顿时就来了兴致，续写《本真术》只能说明宋乔在医学一道上有了新发现。

宋乔见丈夫好奇心很浓，就放下毛笔道："今日你们走了之后，来了一个妇人，她领着一个八岁大的女童，这个女童年纪幼小，尚未来天葵，却小腹疼痛的厉害。

这个症状已经维持了三天，来到医馆的时候，人已经处在半昏迷状态。

妾身仔细探查了脉象之后，排除了绞肠痧之后以为该是肠痈，因为这女童右下腹疼痛最为明显。

夫君您也知道，一旦肠痈发作，为必死之症，如果妾身不动手，这个女童活不过三日，妾身经不住妇人哀求，就大着胆子切开了女童小腹，按照苏稚绘制的人体图表，顺利找到了肠痈的所在地，又按照夫君描绘的手法，切除了患处，而后用羊肠线缝合流口排液。

妾身回来的时候女童已经醒过来了，交付看护妇之后，妾身就回家了，那个女童脉象平稳，如果伤口不溃烂，有九成的把握活下来。"

蹲在门外偷听的苏稚一头撞开门户，吃惊的冲着宋乔大声道："你居然治好了肠痈？"

宋乔得意的仰起头大笑道："谁叫你跟夫君两人丢下我一个人去看山景的？这叫上天有眼！"

苏稚立刻就发疯了，拳头雨点般的捶在云琅身上不讲理的道："你陪我肠痈！"

云琅翻了一个大大的白眼道："肠痈病患很多，只不过大多数都被庸医给害了，当做别的病症给胡乱治疗，结果盲肠化脓，污染了腹腔，最后活活疼死了。"

"我不管，你明天就给我找一个回来。"

云琅好不容易控制住苏稚的手脚，冲着宋乔笑道："恭贺宋大家，从此一个神医的名头总算是落在我云氏了。"

宋乔站起身俏皮的学着男子拱手作揖："多谢云侯为某家扬名。"

苏稚从云琅怀里探出头来愤怒的叫道："切割肠痈的法子是我想出来的。"

宋乔摊开手笑道："是啊，是我第一个动手实施的。"

于是，苏稚再一次发狂了，一口咬在云琅的胳膊上……她觉得自己白白解剖那么多的尸体了……闹腾完毕了，就四仰八叉的躺在宋乔的床上不走了，宋乔莞尔一笑，趁着还记得手术的全部过程，就静下心来仔细的记录所见，所闻，所思。

云琅对于三人大被同眠是没有什么忌讳的……而这一夜根本就谈不到香艳。

只要云琅跟宋乔有眼神上的接触她就会发狂，躺在两人中间开始胡乱踢腾。

推荐都市大神老施新书：

第六十五章受尽委屈的东方朔

"前日里进了宫，被陛下留在偏殿用了饭，饭菜简单没什么好吃的，就是没有宰相的份，你没见公孙弘的眼神，快要杀人了。"

"我老婆治好了肠痈！"

"吃过饭之后，陪着陛下在后园观赏了最后一树雪花梅，出来的时候是隋越送出来的。"

"我老婆刚刚治好了一例肠痈！"

"啧啧，你没看见我们昨日在向春阁拥姬高歌的模样，刘春当场弹剑作歌，发誓要去与匈奴决战，歌罢，那个傻蛋就去了中军府，要走卫伉的老路。"

"我老婆治好了肠痈！"

"昨日张连……我已经知道你老婆治好了肠痈，给你云氏添了老大的颜面，人人都要巴结你家，至少你被砍头的时候你老婆都会没事，你不用一直在我耳边唠叨这事吧？"

云琅看了曹襄一眼道："我怕你忘了。"

曹襄忍着痛从下巴上拔下一根倔强的胡须，疵牙咧嘴的道："怪啊，我发现人只要进了你云氏，都会变得聪明，连你老婆这样的人都做出了这么大的事情，真是让我很吃惊。"

"我现在还欠苏稚一个三个肠痈病患，找找，看看你家有没有，如果有早点送过来，免得我睡觉都不安稳。"

"谁家没事干老得肠痈病，这病是死人的病，以前得这病的全死了，没得的自然没事，已经吩咐下去了，就等着把人送来，我家好几万仆人呢，不可能没人得这病。"

"帮我再问问别人家的，可不敢像阿娇那里一样，发现有人得肠痈这病了就随便埋掉。"

"皇家就那规矩，别说得肠痈病了，就算是闹肚子都要被送出宫等病好了才能回来。

跟你说正事啊，再有一个月，去病他们就要去陇中了，昨日里，辎重已经先走一步了，赵破奴带队先走的，他们预备在黄河边上停步，准备试验你说的"大河计划"看看从陇中放羊皮筏子能不能直达受降城！

这事很重要，去病他们这一次去义渠跟以前一样没有援兵，没有补给，那里全是彪悍的胡人，先不说我们大胜的话，在这之前，我们无论如何也要给去病弄一条可以逃命的通道。

你觉得从大河上逃命，可行吗？"

云琅回忆了一下，大河在上游尤其是陇中一带很少有改道的记录，遂点点头道："有六成的可行性，不过，还是需要赵破奴带人亲自去试验一下。

曹襄点头道："六成可不够，我家出两百个家将随行，你家出十个吧！再去探探。"

云琅笑道："我家的五十个家将全部派出去都不成问题，反正云氏就在长门宫宫卫的防御圈内，不用担心防御问题。"

曹襄摇头道："还是需要的，多少留几个。"

云琅笑了，拍拍曹襄的肩膀道："我说六成的可能性是因为我只敢相信郭解这么多。

你知道不，郭解现在的势力很大，听他指令的人超过了三千，还全部都是武艺高强的游侠。

他们的足迹已经开始向陇中前进了，就等着去病跟义渠人大战一场，好趁机多抓一些奴隶回来。

我当初派他去抓奴隶只是心血来潮，哪里会料到这家伙真的会组建起一个捕奴团。

冬日的时候他来问我要不要提前做准备，我同意了，附带的条件就是他们必须打探清楚陇中到受降城这一段水路是否能用。

就在六天前，他来我家告诉我陇中到受降城的大河水道畅通无阻，我这才有了六成把握之说。

他还希望能把捕奴团的人安插进劳役大营里，随大军一起行动，大战结束之后立刻解散，好方便他们捕奴。"

曹襄瞅着云琅笑了一下道："你应该答应！"

云琅同样笑了一下点头道："我是答应了啊！"

"这么说去病手里又多了三千战兵？"

"我想，以去病霸道的性子，应该是这样的。"

"就是不知道郭解发现自己的人手全部被去病当做敢死队战死沙场之后会是一个什么心情。"

云琅往嘴里丢了一颗豆子笑道："是他求我这么安排的，关我什么事情！"

两人以茶当酒碰了一下，就当是庆贺霍去病手里多了可用的三千战兵，然后相视一笑，就把这事抛诸脑后。

霍去病从来不嫌弃自己的兵多，不管是什么兵他都能用，骑都尉的兄弟他都往死里用，更别说这些奴隶贩子了。

融融的春日里坐在高台上就能看见无数的百姓正在辛勤的劳作，今日开始种麦子，几十架耧车在挽马的拖拽下在广阔的原野上划出上百道浅浅的犁沟，而后就被后面的竹磨将耧车撒好的种子沟抹平，剩下的就要交给一场场的春雨来催发种子。

一些妇人带着孩子们在地埂子上点豆子，对于农家来说，每一寸土地都不会被白白的浪费掉。

东方朔心情很不好，站在高台底下生闷气，他的鼻子上还有血迹未干，就在刚才，两个候爷按住他爆锤了一顿。

跟东方朔说起公事的时候云琅心情很怪，开始的时候云琅还以为只有自己一个人是傻蛋，没脑子才会被东方朔坑，没想到曹襄比他还傻，被人家用一个法子连续坑了两次！

云琅喜欢打掉门牙和血吞，曹襄没有这个习惯，吃了亏就一定要找回来。

钱是找不回来，云琅发的钱变成了野民们身上的衣衫，曹襄发的钱变成了更宽敞的房子与更大的院子。

于是，曹襄一拳打在东方朔的鼻子上……然后云琅觉得机会难得，也趁机按住东方朔殴打了一顿。

曹襄感觉到东方朔在用脚踹高台柱子，就瞅着台子下的东方朔道："要是把台子踢倒了，我还会打你！"

"笑话，你们两个凭什么打我，我可曾往口袋里装一个铜钱？"

云琅往下丢一把豆子怒道："谁让你骗我们的。"

东方朔冷笑道："如果你们将来主政一方了，还会被骗的更惨。"

曹襄摇头道："不是那么回事，如果是别人要钱，我们无论如何都会多想一下，还会派家将们去了解一下。

骗我们的人砍手跺脚毫不姑息！

只有你！

我们两个才会不加提防，让你轻易地得手。"

东方朔大叫道："既然是皇差，那就不要提个人交情，一就是一，二就是二，我身为执行官，自然就想跟监督官要更多的钱粮，只有我手里有钱粮了，才能更好地指挥那些野民们干活。

只有野民们得到了实惠，才会听我这个执行官的话。

执行官与监督官天生就是对头！

345

在我提出要求之后，你们本来就该派出家将，家臣来实地勘察，验证，看看我提的要求是不是合理。

偏偏你们两个谁都没心思去查验，我说了话，大笔的钱粮就批下来了，说真的，真正渎职的是你们，可不是我东方朔，这个官司打到陛下面前，我也有功无过！"

曹襄怒道："我才不管什么对不对的，你下次提要求，耶耶还会给你拨钱，要是你骗我，耶耶同样会再殴打你一次，这一次只是警告，下一次，就不是打破你鼻子这么简单了。"

"你们的心思根本就不在这六万亩地上！！"

东方朔悲愤的大叫一声，就扬长而去。

"你怎么看这个人？"曹襄靠在栏杆上问云琅。

"这是一个胸怀大志的人，办事非常的认真，能力也非常的强，只可惜不适合当官，尤其是不适合当大官，他的性格有缺陷。"

"那就护着他，让他有一展所长的地方，官位就算了，他的官当得越大，捅的篓子也就越大。

刚才那句话说的很对，我们两个人的心思都不在这六万亩地上，你的心思在造纸上，我的心思在建造太学上，我们还要注意去病远征在外不要被人坑了，谁有心思去管这几千号野民，六万亩地啊！"

云琅呵呵一笑，算是认同了曹襄的说法。

春播的时候，不仅仅是云琅曹襄这两个侯爷在地里待着，长安城所有的勋贵，乃至皇帝全部都待在农田里。

播种前的傩舞云琅，曹襄两人已经跳过了，他们的差事也就算是结束了。

云琅回到家里的时候，天色已经晚了，云氏已经吃过晚饭，厨娘给晚归的侯爷制作了今日必须吃的糜子饭。

配上野地里刚刚发芽的凉拌野菜，云琅吃的倒也香甜，只是游走在云琅身边的老虎对糜子饭跟野菜没有半点兴致。

见混不到什么好吃的，就叼着自己的破毯子，走出了云氏上了骊山，山里，应该还有一只望眼欲穿的母老虎在等他。这一次，老虎没有去猪圈抓猪，也没有去鹿圈找那头对它百依百顺的母鹿。

"你刚才就该给老虎一块肉的，你看它走的多恓惶啊。"宋乔抱着云音，有些埋怨云琅的无情。

"它是这个家里的主人之一，吃什么东西不用我给它。老虎明白这个道理，人家现在不屑用家里的东西讨好母老虎，准备自己去山里抓一头野猪一类的东西给母老虎吃！"

"哼！为什么不能是母老虎已经住到了猎物，咱家大王只是去赴宴的！"

苏稚还没有接到一个肠痈患者，脾气依旧火爆！

第六十六章 铁打的营盘流水的师兄

晚上没了苏稚捣乱，宋乔爆发出来了极大的热情，这对一个性情清冷的女子来说，极为难得。

"我们现在就缺一个孩子！"

宋乔横躺在云琅的身上，乌黑的长发遮住了两人的脸，雪白的身体被烛光染上了一丝红晕，艳不可挡。

"这样下去，我们会有很多孩子的。"云琅喘息的厉害，刚刚结束的那一场搏斗，让他心跳如鼓。

宋乔俯下身，轻轻地嗫咬着云琅的耳垂以微不可查的声音呢喃道："好人……"

身体亲密无间的摩擦很容易起火……好人不是很好当，云琅当了一夜的好人，因此，睁开眼睛的时候已经日上三竿了。

宋乔依旧在酣睡，丰腴的身体露在外面，只是还有少许的淤青，如此的放浪形骸对她来说还是第一次。

云琅努力的起床了两次，均告失败，然后，他就不想起来了。

宋乔的眼皮在抖动，很明显她也醒来了，只是想到昨晚的荒唐，有些不敢面对云琅。

看到宋乔在害羞，云琅很有成就感，探手搂过宋乔，温香软玉满怀，云琅这才觉得上天对他其实是很好的，把什么好东西都给了他。

总体上连说，这个世界对他还是很温柔的，他很感激！当然，如果苏稚不在这时候推门进来的话那就更加完美了。

看着宋乔惊叫一声用毯子把自己裹得严严实实的，云琅再低头看看自己光溜溜的身体叹口气对苏稚道："毛手毛脚的做什么？"

"男人走开，这里没你什么事。"

苏稚粗暴的推开云琅，穿着鞋子就飞身上了床，跟她师姐撕夺那床可怜的毯子。

"日子没法过了，我累死累活的给家里赚钱，你们却在风流快活，好好地春天日上三竿了也不起床。"

，小虫，从门外偷偷的往里面瞅了一眼，见家主光着身子站在床前连忙就把脑袋给缩回去了，小虫倒是看得津津有味。

云琅匆匆的穿好衣服，这才捉住苏稚，将她抗在肩膀上离开房间，好让宋乔收拾一下战场。

来到外间把苏稚放在锦榻上，云琅扫视了一眼装作给书架掸灰的跟小虫，那两个无聊的家伙立刻就弯着腰快速离开。

云琅蹲在苏稚面前，见这个丫头嘴巴一瘪一瘪的快要哭出来了，就连忙抱着她笑道："平日里那么刚强的一个人，这几天怎么变得柔弱了？"

这句话不说还好，一说，苏稚立刻就大哭起来，泪水如同喷泉一般向外喷涌，看样子确实委屈的不行。

"梁翁——"云琅扯着嗓子大叫。

梁翁立刻出现在门口，见家主跟女主人亲热，就不敢进来了。

"马上给我派人去平阳侯，冠军侯，长公主府，长平侯家里，就说我云氏要肠痈病患，马上就要！

另外传告跟家里有来往的勋贵，只要找到肠痈病患，送来家里，云氏由是感激！"

"喏！"

梁翁应承一声几乎是连滚带爬的走了，难得他一把年纪了还有这么灵活的身手。

见苏稚哭得恓惶，云琅也有些手忙脚乱，宋乔穿戴好之后从里间出来，笑眯眯的瞅瞅哭得稀里哗啦的苏稚，冲着云琅给了幸灾乐祸的眼神，就扭着腰下了楼。

于是，苏稚哭得更加大声了。

苏稚跟宋乔之间的过往，云琅自然是知道的，苏稚是璇玑城主的女儿，从小要什么有什么，就连医学上的野心也比宋乔大的多。

虽然宋乔从小就优秀，但是，被娇生惯养的苏稚历来是不服气的，即便在药婆婆，宋乔，苏稚三个人的时候，苏稚也要争着拿主意，虽然很不靠谱，她还是坚持那样做。

自从璇玑城跟她们三个断了消息之后，受到打击最严重的确实苏稚，一个骄傲的女子一下子没了依仗，比起医术她不如宋乔跟药婆婆，比起美貌，宋乔也稳稳地压她一头，在这个时候，那个以前极为骄傲的女子就变得非常自卑。

直到跟云琅走了一遭战场，被所有人当祖宗一样的尊敬，才找回来了一点点的信心。

如今，这点信心随着宋乔治愈了第一例肠痈病患之后，就再一次烟消云散了。

"不哭，不哭，马上就会有很多肠痈病患来医馆，你师姐治好了一个，苏稚就能治好一百个。

即便肠痈这个病症的彩头被你师姐拿走了，不要紧，我帮你一起研究伤寒病，如果你能把这个病治好了，天啊，皇帝都要给你行礼。"苏稚听丈夫说的神奇，就慢慢的止住了哭泣，瞪着红红的眼珠子正要说话，却先喷出一个硕大的鼻涕泡，云琅不敢笑，连忙掏出手帕给她擦拭。

苏稚接过手帕擦拭了一下，皱着眉毛又闻闻手帕丢给云琅道："有味道，你昨晚擦什么了？"

云琅当然不会说昨晚手忙脚乱的，天知道擦了什么，就很随意的把手帕装起来，温言道："伤寒病是疫病的一种，肠痈根本就没法跟它比，肠痈一死只死一个，伤害病却是一死就死一大片啊。"

苏稚抽噎着道："可是，我不会医治伤寒病，以前，在璇玑城的时候，耶耶跟阿娘不准我碰这个病症，说这个病气会过人的。"

云琅笑道："你耶耶跟阿娘不在你身边，不是还有你无所不能的夫君吗？"

"你会医治伤寒病？"

"不会！"云琅回答的很确定。

苏稚本来满是希冀之色的眼神迅速的黯淡了下来，嘴巴又开始变瘪……"别哭啊，你夫君我不会医治，可是你夫君我有一个师兄叫张仲景，人家可是治疗伤寒病的大家，他留下来了几张方子，被证明治疗伤寒病切实有效。

你夫君当年没把这东西当一回事，整天就琢磨着如何吃了，没有向张师兄讨教医理，所以啊，就需要我家苏稚多费点心，用这张药方倒推出医理，然后写在璇玑城不传秘籍——《本真术》上，最后署上我家苏稚的名字，这样苏稚的名字就能扁鹊他们相提并论了……"

苏稚抽抽红鼻头不好意思的道："这样会不会夺了张仲景师兄的功劳，有些对不起他。"

云琅想了一下张仲景的生辰，觉得那个两百多年以后才出生的长沙太守应该没有办法有意见，就肯定的点头道："我张师兄就是一个圣人性子，只要他的方子能够发扬光大，济世救人，断然不会在乎署名这点事的，你就放心好了。"

"可是……"

"没什么好可是的，张师兄已经过世了，想要再成人必定是两百多年以后的事情了，不会找你麻烦的。

来，乖乖的听话，不要再哭了，先让你师姐得意一次，等我们让药婆婆帮忙把《伤寒杂病论》弄出来之后呢，你师姐就不会那么得意了。"

"不告诉师姐好不好？"苏稚拉着云琅的手摇啊摇的哀求。

"她要忙着生孩子，哪有功夫继续研究医理，放心吧，她就要怀孕了。"

"嗯，让她多多的怀孕……"

苏稚拖着云琅跟做贼一样的避开宋乔悄悄地来到书房，云琅沉思了片刻，等苏稚殷勤的铺好纸张之后，就小声道："张师兄一生主攻伤寒病，我听说，成方共有一百一十二方，可惜我只记得很少的一部分。

总体来说，伤寒病的治疗之法应该以祛除外邪，扶助正气为主。

而三阳病多属表证，热证，实证，要以祛邪为主，三阴病多属里虚寒证，治法应以扶正为主。

这一热一冷两种症状正是伤寒病的主要病症表现。

我当初为了行走天下方便，只记住了桂枝汤，葛根汤这两种最著名的药方。

现在，我就把它记录下来给你……"

写药方的时候，云琅也算是感慨万千，当初在孤儿院里，感冒发烧之后，去不起大医院，只能去找最近的赤脚医生，用草药续命。

如今想起来自己能在那间小小的私人孤儿院里平安长大，可谓命硬啊！

苏稚得到了千古良方第一的桂枝汤之后，就不再说话了，也不再哭泣，而是看着简单的桂枝汤发愣。

"我昨晚受了风寒，正该用桂枝汤，这几味药家里都有，我去试试。"苏稚坐起立行，准备拿自己当第一个药人。

云琅笑道："喝完药之后记得喝一碗小米粥催汗。"

苏稚远远地答应一声就跑了。

看着苏稚重新变得活泼起来，云琅心中甚是欣慰。

匆匆洗漱之后，这才发现腹中饥饿，来到花厅，宋乔早就吃完饭了，正在看云音，霍光吃午饭。

"安顿好了？"宋乔似笑非笑的看着云琅。

云琅拿起一个馒头咬了一口道："安顿好了，我给了她一个新的研究方向。"

宋乔点点头道："那丫头好胜心太强，从小就是这样，尤其是喜欢跟我争夺，样样都要跟我比，一个傻丫头，最后还把自己比成了妾室，真是的，这么大了还不让人省心。"

云琅吃了一口菜放下筷子笑道："你就不问问我给了她什么样的研究方向？"

宋乔笑道："一个肠痈病，就够我研究一辈子的，我可没有那丫头多吃多占的习惯，能把一件事情彻底干好，这一辈子就不亏了。"

PS一下：没想到历史类月票争夺战就这么毫无预兆的起来了，孑与必须参与一下，不为月票排名，只为能把历史类炒热，让更多的人参与我大历史阅读中来。

为此我将开始万字更新。

请我亲爱的兄弟姐妹助我一臂之力。

孑与百拜！

第六十七章温柔地春天

春风是最温柔的风，从南方吹来之后，就从南到北逐渐染绿了大地。

燕子甩着剪刀一样的尾巴开始在刚刚发芽的麦田上飞舞。

燕子很喜欢在云氏落脚，这并非是燕子也学会了嫌贫爱富，只是因为农家的屋檐过于低矮，不适合燕子筑巢。

云琅对大汉人低矮的房间早就厌烦透顶了，站在床上脑袋撞到屋顶的遭遇他不止经历过一次。

因此，当长平看到云氏屋檐上的燕子就非常的羡慕，她从未见过有这么多燕子在同一户人家筑巢的。

"它们是在无耻的侵占！"

云琅咬牙切齿的对长平说。

"胡说八道，燕子从来都是吉祥鸟，在你家筑巢生儿育女是看得起你！"

"在我家生儿育女筑巢我没意见，但是啊，它们也不能把我家当茅厕吧？

你看看屋檐底下还能待人不？"

长平拢拢自己新换的春衫不耐烦的道："让仆役们们多清洗几遍就是了，多什么废话！

什么事情有福气重要？养那么多仆役是干什么吃的。"

长平一发怒，梁翁就想跪地磕头，然后就看见老汉一个人端着水盆卖力的擦拭屋檐下白色的燕子粪便。

云家的人手从来都是不够的，历来一个人当几个人使唤，今年又多了四千亩地，加上以前的三千亩，以及云音当翁主给的三千亩，云家的私人土地已经超过了一万亩，不算陈仓的封地，能在长安城，尤其是上林苑有一万亩地的大地主，除过长门宫之外，就数云家最多。

毛孩带着百十个人开荒开的快要住在地里了，刘婆带着家里的四百个仆妇养蚕，养的也快要住进蚕房了，至于平遮统管的六七个作坊，在开春之后，制作农具，制作马车，制作平底船，还要给霍去病他们修补铠甲兵刃，他已经住在作坊里，连续五六天都看不见人影。

长平瞅瞅显得空荡荡的云家皱眉道："你两个老婆都去哪里了？春日里正是家里大忙的时候，乱跑什么？"

云琅幽怨的道："您也知道，最近家里送来了二十三个肠痈病人，她们两个为了这些病人都快要打起来了，那个愿意留在家里哟。"

"看你那点出息，家宅不宁何以治天下？"长平柳眉倒竖长公主的威仪出现，梁上的燕子也受不住，公母两全飞走了。

"没想治天下，就想好好地活到老，把这一辈子平安交代出去就好。"

"你呀，真是没出息！"长平葱白般的手指重重的点在云琅的额头，害得云琅差点跌倒。

长平一般用手指点完人之后，就会有长篇大论的说服教育，云琅低头等了一会却没有等到。

抬头看的时候才发现长平正在看在厚厚的羊毛毯子上练习翻滚的云音。

也不知道她想到了什么，愣愣的站在那里眼睛一眨不眨的看着小小的云音在那里笨拙的翻跟头。

长平来到云音的身边，单手托住云音的腰对云音道："翻身记得要用腰力，可不是腿力，来，婆婆托着你的腰，用力向后翻……不要怕！"

云音屁股一拱一拱的努力了好久才算是翻过去了，在一边为闺女加油的云琅也长长的松了一口气。

何愁有见长平跪在毯子上教导云音，就狠狠地瞪了一眼准备偷懒的霍光，霍光立刻玩命的在毯子上翻跟头，只是没人保护，方式又不对，如果没有毯子保护，脑袋早烂了。

见霍光老实了，何愁有就来到云琅身边道："我要去一趟长沙国。"

云琅瞪大了眼睛道："长沙王刘发要倒霉了？"

何愁有怒道："管好你的事情，休要多言！老夫此去长沙国，多则三月，少则月半。

云音，霍光习武之事老夫已经托付给了长公主。"

云琅有些慌乱，连忙拉仟何愁有的袖子道："您走了，谁来监视我？"

何愁有鄙夷的冷哼一声道："老夫不在，你云氏就不活了？好歹也是一个侯爵，不要把自己弄得像月子里的娃娃。"

说完就甩袖子走了。

云琅很失望。

说真的，只要家里有何愁有存在，就没有人敢冲上门来找麻烦，即便是最近看云琅非常不顺眼的宰相公孙弘也不愿意跟何愁有打交道。

何愁有是大汉国真正能让宵小远遁的存在，如今他要出差了，云琅都能预料得到接下来的几个月里云氏会是何等的热闹。

长平表面上是在教云音习武，不如说，她已经沉浸在自己昔日的回忆中不可自拔，她在全力照顾云音，却对一边的霍光不理不睬，如果不是云琅拉住了这个傻孩子，今天估计会被摔傻。

算了，就让这孩子今天放半天假，好好地松快一下。

云音见霍光不用练武，而且还跟着耶耶去了厨房的位置，大眼睛里就蓄满了泪水，面对木偶一般的长平不敢让眼泪淌下来，只能咬着牙继续坚持。

云氏去年在温泉边上栽种了很多芋头，只可惜这种生于南方的菜蔬，来到长安之后水土还是不服，当初看芋头巨大的叶子的时候，还以为产量很高，结果初秋收获的时候才发现这东西的产量很小，不值得在长安大规模栽种。

云琅今年准备等温度升高之后种一点够几个主人吃的就行了，因此，多出来的很多种子，今天准备拿来烧肉。

不论是长平，还是云音，或者霍光今天都受到了伤害，需要一道让人难以忘怀的美食来安慰一下。

霍光对于庖厨一道非常的有天赋，对这一点，云琅一点都不惊讶，毕竟，只要是馋鬼，就对美食的追求是没有什么止境的。

在流水里面削芋头皮霍光干的很好，不一会一大堆削好的芋头就被他泡在水盆里了。

此时云琅刚刚把煮好的五花肉涂上蜂蜜准备过油，霍光赶走了厨娘，自己坐在烤箱底下不断地添加柴火。

云音对蛋糕的要求之高，远远不是厨娘能满足的，也只有云琅跟霍光烤出来的蛋糕，云氏大女才会降尊纡贵的品尝一下。

"火有点大了。"云琅在炸肉的同时提醒了霍光一下。

霍光用漏风的模糊语音回答道："阿音喜欢吃烤的有些焦的蛋糕。"

这孩子如今正在换牙，没有必要轻易不张嘴。

学问这东西很重要，同时，云琅也认为一个人的心性更重要，学问只能决定一个人的腾飞，而心性却能决定他的飞行高度。

历史上的霍光其实是一个谜团，他干过废立皇帝的事情，也干过功成身退的事情。对他的心性没人能把握得住，因此人们才会对霍光个人做最终的盖棺论定，在他生前，谤誉无数！

云琅做饭很快，但是今天的芋头烧肉却不是一个能快速做好的菜。

当一勺子米酒被云琅烹入菜肴，厨房里就香气四溢，用干净麻布擦拭掉盘子上多余的油脂，一份金灿灿的芋头烧肉就算是完成了。

云琅从锅里捞出一块多余的肉块，放进了霍光的嘴里，霍光吸着凉气艰难的把那块五花肉吃了下去，然后就露出了满足的笑容。

等到云氏吃饭的钟声响了，云音已经被小虫跟两个洗的干干净净，就是头发还有些湿，不过呢，不上课的云音已经展现了自己云氏大女的威风，一个人坐在矮桌子跟前，脚底下踩着一个去年存下来的香瓜，手里捧着一只梨子在啃，见耶耶跟霍光回来了，哼了一声就把身子扭过去了，不愿意看见这两个背叛她的人。

直到霍光捧出那个金黄色的被烤的有些老的蛋糕，云音这才转过身来，多少给了这两个人一点颜面。

陪长平吃饭的人是何愁有，也不知道两人有什么话说，还特意让人把饭菜送去了静室，还特意要了很多的酒。

一盆子芋头烧肉，四样养眼的菜蔬，一盆子蒸的恰到好处的白米饭，估计能让两个有故事的人过一个不错的中午时光。

芋头烧肉的精华不在五花肉，更不在芋头，而是盆子底下那些浓浓的汤汁。

褐色的汤汁浇在雪白的米饭上，即便是刚刚吃了一大块蛋糕皮的云音，也吃的不愿意抬头。

"晚上还吃！"

云音小猪一样的往嘴里刨米饭，一边含含糊糊的向父亲提出新的要求。

"没问题，耶耶今天什么事都没有，可以陪我闺女一整天，想吃什么都成！"

"我们一会去骑马！"

"骑马？还不成，要不，等老虎回来你可以骑一会老虎，你不是最喜欢老虎么？"

"不骑，老虎很脏，很臭，身上居然还有跳蚤！二娘说不让我跟老虎玩，等到夏天老虎变干净了再一起玩。"

"你二娘的那头鹿还是很乖巧的，你可以骑它。"

云音往嘴里填了好大一块米饭，腮帮子鼓鼓的连连点头。

或许是吃的足够饱了，云音很大方的从自己的碗里挖了一块五花肉放在霍光的碗里道："多吃点才有力气练武！"

　　霍光喉咙里发出老虎一般的低哼，他觉得自己身为男子汉，不应该接受这样的嗟来之食。

　　被云琅抽了一巴掌之后，也就放下了这个执念，欢喜的吃起云音给的五花肉……推荐都市大神老施新书：

第六十八章 疾风骤雨

吃过饭之后，长平就把云音，霍光带走了，临走前给了云琅一个神秘莫测的笑容，让云琅思考了良久都想不出那里出了岔子。

这一定是长平欲擒故纵之计，她就是见不得别人过得舒坦。

想到这里云琅就睡了一个美美的午觉。

傍晚的时候，接宋乔，苏稚回家的刘二一脸的紧张率先冲进家门，见云琅正在榆树底下撸榆钱，才要张嘴说话，见宋乔怒气冲冲的从外面走进来，立刻就闭上了嘴巴。

苏稚一进门就躲在云琅的背后，看都不敢看宋乔一眼。

"别以为你躲在夫君背后就会没事，跟我去里屋！"

"不去！"苏稚抓着云琅的衣服死活不离开。

"给你一盏茶的功夫，如果你还不进来，我就要动用家法了！"

宋乔看样子很生气，连云琅要求解释的眼神都装作没看见，气冲冲的上了主楼。

"家法？我家哪来的家法？"

云琅不解的问梁翁。

"您去边关的时候，少君订下的规矩。"

云琅点点头表示知道，然后就回头瞅着苏稚道："又怎么了，能把你师姐气成这样，估计不是小事。"

苏稚撇撇嘴道："本来没事，是她非要多嘴！"

"到底是什么事情？长平今天中午走的时候气氛诡异，快说。"

"我今天切了三根您说的盲肠，她只切了一根，比不过我，就开始生气了。"

云琅摇摇头道："重新说，你师姐不是那种小气的人。"

苏稚狠狠地跺跺脚怒道："不就是被藤条抽吗，多大的事情，我这就去！"

说罢，苏稚就咬咬牙也冲进了主楼。

不一会就听见苏稚鬼哭狼嚎的声音从楼里传出来。

云琅叹息一声瞅着刘二道："出了什么事情？"

刘二低着头不敢看云琅的眼神，犹豫片刻才道："少君说细君把人家的不用割掉的肠子给割掉了。"

云琅想了一下道："你是说苏稚把原本不用切掉盲肠就能治好的肠痈病人的盲肠给割掉了？"

刘二茫然的摇摇头道："是长公主家的一个女婢，得了肠痈，来找细君看病，然后，细君就把她的肠子给割掉了。"

云琅听着苏稚的惨叫声，无奈的摇摇头，硬着头皮走上楼去。

眼看着苏稚的裙子被撩起来，亵裤也被褪下，原本雪白圆润的屁股这时候布满了血棱子，虽然在伸着脖子惨叫，却没有半点认错的意思，而宋乔似乎更加恼怒了，抡圆了藤条抽的更加起劲。

见宋乔气喘吁吁的，云琅就按住了她的手道："歇歇，别气坏了身子。"

宋乔怒视云琅道："都是你给娇惯成这个样子，现在还无法无天了，明明知道有的肠痈不用割掉，服用几服药就能好的事情，她偏偏给人家动了刀子。

这还是一个医者所为吗？

今天如果不好好的教训她一下，日后还不知道会干出什么事情来。"

不等云琅解说，就听苏稚趴在床上大叫道："我还没有发现盲肠有什么用处，，这一次会红肿疼痛，日后还会红肿疼痛的，如果盲肠化脓破裂，脓水就会侵染腹腔，那时候谁能救她？

还不如在初期病发的时候就割掉，我是在救她，那个无知的蠢婢居然怨恨我，真是愚不可及！"

宋乔怒道："身体是人家的，人家自然有处置权，你这样不经人家同意就把人家好好地盲肠割掉，这是哪门子的道理？

另外，你说盲肠无用，倒是给我说出一个道理来，拿出证据来让我看。

你现在的做法与屠夫何异？

璇玑城就是这么教你的？"

苏稚愤恨的在拳头捶在床上道："我在璇玑城什么都没有学到，我的学问都是夫君教的，我讨厌璇玑城，你打我可以，只是以后不许在我面前提起璇玑城三个字。"

听苏稚这么说，云琅哀叹一声就知道不好，宋乔把璇玑城看的跟命一样，苏稚这样说，她哪里会接受，抡起藤条又开始噼里啪啦的揍了起来。

眼看着苏稚的屁股已经血肉模糊的看不成了，宋乔这才停手，把藤条往地上一丢，颜面啼哭而去。

云琅看看跑上顶楼的老婆，又看看屁股烂糟糟的小妾，在脑袋上用力捶打两下，决定还是先把小妾烂糟糟的屁股收拾一下，宋乔这一次真的是下了死力来打的。

看了一下苏稚的屁股，堪称惨不忍睹，被藤条打破的皮肤就血糊糊的黏在一边，没有被破裂的鞭痕也需要放血，要不然别想在短时间内养好伤。

"她干嘛不打了？正舒坦呢！"苏稚扭过头见云琅在用煮过的麻布擦血，口气依旧硬朗。

云琅无奈的道："想哭就哭，想叫就叫，屁股都被打成烂抹布了还嘴硬呢。

一会上药的时候忍着点啊，好好地非要遭这个罪。"

苏稚咬着牙艰难的道："她为什么那么固执？"

好不容易等到伤口不流血了，云琅将白色的伤药洒在苏稚的屁股上，想了一下道："我觉得这是西北理工跟璇玑城的医理发生了冲突才造成了现在的状况。

西北理工的学说讲究直接，发现了病灶就直接去除，然后再慢慢的调养身体，最后达到痊愈的目的。

璇玑城的医理不同，他把人的身体当做一个整体来对待，治疗方式趋于保守。

身体发肤，受之父母，不敢损伤，这是大汉孝义的宗旨之一，璇玑城的医理在很多时候为了与时俱进，就把一些时兴的学问灌注在了医理之中，因此啊，璇玑城的医理对于道德的要求比较高。

西北理工不一样，只要能舍弃小的就能救治大的，他们就会毫不犹豫的舍弃小的。

你的做法是完完全全的西北理工的做法，似乎也没有错。"

苏稚探手取过床边的铜镜，放在身后照一下自己的屁股，眼看惨状立刻大叫起来："就因为一个说不清道不明的道理，她就把我打成这样……呜呜呜……"

云琅往她张大的嘴里放了一块蜜饯道："现在你的屁股还是麻木的，一个时辰之后等知觉恢复了，你的苦日子才会来临，且忍着吧！"

苏稚一把抓住云琅的袖子道："夫君，你快点让她怀孕吧，等她怀孕了，就没有现在这样凶残了。"

云琅摸摸苏稚的小脸认真的对她道："别恨你师姐好吗？"

苏稚将头贴在床上，好一阵子才凄凉的道："如果没有你，师姐跟药婆婆就是我在这个世间唯一的亲人了，我拿什么去恨呢？就因为她打了我一顿？"

苏稚挣扎着爬到云琅怀里，流泪道："这点疼我忍得住，不算什么，相比疼痛，我更怕没人理我！"

云琅抚摸着苏稚满是汗水的长发，低声道："以前的时候听人说生同床，死同穴，生死不相离总认为那就是一个玩笑话，西北理工以为人死了什么都不会剩下。

现在，我觉得我们一家三口这样做将是一个最美好的结果，不管去了那里，谁都不会孤单，谁都不会无聊，哪怕吵嘴都比孤独来的美好。"

苏稚抬起满是泪水的脸，冲着云琅挤出一个难看的笑容道："夫君你去看看她，虽然我被打的很惨，可是，那个打我的女人现在一定连死的心都有，抓住她，可别让她死了，让她给我们生多多的孩子！"

云琅笑着擦干了苏稚脸上的泪水，唤来了继续照顾苏稚，不敢喊小虫，她就不会伺候人。

云琅上了三楼，没看见宋乔，爬到塔楼里，才看见宋乔一个人抱着双肩缩在塔楼的角落里哭得快要昏过去了。

两只手上全是血迹，云琅检查了她的双手才松了一口气，她的手心全是被她的指甲刺出来的伤口……这时候让宋乔哭一会比较好，云琅拉过宋乔的手，用修甲刀削掉她折断的指甲。

又掏出伤药，给她的手上了药，就用手帕包扎了伤口。

宋乔哭了一会抬起头哽咽着问道："她的伤重么？我当时失去了理智，不该打那么重的。

这时候冰敷一下会比较好。"

云琅笑道："在做，地窖里的冰块多的是，再过半个时辰，伤口恢复了感觉，那个傻丫头就知道你的厉害了。"

宋乔猛地拉住云琅的手凄声道："夫君，妾身不是一个恶毒的人，也不是故意要打她的。

对我们医者来说，无论如何都不能不良善！

哪怕苏稚的做法是对的，那些伤患不认同那就是错的，这个世上我们医者治疗不了的病患多如牛毛，哪怕是能治疗，也要听伤患本人的看法。

救与不救，生或者死都需要人家伤患来做决定，我们没有任何理由来决定别人的生死，哪怕出发点是好的，也不成！

这是大汉所有医者遵循的一个规矩，一旦破了，我们医者就成了可以决定别人生死的存在，那就太可怕了。"

云琅见宋乔说的激烈，就捋着她的后背让她的气息喘的匀称一些，知道宋乔没有那么激动了，云琅才问道："为什么呢？世人那么愚昧，他们不知道什么是对的，什么是错的，在医治伤病这些事情上，我们更权威一些。"

宋乔靠在云琅怀里指着将要落山的夕阳道："生死无常，我们救不了所有人，有些人也无需我们去救治，身为医者我们要对生命有足够的敬意。

在这些敬意之下，生，或者死，其实并不重要！

我们只要知道太阳曾经升起来过，野花曾经盛开过，小雨曾经从苍穹上落下，这就足够了。"

第六十九章没事？有事！（万字更新第一章求票）

"知道不，别人家的老婆都是因为争风吃醋才会闹起来，我家的老婆吵闹不休居然是为了一根别人的盲肠。"

当云琅跟曹襄再一次在田野里的那个高台上汇合的时候，云琅还是忍不住抱怨出声。

"盲肠是什么？"

"哦，大肠的起始端，也是最粗通路最多的一段肠子，不过我们一般把挂在盲肠上的一小段没用的肠子也叫盲肠，事实上称作阑尾更为恰当。"

"哦，听不懂！"

云琅知道曹襄听不懂，他只是想抱怨一下而已。

"你是说娘亲那里的一个女婢的肠子？"

"应该是，就因为苏稚切掉了那个女婢一截没用的肠子，现在被宋乔打的下不了床。"

"那个女婢埋怨了？"

"应该是。"

"这好办，我一会回去之后把那个女婢埋掉，就没有人抱怨了。"

"去你的，我又不是禽兽！"

"可我是禽兽啊！"

"你还是别干这事，要是被宋乔知道了，估计我也会被她用家法打的下不了床。

那个女人的性子你也知道，把人命看的比天都大。"

曹襄冷笑道："女人就不该读书，读书多了，就会把自己读傻，很多事情就拎不清。

你看看你的几个女人，你要的那里是女人啊，全是麻烦，卓姬的才名在长安都是赫赫有名的，结果呢？就因为她，满长安都在传你的好色之名。

你家收留了那么些被人遗弃的妇孺，明明是善举，也被人家传的听不成啊，青楼里的那些混账都在说你得了一道绝世秘方，有夜御过，要减弱自己的存在感，这不是挺好么？"

"在受降城的时候我很忙，每天都有很多的文书要批阅，每天都有很多的事情需要我去过问。

365

现在，只有东方朔一个胥吏，我能有多少事？再这么下去我可能要学会钓鱼了。"

东方朔吃了一把豆子笑道："那可要去渭水上钓鱼，当年姜子牙就是在渭水钓鱼，才把文王这条大鱼给钓上来了。"

曹襄烦躁的道："我想要大鱼，用的着钓么？只要去建章宫就能见到龙王，不过呢，龙王每次见我都没有什么好脸色，上一次还踢我。"

云琅瞅着曹襄道："要不你跟着去病去义渠之地作战？家里的这点事我一个人应付的来。"

曹襄断然拒绝道："你要是也去，我好歹还能同意，跟着去病作战，我怕我活不过明年。"

东方朔鄙夷的道："无才，无德，无勇的人都混成侯爷了，你还要什么？

你们这样的人不干事，就是对大汉最大的良善，干了事情，才是大汉最大的灾难！"

云琅怒道："你认为我们兄弟是酒囊饭袋？"

东方朔冷笑道："我说的你们，可不仅仅只有你们两个，是吧所有脑满肠肥的勋贵都算上了。

你们两个是不错，可是，把你们放进庞大的勋贵群里，你再来看看我刚才说的那句话，可有半点的差池？"

曹襄笑道："你知道个屁啊，勋贵中藏龙卧虎无数，只是不愿意彰显自己的本事罢了。"

"是睡美女的本事，还是喝美酒的本事？某家如果有钱有势，这两样本事可比你们强的太多了。"

勋贵跟寒门只要坐在一个平台上且不在意身份差距的时候说话，就会变成这个样子。

勋贵看不起寒门，寒门自然也是鄙薄勋贵的，像云琅这种既不属于寒门，又不属于勋贵出身的人，就只能在一边看热闹。

一队甲兵从不远处的古道上经过，铠甲铿锵，长枪如林，艳红色斗篷随风飘扬，马上的骑士更是显得彪悍，控马左右奔驰，充满了古典美。

曹襄手搭凉棚看了半天将旗，才吐口唾沫道："左大营的护军，周鸿，薛亮，杜预三个见去病，你，我，李敢组建了骑都尉并且立下了大功，所以呢，也就托家里的长辈帮他们也组建了一只虎贲军，平日里训练还算卖力，家里的老家将们也悉心教导，据说已经快要成军了。"

云琅也看着眼前这支两千人的军队，发现这支军队的气势还是不错的，就问道："为什么全是步军？"

曹襄冷笑道："骑兵他们玩不起！不过啊，周鸿还是不错的，像杜预，薛亮基本上就是一个废物，在长安周围晃荡一下还成，想要跟我们一样远赴边关作战，他们还没有那个胆子，一群胆小如鼠的货色，也敢学耶耶们组军？"

就在两人说话的功夫，几个骑士也发现了他们，离开了大队，斜刺里奔向云琅所在的高台。

走近了，发现是周鸿跟薛亮，杜预上一次临阵脱逃，虽然因为贡献了大量的钱财让他们组军，却在虎贲军中地位最低，不论是周鸿还是薛亮都不是很看得起他。

"来晚了，酒喝完了。"曹襄拎起空荡荡的酒坛子朝周鸿晃荡一下表示真的没酒了。

周鸿勒住战马大笑道："你们坐在台子上做什么，麦子才长出来，没人偷！"

云琅笑道："兄弟的差事就是种地，要是不待在农田里，会被人弹劾的。"

薛亮挤眉弄眼的道："这里有什么好看的，从你们这里向西走五里地，就是长沙王的行宫，那里可全是来自云梦泽的女妖精，寂寞的紧，两位哥哥如果去了，管事必定不敢阻拦……嘿嘿……能快活好几天呢。"

"咦？你们去过？这么说长沙王快完蛋了？"

"已经完蛋了，长沙王刘发嫌弃自己的领地太小，在为陛下演武的时候就摆摆手抖抖袖子，陛下问起，他说领地太小，转不开身子，然后陛下就认为长沙王的领地还是太大了，刘发之所以转不开身子，完全是因为他吃的太肥的缘故。

长沙王相，长史，已经接管了长沙王领地，长沙王刘发已经自缚双臂来京师请罪了。"

周鸿说着话就从战马背上取下一个酒囊丢给了守在高台下的家将继续道："长沙王的事情不大，估计来到长安被陛下斥责一顿，削掉一两个县就没事了。

两位哥哥如果有兴致见识一下云梦泽妖精就去，这时候欺负他一下，也不会有事。

倒是辟阳侯审卿去了淮南……嘿嘿……当年淮南王刘长可是杀了第一代辟阳侯审食其，两家可是真正的世仇啊。

第七十章刘安完蛋了（万字更新第二章求票）

云琅知道淮南王刘安迟早就是一个悲剧！

知道的事情如今被别人提起，心里就踏实了。

当初看野史的时候发现刘陵是被放在铁床上活活的给烤死的，这一次看来没有什么机会了，毕竟人家成了匈奴的大阏氏，就是不知道伊秩斜铅中毒的症状加深了没有。

霍去病正在酝酿他著名的河西之战，卫青再一次出了右北平屯兵卢龙塞窥伺塞外草原，路博德正在一点点的蚕食南越国，山东那片地方去年遭了蝗灾，今年还会发大水，然后山东百姓就会西迁，最终东部的文化就会向西北渗透，最终儒家会完成文化的大一统。

曹襄，周鸿，薛亮等一群纨绔结伴去了长沙王的行宫，就连瘸腿的张连也很想见识一下云梦泽的妖精。

云琅没去，家里的还有一个屁股烂糟糟的小妾要照顾呢，没空干别的。

苏稚挨了打，一副占尽了便宜的模样，上药需要夫君亲自动手，穿衣也需要夫君上手，哪怕是晚上睡觉，也要夫君跟她一起趴着睡才成，如果夫君仰面躺着睡，那就是一点都不怜惜她的表现。

所以，云琅这些天胸闷气短的厉害。

春日里风和日丽，云音跟霍光又去了长公主家，不用担心，宋乔这些天夜以继日的治疗剩余的十九个肠痈患者，每天早出晚归的，因此，云琅就把苏稚放在锦榻上，两人坐在平台上享受春风的吹拂。

"夫君痒！"

苏稚软绵绵的叫一声，云琅就放下手里刚刚抄录好的书本，掀开毯子小心的避开结痂的地方，帮她挠挠屁股，伤口正结痂呢，不痒才是怪事请，想当初云琅刚刚来大汉的时候全身都是痂子，很理解苏稚现在的感受。

挠完痒痒，又发现苏稚的干果盘子空了，又砸了七八个从西域弄来的核桃放在干果盘子里供苏稚磨牙。

云氏书房抄录的第一本书就是淮南王刘安编纂的《淮南鸿烈》也就是后世人常读的《淮南子》。

抄录成书之后，云琅亲自主持了装订，他本来想要弄成横版的书，可是那些抄书的穷书生们，已经习惯了竹简木牍的阅读方式，到底还是弄成了竖版的。

其中一位居然说，横版书读起来其实就是在不断地摇头，是在否决先贤文章，竖版书读起来就是一个点头承认的过程，在表达对先贤的敬意。

而司马迁对于云琅要求横版抄写的要求嗤之以鼻，认为是云琅智力低下的具体表现，因此，云氏抄录的十几本书，全部都是竖版！

"晚世之时，七国异族，诸侯制法，各殊习俗，纵横间之，举兵而相角，攻城滥杀，覆高危安，掘坟墓，扬人骸，大冲车，高重京，除战道，便死路，犯严敌，残不义，百往一反，名声苟盛也……故世至于枕人头，食人肉，菹人肝，饮人血，甘之于刍豢故。"

读到这里云琅放下书本，瞅着淮南方向叹息一声道："学问人就该专心做学问，一边想着学问，一边又想着那个皇位，一心二用，岂能不死！

明明知道战争是残暴的，却还要挑起战争，真说不清你到底是智者还是愚者。"

正在贪婪的吃核桃的苏稚没有听清云琅的自言自语，丢掉核桃壳问道："谁要死了？"

"淮南王刘安，他要造反。"

"哦，死就死吧，反正不关我家的事情，夫君，曹襄没有把那个女婢给活埋吧？"

"没有，怎么了，你想要她死？"

"才不是呢，我希望那个女婢能活着，好好地活着，最好长命百岁，如此，才能证明我的做法是对的。"

云琅给了苏稚一个灿烂的笑脸道："我就知道我家苏稚是一个善良的好女子。"

苏稚撇撇嘴道："与其关心一个别人家女婢的死活，我更关心咱家地里的葡萄，核桃，无花果，今年会不会结果。

这核桃很好吃，比什么都好吃，要是多点就好了，夫君，你帮我把师姐的那份偷来，我还想吃。

皇帝也真是的，赏赐侯爵，就给这么一点，够谁吃的！"

云琅笑道："侯爵家百二枚，这是定数，以前也有胡商从西域运核桃来长安，只是数量太少，且价比黄金，我家能有一百二十个核桃已经不错了，你要想吃，我去长门宫要！

你师姐的就留给她，不是一点核桃的事情，一家人总要相互爱护的。"

"那就不吃了，一点核桃还不值得我夫君去跟别人弯腰，夫君，我渴了。"

看着苏稚用嘴叼着茶壶嘴喝水的可爱样子，云琅忍不住笑了，在他的那个时代，十八岁的闺女还只是一个上学的孩子，她却要面对战争，疾病以及理念带来的冲突……嗯，还有家法！

"你睡一会，我去一趟长门宫，淮南王的事情牵涉太多，咱们家有淮南王昔日的部下，我去问问这些人会不会受到牵连，如果有，也好早些跟张汤打招呼，看看能不能把他们排除在外。"

云琅把毯子给苏稚披一下，喊来在一边照看，就准备下楼。

"夫君！"苏稚扬起上身喊住云琅。

"怎么了？"

"如果夫君一定要去长门宫，顺便带些核桃回来……"

苏稚说完这些话，羞愧的厉害，连忙用毯子把自己包的严严实实。

云琅莞尔一笑，答应一声就下了楼。

阿娇家的莲花池子里已经有荷叶漂浮上来，只有手掌大小，却绿中带红生长的旺盛，再过一段时间，这里又将是荷花满塘的盛景。

云琅站在莲花池子边上欣赏了一会，就见大长秋从主楼里走了出来。

"贵人召见！"

"其实没必要打搅贵人，这些事问您也是一样的，云氏当初在卧虎地大战的时候收留了一些淮南国伤兵，如今这些伤兵的户籍都在云氏，就问有没有什么瓜葛？"

大长秋走近了一点站在云琅身边道："淮南王刘安，王后荼，王太子刘迁，王子刘建这些人都需要陛下亲自处置，任何人说情可能都不得好下场。

至于淮南八骏中的左吴、苏飞、李尚、晋昌这四文士，雷被、伍被、毛被、田由四个武将该如何处置要看廷尉府如何断决，不过，我劝你还是不要过问的好。

你本来就不得皇太后喜爱，加上淮南王太子刘迁原本娶了皇太后亲生女修成君的女儿，却以各种理由搪塞不肯同房，最终逼迫修成君接回女儿，被皇太后引为奇耻大辱。

这时候你如果想要替淮南王说项，恐怕不妙。"

云琅笑道："刚才我与苏稚在平台闲聊，说起淮南王的事故，苏稚说关我家何事，我以为她说的很对。

因此呢，我刚才说的话，你直接理解为字面意思就好，我说的是我家收留的那些伤兵，那就一定是伤兵的事，不牵涉任何人。

我也不会在您面前绕着圈子说话。"

370

云琅最后一句话说出来，总算让大长秋脸上有了一丝笑意。把双手插进袖子里笑道："如果只是卧虎地伤兵的事情，如果无人问起，自然就没事，如果有人问起，就说是我长门宫收留的，让他们来问老夫。

好了，既然没事，那就进去探望一下阿娇贵人也好，贵人正好无聊，说说你家送来的几本书也好解闷。"

"苏稚颇喜吃核桃……"

"没出息的，你婆娘嘴馋，你堂堂永安侯就来讨要？看来你正妻的那一顿板子还没把你小妾的骄娇二气给消磨掉。"

"她年纪还小……"

"哼！"

在大长秋鄙夷目光下，云琅进了长门宫，在这座巨大的木质宫殿里转悠了好久才来到阿娇的书房。

阿娇今天穿的很整齐，跟她以往的慵懒风有了很大的不同，正襟危坐在矮几前，提着毛笔正在抄书，见云琅进来了，就放下毛笔，擦擦手道："过来看看，我的字怎么样。"

"道可道，非常道，名可名，非常名……您在抄录《道德经》？您不是不喜欢黄老之术吗？"

"我什么时候说我不喜欢了？

只是陛下不喜欢罢了。

当初窦太后喜欢，为了讨窦太后喜欢，他也学了不少，不过呢，这种淡泊无为的法门毕竟跟他的性子不合，学这些东西让他痛苦至极，却又不得不学。

他不喜欢，我也就离得远一些。

这几年在长门宫幽居，倒是对这个法门有了很大的兴趣，慢慢的感悟到了其中的精髓。

这门学问其实呢，就不适合男子学，但凡是有一些雄心壮志的男子都不该读，读的上进心思都淡薄了，对国朝不是好事，毕竟，陛下就靠高官厚禄来吸引天下人为他效力呢。"

云琅连连点头，阿娇口中的刘彻才是最真实的刘彻，两人从总角之年纠缠到现在，没人比她更能了解刘彻了。

阿娇的字迹娟秀，中规中矩的隶书在她的笔下多了一丝妩媚，以前写在竹简上还看不出来，如今落在纸上，就黑白分明的厉害，让人一看就忘不掉。

"抄书太累了，我用了六个时辰才堪堪把这《道德经》五千言抄录完毕，你不是说有别的法子代替抄书吗？

现在就拿出来吧，这天下的书籍都该是这个模样才对！"阿娇深情的抚摸着她刚刚抄录的《道德经》对云琅道。

第七十一章消失的八胡校尉 （万字更新完成，继续求票）

云琅回来了，还带回来两麻袋核桃，这让苏稚几乎忘记了伤痛，准备几天不吃饭，就靠核桃过日子。

炒的椒盐核桃才好吃，听丈夫这么说了之后，苏稚宁愿被跟小虫架着去厨房，也要盯着丈夫把已经很好吃的核桃变得更加好吃。

简单的椒盐而已，这对云琅来说没有什么难度，小火将花椒与盐一起炒，待到花椒焦香，盐巴发黄之后再细细的研磨一遍就是椒盐。

先把核桃干炒，等核桃炒热了，就把核桃取出来，用盐水泡了，然后砸出裂缝，最后与盐混合了一起炒，直到核桃仁发脆，发酥，核桃仁呈象牙色这才算是成功。

最后撒上椒盐就可以吃了。

云琅吃了一个就没有了兴致，这东西盐味太重不适合他，苏稚跟，小虫三个人则似乎忘记了世界万物，全部身心都彻底的投入到了与核桃皮作斗争的过程中了。

宋乔病恹恹的回来了，这些天把她给忙坏了，同样的，她的口淡，椒盐核桃对她的吸引力也有限，吃了两颗就准备回房休息。

云琅熬了糖稀，又做了一盘子糖仁核桃，在苏稚希翼的目光中给她留了一下，就端着剩下的上了主楼。

宋乔懒懒的靠在锦榻上，脸色苍白，正在闭目小憩，听到云琅的脚步声，就懒懒的睁开了眼睛。

"小稚的伤好些了吗？"

"已经结痂了，再有三两天等痂子脱落就全好了，毕竟是皮肉伤，恢复的很快。"

"那就好，等她伤好了，妾身就带着她去给那个婢女赔礼，顺便给人家一些赔偿。"

"要不然我去？"

"您要是去了，那个女婢就只有死路一条了，您的赔礼她还担不起，长公主也不会允许您去道歉。"

云琅探手摸摸刚刚泡好的茶水，给宋乔倒了一杯茶水，又把装核桃的盘子往她跟前推推道："既然吃不下饭，那就吃点零嘴垫垫也好，我撒了芝麻，味道可香了。"

宋乔歉意直起身子道："是妾身失礼了。"

云琅笑道："在外面我是大汉的永安侯，在家里我就是你夫君，失什么礼了，又有什么礼可失？"

宋乔又要施礼，被云琅按住了，往她手里塞了一双筷子道："赶紧吃吧，一会苏稚来了，你就没得吃了。"

宋乔轻笑一声，吃了一口糖仁核桃，就再也没有停下筷子，跟云琅预料的一样，宋乔更喜欢甜食。

月上半空的时候，繁忙的云氏逐渐安静了下来，仆妇们端着木盆成群结队的去云家那个巨大的汤池里沐浴，至于男仆们，则人手一条布巾子，有的拿了一些吃食，有人拎着一壶酒，说说笑笑的跳进了云氏的热水渠。

这是他们一日中最舒坦的时候，劳作了一天，在热水中浸泡一阵子，疲乏尽去。

为了加深宋乔的内疚之心，苏稚就把屁股露在外面，让宋乔看，宋乔几次帮她盖上，她都赌气给掀开了，说盖上毯子就会痛。

几次三番之后，见苏稚脸皮厚，宋乔也就任由她了，反正屋子里就夫妻三人。

自从有了纸张之后，云琅就喜欢上了抄书这个事情，宋乔也是如此，夫妻对坐，一人拿着一卷竹简抄录自己感兴趣的内容，无聊的苏稚哼哼了片刻，就呼呼大睡了。

就在云琅抄书兴致最浓的时候，推开房门轻声对云琅道："梁翁求见！"

云琅愣了一下，鞋子都没穿就下了楼，只见梁翁站在大厅里，一脸的惊容。

"侯爷，老奴在关大门的时候发现了这个。"梁翁见退下了连忙从怀里掏出一块绢帛递给了云琅。

云琅没有看绢帛，反而问梁翁："还有谁看见了？"

梁翁摇摇头道："家里的大门每晚都是老奴亲自锁上的，今日，刘婆她们开始整理缫丝作坊了，因此回来的晚一些，老奴关门的时候，大门口除过家将彭阳，张三申之外并无他人，当人这张绢帛被人用一柄小刀钉在门上，彭阳，张三申没有发现，是老奴悄悄取下来的。"

云琅点点头，这才打开绢帛，他迅速的看了一下绢帛的尾部，直到发现一颗连笔的五角星这才松了一口气。

绢帛上的字不多，只有寥寥几句话，然而就这几句话让云琅惊骇的差点跳起来。

他几乎夺门而出，却猛地停在门口，担忧的瞅着上林苑昆明池方向，此时此刻，霍去病的大军应该已经杀进了八胡校尉营地……云琅的手颤抖的厉害，长水校尉乃是以归化的乌桓，以及各族胡人组成的一支由皇帝亲自执掌的胡人骑兵军队。

而八胡校尉就是皇帝见长水校尉人手日渐增多，从长水校尉里分离出来的一支军队，从卧虎地之战以后才组建成功，成军至今不过四年，三年前的演武大典上，骑都尉还与八胡校尉争夺骑兵飞凤旗，相争两日，骑都尉终究功亏一篑，输给了八胡校尉。

没想到，在今夜，骑都尉却以泰山压顶之势突袭了八胡校尉营地。

云琅抬头看看天空中的那轮明月，这样的夜晚，以有心算无心，霍去病必定能够得手的。

接纳归化胡人的事情，从太祖高皇帝时期就已经开始了，直到景皇帝时期达到了最高潮，当时的宰相周亚夫对皇帝厚待归化胡人极为不满，曾经进言，非我族类其心必异。

景皇帝明言：吾不取宰相之言！

直到刘彻登基，被匈奴挤压的毫无生存空间的胡人纷纷来降，这是大汉与匈奴进行的夺民大计，皇帝这是怎么了，为什么会突然对八胡校尉动手？

这件事让云琅说，到底是怎么回事？"

云琅摇头道："我只知道去病突袭了八胡校尉，至于为什么要这么干，我也是一头雾水。"

"你是说，这件事已经过去三天了，外面的人什么都不知道？"

云琅点点头道："我派人去了阳陵邑跟长安，结果没有任何消息。"

曹襄想了一下道："不能去问去病他们，估计母亲那里是知晓的，只是跟我们无关，所以她就没说，她那里也问不得，只有等这件事慢慢漏出来再问，两千余人，不可能没有一点风声的。"

第七十二章皇帝的心思很难猜 （万字更新第一章求票）

上午在农田里喝了一早上的枯酒，没心没肺的曹襄酣睡了一上午，他这几天在长沙王行宫里消耗很大，看他睡觉的时候汗出如浆的模样，云琅就让刘二在台子下面熬了一锅人参粥，这家伙要是再不进补一下，接下来的七八天都不会有什么精神的。

喝光一坛子酒之后，云琅就决定去阳陵邑看看，两千多人凭空蒸发，汉人那里可能不会有什么动静，胡街一带多少会有一些异样出现。

曹襄终于睡醒了，抹一把脑门上的汗水就问：“吃的呢？”

云琅朝台子下面瞅瞅，见瓦罐里的人参小米粥早就熬好了，这时候正好下口，就指指下面道：“在底下。”

曹襄一骨碌爬起来，就匆匆下了高台。

云琅趴在高台上对狼吞虎咽的曹襄道：“我们今天去阳陵邑胡街吧？”

曹襄吞了一口粥道：“胡姬没有什么意思，情浓之时会有味道的。”

“我就想去看看那里的胡人，没有找胡姬的打算。”

“不找胡姬去胡街干什么？乱糟糟，臭烘烘全是牛马屎尿的味道，有时候还会被骆驼啃脑袋，无趣的紧。”

“我要去看看胡人在大汉的生活状况，不要再跟我提胡姬，你们跟胡姬连襟的事情要不要我告诉别人？”

曹襄大方的摊摊手道：“有什么关系呢，兄弟们都是四海人物，对漂亮的胡姬都情有独钟，出现这种事情不算稀奇。

你要是这样论连襟，大汉勋贵中也只有你以及少数勋贵除外，剩下的全是连襟，光是回春阁的钟艳娘，她的私房竹简上就有长安城大半的勋贵跟官员的名字。”

跟曹襄就不能好好说话，三两句的功夫就开始朝下三路招呼，云琅决定直接走。

曹襄见刘二他们开始给游春马上马鞍子了，就抱着陶罐走过来道：“真要去啊，现在走，到了阳陵邑天色也晚了，什么都看不到啊。”

“一人两匹马换着跑，一路不歇息，一个半时辰就能到。”

“我的腰不舒服，经不起你那么折腾。”

"你在后面慢慢来，我这就走！"

"这事对你很重要吗？"

云琅思量一下，重重的点点头道："非常的重要！"

曹襄瞅瞅怀里的瓦罐，匆匆的挖了两勺子，然后就把瓦罐丢给刘二，跟云琅一起跨上战马，一刻不停的向阳陵邑狂奔。

战马全速奔跑起来之后，急速流动的气流几乎隔绝了个人与外界的交流。

每个人都把身子压得低低的减少风阻，二十余骑在古道上狂奔，扬起漫天的灰尘。

云琅对刘彻这种出乎他预料的行为非常的警惕，如果是小事情，云琅可以忽略过去，可是这种跟匈奴，胡人关系出现大转折的事件，不由他不上心。

直到现在，云琅做事的时候都非常的谨慎，尽量的不去改变原有的历史进程，即便是帮了阿娇之后，云琅也忐忑不安了好多年，幸好，他们只是恢复了旧日的恩爱，多了一个闺女而已。

云琅准备下一次出手的时机，应该是霍去病倒霉的时候，其余人的事情他并不在乎，至于曹襄……他本来就没有什么存在感。

人如风，马如龙，铁骑狂奔在古道上，谁不赞叹一声好儿郎？

一个时辰之后，阳陵邑的城郭已经隐隐出现在地平线上，云琅见游春马汗出如浆，就举起右手，整支骑队的速度迅速的降了下来。

"修整一炷香时间！"

云琅下了令，刘二立刻按照战时规矩，第一时间点燃了时香。

曹襄被家将从马上搀扶下来，捋着喉咙道："吃的东西差点吐出来。"

"喝点水，休整片刻我们就进城了。"

曹襄挥手让家将去了一边，就压低嗓门道："我觉得我们还是不要细究此事为妙。

我舅舅不愿意被人知晓，一定有他的理由，你知道不，这些年朝中大臣对陛下厚待胡人已经非常不满了，而这些胡人不知我中华礼仪，即便在长安，也活的跟野人一样，男女席天幕地的就相互追逐，就地野合，如此也就罢了，他们还欺行霸市，强买强卖，大汉之民稍有不从就聚众群殴，几乎成了长安一害，虽有御史屡次参奏，我舅舅因匈奴势大，要与匈奴争民，还是不肯下令驱除。

这一次，去病统兵夜袭八胡校尉的事情实在是太诡异了，去病一定是接到了我舅舅的敕令，手握全虎符才能在京师用兵，一出手就鸡犬不留，这与我舅舅的昔日的政策极为不符，所以说，一定是有什么事情发生了，让我舅舅恼怒至极，才会下达这样的军令。

如果不是干系太大，去病不会对我们两个有所隐瞒，他之所以不说，一定是认为我们知道之后只有坏处没有好处。"

云琅点头道："是这个道理，我这回不想问任何人，只想通过自己的眼睛去观察，去猜测一下，看看到底发生了什么事情。

最近以来所有的事情都很不对劲，长沙王被弹劾了，淮南王马上就要面临抄家的危机，何愁有去了长沙，我觉得这又是一个幌子，如今，去病又夜袭了八胡校尉，在这之前，我们跟去病的联系已经断了半个月了。

而半个月前，何愁有突然离开我家，所以啊，我以为事情的起因一定发生在半月以前，不论是去病封锁军营，还是何愁有突然离开，都不像是有计划地事情，他们做的非常的匆忙。这该是一桩突发事件。"

曹襄拍拍云琅的后背道："没事的，你要看，我陪你去。"

"侯爷，后面有大队军马过来了。"

云琅转身望去，之见来路上，扬起了大片的灰尘，只要看看灰尘的高度，刘二就已经判断出来了多少人。

"侯爷，八百骑！"

云琅等人让开主路，而且站在了上风位上，静静的等待这支骑兵的到来。

盏茶功夫，那支骑兵就来到了云琅跟曹襄跟前，曹襄打量一下战旗，就对云琅道："细柳营的人来上林苑做什么？"

云琅跟曹襄对视一眼，继续后退，这些人也在狂飙，灰尘扬起老高。

等到尘埃落定，这支骑兵就跑出了视线。

云琅也准备离开，刘二又发现后面的道路上起了烟尘……"中尉府的护军，也是八百骑。"

云琅想了一下道："我们暂时停下来，看着今天会有多少骑兵从上林苑出来。"

云琅跟曹襄也是上过战场的人，这些人有没有经过激烈的交战，只要看看他们的铠甲就知道了。

他们的铠甲上不但有新鲜的刮痕，好些人背后的箭壶中，只剩下零落的几支羽箭，更有一些骑兵裹着伤巾，明显是受了伤。

曹襄目送骑兵离去，瞅着云琅道："你说的没错，这些人至少在上林苑厮杀过一场。"

"想要击败两千余精骑，骑都尉的三千人是够了，想要全歼两千精骑，至少需要六千骑。

我们再等等，后面应该还有兵马过来。"

曹襄皱眉道："你看啊，现在我们就我们知道参与围杀八胡校尉人马的军队就有，骑都尉，细柳营，中尉府，按照你猜测的计算，至少还会有两支军队。

既然陛下要隐秘做事，为何不派一支或者两支军队去做呢？那样更容易掌控。"

云琅冷笑道："你难道没有发现去病他们是马上就要出征的人吗？

我敢打赌，凡是参与这次行动的军队，马上就会离开长安，远赴边关作战了。"

果然，不长的时间里，又有两支军队离开了上林苑，左大营的那位领军将领曹襄还认识。

平日里见到曹襄恨不得跪下来磕头，这次却装作没看见他，经过曹襄身边的时候还抽了战马一鞭子……而最后离开的那支军队，赫然就是大名鼎鼎的长水校尉所属的胡骑！

最离谱的是，经过的这四支军队中，就数他们中间的伤兵最多。

看到这一幕，就连曹襄都变得有些沉默寡言了，他觉得这件事一定要找母亲问清楚，这已经不是他一开始认为的小事情了，而是能关系到一个大家族生死存亡的大事了。

他很想知道，八胡校尉到底是怎么得罪了皇帝，才会让他下这样的死手。

一群人走进阳陵邑的时候，天色已经黑下来了。

云琅拒绝了曹襄的邀请没有去长平侯府居住，来到了自己在阳陵邑的家。

云音是云氏大女虽然跟着长平练武，但是按照勋贵们的礼仪，云音是不会轻易住进别人家的，哪怕是长平的住处也不成，因此，她跟霍光就只能住在自己家，由褚狼，丑庸两口子亲自伺候。

云琅的到来让云音非常的开心，霍光却似乎有什么心事，吃饭的时候都没有什么胃口。

"没有回家去看看？"云琅把一根鸡腿放在霍光的饭碗上问道。

霍光低着头道："：回去了。"

"如果想念你耶耶跟娘亲，可以回去多住一些日子，我听说你已经一年多没正经回去住过了。"

霍光的喉咙里再次发出老虎低吼的嗯嗯声，抱着饭碗用力的往嘴里刨饭，对于回家的事情绝口不提。

云音抱着饭碗鄙夷的道："大娘挂在小光哥哥脖子上的玉坠子被他娘亲拿走了。"

云琅听了呵呵一笑，抬手揉搓一下霍光的脑袋道："拿走就拿走了，师傅再给你一块大的。"

云音愤愤的道："那是小光哥哥过生辰的时候，大娘特意请了高明的工匠，专门为小光哥哥雕刻的，上面有他的生辰八字！"

云琅抬头想了一下道："不对哦，你耶耶视你如心头肉，你娘亲虽然爱财，有你哥哥那头肥猪在，无论如何也不会从你身上刮啊。

她拿你的玉坠子做什么？"

霍光抬起挂着泪珠的小脸道："娘亲说不许我挂师娘给的坠子，还不许我再去上林苑，是我耶耶硬把我送到这里来的，为了这个，我耶耶的脸都被我娘抓花了。"

听霍光这样说，云琅的心咯噔一下就沉了下去。

霍光与霍去病乃是同父异母的兄弟，当年霍光的父亲霍仲孺在平阳侯当差的时候与卫少儿私通生下了霍去病。

自从卫青发家之后，卫少儿就把霍仲孺这个小吏给踢了，伤心欲绝的霍仲孺马上就娶了一房妻子，并且用最快的速度生下了霍光。

这些事情云琅是了解的，他还了解到，霍家乃是河东郡平阳县人，世世代代为平阳侯服务，而平阳侯来京的时候，带的贴身老仆就是霍氏。

来到长安之后，霍氏也就在长安定居，后来霍氏族群逐渐扩大，而平阳侯曹参，也就大发慈悲的将一部分霍氏族人抬举为官，其中就有霍仲孺的祖父。

因为出身关系，霍氏只能担任小吏，几十年下来，霍氏家族的小吏也就遍布大汉各个部门了。

当初卫少儿也是为了霍去病的前途，决然踹掉了身份拿不出手的霍仲孺，将霍去病托付卫青门下，此时，才有霍去病如今的光彩。

不论是卫少儿，还是霍仲孺都是极有决断力的人，霍仲孺可能在办公的时候看到或者听到了什么对云氏不利的事情。

因此，霍光的母亲拿走那块玉坠子，绝对不是因为贪财，应该是为了避嫌。

云家有什么好被避嫌的？

云琅安慰了霍光之后，就一直在想这个问题。

褚狼端着茶水来到云琅的书房，放下茶壶道："侯爷，《美人歌》如今在长安已经绝迹了。"

"刘陵？"云琅皱着眉头自言自语一句，然后就背着手站在窗前瞅着小小的院落出神。

"北方有佳人，绝世而独立。

一顾倾人城，再顾倾人国。

宁不知倾城与倾国？佳人难再得……"

云琅轻轻的哼了一遍美人歌，然后就苦笑一声，对褚狼道："还真是他娘的红颜祸水啊！褚狼，你知道刘陵到底干了什么事情让陛下如此大怒，不但干掉了八部校尉，连淮南王刘安一家子都不放过？"

褚狼躬身道："以前只是在查八胡校尉之事，既然主人已经有了方向，这就去继续查探！"

眼看着褚狼走出小院子，云琅就坐在窗前瞅着屋前快要盛开的槐花，暗自摇头。

这些政治人物啊，为了达到目标果然是不择手段啊。

云琅隐隐觉得自己已经快要理出一个清晰地脉络了，现在，只需要去一点点的核实就能真相大白。

何愁有走了，长平又把云音，霍光接走，其实都是出自好意，不论是何愁有还是长平他们对云琅疑惑的事情知道的一清二楚。

哪怕是霍去病可能也是知晓的，这群人谁都没有说话，却在帮他清理麻烦。

霍去病帮云琅清理麻烦的做法就是干净彻底地杀死八胡校尉里的每一个人。

长平帮助云琅的方式就是大模大样的接走云音，告诉世人，长公主依旧跟云氏是一体的。

至于何愁有……这个老家伙恐怕是在寻找真相……有时候对你好的人他只做事永远不会说出来，而口口声声说为你好的人下刀子的时候可狠了。

幸好，把事情想通了，否则明日如果真的去了胡街，放在有心人的眼中，又是一桩罪恶。

天明的时候，丑庸来伺候云琅洗漱，云琅看看丑庸捧来的素色麻衣，摇摇头道："今天穿春衫。"

丑庸奇怪的看了云琅一眼，她对主人非常的熟悉，他就不喜欢穿绸衣，整日里一身麻布衣裳，看着素净，却没有什么勋贵的气派。

突然要穿春衫了，这就很奇怪了。

于是，丑庸还是飞快的拿来金冠，春衫，玉带，鹿皮短靴，以及压袍服的玉佩，甚至还找来了一柄犀皮为剑鞘的短剑，光是剑柄上的宝石，就足够换云氏居住的这套宅院了。

云琅洗漱完毕，就对丑庸道："给大女跟霍光也换上春衫，今天我们父女师徒要去踏青！"

"不知侯爷要去哪里踏青，奴婢好去安排车马。"

云琅笑道："长安城！"

丑庸又有些愣神，这个时候长安人都喜欢去龙首原观桃花，乐游原看夕阳，去渭水之滨泛舟都是很好的，自家主人为何要反其道而行之呢？

云琅抬手在丑庸的脑袋上敲一下道："发什么傻，快去准备，都两个孩子的母亲了，还这么傻乎乎的。"

丑庸抬头笑道："所以我才叫丑庸啊。"

"你傻可以，两个孩子可不能被你教傻了，等他们过了总角之年，可以离开你这个母亲了，就把他们送到庄园里去。"

丑庸立刻就笑了起来，挪动着肥胖的身子就去伺候云音，霍光洗漱了，家里的仆妇虽然多，丑庸却坚持认为只有自己有资格服侍这三位主子。

刘二以及其余八位家将也换上了锦衣劲装，只是腰间古意斑斓的长剑，以及背后背着的长弓，身上的残疾无一不证明他们是战场上下来的百战悍将，而非寻常富贵人家的护院。

云氏的大马车一年也难得用一次，这时候已经被仆役们清理的干干净净，套上四匹漂亮的挽马，青铜制成的挽具泛着幽光，与黑色的大马车相映成趣。

丑庸把云音跟霍光抱进马车，遗憾的对云琅道："侯爷，咱家现在就缺一些美貌的婢女，奴婢这样的面容拿不出手。要不，奴婢去长平侯家里借几个过来伺候？"

云琅怒道："滚进马车里去。"

云琅发怒，丑庸自然是不怕的，临上车前还吩咐几个目瞪口呆的仆妇把她的两个宝贝儿子照顾好，要是有什么差池，回来就剥皮！

这一次去长安，云琅没有喊曹襄，左右不过四十里地，一天就能走一个来回。

才出门就被曹襄堵了一个正着，见云琅的马车就要出门，连忙拉住云琅的马笼头道："不能去胡街！"

云琅笑道："我们要去长安，带着闺女弟子去拜访鸿胪寺拜访一些大儒。"

曹襄松了一口气小声对云琅道："我们快被刘陵那个臭女人坑死了。"

云琅点点头道：'我知道，那个臭女人是不是暗中勾结八胡校尉？"

曹襄点点头道："不仅仅是八胡校尉，他还勾结他爹淮南王刘安在合适的时候一起起事。"

"母亲告诉你的？"

"不是，是卫伉！母亲给他订了一门亲事，女方是平陵侯苏建的长女，苏建人在白登山，他弟弟苏晃接到了绞杀八胡校尉的军令，然后苏建的长女就知道了，然后，卫伉也就知道了，再然后，你我也就知道了。"

"有关于我们的事情没有？"

"有啊，去病，你，我，李敢全在那个臭婆娘的接触名单里，准备共襄盛举，这下子坏了，黄泥掉裤裆里了。"

云琅笑了起来，让曹襄爬上另外一匹战马道："我敢打包票，刘陵昔日的恩客，也一定在上面。"

曹襄笑道："有可能，我们兄弟心里没鬼，至于别人如果有什么说不清道不明的事情，估计这一次也是在劫难逃啊。

咦，你是怎么知道的？"

"小光的母亲把宋乔给小光的一个吊坠给拿走了，小光不乐意……"

"就这一点消息你就弄明白这么多事？"

"很多年前我就说过，我比你们聪明的多，你们非不信，不过，现在知道也不晚。"

曹襄瞅瞅云琅的打扮，然后又从马上跳了下来，指着身上的麻衣道："跟你在一起久了，也喜欢这身随便的衣衫，你今日忽然换口味了，等等，我也去换一身。"

"我们先走，你随后赶来就是了。"云琅冲着曹襄的背影喊到。

宝马香车离开了阳陵邑，侯爵的排场在阳陵邑还是管用的，路上的公牙见家将们打开了永安侯旗帜，就立刻驱散了路上的行人，让云琅一行先走。

以前的话，云琅是反对这样做的，这一回，云氏必须清清楚楚的告诉别人，云家的家主就在阳陵邑，并没有畏罪潜逃。

知道事情原委了，自然就会有解脱的法门，在与刘陵的交往过程中，云琅并没有隐瞒何愁有，当初在白登山通过刘陵交换俘虏的事情，知道的人很多，执行的人却不是云琅。

曹襄赶上云氏车驾的时候，云琅已经离开阳陵邑足足二十里地了。

见曹襄慌慌张张的赶过来，一股暖流涌上云琅的心头，他觉得自己在大汉这个时代里找到了最珍贵的东西。

虽然不起眼，却让人舒服的厉害。

"你怎么装了两马车美女？"

云琅瞅瞅那些隔着车窗蒙纱偷偷打量他的歌姬，觉得曹襄在胡闹。

"你知道个屁，大儒就要配美女才符合大儒的身份，有了美女他们才有心情作歌，作赋，只要美女把大儒伺候好了，想要多少好文章还不是手到擒来？"

"我上回见到的几个……"

"那是在鸿胪寺，只要是男人进了那地方就要过宦官一样的日子，你没见那地方阴森森的，是一个好人能去的地方么？"

第七十四章溯本追源 （万字更新第三章求票）

云琅从家里出来的时候还一头雾水，到了阳陵邑之后事情就已经非常的明朗化了。

所以说，世上没有不透风的墙，这句一点不假。

累世的勋贵们之所以长时间的屹立不倒，原因就在这里，当新进勋贵还傻乎乎的准备以一颗忠心伺候皇帝，好落得一个累世公侯，那些老牌的勋贵们已经在投皇帝所好来做事了。

这两种处事的方法取得的效果自然也是不一样的。

一个是主动地来解决问题，一个是被动的来接受命运，这也是皇帝为什么总喜欢新进勋贵的原因所在，一来好使唤，一旦犯错，新进勋贵处理起来比较容易，不像老牌勋贵打断了骨头还会连着筋，处理一家是远远不够的。

长安城门口堵着老长的队伍，数量最多的却不是汉人，而是胡人的驼队。

云琅坐在马上看着那些一脸惊喜模样的胡人，云琅终于明白刘彻下令杀掉两千胡人的底气是从哪里来的。

文皇帝的时候为了与匈奴夺民，乌桓等部族被大量的收进国内，所持的谋略就是打不败你，我就融合你！

别看匈奴以及乌桓等部族的野人强悍，大汉相对安逸的生活依旧是他们梦寐以求的。

这些年来，大汉国内忽然多了很多奇怪面貌的人以汉姓行走大汉国。

曹襄，云琅的家将在城门吏的配合下粗暴的赶走了那些正在排队的胡人，有些驼架都被掀翻，里面装的各色干果洒了一地，那些胡人虽然愤怒却相互约束，不敢反抗。

一枚金币从云琅的手里弹出，在半空反射着金光落在那些散落的干果上，刚刚还愤怒不已的胡人，立刻就安静了下来，双手抱胸躬身施礼。

"你看，他们比我们大汉人更加懂得尊敬上位者。"

曹襄笑道："说反了吧？"

云琅笑道："当年始皇帝出行，项羽想要取而代之，太祖高皇帝也是这么想的。

哪像这些胡人，只要对他稍微公平一点，他们就认为你就应该是上位者。"

"你的意思是说他们好骗？"

"至少在他们融入我大汉之前，还能把欺骗个不停。

为了预防刺客，这片宫苑中一棵树都没有，只有稀稀疏疏的几颗花树装点其间，尤其是几颗开的正艳的石榴树，让云琅非常的羡慕，眼看就要结果了。

张骞这些年从西域弄来了很多好东西，这些石榴树就是其中的佼佼者。

"这东西能挖几颗回去吗？"云琅小声问曹襄。

领路的宦官回头看了云琅一眼，被曹襄一脚踹在屁股上，摔了一个大马趴。

然后就听曹襄怒道："听我们兄弟说话做什么？"

宦官连忙从地上爬起来，紧走两步，站在马车前面，再也不敢回头看了。

"这里的花树自然是挖不得，后园里面还种着不少，走的时候我去讨要，你喜欢的东西真是奇怪。"

"知道个屁啊，这东西是一种非常好的果子，这些石榴树今年就该结果子了，到时候你弄几颗过来，保证你喜欢。"

"好，完事就弄！到时候种的满世界都是！"

大清早的就开始饮酒，观赏歌舞这种事也只有刘彻能干的出来。

当曹襄，云琅踏上长乐宫台阶的时候，就听见鼓乐之声，不等仔细听听乐曲，就从长乐宫里跑出来一群带着黑色纱冠的宦官，二话不说就抱走了云音跟霍光，或许是这里的气氛太压抑，云音连哭闹一下的意思都没有，就被不见了人影。

隋越站在台阶顶上，甩一下手里的拂尘就尖着嗓子喊道："平阳侯曹襄，永安侯云琅觐见"

四个宦官推开长乐宫高大的门户，阳光一下子就洒进了长乐宫。

待云琅曹襄见礼完毕，躺在锦榻上的刘彻轻轻摇晃着玉杯里的红色酒浆，懒洋洋的问道："谁告诉你们的？"

第七十五章都是抄袭惹得祸

在刘彻面前说谎话可以，问题是你一定要说的让他相信才成，只要刘彻相信了，那么，即便是谎言，也会变成真的。

别不信，刘彻就是有这样的本事。

当然，如果没有骗过刘彻，那么，骗刘彻的人下场之凄惨就可以预期了。

很多人就是过不了这个门槛，所以才会在刘彻面前老老实实的把所有的事情交待出来。

曹襄是没胆子骗刘彻的，他小的时候干过这事，结果，被打的很惨，最可怕的是他舅舅揍完他之后，他母亲还会接着揍，直到曹襄再也不敢欺骗为止。

云琅不一样，他骗过刘彻很多次了，这一次他还是想骗，他总不能把卫伉的老婆，以及他老婆的叔叔给交代出来吧，如果是那样，后果就太严重了。

说谎之前一定不能急躁，需要把要说的话在脑子里过一遍，确定没有漏洞之后才能说出来。

因此，说谎是人类的一种高级行为，要比实话实说难得多，耗费的精力也多得多。

"微臣本来准备否认知道八胡校尉被剿灭这件事的，毕竟知道事情的原委对微臣半点好处都没有。

如果陛下不问，微臣是万万不会说的。"

云琅见曹襄已经变成了傻子，自然不能让这个傻子来接话，想了片刻才慢慢回答了刘彻的问话。

"那么，是谁告诉你的呢，长平？不可能，我这位姐姐素来知道轻重，霍去病？有可能，不过他这段时间关闭了军营，全军上下没有与外人接触。应该也不是他。

所以，朕非常的好奇，到底是谁冒着这么大的风险告诉了你这件事？"

刘彻瞅了一眼木头人一样的曹襄笑了一下。

"是陛下告诉微臣的。"云琅脸上带着笑容风轻云淡的道。

刘彻愣了一下，继续摩挲着手里的玉杯笑道："说说，朕是怎么告诉你的？"

云琅轻笑一声道："首先，在十五天前，霍去病关闭了军营，断绝了军营与外界的消息。

微臣曾经担任过骑都尉的军司马，对这一支军队的了解远远超过了外人，说实话，即便是霍去病也没有微臣了解这支军队，毕竟，霍去病只是在率领他们冲锋陷阵，而微臣管理着他们的吃喝拉撒，甚至心里想着什么，也是微臣这个军司马的管辖范围。

而且，因为霍去病要远征陇中，微臣也派了二十名家将助阵，原本这些家将在临出发前，还需要回到云氏修补身上的甲胄，而他们迟迟没有来，微臣以为他们有事耽搁了，可是甲胄之事不可小觑，所以微臣就派了家奴去军营探望，结果，家奴回来说军营被封闭了。

　　微臣当时与平阳侯两人督办种粮事宜，穷极无聊之下，就开始猜测骑都尉为何要关闭军营。

　　以我们对骑都尉的了解，此时关闭军营不外乎有两个原因，其一，这是大战之前的沉默，是为了积蓄将士心中的士气，才会关闭军营，等到将士们因为幽闭的原因胸中充满了怒气，这时候才会开放军营，趁着这股士气尚未消散，与敌人作战。

　　其二，那就是大战之后，军中战损过半，也需要封闭军营，给刚刚从战场上下来的将士们营造出一个他们认为安全的环境，免得发生营啸……"

　　云琅说到这里悄悄看了一下皇帝的神色，似乎很担心说的详细了皇帝会不耐烦。

　　刘彻并没有不耐烦的模样，喝了一口酒示意云琅继续。

　　云琅指指曹襄道："当时平阳侯说，长安城哪来的敌人，不可能是战前准备，还说伤亡过半也不可能，唯一的可能就是霍去病在发疯调教部下。

　　微臣却觉得霍去病没有那么疯，一定有什么我不知道的事情要发生了。

　　于是，微臣就待在家中静静的等待事情发生，结果，半个月过去了什么都没有发生。

　　就在微臣开始相信平阳侯的论断的时候，我们相约去阳陵邑的路上，见到了四支军队。

　　以微臣跟平阳侯的阅历，自然能看的出来这四支军队刚刚跟人进行了一场激烈的战斗。

　　四支军队共三千余人，全部甲士，且有两成以上的甲士裹着伤巾。

　　这时候微臣联想到骑都尉全军封闭的事情，当时就断定，骑都尉也参与了这场大战。

　　而能让六千余骑兵作战的对象，诺大的卜林苑中，唯有八胡校尉！

　　也只有八胡校尉的战力，才需要六千大军围剿，才能让六千精锐的骑兵战损两成。"

　　刘彻吧嗒了一下嘴巴道："战损六百四十四人，伤八百六十一人。"

　　云琅皱眉道："以有备算无备，如何会有这么多的战损，微臣以为战损者应该是伤者多，陨者无几才对。"

　　刘彻皱眉道："因为有人通风报信，一场突袭变成了困兽之斗，你继续说，朕剿灭八胡校尉的事情还牵扯不到你的身上，你是怎么知道此事与你有关的？"

"微臣原本也只是糊涂，不明白陛下为何要痛下杀手，直到微臣进了阳陵邑，与平阳侯宴饮的时候，发现《美人歌》已经被禁掉了，而且就是最近的事情。

追问原因，无人知晓，之说此歌陛下不喜。

此时此刻，微臣才明白，八胡校尉之所以被剿灭，一定与伊秩斜的大阏氏刘陵有关。

即便如此，微臣还是不能确认此事与微臣有关，直到方才微臣进京拜会了宰相之后，从宰相模糊的语气中得知，微臣可能有了麻烦，这才没有去预备去的鸿胪寺，而是直接觐见陛下，前来领罪！"

"公孙弘说了什么？"

云琅拱手道："宰相当时见小女跟劣徒在场，就怜惜的说：稚子何辜啊，只望尔等日后行事莫要随心所欲，到时害了无辜稚子，也害了自己。

谆谆之言犹在耳边，此时此刻，微臣要是再不知道前来陛下面前领罪，也就不配吃永安侯的俸禄了。"

刘彻沉默良久，忽然拍拍手，立刻就有一个宫装女子从布幔之后走了出来，随即，布幔后就有轻柔的笛声传来，那个美丽的宫装女子也开始轻歌曼舞。

""北方有佳人，绝世而独立。

一顾倾人城，再顾倾人国。

宁不知倾城与倾国？佳人难再得……"

听到这首熟悉的歌，云琅的眉头就皱的紧紧的，他知道，麻烦还远没有结束呢。

果然，等宫装美人唱完歌，就躬身退下，刘彻慢悠悠的道："刘陵何德何能可以倾城，倾国？"

云琅连忙拱手道："启禀陛下，刘陵乃中人之姿，且声名狼藉，想要在我大汉倾城倾国自然是万万不可能，可是，将刘陵送去匈奴苦寒之地，恐怕未必不能倾城倾国，因此，微臣在刘陵离开长安之时，就随口为她张目一下。"

刘彻仰天大笑，用力的拍着锦榻的扶手道："好巧妙地谎言，如非你最后路出马脚，朕几乎就信了你的鬼话。

来人，将云琅押去廷尉府问罪！

朕要知道，他到底跟刘陵还有什么勾连。"

曹襄闻言大惊，连连叩首道："陛下开恩，陛下开恩！"

刘彻冷冷的道："滚出去，这样的恩能开吗？"

眼看着两个金甲武士就要扑上来捉云琅，曹襄咬咬牙站起身道："所有的事情都是我们俩共谋的！这是我也有份。"

刘彻怒极而笑，走下锦榻一脚就踹在曹襄的肚子上，怒吼道："伊秩斜会比我对你更好吗？"

曹襄捂着肚子道："那不可能！"

刘彻背着手道："既然如此，你谋朕的反做什么？"

曹襄连连摇手道："外甥自然不会有什么谋反的念头，可是云琅也一样啊，他如今刚刚二十岁就已经是大汉的关内侯，只要熬上几年，即便是宰相的位置也能谋一下，他投靠匈奴难道会比现在更好？"

刘彻愣住了，收回准备再次踹向曹襄的脚，低头看着已经被两个金甲武士捆绑的结结实实的云琅道："你怎么说？"

云琅脸上竟然毫无惧色，苦笑一声道："微臣已经实话实说了，陛下怎么还怪罪微臣呢？就算是要微臣死，也好歹让微臣死个明白啊。"

刘彻冷笑道："也好，朕就让你死个明白，免得阿娇会埋怨朕不教而诛！

刚才伶人唱的那首《美人歌》朕不是不喜欢，而是非常的喜欢，唯一让朕恶心的是这首歌居然是写给刘陵的。

为此，朕召集了无数乐师，命他们重做《美人歌》，却没有一首能超越这首《美人歌》的。

乐师们都说，这首《美人歌》发自心而喻于怀，如无对这个美人发自内心的喜爱，断然作不出这样的歌。

这样的一首歌，你竟说是你随口而作，云琅，刘陵不过一介残花败柳而已，竟然能让你痴迷至此吗？"

"啊？"蹲在云琅身边的曹襄与躺在地上的云琅一起把嘴巴张的如同河马一般。

刘彻冷笑道："怎么？无话可说了？"

曹襄弱弱的抬起头瞅着刘彻道："舅舅，您这也太糟贱人了，云琅会喜欢刘陵？"

"既然你们没有男女之情，这首《美人歌》作何解释？第一次听这首歌的时候朕心中就不快至极，还以为刘陵远嫁匈奴，你的心思就会断掉，直到刘陵勾结八胡校尉谋反，朕才开始正视这首歌，难道会有错？"

　　云琅挣扎着坐起来愤怒的冲着皇帝怒吼道："您要歌，要诗，倒是说话啊，什么样的诗我做不出来？我所有学问中最不值钱的就是诗歌，说过张口就来，就张口就来，您倒是出题啊，为了一首破歌弄出这么多事！"

　　推荐都市大神老施新书：

第七十六章千古风流第一家（万字更新第二弹求票）

刘彻被云琅的咆哮给弄愣了，一言不发。

曹襄看云琅的眼神就像是看死人，手抖得厉害，他不知道自己该如何去圆自己这个作死兄弟吹出去的牛皮。

就在曹襄六神无主的时候，刘彻发话了，对云琅道："很好，很好，有胆子，你真是有胆子，是朕见过的狂徒中最狂的一个。

好，好，朕满足你的要求，你要是真的如你所说有那么大的本事，朕赦你无罪，你要是没有，你要是没有，朕将你五马分尸！！"

曹襄的眼泪都要流出来了，看看暴怒如狮的刘彻，又看看一脸死相的云琅，这时候他恨不得自己根本就没有来到过这个人世上。

云琅盘腿坐在地板上，这时候反而不着急了，笑眯眯的对曹襄道："愣着干什么，马上就要有千古名篇出世了，还不去拿笔墨来记录，要是忘掉了，那就太遗憾了。"

曹襄哽咽着道："这时候了，你还说这话。"

刘彻也冷静了下来，狐疑的瞅着自信满满的云琅道："刚才是朕被气昏头了，你如果现在招认，只要改过，朕未必不会留你一条性命。"

云琅笑道："陛下一片爱臣之心，微臣铭感五中，刚才微臣实在是委屈到了极点，这才在言语上冲撞了陛下，还请陛下恕罪，不过，陛下想要好的诗歌，尽管出题，如不能满足陛下对好诗词的愿望，微臣认了勾连刘陵这个大罪。"

曹襄见云琅还在嘴硬，怒不可遏，抬脚踹翻了云琅，一把抱住刘彻的大腿嚎哭道："舅舅，我们真的没有勾结刘陵啊，当初把那个女人弄去匈奴，就是想要祸乱匈奴宫闱，绝对没有什么损害大汉的心思，您要相信我们啊……"

刘彻慈爱的瞅着嚎哭的曹襄，抚摸着他的头顶道："舅舅相信你一定是这么想的，只是今日遇见了狂徒，终究要有一个了结。

你今日的作为让舅舅非常的满意，不论是作为朋友，还是作为兄弟你都做到了极致。

现在，就让我们你这个经常让舅舅出乎预料的兄弟还能不能让舅舅再意外一次。"

云琅头昏脑涨的用头拱地坐了起来，该死的曹襄这一脚踹的好重，眼看着鼻血滴答滴答的落在地板上汇成了一个小小的湖泊，只能翻着白眼看刘彻跟曹襄之间那副父慈子孝的恶心一幕。

曹襄抽噎着松开了刘彻的大腿，看着云琅道："你要好还做诗歌，现在不是我们玩闹的时候。"

说着话还从身上撕下一块布塞在云琅的鼻子上，瞅着曹襄惊惶的眼神，云琅瓮声瓮气的道："这都是我的错，我们兄弟饮酒作乐的时候，我就应该多作几首助兴的诗歌，让你对我作诗歌的本事有个初步的了解。

不过，现在也不晚，一会不要太惊讶，以后啊，你想要诗歌去哄骗那些歌姬，尽管告诉我，想要什么样的都有，保证每一首都让你有振聋发聩之感。"

曹襄被云琅说的有些破涕为笑了，擦擦眼睛道："你不吹牛会死啊。"

云琅笑道："不会死，会疯。"

说完话，云琅就挪动一下身子面对皇帝非常有风范的额首道："请陛下出题！"

刘彻有坐回了锦榻，瞅着云琅道："说你是狂徒一点都不冤枉你，现在朕也有些相信你跟刘陵之间没有勾连了，不过，你想要免罪，还是给朕作出一首满意的诗歌来才算数。

就以刚才那个宫妃为题，再作一首《美人歌》"

云琅在曹襄期盼的目光中闭上了眼睛，片刻之后睁开了眼睛，曼声吟哦道："由来称独立，本自号倾城。柳叶眉间发，桃花脸上生。腕摇金钏响，步转玉环鸣。纤腰宜宝袜，红衫艳织成。悬知一顾重，别觉舞腰轻。"

云琅刚刚吟诵完毕，曹襄就猴子一样的蹦起来大声喝彩道："好歌，好歌，绝世好歌，哈哈哈，阿襄，没想到你还有这样的本事，太好了。

舅舅，阿襄作出来了，我们是不是可以走了？"

刘彻牙疼一般的吸着凉气道："你听清楚了吗？"

"听清楚了，听清楚了，确实是好歌。"

"那好，你吟诵一遍给舅舅听，我刚才没有听清楚。"

"呃……"曹襄僵住了，他刚才打的主意就是只要云琅能念出诗歌来，他就叫好……至于云琅念了些什么，他哪里记得。

云琅见刘彻还在沉思，就笑道："陛下如果不满意，不妨再出题，毕竟《美人歌》微臣已经作过一次，第二遍再作就需要避开前意，受到了一些限制，不如第一遍美。"

刘彻点头道："刚才这一首诗歌，确实不如《美人歌》郎朗上口，却显得更加工整，韵律也跟加贴合，算是各有千秋，一个宫装美人的舞蹈姿态也算是被你活灵活现的表现出来了，算是上乘之作，至少宫中的那些乐师差你太多了。

算你过关，来人，松绑，我们君臣继续论文。"

眼看着云琅身上的绑绳被金甲武士去掉了，曹襄像是被抽掉了脊梁骨一般软软的坐在地上。

云琅活动一下手腕，就把曹襄搬到柱子边上让他靠着柱子坐着，朝皇帝拱手道："请陛下继续出题！"

刘彻坐在指着殿门外的隐约可见的乐游原道："前几日，绣衣使者截获了刘陵密谍，得知了密谍携带的勾连名单，朕的心情很坏，就驱车登上了乐游原，几经思索之后，才下了这个斩草除根的决心。

云琅，你可知，朕当时的心情有多么的坏……"刘彻刚刚把话说完，云琅张嘴道："向晚意不适，驱车登古原，夕阳无限好，只是近黄昏。"

刘彻凝神看着云琅，似乎要看穿他的灵魂，见云琅笑吟吟的看着他，虽然鼻子上还插着两个布条，形象如何也高大不起来，此时的云琅在刘彻眼中又与上林苑中与李少君斗法的云琅融合在了一起。

曹襄不知不觉的又站起来了，刚才之所以软倒，完全是因为心头紧绷的那根线彻底断了，现在，听了云琅刚刚作的这首命题诗歌，觉得自己兄弟似乎没有吹牛皮，刚才不过是虚惊一场，腰杆子自然就变硬了。

"以高楼为题！"

"危楼高百尺，手可摘星辰，不敢高声语，恐惊天上人。

"以阶下野草为题！"

"离离原上草，一岁一枯荣，野火烧不尽，春风吹又生！"

"以春日为题！"

"迟日江山丽，春风花草香。泥融飞燕子，沙暖睡鸳鸯。"

"再来一首！"

"江碧鸟逾白，山青花欲燃。今春看又过，何日是归年。"

"以我大汉昔日的死敌项羽为题！"

"生当作人杰，死亦为鬼雄。至今思项羽，不肯过江东……啊……不对，陛下恕罪！"

刘彻终于停止了连珠炮一般的提问，即便最后一首歌颂项羽的诗歌有所不妥，也没有怪罪。

反而摆摆手道："说的没错，项羽一代人杰，我太祖高皇帝在他手下溃败何止一次，天下豪雄在他面前又有谁能说他不是英雄呢，即便是我大汉的太祖高皇帝也不曾说过项羽不是英雄这样的话。

云琅，朕输了，你刚才说的对，朕如果想要好的诗歌，何须招纳如许多的庸才，有你一人足矣。

今日朕又是悲伤，又是欢喜，悲伤的是，即便我大汉已经雄踞天下，虎视匈奴，这天下间，依旧有无数的狗贼甘为匈奴所用，忘了祖宗，忘了脚下的这片土地才是他们的家。

朕欢喜的是，你到底没有让朕失望，让朕在悲伤之余，还有几分庆幸，庆幸你，去病，阿襄这样的大汉好儿郎并没有舍弃大汉，只要你们有心，朕就有绝对的信心将匈奴斩尽杀绝，让我大汉子民，永世不用担心异族的马蹄，即便是有马蹄声响，那也是我大汉铁骑征伐四方的雄音！

些许魑魅魍魉，何足道哉，在朕的铁骑之下，他们不过是一群腐肉而已。"

听刘彻说的慷慨，云琅，曹襄，以及大殿中的所有宦官，宫娥武士，齐齐的单膝跪地大声吼道："喏！"

刘彻眯缝着眼睛笑着挥挥手道："自去吧，秘书监，将刚才记录下来的诗歌给朕拿来，朕要细细的品味其中的滋味。"

云琅曹襄混在一群宦官中间离开了长乐宫。

云琅站在宫外抬头看着天上火辣辣的太阳，顿时汗出如浆。

"我以为你不怕！"

"我又不是傻子，如何会不知道害怕，知道不，我刚才是强忍着才没有尿裤子，现在，赶紧帮我找茅厕才是正经！"

被宦官引导着找到了茅厕，两人站成一排，哗啦哗啦的排水，直到此刻，心中的恐惧才随着尿液排出了体外，两人齐齐的打了一个冷颤，有说不出的痛快。

"我舅舅其实没有杀你的意思！"曹襄很担心云琅心存怨望。

"我知道，陛下要想杀我，哪里会容我说那么多的废话，哪里会给我一个解释的机会啊。

你看八胡校尉那群人，陛下连警告都没有给，夜之间就给屠杀了一个干净。

你说，是谁告的密？胆子这么大？"

曹襄瞅着云琅笑道："我想，何愁有一定会查出来的。"

"何愁有？他不是去长沙了吗？"

"哼！那个老狗的话你也信，刚才有我家昔日的家仆告诉我，云音，霍光就是被何愁有给接走了。"

"这个老贼又骗我！"

第七十七章 痛定思痛

人生就像过关，从一出生其实就开始了。

这个道理云琅是知道的，他还知道他过得关隘一般比别人难一些。

孤儿院的时候如果不挤到前边吃饭，最后很能就会吃不饱，虽然会被嬷嬷当做礼让弟妹们的典范表扬，然而……饿肚子这件事毕竟还是客观存在的，几句好话是没办法填饱肚皮的。

云琅不记得自己一路上给曹襄念了多少首诗歌，咏树，咏花，咏草，咏蝴蝶，咏蓝天白云，咏高山大河，直到曹襄想让云琅咏一下他的时候，终于激怒了云琅。

云音跟霍光被丑庸抱在怀里，惊恐的看着两个长辈在马车里的互殴……估计这一辈子都不会忘记。

他们不知道，就在刚才，这两个人在地狱里走了一遭，过了一道非常凶险的关隘。

斗殴一场才能让松弛不下来的肌肉慢慢恢复正常，否则，两人的手有时候会抽的如同鸡爪一般，有碍观瞻。

一路上总能遇见拖家带口被马车拉着向北进发的胡人，看她们喜气洋洋的样子，似乎得到了诺大的好处。

路上的汉人却在阴郁的摇头，这些在长安，阳陵邑占尽好处的胡人不知道又得到了什么样的好处。

云琅碰见张汤的时候恰好是在驿站，驿站就在渭水边上，张汤正在组织大批的胡人渡河。

从看到张汤的第一眼起，云琅就知道这些胡人想要活下来可能非常的艰难。

每次看见张汤，云琅就会发现这个家伙眉心的悬针纹，嘴边的法令纹会变得更深一些。

而这一次，这家伙的眼睛微微有些泛红，即便是笑着跟云琅曹襄打招呼，眼神依旧是冰冷的。

"这些胡人要去哪里？"云琅装作无所谓的样子问道。

"陛下给他们安排了好去处，总这样留在长安胡作非为的也不是办法，一群不会种地，不会做生意的胡人，还是放到草原上才有作用。"

张汤微笑着回答。

"看他们仕过河，难道要去河西？"

张汤笑着摇头道："谁知道呢。"

话说到这里，张汤已经很给面子了，云琅，曹襄两人自然很知趣的没有问。

见张汤行色匆匆的样子，不好拉着人家闲聊，在岸边送别了张汤之后，云琅跟曹襄对视一眼，手又开始抽搐起来。

"老天爷啊，这得有多少人？"曹襄小声问道。

"三千多，四千不到！"

"也就是说等张汤回京之后，这三四千胡人老弱妇孺就会消失掉？"

云琅瞅着跟张汤一起上船的长水校尉的胡人兵马，觉得头皮发麻，慢慢的道："一定会消失掉，而且，下手的人只会是长水校尉营的胡人。"

曹襄听了云琅的诉说，觉得骑马一点意思都没有，云琅也觉得是这样，两人重新钻进马车，一人抱一个孩子，比赛算术。

云琅在算术一道上自然要比曹襄高明，可惜，霍光在算术一道上也远比云音高明。

当云琅抱着云音，曹襄抱着霍光四人一起比拼算数的时候，就成了棋逢对手的态势。

眼看着闺女磕磕巴巴的数数，还总是丢三落四的，这让云琅非常的担忧，她的母亲是难得一见的才女，她的父亲更是一个不该存在的妖孽，就连她的两个后妈，放在后世也是妥妥的学霸级人物，偏偏这闺女智力越来越像何愁有！

等两个孩子在丑庸的照顾下睡着了，云琅跟曹襄两人又上了战马并辔而行。

"派你家谒者去鸿胪寺招待那些博士，没有问题吗？"

"没问题，有美酒，有美人，又有你刚刚写的《美人歌》足够谒者应付场面的。"

"你确定要把这些博士握在手心里？"

"不能，也不敢，我只想把更多的曹氏子弟送进太学，一些有出息的家仆子弟我也会给他们上户籍，然后分出去，最后也去太学。

你看着，我舅舅既然动了太学的心思，那么，以后再依靠孝廉察举名士招纳来充实大汉官员的法子很可能就要废掉了。

以后的重要官员很可能会全部来自太学，别不信，我舅舅这人天生疑心重，有时候宰相越是死命的推荐，他就越是看不上，还会怀疑宰相的用心。

太学生长在他眼皮子底下，他时不时的就能去查验，这样的才会让他放心。

阿琅，你家也该这么做，多送一些聪慧的仆人之子进去，将来就会有很多的方便之处。"

云琅摇摇头道："不一样，云氏跟你家不一样，你有一个足够大的家族来支撑你的想法，云氏不同，家里现在就大女一个孩子，将来即便是还有孩子也不会多，想要繁衍成你家的模样，没有百来年的时间是不成的。

而云氏的学问自成体系，我也不愿意让他们走太学的路子，就我家的学问，他们如果能够学好，不用当官，也是人中精英，世上豪杰。"

曹襄笑道："你不可能指望你的孩子都如你一般聪慧吧？将来家族大了，总会有几个不肖子孙。"

云琅认真的看着曹襄道："如果我说我只是中人之姿，是通过学习才变成了你们眼中的绝顶聪慧的人，你信是不信？"

曹襄果断的摇摇头道："不要骗我！"

曹襄的回答让云琅苦笑不已，他自己知道，如果自己真的是聪慧绝伦之辈，当年早清华北大了，哪里用得着去学怎么修飞机。

虽然那两所学校不一定就是最聪明人的聚集地，但是，说那两个地方是那个世界中出人才比例最高的地方，应该没有人反对。

说读书会把人读傻的人，他自己本身就是一个傻蛋，如果读书真的把一个人读傻了，只能说明那个人不适合读书。

读书是一个开智的过程，而且是一个由低向高开智的过程，每个人最好都把这个过程经历一遍。

虽说有世事洞明皆学问，人情达练即文章的说法，云琅还是赞成多读书，读好书。

能把学过的学问运用到实际生活中的人才是真正的好汉，如果不读书，连做这样的好汉的机会都没有。

刘邦，项羽就不怎么读书！

这就造成了大汉人对学问尊敬程度不够，这就是大汉的现实。

站在咸阳桥上看大军出征，总是那么的让人热血，无数的汉家儿郎告别爹娘远赴边关的场面，每年春日里都要重复一遍。

当农夫放下锄头，士子放下书本，商贾放下生意，士气高昂的离开了长安，仅仅是那长长的队伍，就让云琅忍不住热泪盈眶。

边关的日子不好过，而且很容易死在荒草间……少年人只要成长起来就前赴后继的告别爹娘，奔赴战场。

此时的大汉，战争只有一个目的，那就是保证自家的百姓能过上没有外敌入侵的日子。

此次进京，时间虽短，却给云琅上了一堂极为生动的一课，这是太宰所没有教过的。

骑都尉的营地空空荡荡，只有几个伤残的老兵看守着军营，昔日人喧马嘶的场景不再。

让站在军营里的云琅，曹襄有了极大的孤独感。

"去病就这样走了？"

"不这样走还能怎么走？夜袭八胡校尉营地的事情需要严密的保密，如果宣扬出去，对大汉收拢边关胡人的大政非常的不利，刘陵这一手实在是太狠毒了，一下子就击打在大汉的软肋上，让陛下痛彻心扉。

我们在归化胡人，同样的，刘陵也在吸引大汉人去匈奴地，只要是对陛下不满的人，他们都会招纳，最后让这些人成为进攻我大汉的急先锋。"

"鬼奴？"曹襄有些不解。

"那是以前的称呼，我相信在白登山之战后，所有的鬼奴已经被刘陵招揽了，现在的鬼奴，恐怕不是昔日可以随意的被匈奴人牺牲的鬼奴了。

这些年，大汉之所以能够百战百胜，完全是因为我们在用一个完整的大汉国去对付一个相对松散的匈奴人。

匈奴人死的够多了，这时候，有了刘陵的加入，他们也该到了痛定思痛的时候了。

接下来的战争，会离我大汉国本土更远，我们的粮道会更加的漫长，战争对国家的损耗也会更加的巨大。"

曹襄咬牙道："还是要打！"

云琅叹口气道："行百里者半九十，我们不得不打！如果让匈奴人缓过气来，我们会付出更大的代价！"

第七十八章冷热知多少

当一个王朝兴盛的时候，每一个人都以自己是这个王朝的一员而感到骄傲，每个人也都会有意无意的自发维护这个王朝。

如此一来，这个王朝的根基就坚不可摧。

此时的大汉朝就是如此。

刘彻高高在上，对天下臣民显示了最大的宽容，连续几年的大赦，更是让监牢变得空荡荡的。

他唯一不原谅的罪人，就是王族以及勋贵群体。

云琅自己过关了，他不知道别的那些勋贵该如何过关，毕竟刘陵当年的入幕之宾，数不胜数！

很多事情不能放在阳光下任人展览，这样做的话，很容易让所有人对帝国的统治阶层失去信任。

所以，遮掩一下还是很有必要的，比如，一个昨日还高高在上的勋贵，第二天就会全家蒸发。

昨日还慷慨激昂指斥方遒的高士，第二天就只能在廷尉府的刑具之下苦苦哀求。

百姓们只是好奇一下，就忘记了这件事，豪门大户的宅子里经常换主人，这是一个常态，毕竟，官员们的位置总是在变幻，搬家很正常。

富贵镇的百姓们因为没有土地，所以他们正在大肆的开垦刘彻的土地。

前年的时候，出了云氏庄园，就是大片的荒原，现在，荒原已经变成农田了，上面长着绿油油的麦子。

富贵县的县令应雪林认为这是不对的，百姓不能随意的侵占皇家园林的土地，当他带着巡丁去处理的时候，巡丁们却被聚众的百姓殴打了一顿，如果不是应雪林跑的快，他的部下死命救援，恰好云氏庄园就在旁边，他也难逃被殴打的命运。

"不错啊，八千多亩土地呢，能长不少庄稼，收不少的粮食呢。"

应雪林坐在云氏二楼的平台上，笑吟吟的喝茶，似乎对刚才差点挨揍的事情毫不在意。

"陛下这段时间脾气不好，你现在还要撩拨他，小心倒霉啊。"云琅给应雪林续上了热水。

应雪林哈哈笑道："小心的该是你们，白姓们反而要大胆，土地荒芜本身就是罪孽，他们拿去种地，又没有聚众谋反，有什么好担心的。

这天下都是陛下的，百姓也是他的子民，儿子用君父一点撂荒的土地种粮食哪里有错了，陛下的天下平白多出来八千多亩良田，多出来八千多亩良田的产出，只要这些产出进了百姓们的口袋，被百姓们消耗掉了，没有进入勋贵的仓库被储存起来，成为谋反的本钱，国家只会变得更加富裕，这个道理陛下是最清楚不过了。"

"可是，你还是写了奏折！"云琅敲敲桌子上应雪林写了一半的奏折道。

应雪林大笑道："就算是要败家，也是陛下这个主人有资格败家，我们这些管事要是拿国朝的东西不当东西用，那就站错位置了，以前的时候也发生过这样的事情，陛下的回复永远是秋收之后再说。

结果呢，秋收之后，百姓来年又在土地上种庄稼了，谁能狠得下心来毁坏庄稼呢，所以，又是一个秋后再说，年年种庄稼，年年秋后再说，三五次之后陛下就懒得管了，会让地方上来处理。

你说，我能如何处理？自己赶上去挨揍？还不是谁开的荒，就把那块土地分给他，然后要求农夫缴赋税。""可这毕竟是不合规矩的，他们侵占了皇家土地。"

应雪林喝了一口茶水笑道："这是自然，是罪过，还是大罪，发生过的事情不能漏掉，否则我们这些人就是尸位其上了，因此，地方上的官吏一般都会选一个陛下准备大赦的时间，把这些事情报上去，由陛下决断，陛下能怎么做？把这些子民全抓起来？

这不可能，陛下只能批阅大赦，事情是他拖延的，之后自然需要他来结束。"

"我家要是能这么做就好了！春播的时候几颗麻籽被风吹到界外，自己长出来了，你这位县令都要亲自带着人来拔掉，真是不同人不同命啊。"云琅非常羡慕那些农夫可以欺负皇帝。

"你家多占国朝一点便宜都不成！这没得商量，也没人敢放任自流，县官，现管，管的其实就是你们！"

应雪林把话说的非常透彻，越是上位者对最底层的百姓越是宽容，就像后世的大佬，可以坐在农家的炕上拉着老农妇的手拉家常，嘘寒问暖的让人感动，却绝对不会拉着高官的手这般亲热，这是一个道理。

应雪林是一个好官，他把这个道理领悟的得很透彻，所有的事情都做了，最后还落下一个好名声，这其实很难。

四月天正是农作物疯长的时候，关中的天气也逐渐闷热了起来。

当知了又开始嘶喊的时候，夏日将要到来了。

云氏的春蚕已经处理完毕，仆妇们正在织绸作坊里夜以继日的织造绸布，还不到农忙的时候，云氏已经忙碌了好久。

苏稚撩起裙子挠屁股蛋，被宋乔狠狠地抽了一巴掌。

"把亵裤穿上，你看看你像什么样子！哪有妇人像你这么干的。"

"你把我的屁股打坏了，现在只要受热就会发痒，你以为我喜欢这么干啊！"

苏稚很羡慕丈夫可以穿着短裤跟褂子，而她必须穿厚厚的衣裙，在卧室里不穿亵裤散散热还被打。

云音自然也是不穿裙子的，跟她父亲一样也穿着一条短裤，一件麻布小背心，迈着肥肥胖胖的双腿，在平台上撵老虎。

而霍光则穿的整整齐齐，虽然汗珠子不断地往下淌，这孩子还是不愿意穿给他准备的短衣短裤。

老虎很累，自从天热之后他就不肯去山林里了，整天趴在凉爽的平台上吹风，山林里的爱情对他来说就是过眼云烟。

把大舌头杵进加了冰的水盆里，过一阵子再拔出来，一根冰凉的舌头能让他舒服很久。

就是云音太讨厌了，小小的人哪来那么大的力气，抓的他耳朵生疼，尤其是这孩子骑在他的背上，就像是驮了一个火盆。

"师傅，冰是怎么来的？"

"傻孩子，吃冰的时候就不要问冰是怎么来的，很煞风景的。"

"这么傻，冰自然是从冰窖里拿出来的哟。"苏稚很自然的接了话。

霍光上下打量一下这个小师娘，然后又看着云琅道："师傅，什么情况下水会结冰？"

"当然是冬天！"

苏稚有又着回答。

云琅见霍光对苏稚的回答不理会，就笑道："其实呢，这也是一门学问，一般情况下，物质都会有三种状态，即气体，固体，液体，大部分的物质之所以会有这三种状态，都跟冷热有关系，如今，还没有一个人提出过完整的冷热概念。

零的概念你学过吧？那么，你认为什么样状态的水应该被设置为零呢？"

霍光点点头道："听不懂。"

云琅摸摸霍光的圆脑袋笑道："慢慢来，以后我会教你这方面的学问。

学问呢，其实就是探索本真的过程中给它下的定义。

现在，把你身上的袍子脱掉，换上短衣短裤，好好地感受一下冷热的变化，该去跳水就去跳水，该去捉蝉就去捉蝉，凑在大人身边做什么。"

霍光有些羞涩的答应云琅去换衣服，云音听说霍光也要穿短衣短裤，就哈哈笑着跟着去看。

"我也要穿短衣短裤！"

苏稚靠在云琅身上撒娇，很奇怪，天气很热，而苏稚的身体却冰冰凉，就这，她还喊着热的要死。

"能说服你师姐，你就去穿，我是不管的，不过，你的腿长，穿了短衣短裤应该很美。"

苏稚看了一眼躺在藤椅上闭目养神的宋乔，再看看满院子穿的严严实实的仆妇，到底没有胆子去穿短衣短裤，只能靠在云琅身边，借点扇子带来的凉风。

第七十九章螳螂的婚礼

宋乔慵懒的躺在藤椅上，也慵懒的靠在锦榻上，或者慵懒的坐在锦墩上。

她已经超过三天没去医馆了，这让苏稚极为惊讶。

给宋乔摸了脉之后，苏稚就阴沉着一张脸看着云琅道："你要有儿子了。"

宋乔似乎并不惊讶，身为医者，自己的身体是个状况她心知肚明。

"你不是说要夫君快点让我怀孕，好让你在医馆自行其是吗，怎么会不高兴？"

苏稚坐在地毯上叹息一声道："我以为我会很开心，结果心情很差，我这是怎么了？"

宋乔摸摸自己的肚皮笑道："对女人来说，什么事情有生孩子重要呢？

从现在到我能去医馆，足足有一年半呢，可以让你一个人使劲的折腾，再也没人在你耳边聒噪，大好事呢。"

因为有大女的惊喜在前面，让云琅知晓自己的身体并没有因为经历了那一场狂暴的剧变而发生问题，当苏稚告诉他宋乔怀孕的消息之后，他就闭上眼睛，先在心里感谢了漫天神佛，不论是已经有的还是以后才会出现的神灵他都感谢了一遍。

然后就对楼下正在数鸡蛋的梁翁吼道："少君有喜了，所有人这个月的例份加倍。"

梁翁愣了一下，然后立刻丢下手里的鸡蛋，边跑边吼："少君有喜了，少君有喜了，我云氏就要添丁进口了，侯爷仁慈，本月的工钱全部加倍，你们这些狗才有福气啊……摊上这么一个仁慈的主家……天啊，享福享的造孽哟，一个个上辈子都干了什么好事啊……"

苏稚噘着嘴看着跑走的梁翁道："他每一次都这么狂喜，只要加钱，他能把您当做神灵给供起来。"

宋乔笑骂道："就不能好好说话么？老人家就那么一点喜好，被你说的如此不堪。"

"本来就是这样的人嘛，我从受降城回来的时候他没这么开心，后来说要发钱，他又开心起来了。

每天都要吃六个鸡蛋，也不怕吃出毛病，最可气的是每吃一个鸡蛋，就喊一声造孽哟，一天到晚尽喊这句话了。"

苏稚看到宋乔怀孕了，还是觉得自己吃亏了，这女子，别人得了什么好处她都不在乎，唯独不能让宋乔得了好处，也不知道是怎么想的。

云氏少君有了喜，这对家族来说可是天大的事情，卫皇后那里要报备，阿娇那里要送去送去女折，长平那里要派谒者亲自登门告知，曹襄，霍去病，李敢，张汤，孟度，谢长川，以及在云琅大婚的时候送礼来的人家都要通知到，少通知一家就是失礼。

给卫皇后，以及阿娇的女折要宋乔自己写，给长平的帖子要云琅亲自用印，苏稚见人家两人都很忙，没空理睬她，就气咻咻的下了楼，很快又上来了，她还没有胆子不穿褒裤就到处乱跑。

长门宫的凉房根本就用不着冰山，清凉的泉水从凉房上流过，然后从另一边的斜坡缓缓流淌下来，就足矣让凉房变得清凉宜人。

宋乔写的女折就放在桌子上，看折子的却不是阿娇，是刘彻！

一个皇帝看女折看的津津有味的，这非常的难得，阿娇收拾好蓝田公主之后，就来到刘彻对面，见他在看女折，就愤愤的合上折子道："女人家的事情，你看什么？"

刘彻斜眼看了阿娇一眼道："都是朕的臣民，看看有什么不妥？

都不是皇后的人了，还能收到女折，真是稀奇。"

阿娇嗤的笑了一声道："云氏的少君有了身孕，必定是要告诉我的，男主人亲自登门说这种事，恐怕于理不合，女主人亲自登门来解说，她没那个资格，派谒者来谒者会被我砍头。

你来帮云氏主人想想，他们该如何告知我！"

刘彻想了片刻也没有相处一个合适的法子，就干笑一声准备把这事混过去，阿娇的身份极为尴尬，没人能知道该用什么礼仪来面对她。

阿娇打开女折看了一遍，然后就在上面批了几个字，交给大长秋去准备礼物。

等大长秋出去了，阿娇就抱怨道："我现在其实就是你的情人，没地位，没身份，有的就是你的那份情义。

我以前当过皇后，也富贵过，不在乎那些，你也不要为难，如果我们能这样厮混一生，我也满足了。"

刘彻怒道："你还有理了，你当初但凡有现在的半点心胸，谁会废黜你的后位，谁又敢提出废黜你的后位？

现在落得如此一个尴尬的境地，纯粹是咎由自取。

我发现你跟那个云琅很像啊，自己没理，弄到最后好像总是朕，才是那个犯错的人。"

阿娇大笑道："我是你从小宠大的，是你说要用金屋子来装我的，是你没有好好地教我好的，是你把我宠的无法无天。

现在的阿娇，才是真正的阿娇，以前那个糊涂蛋阿娇，是你教出来阿娇。

我们自幼一起长大，从六岁开始，你走到那里我就跟到那里，你偷先帝东西的时候是我在把风，你偷偷骑马的时候也是我帮你骂走那些下人。

你被罚饿肚子的时候是我把吃食藏在裙子里给你送去的，你想逃跑出宫的时候，是我穿着你的衣衫躺在床上装睡的。

现在想起来，跟着你没学到一点的好，现在还有脸来怪我，有现在的阿娇你就偷着笑吧。"

刘彻听了哈哈大笑，握住阿娇的手道：'你的事看来真是我的错，不过，云琅这个混账东西仗着才学高，让朕在长乐宫自食其言，还不得不说错怪他了，这可不行！"

阿娇笑道："行了吧，他跟曹襄从长乐宫回来之后，手哆嗦了足足两天，要不是云琅肚子里真的有些货，把你的疑虑打消，这时候应该在廷尉大牢里被张汤拷问呢，不就是少年人突发奇想的胡闹吗，怎么就不能饶恕了？"

刘彻探手揽着阿娇的腰肢叹口气道："刘陵很麻烦，比伊秩斜还要麻烦。

伊秩斜不过是一介莽夫，刘陵就不一样了，她对我大汉朝实在是太熟悉了，还知道我的忌讳到底在哪里。

以前跟匈奴的争斗，不过是两军相争，现在不同了，刘陵把战火蔓延到了朝堂，我们与匈奴的战斗变成了全面的战斗，付出的代价只会更大。"

阿娇冷笑一声道："你知道刘陵是个什么性子的女人吗？"

刘彻摇摇头道："不知道。"

阿娇笑了，拍着刘彻的手道："两年前的一天，妾身在荷塘开夜宴，当时有一对螳螂连着身子跳上了妾身的案几。

宫人要捉走的时候，妾身不让，准备看看螳螂到底是如何传宗接代的。

结果，云琅当时坐在下首，他说，下面大的那只是母螳螂，上面那只小的是公螳螂，母螳螂在与公螳螂交合完毕，就会吃掉公螳螂。

妾身以为他在胡说八道，就让宫人用纱罩罩住了那两只螳螂。

等妾身的夜宴结束之后，妾身打开纱罩，您知道妾身发现了什么？"

刘彻皱眉道："果真如云琅所说？"

阿娇点点头道："妾身打开纱罩之后，发现那只母螳螂正在吞食公螳螂，而此时的公螳螂与母螳螂依旧在交尾，公螳螂的首级已经被母螳螂吃掉了……"

刘彻倒吸了一口凉气道："这么狠毒？"

阿娇点头道："千真万确，如果不是妾身亲眼所见，根本就不信云琅说的那句话，刚刚还是恩爱夫妻，转瞬间就成了生死大敌！""你是说，刘陵就是那只母螳螂？"

阿娇点头道："她绝对是，这个女人绝情寡意，身为女子眼中只有权力，为了权力她什么事情都能做的出来，无论多么好的人，只要阻拦了她的道路，她都能无情的抛弃。

就如您起先那么认为的，如果云琅与刘陵情投意合，她何至于把云琅的名字写上那封密信！

您看着，伊秩斜娶了刘陵为大阏氏，应该是自寻死路！"

第八十章 人生初见霍骠骑

男人对女人的了解永远差一点意思，想要解读一个女人，最好让女人来解读。

不过，苏稚是傻蛋，这一点云琅自己就可以解读。

自从宋乔通过苏稚的口说自己怀孕之后，苏稚的美好生活并未如期到来。

自从那一天云氏满门狂欢之后，宋乔就在第一时间变成了真正尊贵的女主人。

"小稚，进来给我擦背！"

"小稚，进来把我的帘子扯开一下！"

"小稚，给我的腿上放一条毯子！"

"小稚……"

宋乔这样做，让跟小虫非常的不知所措，即便是她们就守在边上，宋乔该喊苏稚的时候依旧喊。

白日里，苏稚要去医馆坐镇，傍晚回来，又要被宋乔不断地支使，尽管每次苏稚都暴跳如雷，结果依旧是乖乖的该干什么就干什么。

眼看着苏稚手托着下巴不断地打盹，云琅就把苏稚抱起来放在她的床上，让她好好地睡觉。

"且让她得意几天……"苏稚躺在床上咬牙切齿的道。

云琅怜惜的拍拍她的脸庞道："鸭子已经熟了，就一张嘴巴硬有什么用处。"

"我是怕跟小虫伺候不好她，师姐的身子壮实不用理睬，可是她肚子里的孩子可小呢。"

"好好睡觉，下次她喊了，我去就好。"

"我好累……"

转瞬间苏稚就打起了快活的小呼噜。

云琅来到宋乔的房间，见她正在用勺子挖着吃甜瓜，这东西是云氏在二月里就种在温泉边上的，总共也没有成熟几颗，除过云音跟霍光吃了一点，剩下的全部进了宋乔的肚子。

"这些拿去给小稚，别说我一天总是使唤她。"

云琅瞅瞅只剩下瓜皮的甜瓜，叹口气道："家里那么多人，使唤我都没有问题，你非要使唤小稚么？"

宋乔笑道："她该成人了。"

"什么意思？"

"小稚对我说她不想让你把她当闺女宠，她是你的妻子。"

"她本来就是我的妻子啊。"

宋乔大笑道："是夫妻就该有夫妻的模样。"

云琅皱眉道："一个床上睡了一年了。"

宋乔把毯子掀开，让自己凉快一会，然后抚摸着肚皮道："想想我们之间是如何相处的，你跟小稚之间又是怎么相处的，是不是像父女多过像夫妻？"

"她年纪小。"

"不小了，已经十八岁了，我们就是十八岁成亲的。"

"这么说小稚在学着怎么长大？"

"对啊，以前她就是这么对待我的，小稚认为是因为她不断地使唤我，才让我变得比她更像一个女人……所以，所以，哈哈哈哈……"

宋乔笑的差点昏死过去……

云琅算是松了一口气，无论如何，上天保佑，家里的两个女人相处的还算平安。

居塞！

这是一个地名，从未出现在云琅的脑海中，只是霍去病送来的一封信才让云琅知道了这个地名。

三月末的时候，霍去病的大军已经抵达了这个地方，直到云琅在地图上找到这个小的几乎可以省略掉地方，才发现那里原本就是后世的兰州。

霍去病来到居塞之后，才发现，这里的形势已经发生了很大的变化，区区四千余汉军，根本就不具备进击河西的条件，仅仅是占据义渠之地的折兰王，麾下就有战兵三万，而且还在大河边上修筑了一座土城，以防备汉军突袭。

在折兰王的身后，就是老奸巨猾的浑邪王，而浑邪王又与日逐王在右贤王带着少量残兵回到祁连山之后再一次结成了盟友。

如此一来，诺大的河西，就成了一个对大汉充满了敌意的地方。

血战一场已经不可避免。

"我以为去病这人不知道还有求援这种事！"

曹襄到来之后，云琅对霍去病的处境就有了进一步的了解，在这种态势下，霍去病即便是人品爆发以四千骑兵外加三千捕奴团的游侠击败了折兰王，也仅此而已，不论霍去病胜利还是失败，躲在折兰王背后的浑邪王，日逐王都将得到折兰王的土地。

"陛下准备以去病为骠骑大将军！"

"哦？如此说来，陛下准备增兵了？"

"这是自然，一个骠骑大将军如果只统帅四千人，会被人笑话的。"

"陛下能给去病多大的支援力度？"

"两万，而且是步骑混杂，不可能再多了。"

"两万也不够啊，这一次去病可是在浑邪王，日逐王的老巢作战，人家很轻松的就能聚集十万以上的骑兵。

这一次去病没法子突袭人家了，想要获胜，除过硬拼没有别的好办法。"

"陛下可能着急了，这一次出兵的人不仅仅是去病攻伐河西，大将军也要进击伊秩斜了，去病这边就是一直偏师，主要目的就是拖住浑邪王，日逐王不让他们去增援匈奴主力。"

云琅摇头笑道："你觉得去病这人甘心成为一支偏师吗？"

曹襄摊摊手笑道："毫无可能！"

"那就是了，那点兵远远不够啊。"

曹襄苦笑道："我们兄弟手里没有兵。"

"那就想想别的法子，你觉得浑邪王，日逐王有没有可能会投降我大汉？"

"没可能，我要是浑邪王，自己当大王多开心，谁耐烦给自己找一个主子。

他不喜欢伊秩斜的原因不就是想自立吗？"

"那就把整个河西给他！"

"啊？我们兄弟连转让自家封地的资格都没有，哪有权力把河西给浑邪王？"

云琅诡异的笑了一下，拍着桌子道："被刘陵那个婆娘暗算了一次，你恨不？"

曹襄怒道："如果这个臭女人落在我的手里，我一定要把她五马分尸！"

云琅抓抓脑袋道："所以，我们要把这个消息告诉刘陵。"

"什么消息？"

"陛下准备把河西给浑邪王的消息，陛下还准备让匈奴变成东西两部，与西匈奴也就是浑邪王订立盟约，发誓一旦剿灭了东匈奴，就把东匈奴的一半牧场交给浑邪王。"

曹襄吞咽了一口口水道："我舅舅要是知道你把他说的如此不堪，会把我们兄弟五马分尸的。"

"那就找个不会被陛下五马分尸的人去散布这个消息！"

"有这样的人？"

"我觉得何愁有其实挺合适的。"

"刘陵没这么傻吧？"

"她当然没有那么傻，但是她一定会派人去找浑邪王，告诉浑邪王大匈奴也是很支持他占据河西的，这时候，就是我们出马的时候了。"

"你又想害谁？"

"不外乎，折兰王，日逐王，或者是损兵折将的右贤王，而谣言也需要散布出去，我就不信，上一次被浑邪王坑了一次的日逐王会无条件的信任浑邪王！"

"这事该怎么做？你立下章程，我们兄弟分头安排。"

"没那么快，也没有你想的那么容易，我刚才说的只是一个计划而已，能不能成功我一点把握都没有，不过呢，这个计划一旦开始实施，多少会有些作用的，也算是帮到了去病。

现在最难得的就是契机，一个让我们有机会施展这个计划的契机！"

曹襄很失望，他以为云琅提出了计划，很快就会施行，没想到计划依旧是一个计划，短时间内看起来毫无施展的可能性。

四月底的时候，云琅的造纸作坊终于开始正式运作了，第一批白纸也源源不断的被制造了出来。

这些纸张被分成一百张一摞，只要从工坊里被制造出来，弄好一摞子，就会被守在作坊里的少府官员运走一批，作为皇室的储存用纸，被放进了皇宫的仓库。

造纸，从一开始的生涩，到熟练，中间会有一个过程，就目前的情况来看，只要持续不断的生产，云琅就有足够多的纸张来进行他的印刷大业了。

第八十二章大汉技术最先进的工坊

围墙从土墙变成白墙之后，诺大的院落就显得很有工业化气息。

更大汉朝一般的作坊布局不同，云琅特意把造纸作坊分成了四个车间。

第一个车间是专门粉碎原材料的，第二个部门是蒸煮那些造纸原料的，第三个部门则需要看管那些水里夯锤把原材料糊化的，并且负责漂白那些纸浆，第四个车间才是真正造纸的车间，二十余个仆役熟练地从水槽里捞纸浆，然后把它们贴在木板上。

车间运作的不错，每道工序之间衔接的非常顺畅，车间工艺化的最大好处就是简单可行，这里的仆役们用不着学会全套的工艺，只要会干自己正在干的这道工艺就可以了，而且，只要时间长了，他们就会把自己干的简单工艺干到极致。

这样是非常有道理的，后世的精细化操作就是这么干的。

在这个人比机器多的作坊里，云琅必须承认，劳动人民在努力干活的时候场面壮观不说，还非常的具有美感。

平日里，这些仆役们干活都是不穿上衣的，他们的体型优美，云琅其实很欣赏。

今天不成了，再热的天，他们也必须把衣服穿的整整齐齐的，热死也不能脱。

流水线作业的麻烦就是一旦开始运转了，就不能停下来，一个环节停下来了，就会浪费很多的物料。

阿娇来视察造纸作坊，也不是来看白墙跟那些器具的，她是来看那些破烂造纸原料是如何变成白色纸张的。

平心而论，阿娇这人虽然对纸张很稀罕，却对如何制造纸张一点了解的兴趣都没有，她执着的认为，全天下有什么好东西都应该第一时间出现在她面前，她只要享受好东西带来的愉悦感就好，哪有功夫去了解好东西是怎么生产出来的。

即便是想要开一家造纸作坊，也是家里的管事去找云琅商量，开好了，管事有功，开坏了，管事就会接受从打板子直到掉脑袋的惩罚。

所以说，云琅认为真正要看造纸作坊的人是刘彻，他才有追根问底的习惯，也只他才有掌控世间万物的习惯。

果然，阿娇到了之后，就在宋乔等人的陪同下去了渭水边上的精舍，不一会，就听到阿娇说要打麻将的要求。

早就等候阿娇到来的贵妇们，立刻喜滋滋的准备给阿娇送钱了，这样的机会很难得。

刘彻穿着一身宝蓝色的春衫站在上风口，他的注意力却不在那些随同贵妇们一同到来的美艳婢女身上，而是对造纸作坊的白墙很有兴趣。

随手指指白墙，云琅立刻就解释道："白色的是石灰水，造纸作坊用石灰来漂白纸浆，剩余的白灰用来刷白墙可不仅仅是为了好看，主要是为了防虫，防潮，最后才是为了整洁美观。"

"去看看！"

刘彻挪动了步伐，立刻就有一群人将他围在中间，来到第一个车间，刘彻瞅着磨盘上流淌下来的湿哒哒的纸浆问道："里面都有些什么？"

"树皮，树干，芦苇，破渔多的是麻杆，这些东西在水里沤泡之后去除了不需要的东西，然后会那来这里粉碎，成为造纸最初级的原料。"

刘彻点点头，抬头看见双腿哆嗦的仆役对云琅道："你家的仆役都穿着新衣干活吗？"

云琅笑道："平日里这些人干活的时候自然不是这样的，听说贵人要来，自然要穿戴整齐一些，免得有碍观瞻。"

刘彻摆摆手道："平日里怎么做，现在还怎么做，穿着厚厚的衣衫还怎么干活！"

云琅喊来了平遮，吩咐一声，平遮就去了别的车间。

刘彻从石槽里捞出一把黏糊糊的纸浆，放在鼻端闻一下，皱眉道："有味道。"

云琅笑道："造纸之前要不断的漂洗纸浆，就是为了去除杂质跟味道，等这些纸浆经过蒸煮再漂洗之后，就会消除味道，只是造纸的过程中，需要大量的水。"

刘彻来到水车边上，看着转动的水车源源不断的从水渠中把水舀上来，就着清澈的水流洗洗手，然后看着水顺着水槽倾泻而下，每当工匠把一桶磨好的纸浆倒进另外一个石槽里，就会打开主水槽挡板，让清水冲刷那些纸浆，最后再把纸浆带去下一个车间，点点头道："构思确实巧妙。"

云琅肃手邀请刘彻去下一个蒸煮车间去看，一边走一边解释道："水流带走纸浆的过程，其实就是一个清洗的过程，等纸浆流淌到蒸煮车间之后，多余的水流就会通过纱，只留下纸浆，这时候，工匠们就取纸浆方进大锅蒸煮。

陛卜耍看的下一个车间，就是专门干这事的。"

来到蒸煮车间，刘彻忍不住笑了，只见仆役们一个个只穿着短裤，光着脊梁把一筐筐纸浆倒进热气蒸腾的大锅里蒸煮，显得非常勤快。

"陛下，他们不是装着忙碌，而是不能停下来，一旦他们停下来了，上一道工艺供应的纸浆就会堆满水槽，纸浆水一旦从水槽上方溢出来了，就会丢失很多物料，这是不允许的。"

刘彻皱眉道："如此说来，他们只要开始干活了，就不能停？"

云琅点头道："是啊，微臣把这个操作的法门称之为流水线。一旦发动，水流从磨坊出来之后，直到抄纸结束，变成一张张的白纸上墙的过程就会源源不断，直到第一道工艺没有继续供应纸浆为止。"

刘彻不置可否，看样子对云琅如此压榨仆役的行为有些不满。

他亲眼看见仆役从大锅里捞出热气蒸腾的纸浆倒进另外一个水槽里，这才离开了这个车间。

造纸其实就是一个捶打，漂洗的过程，很简单，一柱香的功夫刘彻就已经站在了贴满纸张的木板前面，亲自从木板上揭下一张纸，亲眼看着这张纸被工匠胆战心惊的裁去边角的废料，整个参观过程这才算是结束了。

"，哈哈大笑，抬手重重的在云琅肩头拍了一巴掌道："该杀的时候还是要杀的，不好管束的有才之士才是国朝的麻烦！"

第八十三章 大胆的陈铜

"我说过了，这里不许喧哗！"

一个身高八尺的大汉精赤着上身猛地推开门户，冲着门外的人大吼。

胸前一巴掌厚的护心毛乱糟糟的扑在胸前，形貌凶恶至极。

"手下留情！"云琅只来得及喊出这四个字，那个彪形大汉先是被刘彻那个跟人熊一样的护卫踹的飞了起来，不等他身子落地，四个同样彪悍的护卫已经追了上去，腰间的长剑已经出鞘，狠狠地向彪形大汉的四肢剁了下去。

"别伤他！"刘彻依旧打量着周围的环境，对这个突兀出现的彪形大汉造成的威胁丝毫不在意。

四个护卫手里的一巴掌宽的阔剑顿时从劈砍，变成了横拍，云琅呲着白牙听见四声响亮的铁剑拍在肥肉上的巨响，只听声音，他就知道应该很痛。

大汉来不及惨叫出声，下巴就被一双大手捏住，稍稍一用力，他的嘴巴就张开了，一颗核桃大小的带眼木球就被塞进了嘴里，用两根连接在木球上的带子牢牢地绑缚在他脑后，与此同时，小拇指粗细的牛筋绳子，已经落在了那家伙的身上，一眨眼的功夫，壮汉倒攒四蹄的形象已经出现在云琅的面前。

人熊手里的长剑点在那家伙的后脑勺上，他只能乖乖的将脑袋杵在地上，即便身上的疼痛快要让他疯狂了，他也不敢动一下。

"这就是你说的人才？"刘彻饶有趣味的打量着惊骇欲绝的陈铜。

云琅抹了一把额头上的汗水道："他叫陈铜，平生最擅长刻字，世代以刻字为业，乃是阳陵邑乃至关中手艺最好的刻匾匠人。"

刘彻点点头指着门楣上的"有道不让"四字道："朕就奇怪，这四个字乍看起来模样不错，却少了神韵，此人没有读过多少书吧？"

"回陛下的话，说来可笑，这些字只要分开，此人没有不认识的，没有不会写的，如果连在一起，那就不解其中意了。"

刘彻哈哈大笑，抬脚上了台阶四处张望了一下道："如此说来，此人之所以认识字是因为谋生之故？"

"正是如此，他认识字却无人教导他字中含义。"

刘彻淡淡的道："终究是一介匠夫罢了，你口中的人才就是这样的人吗？"

刘彻有些失望。

云琅从屋子里搬出一块木板,放在门口道:"陛下请看,这就是此人的价值所在。"

刘彻走进看了一眼木板,发现这些字刻反了,认了片刻才轻声念道:"关关雎鸠,在河之洲,窈窕淑女,君子好逑……这是《关雎》,刻在木板上做什么?"

云琅又拿来一张纸,贴在木板上道:"如果将墨汁涂抹在木板上,然后再用纸张蒙上去,用扫帚扫平,然后把纸张揭下来,这首《关雎》就会被印在纸上,而后再将纸张装订成册,即可成书!

陛下且看,这里有一些半成品。"

"咦?"刘彻惊奇一声,快步来到云琅所说的半成品前面,只见纸张上黑乎乎的一片,中间白色的痕迹才是字的模样。遂不解的问道:"不如手抄来得快。"

云琅笑道:"一本两本十本,自然是手抄的快些,如果这些通书需要成千上万本,自然是印刷来的快。"

刘彻思索一下点头道:"朕的文告,律法,如果也用此法印刷,确实减工百倍。

就是字迹模糊一些,不好诵读。"

"陛下,这些木板上雕刻的字乃是阴刻,想要字迹清楚,就需要动用阳刻。

阴刻与阳刻的区别就是一个印出来的字迹是白色的,其余地方有大片的黑色,阳刻印刷出来的字是黑色,其余地方是白色,如此一来,字迹要清晰的多。"

刘彻又看了云琅拿过来的阳刻木板,有些高兴地问道:"是否已经可以印刷了?"

云琅见其余的几个工匠都跪在地上如同鹌鹑一般乖巧,就知道他们是指望不上的,就亲自动手,取来了墨汁,刷在阳版上,稍微等了片刻马厩用笤帚把纸张刷在木板上,然后轻轻地取下,一连印刷了六七张才停手。

云琅指着其中撕破的三张纸道:"还是不成,墨汁的黏性太强,会把纸弄破,而且也会降低印刷速度,还需要继续改进墨汁,微臣认为墨汁中应该添加少量的蜂蜡,可是添加了蜂蜡之后,墨汁就很难沾附在纸张上,这就需要陈铜他们继续试验,直到找到一种既能不粘连印版,又能清晰附着纸张的墨,说起来简单,想要找到真正的好墨,难如登天啊。"

刘彻忽然笑了一下,指着云琅问道:"你西北理工学的就是这些学问?"云琅立刻笑道:"是啊,是啊,都是这些小学问,大学问都留给国朝的博士们去做。"

刘彻意味深长的看了云琅一眼道:"这些小学问弄透弄清楚之后,可比那些大学问有用多了。

我大汉多得是皓首穷经的博士，少的是你们这种干小事情的人，哈哈哈……学问，学问，天下的学问何其多……慢慢试验吧，等你们找到了合适的墨，就告诉朕。"

刘彻说完这句话之后，就离开了这间小小的印刷作坊，不知道为何，云琅总觉得这位大汉皇帝似乎有些悲伤。

虽说作坊不大，刘彻还是看了足足两个时辰，走的时候，正是夕阳西下的时候。

阿娇贵人也结束了她的牌局，跟刘彻一起上了一辆大马车回长门宫去了。

宋乔一干贵妇也显得极为激动，今天这一遭算是来对了，不但跟阿娇贵人打了一场牌，还见到了陛下，虽然陛下连看他们一眼的意思都没有，一个个依旧欢快的如同小鸟一般叽叽喳喳的说个不停。

苏稚哭丧着脸抱着一个很沉的樟木匣子，云琅打开一看，里面全是金锭子跟各种首饰，如果农家小户得到其中一个，就能乐昏过去，而苏稚看起来已经快要哭了。

目送宋乔带着意犹未尽的妇人们去家里打牌，苏稚把木箱子丢给云琅委屈的道："她们不准我打牌，只让我在一边看着，不论谁赢了，都会给我塞一个金锭……夫君……她们都欺负我，把我当小孩看。"

云琅搂着苏稚拍拍她的后背笑道："现在跟我去去看一个人，看到了他，你就会明白，那些人都是在宠你，而不是在欺负你。"

皇帝走了一阵子了，陈铜依旧被倒攒四蹄丢在地上，他的四个弟子依旧跪在地上，没人敢动弹。

苏稚惊恐的看着陈铜一身横肉上的四道可怕的红色坟起，低声道："恐怕已经上了内腑。"

云琅叹息一声解开了陈铜脑后的带子，取出他嘴里的木球，捏着他的腮帮子用力一托，算是合上了脱落的下颌。

陈铜不等云琅慢慢解开他的绑绳，活动一下嘴巴，就留着口水问道："刚才来的是陛下？"

云琅点点头道："你是我见过的胆子最大的人，也是我见过的人中运气最好的人。"

陈铜点点头，眼睛却在泛白，咯喽一声就昏死了过去。

苏稚取出随身携带的银针，选了最粗壮的一根刺血针刺进了陈铜身体上的血棱子，一股暗红色的淤血就顺着刺血针的间隙汩汩的流淌出来，眼看着淤血放尽，云琅对陈铜的是个弟子吼道："还跪着干什么，快过来照顾你师傅。"

那四个泥雕木塑一般跪在那里的学徒，似乎被云琅的一声断喝，下的回了魂，各自呻吟一声，软软的倒在地上，其中一个胯间很快就濡湿了一片。

第八十四章莫名其妙的上进心

刘彻可怕就可怕在他有一言断人生死的权力。

皇权在以前的时候，对云琅一干天之骄子来说就是最好的卧谈笑话，跟阎王爷一样都是虚无的，直到他来到了大汉朝之后，才对皇权有了切实的认知。

诺大的天下都需要随着他的心思运转……从生到死。

阎王爷决定人生的生死只是一个传说，而刘彻真的可以决定！

这时候再将什么个人尊严真的就是跟自己的生命过意不去了，来到大汉之后，云琅看的死人实在是太多了。

一个人哪怕满腹锦绣，有着天人一样的资质，脑袋被切下来之后，就是一具臭皮囊罢了。

陈铜的伤很重，他却没有半点抱怨的意思，反而一个人时不时地偷笑一声，看样子，骂了皇帝还能活着这件事，能让他吹一辈子。

他甚至都没有想过，皇帝到底该不该这样对他。

被吓尿的那个弟子疯了……皇帝到来的那一刻强大的气场彻底的摧毁了他的灵智。

苏稚在看了陈铜跟那个已经吓疯掉的学徒的模样，终于不再抱怨别人毫无理由的用钱羞辱她的事情了。

其余几个学徒很想用吓唬的方式来治疗那个只知道流口水的兄弟，可惜，不论他们如何努力，也改变不了他们的兄弟已经疯掉的事实。

陈铜对他的徒弟疯掉的事情不是很在意，他甚至认为能被皇帝吓傻是一种福气，这是很难理解的古人思维。

在云琅临走的时候，他还拍着胸脯说，只要他能下地了，就可以继续研究墨，看看给里面添加点什么东西，才能让墨真正成为印刷利器。

人就是这样，只要别人过的比自己惨，就很容易满足，比如苏稚早不悲痛了，坐在马车里面倒腾她刚刚获得的几样漂亮的首饰。

云琅瞅着她傻笑着数钱的模样，就暗自叹息一声，就她这个孩子心态，很难让别人把她当大人对待。

田野里的麦子已经一尺多高了，麦穗已经吐出来了，正在扬花，一望无垠的麦田被晚风吹拂过后，就会形成极为壮观的麦浪。

而水流平缓的渭水上飘满了水鸭子，随手丢一块石头出去，就扑棱棱的飞起一大群。

蓝田，麦浪，野鸭子构成了一张美丽的图画，而这样的图画云琅百看不厌。

人来到这个世上，有两种享受少不得，一个是肉体上的享受，另一种就是精神上的享受，如果能满足其一，就不枉来人世走一遭，如果能两者都获得大圆满，那么，这样的一生，就算是赚到了。

看不到赤身裸体野兽一般在农田里劳作的百姓身影，云琅就非常的满足，这样的时刻，他宁愿一步步的走过这一道道美景。

穿过麦田就看到了云氏的桑田，此时，桑树上的桑葚已经变紫了，正是吃它的好时候。

小桑树上的桑葚不是很好吃，虽然有些酸涩，云琅跟苏稚两个也吃了很多，回家的时候还采摘了一篮子。

这算是一个小小的惊喜。

回到家之后发现，宋乔还在打她的社交麻将，派人把清洗干净的桑葚送了一些过去，云琅却是不方便去的，桑葚这东西吃起来可口，只过之后，那张嘴就有些惨不忍睹。

苏稚的嘴皮牙齿到现在都是紫色的，云琅也没有好到那里去，云音跟霍光更是吃的一塌糊涂。

老虎是不吃桑葚的，不论云音怎么往他的嘴巴里填，他只会把桑葚在嘴巴里转一圈，然后吐掉。

云音当然也没有硬要他吃桑葚，小丫头只是对一家人的整齐划一程度要求很高，别人都是一嘴的紫牙，老虎一嘴的大白牙就很不正确，既然，老虎粗大的牙齿已经染成了紫色，云音的目的也就达到了。

宋乔的牌局结束了，在另外一座大厅里招呼那些贵妇们吃饭，云琅一样不合适进去。

于是就带着老虎去了后面的陵卫大营。

何愁有的身影出现在云氏，却没有来见他，云琅就只好抱着山不来就我，我去就山的想法去了只有他们两人知道的地方。

炎热的天气里，这里依旧阴冷，出乎云琅的预料之外，站立着的泥俑远比云琅预料的多。

这些新的泥俑都是出自何愁有之手。

活干的明显比云琅细发，哪怕是浇筑口上多余的泥浆，何愁有都会细心地刮掉，并且补上损坏的铠甲花纹。

就在云琅准备继续干活的时候，陵卫大营的山壁再一次滑开了，何愁有看了云琅一眼，就挽起袖子跟他一起干活。

直到活好的泥浆全部用完，两人才开始就这山洞里的泉水洗手，洗脸。

"以后不要胡乱给别人出主意，出了主意就要完成，很可能会是你自己去完成，老夫以为，你还没有为国粉身碎骨的准备吧？"

云琅摇摇头道："没有！"

"有这种心思的人不多，但凡是发现一个，我们就会他把送去最危险的地方，这叫人尽其才！"

"这就是这种人不多的原因吧？"

"可能是，这一次派去龙城的人你知道是谁吗？"

"我对你们绣衣使者一无所知。"

"是一个许良的家伙，外号叫做狗子，是一个我很看好的少年，机灵，还有那么几分睿智的意思，最妙的是这个少年人跟你很像，嘴上说着仁慈的话，掏刀子下手的时候却半点都不含糊。"

听到狗子的名字，云琅的心咯噔一下，不过他依旧表现的如无其事，将手放在冰凉的泉水里道："谁会信任一个刚去匈奴的汉人呢。"

"他当然有伴手礼，淮南八骏的左吴就是他的伴手礼。"

"左吴？可惜了。"

"有什么可惜的，人才就是拿来用的，左吴？不过是废物再利用而已！"

何愁有的一番话让云琅一个字都说不出来。

站在他的角度看问题就是这样的，人只分能用或者不能用的，是标准的掌权者心态。

对他们来说，人才就像荒原上的野树，总会自己长起来的，眼看着成材了，该做栋梁的做栋梁，该做椽子的做椽子，砍掉一批，后面还有无数新生长起来的树木供他们使用。

"不要仗着有一点才学就为所欲为，以为全天下人都离不开你，古圣人去世的时候，人们以为将是万古长夜的开始，结果如何呢？

第二天，太阳依旧从东方升起，跟以往没有任何的差别，谁死了对这个世界来说都不重要。

你要把我的话记在心底，恃才而骄，跟恃宠而骄是一样的，陛下没有别人想的那么喜爱诗歌辞赋，如果需要，陛下可以当这些东西从来就没有出现过。"

"我哪里是恃才而骄啊，我那是保命好不好，陛下眼看着已经把我捆起来了，就差动刀子了，那时候我要是再不表现的比别人强一点，这时候你就该在大牢里见我了。"

"愚蠢！你要是快没命了，难道老夫会袖手旁观不成，就算不能阻止陛下杀你，也能通过其余的法子让你离开。

别看你现在毫发无伤，可是，在陛下的心中，你已经成了一个需要提防的人物。

这些年来老夫看的清楚明白，凡是被陛下提防的人，很难再登高位。"

云琅挥挥手道："我没有想当宰相！"

"陛下可不这样认为，他认为你现在之所以在他面前卖力的显摆才学，就是为了当宰相！

先是各种发明制造，后来又在军阵一道上表现的不凡，回来之后又一心潜心农事，而造纸作坊一出来更是坐实了你想更进一步的想法。

而，最让陛下意外的，却是你的那个印刷作坊，按照陛下的原话来说，就一个印刷作坊就能看出你的七窍玲珑心肝，磨勘几年，未必不能就任我大汉的宰相！"

听何愁有这样说，云琅的眼前一阵阵的发黑……天啊，刘彻的宰相是人可以做的吗？

第八十五章论古代妇女的追求

云琅觉得在大汉朝生活很艰难，被刘彻惦记是一种痛苦，被刘彻遗忘也是一种危险的事情。

如果能跟刘彻形成君子之交淡如水的氛围自然是最奇妙不过的事情，只可惜，刘彻从不跟人交朋友，他也不觉得这个世界上有谁值得做他的朋友。

夏天要做的事情很多，云琅很快就把心中的不安抛诸脑后，云氏的蚕茧终于被刘婆带着一群妇人缫成丝，最终织成了绸布。

这对云氏来说是一个大日子，一年四成的收入来自于桑蚕，由不得云琅不重视。

云氏只能织造白绸，这是云氏最大的弱点，如果不能把这些白绸变成色彩斑斓的绸缎，云氏就没有办法进一步的发掘绸布的利润。

众所周知，产业链越长，产业制造的利润也就越高。

可惜，染绸的产业被蜀中的商人牢牢地掌控着，他们的秘方上千年来从未外泄。

云琅试着染了一些绸布，结果很不好，掉色严重不说，色彩还不正。

好在云琅知道古人是用明矾来助染的，用石灰来固色，用盐来增加绸布色彩的亮度。

可是，想要找到好的染料，拥有用之不竭的染料，才是开一家染坊的首要条件。

大汉的染料都是来自大自然……如何调配，如何浸染，甚至对于水温，浸泡时间都有严格的要求，这些，都是不是云氏这样的新兴家族所能染指的。

长门宫就不存在这样的问题，阿娇想要开染坊，立刻就有人从蜀中给她弄来了十几个技艺高深的染匠，不要工钱，不要补偿，做完这些事，那些世家商贾们就哀求长门宫不要将这门技术外泄。

不论云氏跟长门宫的关系有多么的紧密，在这件事上似乎没有什么商量的余地。

云琅在大长秋拒绝他的那副嘴脸上，能隐隐约约的看到刘彻的影了。

不论是阿娇还是刘彻，对于商人提出来的要求一般都当放屁，这一次之所以会认真，完全是因为刘彻个人的恶趣味，他觉得为难一下云琅非常的有趣。

如此一来，云氏的仓库里就堆满了刚刚织好的白绫。

"多好的绫子啊。"刘婆抚摸着自己辛苦织出来的绸布心如刀绞。

宋乔也对目前的状况非常的不满，却不能在下人的面前诋毁皇族，因此，只能摸着堆积如山的绫子长吁短叹。

云琅笑道："以前我们家都是只卖丝线的，那时候一个个好像都很开心，如今呢，我们开始卖绸布了，已经算是进了一步，怎么一个个都不开心？"

平遮拱手道："侯爷有所不知，如今，长安城能染绸布的作坊一共只有两家，一家是长门宫，另外一家就是蜀中黄氏，长门宫的工匠其实来自于黄氏，以前，长安城就成以上的绸布都是出自黄氏染坊，现在分配给了长门宫一些，他们的份额就减少到了五成，他们为了弥补损失，特意将我云氏的绸布价格压得很低。

想从我们的身上来弥补丢失长门宫生意的损失，我们家如果卖绸布，会损失很大一笔钱，还不如直接卖丝线来的轻松。"云琅见平遮胸有成竹的说了这一番话，就瞅着平遮道："你父亲是什么意思？"

平遮笑道："我父亲说，卓氏也准备开一家染坊！"

"让你父亲直接把开染坊的工匠送到云氏来，我给他一个好价钱。"

平遮摇头道："侯爷有所不知，蜀中的商贾其实都是相融的，平日里你中有我，我中有你的很难切割清楚。

卓氏以前志在冶铁，因此对丝绸生意就很少插手，但是，家中还是有一些会染绸布的工匠，虽然没有黄氏的工匠那么巧妙，却也算是一流的工匠。

这些工匠是不能送给或者卖给别人的，一旦卓氏做了这样的事情，会被蜀中丝绸商人群起而攻之的。

如果卓氏自己在长安开一家染坊，就没有这样的问题了。这就是我耶耶替侯爷想的应对之法。"

云琅见宋乔似乎毫不在意，就来到宋乔身边道："怎么想的？左右不过是一些钱财损失而已，怎么连该有的坚持都没有呢？"

宋乔轻笑一声，抚摸着肚皮道："有了小家伙，妾身争胜的心似乎淡下来了，以前觉得过不去的事情，现在可以轻松面对，以前觉得不可能妥协的事情，现在发现妥协一下其实没事。

霍氏，曹氏说的没错，一个妇人就不该成为家族前进路上的绊脚石，只要对家族……"

宋乔滔滔不绝的说了一大堆的话，满嘴的胡言乱语，她似乎有越说越兴奋的样子，脸上带着一点点的亢奋，一点点烈士的悲壮，甚至还有一点点的骄傲……这女人被她的闺蜜们给洗脑了……平曵，霍氏，曹氏，李氏这群人基本上没有一个好的。

平曳认为不把一个家族最终推成皇族，就是对他这个家臣身份的最大侮辱。

霍氏身为将门虎女，马上，地下能与一代悍将霍去病厮杀十几个回合难分胜负，彪悍的一塌糊涂，可是在看待自家事情的时候，立刻就变成了平曳，只要家族强大，她不在意丈夫有多少个女人，只要对家族有利，她甚至能容忍任何事。

曹氏更不用说，曹襄在外面胡作非为的传闻她一定早就听说了，毕竟比曹襄更喜欢胡闹的勋贵，长安并不算多，尤其是曹襄留宿长沙王行宫的事情，因为被人上告皇帝了，知道的人太多，甚至有人把他们的行为编成香艳的故事四处传播，曹氏没理由不知道。

只是她不在乎而已。

至于李敢的老婆李氏，以前在大家族里被欺负的很惨，胸中总是憋着一口气，总想要让自己的小家超越以前欺负她的大家族，因此，对自己丈夫的上进要求很高，对丈夫行为上要求却降到最低。

这样的一群人跟宋乔经常在一起，很容易给山里出来的单纯的宋乔形成新的世界观，毕竟，她身边的妇人都是这样，而且一个两个的身份高贵，自然就会不知不觉的去效仿。

丢掉自己在山门中养成的清贵，高傲气息……只要对家族有利，哪怕她这个当家主妇去向丈夫的情人低头，都无所谓……"去喊苏稚过来。"

云琅瞅了一眼宋乔，对梁翁吩咐道。

宋乔有些不解的看着丈夫，在开家臣会议的时候，苏稚不应该出现在这里。

"该在乎的时候不在乎，不该在乎的时候瞎在乎，让你跟那群妇人混在一起，是我最大的决策错误。"

宋乔看着身后堆积如山的白绫道："事关重大，由不得妾身不看重。"

云琅抽抽鼻子笑道："我家跟霍氏，曹氏，李氏是完全不同的一个家。

我出身山门，你出身山门，小稚出身山门，现如今，大女在跟何愁有学艺，也算是 个出身山门的人。

一家子都是山门出身，就决定了我们的身份，我们的所作所为就要符合山门出身人物的特性。

这才是皇帝乃至朝廷百官看重我们的原因所在，如果我们蜕变的跟别人毫无二致，以我云氏浅薄的根基，很难在受到这样的尊敬与看重。

至于你说的事关重大，在我看来并不算重大，左右是少赚钱罢了，这些钱买不来你丢失的颜面，也买不来我丧失的尊严。"

听家主这样说，平遮很着急，毕竟他跟他父亲想的就是要把长安卓氏跟上林苑云氏合二为一，让云氏在短时间内有一个显著地发展，合并两家的资源为一家所用，最终将云氏推上顶级豪门的行列。

"启禀家主，卓氏并非飞扬跋扈之人，对家主也是痴心一片，只要在这个家中给卓氏一个立足之地……"

云琅阻止了平遮继续说下去，指着汤池边上的那栋小楼道："那里有她的立足之地，想来可以随时来……至于把卓氏的人全部合并入云氏，没有什么必要。

我与卓姬之间的事情，是一场错误，或者说是我个人的一个错误，好在，结果不差，此事休提！"

苏稚对与自己能参加家臣会议这么高级的活动，心中有些忐忑，站在仓库门口不愿意进来，直到丈夫冲她招手，这才扭扭捏捏的走了进来。

云琅把事情的前因后果跟苏稚讲述了一遍之后问她："你觉得此事该如何解决？"

苏稚毫不犹豫的回答道："让卓姬把那些工匠送过来，我把我的金子全给她！"

云琅笑眯眯的让苏稚回去休息，这才对宋乔道："你看，钱，不是最重要的，我家有钱！"

宋乔珠泪盈盈，她觉得很委屈。

云琅让其余人等全部退出仓库，这才牵着宋乔的手道："不要学那些人，她们跟我们不是一个世界的人。

我一直在致力于保持云氏的独特性，不想让云氏泯然众人，如果云氏想要合并长安卓氏，那么，这该是大女要做的事情，因为长安卓氏天生就该是她的。

如果卓姬携带亿万家财来投云氏，傻女人啊，你将如何自处呢？

到时候，不论你退让还是抗争，都是错啊，卓姬那个女人，没了父家，没了夫家，以她的性格，你以为她会放过融入我们这个家的机会吗？

一旦接纳了她，就是云氏纷乱的开始！"

第八十六章 办法总比困难多

一整天，云琅的眼前都会出现卓姬窈窕的身姿，尤其是她浑圆的臀部更是让云琅印象深刻。

这是他身体里兽性的一部分在作怪。

卓姬在大汉已经算得上是顶级的美人了，不论是宋乔的清雅，苏稚的娇憨，跟卓姬的雍容华贵比起来都差了一些。

有些女子从骨子里都会散发魅惑的气息，让那些雄性动物为之疯狂，为之忘乎所以。

这就是红颜祸水的力量。

自古以来这样的力量就在中华的史书上层出不群，那些意志力低下的君王，一旦出现了决策性的错误，都会把过错归结于这一神秘的力量。

这很无耻。

邪恶的念头总会从男人的心中升起，最后在大脑中酝酿成活色生香的回忆，或者幻想。

这样的事情不能持久，尤其是对着满塘的荷花还在想卓姬峰峦起伏的身段，这也不是好事情。

于是，上苍为了惩罚云琅，就让穿着春衫的阿娇过来了，如果说卓姬是妖精，那么，阿娇就是长着天使脸的大妖精。

"染坊不能给你用，想要用染绸布，只能用那个价格把绸布卖给我。"

阿娇笑吟吟的坐在一艘小小的船上跟云琅谈生意。

云琅剪下一枝含苞未放的荷花放在苏稚的篮子里，然后朝阿娇拱拱手道："贵人什么时候也开始做生意了？"

阿娇似乎想到了什么可笑的事情哈哈大笑道："自从发现你不会染绸布，而你家又有大量的白绫的时候，我就很想跟你做生意了。"

云琅笑道："小事一桩。"

阿娇狐疑的瞅着云琅道："告诉你，白绫放置一段时间后就会泛黄，到时候价格更低。"

云琅点点头道："是啊，所以我得另辟蹊径才成。"

阿娇露出狐狸一般的笑脸道："你又在打你那个可怜情人的主意是吧？

黄氏告诉我了，要求我干涉一下。

来传话的黄氏子被大长秋给打掉了满嘴牙，不过呢，他们的要求我却准备采纳，你以为如何？"

云琅笑道："如果云氏准备吞并长安卓氏，三年前就是一个很好的机会，我三年前都不屑一顾，现在如何会吃回头草？

贵人多虑了。"

阿娇笑道："既然你很想要脸面，那么你云氏堆积在仓库里的那些锦缎你准备如何处置？果真要低价卖出去吗？"

云琅拱手道："自然是不成的，云氏既然没有能力搭建起一座染坊，那么，我们家就全心全力的制作白绢，然后再把白绢加上一点工费，再卖给想要接手的人，贵人以为如何？"

阿娇瞅瞅云琅，揪着一只荷叶道："你准备如此粗暴的解决家里的事情吗？"

云琅摊摊手道："不如此还能如何呢？"

"你且回去，我们稍后再说此事。"

阿娇有些烦躁的摆摆手，就继续让宫女撑船去了荷花深处。

可能是夏日的缘故，云琅浑身燥热，离开了长门宫就回到了云氏，现在，该派老实人梁翁走一遭长门宫了。

大长秋是奸人中的奸人，如果派聪明人比如平遮，刘婆去找他办事，一般很难讨到什么便宜。

像梁翁这样的老实人去找大长秋办事，一般情况下都能得到一个比较公平的结果。

就大长秋的性子来说，占了梁翁的便宜，对他来说是一种莫大的羞辱。

回到家里的时候，云琅需要绷床已经准备好了，宋乔，苏稚，刘婆，四个人正在慢慢的撕扯蚕茧一层层的往绷床上铺，别看蚕茧不大，慢慢的撕扯开之后却足足有一张床那么大，只是轻薄的厉害。

不过没关系，只要继续不断地往上面一层层的铺，两个时辰就能铺出厚厚一床丝絮来。

这时候云琅就用竹竿挑着丝线，密密匝匝的用丝线将丝絮包裹起来，然后，刘婆就用早就制作好的白绢套子包住了丝絮，缝上口子之后，一床厚厚的蚕丝被就出现在众人面前。

苏稚当仁不让的跳上床，然后把蚕丝被盖在身上，得意的道："凉凉的，滑滑的……"

云琅收起挑线的竹竿道："再盖一会你会发现，这东西还非常的暖和，比毯子强的太多了。"

刘婆抚摸着刚刚成型的蚕丝被道："白色的，到底有些难看。"

宋乔却笑道："如果只拿来安寝，我倒是喜欢原色的，处处透着素净。"

云琅冲着宋乔挑挑大拇指道："到底是见过世面的贵女子，就大汉朝现在的印染技术，我是宁愿盖这样的原色被子。

所有的染料其实都是有腐蚀性的，染料必须有这个特性才能稳定的把颜色附着在蚕丝上。

比如石青，就是一种蓝铜矿，朱红要用到朱砂，你们两个是学医的，药用朱砂有安神醒脑之功效，其实对这个问题我是有保留意见的，因为只要用火煅烧朱砂，就会生出大毒。

如果生病的时候短期服用应该问题不大，可是一旦长年累月的接触朱砂，那就是一件非常糟糕的事情了。

在没有弄清楚这些疑问之前，我们还是用本色的东西比较好。"

宋乔把苏稚从床上撺起来，拍着蚕丝被道："我们家就生产这东西，简单不说，还能卖的贵一些，比染色过的丝绸要好卖。"

云琅呵呵一笑，放下手中的竹竿对苏稚跟刘婆道："少君都发话了，你们遵照执行就是了。

我最近要忙造纸作坊跟印刷作坊的事情，没空理会这些小事！"

宋乔，苏稚，刘婆，四人迷醉的看着云琅离开，有这样的丈夫，家主，是所有人的福气……
"这么说云琅就认亏了？"

听完阿娇的回话之后，正在喝酒的刘彻非常的失望。

"看样子是这样的，他还派来老仆跟大长秋商量，准备把长门宫库存的蚕茧全部买走，专心织造白绢，白绫，不涉足染坊。"

听到云琅认输了，刘彻一点快感都没有，烦躁的喝了一杯酒道："他既然要，就卖给他，回头收购白绢的时候，价格再压低一成。"

赚钱多少对刘彻来说毫无意义，他只是在闲暇之余想看看云琅能不能在绝境之下翻盘，如今看来了，云琅并不是一个有多么了不起的人，也有他的局限性。

阿娇忧心忡忡的瞅着刘彻，这是她第一次发现刘彻如此失态……云氏跟长门宫是邻居，一手银钱，一手蚕茧，交易的过程非常的快，当天下午，长门宫库存的蚕茧就全部到了云氏。

"你确定长门宫再也没有蚕茧了？"云琅盯着蚕茧入库，一边小声的问梁翁。

"没有了，老奴看的很仔细，也收拾的很仔细，长门宫库房里一个蚕茧都没有了。"

云琅点点头又问平遮："你确定黄氏手里的蚕茧全部被缫丝了？"

平遮点点头道："确实，这是门下花了两百个云钱，从黄氏管事口中讨来的消息。"

云琅嘿嘿笑道："既然如此，明日里，就开始让家里最忠心的仆妇们开始制作蚕丝被，这些人以为把持了染坊就能让我投降，真是白日做梦！"

晚上睡觉的时候，原本准备独自睡觉的宋乔偏偏来到了云琅的书房，瞅瞅苏稚已经铺好的床铺，就解衣安寝，苏稚有心也跳上去，最终还是咬着牙跑了。

云琅奇怪的看着宋乔道："有话说？"

宋乔把脑袋从毯子里钻出来，笑吟吟的看着云琅道："直到今日我才感受到你是在认真的待我。"

云琅苦笑一声道："当圣人的代价很大，比如曾经差点当了圣人的郭解，他的三千弟兄已经死掉一半了。"

宋乔笑道："去病那里怎么做妾身是不管的，我只管我的丈夫如何待我。"

"既然知道该如何待我，为什么还要撵走苏稚，你难道不知我最近火气很大吗？"

宋乔闻言，笑的花枝乱颤！

采风中

读书，走路，本该是一个职业作家要做的事情，写作是一个输出的过程，而走路，则是一个输入的方法。

本月原本应该守在书斋里疯狂更新，期待咬住前面几位的尾巴，好趁着本月还有漫长的时间慢慢把月票追上来。

结果，在这个时候，中作协，共青团，阅文发起了边疆行的计划……这是我早就期待的一个活动了，说实话，凭借我个人的力量，我是不敢一个人在新疆的边境处游荡采风的。

现在，有国家跟资本的力量推动之后，这样的活动就非常的快捷，安全，且顺畅了。

今日，我来到了中国的西极——南疆杜尔尕特国门，虽然高反严重，对我来说，却是一次极为难得体验，无论如何，无论多忙，无论多艰苦，我一定会坚持走完全程。

孑与拜上。

第八十六章这才是真正的成就

第随军跟进，一介文官披创二十余处，流血半斗，随军出战的三子一孙，战殒！

"尸积河西古道，腥气熏天，血色令大河变色，河中人马浮尸塞淤成坝，惨不忍睹，折兰王授首，以下将军，小王，当户，部首或者跪降于道，或者死于乱军，随军义渠小民，如无首之乱蝇，虽捕奴团一人即可俘获百人，且无一人敢逃者！"

曹襄双手颤抖，放下手里的文书，看着云琅道："恨不能随军出战！"

云琅取过陇西军报瞅了一眼道："河西已经尽入陛下毂中，去病此战已经彻底的击碎了匈奴人的战意，吓破了他们的胆，此战之后，河西很难再有大的战事。"

"你说浑邪王，日逐王他们会跑？"

"跑是不会的，因为他们已经没资格跟伊秩斜谈条件了，去了龙城，伊秩斜一定会在第一时间将他们杀死，然后褫夺他的部属。"

"河西很大，公孙弘已经着手划分河西之地，听说足足有五郡之多。"

"咦？这么说来，公孙弘的心很大，看来他要将大汉的地域拓展到大漠了。"

"这是必然啊，桑弘羊已经去了河西，看样子是要收获去病战果，你说，我们两个当初决定不参与战事是不是一个错误啊？"

云琅笑道："有一得必有一失，你先看过去病他们报上来的战损就知道这一战有多艰难了。"

"打仗哪有不死人的，这一战光是俘获的王母，单于阏氏，相国，小王，当户，都尉足足有一百二十人之多，并且斩首四万余。

有这样的军功，就算是全军拼光，也能说得过去。"

"陇西郡守张昌文可能不这样看。"

曹襄翻了一下文书，从里面找出一小段竹简吟诵道："臣陇西牧守张昌文百拜于我皇阶下，河西定矣！"

念完了就翻着白眼看云琅。

云琅摩挲一阵子无毛的下巴，愤然丢下手里的竹简道："好吧，好吧，我承认，我嫉妒的要死！"

曹襄仰着头满是神往的道："如果我们兄弟那时候也在军中，你说……现在该是多风光啊。"

云琅摇头道："我们做不来张昌文，也做不来赵破奴，更做不来去病。

这是他们的荣光，谁都拿不走，你看看家里现在还有人吗，东方朔丢掉帽子露着光头冒着被勋贵们干掉的风险去了阳陵邑参与庆祝。

司马迁连鞋子都没穿，王八蛋居然给我的坐骑连马鞍子都没上就骑着光背游春马去了阳陵邑。

我老婆小妾正在旁边的楼上梳妆打扮，准备带着家里的仆妇们去阳陵邑游街跳舞，连自己有身孕的事情都忘了。

家里的仆役，仆妇们丢下手里的活计，那么挣钱的活计不干，正在抢马车，准备去阳陵邑参与庆祝。

你我兄弟干坐了这么长时间，却没有一个人送茶水糕饼过来，就说明红袖，小虫，梁翁他们早把我们两个侯爷给忘记了。

就在刚才，皇帝坐着敞篷的銮驾回长安了，阿娇居然也抱着闺女坐在銮驾上，还不断地给那些跟他们一路去阳陵邑，长安的人丢铜钱，丢银币，金币什么的，希望他们能在阳陵邑，长安有钱喝杯酒。

满世界，唯一能保持冷静的就剩下我们兄弟了。"

曹襄站起身摆摆手道："别算上我，要不是在等你，我这会可能已经脱光了在回春楼上跟一群舞姬跳舞，既然你想冷静一下，兄弟我就先走一步了，长安城里还有一大群人在等我……"

曹襄急不可耐的跑了，云琅端起茶壶给自己倒茶，发现里面一滴茶水都没有，就愤愤的起身，刚要呼唤小虫，忽然又停下来了，自言自语道："去他娘的矜持，这时候老子要是还压制自己的狂喜，还算人么。"

说完话就跑下楼，冲着曹襄远去的背影大叫道："等等我……"

或许是没有听见云琅的吼叫声，曹襄的身影被战马带走了。

连捷笑吟吟的给云琅牵过来一匹战马道："侯爷您快去，老奴留在家里看家。"

云琅愣住了，瞅着连捷道："家里就剩下你一个人了？"

连捷笑道："是啊，少君，细君她们已经走了，老虎也被大女带走了，老祖宗跟着陛下的銮驾也走了，留下我看家正好。"

"梁翁跟孟大，孟二那两个傻蛋呢？"

"全走了，把鸡鸭交给我照顾。"

"你照顾的过来吗？"

连捷笑眯眯的道："照顾的过来，照顾的过来，您快走吧，再不走就追不上平阳侯了。"

云琅跳上战马，立刻绝尘而去。

他知道诺大的一个云氏只留下连捷一个人是不妥当的，不过，这时候上林苑里应该也没有什么人了，即便是留在家里的人，也是死死的看着自己家财的守财奴。

战马刚刚上了古道，云琅就不得不将战马的速度降下来，因为道路上全是人。

一边是渭水，一边是良田，不好从两边穿过，耐着性子随唱歌跳舞的人群走了一段，云琅忽然发现码头上居然还有一艘船。

船老大一脸阴沉的喝骂着要求上船的人，却被万夫所指。

即便如此，船老大也毫不退让。

云琅纵马走了过去，拍着船老大的肩膀道："我要去长安了，你不用继续监视我了，咱们一起去长安你觉得如何？"

船老大装傻道："哎哟哟，侯爷您这话说的……"

"说你麻痹！连我家的狗都知道你是绣衣使者，赶紧的开船，顺流而下应该快些。"

"侯爷……"

"侯你妈……快！"

云琅的马鞭子在船老大的脑袋上轻轻抽了一下，立刻就拉着战马上了船。

船老大解开缆绳跳上船哭丧着脸问云琅："小的这个船老大装的一点都不像吗？"

第八十七章一战胜，万民庆

站在船上，云琅有些担忧的瞅着远去的云氏庄园，他觉得自己好像也变成了一个守财奴。

诺大的一个家里，只剩下一个三寸丁看家实在是太不合理了。

绣衣使者船老大也是一个识情知趣的人，见云琅在回头看云氏，就笑道："侯爷，长门宫里的人也算是空群出动了，您不用担心家里会出事，还有我们的人手……"

"我担心的就是你们……一般的贼偷哪里敢打我侯府的主意，只有你们才敢趁着我家没人胡作非为。"

"侯爷不喜欢绣衣使者？"

云琅盘腿坐在船头笑道："你心里没数？"

船老大笑道："一旦我们的身份暴露，主人家就会笑的很开心。"

云琅把视线从河岸上收回来，看着这个不怕暴露身份的绣衣使者道："你居然不怕？"

船老大大笑道："其实啊，对小的来说，这时候应该把船弄翻，造成您落水身亡的场面，对小人来说是最好的结果。"

云琅左右瞅瞅渭水道："等啥呢，为什么还不弄翻船？"

船老大掌着舵让平底船汇入激流，平底船摇晃了一下，然后速度明显的就加快了。

"我大汉胜了！"

"这是自然！"

"我大汉两万杂兵以堂堂之阵击败了七万匈奴人！"

"匈奴只有三万，其余四万是义渠人！"

"义渠人也是匈奴！"见云琅似乎有贬低此战的意义，船老大的声音变得尖利起来，扶着船舵的手上青筋暴跳。

云琅连连摆手道："没有别的意思，我不是汉奸，就是告诉你一个事实，掌好船舵，别把船弄翻了。"

"汉奸？这个名字不错，以后小的抓到里通外贼的家伙，就叫他们汉奸。"

"嗯，这样的人你要是遇见了，就直接一刀砍死，别跟他说一句废话，好好地汉家儿郎好不容易长大，最后却变成了汉奸，太晦气，一刀砍死就对了"

"这么说，侯爷也为我大汉将士欢呼？"

"那是自然，如果不是因为别的事情耽搁了，这一会我可能正在湟水边上追击匈奴呢。"

船老大急的跺着脚道："您就不该留家里，如果参与了这一场大战，后半辈子就能躺着吃饭了。"

云琅笑而不语……

尽管他心中也有淡淡的悔意，可是，一想到自己几次上战场的感觉，这种悔意很快就消散了。

他很确定，自己不是一个适合吃战争饭的人。

昔日荒芜的上林苑，此刻也不知道哪来这么些人，渭水的河堤上，车如龙……云琅正在感慨世事无常的时候，忽然听到岸上有人喊，循声望去，却发现小虫正站在岸上蹦蹦跳跳的摇晃着手帕。

宋乔跟苏稚正在家里仆役的簇拥下，也站在河岸边上看他，老虎更是急躁的在河岸边走来走去的，看样子很想上船。

"靠岸！"

云琅对船老大道

"大马车可上不来。"

"只要人上来就成。"

船刚刚靠岸，云琅就把跳板搭好了，小虫第一个跑上船，还没站稳就开始数落船老大之前不让她们上船的恶劣行径。

亲自抱着云音，扶着宋乔上了船，刘婆等一干妇人也加入了数落船老大的队伍，一时间，诺大的平底船上热闹极了。

云琅扶着宋乔坐下小声道："怎么这么着急？"

宋乔拉着苏稚的手道："你倒是问问她，一个主人被一群仆妇撺掇的没了主意，妾身才上马车，准备派去看看您跟平阳侯说完话了没有，小稚就让车夫赶马车了。"

云琅把一心要看河水的云音拖回来，把她丢给，又把另外一个要伸手去够河水的孩子给拖回来，一样丢给，顾不上回答宋乔的话。

看的出来，宋乔似乎也有点小小的失落。

云氏最近非常的出彩，尤其是蚕丝被横空出世之后，立刻就成了关中勋贵争先抢购的好东西。

宋乔更加忘不掉，她跟苏稚拖着一车蚕丝被去阿娇那里送礼的场景。

一向高高在上的阿娇，在知道蚕丝被是怎么制作成的以后，一张脸变得铁青，连客套话都不说，就端茶送客了。

云氏制作的蚕丝被很多，在当做礼物送给所有相熟的勋贵一家两床之后，剩下的还够他们卖一年的。

最妙的就是随蚕丝被一起送去的还有一个使用指南，指南上说的清楚明白，像蚕丝被这种贴身的寝具，最好还是用本色丝绸比较好……蚕丝被的事情让宋乔跟苏稚得意了好久，当她们正准备继续享受蚕丝被带来的荣光的时候，霍去病在义渠人的地盘大破匈奴的军报就来到了家里。

云氏新开发的蚕丝项目带来的荣光，转瞬间就被太阳光一般的大捷消息所笼罩。

宋乔之所以要急着去阳陵邑，恐怕是不想缺席霍氏的庆祝大会，这样的好消息，如果不能在第一时间向霍氏表示祝贺，是非常失礼的一件事。

"其实挺好的，去病的战功确实让人羡慕，不过呢，夫君还是不要上战场，就留在家里，让妾身跟苏稚伺候着过好日子。"

宋乔见丈夫似乎有些失落，就拉着他的手安慰。

云琅笑道："我这时候要说我从未羡慕过去病，你们一定是不信的，现在这个时候，不论是陛下，还是百姓们都认为羡慕去病的战功才是最正确的一件事，所以啊，我还是羡慕一下好了。"

宋乔跟苏稚被云琅的话给逗乐了，见丈夫确实没有什么心情低落的意思，这才安然的坐在船上，看渭水边上的人载歌载舞。

坐船是直接到达不了阳陵邑的，褚狼早早就带着马车跟仆役在码头上等家主。

云琅一行人进了阳陵邑之后，赫然发现，诺大的阳陵邑被人挤得水泄不通。

好在，阳陵邑令知晓这座城池里的居住的勋贵多，就特意留下了北门专供勋贵们出行，即便如此，短短的两里路，云氏的马车也走了足足半个时辰。

汉人的武风在这一刻彰显无遗，满大街上都是佩戴宝剑出行的男子，有些衣着华丽的女子，在戴着幂篱的同时，也给腰上挂了一把小巧的短剑。

举国欢庆的时候，人很容易忘乎所以，云琅瞅着那些被无数无赖子强搂过，正在破口大骂的女子对腰间同样挂着短剑的苏稚道："你可不敢乱跑！"

苏稚骄傲的回答道："谁有耐心跟一群下人仆役在街上乱跑，霍氏早就传来了消息，他们家收拾好了阳陵邑的宅院，就等着我跟师姐过去呢。"

"云家兄长可在车上？"

一个熟悉的声音在马车外吼叫，云琅来不及继续叮嘱苏稚，就掀开车帘，却发现卫优正坐在马上，护卫着一辆黑色的四轮马车冲着他笑。

少年人一身蓝色的春衫，端坐在马上确实有几分颜色，只是，当苏稚的脑袋探出车窗冲着他喊了一声小优之后，那个骑着马混在人群里的漂亮少年立刻就变成了鹌鹑。

打了一个寒颤之后匆匆的朝云琅抱抱拳头就躲到马车另一边去了。

苏稚有些沧桑的对云琅道："你看看，小孩子也要成亲了，还知道跟我避嫌了。"

云琅笑道："你不要再欺负卫优了，那孩子回到长安半年后，才从你带给他的阴影里走出来，据说，他现在一口肉都不吃。

好了，好了，卫优喊我呢，霍氏全是女眷，我们去了不合适，好好玩，我自己去找乐子了。"

"不要去长安，我听曹氏说，曹襄把回春楼包下来了，正在款待那些纨绔子弟呢，夫君不要去。"

第八十八章利益者鄙

谁都想让世界，让命运对待自己温柔一些，云琅也是这样期盼的。

跟霍去病生活在一个时代，已经是一件非常痛苦的事情，现在，云琅还处处被人拿来跟霍去病相提并论，这就是残酷的虐待了。

云琅总觉得跟霍去病比起来，那家伙似乎更像是一个穿越者。

云琅施施然的走进了长安回春楼，这里衣香鬓影，骚气满楼，美的是那些歌姬，是那些舞者，发骚的却是一干勋贵，一群少年人。

跟阳陵邑狂热的庆祝活动相比，长安人就要内敛的多，一来，长安城里的百姓少，二来，大群的勋贵们做不出在街上舞蹈或者比武的事情，于是内敛的勋贵们就来到了寻欢作乐的青楼来宣泄自己的激情。

才进回春楼，就有一面熟纨绔热情而至，黏糊糊的手拉着云琅的手连连狂呼道："永安侯至矣，张郎速来问候！"

云琅用力才甩掉那只腌臜的手，强忍着擦手的冲动笑道："君因何而来回春楼？"

腌臜兄大笑道："去病儿血战十里，刀剑折断，战马三换，自身却毫发无伤，诸兄皆以为奇，有好军阵者，正在复盘，想找找还有没有身在战场却毫发无伤的法门。"

云琅大笑道："无他，唯侥幸尔！"

"唉！云兄此言差矣，想那霍氏自经历战阵以来，身先士卒乃为常事，至今却安然无恙，小弟还听说，此人至今肌肤如玉，未见一处伤痕。

勇冠三军的兄弟我们见多了，哪一个不是缺胳膊少腿的，就张家三郎，才在上林苑与匈奴血战一场，如今，双腿安在哉？"

腌臜兄正口沫横飞的跟云琅辩驳，一只拐杖就从后面探出来，重重的捅在腌臜兄的双股之间，腌臜兄不但不以为忤，反而大喜，反身就抱住坐在轮椅上的张连大笑道："哥哥居然对小弟有了兴致，不妨等酒宴过后，我们就回房叙话？"

张连大吼一声道："快滚！"

腌臜兄见张连脸色不好，依旧笑嘻嘻的拉着张连的手亲热许久这才离去。

云琅在第一时间就拉着张连的衣袖用力的擦手，恨不能用硫酸把手洗一遍。

张连无奈的道："何至于此？"

云琅暴怒道："我才进长安城，就被你的家仆邀请来到了回春楼，说主人家有请，我兴冲冲的来了，你却把一个龙阳货放在门口迎宾是何道理？"

张连挥手招来一个绿衣歌姬，要她准备清水给云琅洗漱，两人都狠狠的洗过手之后，张连才指着远处依旧在观望他们的腌臜兄道："钟离远，昔日项羽麾下悍将钟离眜的后人，他的先祖战败自杀，而钟离氏却是秭归县的豪族，太祖高皇帝一统天下之后，钟离氏并未受到多大的牵连，名声多年不显于长安，到了钟离远这一代，不知为何要来长安求官，今日的盛宴都是他准备的，多少忍耐些。"

云琅嫌弃的丢掉雪白的擦手白绢道："今日的酒菜算是吃不成了。"

张连怒道："一百个金锭呢，忍耐一时，我们兄弟可以在长安快活很多天。"

云琅鄙夷的道："云氏不缺钱。"

"可是，我缺啊！"

张连说着话就摇动轮椅，拉着云琅准备进入早就备好的花厅。

云琅站在张连背后推着他走了进去，刚刚走进大厅，就听见周鸿正口沫横飞的给众人讲述霍去病在大河谷一战的始末。

听了几句，云琅就对张连道："去病要是跟周鸿说的一般作战，这时候我们大概正在哀悼去病呢。

什么叫铺天盖地的箭雨落下来，去病挥舞大戟一一拍落？你是经历过匈奴狼牙箭攒射的人，觉得可能吗？"

张连小声道："必须可能！"

"咦？"

"你知道个屁啊，去病越是厉害，不就显得我们这群酒囊饭袋也厉害吗？

毕竟什么样的人交什么样的朋友，与其说周鸿在吹嘘去病，不如说是在给我们脸上涂脂抹粉呢。"

云琅对于张连把他无情的归类到酒囊饭袋中非常的不满，可是，对比的对象是霍去病，他只好认下酒囊饭袋这四个字。

推着张连找了一个最偏僻的位置坐下，准备听这些人如何吹嘘霍去病，刚刚坐下，吹嘘累了的周鸿就走了过来，端起云琅面前的酒盏一饮而尽之后道："阿琅怎么来的如此快，刚刚探马来报，阿襄还在二十里以外呢。"

"说，喊我过来是为了什么，这里太乱，你也知道我这人喜欢清静。"

周鸿坐在云琅对面，斥退了伺候的歌姬，低声道："今天的主宾可不是你跟阿襄，而是郭解！

你们不来，郭解不开口。"

云琅皱眉道："云氏没有用胡奴的习惯，就算是下地干活的仆役，我家也一般会用汉家人。"

"你家的仆役很快就不够用了，汉家仆役用起来太贵，还是胡奴好一些。"

"此话怎讲？"

"你还不知道？"周鸿非常的惊讶。

"我该知道什么？"

"去病的奏折已经到了长安，此战的功劳，去病一个字都没有提及他，却把更多的笔墨放在了赵破奴，李敢，谢宁以及陇西郡守张昌文。

仗是他们打的，把他们的名字放在前面谁都没话说，可是，接下来，去病的奏折上说的全是你跟阿襄！

可以预料，此战完全解除了大汉西北的边患，赏赐一定极重，但凡是能在这封奏折上有名字的人，必定发达啊。

你现在还觉得你家的那几个可怜的仆妇，仆役们能照顾的过来你那么大的家产吗？"云琅摇摇头道："大河谷一战，是去病，李敢，赵破奴，谢宁他们用命换来的，我不敢拿兄弟们的血汗功劳。

云氏如今已经有了太多的产业，该是到了整合，精细作业的时候了，继续拓展，不是我家的目标。"

张连拉拉云琅的衣袖道："你本事大，有一万种赚钱的法门，你就可怜可怜你这个没腿的兄弟一下成不？

去病的功劳是我们这群人身上光芒啊，趁着去病建立了不世之功，我们这些纨绔这时候跟陛下要点官，要点爵位，正是方便的时候。

郭解这一次便宜占大了，光是战死的一千七百游侠，就让陛下对游侠这群人另眼相看了。

以前，公孙弘对游侠的观感极差，早就想整顿一下游侠，估计是准备杀一些领头的游侠好震慑一下，自从这一战之后，公孙弘已经成型的想法，就忽然消失不见了，朝堂上再也没有关于治理游侠的风声了。

你当初把郭解当猴子耍，还准备把他弄成一个好玩的圣人，现在好了，这混蛋这一次真的距离圣人不远了。

他自己两次跟着那你们征战，他的一群兄弟又在大河谷死战不退，一大群人又死了一大半，剩下的又伤残了一大半，侥幸活着的几个为国征战了，朝廷给些赏赐也是理所当然。

这一战下来，关中的游侠算是废了，比公孙弘准备执行的法度效果要好的太多了。

咱们大汉不缺地，缺的是劳力，自从你用一群仆妇帮你云氏奠定了一个干净的基业之后，云氏就成了人人效仿的对象，勋贵们开始认识到仆役的重要性。

你是不知道啊，这两年，苛待仆役的事情已经很少发生了，以前，你云氏给仆役发钱的事情，让关中的勋贵们快要恨死你了，现在，只要家中但凡有些钱粮的人家，都会给自家的仆役发钱。

这样做了之后，我们发现，家里其实并没有受什么损失，春日里发的钱，到了秋日之后就能数倍的通过家里的产业弥补回来。"

云琅拎起酒壶嘴对嘴的喝了一口酒道："所以你们还是狗改不了吃屎，准备找一些不用给钱的奴隶回来？"

周鸿极度无耻的点头道："没错啊，能不给仆役们发钱，自然还是不发钱的好。

盘剥汉人的名声传出去不好听，换一群人来盘剥一下总没有问题吧？

我家的矿山多，钻洞子的仆役今死一个，明死一个的看着不落忍，还是换一下，换一下，免得被那些妇孺们的哭声给惹得心烦。"

第八十九章天知道地狱有几层

上位者的心中很少有仁慈这个概念。

他们的理想高于仁慈观念。

即便是出现了仁慈这个概念，也是相对的，不是普及性质的，否则无从展现自己的高贵之处。

在大汉还谈不到什么灵魂的高贵，更多的表现在大房子，大马车，以及高官厚禄上。

一个人的力量是有限的，如果让他们自己去种地谋生，后果很严重，可能他们的爹娘，妻儿会被活活的饿死。

因此，通过一种制度或者一种巧妙地方法来达到侵占别人劳动成果，最后让自己丰衣足食就成了上位者考量的全部内容。

一个怯生生的小姑娘战战兢兢的给云琅倒酒，看的出来，她用是才来到回春楼这个地方，不论是气质，还是做派都与这座豪华的楼阁格格不入。

鬓角下还有一缕调皮的头发没有被梳拢好，就她目前的发式，还没有降服她昔日的是我要买你就成，事办完了，就自己离开。"

将这一幕看在眼里的郭解，取过那锭金子道："我一起去办，她还没资格自己赎身。"

那个挟子又对着郭解就是一通叩头，把额头都在木地板上磕的快要流血了，被郭解拖着离开。

曹襄喝一口酒道："胡奴的事情你是怎么看的？"

云琅跟着喝口酒道："利润惊人，不过，后患无穷！"

"男的全部阉掉，就没有问题了。"

云琅手里的酒壶都掉地上了，好半晌才回过神道："这么缺德的主意谁出的？"

"公孙弘啊。"

"啊？这么说，官府也要捕奴？"

"是啊，义渠之地的胡人胆敢对抗天兵，自然是自寻死路，原本是要灭族的，后来公孙弘发现奴隶能卖钱，所以，就不同意让去阉们执行这个策略了，可能会形成永例。"

"阉割是不成的，既然要用人力，阉割之后那里还有干活的能力，而且死亡率太高了些。

这不符合事实，哪怕阉割的策略下来了，以后也会在实施的时候废除，不如一开始就不要立这样的规矩。"

云琅知道，如果用道德的要求去建议公孙弘这种人施行仁慈一些政策，不如用真实的利益来达到这个目的。

[记住三五中]

第九十章世上最执着的感情是仇恨

钟离远有些失落，虽然今日的场子是他花钱包的，有资格邀请客人的却是曹襄，张连这个允许他代替曹襄包场子的人还从他手里拿走了一百个金锭。

如此，他才有资格站在回春楼门前如同一个龟公一般招呼客人。

很明显，不论是云琅，还是曹襄对男人都没有什么兴趣，这让他特意精心修饰过的容貌显得非常失落。

不过，一旦有纨绔子弟进来，他就会换上一张灿烂的笑脸去迎接，期待下一个人的口味会特殊一点。

说起来也是一个富家公子，不知道他为什么一定要用这么恶心方式靠近勋贵们。

曹襄不是色鬼，他很多时候表现出来的猴急模样大多数带有表演性质。

这里的勋贵子弟们的模样也大多不是他们的本来面目，只是在这样的场合里大家都要把自己装扮成最无害的一种人色鬼。

只有大家都是色鬼了，才能愉快的一起玩耍，要不然诉求太多会破坏团结的。

云琅的角色当然是一个惧内的人，大家都这么看云琅，却没有一个人相信，反而认为云琅是纨绔群中把自己糟践的最狠的一个。

霍去病打了胜仗，这些人聚在一起瓜分胜利果实，就像狮子捕获了猎物，吃饱了离开，一群鬣狗在争夺剩下的残羹剩饭。

家主亲自参与争夺这非常的丢脸，这些纨绔们出面就非常的合适了。

卫伉确定苏稚不可能来回春楼之后，也匆匆的赶来了，他如今的爵位是宜春侯，长平给他另外准备了一座新府邸，预备让他自己过。

新府邸就在上林苑，卫伉似乎对这个结果没有什么怨言，显得非常愉快，他的两个弟弟好像比他更高兴。

马上就要有自己说了算的府邸了，卫伉最近在积极地筹建自己的家业，买地，买奴仆，招收谒者，管家，管事，非常的忙碌，也在积极地向纨绔群里渗透。

他来了，就很自然的坐在曹襄，云琅的身边，片刻功夫能起身给两位兄长倒八十回酒，懂事的令人想抽他。

"渭水自流渠上有两座磨坊，归你了。"曹襄终于忍不住开口了。

卫伉大喜，连连谢过自己的兄长，然后满怀期待的瞅着云琅。

云琅吧嗒一下嘴巴道："跟你兄长一个待遇，鸡鸭苗，猪崽子，羊羔子，牛犊子，蚕种，都给你备好，你老婆要是知道经营，将来会有很多家底的。"

卫伉拱拱手道："两位哥哥的情义弟弟领了，听说郭解……"

卫伉的话还没有说完，他的脑袋就被两只手大抽的左右摇晃一下。

曹襄跟云琅抽完卫伉，两人似乎都舒心了，云琅朝曹襄努努嘴巴，曹襄就对卫伉道："不许你认识郭解，也不许你跟郭解有任何关系。

亚父一世英名得来不易，没必要毁在几个钱上。"

卫伉连连叫屈道："我没想贩奴，我只想弄一些人手给我劳作，母亲给了我在上林苑置办了五千亩地，却不肯给我人手，我总不能自己去耕作吧？"

曹襄道："我们家只能用汉人仆役，这一点没的商量。"

"汉人仆役要给钱粮……"

于是，卫伉的脑袋再一次遭殃……直到他发誓家里一个胡人都不会有，云琅，曹襄才算是放过他。

"为什么我们家一定不能用胡奴？"卫伉还是想不通。

云琅看了卫伉一眼道："因为我们是真正高贵的人。"

听云琅这样解释，卫伉傲然点点头，心中想用胡人的想法终于全部熄灭了。

那个刚刚被曹襄蹂躏过的贵妇背着一个小小的包袱在郭解的带领下特意从云琅的面前走过，身后还跟着一个小小的丫鬟，短短时间里，那个聪慧的农家女子就跟这个昔日的贵妇达成了相互扶持着活下去的统一意见。

曹襄见那个小女子冲着云琅施礼，有些惋惜的对云琅道："你怎么总是干这种没意思的事情啊？"

云琅喝了口酒道："那是因为我们刚刚同意了一桩伤天害理的买卖，这时候就该做点好事，好麻痹一下老天，你听，刚才还隐隐有雷声传来，这一会就云开日出了，不用担心被雷劈了。"

才喝了一个时辰的酒，郭解就跟张连，周鸿拿来了一张纸放在云琅，曹襄面前。

447

云琅大概看了一眼，要来毛笔，把云氏，霍氏，曹氏，李氏，卫氏的奴隶份额给划掉了。

张连犹豫一下道："你们真的不要？"

云琅笑道："你们都去要便宜的胡奴了，如果家里有多余的汉人奴仆，记得留给我们。"

周鸿笑道："被我们驱逐出去的奴仆，恐怕都是奸懒馋滑之辈。"

曹襄笑道："那样的人我们也要。"

张连还在犹豫，周鸿却一巴掌拍在案子上道："好，就此一言为定！"

云琅，曹襄笑眯眯的点头答应，周鸿大吼一声道："孩儿们，给耶耶跳起来，给耶耶把乐曲奏起来，今日我等为骠骑大将军庆功不醉不归。"

眼看着周鸿把满满一碗酒泼向半空，云琅无奈的瞅着酒水落在自己的衣袖上，泼掉碗里的酒水，重新倒了一碗酒，随着众人的大喊大叫灌进了肚子。

天知道有几个人是在真正的为霍去病的大胜感到兴奋，跟他们相比，云琅更想随着宋乔，苏稚她们在阳陵邑的街市上那些百姓一起共舞。

无论如何，他们才是真正为骠骑大将军的战绩感到高兴地那群人。

西北无战事，就表示他们的子侄不用再去遥远的西北与匈奴作战，西北无战事，就表示皇帝不会再征用更多的钱粮喂养西北边陲戍边的大军。

他们要求的少，所以就显得格外快乐，这群勋贵们要求的多，因此就显得格外虚伪，痛苦一些。

钟离远洗掉了脸上的胭脂，擦干净了双手之后，倒也不失为一个翩翩佳公子。

只是洗了一个脸，他就从一个猥琐的龙阳，变成了阳光的少年人。

"我想求官！"

这一次钟离远恭恭敬敬的冲着云琅，曹襄施礼，卫伉饶有趣味的瞅着这个人，而郭解低头吃着桌子上的杏子，连抬头看一下兴致都没有。

"以你的家财，在蜀中弄一个孝廉或者名士，应该不是很难，何苦来长安糟践自己呢？"

对于求官这件事，云琅并不认为有什么不妥，毕竟，这是很多大汉读书人的生平志向。

"钟离氏得罪了黄氏，诺大的蜀中已经没有了钟离氏的立足之地，因此，我特意来到长安碰碰运气。"

云琅看着曹襄笑道："黄氏对我不友好的事情，怎么这么快就连蜀中人都知道了？"

曹襄吐出一个杏核道："长安哪里有什么秘密可言，在有心人的推动下，你跟蜀中黄氏已经成了生死仇敌。"

钟离远拱手道："钟离远知晓云侯被困于染坊，钟离氏家里虽然不是以丝绸为业，以前也曾有过一个不大的染坊，如果云侯需要，十六个匠奴，钟离氏愿意双手奉上，我妻子稍有颜色，还有少许家财，若云侯能让钟离远入仕，没有什么是我不愿意献上的。"

曹襄摇头叹息道："黄氏一定把你家害得很惨！"

钟离远的眼睛微微有些泛红凄声道："吾祖死于是，吾父死于是，吾兄长死于是，钟离远也将死于是！"

卫伉倒吸一口凉气道："蜀中黄氏，一族三太守，你即便入仕，也只能从胥吏干起，想要依靠官场倾轧来击溃黄氏，这个可能太小了。"

钟离远大笑道："不是还有可能吗？我如果浑浑噩噩的活着，那就一点可能都没有了。"

云琅忽然笑了，对钟离远道："我对你没兴趣，对你妻子也没有兴趣，对你的家财更是没兴趣，不过，我倒是对黄氏很有兴趣，你想要一个胥吏的位置，这对我来说很容易，告诉我，你想去那里当胥吏呢？"

钟离远闻言大喜，直挺挺的跪在云琅面前道："闻听云侯与张汤交好，能否让钟离远进入廷尉府呢？"

云琅笑了，拍着桌子对曹襄道："你听听，这是一个很有想法的人。

廷尉府就算了，有王温舒在，你混不出来，如果你真的够狠，我将你推荐进另外一个地方如何？"

钟离远稍微有一点失望，不过，他很快就变得非常坚定，重重的叩头道："随火里，水里，钟离远任凭驱使！"

云琅点点头道："那好，三天后你来云氏一遭，我引荐一个人给你，能否成功我不做保证，但是，这应该是你报仇的最快捷径。"

钟离远眼中似乎一下子就有了光芒，垂手肃立在云琅身边，就像一个最忠诚的卫士。

云琅对卫伉道："告诉张连，这里的帐他付，不论钟离远给了他一百个金锭，还是两百个金锭，他都必须还给钟离远。"

卫伉很是兴奋，他第一次真正参与到一件貌似很大的阴谋里面，这让他有一种长大成人的感觉。

起身就去找张连去了。

云琅又看了钟离远一眼道："我只会帮你这一次，以后的事情与我无关。

你的死活你自己把握！"

钟离远笑道："我等待死亡到来的那一天已经很久了，如果能报仇雪恨，我随时都可以死！"

第九十一章 心甘情愿被利用的人

因为无所事事，所以，大汉人的酒宴一般会持续很长时间，通宵达旦也只是寻常事。

也是因为张骞的缘故，西域人的歌舞摩柯兜勒已经传入了大汉。

据说胡人只要高兴，就能连续不断的演奏摩柯兜勒十二个时辰。

现在，汉人只要高兴，也能把乐师改编过的摩柯兜勒演奏十二个时辰。

真正让云琅彻夜不眠的不是美酒，更不是美人儿，而是这连续不断的音乐。

好几次云琅听音乐都能听得泪流满面，即便云琅是地位很高的勋贵，想要听乐曲也不够格。

一个只能发出高低音的大型破编钟，居然需要王的身份！！

曹襄家倒是有，可是，他家的编钟只在祭祖的时候用锤子敲两下，据他说，那东西是礼器，连他都不敢偷偷拿出来……阿娇那里倒是很随意，可是，云琅不敢留在长门宫听乐曲……一个侯爵，不愁吃，不愁穿，仆婢如云，家将如虎，良田无数，住在堪比后世公园的豪华大宅子里，却听不到这样好听的音乐，这种心情真是无法溢于言表。

平日里哄苏稚的时候唱个妹妹你坐床头，都能被苏稚惊为天人，很没意思！

天亮之后，云琅终于从充满异域风情的音乐中清醒过来，这才发现卫伉这孩子早就倒在地板上睡得不省人事，倒是郭解跟钟离远两人依旧精神奕奕的，一副非常喜欢音乐的样子。

至于曹襄……他早就不知道哪里去了。

走的时候还从云琅的革囊里拿走了两片老参。

就着冰凉的井水，痛快的洗了一个脸之后，云琅终于恢复了精神。

回春楼猪食一样的早餐，云琅自然是不吃的，打发走了郭解跟钟离远，云琅跟卫伉就去了长公主府。

原本应该叫一下曹襄的，可是曹襄睡得不省人事，再看看他房间里两个的美人，云琅也就懒得叫他了。

这样做的后果就是见到长平之后，长平没看见曹襄，就命她的女官去回春楼找曹襄去了。

卫青不知道去了哪里，他的行踪总是非常的神秘，云琅跟卫伉陪着长平吃了一个安静的早饭之后，头发乱糟糟的曹襄才从外面匆匆的赶过来。

长平只是微笑着握了一下儿子的手，然后就笑道："吃饭吧！"

然后曹襄就舍弃了平日里用的很熟练的右手，开始用左手笨拙的吃饭。

"你送过来的蚕丝被很不错，我试过了，确实是一个非常好的寝具，开一间专门做这东西的作坊应该很不错，不过呢，你现在是勋贵，不是商人，蚕丝被这样的东西还是应该流传出去，让百姓收益为好。"

长平的话说的平声静气的，看不出哪里有什么不妥，不过，曹襄的一张脸涨的通红，平日里碰都不碰的菜头，死命的往嘴里刨。

云琅笑着对长平道："母亲说的对，一点蝇头小利的事情，云氏确实没有必要藏着掖着。

只是孩儿以为，蚕丝被不应该在开放之列，相反，造纸，这样的东西更应该散播出去，最好每一个读书人都懂得自己造纸最好。""这是为何？你如果缺钱，我这里可以给你补偿，蚕丝被不同毯子，它更加保暖，而蚕丝农家也有，这一点很重要，至于造纸术，应该掌握在国家的手里，不宜轻传。"

云琅苦笑道："农人用不起蚕丝被，一床蚕丝被至少需要四斤蚕茧才能制作一床。

而四斤蚕茧就是四斤丝线，卖掉这四斤丝线，可以让一个三口之家吃用两月。

在百姓没有解决吃饱肚子的问题之前，蚕丝被是他们不敢想的昂贵之物。

至于用得起蚕丝被的人，孩儿以为多收一些钱也无伤大雅。"长平苦笑一声摇头道："看来是我想差了，只是你为何一定要造纸术的法门传扬出去呢？"

"一家造纸，那么无论造多少年的纸张，我们想要比目前更好的纸张就是一个泡影，只有更多的人参与到造纸过程中来，我们才会使用到越来越好的纸张。

至于朝廷担忧的那些烦恼，我以为只要掌控印刷术，就能有效的解除朝廷的担忧。"

长平点点头道："原来有这个缘故在里面，看来不懂的事情，以后最好不要多说话，也就我们是母子，这样的话才不会见外。

这些天来，我一直想把你的名字记录到玉牒上去，却总是被小人从中作祟不能成功。

思量着只要你再立新功，说不定就能达到，只有你的名字上了玉牒，才算是真正的与国同休。"

看的出来，长平把这件事看的极重，可是，云琅不这样想，人汉皇族繁衍了快一百年，子嗣之多浩如烟海，只要想想那个该死的中山王刘胜就明白为什么会这么多了，这家伙一生除了让皇帝废弃了百官告发皇族的事情，就没干过别的，一门心思的留在封地里制造后代，光是儿子，就有一百二十几个，如果连闺女一起算上，人数超过了两百，这些人可都是被记录在玉牒上的，什么屁用都没有。

这家伙之所以被后人记住的原因，不是他有多么的有才德，而是有一个叫做刘备的家伙，坚称自己是中山靖王的后代。

长平见云琅有些不以为意，就皱眉道："别不在意，玉牒看起来不重要，可是，有跟没有是完全不同的两回事。

对一个家族来说尤为重要，等你年纪再大一些就会懂得，哪怕是一个坑，你也必须先跳下去，然后才有资格说他的是非。

好了，看你也疲倦的厉害，就下去休憩吧，年轻人不要总是沉湎在酒色之中，那并非是好事！"

长平说完话就离开了大厅，曹襄眼看母亲走远了，这才伸出鸡爪子一般的手给云琅看。

只见曹襄的手指在很短的时间里就肿的厉害……"喊你的时候，你说不用理睬你……"

"我以为母亲对我已经不管了……"

卫伉心有戚戚的道："我被捏过两次，自那以后我发誓不再让大母捏。"

云琅再瞅瞅曹襄的手指，倒吸一口凉气道："如此说来，母亲上次捏我，没用全力？"

曹襄冷笑一声道："对我也没有用全力，凡是被她用全力捏过的人，手骨会全部碎裂的。

据我所知，母亲练手练了三十年，一天都未曾荒废过！"

曹襄的话让云琅想起何愁有说长平才是刘氏王朝最后力量的统御者的话，不由得对长平又有了新的认知。

曹襄的手就是被捏肿了，没有伤到骨头，更没有留下什么后患，估计两天之后就会消肿，不过，在消肿之前，他想伶俐的用右手是一件不可能的事情。

皇家的规矩就是从来不给别人改过的机会，一旦犯错，就会立刻惩罚，云琅想起长平对自己施行过的那些惩罚，现在尤其的怜悯曹襄。

至于云琅自己，长平的威胁还没有那么大，按照曹襄的说法，云琅是长平继卫青之后，看中的第二个人。

长平走了，云琅，曹襄跟卫伉回到了他居住的地方，云琅看了一眼卫伉的两个傻弟弟，摇摇头，觉得人的际遇很难说清楚，卫伉当年脑子发热去干了一件与自己能力不相称的事情，然而，事情却没有干错！

男子汉确实是需要脑子发热一次的，不论是为了权势，为了金钱，还是为了美女，只要发热过一次，一生都会收益，且永不会后悔。

昔日的卫伉只想着如何继承父亲的爵位，现在，他只想通过自己的手经营自己的爵位。

人的变化是会落在有心人视线里的，越是这样，越会有重担让你去承担。

"钟离远的事情你是怎么想的？要把他介绍给何愁有吗？"

曹襄把红肿的手塞进冰水里问云琅。

"是啊，黄氏把持着染色秘方，形成了事实上的垄断，这对整个行业是不利的，我只想把这道束缚给解开。"

"这对黄氏很不公平啊。"

"黄氏对我这样有志于开染坊的蚕农也很不公平，他能对我下毒手，我为何就不能还击呢？

有时候一个人不能太好说话了，所谓打出一拳去，免得百拳来，钟离远就是我要打出去的那一拳！"

"钟离远这人身上没有活人的味道，更像是一个死人。"

"被仇恨蒙蔽了灵智，这样的人很好用。只要给他机会，他就会一心一意的去对付目标，不用我们操心，他自己就会用尽心力！"

云琅解释的很清楚，卫伉听得很入神。

曹襄最终长叹一声道："人就不能有点缺点啊，只要有人一心想要算计你，被人家抓住了一点，就会击溃你的全部防线，连挽回的机会都没有。"

"所以说，你这好色的毛病一定要改改，我今天跟卫伉喊了你三遍，你都说不用管你，为了给卫伉留下一个稍微深刻一点的印象，只好委屈一下你这个做兄长的。"

卫伉连忙向曹襄施礼道："辛苦兄长了。"

曹襄幽怨的道："这都是我这个做兄长的应该做的。"

第九十二章于无声处听惊雷

为了庆祝霍去病的伟大胜利，长安城有三天都处在金吾不禁的状态中。

这样的状态很难得，刘彻一般不喜欢在晚上的时候打开长安城门，这一次他非常的兴奋，特意开了这个先例。

了，你要是帮我了，皇帝那里恐怕不好交代。"

"那人是谁？"

"我新认识的一个朋友，名字叫钟离远，他不太想活了，所以我觉得送到绣衣使者里面很合适。

今日晚些时候他会来我家！"

何愁有一个闪身就离开了云琅，远处的云音，再一次从一个木头架子上掉下来了。

第九十三章 必须是为了染料

直到天亮，钟离远也没有来到云氏，早上吃饭的时候何愁有没有提起钟离远，云琅也没有问，就像从来就没有见过那个叫做钟离远的人。

人世间本来就没有什么大事，有的只是人们的胡思乱想。

一场小雨过后，一队马车缓缓驶进了富贵镇，最后停在一片高大的楼阁前面。

平遮矫健的从马车上跳下来，站在门前对看门人道："请禀告夫人，云氏谒者平遮求见。"

原本笑眯眯上前准备见礼的看门人，见平遮大礼在前，就立刻收起脸上的嬉笑之态，郑重的还礼，接过平遮手里的拜帖，说一句"稍待"，就急匆匆的进去禀报了。

天色尚早，卓姬慵懒的坐在窗前，任由背后的侍女梳拢她的头发。

平叟匆匆进来道："平遮来了，这一次是代云氏主人前来问候。"

卓姬平静无波的道："又是云氏少君派人送财物好让我安静的度日，不让我抛头露面给云氏丢脸的问候吗？"

平叟笑道："是云氏主人的问候。"

卓姬冷笑道："我日日梳妆，独坐高轩等他前来，他不来，却总是送钱，难道在他的眼中，我卓文君心中只有钱财么？"

平叟笑道："云氏主人是个良善之人。"

卓姬烦躁的斥退了婢女，将自己乌黑的长发随意的梳拢在脑后，转过身看着平叟道："这一次又送来了什么东西？"

"蚕丝被！"

卓姬长叹一声，让平叟请平遮进来。

平遮垂走进楼阁，很自然的坐在左下首，双手掏出礼单捧给了父亲，从头到尾都没有看卓姬一眼的意思。

卓姬仔细的看完礼单，发现礼单上的礼物非常的丰盛，不仅仅有五床蚕丝被，还有大量的财物，装了足足两马车。

卓姬把礼单放在一边道："礼物很丰盛，我收下了，你家主人还有什么话让你带给我吗？"

平遮依旧低着头回答道："我家主人说，如果夫人与蜀中黄氏有牵连，最好立刻斩断所有往来！"

卓姬愣了一下，然后对平叟苦笑道："你看看，他就是这么小气的一个人。"

平叟笑道："黄氏不知京城深浅，以为云氏不过是一个幸进的勋贵，染料不过小事，他们却走了陛下的路子，意图让云氏绝了开染坊的念头，用心不可谓不毒。

此事已经传扬开来，黄氏对云氏的鄙薄之意尽人皆知，这是云氏立足京城以来接受的第一场考验，如何能不还击？"

卓姬道："他如何还击？云氏在京城，黄氏在蜀中，就算云氏深受长门宫，与长公主照拂，他的手还伸不到蜀中去！

不过，这个冤家既然要斗一斗黄氏，我这个做外室的说不得要全力帮他。

传令卓蒙，即刻入蜀中，搜集黄氏罪证。"

平遮低头道："我家主人只让夫人斩断与黄氏联系，并未要求夫人多做别的。"

"什么都不做，就能让黄氏垮掉？"

平遮笑道："我家主人做事历来高妙，不是我一介谒者所能测度的，既然我家主人没有要求夫人多做什么事情，夫人还是静观其变比较好。"

卓姬皱眉道："既然如此。不年不节的你家主人送我这么些礼物做什么？"

平遮笑道："可能是今天天气好，或者是厨娘今日做的小菜可口，又或者是家主想起与夫人在一起的时光，总之，家主一清早就让平遮带着礼物过来了。"

卓姬笑着对平叟道："你看看，听你儿子话里的意思，我似乎越发的像他家主人的外室了。"

平叟笑吟吟的道："恐怕连陛下都是这么看的。"

"既然坐定了这个外室的名头，他总是不来算怎么回事呢？"

平遮笑道："自从平遮追随我家主人以来，所见所闻所感，我家主人从来不做无用的事情。"

话说完，平遮就告辞离开。

卓姬见平叟送他儿子出了门又回来了，就皱眉问道："那个狠心人到底要干什么？"

平叟摇头道："平遮是一个合格的谒者，什么都没有对我说。

457

不过呢，我不相信云琅会害你，最大的可能性就是他将要做的事情可能会损害到我们的利益，因此，提前给了一些补偿。

无论如何，既然平遮说跟黄氏有关，那么，我们作壁上观就好，看看聪明人如何对付黄氏就好。"卓姬叹口气道："他毕竟还是把我当外人……"

平叟苦笑道："我们从开始接触他的时候就用心不纯，他疏远我们是理所当然的事情。

情义能维系到现在，我已经非常吃惊了。"

平遮离开了卓姬府上，就带着车队继续前行，又在郭解家里丢下一辆马车之后，就去了阳陵邑。

三天后，云氏的蚕丝被已经送遍了上林苑，阳陵邑的勋贵之家。

人们对这种新式卧具非常的满意，虽然盛夏的天气里送人蚕丝被未免有些过分，人们还是高兴地接纳了，并且送出了回礼。

苏稚在整理了回礼之后对正在的云琅嘟囔道："卓姬那里送的最多，偏偏就她没有回礼，她把你给的礼物当成该得的例份了吧？

不过啊，那么一个大美人，你就放在那里不用？"

云琅的脸从书本后面抬起来，瞅瞅胡说八道的苏稚道："我决定把你这样的美人儿也藏起来不用！"

苏稚丢下手里的账簿，一个虎跳就跨坐在云琅的腿上娇笑道："你舍得吗？"

卧在另一张软榻上的宋乔，愤愤的将一本书丢在苏稚的后背上道："怎么越来越没有正形了，再这么下去，天知道会变成什么样子。"

苏稚回头看看宋乔道："怀孕的人脾气就是大。"

拿床底间的事情来打击宋乔，是苏稚目前唯一的武器，也是三人独处的时候最喜欢说的事情。

云琅对此自然是喜闻乐见，只有宋乔总是不满。

宋乔摘下簪子挠挠头发，对云琅道："夫君这一次这么慷慨，可是有什么想法？"

云琅抱着苏稚笑道："以后会成为惯例，好的纸张出来了，我会送人，好的书本印出来了我也会送人。

要让这些人习惯接受云氏的好东西，让他们形成云氏出品，必是精品，这样的一个概念，对我们以后做事非常的重要。"

"为什么只给上林苑跟阳陵邑的人家？"

"呵呵，因为长安城的勋贵太多，我们家给不起，二来呢，全都给了，我们卖给谁去？"

苏稚得意的大笑道："是这个道理，是这个道理，这些人家给的回礼，比我们送出去的东西价值要贵，以后我们家只送不买成不成，当然，卓姬那里就不要送了。"

云琅笑道："不是那样的，下回还要多送一些，如果事情真的按照我预料的方向走，蜀中卓氏可能会遭受大难！"

"为什么？"

"还能为什么呢，云氏要对付黄氏，公孙弘，桑弘羊这些人也早就对蜀中自成一片天的样子很不满。

甚至还有烧掉剑阁七百里，蜀中别是一洞天的传闻出来了，这时候，陛下要是还不整肃一下蜀中，那就太说不过去了。"

"烧掉剑阁七百里，蜀中别是一洞天？谁这么大胆敢说这样的话？"

"哦，是我说的，阿襄觉得这句话不错，就不知怎么的给传出去了。"

宋乔倒吸了一口凉气道："夫君这么做，就是为了染料？"

云琅瞅着宋乔道："必须是为了染料！"

宋乔还想说什么，云琅摆摆手道："我之前也以为云氏跟黄氏不过是一点生意上的纷争，算不得什么大事，后来发现，人家根本就把我们当死敌，不惜出重金买通了绣衣使者来我们家搜集我的谋反证据。

你说，这个时候，我要是再仁慈下去，是不是就太傻了？"

第九十四章 贪婪？不一定吧！

论起秉性来，云琅可能比大部分汉人要仁慈的多，同样的，论起恶毒来，大汉人在他面前依旧相形见绌。

在这个著名的行为言论还在成为现成的成语供后世人学习的时代里，云琅一天就能制造成可以放一千年不坏。

小小的野餐满足了全家人所有的期待，云琅检查了所有种类的果蔬，又在闺女跟小老婆的强烈要求下，命看守园子的老兵务必要小心看守，这才带着全家人回到了大宅。

蜜糖这种东西一定要一群人吃才能体会其中蕴含的幸福感，如果像何愁有那般一个人抄着油饼蘸蜂蜜吃，就会吃出一股子浓烈的孤独感来，于是，被父亲担心吃坏牙齿的云音，以及有同样担忧的霍光，就很自然的陪着老祖吃油饼蘸蜂蜜……不大功夫，何愁有的老脸上就有了笑容。

狗子去了匈奴人的地盘，很久都没有消息传来，何愁有也不担心，虽然霍去病凭借一己之力击破了义渠，匈奴联军，狗子身负的重任不但没有减轻，反而变得更加重要了。

因为这一战……汉军也损失惨重，再也无力西进！

看着老家伙跟两个孩子愉快的吃了一顿饭，云琅本来想要问他很多事情的，这时候觉得没必要问了，总是试探何愁有的底线不好。

自从霍去病立下盖世军功之后，霍家的扩张步伐就迈得很大，他老婆似乎对土地有着难以遏制的激情，而且只要上林苑的土地，与此同时，李敢的老婆，谢宁的七个主要老婆，以及赵破奴刚刚被赐婚的宫女老婆，组成了长安城最大的炒地团。

开始的时候云琅觉得这样做非常的不妥，结果，这似乎是皇帝所喜闻乐见的，大片大片的土地变成了这些将领的私人土地，刘彻似乎没有任何要阻拦的意思，反而在推波助澜。

第九十五章 勋贵不好当

大汉国从来就不缺少土地，相反，大汉国有大量的土地需要人们去开垦。

让百姓们过着困顿生活的原因是高昂的赋税，以及低下的生产力。

皇帝需要钱粮去打匈奴，百姓们需要钱粮来过日子，可是，一年的产出就那么一点，皇帝多要一点，百姓们手里的钱粮就要少一点，如果皇帝要的很多，百姓们就只好饿肚子了。

事实上，刘彻这个人绝对不算贪婪，他收到的钱粮都被边关的将士们消耗光了，好多时候，他手里的钱少的可怜。

匈奴不能不打。

云琅自从亲眼看到匈奴对大汉造成的危害之后，对这一点他也是赞同的。

边关不稳，谈什么国家富庶！！

生产的东西再多，只会招来更多的饿狼。

好在地提升生产力这一方面，云琅多少还是有些办法的，因此，他才会怂恿曹襄跟他一起种地。

他相信，随着战局越来越大，战场越来越远，大汉国对于钱粮的需求也会更大。

到了那时候，百姓们想要吃一口饱饭就非常的困难了。

当别人都以为大汉国会在很短的时间里干掉匈奴的时候，只有云琅没有那么乐观，随着匈奴退入漠北之后，想要在广袤的荒原上再找到他们，绝对不是一件容易的事情。

刘彻也看到了这个后果，因此，他在几年前就开放了上林苑，他在两年前甚至允许勋贵们有选择的购买上林苑的土地，他甚至大度的饶恕了那些遁入山林不愿意给他缴税的野民。

为了增加劳动人口，他不惜用很卑劣的手段向那些拥有大量奴仆的豪族们开刀。

无论如何多产粮食，才是刘彻的根本意图，不管这些粮食是谁种的，是属于谁的，最终都将是属于他的。

因此，云家果园里的东西数量都不会太多，这样一来，等全家吃过之后，就不给皇帝剩下什么了。

就在云琅准备再去看看家里的麦田的时候，梁翁来报，有一个妇人带着一个孩子跪在云氏门前不走。

宋乔跟苏稚很自然的看着云琅，希望他能给出一个比较合理的答案。

云琅想了很久，自己好像没有干什么对不起这两个女人的事情，而且，即便是有，她们两个用杀人一般的眼神看他也是不对的。

男子汉大丈夫没干过坏事，就是没干过，因此，当那个妇人带着两个孩子见到云琅的时候，也就见到了云琅一家子，老虎大王甚至还低声咆哮一声，吓得两个孩子立刻就钻到母亲背后去了。

"求侯爷救我夫君一命！"

当妇人强忍着对老虎的恐惧，哆哆嗦嗦的说出这句话之后，宋乔，苏稚，云音，霍光，以及老虎大王立刻就转身离开了，半点想听下去的意思都没有。

"你夫君是谁呢？我认识吗？"

"钟离远……"

听妇人这么说，云琅的眉头就皱起来了，不解的看着妇人道："他出了什么事情？"

"他进宫了……"妇人说得非常小声。

云琅抬头看看天空哦了一声道："可是有人逼迫他这样做？"

妇人泪如雨下……只知道死命的摇头。

"你知道他进宫去做什么了吗？"

妇人依旧哭泣，却一个字都说不出来。

云琅叹息一声道："有一种事情叫做求仁得仁，你知道吗？"

妇人抬起满是泪水的脸道："我求他为了两个孩子不要再提报仇的事情，他不肯，三天前说了很多我听不懂的话，喝了一夜的酒，显得很是高兴，然后就把家业丢给我，要我好好地照顾孩子们长大，他就走了……侯爷，帮帮他，小妇人不求大富大贵，也不求报仇雪恨，只求能安安稳稳的过日子。

听我夫君说，侯爷是唯一帮他的人，小妇人求侯爷让我夫君回来。"

"你是说三天前？"

"是的！"

云琅吧嗒一下嘴巴道："木已成舟，恐怕很难回头了。"

妇人并不准备离开，打开了一个包袱，里面满是各色财物。

云琅瞅了一眼道："这条路不好走，却是你夫君自己挑选的路，且没人能让他改变初衷。

是死是活，要看他自己，他好不容易获得了这个好机会，恐怕不愿意放弃。

对了，他是怎么安排你们母子的？"

"在骊山脚下给我们母子买了一块地。"

云琅笑道："那就带着这些财物招纳一些仆役，好好地种地，把指望放在孩子身上，不要再想你的夫君了，我想，这对你们来说是最好的结果。"

"黄氏势大，他独自一人……"

云琅不等妇人把话说完，就道："你知道你夫君是个什么样的人，你也应该劝说过了，既然你的劝说都不能让他打消念头，我的劝告会让他更加疯狂。

去吧，别想他了，他有自己的事情要干，你要是再纠缠他，天知道他会干出什么疯狂的事情。

我想，你应该明白，你丈夫已经疯了。"

妇人拉着孩子重重的叩头之后就离开了，也没有收拾那一包财物，云琅叹口气就让梁翁用马车送她们一程，连同那一包袱财物。

妇人刚走，那群人又从屋子里涌出来，宋乔小声的道："她来干什么？"

云琅没好气的道："想把我一起拉下泥潭，这大汉朝的妇人啊，没有一个省油的灯。

他知道她夫君的意志不可违，就第一时间想到了她跟孩子的安全，第一时间在有心人的监视下跑来咱们家，不管我们说了什么话，外边的那些有心人都会认为，钟离远已经投靠了云氏。

这是给孩子跟她找靠山呢！"

苏稚怒道："这人怎么这么坏啊。"

云琅苦笑道："你没落到这个份上，如果这事落在你身上，你比她还要坏，哈哈哈……一个母亲为了两个孩子，干出这样的事情不算离谱。

这个女人还是很聪明的。"

"她聪明，我们家可要倒霉了！"

"我们家跟黄氏本来就是死敌，现在想要缓和一下都不可能了，既然如此，我们避嫌就一点意思都没有，如果事事都把自己摘干净，让别人去冲锋陷阵，时间长了，别人就不把我们当勋贵来看待了，该有的担当还是要有的。

　　今年的春日宴，皇帝没有邀请我们家，算是给了我们家一点小小的保护，你们看着，明年春日宴的时候，云氏跟黄氏的纠纷一定会被摆上台面，到时候，会有很多人很乐意到云氏与黄氏斗得头破血流。"

　　"我们谁都没有招惹，只想好好地过日子！"苏稚有些愤怒，顺脚踢了老虎一脚，觉得这家伙很没用，没能在第一时间就把那母子三人吓跑。

　　"成了勋贵利益算是有保障了，可是，如果所有的勋贵一个个都和颜悦色的，你觉得最不愿意看见这种状况的人是谁呢？"

　　宋乔抱着肚子坐在凳子上担忧的道："是皇帝？"

　　云琅叹口气道："始作俑者就是他呀！"

　　苏稚也跟着叹口气，今日看到了钟离氏的惨状，让这个素来没心没肺的丫头终于发现，所有的好日子下面都有暗流涌动。

　　"别担心，你夫君应付的来，你们好好地过日子就好，该生孩子的生孩子，该没心没肺傻乐的就去傻乐，改学武功的就好好地学武功，等我将来应付不来了，才轮到你们上场！

　　至于现在么，我应付起来游刃有余！"

　　宋乔抚摸着肚皮道："我们家的人手还是太单薄了些！"

　　云琅笑道："你夫君一个顶他们一万个，以前没心思跟他们玩这些无聊的游戏，既然人家觉得我们家好欺负，那就见识一下我西北理工的斗争手段吧！"

第九十六章世界是兼容的

关上大门，云氏就是另一个天地。

诺大的一个大汉国，也只有这里能够真正做到男耕女织，黄发垂髫悠然自得，也只有这里，每个人才过的相对有尊严一点。

云氏的大门不算高大，却非常的结实，梁翁当初挑选制作大门材料的时候，用了关中最结实的木料，还亲自带人锻打了巨大的门闩，儿臂粗细的钢条深深的扎入底下十尺，再加上犬牙交错的巨石堆积术，这样的大门即便是面对攻城车，也能抵挡一阵。

这是物理上的坚固，赋予这座大门生气的却是云琅本人，很多时候，云琅就是云氏的大门，以及围墙，只要云琅不倒，云氏的大门就会永远矗立在这片大地上。

日头一天比一天毒辣，骊山脚下虽然清凉，田地里的麦子也自然而然的成熟了。

曹襄家的麦田最早成熟，定在今日开镰，云琅特意起了一个大早，要去曹襄那里帮忙。

这是一个极为古老的习俗，也是一个极为古老的人情往来，身为勋贵伙伴，哪怕在这个时候去帮曹襄捡拾一根麦穗也是人情往来的标志。

这种事情并不会因为身份而有什么变化。

宋乔自然是不能动的，这时候自然只有苏稚跟着云琅去，云音跟霍光也非常的兴奋，天不亮就匆匆爬起来，带上老虎大王准备一起去曹家帮忙。

云琅知道，这两个孩子只是舍不得他们的西瓜！

今天去曹家，云琅带了足足五个西瓜。

云琅一身麻衣短打扮，苏稚则用手帕包了头发，云音跟霍光也是一身漂亮的短衣短裤，只是霍光的面容过于清秀，头发又长，跟云音站在一起，更像姐妹而非师兄妹。

当然，这是云琅眼中的孩子们，在外人的眼中，云音像男孩子多过像女孩子，她们两个像兄弟多过像姐妹。

再这样炎热的天气里，老虎大王披着一身厚重的皮毛，自然是不愿意动的，他就喜欢在冰凉的地板上趴着什么都不干。

如果不是云音用一大块冰来诱惑，他绝对不会离开屋子，爬进马车里去的。

马车走了半个时辰就来到了曹襄家，此时的曹氏已经是一副大战来临之前的景象。

一千多个男女仆役已经准备妥当，就等家主一声令下呢。

极为懒惰的曹襄到了开镰的日子也不敢怠慢，也是一身麻衣，腰里还别着一把镰刀，脚下踩着草鞋，看样子是要大干一场的。

云氏的马车走进曹氏大门之后，又有几辆马车相继走了进来，那是霍氏，李氏，谢氏，以及赵破奴新娶的老婆，她们的丈夫在外边，只能是她们来。

眼看人到期了，曹氏的老管家就威风凛凛的吼了一嗓子，就带着所有人去了麦田。

"小心豆子，等麦子割掉之后就该豆子好好地长了。"云琅随意吩咐一声，就提着镰刀走进了麦田。

曹氏的麦子长势很好，就是间作的豆子长得小小的，叶子也发黄，看不出有什么产量。

"豆子的作用是肥田，产量倒在其次，不过呢，等麦子收割完毕，没了争地的东西，豆子很快就会长起来的。"

见曹襄对豆子的长势很失望，云琅特意多解释了一句。

家主本来只需要割下第一束麦子，他的活计就算是完成了，云琅却觉得既然已经下地了，怎么也要趁着太阳没出来之前，把这一垄麦子割完才好。

割麦子对曹襄来说是痛苦的，甚至是一种折磨，跟着云琅咬着牙割完了一垄麦子，就一头扎在麦垛上开始抽搐。

跟在曹襄身后捡拾麦穗的牛氏担忧的瞅着丈夫，她也觉得丈夫似乎有些太劳累了。

好在，云琅在割掉最后一束麦子之后也停止了劳作，见曹襄一副快要死的模样，就笑道："等一阵子带你去吃好东西。"

曹襄挥挥手道："让我歇会就是最大的好处了。"

牛氏连忙笑道："家里也备了一些吃食，云侯要是饥饿了可以先垫垫。"

云琅指指停在地边上的马车道："能让云音跟霍光老老实实守在马车里看着的好东西，有多好吃，你们心里应该有数。"

曹襄一听这话，立刻就来了精神，就大汉国而论，吃饭最挑剔的人绝对不是刘彻跟阿娇，绝对是云音跟霍光！

"这世道干什么都不得劲，也就吃东西能让我感到舒服一些，可是们大部分时间，老子吃的都是泔水！"

云琅抬头看看散布在原野上的仆役们笑道："这世上美好的东西多了去了，你缺少一双会发现的眼睛。"

"对，对，以后要多发现，你发现的多了，我们这些人的日子也好过一些。"

曹襄是一个通人，在得知有好吃的之后，他并没有提出立刻吃掉它，而是坐在棚子底下喝着茶水慢慢的等待，只有身体对食物有了渴求的时候吃美食，才能获得最大的享受。

劳作场面很美，具体到个人的时候就非常痛苦，如果不是为了吃饭这个终极目的，没有人愿意站在大太阳底下汗水摔八瓣的割麦子。

麦芒扎在汗津津的身体上会让人奇痒难当，云琅就有这个毛病，因此，他从不在太阳出来之后割麦子。

"去病在大河边上准备建造一座军城，照搬受降城的模式，准备以那座城为，慢慢积攒力量，然后继续发起他的西征。

捕奴团的人在义渠之地捕获了两万多人，基本上把义渠一族的丁壮一扫而空。

公孙弘下了严令，不许输入义渠女子，听说正在操办良贱不得通婚的法令，前所未有的严厉。"

从曹襄口中永远都能知晓最新的朝廷动态，以及人事变革。

"路博德在岭南之地听说西北地捕奴团的事情之后，也开始蠢蠢欲动，他在南边，更容易捉捕奴隶，在那些地方，三里不同音，十里不同俗，是不是异族人的很难分辨，一旦路博德从南方捉来奴隶之后，西北的胡人奴隶想要卖高价就很难了。

周鸿，张连他们似乎不死心，正在跟路博德一系的人争斗，到了明年春日宴上，就会有一个决断，估计最后的结果是按照地域划分来解决。

不过呢，长安，关中，才是最需要奴隶的地方，争斗的过程应该非常的惨烈。"

云琅笑道："我们不参与奴隶买卖，自己也不买奴隶，家里的仆役以后也要签订文书，规定在家里服役多少年之后就给人家放良。"

曹襄瞅着满平原劳作的仆役担忧的道："如此一来，我们的日子会过得很艰难。"

云琅大笑道："采取自愿原则！"

曹襄随即就笑了，拍拍云琅的肩膀道："这法子好，自愿，一定要自愿啊！"

"跟着我们的仆役，只要不偷懒，过上几年之后都该是有些家业的人，人呢，从来就没有满足的时候，有了一点家业，开明聪慧些的人就会培养自家的子弟，一旦培养子弟成了风潮，总会有很多人成材，成材的这一批人再委身为奴，是非常不合适的，强留会留成仇人，这时候，就该有一个出口。

只要保持入口，出口畅通，我们家的仆役就不会成为祸患，或者被人诟病。

大家族么，就该有大家族的风范，这一点非常的重要，如果以后能让外边的人以出身我们这些家族为荣，将来家主有没有官职爵位又有什么要紧。

我很期待将来真正的贵人出现，这种人不再是以高官厚禄为标准，而是以品德，智慧，才华，敦厚，雅量，善良为标准的人。只有这样的人成为贵人了，大汉朝延续个几百上千年不算难事。"

"你是说我以后不能再进出青楼了？"

"大丈夫行事自然不拘泥于小节，只要大义不亏，些许小事何足挂齿？"

"这很矛盾啊，一边声色犬马，一边板起脸来教训别人，总觉得哪里不对！"

云琅大笑道："无非是利害二字作祟而已，此中奥妙你还需细细体会！"

第九十七章 勒索

云琅拿来的西瓜很甜，被冰镇了半天之后，咬一口就能冰霜入肺。

曹襄吃的如同叫花子一般，好不容易等半块瓜吃完了，就抬起满是瓜汁子的脸道："明天再拉十几车过来，我觉得我一个人吃几千斤不在话下。"

"种了一亩地的，应该够你吃的，只是给外人的就没有了。"

曹襄瞅瞅云音手里的半块瓜可惜的道："多拿一些来啊，吃个半截子不上不下的这事你也干得出来？"

云琅把自己面前的一块瓜推给曹襄道："今天就熟了这几个，想要再吃，等两天吧，那时候地里的瓜也该全熟了。"

曹襄没有半分不好意思的模样，取过云琅推过来的西瓜继续大吃。

"这么好吃的东西就该种的满世界都是才对，你家怎么就种了一亩地这么少？"

"就这么多种子！"

"明年种子该多了吧？"

"如果都像你这样连种子一起吃下去的话，明年就没有种子可用了。"

曹襄舔舔嘴唇遗憾的道："你说说，这世上的好东西为什么总是这么少？

稍不小心就绝种了，偏偏是没用的东西满世界都是。"

云音吃完了西瓜，就不喜欢在曹家的麦田里待着了，一个劲的催促父亲回家。

曹襄把云音拖过来，狠狠地在她额头亲了一下道："总有一天会让你留在我家不走的。"

仆役们继续在忙，励贵，贵妇们已经收拾了东西回家了，苏稚才上马车就嘀咕这一遭来曹家来亏了，好几就是战场，没有什么区别。"

桑弘羊笑了一下，然后对云琅道："既然如此，你为何不继续在骠骑大将军麾下担任军司马，却一心要去种地呢？"

云琅长叹一声道："就是因为有长驱万里的作战经历，云某这才发现，战场不仅仅在边关，在草原，在戈壁，也在关内，更在朝堂，跟田地里。

去病去边关作战，我留在关中，目的就是在去病需要粮秣，需要物资，需要武器支援的时候，我能拿的出这些东西。

你看，从某种意义上，我依旧是骠骑大将军的军司马。"

桑弘羊冷哼一声道："你不相信别人？一定要自己亲力亲为吗？"

云琅抬头瞅瞅湛蓝的天空道："某家相信不会有人敢拿军国大事开玩笑，只是某家以为，没有人能比某家做的更好！"

"某家？"

"这时候再不强调一下我的存在，御史大夫会认为我在说笑！"

桑弘羊无奈的道："好一个当仁不让，现在的少年人都像你这办狂悖无礼吗？"

云琅摇头道："财源是开拓出来的，并非节省出来的，更不是通过一些手段抢夺过来的。

这样做，只会让天下越发的穷蹙。"

"小子无礼！"桑弘羊勃然大怒。

云琅笑着施礼道："大夫若有闲暇，请来云氏一行，看看云某说话是否真的狂悖无礼！"

桑弘羊疑惑的看着云琅道："你没有羞辱老夫的意思？"

云琅道："最多是政见不同，甚至还谈不到政见，因为我是当面跟你说的。"

桑弘羊点点头道："确实如此，即便是闲谈，也很久没有人跟老夫说过这样的话了。

如此说来，你与黄氏的争斗也算是一种开拓财源的法子？""大夫如果把云琅看做一个蚕农，要眼睁睁的看着自己辛苦养蚕，缫丝，然后被黄氏这样的家族盘剥，就很理解云某为何会如此不留情面的对付黄氏了。"

"即便如此，烧掉剑阁七百里，蜀中别是一洞天，这样的谣言也太狠毒了一些。"

云琅拱手道："请大夫转告黄氏，从我书房拿走的东西必须原物奉还，否则，不死不休！"

桑弘羊吃了一惊，连忙问道："他从你家拿走了什么？"

云琅耸耸肩膀道："谁知道呢，或者是染色之法，或者是百十个染坊工匠，或者是别的重要东西！

等我想起来了，再慢慢添加！"

第九十八章你就是一个垃圾

桑弘羊这个狗贼的耳目遍布天下，主要职责就是为天子敛财，别看他只是轻描淡写的提起了黄氏，其实就是准备为黄氏说话，希望云氏这里可以退让一步，让黄氏有里子，有面子的完成对云氏的压榨。

话说的很客气，可是，在这种客气的话语底下是赤裸裸的轻蔑以及剥削。

桑弘羊这些年通过收拾盐商，铁器商人，将盐铁收归国有，为大汉朝廷搜集到了很多钱财，现在，他似乎又想对丝绸下手了。

或许，这就是桑弘羊在短短的两年之内，官职上升了三级之多的原因。

云琅用脚后跟都能想到，一旦丝绸被收归国有，对这个行业来说将是巨大的倒退。

一旦生产丝绸的人不能自主定价，巨大的中间差就会被国家全部拿走，从而让养蚕，缫丝，织绸变成一个鸡肋行业。

在大汉国，丝绸与货币其实是有同等地位的，桑弘羊就是看到了这一点，才会执着的进军丝绸业。

这个时候，如果再说一些模棱两可的话，让桑弘羊以为云氏还有退让的空间，那么，后果将是非常严重的。

听了云琅的话之后，桑弘羊的眼中迸发出狼一般恶毒的眼神，云琅却平静的看着桑弘羊道："过度的盘剥对大汉国来说不过是寅吃卯粮，现在你拿走了多少，将来你可能要十倍，百倍的还回去，这是一个规律，逃不脱的。"

桑弘羊冷冷的道："你是在鄙视老夫的智慧？"

云琅淡淡的道："如果你离开你现在的位置，让我坐上去，我会做的比你更好，至少，不增赋税而国用足这样的事情我还是能做到的。"

"荒谬！"

"荒谬？某家自山中出来的时候，只有一袭破袄，一头鹿，三年之后，云氏已经是长安著名的富户，如今整整七年过去了，云氏早就是长安顶级的富庶之家了。

在这个过程中，云氏没有盘剥仆役，没有侵害国朝，没有与民争利，更没有少交过一个钱的赋税，人人都以与云氏交好为荣，大夫可能做到？

想当年，大夫出山扬名之时，府上已经是洛阳有名的富商，以钱财买通寺人，以心算之能见高明于陛下，言利是而折秋毫，将家学贯通到了极致，方才获得侍中之位。

而后便有一十六项赋税降临，民间至此衣不蔽体，食不果腹，商贾更是哀嚎连连，仅仅洛阳到长安的商道，从旅人夜不绝途到人迹罕至，中间用时不过一年。

商人之技不过低买高卖，自己实际不生产一粒粮食，一件陶器，一尺丝绸，你的所作所为，不过是夺民财为国用，一旦百姓困顿到了再也无财让你榨取之时，天下舆论纷纷，那时候，将是你死无葬身之地。

我还听闻，当年竭力送你入官途的令翁如今捶胸顿足恨不当初，不知可有此事？"

云琅恶毒的话语，即便素来波澜不惊的公孙弘也忍不住睁开眼睛仔细的看了云朗一眼。

桑弘羊一张冠玉一般的脸，早就变成了紫茄子，双手在袍服下攥的紧紧的，好半晌才拂袖道："无知小儿之言！"

云琅瞅着甘泉宫里如同蚂蚁一般忙碌的人群，叹息一声道："是不是无知小儿之言，你且拭目以待。"

"少年得志未免张狂，老夫且容忍你一次！"桑弘羊站起身，重重的拂袖预备离开。

云琅看着桑弘羊道："你一介左庶长，如何能对一位帝国侯爵说什么张狂！"

桑弘羊的身体顿了一下，缓缓转身，朝云琅施礼道："谨受教！"然后就一刻不停的离开了。

公孙弘苦笑一声对云琅道："你何苦树敌太多？自古以来都是欺老不欺少，老朽这般年纪的人你欺负一下也就算了，而桑弘羊正当年，你准备与他争斗一世吗？"

云琅朝公孙弘施礼道："公为宰相，无人不服，将来云某为宰相，想来也无人有怨言，至于桑弘羊，他不过一介商贾而已，此生无望为相！"

公孙弘听云琅这样说，立刻就来了兴致，捋着胡须道："这是何道理？"

"无他，桑弘羊目光短浅，只图一时之快，毫无远见卓识，处处以利为标，忘记了这天下不但是陛下的天下，也是你我以及天下人的天下。

搜四海而供一人，那是桀纣才能干出来的事情，陛下素来英明，不可能看不到这一点。

只是目前边关战事紧，才让桑弘羊这等人物得用于一时，一旦兵戈纷争结束，桑弘羊制定的所有国策，都会一一被废除，毕竟，到了那个时候，也就到了陛下安抚天下的时候了。"

公孙弘奇怪的看着云琅道："你这些道理都是从哪来的？为何老夫没有看到这样的征兆？"

云琅道："他如果继续这样下去，您很快就会看到征兆了。"

"哦！"公孙弘敷衍的答应了一声，就继续闭目养神，在很多的时候，这个老家伙都会选择闭上眼睛。

一群戴着五颜六色狰狞面具的巫师扭着乱七八糟的舞蹈从甘泉宫的偏殿里摇摇晃晃的走了出来，后面有几个穿着白衣的蒙面人抬着一张软塌紧紧跟随，一张巨大的伞盖被一个粗壮的宦官举在手里，替戴着黄金面具的太后遮挡阳光。

鼙鼓，号角，猛烈的响着，遮盖掉了别的声音，一个戴着青面獠牙鬼面具的巫师抓着碳粉向火把上丢，碳粉迅速燃烧，变成了一个巨大的火球。

整列队伍没有任何人气……

刘彻的头上绑着一块白绫，跪坐在太阳底下哀哀的痛哭，在他身后是同样打扮的卫皇后以及长平跟曹襄。

曹襄哭得非常伤心……

云琅跪坐在一张毯子上，头上也被宫人绑上了一条白绫，抬头看看刺眼的太阳，云琅才知道公孙弘为什么一定要闭目养神了，老家伙要留着所有的力气来跟天上的太阳抗争。

云琅的下首就是桑弘羊，这时候，他似乎早就忘记了刚才跟云琅的争辩，忘记了云琅附加给他的羞辱，随着礼官的唱和，把礼仪进行的完美无瑕。

天气太热，很多勋贵的袍服底下什么都没有穿，如果站着还好说，一旦开始跪拜，有时候难免会露出不雅之物来。

尤其是跪拜在云琅前面的几位年长的勋贵，长时间待在太阳底下，体力有所不支，已经无法顾忌被风掀起的袍服……于是，只要云琅抬头，就能看见一排光溜溜的屁股。

云琅很想笑，就在他不小心听到一个老家伙放屁的声音之后，忍着不笑对他来说就是一种折磨了，尤其是那个放屁的勋贵恰好排在桑弘羊正对面的时候。

快要忍不住发笑的云琅忽然看见桑弘羊在看他，难以抑制的笑意顿时就消失了。

这时候要是大笑出声，估计会被刘彻弄去看守皇陵百八十年的……桑弘羊见云琅的面容恢复了平静，未免有些失望，毕竟，刚才只要云琅笑出声来，他就会立刻启奏皇帝，将云琅这个不孝之徒从勋贵们的队伍中驱除掉。

桑弘羊突然发现，云琅在施礼之余，居然有心情帮前面的两位老勋贵压着衣袍，不由得冷哼一声，前面跪拜完毕的两位老勋贵回头怒气冲冲的看了桑弘羊一眼。

云琅低声道："两位小心，风把袍子掀起来了，小心压住了，别被有心人趁机参奏一本。"

两位老勋贵恰好看到了别人窘迫的模样，立刻压住了衣袍，再一次恶狠狠地看了桑弘羊一眼。

礼仪进行了半个时辰，皇太后的软塌被妖魔鬼怪抬进了黄泉地洞。

几位刚刚站起来的勋贵就围着桑弘羊阴测测的道："桑大夫，老夫们的下身可还雄壮？"

第九十九章最真诚的谎言

见桑弘羊的脸色发黑，云琅就满意的去找曹襄了。

才喝了一盏茶的功夫，太后宾天的消息就从黄泉地洞里传出来了。

于是，国丧，正式开始了……丧事只要一开始，就要连续进行九天，这还是因为天气炎热的缘故，如果在冬日里，会有足足八十一天，而且，这还是太后的陵墓早就准备好了，如果，太后的陵墓没有安置完毕，那么，停灵的时间还会更长。

好不容易把太后真正送进了阳陵与先帝合葬之后，云琅觉得自己快要死了。

在曹襄羡慕的眼神中，云琅离开了阳陵，而曹襄还要在阳陵的茅屋里面居住二十一天。

感情对于皇家人来说并不是很重要，然而，礼仪却是至关重要的。

皇太后死了，皇帝刘彻要在阳陵边上守陵三年，只是经过宰相带着，这个世界上的秘密很少，只要我们愿意沉下心来研究一下，染料……呵呵还真的不是什么太大的难题。"

桑弘羊自然不是那种听你说几句话就对你推心置腹的人，听了云琅的话，他只是笑着点点头表示嘉许，至于更进一步的交流，他还没有表露的意思。

"四千余人种六万亩地，自给自足之余，还能给朝廷上缴数百万斤的粮食，麦子收割之后，马上就会有糜子跟大白菜接着播种，有了这两样，这四千余人不但有果腹的粮食，还会有大白菜可以吃到春天。

如果再有地方种植油菜的话，基本上这四千人就能做到万事不求人。

别看这只是一桩小事情，如果这种耕作模式一旦扩散开来，只要有百十个这样的地方，陛下需要的军粮就会全部得到满足。

这世上最可笑的人就是那些一心只想做大事的人，他们不会低下头看看身边发生的小事情，殊不知，只要把小事情做好了，大事情自然就会做好，我把这叫做积小胜为大胜！"

桑弘羊有些动容，站在马车上遥望了一下这片土地，沉思了良久对云琅道："此言有理！"

云琅肃手邀请桑弘羊步行，指着远处的云氏道："人人都在追寻宝贝，却不知道世上最大的宝贝都藏在云氏的土地上。

桑大夫若是有心推广云氏的模式，云琅定会全力以赴的帮助，绝不留半点私心。"

桑弘羊笑道："若真是如此，小小黄氏何足挂齿。"

云琅停下脚步看着桑弘羊道："你千万不要阻止黄氏来对付我，多年以来，云氏处处与人为善，遇到了纷争也不敢进取，这一次，我想改变一下！"

第一百章 深潭

皇太后死了，世界没有停转，该吃的西瓜还是要吃的，即便是古板如桑弘羊也认为此言有理。

"这东西产量高，不挑土地，越是沙土，越是贫瘠的乱石滩上长出来的西瓜也就越甜。

贫家小户种上一两亩，换半年的口粮毫无困难。"

云琅吃了一块西瓜，用手帕擦擦手对努力对付西瓜的桑弘羊道。

有时候云琅觉得大汉人非常的可怜。

吃的东西除过煮的，就是烤的，要不然就是生的，百十斤重的青铜鼎里煮着一只羊，送上来的时候，还需要主人站在青铜鼎边上用刀子戳，做好标记，好让仆人知道那一块肉该给哪一个合适的人。

每回在别人家这样吃饭的时候，看着仆人颤巍巍的送上来大半条肥腻的猪腿，云琅就想流泪。

桑弘羊在云氏没有遭遇这些，吃完西瓜之后，他就对云氏独有的瓷器盘子产生了极大的兴趣。

轻轻敲击有金石之音，观之不似玉器，却比玉器更加的润泽，尤其是一些青色的图案镶嵌其中，在日光下熠熠生辉的模样一下子就让桑弘羊的呼吸变得急促起来。

识货的人看到好东西就这模样，云琅已经看过好多次了，上自长平公主，下到穷鬼东方朔，每人看到这东西的时候都会惊奇一下的，至于曹襄，只要到云氏来，这样的惊奇每日都有，每每惊奇之后，就会讨要…… "云侯，此为陶……？"

云琅随意的将手里的瓷盘子丢在桌子上道："我请你吃人世间少有的美味，你却把注意力放在泥土烧制成的盘子上，未免有些暴殄天物。"

桑弘羊无奈的抬起头，他很想告诉云琅，云氏精美的食物他已经领教了，但是，现在，他更想知道这些盘子的来历。

这东西即便是云氏自家的瓷窑，也很难保证每一次都烧制成功，至于像今日装饭食的精品瓷器更是难得一见，再配上与瓷器相映成趣的菜肴，之所以拿出来就是要让桑弘羊这个土包子震惊一下的。

说来可笑，云琅是最喜欢清茶的，然而，曹襄那些人在从云氏得到茶叶之后，就很喜欢往里面添加一些乱七八糟的东西，放一些糖霜，果干，云琅也就认了，赵破奴那个混账东西，甚至喜欢把羊油放进去，并且能引来一群人的效仿！

吃肥肉就是享福的年代里，云琅想要找到一位在习惯上与自己风雨相随的人，就只能依靠自己去培养。

桑弘羊来到云琅书房，原本是来评判一下云氏损失的，打开门，就看到一副漂亮的水墨画……然后，他就忘记了这座书房曾经有间谍进来的事实，可是跟云琅讨论水墨山水这一奇特的新的艺术形式。

眼看着云琅用水墨，朱砂，寥寥几笔就勾勒出一副《雪地梅花图》桑弘羊惊云琅为天人。

"变化，变化很重要啊，一个新的东西被完善之后，就应该不断地探索，不断地研究，这方面，陛下走在了最前面……至于某家，不过是东施效颦罢了。"

云琅不露痕迹的收起毛笔，指着书房正面墙壁上的那副御制《大风歌》对桑弘羊道。

桑弘羊的神情凝重了几分，仔细观摩了皇帝陛下的书画作品之后，还特意拱拱手，以示尊敬。

见桑弘羊已经见识了云氏在皇帝心中的重要性，云琅就从书架上取下一本手抄的《春秋》放在桑弘羊的手里道："听说桑大夫一向喜爱《春秋》，今日恰逢其会，《春秋》的抄录已经完成，总共六本，送先生一本。"

一万八千余字的《春秋》抄录在纸上只有薄薄一本，桑弘羊打开书本，看了一眼里面工整的字迹，诵读了一段之后，合上书本长叹一声道："鬼斧神工啊！"

云琅这才笑着指指云氏书房里密密匝匝的书本对桑弘羊道："现在，桑大夫该知道，云某在得知有人潜入我书房之后，当时的心思了吧！

如果那些人拿的是竹简，就算拿走百斤又有何妨？百斤竹简上又能记录多少文字？

可是，黄氏拿走的是书本！足足有三十万言之多，这让云某如何咽的下这口恶气！"

桑弘羊呆滞的瞅着云氏高大的书架，长叹一口气道："是老夫想当然了，云氏之事不可与其余人家的事情同日而语。

在甘泉宫的时候，老夫还觉得云侯为了区区几卷书就咆哮不已，太失风度。

拿走三十万言，在老夫家中，就是搬空了老夫的书房，这确实有些难以容忍！

只是永安侯如何就断定是黄氏拿走了云氏秘藏？"

云琅推开窗户，指着正在教导他闺女跟霍光练武的何愁有道："老祖宗说的……"

桑弘羊仅仅看了一眼，就随手合上窗户点点头道："原来黄氏竟然背着老夫做出如此腌臜事情。

永安侯尽管去问，老夫必不阻拦！"

云琅又指着远处的云氏工坊道："其实云氏已经开始研究如何给绸布染色了，就进度来说还是不错的，其中，红，黄，蓝三色已经被调配出来了。

剩下的不过是用三种颜色进行调配，就能得到云氏想要的颜色。

剩下的只要交给工匠，给他们足够多的时间，要什么颜色不可得呢？

而云某今年不过二十有一，有的是时间，有得是耐性可以等到颜料出现。

对付黄氏，不过是勋贵之家的正常反击而已，以颜料为借口只是不想让陛下难做。

他黄氏这一次可以派人来云氏盗窃，下一次就能来云氏拿走我的人头，是可忍孰不可忍！

大夫现在明白云琅为何在黄氏一事上如此失态了吧？"

桑弘羊非常失望的离开了云氏，走的时候带走了两本书，四个西瓜，也不算空手而回。

他以为云氏不论如何的强大，总有需要他的地方，看过云氏之后桑弘羊发现，云氏并不需要他，或者说并不需要他手下留情，相反，如同云琅所言，云氏真的在自我克制，做的并不算过分，而且，云琅已经把冲突牢牢地钉死在勋贵冲突这个层面上了，并没有打算将事情闹大，真的是很难得。

想到这些，桑弘羊无论如何都高兴不起来，他忽然发现，这个世上真的有可以自给自足的家族。

在看到给云氏带孩子的何愁有那一刻，桑弘羊立刻就熄灭了心中任何想要对付云氏的想法，也就在这个时候，桑弘羊才发现自己想要阻止云氏成为皇族一支的想法是何等的愚蠢。

云氏就是一个深不见底的黑潭，从外面看起来不大，天知道这个深潭里面居住着什么样的妖怪。

马车离开云氏越远，桑弘羊感受到的压迫就越轻，路径那六万亩属于司农寺的土地，看到田野里堆积的麦垛，桑弘羊再次下车，站在原野上看了良久，才继续登车连夜赶回了阳陵邑。

苏稚照例是不吃饭的，一个人捧着半个西瓜用勺子挖着吃，宋乔放下手里的筷子道："怎么就不好好吃饭呢，那东西不过是一个果子！"

苏稚哼哼两声，继续对付面前的西瓜，在她的旁边，霍光正羡慕的看着苏稚跟云音两个吃西瓜，嘴里的饭菜这时候索然无味。

云琅并不去管，西瓜说白了全是水，这时候看似吃饱了，过一会就会饥饿，不顶饱，等她们饿了，再吃饭也不迟。

"母亲那里的西瓜送去了？"云琅问宋乔。

"送去了，母亲很喜欢，就说这样的东西不宜多吃，夫君，为什么不送去长门宫呢？"

"哼，你如果想多吃两口西瓜就等等再送，现在送了，地里的西瓜就会成为皇家御用之物，今年，你想吃是没有任何可能了。"

宋乔点点头道："那夫妻两太霸道，咱们家惹不起！"

云琅长叹一声，皇太后死了，最后一个能给刘彻一点羁绊的人也就消失了，从此，大汉国就完全走上了刘彻一言堂的局面了。

第一零一章多智近乎妖

陈铜的伤好了，一大早就来到云氏宅院里，求见云琅。

这是一个敦厚的汉子，也是一个知恩图报的人，他倔强地认为自己之所以能活着，完全是因为侯爷出面的缘故。

清晨的云氏很有看头，主要是这里的女人太多，那些面黄肌瘦的妇人，在云氏生活了几年之后，终于有了女人该有的颜色。

这些仆妇们自诩老身，实际上年龄并不大，刘婆是年龄最大一批妇人中的一位，她今年的年岁也不过三十出头。

在这个普遍十三四岁就出嫁的年代里，二十岁的妇人领着一两个五六岁的孩子并不是什么难以理解的事情。

充足的营养，愉快的生活是女人保持年轻最好的法门，因此，站在云氏，瞅着成群结队进出的仆妇，陈铜在努力做到不分心。

可是，他实在是太小看云氏妇人的开放程度了，当陈铜不小心看到仆妇湖绿色的胸围子，就心跳加速，嘴唇发干，调整一下自己的站姿，只希望侯爷早点出来，谈完事情之后就赶紧离开。

每日清晨，云氏庄园里就荡漾着一股子甜腻的脂粉香气，这里是卖货婆子最喜欢来的地方，也是上林苑里脂粉消耗最大的地方。

有了钱的妇人，总喜欢让自己的好颜色能够多保持几年，因此，在入手脂粉一类的东西的时候，几乎是不惜血本的。

以至于云琅每次看见那些把自己的脸蛋涂的跟猴屁股一样的仆妇，就会在心里哀叹一声。

不施脂粉的时候，一个个还能看，涂脂抹粉之后一个个就成了女妖怪。

如果大家都认为她们这样的装扮很丑，她们自然会改进，只可惜，满大汉跟云琅审美观一致的人少之又少。

大部分，甚至是绝大部分人都认为云氏的仆妇各个都是美人，至少，陈铜就是这样认为的。

而那些卖脂粉的婆子，更是把这些仆妇们的妆容夸赞到了天上，长安城甚至有了云氏多美女的传说。

苏稚觉得自己不如师姐漂亮，也涂抹过一阵子，把云琅气的直哆嗦，拉过来狠狠地给她洗了几次脸之后，现在就涂抹一点去除羊膻味的油脂护肤。

大汉的美人儿大多是天生丽质，比如宋乔就是其中的一位，从没见过宋乔往脸上涂抹过什么东西，她的那张脸依旧娇嫩的吹弹可破。

这让苏稚极为郁闷。

云琅从大宅走出来的时候，仆妇们纷纷行礼，然后该干什么就去干什么，还有一些嚣张的妇人仗着自己是云氏的元老，还会调笑家主两句，等家主远去了，再把藏在房间里战战兢兢的卖货婆子拉出来，继续抢购长安城新出的脂粉。

"那就是你家主人？好一个美男子啊。"卖货婆子偷偷的看了远处的云琅立刻开始拍这些仆妇们的马屁。

"我家主人自然是好的，你一个婆子知道什么，快些把好货色拿出来。"

仆妇们对这样的马屁早就免疫了，同样的话也不知道听过多少次了。

"诸位女娘，好货色倒是有一些，都是给主家的少君，细君们准备的，数量太少，婆子还指望用这些好货色攀攀主家的高枝呢。"

一个仆妇立刻道："那你可想错了，我家少君，细君，以及两位住在主宅里的小娘，可不会用你的这些东西。

你有好货色就赶紧拿出来，再敢吱吱呜呜的就不要进我家门了。"

卖货婆子自然是千般扭捏之后才忍痛将箱子里的好货色拿出来，什么凌源的桃花粉，杏花粉，蜀地的桂花油，张家寨的口脂，大元口的黛条，就算是洛阳的粉嘟儿都有不少。

就在仆妇们欢呼雀跃之时，刘婆咳嗽一声走了过来，瞟了卖货婆子的货箱子一眼道："也就是一般的货色，珍珠粉都没有，还叫什么好货色。"

仆妇们纷纷瞅了刘婆一眼，一个资历老的仆妇道："刘婆，你发家了，就不要来笑话我们这些昔日的穷姐妹，当初也就是你口齿伶俐一些才让家主高看你一眼。

现在富裕了，就看不起我们这样用普通货色的姐妹了？"

刘婆笑吟吟的道："也不知道你们装扮出好颜色给谁看呢，家主可没功夫多看一眼，好好地干活才是正经！"

说罢，扭着腰肢就走了，那个说话的婆子脸色铁青，扬手就把手里刚刚挑好的一袋桃花粉丢进了水渠。

这里的纷争云琅自然是不知道的，梁翁远远地看见了，也不敢招惹这些妇人，装作没看见，连连催促厨娘快些准备好早餐，好让侯爷跟陈铜说完话之后就能吃上饭。

"侯爷的法子果然奇妙，老汉按照侯爷所说，在木板上刻好大块的字，然后再把这块木板锯成一个个的单字，果然就能用这些单字把竹简上的文字排列出来。

如果老汉再把常用字多刻一些，以后再也不用一块块的雕版了，用的时候只需排列一下就好。"

云琅笑眯眯的道："你还可以试试在别的东西上刻字，比如在胶泥上，趁着湿泥好雕刻的时候把字刻上去，然后放进炉火中煅烧，最后成印。

或者是把字雕刻在铸造好的铅块上，也能成印，至于具体的该怎么做我是不懂的，就看你如何做了。"

陈铜的眼睛立刻就睁大了，狠狠地捶打一下自己的脑袋道："陶字，铅字自然要比木字来的好，而且还不容易变形，您看看，老汉在石碑上，青铜模具上刻过那么多的字，怎么就没想到呢？"

云琅仰天大笑了一声，拍拍椅子扶手道："雕刻字模好说，现在，你找到合用的墨了吗？"

听云琅说起墨，原本欢喜的陈铜立刻就安静了下来，拱手道："老汉无能，至今还找不到脱模容易的墨。纸张还是很容易被墨黏住，被墨浸湿之后，想要把印好的书页撕下来很难，而且慢，不符合侯爷说的，快速，清晰简单的要求。"

云琅皱着眉头犹豫片刻，在心中暗自叹息一声道："慢慢来，不着急，这世上把简单的事情弄复杂，并不需要多麻烦，想要把复杂的事情简单化，则需要极大的智慧。

事情已经到了这一步，我们没有退路，只有不断地继续试验，继续调和容易脱模的墨。"

陈铜苦笑一声道："老汉已经试过很多种墨了，松烟墨，碳墨都不成，不怕侯爷笑话，老汉连锅底灰都试过了。"

云琅瞅着陈铜道："那就试着往墨里面添加能够让纸张容易剥离的东西。"

"添什么东西才能让纸容易剥掉呢？"

云琅恨铁不成钢的瞅着陈铜道："我哪里知道，这需要你自己去试验！"

又是喜又是担忧的陈铜离开了云氏，云琅坐在饭桌前看着平日里最喜欢的饭食，没有半点吃饭的兴致，筷子刚刚拿起来，就狠狠地摔在桌子上，对一边伺候的梁翁道："一群笨蛋，不吃了。"

为了让陈铜发现油脂对印刷的作用，云琅特意在印刷作坊里用了菜籽油来点灯。

结果，这些傻蛋，把菜籽油当宝贝，舍不得用来点灯，宁可用松脂火把来照亮，也轻易不肯动用那些昂贵的菜籽油……云琅恼怒的捶打着脑袋，明明只要张嘴就能点破的秘密，他却必须闭嘴，给出一个线索，让那些笨蛋自己慢慢的领悟。

　　油料跟墨的融合是一个问题，这还是需要继续试验，可是，只要陈铜用了菜籽油，就算是进门了，云琅没打算把印刷这件事弄到极致，也不求印刷出来的书籍有多美观，他只想让印刷术自然而然的出现，不想强硬的把他带到这个世界上。

　　身为一个人，云琅已经表现出来了太多的神奇之处了，一旦被人扣上一个多智近乎妖的名声，就会危及他自身……

第一零二章傻孩子天照顾

云琅的烦恼，可能就是九天之上的神灵的烦恼。

神灵的烦恼来自于知道的太多，云琅目前也是这样的处境。

很对时候，云琅已经忍耐的非常痛苦了，这样的高人做起来很艰难。

老虎大王靠在冰山上，舔舐自己的前腿毛，累了，就舔一口冰山上的冰水，然后再忧郁的瞅瞅门外的骊山，打个盹一上午的时光就过去了。

梁翁以为家主在生那些无知蠢妇们的气，不大功夫，吵架的刘婆就带着另外一个仆妇过来请罪了。

云琅听了半天，也没有听明白，她们为何要请罪，直到梁翁期期艾艾的解释清楚之后，云琅就让他们三个人全部滚蛋。

心中的郁闷之气愈发的浓烈。

直到霍光前来请教雷电的原理，云琅才勉强觉得大汉人还有将来。

自由的天空里就有雷电横行，任何想要获得真正自由的人，就要准备好被雷电惩罚的准备。

云琅自诩是一个准备走长路的人，所以，他不想被雷电烧焦，毕竟，他是一个已经焦过一次的人。

怒气冲冲的时候就不要去给人送礼，这样很容易把事情办糟糕。

可是，大长秋已经守在云家，等着云家给阿娇送礼，云琅想不送都不成。

阿娇的目标自然是西瓜！

如果不是因为云琅成了侯，这时候在地里温柔地弹着西瓜辨别成熟度的人就不会是云琅，而是阿娇自己。

云家的瓜田里硕果累累，不吃西瓜，光是看看就能让人获得极大的满足感。

大长秋稍微辨别了一下云琅弹西瓜的方式跟声音之后，就走下瓜田，自己动手。

于是，蝗虫过境了……

"不用全摘走吧？"云琅小心的问大长秋。

"等一会有人会来，帮你看这些没有成熟的瓜！"

"帮我？帮你们看瓜吧？"

"你这么想我觉得很对。"

大长秋似乎没有听出云琅话里的讽刺之意，悠然自得的瓜田里巡梭一番，确定没有成熟的西瓜之后，这才赶着马车带着云琅一起去长门宫送礼。

"这么大的果子啊……很漂亮。"

阿娇拖着长音，满意的拍拍碧绿的西瓜，味道好不好的在其次，首先，西瓜圆滚滚的形状以及翠绿的外皮就让阿娇非常的满意。

"怎么吃？我可是听说这东西的味道极好，不止一个人跟我炫耀过了。

云琅，为什么这么好的东西，我是最后一个知道的？"

云琅叹口气道："这可是入口的东西，不好好确定一下如何能拿给贵人吃？

这点小事云琅还是分得清轻重缓急的，比如造纸，比如印刷这些事情，云氏自然要抢先禀报长门宫，吃食就算了，干系太大。"

阿娇挑选了一个最漂亮的西瓜，示意宫女拿走，然后来到云琅跟前笑眯眯的道：'你不会毒死我是吧？"云琅只要一低头就能看见阿娇饱满的胸膛，连忙后退一步道："这怎么可能！"

阿娇对云琅的退避动作很是满意，点点头道："既然如此，下次再有这种东西出来，记得第一个送到长门宫来。

我以前失败过一次，发现很多人并不是那么可靠，自从跟你成了邻居，我才有了跟外人说话的兴致，可以说，你是我在长门宫里结识的第一位友人，你知道，这对我来说意义重大，所以别让我失望，我要是再失望一次，哼！"

阿娇哼了一声就走了，大长秋瞅瞅云琅，拍拍他的肩膀道："很难得！"

云琅点头道："确实难得……"

长门宫里的荷塘已经看不到多少荷花了，该生长出来的荷花已经全部长出来了，如今水面上只有密密匝匝的荷叶，以及一些带着一点残留花瓣的莲蓬。

"莲蓬还不能吃！"

大长秋见云琅瞅着莲蓬发愣，就好心的提醒他。

云琅长吸一口气，想到自己打不过大长秋这才叹口气道："我自从出山之后，发现自己越来越傻了。"

大长秋背着手缓缓地道："傻点好，傻点好，知道不，傻孩子天照顾！"

云琅苦笑一声，朝大长秋拱拱手，就准备离开，却听大长秋阴沉着嗓子道："长大了。"

云琅头都不回的道："她今年才十三岁！"

"可以嫁人了。"

"嫁给谁？我不同意，年纪太小了，再长几年！"

大长秋满意的点点头道："不错，不错！"

云琅猛地转过身看着大长秋道："你不会要让嫁给我吧？"

大长秋笑道："就你最合适！"

"为什么？就因为我傻？"

"对，就因为你傻，那孩子遭过大难，从小到大也就在你云氏过了四年的好日子，老夫不想让她再经历一些不好的事情，留在你云氏挺好。"

云琅心头打鼓，连忙道："留在云氏我没意见，只是不能嫁给我。"

"为何？"

云琅捏捏拳头最终还是无奈的道："我已经不会喜欢一个人了。"

大长秋笑道："你怎么对待你的两个老婆，就怎么对待好了，不要觉得娶了你会吃亏，她的身份不好，却是这人世间最好的女子，更何况，只要老夫不死，这孩子就不会无依无靠。"

云琅想了良久勉强笑道："我收留她，并没有存什么坏心思，只是单纯的接受了一个妇人临死前的哀求。

只想让她活下来。"

大长秋拉下脸道："你还是看不起？"

云琅笑道："有时候我连我自己都看不起，是一个好女子，我有什么资格看不起人？

那孩子至今还在修补母亲死在面前留下的心理伤患，这时候就不要轻易的打破她已经慢慢熟悉的生活。

别想着给她安排未来，那个孩子比你我都聪明，把自己的生活打点得很好，别给他添乱。"

487

大长秋转过身瞅着荷塘道："那就过几年再说吧。"

云琅看着大长秋道："过几年之后，也需要她自己做主，我们两个只要站在边上为这孩子祝福就行了。"

大长秋笑吟吟的道："也好！"

云琅再次朝大长秋拱手告辞，只要留在长门宫里，他就浑身不自在。

这种感觉非常的诡异，总觉得哪里不对头。

阿娇走进了内宫，刘彻正躺在一张宽大的锦榻上，呆呆的看着窗外的天空，人显得非常憔悴，太后的丧礼之后，他整个个人并未如云琅想的那般欢喜，反而显得极为忧郁。

西瓜是刚刚摘下来的，又是已经熟透的东西，杀开之后虽然还带着太阳的余温，却有一股子极为淡雅的香味萦绕在西瓜上。

阿娇叹息一声，端来两块西瓜放在刘彻面前道："吃点东西吧，润润嗓子也好。"

刘彻看了一眼颜色极好的西瓜，淡淡的道："在丧禁的范围内吗？"

阿娇摇头道："以前就没有这东西。"

刘彻这才拿起一块瓜，咬了一口仔细品味一下，然后就把西瓜丢在盘子里道："一口足矣！"

说罢，再次躺下身子闭目养神。

阿娇没有再劝刘彻吃东西，今天难得吃一口，已经算是破例了，如何能够再强求。

"刘氏，再无长辈可为刘彻遮风避雨。"刘彻呐呐自语道。

阿娇跪坐在刘彻身边，拉着他的手道："你将是刘氏最强大的皇帝，这一点，即便是文皇帝，景皇帝都不能与你相媲美。"

刘彻苦笑一声道："以前我也是这么想的，可是，眼看着母亲在黄泉地咽下最后一口气的时候，我心如刀割。

我以为自己不会悲痛，谁知道，那一刻我居然非常的惊慌……

第一零三章第二次邂逅

不论亲情，爱情，友情，或者人世间的一切享受，都不过是为了抵御人间的寂寞。

云琅的寂寞无人能懂，所以，他只有来到死人面前，倾诉自己对这个世界的所有看法。

陵卫大营里面的骸骨，已经剩下不多了，相对的，洞窟里面站满了披甲的武士。

有的面容清晰一些，有的面容只是模糊一团，肃立在那里如同一支军阵。

云琅知道这些人不会寂寞的，相比始皇陵里面更加庞大的武士群，他们不过是一支偏师。

世界的主流是那些在地面上行走的人，而不是这支地下军团，地下的这支军团注定要寂寞几千年……当有一天他们重见天日的时候，所有的秘密才会被解开，云琅倾诉在这里的话语才会有人听。

路过始皇陵入口的时候，云琅强忍着想要进去的欲望，他很想再去看看太宰的模样，哪怕有辨识度不高的奇怪光线，云琅觉得这个险还是值得一冒的。

终于，云琅还是没有进去，因为何愁有在洞口设置了禁制，只要走进去，估计十死无生。

老虎大王只有来到了骊山，才有兽中之王的模样，也只有在这里，老虎大王才会摈弃自己懒散的模样，张牙舞爪的巩固一下自己的领地。

于是，一头野猪，一只鹿，一个挡路的狐狸全部成为了老虎大王回归野性的牺牲品。

云琅看见了一匹毛色杂乱的孤狼，从那匹狼脸上的伤疤来看，她就是昔日云琅来到大汉的时候，带着狼群围猎野猪的狼王。

母狼成为狼王很罕见，她身上雪白的皮毛，如今变成了肮脏的土黄色，而且毛色不均匀，有一块没一块的，孤独的在山林里巡梭。

或许是无力奔跑，也或许是活的不耐烦了，她见到老虎大王的时候并没有如豹子，狗熊那样迅速遁走，而是站在那里，等待老虎大王发威。

老虎大王咆哮一声，惊起了无数的飞鸟，母狼依旧没有离开，反而向前走了两步，支棱起脖子上的鬃毛向老虎大王发起挑战。

她只有三条腿能够站立，可是，她站立的非常稳当，老虎大王淡黄色的眼珠子逐渐有了一股子血色，看的出来，他非常的恼怒。

母狼向前逼近两步，老虎大王纵身跃起，仅仅用一只爪子就将孱弱的母狼按在身下，正要张嘴咬住母狼的脖子，老虎大王却闭上了嘴巴，松开爪子，用巨大的虎掌扒拉一下母狼软塌塌的脖子，然后高傲的离开了。

母狼努力翻了一个身，瞅着跟云琅一起远去的老虎大王发出一声凄厉的狼嚎。

那匹狼就要死了……老虎大王在肚子没有饿到极点的情况下，觉得没有杀她的必要。

从山巅缓缓而下，很容易就到了温泉池子边上，一个女子正在温泉池子里沐浴。

眼看着老虎跟云琅从山林里钻出来了，也不惊慌，依旧慢条斯理的沐浴，即便美好的身段全部暴露在一人一虎的眼中，也毫不避讳。

原本以为自己又有艳遇的云琅在看清楚水池里的人是谁之后，就什么念头都没有了。

把老虎撵走，自己蹲在温泉池子边上无奈的瞅着这个喜欢在野地里沐浴的女人。

"手帕递给我。"卓姬头都不回就伸出手问云琅要手帕。

云琅从竹篮里取出一方针织手帕递给了卓姬问道："一个人在这里洗澡，也不怕被狼叼走？"

卓姬将手帕绑在头上，转过身瞅着云琅笑道："也只有你才能进来。"

云琅回头看看树木茂盛的骊山道："老虎没有发现，只能说你的护卫全部在睡觉。"

"你从山上下来的时候，婢女就告诉我了。"

"随意窥伺我的行踪，那个婢女该被灭口了。"

"好啊，这就下令，让人把婢女的人头送来。"

云琅怒道："你还是那幅把人命当草芥的做法，吃了这么多苦，还没有醒悟？"

卓姬大笑道："你就不是个好人，偏偏做出一副好人的模样，我如果真的变成你家少君的模样，你一定没有再看我一眼的心思，哪有像现在这样，贼光灼灼的看着我的身体。"

也不知什么原因，或许是云琅自己也是一身臭汗的缘故，所以他也很快就下水了。

开始的时候只是很正经的洗澡，耳鬓厮磨之后，就很自然的成其了好事。

云收雨歇，靠在水池子边上休憩，卓姬见云琅在看她肚皮上的纹路，不但没有感到难为情，反而拉过云琅的手放在稍微有些松弛的肚皮上骄傲的道："这是你的大女给我留下的纪念。"

云琅点点头道："今天看见了一匹母狼，当年我见到她的时候，她一身白色的皮毛，统领一支狼群威风凛凛不可一世，即便是野猪群也敢下手捕猎。

今天又看到了她，毛皮破败还瘸了一条腿，就这，还敢冲着老虎发起冲锋，结果，被老虎一爪子就拍翻了，如果不是老虎今天吃的很饱，她就没命了。"

卓姬闻言叹了口气，将云琅的手放在胸膛上道："那就不要看烂皮毛了。"

云琅再一次将手放在她的肚皮上道："放在这里跟踏实些。"

说罢，就闭上眼睛继续休憩，卓姬很自然的抱着他的头也安静了下来。

"我们这算什么呢？"云琅在半梦半醒间问卓姬。

卓姬摇头道："我也不知道，我们成不了夫妻，你对我没有爱意，我对你似乎也爱不起来。

如今，凑合着过吧，你再忍耐几年，等我成老太婆了就不来纠缠你了。"

云琅嘟囔道："且纠缠着吧，当年就在这里看了你的身体，孽缘就已经注定了，如果我当年没有好奇的看你一眼，现在的事情就不会发生，你跟司马也不会走到这一步田地。"

卓姬笑道："上个月司马来长安述职，曾经派人来过我府上，给我送了一封信，你要不要听？"

云琅摇摇头道："他的胆子很小，有没有什么节操，更没有匹夫之勇，也缺乏担当，这时候还能对你如何呢？"

卓姬苦笑道："当年一曲《凤求凰》让我以为人间胜境莫过如此，才相处几日，就发现此人不可托付终身。

不得已之下，我才在成都当垆卖酒，逼迫我父亲给我大批的嫁妆……供我活命之用。

而他，自从有钱之后，做的第一件事就是带着银钱来到了长安求官，两年时间音讯皆无。

我在成都苦苦等候，却等来了无情文书，为此，我不服，千里迢迢来到长安谋生，不为他，只想告诉他，离开他，我卓姬一样可以活的轻松快活。

说起来，你是一个无情的人，而我又是一个无义之人，无情对无义倒也搭配。

你说的很对，男子有没有才华其实不重要，有担当的男子才值得妇人低眉顺眼。"

云琅笑道："你觉得我很有担当？"

卓姬笑道："能在家里给外室留一个栖身之所的人，据我所知，王侯里面只有你一个。"

云琅愣了一下，犹豫的问道："这不可能吧？"

卓姬哈哈大笑道："别人家的外室或者成为妾，或者成为丫鬟，或者独居在外，绝对不可能在家里有一个明确的位置，这方面你确实是大汉第一人。"

云琅跟着笑了，对于这一点他真的不知道。

长久独居的妇人在获得一个心满意足的宣泄对象之后，自然是疯狂的，于是，直到太阳快要落山了，云琅才在一处阴凉的地方找到了老虎，一人一虎踩着软绵绵的脚步回家了。

云琅刚刚离开，大群的丫鬟侍女就出现在池塘边上，卓姬看着云琅走进了黑松林，就对匆匆赶来的平曳道："他还是一个烂好人。"

平曳满意的笑道："他很聪慧，甚至可能看透了我们的计划，最后还是落入彀中，这样的人，你每欺负他一次，情义就会少一分。

不过呢，云琅是一个很注重过程跟结果的人，夫人只要从一个孀妇的人性出发，去做一个孀妇应该做的，可能做的事情，他就会认为这是可以原谅的事情。"

卓姬笑着摇头道："不欺负他，我就想这样过一辈子，什么都不求，什么都不要，只要他不斩断我跟大女的母女之情，这一辈子给他又如何呢。"

第一零四章河东狮吼？

云氏地盘上发生的事情很难逃脱云琅的监视。

骊山，始皇陵这一带又是云琅最重要的秘密所在，因此，卓姬进入骊山的事情也就瞒不过云琅。

这不是卓姬第一次进骊山，她似乎对于那个水潭有着特殊的喜爱，一个月中，总有一整天的时间耗在这里。

男女之间的事情很奇妙，很多时候不需要说出来，就能做出准确的判断。

卓姬之所以这样做，就是希望能够在骊山里再一次见到云琅，哪怕只是被偷窥。

云琅看懂了这种暗示，所以他来了，这也是他能做到的极限。

男人一旦做了亏心事，回到家里的时候必然就会格外的殷勤。

因此，云琅特意下厨给宋乔做了一锅美味的青菜粥，给苏稚做了一锅肉，甚至给云音，霍光做了红烧鸡腿。

一家人吃饭的场景非常和谐，如果曹襄这个狗贼不来的话，这种和谐的场面可能会一直维持下去。

司农寺的六万亩麦田已经收割完毕，六成入库，四成进入农场。

第一年就有两完话，就匆匆的跑了，还能听见他站在院子里大声吩咐梁翁给他收拾住处的声音。

苏稚的脸色依旧很难看。

云琅也不知道说什么好，这时候不论说什么，都是错的，纠结了好久，为了打破这该死的沉默，云琅组织了一下语言道："今天……"

"不用说了，我夫君丢下身怀六甲的妻子，丢下辛苦操持家务的小妾，去见了旧情人，两人死灰复燃，旧情难忘，而且还在山林里抵死缠绵了一次，妾身能想到所有的场面，就不知夫君快活不快活！"

云琅抓抓头发道："茶水都喝了……"

不说这话还好，这话一说出来，苏稚彻底的爆发了，抓着茶壶就丢出窗外，连白纱蒙皮的窗户都砸破了。

透过窗户，云琅能看到曹襄幸灾乐祸的那张脸，一个侯爵因为偷情被小妾惩罚，简直颠覆了曹襄对世界的认知。

"知道不？最气的就是你喝了茶水，为了那个死女人，你居然连加了药的茶水都喝……"

苏稚彻底的暴走了，这时候云琅觉得还是少说话为妙，总要等到人家把怒气发泄干净才好哄骗。

这个过程很难捱过去，云琅不动如山，任凭苏稚扑在他身上，啃咬，撕扯……晚上睡觉的时候，宋乔的房间里漆黑一片，苏稚的房间里也漆黑一片，云琅苦笑一声，只好去书房里睡，一个人躺在床上的时候强烈的希望明日太阳升起的时候会什么事都没有。

曹襄起的比云琅要早，装模作样的在院子里舞剑，在鹞子翻身的同时，还能给云琅一个自求多福的眼神。

宋乔带着一群丫鬟从厨房里出来布菜，早餐没有什么好摆的，宋乔依旧一板一眼的布置，然后才邀请云琅跟曹襄两个上桌子吃饭。

苏稚板着脸从卧室里出来，哼了一声又进去了。

宋乔瞪了苏稚一眼，也跟着进去了。

平日里乖巧的如同小白兔一样的，今天，她的小脸上也没有一丝笑意。

不一会，诺大的饭厅里，就剩下云琅，曹襄两兄弟大眼对小眼。

"你昨晚没去安抚她们？"曹襄掰开一个包子，咬了一口肉馅，就把包子皮丢一边去了。

"没有，躲一躲，我睡书房里了。"

曹襄哀叹一声道："越是这个时候，你越是要迎难而上，这点小事睡一觉就好了，你躲什么？"

云琅喝了一口粥道："有点心虚。"

曹襄猛地一拍桌子怒吼道："还有没有王法了，男子汉大丈夫招惹点风流韵事乃是天经地义的事情，如何能如此委屈？"

第一零五章相处之道

曹襄绝对是一个说到做到的人，他整日在外面招蜂引蝶，回到家里依旧是大爷一个。

老婆牛氏不但不会责怪他，反而要温柔地劝他爱惜身体，不惜高价弄来人参等补品，给曹襄进补。

云琅很羡慕曹襄在家里的地位！

只可惜，大汉朝这一优秀的文化遗产，后世人并没有继承下来，因为种种原因，历史将后世的好男儿全部调教成了云琅这种没出息的男人。

云琅也想很无理的发一次火，问题是他不知道发火之后该如何收场。

最后还是觉得自己做错了，人家有理由动怒。

这样的事情放在后世，云琅早就身败名裂被老婆拉着去离婚分家产了。

现在，只是给点脸色，云琅甚至隐隐有一种赚到的感觉。

这是后世的人生信条的惯性带给他的伤害。

而且是无解的，因此，云琅不想再谈这件事了。

"你把粮食交给了大司农，儿宽就说了一个好字？"

曹襄笑道："他不敢说坏字！"

"接手上林苑的事情谈了吗？"

"现在不用谈了，张汤正在查处上林苑职司人等的贪渎枉法之事，少府监已经哀求我母亲希望我们早日接手上林苑。

只是有一条，亏空我们背。"

"母亲答应了？"

"还没有，母亲想看看上林苑的亏空到底有多大，要看看那些亏空是陛下跟太后造成的，那些亏空是官员造成的。

陛下，太后造成的亏空我们可以背，官员造成的亏空，张汤会追回来，少府监的那些人如果聪明，就必须把自己侵吞下去的那一部分吐出来。""就这么简单？"

"对啊，必须突出两倍才成，另外，黄氏也去找母亲了，准备送母亲一座染坊。"

云琅笑了，敲敲桌子道："他们是不是认为向我低头有失颜面，所以就去找母亲了？"

曹襄坏笑道："母亲说这事得你点头才成，就把人给打发了，你看着这些天一定会有很多没名堂的人来找你说情，你那个情妇之所以在骊山遇见你，可能也与此事有关。"

"她没说。"

"她要是说了才蠢呢。"

"陛下在干什么？自从陛下守孝期满之后，没听说他开大朝会。"

"在长门宫呢，听母亲说，陛下忧思过度，要在长门宫好好地修养一段时间。

太后宾天，右北平那边的战事停下来了，去病那里的战事也停下来了，大丧期间不动刀兵。"

云琅点点头道："停下来也好，大家都喘一口气，这些年的战事过于频繁了。"

"陛下命去病回京，我亚父却留在了右北平，李敢的耶耶李广也留在了右北平，我听说，李广跟我亚父合不来，已经为领兵进龙城之事争论很长时间了。"

"别把长辈们的恩怨往我们中间牵引，这可不是好事，李广一生做梦都想封侯，可惜，这些年来，他的运气很差，不是失期就是迷路，或者就是徒劳无功。

运气不好的人，陛下一向不怎么喜欢，所以这些年李敢都获得了两次大的封赏，李广却什么都没有得到。

大河河谷一战，李敢身先士卒，勇冠三军，与去病一为虎头，一为虎尾，酣战十余里，终于凿穿了折兰王的军阵，立下了大功。

如果不出意外，阿敢这一次的封赏下来，可能会跟他耶耶平级。

这是一件让人觉得非常尴尬的事情，眼看着阿敢再进一步就要封侯了，他耶耶发疯是一个再自然不过的事情。"

"强爷胜祖，这是好事啊，李广有什么理由发疯？"

曹襄长叹一声放下手里的筷子道："阿敢要做李氏族长了，偏偏阿敢不是嫡子，这个时候，阿敢的父祖恐怕不会是他的臂助，反而会成为他的仇敌。"

"这样做不理智，李广该把权力交给阿敢了。"

"陇西李氏是一个大族，一个非常庞大的大族，人与人之间的关系早就乱成了一团麻，就阿敢的能力，恐怕驾驭不了李氏这匹烈马。

再者，李氏太大了，陛下心里未必就没有存着分裂李氏的想法，到时候按照阿敢的军功给阿敢一个侯爵，然后……李氏就要一分为二了，而且还是老死不相往来的那种。

这样的手段，陛下干的多了。"

云琅跟曹襄说了很长时间的话，不知不觉已经到了中午，曹襄担心上林苑的事情有变故，又担心张汤下手太狠，把上林苑里的官员给打尽了。

跟云琅统一了认识之后，就匆匆的回长安了。

上林苑的差事是肥差，只要是这里的官员，屁股底下没有一个是干净的。

即便是有那么零星的几个好人，在张汤的酷刑之下，最后全灭的可能性太高了。

云琅跟曹襄两个都不希望接手一个空荡荡的上林苑，无论如何，想要做事情，就不能把那些经年老吏都处置了。

云琅在书房里也忙碌了好久，拟定出了接手上林苑之后的粗略章程，太阳就已经快要落山了。

宋乔送了两次茶水，点心，见云琅在忙，就拿了一个花绷子安静的坐在旁边绣花。

直到云琅放下手里的毛笔，宋乔给云琅倒了一杯茶水道："卓氏不会进门吧？"

云琅有些惭愧的道："不会！"

宋乔笑了，拿过云琅的手，用手帕擦拭着指头上的墨痕道："一个聪明绝伦的人，能被一个女人逼到这个地步，也真是难得。"

云琅陪着笑脸指指心口道："心中有愧，即便有再高的才智也是白搭，越是高级的解释，这时候全会变成谎言，自己窝心，你们听了伤心，还不如不解释。"

宋乔笑道："我是一个很无趣的人，性子又清冷，其实不适合做一家的女主，不过呢，妾身这几年一直在努力。

所以说，夫君行差踏错，也有妾身的不是。

苏稚就是一个长不大的孩子，仗着您宠爱他，处处由着性子肆意胡为，回头妾身会管教她的。"

云琅瞅着宋乔道："你弄错了，我宁愿你跟苏稚一样在我跟前撒泼打滚，也不喜欢看见你这幅贤惠的模样。

夫妻之道其实就是一个相互占有的过程，心里不舒服，我们打架，吵架，抹脖子上吊都成，就是不要把自己弄成一个贤惠的妇人。

怒火是要发泄出来的，所有的坏心情全部淤积在心里才会坏事，最后就会弄得形同陌路。"

宋乔叹息一声把身子靠在云琅的身上低声道："妾身何尝不想跟小稚一样跟您胡闹，撕扯一番，只是，诺大的一个家里，都跟您吵架，被人看见了，日子还怎么过。"

云琅笑吟吟的拉起宋乔，沿着楼梯下了楼阁，命梁翁打开家里的钱库大门，最后牵着宋乔来到了地下的钱库。

让梁翁把钱库大门关上，一个时辰之后再打开，地道里不准有一个人存在。

一切都安排妥当了，云琅就把钱库里的蜡烛全部点亮，顿时，诺大的钱库里就满是被烛光照耀出来的珠光宝气。

"以后，我们两就在这里吵架！"

"妾身不会吵架……"

"你这个臭婆娘，一天到晚的端着一个贵妇的架子，偏偏就学不会贵妇的模样，还有脸管我！"

"你你你……"

"你什么你，早看你不顺眼了，今天是你在找骂，干脆就好好地骂你一顿。"

"妾身……啊？不，明明是你不对，你背着我与荡妇偷情，让我颜面扫地，平日里你要什么没给你，就你胡作非为，在这样下去，你信不信我一把火把这个家给点了。"

"给你蜡烛，现在就点，烧不光你就是在放屁！"

"我点，我点，有种把我放出去点房子，这里全是金银珠宝点不着……"

两人暴怒的声音在库房里回荡，最后混合成轰响，也不知道经过了多长时间，宋乔才软软的靠在一箱子金锭道："美了，不吵了，还有些精彩的骂辞，下回再说。"

云琅也疲惫的靠在另外一箱白玉上，随手抓起两颗珍珠一丢一丢的道："让我好好想想你的坏处，下次再骂。"

云琅拉扯一下库房里的绳子，守在地道外边的梁翁一头雾水的打开库房，见云琅搀着宋乔从库房里出来，连忙道："咱家的库房除过侯爷跟少君，细君，没人进去过，莫不是短少了什么？"

云琅没好气的道："滚！"

梁翁立刻落荒而逃。

苏稚站在地道口一边咬着一只果子，一边鄙夷的道："师姐有身孕，你们要想胡来，挑一个柔软，暖和的地方！"

第一零六章痴人的爱情

宋乔有身孕，适度激烈的争吵，对于她的心情改变有很大的好处，作为她腹中孩子的父亲，云琅有责任让他们母子保持一个相对愉悦的心情。

至于苏稚，真的，打一顿就好了……重新找回一家之主的威严，这让云氏所有仆役对家主充满了敬畏感。

如果不算孟大，孟二，两兄弟抱着家主的腿要求迎娶小虫的话，新的一天对云琅来说是美好的一天。

"你们有两兄弟，你让小虫嫁给你们中的哪一个呢？"云琅无奈之下随口说了一句，两兄弟听后也非常的沮丧，一整天坐在台阶下长吁短叹。

第二天，曹襄来了，事情就不受控制了，也不知道曹襄说了什么，孟大，孟二两兄弟就开始在云氏的院子里撕扯起来了，怎么劝都不听，直到两兄弟在烈日下撕扯了两个时辰之后双双中暑才算是结束了战争。

也不知道这一对平日里相敬相爱的兄弟哪来那么大的仇恨，即便烧糊涂了，还不忘糊里糊涂的向躺在身边的兄弟发起攻击。

匆匆回家的云琅在检查了两兄弟的病症之后对着曹襄怒道："你对他们兄弟说了些什么？"

曹襄摸着鼻子有些尴尬的道："他们兄弟求教于我，我就说——这简单，谁打赢了，小虫就是谁的。"

云琅的嘴皮子哆嗦两下，无奈的道："这话对正常人来说没问题，对两个痴人来说，他们会当真的。"

曹襄摊摊手道："你有别的法子？"

"呃……好像真的没有。"

"对吧，为了人伦计，你不能把小虫嫁给他们两个，只能是一个对吧？"

云琅点点头，事实上小虫也在纠结这件事，以她的身份嫁给孟家这两个痴人中的任何一个都算是一门好姻缘。

孟氏为了迎娶小虫，已经把孟大，孟二娶的那些女子都遣散了，孟氏主人孟度也说了，只要小虫愿意嫁给他的傻儿子，等他死了，家里的主人就是小虫。

孟氏并不是一个很小的家族，因为出身皇帝潜邸的缘故，虽然不可能大富大贵，只要皇帝在位一天，就没有人愿意去招惹这样的人家。

孟大，孟二，本身因为养鸭子，养鸡，养鹅，硬是给自己弄出一个农学博士身份，如果不是因为这两人不适合做官，否则，农学博士就是他们求官的终南捷径，日后飞黄腾达不在话下。

梁翁对于闺女准备嫁给孟氏的想法，是举双手双脚支持的，一代匠奴之女，不但没成别人家的奴仆，反而飞上枝头做了凤凰，这是侥天之幸。

至于闺女的幸福，梁翁以为并不重要，事实上这个想法也没错，自从来到了云氏，梁翁已经充分感受到了有钱人的快乐，他如今痛恨贫穷，认为自己以前的给人当牛当马生活根本就不算是生活。

小虫来到云氏之后，虽说是仆婢，可是，那时候诺大的云氏总共就一个主人，而这个主人又是顶和善的，小虫与其说是仆婢，就她过的日子，大宅门里的闺女也没有几个能比的上的。

尤其是包揽了教阿娇游水的差事之后，即便是来觐见阿娇的贵妇们，也要叫一声"虫女"。

这样的小虫那里还适合嫁给穷人？

而贵人家里，她又进不去，因此，嫁给孟大，或者孟二，将是她最好的选择。

孟度也料定，唯有小虫嫁过来，他的两个傻儿子，在他夫妇百年之后才有好日子过。

这个道理云琅明白，宋乔，苏稚也明白，哪怕是小虫她自己也明白，之所以拖这么多年，完全是因为小虫挑不出他们兄弟两那个更好来。

嫁给其中的一个，另一个恐怕不仅仅是伤心欲绝的问题了，出人命都有可能。

曹襄的一句混账话，听起来非常的无礼，却好歹算是一个办法，一个没有办法中的办法。

这也是他们能在众人的劝阻声中殴打两个时辰的原因，在外人看来，对他们两兄弟来说，这一场架决定的不仅仅是谁娶小虫的问题，还是谁以后掌握孟氏的问题，也就无人敢拉架，更无人敢阻断他们的比赛。

兄弟两中暑的不是很严重，喝了一大罐子盐糖水之后，就汗出如浆的呼呼大睡。

一觉睡醒之后，又将是两条生龙活虎的好汉。

孟度与妻子来了，坐在两个儿子的床榻中间不知在想什么，枯坐了半夜。

夫妇俩对视一眼，分别取出一把刀塞进昏睡的儿子手里，然后就咬着牙关上门户，坐在昏暗的角落里等儿子醒过来。

这一幕落在站在窗前的云琅跟曹襄的眼中。

孟度阴沉的声音从角落里传来："老夫厚颜邀请两位侯爷为证，孟氏家主将在今晚产生。"

"换一个法子，把刀子换成木头的。"

"不换了……有心的儿子一个就够了……"

曹襄瞅着月光下寒气森森的短刀毫无不适之感。

"我秉承母亲雄风，压制曹氏各方，当时虽手无缚鸡之力，依旧斩杀了四人，才坐稳了曹氏家主之位。

孟度做事并无偏差，只是不知孟氏是要勇猛些的儿子，还是要仁慈些的儿子，正要说清楚！"孟度的一张脸在月光下惨白的如同死人，犹豫良久道："我要有人心的儿子！"

曹襄冷笑道："那就静观其变吧！"

说完话，就拉着云琅也隐入了黑暗。

偌大的屋子里只剩下孟大，孟二酣睡，以及孟氏在黑暗中低低饮泣的声音。

"你真的杀了自己的四个兄弟？"

云琅小声问曹襄。

曹襄面无表情的道："四个姓曹的人。"

"哦草，你真这么干了？"

"我要是不干的话，我母亲就要把他们身上的绳子解开，那时候，就轮到他们干我了。"

"绳子……"云琅呻吟一声。

"我身体弱，有病，如果不绑住他们，死的只会是我，我母亲要给曹氏族人一个公平，自然就只能绑住他们了，这是事前说好的，很公平，也是母亲给他们摆出来的一条活路。

知道不，即便是如此，他们也不肯放弃，他们赌我是个窝囊废，一个连人都不敢杀的窝囊废。

然后，他们就死了……嘿嘿嘿……"

曹襄的傻笑跟鬼哭一般，云琅拍拍曹襄的后背道："干的漂亮！"

"你说我干的漂亮？"

"废话，要是我，我也那么干，只是不如你那么利索。"

"我当时尿裤子了。"

"嗯嗯，不尿裤子才不正常。知道不，人在极度紧张的时候括约肌，以及膀胱是不受控制的。"

"什么是括约肌，什么是膀胱？"

"嗯，等苏稚下一次解剖尸体的时候你在边上站着，我指给你看。"

"算了，你知道就好，我需要知道的时候你指给我看就好……"

关中夏日的夜晚时间很短，鸡鸣两声之后，天边就蒙蒙亮了，这是孟大，孟二标准的起床时间，数年来从不错过，云琅不认为今天会有改变。

孟大迷迷糊糊的翻身坐起，瞅瞅旁边床铺上的孟二道："弟弟，弟弟，起床了。"

孟二打了一个哈欠闭着眼睛坐起来嘟囔道："小灰今天一定能下这个月里的第二十三个蛋！"

孟大嘿嘿笑道："不可能，从来没有那一只鸭子可以在一个月里下二十三个蛋，二十二个顶天了。"

说起鸭子，两兄弟总算是从迷茫中清醒过来，当率先起床的孟大，手里的刀子掉在地上的时候，发出当啷一声。

也就是这一声脆响，让他们兄弟同时想起了昨日发生的事情。

孟大瞅着孟二手里的刀子，眼珠子突然间就变红了……

第一零七章 一直在一起

当两个平日里意识混沌不清的人，当两个平日里显得极为滑稽的两张胖脸，刹那间变得狰狞的时候，云琅叹息一声，就把头扭转了过去……孟大孟二呆滞的对峙了良久，孟二忽然矮下身子，从地上捡起那把刀递给孟大道："哥哥，这是你的刀！"

孟大摇摇头道："我不要刀子。"

孟二瞅瞅手上的两把刀子随手丢掉呲着白牙道："我也不要刀子。"

说完话就把两柄刀子从窗户里丢了出来……刀子掉在曹襄的脚下，曹襄瞅瞅刀子，再看看屋子里的孟大，孟二，咬着牙道："两个傻瓜。"

自从刀子被丢出来了，云琅悬着心也就回到了正常位置，没兴趣看两个傻瓜斗殴，就盘腿坐在屋檐下，冲着曹襄笑。

曹襄冷哼一声道："人跟你时间长了，都会变成这样毫无趣味的人。

你看看，屋子里的王八拳能打伤谁？"云琅捡起掉在地上的匕首，轻轻一按，刀尖就缩回刀柄里去了。

他丢一把刀子给曹襄道："很好玩的东西，也不知道里面的弹簧他们是怎么做出来的。"

曹襄瞅了一眼刀子，把玩两下就揣进袖子里。

"机关刀子，不算稀奇，玩把戏的人的不传之秘。"

屋子里打的乒乒乓乓，云琅见小虫飞快的从远处跑过来，就拉着曹襄去了屋子后面。

孟度夫妇皱着眉头站在那里，昨晚的计划算是彻底的流产了，一切又回到了昨日。

"不一定非要逼迫他们做出选择吧？你们也看见了，人家兄弟两好好地，就是放不下小虫而已，再等等说不定会有新的变化，我准备再培养一下他们别的兴致。

说不定就有一个会退出。"

孟度绝望的摇摇头道："这不可能！"

云琅耸耸肩膀，指着屋子道："小虫从长门宫回来了，且看她如何处置。

三个人里面，两个痴人，一个半傻子，说不定人家自己会有解决的法门。"

孟氏犹豫的对丈夫道："那就再看看？"

孟度长叹一口气，算是答应了。

一群人撕扯都撕扯不开的兄弟两，在小虫出现在屋子里以后，立刻装作若无其事的样子，并且在勤快的收拾他们的房间。

"我要嫁给孟二！"

小虫把话说得斩钉截铁！

"哇……"

孟大的嚎哭声就从房间里传出来，同时传出来的还有孟二欢喜若狂的吼叫声。

曹襄挠挠下巴对呆若木鸡的孟度夫妇道："事情解决了，他娘的，原来这么简单。"

云琅欢喜的道："总要做出决断的，小虫做了，尽管孟大会非常的伤心。"

孟氏流泪对孟度道："云侯说的对，总要有决断的。"

孟大一开始哭得非常伤心，也不知道小虫说了些什么，孟大的哭声就消失了，也变得非常高兴，孟二却又开始大哭起来，看样子，刚才说的话对孟二很不利。

曹襄淫笑着对云琅道："这傻妞不会真的准备嫁给他们兄弟两个吧？"

孟度夫妇一脸的尴尬之色，不过，看他们松了一口气的模样，云琅觉得他们夫妇可能真的有这个意思。

云琅敲敲站直了身子朝屋子里看，只见小虫一手拉着孟大，一手拉着孟二，用软绵绵的声音跟他们两兄弟说话："你们以后要听我的话，谁要是不听，我刚刚学会做的蛋糕就不给谁吃。

你们家太穷了，以后呢，你们两个要好好地养鸡，把家里变得跟我家一样富，这样，别人才不会看不起我们。

孟大，我嫁给孟二你不要生气，以后我做的好吃的，会给你双份，孟二要跟我一起吃，所以，只能吃一份。

想想啊，以后但凡有好玩的东西，好吃的东西你都有双份，孟二娶老婆了，就只能吃一份，以后有了孩子，他连一份都没得吃了……"

小虫的一番话让孟度夫妇不断地翻白眼，而曹襄已经快要笑死了，至于云琅，脸上依旧带着微笑，对于小虫的见解非常的赞同。

"你还要怎么样？"云琅对孟度夫妇道。

孟氏咬咬牙道："孟二不懂人伦之事。"

云琅笑道："孟大也不懂！"

"这如何是好？"

"小虫懂啊，她母亲早就教过她，不仅仅如此，小虫整日里跟云氏的仆妇们在一起，耳濡目染之下，就算是她母亲不教，那些久旷之身的仆妇们整日里污言秽语不绝于耳的，她也学会了。

人家夫妇房内事你少管，免得尴尬，准备婚事吧，小虫的母亲已经说了很多次了，再把小虫留家里会留成仇人。"

孟度哈哈大笑一声，朝云琅拱拱手道："老夫这就去司天监去问一个良辰吉日，然后就送庚帖过来。"

云琅嘿嘿一笑，拍拍孟度的肩膀道："去找梁翁商量吧，估计会把这个老货活活乐死。"

孟度道："别说他，我也快要乐死了，哈哈哈，等不及了，这就去长安……"

看着小虫跟孟大孟二赶着一群鸭子去了水塘边上，云琅觉得那个氛围非常的棒。

倒是曹襄总是追问云琅，事情发展到最后，会不会真的变成一女侍二夫。

这些都是表象。

最了解孟大，孟二的人不是他们的父母，也不是云琅，曹襄这些旁观者，而是已经融入到孟大，孟二生活里的小虫。

云琅从小虫跟孟氏兄弟的对话中知道了一件事，孟氏兄弟之所以疯狂的追求小虫，并不是因为小虫有多漂亮，有多么温柔，也不是想着跟小虫生儿育女。

他们只想跟小虫长久的在一起……当别人都把孟氏兄弟当做傻瓜看，却因为孟氏兄弟的身份不敢放肆嘲笑的时候，只有小虫把他们当一个正常人来看。

该骂的时候骂，该打的时候骑在孟氏兄弟的身上殴打他们，在他们得病，或者饿肚子的时候照顾他们……孟大，孟二很傻，但是他们知道谁才是对他们最好的那个人，因此，有这样的结果并不奇怪。

在这一段看似混乱的关系里面，核心内容其实很简单，那就是长久的在一起。

云琅很羡慕孟大，孟二，他们的要求简单，只要有吃的，有穿的，有睡觉的地方，每日里能看见小虫，他们就觉得自己活在天堂。

吃中午饭的时候，云琅看见小虫回来了，这孩子依旧快活的像一只小鹿，蹦蹦跳跳的，看样子，她已经轻易地理顺了自己的生活。

苏稚见云琅在看小虫，就笑道："我可没她那么傻！"

云琅笑道："谁傻，谁聪明，要过几年才能知道。"

"小虫会被嘲笑的。"

"她现在不就在被你嘲笑么？"

"我是说以后！"

"以后啊，别人只会羡慕小虫，这个傻傻的孩子其实是一个顶有福气的姑娘，跟别人相比，她活更有尊严。"

苏稚哦了一声就不说话了。

云琅拍拍苏稚的小手道："你也是一个有福气的人。"

"小虫有福气，是因为她有孟大，孟二可以使唤，我能使唤你吗？"

"你难道没有发现，从我们认识到现在，我们不是一直都在按照你设想的步伐前进吗？"

苏稚想了一下，立刻就欢喜起来，连连点头道："好像真是这样的。

我第一次见你，就想去看你军中的病患，结果，你把我抢到了军营，让我成了军医。

后来呢，我想住在你家，毕竟，你家的饭食比外面的好吃的太多了，然后我就赖在家里，你并没有撵我走。

再后来呢，师姐跟婆婆来了，我想找个人拴住你，结果，师姐就嫁给你了，再后来……"

苏稚说话的声音越说越小，眼中有晶莹的泪花在闪烁，云琅摸摸苏稚的脑袋道："再后来我们就成了亲，这一路下来，每一个主意都是你自己做的主。

现在想想……是不是觉得很快活？"

苏稚擦一把眼泪笑道："我想继续下去！"

云琅端起饭碗笑道："那就继续下去好了。"

第一零八章浊浪滔滔

郭解悄悄地来到云氏，递给云琅一个卷轴，打开看了之后，云琅沉默了良久。

"六千七。"

"为什么？"

"疫病！"

第一零九章 人比人得死

狗子咬了一口羊肉，瞅着羊肉上的血丝叹了一口气，又狠狠地撕咬了一口，满是油脂的手，在厚厚的羊皮袄上随意擦试一把，胸襟上就泛起一层亮光。

一只虱子沿着他垂下来的发梢灵敏的向上攀登，狗子捏住那只在眼前显得非常巨大的虱子，随手丢进火堆里，噼啪一声后，狗子通体舒泰。

屠耆王蒙查就坐在他的对面，昔日的少年已经长成了一个雄壮的草原汉子。

他撕咬羊肉的动作与狗子非常的相似，浑不似匈奴人那般凶残。

"喝酒！"

蒙查把装马奶酒的羊皮囊丢给了狗子，狗子探手捉住，解开绳子狠狠地喝了一大口酸涩的马奶酒，重新把酒囊绑好，放在一边道："屠耆王似乎对我非常的不满？"

蒙查放下羊腿瞅着狗子道："如果可能，我想杀光所有汉狗！"

狗子笑道："我是来帮你杀光汉狗的人，所以，你不能随便杀了我。"

蒙查嗤的笑一声道："最看不起你这样的人。"

狗子苦笑道："你们挛提氏的太子，都在汉皇的宫殿里为汉皇翩翩起舞呢，你这样笑话我很没道理啊。"

"於单是叛贼！"

"巧得很，我在汉人眼里叫汉奸！"

蒙查咕哝一声道："怎么会有你们这样的人。"

狗子大笑道："这世上总要有一些特殊的人存在，世界才显得多姿多彩。

我不想伺候汉皇了，跑过来伺候一下匈奴单于，就是为了有不同的感受！"

"汉皇杀了你全家？"蒙查很好奇。

狗子左右瞅瞅，摇摇头道："我本来就是一个孤魂野鬼哪来的家人，左吴的全家被汉皇杀死了，我是他的仆从，也只好说我的全家被汉皇给杀了。"

蒙查若有所思的往狗子身边凑凑，然后低声道："这么说来，你只是左吴的仆人？"

509

狗子笑道："在汉地，我是他的仆人，但是，这里是龙城，我有一身的武艺可以依靠，他左吴除过恳请阏氏庇护，还能有什么本事呢？

耶耶只要熬上几年，只要在鬼奴军中混出名堂，到时候，耶耶就是左吴的主子。"

"你不喜欢左吴？"

"你会喜欢一个欺压了你十几年的人吗？"

蒙查恨恨的摇头道："不会！"

狗子大咧咧的揽住蒙查的肩膀道："我们才是一路人，最看不起那些靠妇人吃饭的狗贼！"

蒙查一把抓住狗子的手低声道："好，你这个兄弟我认下了，只要你帮我弄死左吴那个狗贼，我就提拔你当鬼奴军的统领。"

狗子慢慢的嚼着嘴里的羊肉小声道："阏氏很喜欢他！"

蒙查狞笑道："杀了他，阏氏也就无从喜欢他了。"

"慢慢来，且让这个狗贼得意几天，只要有机会，我们兄弟联手一起弄死他！"

蒙查哈哈大笑，狗子也笑的很开心，就像两个真正的蠢货一般。

夏日的草原上野花开的烂漫，刘陵提着裙裾在柔软的草原上漫步，她的头上戴着一个色彩斑斓的花环，乌黑的长发柔顺的披在背后，偶尔俯身摘下一朵漂亮的野花，继续装点自己的花冠。

左吴吹着一只短笛，曲调悠扬明快，却是一首《阳春曲》，活泼的音调在草尖上跳跃，让刘陵觉得自己正漫步在淮南的大江边上，身边全是柔柔的柳丝……一曲听罢，左吴收起了短笛，刘陵回首疑惑的问道："久不闻乡音，先生何故停下来了？"

左吴拱手道："再听下去，大阏氏就会思乡了。"

刘陵叹息一声道："北雁南归的时候，我曾系书信于鸿雁之足，期待南雁北飞的时候能收到佳音，岁岁苦盼，岁岁失望，先生何其狠心焉？"

"乡音最是揪心肝，闻之使人肝肠寸断，当年项羽垓下被围，几曲乡音就让楚王军心打乱，余以为，大阏氏如今需要一颗澄澈透明的心，不可有丝毫的迷乱。"

刘陵露出一个灿烂的笑容道："先生可是看出了什么不妥之处？"

左吴拱手道："单于做上首，阏氏于背后，单于眼光总是向后看，而且甲胄从不离身，此为阏氏之祸事也。"

刘陵轻笑道："这是单于爱护我。"

左吴再次拱手道："敢问大阏氏如今与单于恩爱几何？"

刘陵皱眉道："不如往日多矣，单于忧心军国大事，儿女之情已经不放在心上了。"

"我观单于身子依旧雄壮，只是口齿不全，头发稀疏干黄，眼中有青色瘀斑，饮一斗酒，洒落半斗，恐不是长寿之兆，阏氏早做准备为上！"

"我有挛提氏之子，谁敢动我分毫！"

左吴无声的笑了，面对刘陵一字一句的道："挛提氏於单旧事在前，难道还不足以让阏氏警醒吗？"

刘陵面现愁苦之色，哽咽道："单于帐中，各色美人充斥其中，一日三换，而我已经色衰恩驰，如何能与人争，只希望单于能看在太子的份上，让我在这草原上可以苟活下去。

如何敢有其它心思？"

左吴低声道："余听说，阏氏帐下尚有八千鬼奴可以听从号令，屠耆王更是阏氏心腹，若有不忍言之事发生，左吴愿意为阏氏奔走联络。"

刘陵深深一礼，感激涕零。

目送刘陵远去，左吴露出一个笑脸，捏紧了左拳道："没想到离开了淮南，某家却又有了用武之地！"

回到帐幕的刘陵，摘下头上的花环，丢给坐在地上玩耍的儿子寿根，小小的寿根看到了美丽的花环，爬过来抓住就往嘴里塞。

如意连忙夺过花环，埋怨刘陵道："翁主，这是您的儿子，可不是草原上的羊羔。"

刘陵毫不在意的道："他是匈奴人，就该按照匈奴的法子养大。"

如意抱起寿根道："这是您的福根，可不敢有差池。"

刘陵大笑道："我的福根是我自己，其余的都不过是伪装罢了。

那个左吴不怀好意，时时怂恿我与单于决裂，看样子他应该是刘彻派来的间谍，你们不要招惹他，就你们的心智，还经不起这个人的引诱。"

如意点头道："您当初可是跟这个认……"

刘陵笑骂道："我当年那是年少无知，以为能写几篇赋，能出几个不值钱的主意的人就是人杰。

现在回头再看，太亏了，即便是找男人，至少也该是云琅，霍去病那样的男人才好！

像这样的草包，刘彻也能派来草原，早晚是死于非命的货，也不知道他是怎么想的，刘彻怎么不把云琅派来？他才是最合适的。

那样的男子，就算是让我吃点亏，中点计，我也认了。"

如意大笑道："刘彻舍不得，听说云琅已经获封永安侯，才舍不得派来龙城呢。

您当初在云氏盘恒了大半年，那时候就该用点手段才是！"刘陵苦笑一声道："在云氏的那段时间，是我一生中最落魄的时候，也是我过的最安静的时候。

每日里只是潜心研习庖厨之道，这让我欢喜，你知道不，如果实在是不能留在云氏，我甚至生出在云氏终老的心思，云氏，真是一个适合养老的地方，每一天都过的不一样，每一天都过的精彩，每活一天都有新的收获。"

如意点点头道："真是那样子的唉，我最喜欢每日清晨挑着小小的木桶去松林里取松根水回来烹茶，总有一只大老虎跟着，很有趣！"

刘陵学云琅吧嗒一下嘴巴道："啧啧，那样出尘的人物也只有山门能培养出来，进了刘彻的浊世，糟蹋了。"

第一一零章货比货就该丢

大汉国历来以出人才扬名匈奴地。

所以，狗子会兽医！

当他帮助一匹难产的母马，顺利的完成分娩过程之后，狗子就成了匈奴的博士！

这不是玩笑，而是匈奴大单于伊秩斜亲自封赏的官职，狗子救助的那匹母马，就是伊秩斜的备用坐骑。

匈奴人喜欢骑乘母马，不是因为母马温顺，在匈奴人的手中，不论是公马，母马，还是野马，或者骆驼，公牛，驴子，大角的公羊都会非常温顺的。

之所以骑乘母马，最重要的原因就是在长途跋涉的时候，母马能产马奶。

这是一个极其重要的先决条件，也是匈奴人远途行军时必不可少的军粮。

在极端条件下，没有马奶喝的时候，他们就会用小刀子割开战马的皮肤，喝一点马血充饥解渴。

兽医在一群牧人中间，是远比医生更加受人尊敬的职业，人病了，最多死一个，要是牲畜群有了病症，很可能会死一群牲畜，也就是说，会饿死一群人。

狗子以前在云氏的时候，干的就是饲养牛羊的活计，顺便还要看管鸡鸭。

而云氏恰恰又是满大汉国最重视牛羊疫病的家族，在这样的家族里长大，负责放牧牛羊的狗子自然就学会了如何给牛羊看病。

虽然手艺很粗浅，只会治疗一点普通的病症，可就是这点手艺，就让他成为匈奴人中的佼佼者。

换了新帐篷的狗子感慨万千，想起最后一次见家主的时候，家主说的话在匈奴，只要你是一个好的兽医，即便是犯下了要砍头的错，也会因为这个身份获得赦免。

狗子感叹一声，帐篷里两个傻乎乎，脏兮兮的匈奴女人止冲着他笑，立刻觉得家主的话是非常有道理的兽医跟医生都必有一个特点，那就是爱干净，只要在匈奴人中间保持爱干净的名声，兽医的专业特点就会显现出来。

不过，在匈奴人中间想要保持干净谈何容易！

只要跟匈奴人坐一张毯子，狠狠地拥抱一下，无处不在的寄生虫就会立刻侵占你这个干净的身体。

刚来的时候，要跟一群散发着恶臭气息的匈奴人睡一个帐篷，哪怕睡觉前把自己清理的如何干净，天亮之后，身上的寄生虫也只会比昨日更多，毕竟，汉人的血似乎更加符合那些寄生虫的胃口。

狗子是有锅的富人,所以他很容易就能弄到一锅锅的开水用来烫死身上的寄生虫。

两个匈奴女人傻乎乎的看着狗子把毯子丢进开水锅里,看着他把自己扒的一丝不挂,把所有的衣衫丢进开水锅里煮。

煮完了他的衣衫,他又非常不客气地开始撕扯匈奴女人身上的衣衫,匈奴女人吃吃笑着以为自己的男人要干点什么,却发现狗子把她们的衣衫也丢进锅里煮……三个光溜溜的人在自己的帐篷附近忙碌着清洗所有的皮毛,衣衫以及毯子。

这样的场景在匈奴人中间并不奇怪,燥热的夏天,匈奴人没有轻薄的衣衫,想要凉快一下,只能脱掉衣裳。

因此,在清澈的小河边上,到处都是光屁股的孩子在水里扑腾,更有很多光着身子的女人在河边忙着擀毡。

草原上看起来很美,青草郁郁葱葱,野花盛开,其实很脏!

就因为肮脏,才能有足够的肥料让青草茂盛,让野花盛开,尤其是牧人遍地的地方,美丽的草毯下面,更是遍布牛羊的排泄物,当然,还有人的。

苍蝇蚊子之多,简直让人叹为观止,一只有病的羊羔还没有死,身上就覆盖了满满一层绿头大苍蝇,大苍蝇们迫不及待的在羊羔身上产卵,期待能繁衍出一大群更加强壮的后代。

牛虻欢快的在牛群中飞舞,即便已经喝饱了血,也绝对不会放过任何一个继续喝一口牛血的机会。

狗子非常的肯定,如果那些牛没有那根长尾巴可以驱赶走牛虻,它们必定是活不长的。

狗子有一块脏不拉几的白纱可以挡在帐篷门口上,这样,不论是苍蝇,还是蚊虫,牛虻一类的东西都进不来。

可以享受难得的一个清凉舒适的下午时光。

匈奴女人的肚皮在咕咕的叫,她们非常的饿,可是,狗子从上午到现在一口东西没吃,她们自然是没有权力吃东西的。

她们今天遭受了很大的折磨,因为狗子让她们把脑袋埋在装了热水的铁锅里面,狠狠地洗涮了五遍之多,身体更是被狠狠地搓洗了很多次,直到现在,她们的皮肤依旧是红彤彤的如同新生的幼儿。

狗子从帐篷的角落里拿出自己的牛皮背包,取出拳头大小的两块干肉递给了两个匈奴女人。

匈奴男人在大汉的风评很差,基本上等同于魔鬼,匈奴女人在大汉的风评却很好。

不论是屡次出使西域的张骞，还是代郡太守苏建（苏武的父亲），以及出使匈奴的汉使，对匈奴女人的评判都是吃苦耐劳，任劳任怨，张骞甚至说若无匈奴女子无休无止的放牧，匈奴不足虑！

匈奴人每人都有一把小刀子，这柄刀子对他们来说非常的重要，一刻都不能离开。

因为，在他们的生活中，每时每刻都需要用到这把小子，不论是干活还是吃饭，都用它。

匈奴女人切肉的动作很快，一眨眼的功夫，那块跟木头一样硬的干肉，就被她们切碎了，女人将干肉放在狗子的面前，不断地吞咽口水，却没有动手吃。

"你们吃吧，我不饿！"

在两个女人惊诧的目光中，狗子把摊在牛皮上的碎肉推给两个女人，自己依旧盘腿坐在帐篷口，看眼前这个陌生的世界。

匈奴人没有放弃食物的习惯，更没有客套的习惯，女人见狗子不吃，她们立刻就下手了。

"有盐啊……"

其中一个女子惊叫一声，立刻就低头把最多的牛肉往嘴里塞，牛羊见到盐碱地都要舔舐两口以补充盐分，作为人，如何会不明白加了盐的肉是何等的好吃。

家主说过，匈奴人是一个非常矛盾的种族，这个民族在享受过抢劫带来的快感之后，就对自己生产物资这件事不怎么感兴趣了。

他们更喜欢通过掠夺来获得自己生存的所有物资。

事实上，这是一种生产力的极大倒退，就产出而言，付出与产出是极为不相称的，就像远古时期的猎人，他们获得食物的方式非常的艰难，最终，男人狩猎所得，比不上女子采集所得之后，才会被妇人接管了部族的大权。

直到男人用强有力的身体，再一次获得了在种植，采集上的主动之后，最终重新夺回来了统治权。

以前的时候，匈奴通过抢劫积累了很大的财富，只可惜，他们抢劫的首要目标永远是消耗品，黄金，白银这些东西对草原人来说毫无用处。

因此，不断地离开草原去抢劫其余种族，就成了匈奴人的宿命，只要击败匈奴人，让他们无从抢劫，这个部族就会飞快的衰落下去，最后不战而胜。

这是这个部族致命的弱点。

左吴孤独的坐在草原上，身边蚊虫飞舞。

他就住在狗子的旁边，他也获得了两个匈奴女人，只不过他不想理会那两个女人，而那两个女人似乎也不愿意理会他，欢快的在帐篷里进进出出，帐篷前面，一只大锅里正煮着一锅羊肉。

狗子回头对女人们道："衣服干了，穿上以后就去煮羊肉吧，看天色，明日会下雨。"

不知为何，女人们似乎有些羞涩，贼偷一样溜出帐篷，飞快的把晾晒在帐篷上的衣衫拿回来，悉悉索索的在一边穿戴，并且不时传来压抑的笑声。

狗子叹口气嘟囔一声："快点完成任务回家啊，这里就不是人待得地方啊……"

伊秩斜的头发已经白了一半。

乱糟糟的披在肩膀上，很有一种烈士暮年的样子。

银壶里倒出来的酸马奶冰凉彻骨，伊秩斜却非常的享受，马奶里细碎的冰滑过喉咙的那一瞬间让他的感觉好极了。

"里面还添加了一些蜂糖，大王应该多用一些去去暑气。"

刘陵见伊秩斜用的舒服，就重新给他倒了一碗。

同样的酸马奶，就因为装马奶的器具不同，所以彰显的地位也有了很大的差别。

即便是跟伊秩斜坐在同一张桌子上，刘陵也坚持使用符合自己身份的铜壶。

去年因为抢劫失败了，因此，匈奴今年能用的好东西不多，即便在单于的夜宴上，也只有简陋的牛羊肉，没有过多的花样。

今天的族长会议的议题是今年抢劫的方向。

有人提议去西域，有人提议去北方，只有一位大将认为只有抢劫汉人才能获得足够多的补给。

然而，这个提议很快就被其余族长们七嘴八舌的给否定掉了，两年的功夫，大匈奴在汉人身上受到的损伤太大了。

刘陵惯例是不说话的，只是笑吟吟的指挥侍女们给各位族长添肉倒酒，在谈论一段时间的国事之后，她就会命令从西域弄来的舞姬，乐师们演奏音乐，跳一段美妙的歌舞。

直到大巫师问刘陵，对于现在的汉国有什么看法的时候，刘陵才看了伊秩斜的脸色之后回答道："汉国举倾国之力来防范我们，此时并非一个好的进攻机会。"刘陵的话音刚落，那个提议进攻大汉国的大将就跳起来质问道："你还心向母国吗？

不要忘记，你如今是我大匈奴的阏氏，是我昆仑神的仆婢！"

刘陵并不争吵，反而谦卑的缩到伊秩斜的背后。

伊秩斜只是笑笑，示意将军坐下，然后低声道："我准备带着部族去大漠的北方。

今天就讨论这件事吧。"

伊秩斜的话音落下，偌大的军帐里顿时鸦雀无声。

"我们要放弃漠南吗？"有人颤声问道。

伊秩斜痛苦的道："我们防御不了汉人的进攻，这些年，我大匈奴的战士损失惨重，我们需要休养生息。"

大巫师咬牙道："漠北苦寒之地……"

伊秩斜点头道："确实如此，不过，那里也是我大匈奴龙兴之地。"

屠耆王蒙查并没有资格进去开会，他的领地乃至属民，依旧在伊秩斜的手中，按照伊秩斜的说法，只有当蒙查成为男子汉之后才会把封地交给他。

至于什么才是男子汉的标志，伊秩斜从未说过。

每当大单于召集部族头领们开会的时候，蒙查的任务只有一个——那就是闲逛，没人准许他靠近大单于的军帐。

狗子从不允许别的匈奴人进入他的帐篷，他不是害怕寄生虫一类的东西，而是担心匈奴人层出不穷的疫病。

给牲畜吃的药大部分来自于草原，包括盐碱，卤水，这些都是药物，遇到牲畜肚子长虫的时候，还需要一些有毒性的药草。

所以说，狗子一天里的大部分时间都带着两个女人在草原上寻找药物。

无所事事的蒙查很快就加入了这个队伍。

蒙查之所以喜欢跟狗子亲近，完全是因为狗子是他见过的人中除过刘陵之外最干净的一个。

"你是怎么把自己弄得这么干净的？"

蒙查自草丛里拔出一颗蒲公英丢进狗子的背篓问道。

"煮，用开水煮衣衫，用开水烫头发，然后用盐碱水洗澡，如此三五遍之后自然就会干净。"

蒙查摸摸自己油腻腻的毛毡一样的头发若有所思，又低头嗅嗅自己身上的味道，不由得打了一个喷嚏。

刘陵，如意，银屏，阿莹她们都很干净，即便是生活在草原上，她们依旧把自己弄得香喷喷的，这让所有的匈奴勋贵们对她们的身体非常的感兴趣。

蒙查很喜欢刘陵，堪称喜欢到了骨子里面，少年人的春梦里，刘陵是永远的主角。

"听说你到现在都没有拿到你的封地？"狗子从草丛里挖到了一颗锁阳，仔细的观赏一下就放进了背篓。

"等我成为男子汉的那一天我就能拿回封地了。"

狗子大笑一声，指指胯下道："从我出生的那一天，我就是男子汉了，你难道跟我不一样？"

蒙查阴沉着脸道："只有英雄才是男子汉。"

狗子咕叽一声笑了出来，最有学问的家主对男子汉三个字的理解可不是这样的。

"很好笑么？"

狗子眨巴一下眼睛道："以前有一个聪明人告诉我，谁要求你变成男子汉，你就抽他大嘴巴。"

"这是为何？"

"我也不知道，后来慢慢长大了就逐渐明白了一些，虽然还是说不出道理来，总觉得那个聪明人说的话是对的。"

"智者吗？"

"应该是，他是我见过的人中最聪明的一个。"

"那就是智者……"

蒙查叹息一声，他也不想成为别人口中的男子汉，这三个字自己说出来才有意义。

下午的时候，草原上的蚊虫发疯一般往人身上扑，这时候就不适合劳作了。

虽然在远离牛羊的地方，蚊虫很少，狗子却不愿意跑到那么远的地方，草原上的狼群正在那一带窥伺牧场，他不想拿自己的身体去喂狼。

在两个女人的帮助下，蒙查也彻底的洗了一个澡，平生第一次看到自己皮肤的本色，蒙查非常的满意，穿上晒干的干净衣衫去见了刘陵。

如意，银屏看到洗干净的蒙查非常的惊诧，如意甚至扑上去在蒙查的脖子上狠狠的嗅了一下，然后对银屏道："看见没，洗干净的蒙查还是一个美男子呢。"

银屏也凑过来，在手足无措的蒙查脖子里也嗅了一下，奇怪的道："谁帮你洗的？这可是下了大工夫啊。"

刘陵冷笑一声道："是左吴吗？"

蒙查连忙摇头道："是左吴的仆人，那个会给牛羊看病的汉人。"

刘陵翻了一个白眼没好气的道："赶紧把你的汉人发髻给打散，蓝眼睛灰眉毛的梳这样的发髻看着怪怪的，小心大单于看见，剃光你的头发。"

对于刘陵的话蒙查从未反对过，连忙把头发打散。

刘陵起身来到蒙查身边，瞅着他被头发遮盖住的宽大额头，又伸手帮他整理一下乱发满意的点点头道："匈奴人就该有匈奴人的模样，不要随便学汉人。

知不知道，你们到底不是汉人，要是学了汉人那一套再去对付汉人，那是自寻死路！

不过呢，以后洗干净一点还是可以的，至少让我知道我的蒙查已经长大了。"

刘陵吐气如兰，温热的口气落在蒙查的脸上，这让蒙查心如战鼓咚咚的跳个不停，他很想把视线从刘陵雪白的胸口挪开，却无论如何都做不到，只能局促的扭动身子不致当场出丑。

蒙查的羞涩模样全被刘陵看在眼里，遂大笑道："我忘记了，蒙查真的已经长大了，小马驹长成了公马，该去找母马了，你没有去找面孔红红，会唱歌的牧羊女吗？

如果你想要别的牧女，我可以让她今晚去你的帐篷。"

"我不要！"

蒙查挣扎着说出三个字，然后就如同屁股中箭的兔子一般逃离了大阏氏的帐幕。

蒙查跑了，刘陵脸上的笑容也就没有了，冷冷的对如意吩咐道："去看看那个仆役，我总觉得那里不对劲！"

如意笑道："那个左吴才不对劲呢。"

刘陵摇摇头道："左吴的出现我并不奇怪，我们的一份文书就让大汉国勋贵人人自危，刘彻必然会有所反击，派左吴过来乃是情理之中。

现在，我就想知道这个年轻的仆役到底是什么样的人物，到底是何方神圣，一出手，就击打在我的软肋上。"

第一一二章 故人相见尽余欢

刘陵最大的成就不是嫁给了伊秩斜，而是马上就要弄死伊秩斜了。

为此，刘陵每日都在计算，她甚至通过与伊秩斜的欢好来判断此人的身体状况。

猜测他还能活多久。

进入这个夏天之后，伊秩斜的身体很糟糕，他的嘴里总是散发着一股子腐烂的臭味，刘陵就会不由自主的看伊秩斜苍白的胸部，在她看来，来自银壶的毒药正在慢慢的将伊秩斜的五脏六腑融化掉。

伊秩斜啃羊肉的时候，偶尔也会掉一颗牙，这让他非常的痛苦，一个匈奴人如果连肥嫩的羊肉都没有法子吃的时候，也就离死不远了。

为此，刘陵专门给伊秩斜制作了煮的稀烂的肉汤，还千方百计的央求大巫师寻找所有能够帮助伊秩斜恢复昔日雄风的法子，她甚至同意大巫师用牛羊的血水在她身上涂抹，绘制奥妙的符文，然后再与伊秩斜欢好，从而达到将自己的生命过渡给伊秩斜的目的。

然而，伊秩斜的身体依旧在慢慢的衰败……匈奴人中间有了一种谣言，是因为伊秩斜用卑劣的手段夺走了於单大单于的位置，他才会被昆仑神降下神罚，惩罚他昔日造下的罪衍。

就连伊秩斜本人，也开始相信这个传说了，一场宏大的祭祀开始了，当巨大的篝火被点燃之后，就在匈奴人在大巫师的带领下将牛，羊，战马，宝石，乃至美丽的处女丢进火堆的时候，可怕的事情发生了。

昆仑神拒绝了他的献礼，一场突如其来的暴雨浇灭了篝火……自那之后，伊秩斜就有了退隐漠北的想法，这个念头不容置疑。

他只想离开那个不愿意保佑他的昆仑神，离得越远越好…… 一旦尽在掌握中。

亲眼目睹了那场暴雨之后，就连刘陵在那一刻也相信伊秩斜的上位是不得人心的。

这个时候蒙查的重要性就被体现出来了，因为有资格继承单于位置的人，一个是左贤王，另一个就是屠耆王。

自从伊秩斜从左贤王成为大单于之后，大匈奴就没有左贤王了，这个位置一直空着，右贤王在帮助伊秩斜成为大单于之后，一心想成为左贤王，结果，因为贪婪的缘故，被伊秩斜剥夺了大量部族之后，只好断尾取生，果断的西归，白狼口一战，右贤王的大军被云琅，卫青两场大火烧下来，回到祁连山只有寥寥百余骑，至此，右贤王在大匈奴再无发言权。

刘陵不许任何人分享屠耆王将要带给她的好处。

草原上细雨蒙蒙，狗子躺在一个匈奴女子的膝盖上，另一只手放在女子饱满的胸膛上。

下雨的日子里什么都干不了，这是他唯一的一点消遣。

寂寞的日子里就不要讨论美女的颜色了，在这个鬼地方能享受到片刻的温存已经是上天的赏赐。

一个宫装女子从外面走进来，她的皮靴上沾满了泥巴，进入铺着厚毡的帐篷，也没有弄掉泥巴，或者脱掉鞋子的打算，就这样站在毡房里居高临下的瞅着狗子。

这个女子的相貌很美，只是不如汉家的女子白皙，这可能是被太阳照晒的缘故，不过，她的腰身很细。

狗子翻个身仰面朝天的躺在匈奴女人的大腿上笑道："美人儿因何而来？"

如意蹲下身子，仔细的看着狗子的面庞，前后左右都看过之后才道："我们见过吗？"

狗子摇头道："应该没有，像你这样的美人儿只要见过一次，此生难忘。"

如意用两根手指提着狗子的耳朵又翻了一个方向，瞅着他的后脑勺道："我好像在那里见过这个后脑勺。"

狗子从匈奴女人的小腹那里把脸转过来叹口气道："美人儿喜欢看我的后脑勺？"

如意陷入了沉思，不确定的道："我看人很准，只要是见过一面的人，多少都会有些记忆，你让我感到非常的熟悉。

你果真是左吴的家奴？"

狗子摇头道："我现在谁的家奴都不是，如果是美人儿你，我可以考虑。"

很明显，这样的调戏话语，对久经风月的如意来说什么作用都没有。

她站起身冷冷的道："随我来！"

两个匈奴女人很是担心，狗子却冲他们笑一下，然后就冷笑着跟随如意离开了毡房。

草原上只要开始下雨，就显得极为清冷，匈奴人厚厚的皮衣，被雨雾打湿之后就变得非常沉重，袖子跟衣衫摩擦之后会有吱吱的响声，非常的怪异。

如意的靴子很明显是一整张鹿皮制作的，因此很防水，狗子的皮靴就没有那么高级，沾水之后每走一步都会发出难以描绘的声音，非常的暧昧。

如意瞅瞅狗子似笑非笑的那张脸不由得嘲笑道："一只小公狗，有这样的实力吗？"

狗子笑道："我的脚小，鞋子又太大了。"

如意一鞭子抽过去暴怒道："无耻！"

狗子闪身躲过，随即脱掉鞋子指着踩在泥水里的脚道："来的时候把靴子走烂了，让匈奴的傻婆娘给我做鞋子，她们就做成了这样，还说大些好，我去他耶耶的。

说这事也会被打？"

如意收起鞭子，凝视着狗子道："我越发的觉得我应该见过你。"

狗子丢掉鞋子摊开手笑道："你要是觉得我像你的情郎就直说，我不会否认的。"

如意摇头笑笑，并不说话，带着狗子进入了王帐范围里面，最后来到了她的帐房。

命两个匈奴女仆给狗子洗干净了脚，然后就翻箱倒柜的找出来了一声汉家衣衫，让狗子换上。

狗子拿到那身有扣子的麻衣，就忍不住看了如意一眼。

如意笑道："这是我以前穿过的男子装束，我们身高差不多，你穿上应该合适。"

狗子随手把衣衫丢在一边道："我不穿女人穿过的衣裳。"

见如意又扬起鞭子，就叹口气道："没想到你喜欢这样的男子，也罢，我这就穿。"

狗子迅速脱掉了衣衫，如意看到狗子的内裤，就冷笑一声，等着狗子继续把衣裳穿好。

满世界有扣子的衣裳，只有云氏才有，这种两截子短打扮的衣衫更是云氏家人在大宅院里标准装束。

在如意炯炯的目光下，狗子随意的扣好扣子，然后张开双臂笑道："如何，像不像你的情郎？"

如意的两只眼睛笑的弯弯的，连连点头道："确实很像！如果把头发挽成发髻，就更像了。"

说完话就上手把狗子的头发弄成一个极为简单的马尾巴，然后再看着狗子的后脑勺道："这样就更像了。"

"真的？"

"真的，真的像每日都要去学堂的云氏少年郎，也只有你云氏才能培育出你这种看似死皮赖脸，心中却极有主意混蛋！"

"我不是云氏的人。"狗子天塌不惊的笑着回答。

"啧啧，真是有什么样的主子，就会有什么样的仆人，你难道不知晓我在云氏住了大半年的事情吗？

你确定没有见过我？

我每天挑水都要路过学堂的，只要我们姐妹路过，你们都会趴在窗口偷看我们，还被先生责罚，你真的没有见过我？"

"没有！"狗子认真的回答。

如意笑道："你承认没关系的，别的间谍我家翁主可能会下死手对付，云氏的不会，你尽管大方的承认好了，说不定我会看在昔日的情分上，帮你完成使命。"

"我真的不是！"狗子咬紧了牙关。

如意的眼珠子骨碌碌的转动一下又道："你真的没有见过我吗？"

狗子笑道："见过，只是没见过你穿衣服的样子……"

"哈哈哈……"如意大笑起来，扶着帐篷柱子对狗子笑道："我就知道你们在偷看我们姐妹洗澡，阿莹还说云氏都是正人君子，哈哈哈哈……原来所有的男人都是一丘之貉！"

狗子瞅着笑的快要昏厥过去的如意道："我真的不是云氏的仆人！"

如意抱着肚子喘息道："知道了，知道了，你不是云氏的仆人，你只是一个流落在大草原上的小奶狗！"

Milton Keynes UK
Ingram Content Group UK Ltd.
UKHW011809151124
2882UKWH00059B/428